万安刑侦系列小说

残　　城

万　安　著

文汇出版社

序

试论中国侦探小说表达的丰富性

——从万安新作《残城》说起

张　策

2014年，我曾写了一篇关于中国侦探小说的评论，题目叫《侦探小说之中国流派的形成》。我在那篇评论中，有些大胆地判定了中国侦探小说流派的形成与发展，这当然是相对于西方侦探小说的创作形态而言的。虽是一己之见，却也敝帚自珍，觉得经过思考还是说出了些东西的。侦探小说是我一直关注的课题，在丰富而厚重的公安文学体系中，它无疑是有特色且有相当独立性的存在。时至今日，对侦探小说发展的一些新想法积累在胸，渐渐又有了不吐不快的感觉。而就在此时，有幸读到万安的一系列刑侦小说。

当《试论中国侦探小说表达的丰富性》这个有些唬人的题目落在纸上，才突然意识到：万安，是一位来自上海的优秀公安作家，再想想中国侦探小说的发源地，亦在上海。上世纪二十年代初，程小青先生就是在十里洋场开始创作他的《霍桑探案集》的。那么这种冥冥中的联系，于我和侦探小说来说，都是很奇妙的。

万安，中国刑警学院毕业，长期工作在上海市公安刑侦一线，创作了多部刑侦题材的长篇小说以及影视作品，广受好评。如果我们大胆地将他和中国侦探小说开山鼻祖程小青先生做一比较，就会发现他们之间的差异和这种差异对于他们创作的影响。程先生是从模仿开始他的创作的，他的作品里有着显而易见的福尔摩斯印记，从人物设置到气氛营造，从故事编织到语言风格，无一不是当时西风东渐的表现，是中国侦探小说自学习肇始，向本土化努力的早期样本。身为刑警的万安更热衷于从刑警办案的角度切入，更大刀阔斧地展现惊心动魄的侦查过程。万安"一手拿笔一手拿枪"的生活状态和创作状态，是公安文学创作队伍难能可贵之处，形成了中国侦探小说创作的现实，是当代中国侦探小说表达丰富性的表现之一。

万安已经有《刑警誓言》《双城》《老枪》等长篇佳作出版，他的新作《残城》即将面世。每当阅读他的新作，感觉他在创作上既有一脉相承的个人风格确定，也有各自相对突出的主题和特点。他对自己这部新作的定位是"一个关于'残缺'的故事，所有人的背后都令人唏嘘"。也就是说，"残缺"是他这部新作的主题，而整个故事就是在"重新审视这个熟悉又陌生的世界，深刻领悟每一个人都要面对不完美、甚至充满遗憾的人生，更加参透宽容和爱情的真谛"。他对作品的这种显然先入为主的设定，充分表明了一个公安作家，特别是侦探小说作家的社会责任感。这种责任感是强烈的，很多时候甚至是作家创作的动力和源泉，是一种难能可贵的精神支柱。于万安来说，它无疑是由以忠诚为核心的警察价值体系、面对困难而坚守的人文情怀，以及繁重复杂的工作所磨砺出的牺牲奉献、勇敢无畏的精神所凝聚而成的。这是一种独特的精神状态。恕我直言，那是非公安作家所不能完全体会的状态。这种状态属于万安，也属于更多的身着警服的侦探小说作家们。而这种状态，无疑是侦探小说文学表达丰富性的最坚实的思想基础。

我认为，中国侦探小说表达的丰富性，固然包含着所有作家的努力，但在核心创作理念上的一种执守，才是中国侦探小说蓬勃发展乃至今天的丰富的重要基础。总体而言，凡成功之侦探小说，不管其作者身份、创作风格和刊发形式，都必然是以“正义战胜邪恶”为宗旨的。1996年出版的《侦探小说学》，是我国新时期第一部关于侦探小说创作研究的专著，黄泽新、宋安娜两位学者就旗帜鲜明地指出：“精细、惊险、紧凑、崇高，都是侦探小说创作的基本美学原则。”他们特别强调：“侦探小说从一定意义上来说，是一种同犯罪作斗争的文学，它描述的是丑恶、凶残的犯罪，而浸润其中的应当是崇高的思想。”而无疑的，今天公安作家万安笔下的侦探小说，其中必然蕴涵着的中国公安精神，是当然的崇高境界。

有了这样的意识和这样的担当，侦探小说的丰富性就不再是飘浮在半空中的海市蜃楼，而是植根于我们这片热土的、有着中国风格和中国气势的文学流派。不管是公安作家和非公安作家，只要心中有正义，笔下必定有乾坤，必然能创作出优秀的侦探小说作品。

让我们来看万安的创作。毫无疑问，作为一名优秀的公安作家，万安的创作风格是相对传统的，是比较典型的公安侦探小说，或者被某些评论家直接称之为“刑警小说”。有人曾把万安和另一位优秀的公安作家吕铮相比较，甚至有“北有吕铮南有万安”的说法。吕铮和万安，当然有一定的可比性，都毕业于警察院校，都长期从事与犯罪作斗争的刑侦工作，创作也都以长篇小说见长。我们暂且不谈吕铮，读万安的作品，我有几点粗浅感触。一是他旺盛的创作激情。动辄几十万字的长篇，读来每每有一气呵成之感。人物塑造的鲜明，故事设置的激烈，语言叙述的快节奏，都表现出作者充沛的创作激情与活力。二是他对于素材积累的合理运用。身为刑警，生活积累必然丰富，这是如万安这样的作家的优势。但是，素材的合理运用，如取舍，如剪裁，如虚与实的结合，也都是很考验作家功夫的。万安在这方面的功力，是值得赞许的。三是节奏的把握。在《侦探小说学》中，是明确把“紧凑”也列为侦探小说美学原则之一的。万安在节奏把握上很娴熟，他甚至借鉴了影视创作的一些手法，力求作品的快捷、紧凑，跌宕起伏，达到吸引读者的效果。

更重要的是，万安的作品始终洋溢着一种正气，一种生发自作家内心的正义之感。这种浩然正气，其实是潜移默化引导并左右着作家创作态度和创作技巧的重要思想根源。

回到侦探小说表达丰富性这个话题。万安的创作总体上虽偏传统，但他独特的思考与创作手法，他明显的个人语言风格，还是使他的作品为侦探小说表达的丰富性提供了优秀的样本。其实作家都是独特的，他们的作品也都会呈现出独特的面貌。目前公安作家中以创作侦探小说为主的几位，就各有其过人之处：吕铮的人物刻画，雷米的人性剖析，秦明的细致入微，马拓的诙谐幽默……如果我们把视野扩展到更多的侦探小说作家中去，那么那些甚至引发了争论的作品，读来也都会有着不同凡响之处，也都为中国侦探小说表达的丰富性增添着色彩。

我们今天研究并提倡中国侦探小说表达的丰富性，旨在提高侦探小说的创作水平，努力使中国侦探小说向世界侦探文学高峰挺进。从这个角度说，万安的创作有着可供研究的意义，他在创作上的成就是值得称赞的。当然，万安还很年轻，他脚下的路还很长，希望万安不懈努力，不断推出新的作品，为中国侦探小说创作水平的进一步提高，而贡献出自己全部的聪明才智。

当年，程小青先生在他的作品中曾借一位作家之口，这样阐述了侦探小说创作的初衷："我写侦探小说，是想改造那些怀着畸形幻想的头脑，我要他们不畏惧，不骄傲，不苟且，不敷衍，不利己害人，不存着许多污秽的卑鄙的恶念，而应该知道做人是替社会尽义务，也就是自己尽责任。"前辈的话，至今仍应该是我们每一个创作侦探小说的人所应铭记的。

（序作者为中国文联全委会委员，全国公安文联副主席）

目　录

眼花缭乱纷繁复杂的文字，
往往言不由衷词不达意，
真正心灵的交流无需言语，
在饱经人世间的九九八十一难后，
最终我们不得不承认，
灵魂已经飞出了十万八千里，
而身体和意识却仍然留在原地，
挣扎哀嚎逐渐残缺腐烂……

第一章
惊魂处，香消玉殒佳人绝

7月初，季夏。

午夜。

天空阴云密布，黑压压的，气候又湿又闷，整个东海市像死一般的沉寂，闷得人喘不过来气。

远处云端上忽闪着雷电的光亮，如同在破棉絮般的黑云上，呼啦呼啦地燃烧。

远处传来隆隆的雷声，声音沉闷而又迟钝。

一段漆黑的高架路上，一辆黑色的小轿车缓缓停下，熄火，关掉了车灯。

一名男子从车内冒将出来，他穿着深色雨衣，拉起了连衣帽子，戴着口罩，与黑暗融为了一体。

一阵疾风吹起，四周荒凉寂静，只听到一阵树叶被风拂动的沙沙声，如泣如诉。

男子拉紧雨衣，向路边走去。他挨着高架路边沿，拿出手电筒向底下张望，光束所到之处，是一片茂密的小树林。

男子关了手电筒，在黑暗中刚要回身，突然一个黑影肩上扛着一个人型的东西,如幽灵般来到了他的身边。

男子心里一沉,头顶上一道闪电如惨白的火,急骤驰过,瞬间划亮了夜空。

男子瞬间看清了一切,连忙上前伸手想要拦阻,黑影势大力沉,身子一侧使劲儿一甩,肩上人型的东西便从身上抛落。

黑暗中,传来了树叶树枝被刮到的沙沙声,紧接着,一阵刺耳、绵延的金属网剧烈碰撞、摇晃的声音伴随着咔嚓嚓的巨雷,震得人心收紧,大地动摇。

男子探出身子俯视着黑暗的树林,沉默了几秒,随即用拳头狠狠捶打水泥路沿。

男子转头盯着黑影,黑影冷漠地站在路边,没有任何情绪波澜。

男子拉起黑影迅速上车,此时,天空又一道惊雷炸响,闪电瞬间照亮了漆黑的高架路,暴雨随即倾盆落下,黑色小轿车渐行渐远,消失在滂沱暴雨中。

7月4日,清晨,东海市西郊区。

天色微明,乡村的林间小路在晨曦中弥漫着一层薄雾。

农民老罗叼着烟开着电瓶三轮车,车斗里装满了新鲜草莓,在林间小路上颠簸。

老罗行驶到一段高架桥下的路段,一皱眉,感到一阵尿急,将车停在道旁,走进了路边的绿化带里。

老罗向绿化带深处走去,来到桥墩不远处。他轻哼小曲,解开裤子撒尿,忽然一侧脸,看到不远处铁丝隔离栏上挂着一个白花花的东西。

老罗揉了揉眼睛,稍稍挪了两步,定睛仔细一看,只见一个年轻的女人,浑身赤裸,四肢撑开、大头朝下,倒挂在隔离网上,隔离网和支柱都被压弯了……

老罗被眼前的惨状吓得魂飞魄散，眼睛瞪直，烟头从颤抖的嘴唇上掉落，他惨叫一声，连滚带爬，慌不择路……

一夜暴雨后，天如碧洗，旭日东升。

东海市公安局刑侦总队。

重案支队是刑侦总队的王牌支队，号称“尖刀上的刀尖”，位于刑侦大楼第五层。

重案支队支队长孟根山的办公室处于走廊的尽头，十分安静。

孟根山，今年四十五岁，长得成熟稳重，看着比实际年龄稍大一些，一张四方脸，眉毛浓黑而整齐，一双眼睛闪闪有神，虽然有些谢顶，常年的风吹日晒还长出了老年斑，但是依旧精神矍铄。

他身着夏执勤警服，佩戴一级警督警衔。他坐在办公桌前翻阅着《网约车司机侵害女乘客案情纪要》，呷了一口茶，揉了揉眼睛，始终没有放松紧皱的眉头。

“梆、梆、梆”，忽然，传来一阵急促的敲门声。

“请进。”

一位梳着马尾辫、长相甜美的年轻女警员推门而入，她忽闪着一双大眼睛，慌慌张张。

“孟支，出大事啦！”

“慌什么！高一萌同志，都工作几年了，还跟没见过世面一样，好好汇报！”孟根山严肃地说。

高一萌深呼吸，让气息和表情都平稳下来：“报告孟支，西郊区罗甸派出所接到报警，说在高架路下方的树林里发现一具裸体女尸。”

孟根山眼神一凛，立刻起身，随手合上了手头卷宗：“通知下去，全套马上出警！你师傅常虹呢？”

“常副支队长今天请假，拍婚纱照去了。”

孟根山闭眼回忆、轻拍额头，想了一秒，轻声嘀咕道：“嗨，我带人先过去，你跟他说一声，拍完照再过来吧。”

高一萌点点头，紧跟孟根山跑出办公室。

与此同时，老城区金夫人婚纱影楼摄影棚内。

“准新郎”常虹站在全身镜前，对着镜子仔细地调整仪容。

镜中的这个男人，正是而立之年，相貌堂堂，气宇轩昂，眼神深邃，脸部线条如雕刻出来一般。他穿着一身黑色燕尾服，内搭白衬衫，系上了红色领结，贴身定制的礼服更彰显他修长健硕的身材。

他对着镜子理了理发型，把领结调整到满意的角度，检查袖扣和袖口，捋平了衬衫和燕尾服的小皱褶，再次打量镜中的自己，露出了满意的微笑，走到了摄影棚的布景下，眼光看向女宾通道。

“准新娘”黄梦婷年轻靓丽，身着一袭洁白的婚纱，拖着长长的裙摆，向布景缓缓走来。她眼神清澈灵动，似一汪清澈的泉水，颇具文艺气质，远远地朝常虹微微一笑。

两位新人就位，默契贴近，常虹幸福地微笑着，轻轻搂住黄梦婷的后腰。

“好，准备，看镜头……”摄影师摆弄着相机早已准备多时。

话音刚落，常虹的手机铃声忽然响起，常虹一激灵，立刻掏出手机看了一眼，不禁皱眉，抬头看着黄梦婷。

黄梦婷微微点头，示意他先去旁边接电话，随即回头向摄影师致歉。

摄影师的身后，黄梦婷的公司助理小雅，长着一张娃娃脸，眼神里透着古灵精怪。她一手抱着黄梦婷的衣服和包，一手拿着手机，无奈地对着黄梦婷摇头，故作嫌弃地翻了个白眼，正要开口说话。

黄梦婷假装严肃，瞪了她一眼，示意她收声。

常虹接完电话，神情严肃地走回了黄梦婷身边："梦婷，能不能改天再拍？我得出现场……"

"又是命案？就这么急吗……"黄梦婷秀眉紧蹙。

小雅走到他们跟前，一脸八卦好奇："是不是在西郊区？网上说西郊高架桥下惊现一具裸体女尸，恐怖至极……据说这才是真正的'赤面淫魔'所为！"

常虹看了她一眼，故作深沉，不作回应。

黄梦婷缓缓叹息："又是女性受害者。那你先去吧，看你也没心情好好拍照了，我可不想婚纱照拍得愁眉苦脸的。"

常虹欣慰一笑，搂过黄梦婷，在她额头上轻轻一吻。

黄梦婷嫌弃道："哎！都是粉……"

常虹随即脱下了黑色燕尾服，正准备出发，黄梦婷低头想了想，喊住常虹："哎，要不我跟你一起去吧？我们爱心基金会最近在搜集女性被性侵加害的案例，特别是'赤面淫魔'最近闹得很凶。"

常虹回头，眼神中充满了怜爱，笑着说，"别去了，发现尸体的现场还不知道什么情况。你们要案例，还是等调查结束吧。"

黄梦婷懂事地点点头，目送常虹的背影进入更衣室通道，神情透出遗憾。身旁的助理小雅看着黄梦婷，忍不住摇头叹息。

黄梦婷看了小雅一眼，忽然想起什么："你网上看到西郊区发现女尸，什么情况？"

"具体不清楚，网上说尸体跟青蛙一样被挂起来了……之前网约车司机奸杀女乘客的案子刚刚破案，一波未平，一波又起，还是没有逃离'赤面淫魔'的阴影！"小雅一边说，一边做着鬼脸，身体不禁一哆嗦。

黄梦婷一脸匪夷所思，立刻眉头紧锁。

“走！”黄梦婷坚定地说。

西郊区，高架桥下绿化带。

晴空万里，天上没有一丝云彩，太阳把地面烤得滚烫。一阵南风刮来，从地上卷起一股潮湿的热浪，又闷又热使人感到窒息。

绿化带内拉起了警戒线。警戒线内，重案支队的刑警们在孟根山的带领下各司其职。中心现场，现场勘查组的组长、法医室主任周睿和副组长痕迹室主任严启成，率着各自组员，穿戴头套、手套和鞋套，在炎炎烈日下开展现场勘查和初步的尸检工作。

警戒线外，罗甸派出所的民警们在维持秩序。不少附近的村民都出来围观，还有不少从市区赶来的八卦媒体和自媒体人，都拿着各种便携式视频录制和采访设备，一边张望，一边争相播报现场的情况。

这时，常虹带着重案支队刚刚从中国刑警学院毕业的年轻刑警马龙和徐勇，从孟根山后面小跑过来。

“孟支！”

“来了？照片拍完了？”孟根山回头，看到常虹有点意外。

“没心思了……”常虹摇头道。

孟根山欣慰地一笑，轻拍常虹的肩膀以示安慰。

“都过去看看吧。”

常虹走到尸体附近，不禁皱眉，马龙和徐勇也不禁倒吸一口凉气，都被眼前情形震惊。法医室的警员们刚刚铺好裹尸袋，正在将尸体从铁丝网上缓缓地取下，拍照取证的警员摆弄着照相机，发出咔嚓咔嚓的声音。

现场勘查组副组长严启成，三十岁出头，身着深蓝色现场勘查服，因为一直捂着头套，额头、鬓角都渗出汗珠。

“孟支、常支。”严启成看见孟根山等人走过来，赶紧上前汇报：“经过初步的现场勘查，我将初步的情况汇报一下。”

孟根山点头示意。

严启成清了清嗓子，继续道：“尸体是附近罗家村里一个种草莓的罗姓农户发现的。我工作这么多年，都没有见过这么奇怪的情况，尸体像只青蛙一样，被挂在那边铁丝网上。”

马龙和徐勇一边看向铁丝网，一边记录，稚嫩的脸上写满了不可思议。

马龙：“这凶手的手法也太变态了……杀人抛尸，还要挂上去！”

严启成：“应该不是挂上去的，铁丝网上的突刺已经扎破了尸体后背和腰部，你们看，尸体下方的铁丝网和支柱都被压弯了，从痕迹力学的角度讲，如果是人为挂上去的话，那么这个人臂力惊人，身高应该在3米以上……”

常虹抬头，目光深邃：“这么大力道……难道是从上面抛下来的？”

孟根山看着被压弯的隔离铁丝网和支柱，又抬头看了看上面的高架桥，神情严肃，没有表态。他犀利的目光又转向女尸。

女尸被平放在裹尸袋里，法医室主任周睿正带着几名年轻的法医，蹲在女尸边上对尸表做初步的检验。

看到孟根山和常虹走过来，周睿立刻站了起来。他三十六七岁身材修长挺拔，精干利落。

周睿擦了一把额头的汗水，汇报道：“孟支，常支，该女尸长168公分，年龄不大，面部有被捂压过的痕迹，玫瑰齿明显，双手和外手肘有抵抗伤，尸体腰部被铁丝网刺入，初步判断有肾脏出血的情况；全身尸僵已经缓解，死亡时间应该在48小时以上；尸体腹部肚脐眼边上有朵玫瑰文身，除此之外，尸体没有其他显著特征。奇怪的是，尸体发现时，虽然是背部向下挂在铁丝网上，但她的面部出现了红紫色的尸斑，口鼻处有血液渗出，躯体胸腹部正面、大腿正面也都产生了尸斑，可以推断，应该是死亡后被挂在了铁丝网上，这里不是第一现场。”

严启成随即补充：“血液痕迹只在铁丝网下面的草丛上发现，应该是尸体腰部被刺穿之后，顺着身体流下来沾上的。我们在铁丝网周围和附近树林里，没有发现任何与尸体有关的物证，也没有发现尸体被拖动的痕迹……结合刚才大睿的初步尸检结果，应该还有更早的现场。”

孟根山若有所思：“会不会，是昨晚一场大雨将痕迹、物证……”

“有这个可能。”严启成抢答道，“我们再进一步勘查一下。”

孟根山微微点头，常虹一边认真思索，一边迅速详细地记录。

“汪、汪、汪”，随着几声响亮的犬吠，警犬队也来到了现场。警犬队郭队长一路小跑向孟根山报到。

孟根山：“郭队，你们就以这里为中心，分东南西北四个方向，展开地毯式搜查，不要放过任何蛛丝马迹。”

“是！”郭队长点头，随即转身吩咐带犬民警，分头展开搜查行动。

孟根山回头看向常虹：“小常，你也带人，去附近走访一下，看有没有什么线索。对了，外面有一群记者，你要小心应对。”

“是！”常虹收起工作日志，点了身后的马龙和徐勇，向外围走去。

常虹带着马龙和徐勇，刚刚走出现场勘查警戒线之外，就看到黄梦婷和小雅提着一大兜冰镇饮料赶来，不禁皱眉。

常虹接过饮料：“梦婷，你怎么找到这里来了？不是说了等调查结束，你再调研嘛。”

黄梦婷上气不接下气地说：“怎么样？被害人的身份确认了吗？

现在网上谣言四起。”

常虹神情严肃，看了眼黄梦婷，神情不悦。黄梦婷知道自己给他惹事了，不禁低下了头。

身边的小雅看着常虹的背影，有点委屈：“好心当作驴肝肺，冒着高温来慰问，这么凶干嘛。”

黄梦婷叹了口气，忍不住望了眼警戒线内正在勘查的刑警们，眼神充满焦虑。

常虹刚刚穿过了一群记者，抬头环顾四周，转身回头。忽然，他看到高架桥上有个染了一撮黄头毛、穿着花衬衫、戴着墨镜的男子，探着身子在向下张望，并且扶着高架桥路沿来回走动，探头探脑。

常虹目光尖锐，紧紧锁定高架桥上的黄毛男子。

常虹身后的马龙和徐勇也都抬头看到了这一幕。

高架上，黄毛男子也注意到了有人在看他，忽然退后，离开了常虹的视野。

常虹急声说：“走，去看看。”

常虹人高腿长，率先走下了高架桥，来到了孟根山身边，马龙和徐勇夹着黄毛男子紧随其后。

常虹：“孟支，发现一名可疑男子，刚才在上面窥探我们勘查办案，还假冒刑警。”

黄毛男子透过人群隐约看到了孟根山，隔着老远就喊起来：“孟支！孟支！我，我是小包啊！”

孟根山循声望去，看到了一小撮黄毛，然后是委屈的脸，连忙走了过去：“放开，放开，干嘛呢你们！这是新调来的同事包德荣！”

马龙和徐勇面面相觑，常虹使了眼色，马龙和徐勇赶紧打开了包德荣的手铐。

“是不是？是不是！”包德荣狠狠地瞪了一眼常虹，气呼呼地说道，“不信我！都说了自己人嘛！发型都被你们搞乱了……”

“行了，都是误会。”孟根山看着包德荣，向常虹介绍，“包德荣同志是东海市第二监狱的优秀狱警，因为搞‘狱侦’工作成绩出色，顾长青总队长钦点他到重案支队。他对我们支队的业务流程还不熟悉，就先跟着你吧，你多带带他。”

“是。”常虹无奈，只好点头答应。

包德荣：“常副支队长，我能看看现场吗？”

孟根山：“你带着看看吧。”

常虹瞥了一眼包德荣，又看了眼马龙：“给他个鞋套……”

常虹带队往里走，周睿迎面而来，两名法医抬着裹尸袋跟着。

周睿：“常支，我们把尸体带回尸检所，做进一步的解剖。”

常虹：“辛苦了，大睿。”

两人说话间，包德荣已经走到周睿身后，盯着黑色的裹尸袋有点好奇。

周睿看到包德荣也很好奇，给常虹努了努嘴。

“之前说要从监狱调来的新同事，就是他！”常虹说着转向包德荣，“这是总队现场勘查组组长，刑技中心法医室主任周睿。”

包德荣闻声走过来，殷勤地伸出双手，却发现周睿的橡胶手套上还沾着血迹，瞬间犹豫了。

周睿跟他点头示意：“抱歉，刚检查尸体，不太方便……”

包德荣点头，表情认真且严肃，眉头紧皱，大脑飞速旋转：“周组长，能不能看一下尸体……”

周睿和常虹默契对视了一眼，又看向包德荣。

周睿：“确定？”

包德荣面容淡定自信，他走到裹尸袋前，伸手示意拉开。

周睿紧跟其后，拉开了裹尸袋的拉链。瞬间，一股浓烈的尸臭夹杂着刺鼻的血腥味喷薄而出，一双布满血丝的眼睛死死地盯着包德荣。

“我靠！”包德荣大惊失色。

紧接着，他感觉胃里翻江倒海，一股股热流从口鼻喷射而出。包德荣扶着旁边的一棵小树，不断地干呕，把胆汁都快吐出来。

常虹掏出纸巾，走过去递给他，帮他轻拍后背：“第一次见尸体吧，不适应很正常，以后多出现场，就习惯了。”

“抱歉、抱歉，这是极品，没控制住。”包德荣直不起腰，还在干呕，勉强挥挥手包向常虹致谢。

常虹看向远处，说道：“好了就跟上，我们去附近村庄看看。”

“抓紧时间走访吧，赶天黑还要给孟支一个交代。”常虹打断了包德荣，不想再搭理他。

马龙和徐勇互相使了个眼色，跟着常虹向远处走去。

西郊区，公路边。

烈日炎炎，黄梦婷和小雅都戴起了墨镜和遮阳帽，站在路边等车来接。小雅不时看着自己的手机。

小雅：“这郊区也太偏了，半个小时才呼到一辆车！”

远处，一辆黑色轿车正在朝她们驶来。

小雅比对手机上的信息，说：“黑色宝马，来了来了，就这辆！”

小雅朝司机挥手，黑色宝马停在她们跟前，黄梦婷和小雅陆续上车，车辆随即启动。

西郊区，中心现场外围。

常虹等人接到严启成的电话，说是发现了抛尸现场。他们不敢怠慢，一路小跑赶来。

一片茂密的树林，警戒线已经拉起，严启成正带着手下在现场搜集痕迹和物证。

常虹等人进入警戒线内，小心避开草地上的痕迹标示牌，直奔严启成。

常虹："橙子，怎么发现的？"

严启成："警犬队循着血迹气味一路搜查，没想到在这儿发现了一些痕迹，离之前的抛尸地点，估计得有三四公里路了。"

常虹："能确定吗？"

严启成指着草丛上的人形轮廓，有他刚摆上的标识物："这草丛形状，明显是被压塌的；那边的草叶上发现了一些血迹，是不是同一死者的，等取样带回去，交给大睿，进行DNA比对就清楚了。"

常虹若有所思地点点头："如果DNA比对同一，那么很有可能是凶手慌不择路，把尸体随便这么一扔，事后又觉得在这里会被发现，于是又进行了第二次抛尸。"

严启成："也是老天眷顾，前天刚下过雷暴雨，幸好上面有树叶挡着，没完全冲刷掉这点血迹。"

常虹："附近还有什么轨迹痕迹？"

严启成："这就不太幸运了，那边草地上有些汽车轮胎轧过的痕迹，都被雨水冲得看不清了，还需要进一步分析。常支，你看……"

严启成转身回头，指向警戒圈附近的草地地面看去，随即他脸色一沉，包德荣此时正站在痕迹标识牌上东张西望。

严启成大吼起来："哎，新来的，你站那儿干嘛呢！那是重要痕迹！"

常虹气得倒吸一口气。

包德荣一脸不解，用手指了指自己，确认严启成在说自己之后，尴尬地笑着像猴一样往边上一跳。

严启成定睛一看，标示牌边稀疏草皮下的泥地上，留下了包德荣的鞋印。

严启成深呼吸，瞪了一眼包德荣："懂不懂规矩啊？我看你这年纪，也是个老同志了，怎么……"

包德荣低头看着草地，一脸困惑："这上面本来就什么都没有啊，我看这块草是塌的，以为你们都踩过了，我才站上去的。"

常虹："那很可能是凶手开车轧塌的，你以后跟我跟紧点。"

包德荣瞬间低头，很是惭愧。

常虹："破坏严重吗？"

严启成："算了，幸好你们来之前，我已经拍照留档了。"

包德荣："哎，你这同志年纪不大，诚心吓唬我啊！"

严启成冷哼一声，自顾自走开，继续勘查。

常虹瞪了包德荣一眼，示意他收声。

黑色宝马轿车行驶在返程路上。

网约车司机戴着墨镜，一顶黑色鸭舌帽，时不时通过后视镜，观察着后排的两个女乘客。

黄梦婷和小雅都已经取下了墨镜和遮阳帽，拿帽子在扇风。

小雅热得有点烦躁："师傅，天太热了，你开个空调吧。"

司机连忙从后视镜收回眼神，缓过神来，应了一声，按下空调按钮，缓缓地说："这个车子制冷有点问题，如果还是感觉热，先开会儿窗吧。"

黄梦婷注意到刚才司机的愣神，也透过后视镜观察着司机。

司机再次抬头往后看，不想与黄梦婷眼神交汇，随即低头避开黄的眼神，压低帽檐，还稍稍咳嗽两声作为掩饰。

司机戴着墨镜，黄梦婷还是看到了他煞白的脸，毫无血色的薄嘴唇，黄梦婷似乎有一种不祥的预感。

黄梦婷:“师傅,您是哪里人?”

司机直视前方,犹豫了一秒,只回了声“啊”。

小雅:“师傅,我姐问你话呢,你哪里人?”

“东、东海的……怎么了?车内温度合适吗?”司机转移话题,额头上渗出了一层汗珠。

黄梦婷听着声音有些耳熟,看着后视镜里司机低头的容貌,忽然脑海中闪过了一些碎片。

夜晚的漆黑的小树林里,只看见一双白色的蕾丝袜和球鞋在奔跑,树叶沙沙作响,还夹杂着女生惊慌喘息和痛苦抽泣的声音。

车窗外一股热浪袭来,黄梦婷忽然感到头晕目眩,脸色煞白,嘴唇颤抖,呼吸变得急促起来,她握着遮阳帽捂住了自己的胸口。

“婷姐,你怎么了?别吓我……”小雅发现了她的异样,连忙扶住她的肩膀。

司机通过后视镜发现了异样。

黄梦婷:“停车、停车!”

“师傅,停车,快停下!”小雅愣了一下,随即拍打前排司机的座椅。

司机愣了一下,随即靠边停车。

黄梦婷连忙下车,蹲在路边,尽量深呼吸,身体还有些轻微抽搐。小雅也跟着下车陪她,蹲下来轻拍她的后背。

“没事吧?”司机有些不知所措,“晕车?”

黄梦婷稍加平复:“你结下单,让师傅先走吧……我再缓缓。”

小雅愣了一下,一脸疑惑,还是照办,起身跟司机打招呼:“师傅你点到达吧,我这儿会自动扣款……”

“好的,现在的怪人真多……”司机说着便关上了车窗,自顾自开着车离开了。

“怎么说话呢？”小雅看着远去的宝马不服气地说道。

“小雅，没事，不怪他，是我不好。可能是中暑了，有些晕车，让我缓缓。”黄梦婷起身，轻轻扭过头，直勾勾望着宝马远去。

宝马车内，司机一边开车，一边注视着后视镜里站在路边的黄梦婷和小雅，平静如彼奇湖。

第二章
风乍起，暗潮汹涌浪难平

夕阳西下。

落日的余晖射在那点琐碎的乌云上，一片片火烧云层次分明，颜色由东向西逐渐变淡。

结束了一天的现场勘查，疲惫的刑警们马不停蹄赶回刑侦总队，准备继续开展工作。

常虹开着吉普领头，后面几辆警车跟着，行驶在高架路上。

车内，常虹戴着蓝牙耳机开车，马龙在副驾位置，包德荣和徐勇坐在后面，整个车厢里没人说话，气氛安静得十分尴尬。

忽然，常虹的手机铃声响起，他接起了电话，神情变得焦虑起来："喂？什么情况……行，我马上赶过去。"

马龙和徐勇听到这几句，也跟着紧张起来，坐直了身子，看向常虹。

马龙："常支，又有新情况？"

常虹："我女朋友可能是中暑了，现在在路边打不到车，我去送一下，我们总队见。你们换后面严启成他们的车吧。"

包德荣连忙打开手包，掏出一个小瓶子，身子往前探："弟妹没事儿吧，我有藿香正气水！"

常虹瞥了一眼小瓶装的藿香正气水，伸手接过："谢啦！"

常虹将车停靠在路边，包德荣、马龙和徐勇陆续下车。马龙拎起包德荣的手包，仔细地看了眼，随即松手放下，说："你是属机器猫的吗？"

西郊区的路边，前不着村后不着店。

常虹很快在路边找到了黄梦婷和小雅。

常虹神情担忧，不时透过后视镜看看后排的黄梦婷。

黄梦婷用了包德荣的藿香正气水，脸色已经恢复，神情还有些许紧张。

小雅在边上满脸气愤，还在喋喋不休地抱怨网约车司机："我就没见过这样的司机，空调都舍不得开，太抠门了。"

黄梦婷看着她，轻轻摇头，示意别说了。

常虹透过后视镜看着她，有点怀疑："怎么会突然胸闷心慌？司机没冒犯你们吧？"

黄梦婷看着后视镜，微笑着轻轻摇头否认："没有，司机全程都不太说话，也许是今天太热了，也可能我最近没休息好。"

"爱心基金会的事儿，你也不要太急，一口吃不成胖子。"常虹温柔地说，"我开稳点，你累的话就先睡会儿。"

黄梦婷对着后视镜欣慰地笑笑，身心放松，斜靠在小雅肩头，神情安详。

西城区，一栋破旧的公寓楼下。

这里有一套面积不大的一室一厅，是张炜出狱后唯一的归宿，也是他父母生前留给他和弟弟张毅最后的一笔财产。

刚刚被网约车公司辞退，张炜眼神阴郁，麻木地坐在驾驶座上抽烟，一脸愁容，副驾驶座上打包了两份盒饭。

烟已经烧到了过滤嘴，张炜只能熄灭了烟头。他长长地舒了一口气，又用双手搓了搓脸颊，让自己提起精神。

张炜提着盒饭，走到自家老房子门口，却发现门上、墙上已经被人用红色油漆写满了“欠债还钱”“老赖张炜死全家”，红色油漆滑落下来，拉出长长的痕迹。

张炜心里一沉，知道不妙。

可还没等他缓过神来，忽然闻到了一丝焦味，他不禁皱眉，连忙开门冲了进去。

只见灶台上的火还没熄灭，锅子已经打翻在地，地上散落着米粒和烧焦的锅巴。

张炜迅速关掉燃气灶，一回头，发现弟弟张毅蜷缩着肥胖硕大的身子，穿着邋遢的裤衩背心，在过道角落里瑟瑟发抖，双手还比画着一些奇怪的手势，发出猪一样的哼哼声。

张炜瞬间情绪失控，盒饭撒落一地，他大声嘶吼着，双手握成了拳头，举在空中胡乱地挥舞。张毅被吓得闭上了眼睛，浑身抽搐。

一阵癫狂之后，张炜面容枯槁，涕泪横流。他无力地蹲在了地上，双手揪着已经不多的头发，如行尸走肉一般长长地出了口气，目光慢慢看向张毅。

角落里，张毅蜷缩着躺在地上，小心翼翼地抬起头看向张炜，露出了怯生生的眼神。

与此同时，重案支队会议室，灯火通明。

案情紧急，孟根山连夜召开案情分析会，常虹、包德荣、周睿、严启成、技侦组长宋妍等人悉数到场。

常虹换上了警用衬衫，佩戴一级警司警衔。包德荣坐在常虹身旁，同样佩戴着一级警司警衔，与常虹相比，他头上那一撮小黄毛显得格外突兀。

孟根山环顾四周，严肃地说："'7·4' 抛尸案，手段残忍，丧尽人伦，影响恶劣，在网络自媒体上，还激起了'赤面淫魔'的谣言，引起民众恐慌，影响十分恶劣。顾长青总队长作出重要批示，一定要从严从快将犯罪分子绳之以法。从早上勘查抛尸现场到现在已经十个小时了，大家把各自获取的线索和信息汇总一下。"

孟根山看向周睿，示意他先陈述法医报告。

周睿留着标准的三七分头型，佩戴三级警督警衔，他清了清嗓子打开话筒："这名女性被害人，身高一米六八，体型匀称，没有生育史。根据进一步的解剖情况分析，死者遇害已经超过了48小时。通过肋软骨推断法，推测死者的年龄应该在28岁左右。尸体面部出现尸斑、肿胀，容貌已经无法辨认，我们通过三维相似人相法模拟画像技术，大致还原了死者的生前相貌。"

周睿说着，操作手中的遥控器，在会议室的八十寸触屏电视上，展现了被害人的面容修复照片。

修复照片中，被害人容颜姣好，面似芙蓉肌似雪，眼似桃花眉似柳，绝对是绝世佳人。

包德荣看着修复照片，不禁嘀咕："红颜薄命啊……怎么有点眼熟？"

常虹朝包德荣投去一个眼神，示意他不要插话。

周睿继续汇报道："死亡时间应该是7月1号晚上12点左右，死者胃内容物为猪肉、鸡肉、鱿鱼、青笋、芹菜、辣椒、米饭等，根据消化程度可以分析出死前最后一餐是7月1号下午3点左右，经过毒理化分析，胃内容物没有化验出毒物成分，初步可以排除被人下毒，不过，膀胱里的尿液以及心包血都检测出了冰毒的代谢成分。"

孟根山眉头紧锁，追问道："剂量呢？"

"可以确认死者生前吸食了一些冰毒，但剂量并不致死。死者颜面部出血点较重，口唇黏膜会有挫伤，玫瑰齿明显，面部有皮下出血和挫伤，双侧球睑结合膜出血点明显，会厌部及气管上段黏膜见多量的出血点等情况，初步判断死因是‘机械性窒息死亡’，就是俗话说的，被人用棉被或枕头等捂死的。”周睿停了一下，看了看孟根山，接着说，“我们还在死者的阴道内检测出了一种残留的精液，确认死者生前发生过性关系；但并未在现有的档案库里发现匹配精液DNA的嫌疑人。”

包德荣恍然大悟，打了个弹指，自言自语：“明白了！”

孟根山远远听到了包德荣的嘀咕，点他名：“我们新来的包德荣同志很积极啊，有什么想法，说说看。”

包德荣面带微笑，打开话筒：“各位领导、同事，以我的经验分析，很可能就是小年轻吸毒嗑嗨了，发生性关系的时候，可能还嫌不够刺激，玩变态的性窒息游戏，然后就失手弄死了，死了之后不知道怎么办就抛尸了。”

包德荣的说辞天马行空，与会的刑警们都面面相觑。

常虹默默低下了头，忍不住挠了挠头。

周睿轻轻叹气，继续补充：“死者的双手、手肘外侧均有多处抵抗伤，证明死者死前有过长时间或者激烈的挣扎，她有耳洞，手指上有长期戴戒指的印记，然而我们在两处抛尸现场，均未发现死者的相关财物。所以，死者被劫财劫色，也是有可能的。从法医的角度看，很可能是一起针对年轻漂亮女性，临时起意的抢劫奸杀案。作案人数我认为一个人也是能完成的，如果是两个或两个以上，那么另外的人很有可能是从犯，只是协助犯罪嫌疑人抛尸。”

严启成眨了眨眼，看来有不同的意见：“各位领导，我从痕迹的角度，谈一下我的想法。”

“继续。”孟根山点头示意。

严启成：“经过一天的勘查，我们也只发现了两处抛尸地点，尚未发现案发的第一现场。这起案件最奇怪的是，凶手至少抛尸了两次，他为什么要冒着暴露的危险这么做？”

严启成将大屏幕切换成抛尸现场尸体挂在隔离网上的照片，说：“尸体从高架上抛下来，手法稳准狠，手段极其残忍恶劣！我觉得还有一定报复社会的性质。”

包德荣连连点头，轻声嘀咕：“泄愤呗。”

常虹有些不耐烦，稍稍侧身，看向包德荣，轻声关照：“多看、多听、多学、多做笔记，别急着下判断。”

包德荣有些不服气，闷头开始做笔记。

马龙佩戴三级警司警衔，他犹豫再三还是忍不住打开了话筒：“孟支，常支，我有个不太成熟的想法。”

“不要紧，年轻同志就要多发言。”孟根山鼓励道。

严启成附和道：“没事的，说说看。”

马龙备受鼓舞：“我觉得扒光衣服，曝尸荒野，本身就是泄愤之举。连续两次抛尸，第一个抛尸现场较为隐蔽，而第二个抛尸现场却非常明显。我判断，死者和凶手之间可能有很深的恩怨过节，结合奸杀、挣扎这些因素，很可能，连续抛尸也是杀人之后，继续泄愤的举动。所以我认为作案性质，很有可能是仇杀或者情杀。”

严启成赞同道：“从现场痕迹推断，仇杀或者情杀的可能性很大，作案人数应该在两个或两个以上。”

“橙子，那为什么死者体内只有一种DNA？”周睿反问道，“我觉得仇杀、情杀和两人以上作案的可能性不大。”

“大睿，那你解释一下，既然是抢劫杀人，为什么要在光天化日之下，扒光衣服，曝尸荒野？”严启成针锋相对。

“光天化日曝尸荒野有一定偶然性。”周睿回击道，“扒光衣服和随身物品是为了不暴露死者身份。”

“偶然性？”严启成固执道，“你的逻辑不成立，我还是不同意你的观点。”

痕迹严启成与法医周睿的观点针锋相对，众人不置可否，相互讨论起来。孟根山看向了常虹：“常虹，今天大家都很积极啊，你说说。”

众人随即安静，目光投向了常虹。

常虹挺直腰板，整了整衣领：“经过一天的走访，我们并没有发现目击者。抛尸大概率是发生在半夜甚至凌晨，而且选择这种荒郊野外作案，可见凶手是有所准备的，而且心理素质还很沉稳；然而，他又进行了第二次抛尸，这是很冒险的举动，似乎又说明他的心理并不是很成熟，我认为很有可能是第一次作案。最后一次抛尸是从高架上，而且严组长在另一处抛尸地点发现了草坪被轮胎轧过的痕迹，这说明凶手应该有交通工具。抛尸路段监控查到了吗？”

常虹看向了技侦组长宋妍。

她看着常虹，无奈地摇了摇头：“两处抛尸现场我们都去看了，因为在郊区偏远地段，监控也不齐全，再加上一夜暴雨，抛尸地点都处在监控盲区。我们已经在抓紧调集邻近区域、路段的监控视频，尽快筛查可疑的车辆和人员。”

孟根山点头予以肯定，说：“宋妍，你们也可以去查一查近三天内，晚上10点至凌晨4点，附近电话基站的数据。”

“明白。”宋妍的回答铿锵有力，清脆悦耳。

徐勇眉头紧皱：“对该案我有一个疑问。如果是用车辆运送尸体并抛尸，作案范围就更广了；到底是什么车，凶手是本市的，还是外地过境车，就更加说不清了，这不等于大海捞针嘛……”

“徐勇，善于思考是好事。”常虹说，“我们干刑警的就是要大海捞针，从事到案，从物到案，从人到案，都是可以推进的思路。”

“宋妍，是时候展现你真正的技术了。”常虹一本正经地说，“咱们刑侦智能云里面的人像比对功能，要发挥作用了。”

“刑侦智能云，可是我们刑侦工作未来的希望啊。”孟根山补充道。

宋妍笑笑，向周睿询问：“周组长，修复的肖像照片拷给我一份。”

周睿点头，递给宋妍一个U盘，宋妍随即全神贯注地开始操作她的法宝——刑侦智能云。

常虹托着下巴思考：“其实刚才马龙从人际关系的角度考虑作案动机也没错，死者的身份尚不明确，目前做判断还有点早。周组长，死者身上还有什么其他特征或者线索吗？”

周睿点点头，在大屏幕上展示了尸体腹部文身的局部照片：“死者最明显的特征，是腹部肚脐右侧，有一朵玫瑰花文身。这样的文身，在赶时髦的年轻人当中，也很常见。”

“是的，这样的文身非常普通。”常虹说，“不过这个位置还是相对较少，说明死者也是一个多情的女人，我们也可以通过走访文身店去调查调查。”

周睿继续补充：“另外，死者生前化过妆，因为高温和暴雨，妆容有点花了，通过提取并比对了粉底和眉笔的残留物之后，可以判断死者用的是比较高档的化妆品品牌；死者还做了接发，大概有120束，发质和做工比较精致；脚后跟有磨损，应该是穿高跟鞋留下的；胸部做了硅胶填充，就是‘隆胸’，填充物却是比较廉价的国产品牌，据此推断，我们认为死者的经济条件似乎有很大的变化。”

包德荣听得灵光乍现，忍不住脱口而出：“是个小姐啊！”

常虹等人听到他插话，不禁投来嫌弃的眼神，孟根山却欣慰一笑，连忙帮他圆场：“没错！包德荣同志，以前做狱侦工作的时候，长期跟社会上的三教九流打交道，社会经验还是很丰富的。你是怎么判断的，说说看？”

包德荣连忙站起来，走到大屏幕前，毕恭毕敬对大家点头，认真解答:“根据周组长提供的线索和照片,这个美女生前明显很爱追求时髦,接发和化妆品质量都比较高档,证明她很舍得给自己花钱,换句话说她是靠相貌吃饭。”

包德荣忽然捂着自己的胸口说:“为什么填充硅胶却选了档次不高的?那只能说明她以前经济条件并不好,用高档化妆品,改造发型,那都是最近的事情。而且,她最后一餐是下午3点,吃的东西也不是很昂贵,这很符合一个做夜场的小姐的生活规律。所以,我推断她很可能是公司公关或者会所行业的女性从业者,这种姑娘我以前在工作中也遇到过不少。”

孟根山点点头:“有一定道理。”

“包德荣同志说得有道理,刚到现场的时候我也这么怀疑过。”常虹肯定道,“小姐是高危行业,社会关系复杂,情杀仇杀或被劫持奸杀都有可能,还是先试试,以人到案这条路。”

包德荣笑着对孟根山、常虹点头,回到了自己的位子上,有些得意。

“宋妍,刑侦智能云里面,在失踪人员库和治安重点人口这个范围里,用这个模拟画像查一查。”常虹提议道。

“我再补充一下。”孟根山说,“周睿发现死者吸毒,这也是一条重要的线索。宋妍,在吸毒人员库里面也重点搜寻一下。”

“OK!”宋妍立刻带领团队各司其职,展开了细致的比对工作。

凌晨3点,重案支队会议室依旧灯火通明。

忽然,宋妍兴奋地敲了两下回车,眼神放光:“找到了!”

众人齐刷刷地看向宋妍,宋妍立刻在大屏幕上投出了她检索到的资料照片。

“孟支,我刚才利用人像比对,发现被害人跟西郊区维纳斯公馆,一名叫罗红艳的女性服务人员很像，目前，只能说是容貌高度相似，大概率是同一个人，而且这个人也有吸毒史。”宋妍言语肯定。

大屏幕上，左边是周睿修复的被害人模拟画像，右边是特殊行业在公安局备案登记留下的罗红艳证件照，相似度确实很高。

包德荣眯着眼睛看着照片，暗暗嘀咕，似在回忆什么：“维纳斯公馆……罗红艳……”

孟根山竖起大拇指，肯定宋妍的工作效率：“漂亮！看来科技还是第一生产力啊。”

“大睿的模拟画像也功不可没。”常虹也很兴奋。

“罗红艳……罗家村……农户老罗……”包德荣又暗自嘀咕道，“太巧合了吧。”

“常虹，明天，哦，不对。”孟根山看了看手表说，“会后回去休息一下，今天上午，你带人去维纳斯公馆，了解一下情况，请里面的工作人员来辨认一下尸体，尽快确认死者的身份。”

常虹：“是！”

案情分析会暂告断落，重案支队成员陆陆续续离开，孟根山示意常虹到他身边坐下，两人轻声交谈。

孟根山：“新来的包德荣，态度是积极的，很想多多表现，也在尽力融入我们集体。他的学历、专业技能，包括刑警的规范和纪律，都是他的弱点，你要多帮帮他。”

“我尽力。”常虹勉强露出微笑，点头答应。

孟根山看出端倪：“这么勉强吗？听说他搞狱侦也是有一手的，连续破了好几个大案。所以顾长青总队长才钦点他来我们重案支队。顾总人在北京出差还没回来，就急着让他先来报到了，是有道理的。”

常虹:“明白。”

孟根山:“交给你了啊,你可是中国刑警学院的高材生,尽快帮他熟悉业务和纪律,早日形成战斗力。”

常虹连连点头:“是,保证完成任务。”

夜已深沉。

黑洞的天空中点缀着几颗星星。

黄梦婷在自己的闺房里,已经陷入了梦魇,她辗转反侧,表情痛苦狰狞。

【黄梦婷梦境】

夜晚的小树林里,树叶沙沙作响,还夹杂着女生惊慌喘息和抽泣的声音。

一双白球鞋在奔跑,蕾丝边的袜子明显是女式。

“啊”的一声,女生被扑倒在地。

女生倒在地上迅速撑坐起来,一边无助后退,一边哭泣摇头,那张青涩的面孔,分明是高中时候的黄梦婷。

黑暗中,一个中等身材、有些瘦弱的男人黑影俯视着他,逆光看不清面目,压迫感极强,突然间猛地扑向她。

少女黄梦婷一声惨叫,接着连连哭泣哀求:“不要、不要……”

男子使劲儿按住黄梦婷的手脚,全然不顾她的哭求。

黄梦婷的双脚拼命乱踢,试图抵抗,渐渐失去了力气,停下挣扎,只留下一连串抽泣声还在绵延……

黄梦婷大口喘着粗气,从梦魇中挣扎着醒来,她筋疲力尽,额头和鬓角已经湿透。

黄梦婷费力地伸手从床头柜拿过手机,屏保是常虹和她一起出游的甜蜜生活照，屏幕显示时间是凌晨4点47分。

黄梦婷无力地放下手机，深呼吸，慢慢让自己平复，毕竟再也无法安眠。

与此同时，张炜家老房子。

狭小的卧室里，摆了两张床，显得更加拥挤局促。

弟弟张毅在大床上睡得横七竖八，毯子都被踢开了，深沉的呼吸声里，夹杂着长长的呼噜声。

哥哥张炜睡在靠房门的小床上，显然他已经进入了梦魇，他满脸通红，双手紧紧抓着毯子，头颅不自觉地颤抖晃动。

【张炜梦境】

夜晚的小树林里，树叶沙沙作响，还夹杂着女生惊慌喘息和抽泣的声音。

张炜穿着白衬衫，面容青涩稚嫩，他拼了命地奔跑，时不时还回头观察，眼神惶恐。

张炜身后幽暗的小树林里，两双有力的脚，全力追逐着他。

张炜再次回头，却被后面的人扑倒。

张炜被死死地摁倒在地，他嘶吼着想挣扎起身，可根本动弹不得，一把手枪抵在了张炜稚嫩的脸上，张炜哀嚎着，流下了泪水。

“砰、砰、砰”三声巨响，张炜梦境里一片漆黑……

张炜喘着粗气，猛地睁开眼，他意识到“砰、砰、砰”的声音来自现实，他迅速弹起身来，穿着睡衣来到了客厅间。

“砰、砰、砰”砸门的声音再次响起。

张炜看了看墙上的挂钟，现在已是早上6点整。

突然,“啪”的一声,房门就被猛地踹开了,室外天色微明。

两个染了黄毛的小混混率先走了进来,指着张炜破口大骂:“他妈的,让你赖着不走!”

说话间,两个混混将房间里的热水瓶、锅碗瓢盆等物件,一阵乱打乱砸。

人高马大的张毅也被惊醒,从卧室里走了出来。他明显痴痴傻傻的,起初不明所以,然而不久就被吓得瑟瑟发抖,涕泪横流,连忙躲到哥哥张炜的背后,紧紧抓住张炜的手臂。

不久,一个五大三粗、面相凶恶的男子嚼着槟榔,手里拿着一个蓝色文件夹,慢慢悠悠走进客厅。

两个黄毛小混混,看男子进来,毕恭毕敬地掏出香烟和打火机,说:“豹哥,点上。”

豹哥不慌不忙地深吸一口香烟。

他环顾四周,走到张炜和张毅兄弟跟前,照着毫无防备的张炜的脑门儿就是一个巴掌,骂道:“看,还他妈看。”

豹哥猛地掀翻了桌子,踢开地上杂乱的物件,扬起手里的文件夹,做出要扇张炜的样子,张炜条件反射地低头躲避。

张毅吓得像猪一样哼哼:“哥哥,我怕、我怕。”

随即一股暖流涌出,张毅尿了一地。

豹哥噗嗤一声笑出来,表情得意猥琐,两个小混混也跟着哈哈大笑起来。

豹哥:“一个软蛋!一个傻蛋!”

豹哥从文件夹里翻出一页纸,展示给张炜,抬高嗓门:“看到没?这什么?法院的判决书!”

张炜低着头,不敢言语,表情倔强。

豹哥放下判决书，又从文件夹里拿出了房产证，叫嚣道："看到没，房产证是我的名字，还有公证书……"

张炜还是不言语，红着眼睛愤怒地直视豹哥。

豹哥二话没说，合上文件夹，照着张炜的秃头狠狠地拍了下去。

豹哥咆哮："你瞅什么，瞅什么！让你滚，你不滚！净他妈在这儿犯贱，这已经是我的房子了，我的！"

边上两个小混混口中骂骂咧咧，不由分说便对着对张炜兄弟俩拳脚相加。

张炜和张毅兄弟俩毫无还手之力，被打得蹲了下来，蜷缩着抱在一起。

豹哥鄙夷地俯视着张炜，踹了一脚，张炜向后倒在地上。

豹哥："欠债还钱、天经地义，老子证件齐全，合理合法。"

张炜气息已经混乱，眼眶湿润，强忍愤怒道："我爸妈就留给我们这套房子，你要我们搬走，我们住哪儿？"

豹哥蹲下来，把嘴里的槟榔核吐在了张炜脸上："我他妈管你住哪儿，你跟我们签的合同，白纸黑字清清楚楚写着，你还不上钱就拿这套房子作抵押。他妈的，还想赖账！"

豹哥说完，对着张炜脑门又是一巴掌，张毅连忙去扶哥哥，兄弟俩坐在地上，浑身颤抖。

边上两个小混混，用脚踢了踢张炜和张毅，嘴里念叨着："赶紧的，赶紧的。"

张炜带着哭腔说："你们，你们这是套路贷，我最初就借了你们五万块钱，你们在合同里下圈套陷害我。"

豹哥瞪大眼睛，嚣张道："谁会借钱给你们这种没有信用的穷鬼？你跟我们签的合同是受法律保护的，不服啊？又想找上次那个派出所小民警？"

说着，豹哥露出轻蔑的笑容，拿出了自己的手机，硬塞给张炜。

豹哥："你打他电话，现在就打！打呀？"

张炜看着手机，没敢接手，豹哥冷笑着，收回手机，自己拨通了号码，打开免提。

电话里传来提示音：对不起，您拨打的号码暂时无法接通。

张炜疑惑地看着豹哥，豹哥一脸得意的坏笑，轻蔑地俯视张炜。

豹哥："就因为他多管闲事，我们已经找人把他手机都呼死了。告诉你欠债还钱，天王老子来了都不行。"

张炜低头沉默，犹豫不决。

豹哥恶狠狠地给两个小混混使了个眼色。

两个小混混使出浑身力气，一个左右开弓抽得张炜口鼻蹿血，另一个抬腿猛踹踢得张毅蜷缩在地上嚎啕大哭。

"哥哥，我疼，我疼。"

一阵腥风血雨、鬼哭狼嚎之后……

"别打了，我搬，我搬！"张炜绝望地跪在地上，声音中带着哭腔。

"收！"

两个混混闻声停手，累得喘着粗气。豹哥转过身来，揪着张炜的头发："你他妈之前藏了一串钥匙，交出来。"

张炜歪着头，翕动着嘴唇，无奈地从裤兜里掏出了一串房门钥匙，伸手递给豹哥。

豹哥一把夺过钥匙，张炜别过头，眼角泪水滑落。

豹哥恶狠狠地说："限你们今天就滚蛋，晚上我还来验收，别让我再看到你。否则，打断你的狗腿，揪光你的杂毛。"

豹哥说着，把房屋钥匙扔给了手下混混，转身要离开。

张炜扶着张毅，勉强站起来。

豹哥似乎又想起什么，转身回头，朝张炜轻蔑地抬了抬下巴："车钥匙。”

张炜一脸愤恨，露出了难以置信的神情，手伸进了裤兜紧紧握住，迟迟不愿掏出汽车钥匙。

一个混混立刻上前，“啪”地又打了张炜一个嘴巴子，张炜瞬间懵掉。

两个混混趁势，一个按住张炜的手，一个从他裤兜里抢出了车钥匙，扔给了豹哥。

张炜哀求道：“那是我赚钱吃饭的家伙。”

话音刚落，一个混混一拳又打在张炜肚子上，张炜又捂着肚子蹲了下来。

豹哥骂道：“少他妈废话，你个死秃子，有手有脚，干点别的不行吗？你这台破车也能抵个几万，我们是在帮你，操，脑子不好使！”

张炜瘫坐在地上，一缕头发从头上耷拉下来，脸上红一块紫一块，眼泪不自觉地滑落，他只能直愣愣地看着豹哥，无可奈何。

豹哥带着两个混混走到门口，又忽然转身：“还差二十万，你小子手机给我二十四小时开着，你要是敢赖账跑路，我把你的傻猪弟弟卖到黑煤窑去。”

说罢，豹哥等人摔门而出，扬长而去。

张炜看着地上一片狼藉，沉默不语，任由眼泪滑落下来。张毅抓着他的手臂，把头埋在张炜肩头，像猪一样哼哼唧唧，失声抽泣。

夜。

静得瘆人。

刑技中心法医室，解剖中心。

常虹和包德荣，一早就去了维纳斯公馆。由于治安大整顿，近期所有的夜场全部停业。两个人兜兜转转，终于在傍晚时分，找到了罗红艳的室友琪琪。

琪琪是一个微胖、敏感的女孩，个子不高，嘴边长有一颗痣。

琪琪一进解剖中心的门，就好奇地左看看右看看，双手紧张地抱在胸前，神情慌乱。

“这些冰柜是干什么的？”琪琪看着身边一排排的冰柜，怯怯地问道。

“一些尸体碎块，无名尸体，还有未侦破案件的尸体。”常虹解释道。

琪琪突然感到一股寒意袭来，她下意识远离冰柜，自此再不多言。

穿过冰柜区域不久，常虹和包德荣将琪琪带到了一间异常明亮的房间，这里充满了福尔马林的味道，周睿和法医们早已等候多时。

包德荣发现了常虹和周睿的眼神，为了防止再发生意外，他将身子侧过来，避免直面尸体。

常虹迅速别过头，不再看他，从裤兜里掏出纸巾，蹲下来递给琪琪。

常虹忍着干呕，说：“能确认是你的室友罗红艳吗？”

琪琪吐得眼泪横流，艰难地摇摇头，连忙接过纸巾擦嘴，艰难地说：“我再看下……”

常虹搀扶着琪琪，勉强站起来，她的视线继续往下，看到了尸体腹部肚脐右侧的玫瑰花文身。

琪琪愣了片刻后，终于忍不住爆发出一阵呜咽声，控制不住地哭嚎起来。

常虹追问道：“是罗红艳吗？”

琪琪一边哭着蹲了下来，一边频频点头。

夜已深沉。

重案支队会议室，灯火通明。

“7·4抛尸案”专案组所有成员悉数到场，常虹向孟根山汇报最新进展情况。

常虹：“死者身份确认了，就是维纳斯公馆的小姐罗红艳。不过，维纳斯公馆是东海市最有名的风月场所，鱼龙混杂，另外，据死者的小姐妹交代，罗红艳近期手头拮据，存在私下接客的情况。本案到底是情杀、仇杀，还是因为涉毒等还要进一步侦查。”

孟根山点点头：“还是按照既定方针，先从人际关系开始查！一查到底！”

常虹：“是！”

这时，宋妍抱着电脑，急匆匆地走进重案支队的会议室。

宋妍：“孟支，有新发现。”

宋妍将电脑连接上了投屏：“常支刚才确认了死者身份之后，我们技侦方面也调取了死者生前的通讯记录，发现死者最后拨出的一通电话，是从西城区打出来的，时间是在7月1号晚上10点37分，联系人很有可能就是凶手。”

孟根山：“联系人身份查明了吗？”

宋妍：“我们和电信公司取得联系，核实了罗红艳最后联系的机主，是一个叫‘张海涛’的男人，我们调取了手机号注册时的身份登记信息，找到了‘张海涛’身份证照片。”

宋妍操作鼠标，在投影上投出了“张海涛”的身份证照片。

只见那个男子长了一张四方脸，细长的丹凤眼，鼻梁高挺，上下两片薄唇，面容粗犷，留着胡茬儿，眼神凛冽桀骜，一副硬汉形象。

常虹凝视着投影大屏，瞪大了眼睛，露出难以置信的神情。

常虹喃喃道：“这是……缉毒处相海峰！”

孟根山目光如炬，犀利地投向还在愣神的常虹，同时抬手按下遥控器,立刻关闭了投影大屏。

在场的众人全都齐刷刷看向了孟根山,满脸疑惑。

常虹回过神来,看向孟根山,发现孟根山也神情严肃,凝视着自己。

会议室里,一片死寂,空气瞬间凝固了……

孟根山独自走进自己的办公室,将虚掩的门紧紧关上。他思前想后,改了又改,发出了一条长长的短信,然后,神色焦虑地等待着,时不时抬头看看墙上的时钟。

时间已经是晚上11点半。

忽然,孟根山的手机响起,来电显示:总队长顾长青。

孟根山:“顾总,不好意思,打扰你休息了。”

顾长青:“孟支,情况我知道了,先到此为止。”

孟根山欲言又止:“顾总,这到底是……”

顾长青长沉默了几秒:“电话里不便多说……部里的刑侦工作会议还有两天,后续安排等我回东海再说。这个消息,你要务必确保,绝不能从重案支队泄漏出去。”

孟根山神情严肃:“是!”

重案支队会议室。

众人还在焦急地等待。

孟根山心事重重地走进会议室,引来了齐刷刷的目光。

常虹眼神迫切地看着孟根山,刚想张嘴发问。

孟根山一眼看出了他的心思,一抬手,示意他稍安勿躁。

孟根山:“刚才,请示了顾长青总队长,这条线索先暂停一下。另外,宋妍找到的照片和资料,暂时封存,本案的相关信息仅限于这间会议室里的人知道,不得外传扩散。”

常虹看着孟根山，神情不安，意识到了问题的严重性。

其他刑警都面面相觑，宋妍带头，三三两两，轻声回应孟根山。

孟根山严厉道："都听清没有？"

"明白！"众刑警齐声说。

孟根山一挥手，示意散会，刑警们陆陆续续走了出去。

常虹故意落在最后，走到孟根山身旁，小声问："孟支，相海峰，他不是借调去北京公安部了吗？"

孟根山向常虹投来严厉而坚定的目光："一切等顾总回来再说。"

常虹犹豫道："那罗红艳的案子，还要继续推进吗？"

孟根山想了想，深吸一口气，阴晴不定地说："不该问的别问，该查的就继续查。"

常虹点头会意，正准备离开，孟根山忽然想起什么，喊住常虹："我年龄大了，以后都要靠你们了。正科升副处是个坎儿，以我的经验，你最近在工作上要倍加小心。还有，那个新来的包德荣，你有空带他把形象收拾一下！"

"明白。"

凌晨1点。

重案支队办公室。

办公室里传来一阵键盘敲击声，刑警们忙得热火朝天，他们分工明确，有条不紊。

有的刑警在整理材料，有的刑警在查询线索，马龙和徐勇坐在一起商讨案情。

包德荣坐在空荡荡的办公桌前，转动着香烟盒，时不时四下张望，无所适从。

高一萌抱着文件走过他的工位，包德荣连忙伸手拦停她，指了指手表："哎，小美女，你们都不下班的吗？"

高一萌甩了他一个白眼："我叫高一萌，别叫我小美女！"

"好的好的，知道了，高小萌。"包德荣打了个哈气，说："不下班，也不休息啊。"

"我叫高一萌，高一萌。命案不过夜知道吗？"高一萌声音略大，引来了马龙和徐勇的侧目，他们看着包德荣，无奈一笑，继续埋头工作。

忽然，包德荣的肚子咕咕作响，他抿起嘴，对高一萌笑笑，说："不好意思，叫错了，我赔罪。要不我请大家吃夜宵？这个季节，刚好啤酒、烤串配龙虾！"

高一萌："加班，不是聚会，不能喝酒，你省省吧！"

高一萌头也不回，朝常虹的办公位走去，包德荣耸了耸肩，一脸无奈，透过玻璃窗，看向常虹的办公桌。

常虹的办公桌上摞着一堆文件夹，旁边摆了份没吃完的泡面。

高一萌走到他身边，放下文件夹："师傅，这是晚上分析会的会议纪要整理。"

常虹微微一笑："辛苦了，我给大家叫了一些外卖，你帮忙去拿一下。"

高一萌兴奋地说："不辛苦！不辛苦！师傅加班我也加班，向师傅学习，还有好吃的，爆赞！"

常虹欣慰一笑："我看看材料，叫大家吃完，都早点休息吧。"

"好嘞。"高一萌甜美地一笑，蹦蹦跳跳地跑开了。

常虹打了个哈欠，倦意来袭，向上伸展手臂和后背，拍了拍自己的后颈。他起身拉开了一张行军床，拿着会议纪要，躺下翻阅。

当看到最后一页写着：死者最后的联系人，名为张海涛。常虹眉头紧锁，把会议纪要放在胸口，凝视着天花板出了神。

时间回到十年前的今天。

中国刑警学院体育馆。

体育馆内人声鼎沸，座无虚席。体育馆中央立起了散打拳台，观众席下沿拉着一条醒目的横幅：第九届全国公安警校散打比赛。

主席台上，全国各个地区警校的校长陆续落座。他们神情严肃，带着各自警校的散打队高手。

随着激昂的运动员进行曲，运动员们纷纷入场，年轻的预备警官们爆发出一阵阵热烈的掌声，向这些警校精英们致意，现场充满了男性荷尔蒙的味道。

看台上，三个男学员身着警服，凑在一起议论。

学员A："哇，咱们警院的单院长和几个校领导怎么都来了。"

学员B："毕竟是全国警校联合举办的传统赛事嘛，每年就属这散打比赛最热血。"

学员A："可院领导一般不都只看决赛吗？"

学员C插话："关键是，今天这下一组对决，太绝了！"

学员A和B一头雾水，现场播报员的声音响起。

播报员："下一组，重量级80公斤组半决赛，由中国刑警学院刑侦系三年级常虹，对阵中国刑警学院缉毒系三年级相海峰。"

片刻宁静之后，现场的学员们突然爆发出雷鸣般的掌声和欢呼。

学员A："什么情况！我们学校的两张王牌怎么抽一块了？说好的双保险呢？"

学员B："这，简直是决赛提前上演，火星撞地球啊！"

忽然，他们身后爆发出一阵尖叫，吓了他们一跳。

一群女学员大声喊道:“常虹、常虹,气势如虹!常虹,必胜!必胜!必胜!”

学员A:“都是学长,这么偏心的吗?”

三个男学员无奈叹息,眼光投向拳台边的常虹。

拳台下,常虹身穿一袭红装,带红色拳套,白里透红如银娃娃一般,英姿飒爽。

常虹熟练地戴好了牙套,挥动拳头,调整步伐,翻身一跃,跳上了拳台。

拳台对面,相海峰皮肤黝黑,黑里透亮,身穿一袭黑装,戴黑色拳套,浑身充满了神秘与力量。

相海峰早已在台上等候。他活动了一下筋骨,径直走向中央。两人碰拳、拥抱,轻声交流。

常虹:“你猜今天谁赢?”

相海峰:“我可不会让你,跟决赛说再见吧……”

常虹微微一笑,两人退后,各就各位,摆开了对阵架势。

主席台上,单院长扶了扶眼镜,屏住了呼吸。所有的警校校长们都不约而同身体前倾,屏气凝神,注视着拳台上的一举一动。

“当”的一声,信号钟被敲响,现场裁判示意开始。

常虹和相海峰慢慢凑近。他们四目对视,常年在一起,朝夕相伴的训练,让他们都熟悉了彼此的套路。

相海峰一反常态,先发制人,他找准时机向常虹发起了猛烈的进攻。他擅长拳法,出拳迅猛有力,左右拳衔接不留空隙。

常虹顶住压力,连忙双手遮头,左躲右闪,避其锋芒,逐渐后退。

相海峰的拳头如暴雨般砸在常虹身上,密不透风。

看台上的女学员们倍感心疼，时不时发出“学长小心”“常虹振作”的尖叫声。

学员A：“你们喊他也听不见！”

女学员们根本不搭理，全神贯注，满眼关切地凝视着常虹。

学员B：“相海峰学长，刚开局就这么火爆，今天是势在必得啊！”

学员C：“拳法本来就是他的特长。常虹学长可是连续两年学院散打王，你们看他的脚步，且战且退，丝毫不乱，好戏还在后头！”

拳台上，相海峰连续左右勾拳，没能打破常虹的防御，一时心急，抬起右腿想要侧踢，常虹看出破绽，迅速蹲下一个扫堂腿，相海峰一个踉跄，摔倒在地。

常虹迅速扑上去，施展“地锁”，两人紧紧缠绕在一起，相海峰试图挣脱未果，被常虹从身后用手臂勒住了脖子。

常虹：“老相，你又心急了……”

相海峰瞪圆了眼睛，青筋暴起，连续数次尝试支撑，上腿解套，终于成功。他气喘吁吁地重新站起来，晃了晃脖子：“来呀，还没完呢！”

两人又摆开架势，开始新一轮的较量。

主席台上，各地方警校校长频频点头，纷纷竖起大拇指，中国刑警学院不愧是中国刑警第一品牌。

一连五场，两个人不分胜负，裁判们密切注视着拳台，时不时记下一笔。

直到决胜局，两人已经体力透支，只剩下意志品质的博弈。

拳台上，常虹瞅准机会，一个蝎子摆尾，将相海峰踢倒在地，裁判连忙询问情况，正准备读秒，相海峰咬着牙支撑起来。

相海峰奋力挥右拳击打常虹，常虹顺势侧挡，挥右拳偷袭相海峰侧肋，两人痛苦地都向后退了几步。

随后，两人纠缠搂抱在一起，呼吸沉重，相海峰猛然发力将常虹抱摔在地。

观众席上，一些女学员们揪心地捂住了双眼。

常虹和相海峰都已鼻青脸肿，两人也渐渐体力不支。视线模糊中，相海峰挥左拳佯攻，随即挥出右拳重击，常虹看出他的拳路，并没有选择躲闪，同时右拳重击相海峰头部。两人几乎同时击中对方头部，双双倒地。

裁判尖锐的哨声响起，暂停比赛。

"当、当、当"，比赛结束的信号钟响起。

拳台上，现场裁判站在常虹和相海峰中间。两人都已严重体力不支，勉强支撑。

播报员："五局精彩的比赛已结束，请记分员统计三位边裁的打分情况。"

相海峰不禁扬起嘴角，眼角露出自信的光芒。

场下，统计员分别跑向三位边裁，拿走了积分表，立刻汇总，递给了播报员。

播报员："经三位边裁的评分判定，本场比赛，红方选手常虹凭借微弱的点数，以3 ∶ 2的总局分获胜。"

全场一片惊呼。

主席台上，单院长率先鼓掌，点头赞许："打出了水平，打出了精神，打出了威风。"

观众席上，学员们全体起立鼓掌，被精彩的比赛所感染，难以置信又深感佩服。

播报员："点数只有一分之差！这场火星撞地球一般的对决，真是太精彩了！红方选手常虹以微弱的优势险胜黑方选手相海峰。"

相海峰睁开被打肿的双眼，深感遗憾地看着场下三个边裁。

常虹探出半个身子，疲惫地朝相海峰挤出一丝笑容，瘫倒在拳台上。

时间回到现在。

常虹躺在行军床上，翻看着会议纪要，当年散打比赛的情景依然历历在目。他不禁揉了揉酸痛的大腿，仿佛当年的旧伤依然隐隐作痛。

常虹思绪万千，两个人在中国刑警学院可谓是不分伯仲的好兄弟，幸运的是两个人毕业后，又一起以优秀毕业生的身份，被分配到了东海市公安局刑侦总队，成为并肩作战的战友。秉承着中国刑警学院的优良作风，在经历了八年的浴血奋战之后，二人走上了领导岗位。

常虹和相海峰走上领导岗位，一年后。

在冬日的暖阳下，东海市公安局刑侦条线的刑警代表们纷纷走进刑侦总队大礼堂，一年一次的刑侦条线年度表彰大会即将隆重召开。

刑侦总队大礼堂内座无虚席，全市刑警代表们准备接受荣誉的洗礼。

顾长青总队长站在主持台前，宣读获奖名单。电子大屏幕上率先跳出几行大字：年度个人三等功，重案支队副支队长常虹，缉毒处基层管理科科长相海峰。

常虹和相海峰，默契地交流眼神，彼此祝贺，走向主席台。

两人接过了奖状，别上了三等功奖章，意气风发地转身立正，向台下全市刑警代表敬礼致意。

会场里爆发出雷鸣般的掌声。

时间又回到现在，常虹躺在行军床上，合上了眼睛，恍惚之中慢慢进入了梦乡。

烈日当空，常虹不禁用手遮着刺眼的阳光。

环顾四周，常虹发现自己身处西郊区的高架桥上，四周空空荡荡，热浪蒸腾，连空气似乎都被扭曲了。桥上气氛诡异，没有车辆来往，格外寂静，只有夏蝉还在愤怒地鸣叫。

常虹走到高架桥边，看到罗红艳的尸体又倒挂在了隔离带的铁丝网上，鲜血淋漓，格外刺眼。

常虹心里一沉，屏住呼吸，凝视过去。

忽然，罗红艳的尸体抬起头，杏眼圆睁，裂开鲜红的嘴，对他诡异地大笑，一股鲜血从她嘴中涌出，如瀑布般溅落在地上。

常虹心里一惊，连忙后退几步，揉了揉自己的双眼，一副难以置信的神情。

忽然，高架桥上，一个男人的身影在扭曲的热浪中缓缓走来。

常虹感到一丝杀气，迅速从罗红艳身上收回了目光，转头凝视来者，一只手放在了枪套上。

男人的形象渐渐清晰，他健壮彪悍，戴着墨镜，穿着一身黑色西装。男人走到常虹跟前，对常虹微微一笑，摘下了墨镜。

“相海峰！”常虹不禁瞪大眼睛，严厉地说，“告诉我，罗红艳的死，跟你有没有关系？”

相海峰侧身对着常虹，冷冷一笑：“告诉你，你会放过我吗？”

常虹瞬间拔出手枪，指着相海峰的头：“对不起，我是刑警。”

相海峰问:“那你还相信我吗?”

常虹听到这句,一时愣神。

相海峰却露出凌厉的眼神,以迅雷不及掩耳之势夺下手枪,反过来指着常虹的额头。

烈日下,两人在高架路上对峙。

常虹毫不畏惧,用手抓住了手枪,抵住自己的额头,直视相海峰:“来呀,向你兄弟开枪呀!”

“哼。”相海峰冷笑着,拉开了枪栓,将子弹上膛。

时间瞬间凝固,就连夏蝉也集体失声。

一滴汗水从常虹的脸颊上滑落。

常虹咆哮着:“相海峰,我信你!我要你亲口告诉我,这到底是怎么回事?”

相海峰略显失望地摇摇头:“不该问的别问……”

说着,相海峰冷酷地扣动扳机。

“砰”的一声枪响,常虹眼前一片猩红。

重案支队办公室。

常虹喘着粗气,从噩梦中惊醒,额头冒着冷汗。他发现自己还在副支队长的玻璃隔间里,躺在行军床上。

忽然,常虹察觉到异样,在头顶上方似乎有个身影,晃来晃去。

他瞬间弹坐起来,回头看去,只见包德荣直愣愣地看着他,眼睛瞪得像铜铃,随即又眼神躲闪,目光向下移去。

常虹皱起眉头,跟着他的眼神望去。

包德荣手里拿着一本白色封皮的《刑警警务条例规范》,书本被他严丝合缝地拍在了桌面上。

“包德荣,你鬼鬼祟祟的干嘛?!”

第三章
天易老，旧时心事恨难酬

晴晨，太阳升起来了。它抖开一身金光闪闪的彩衣，荡起了阵阵清风，赶走了黑夜，驱散了沉寂。

栖息在枝头的鸟儿，叽叽喳喳的，展开了羽翼，向着蓝天高高地飞去。城市醒来了，街道醒来了，各种各样车辆的轮子，又开始向前滚滚疾驰。

重案支队办公室。

常虹的声音吵醒了办公室其他熬夜加班的刑警，大家都睁着惺忪的眼睛看向常虹这边，马龙打着哈欠，徐勇站起来抻了抻腰背，全都不明所以。

包德荣一脸无辜：“领导，你醒啦，我帮你赶蚊子。”

包德荣抬起书本，封面上粘着一只死蚊子，鲜红的血印在白色的书皮上格外显眼。

然而，常虹眼里看到的却是白封皮上印着的红字：《刑警警务条例规范》。他还没有完全从梦魇中清醒，呼吸沉重，心跳加速。

常虹定了定神，严肃地看向包德荣：“《刑警警务条例规范》是让你学习的，不是让你随随便便拍蚊子的。”

包德荣连忙弹掉封面上的蚊子，并擦干净，有点委屈和不服气：“起床气吧，你？”

常虹情绪缓过来，看了眼他头顶那撮黄毛：“走，跟我来，手册带上。”

包德荣不敢怠慢，连忙跟上：“去哪儿？能先吃个早饭吗？”

刑侦总队，内部理发店。

常虹带包德荣走进了理发店。

包德荣手里提着一袋小笼包，嘴里塞得满满当当，边吃边走，裤兜里还卷着一本《刑警警务条例规范》。

理发店刚开门，郭师傅穿着蓝色的工作服，正在扫地。

包德荣扫视了一眼环境，停止咀嚼，不安地看向常虹。郭师傅放下扫把，热情地打招呼。

郭师傅：“常支，早上好啊！今天你可是我头一个客人啊！”

“郭师傅，早。”常虹指了指包德荣头顶的一小撮黄毛说，“不是我，新来的同事，麻烦你给他按我的样子修一修。”

“领导，你这发型太土了，不符合我的气质。”包德荣连忙咽下了最后一个包子，往后退了一步，指着头顶的黄毛，连忙解释，“再说了，我这是必要的伪装，工作需要。”

常虹牵起包德荣的手，把他拽到椅子前，双手扶肩把他按住：“你又不做卧底，伪装什么，刑警就要有刑警的样子，就得按警务条例的规定来，刑侦总队不是花花公子俱乐部。”

包德荣还想争辩，边说边试着站起来：“你不懂，我这发型，可是在市中心最贵的理发店花2 000多打造的。我这一撮头发专门染黄，可是用了最贵的进口染发剂，就是为了刑侦工作，就是为了逢凶化吉！”

常虹觉得包德荣在吹牛，他不由分说用力按住包德荣的肩膀：“哪儿来的歪门邪道！”

“我这是玄学，有典故的。”包德荣挣扎着想起来，又被按下去，“我以前认识一个滨海区的刑警老林，他有一次出任务抓毒贩，毒贩负隅顽抗朝他开枪，一颗子弹‘嗖’的一声贴着他的头皮飞过，相当惊险！从那以后，老林就把头顶这撮头发染黄了，寓意逢凶化吉！”

常虹忍不住笑了，轻轻摇头：“别人的玄学灵验，不代表用在你头上也灵验。”

包德荣看着常虹，满眼地哀怨和无奈：“刑警工作本来就凶险，这是我的护身符啊，领导，通融一下嘛。”

说话间，郭师傅给包德荣围上了黑色的围兜：“领导也是为你好，别担心，很快就好。”

常虹：“就是，赶紧的，理完了跟我去查案。”

包德荣听到查案，骑虎难下，还是十分纠结，委屈着跟郭师傅求饶：“别、别、别，师傅你等等，你让我想想怎么修，我这发型有讲究的……”

趁包德荣和郭师傅理论，常虹已经手握一把理发剪，捏在手里“咔嚓咔嚓”地吓唬包德荣。

包德荣连忙伸手盖住顶上的一撮小黄毛，从前面镜子里看着常虹，神色紧张。

包德荣：“常支，咱们商量一下，不剪行不行？如果发型剪坏了，气质就全变了，我以后还怎么深入群众，开展走访调查工作？”

常虹：“哼！找理由你最厉害。”

包德荣看着镜中的自己花高价打造的完美发型，放下双手，叹了口气：“算了，师傅帮忙染成黑色，其他的千万别动。”

包德荣说完，眼神看向常虹询问是否可行，常虹对着镜子点头道：“两个鬓角的头发也太长，也抄上去吧。”

“好嘞，放心。”郭师傅熟练地给包德荣干洗头发，接着在小碗中调好了黑色染料，挑起包德荣头顶的黄发，将黑色染料敷了上去。

“唉，人为刀俎我为鱼肉。”包德荣看着镜中自己的头发逐渐被挑起染黑，原本时髦的发型已经荡然无存，忍不住唉声叹气，“留头不留发，留发不留头，士可杀不可辱也。”

常虹坐到了他旁边的空位上，伸手拍了拍包德荣：“少废话，《刑警警务条例》呢？拿出来。”

包德荣从黑色围兜下掏出《刑警警务条例规范》手册，递给常虹。常虹接过手册，翻开到第一页，朗声道：“正好利用理发的时间，我来给你讲讲，刑警警务条例规范。”

包德荣转过头，瞪大眼睛：“不会吧，你也太会见缝插针了。”

郭师傅连忙拨正了包德荣的头，继续挑染。

常虹：“第一章，一般规定，制定目的和依据。为进一步完善公安机关执行制度，规范执法行为，依照现行有关法律、行政法规、司法解释、部门规章和其他规范性文件规定，制定本细则。”

包德荣忍不住插话：“常支，你给我念这些有意义吗？你不会是唐僧转世吧？我怎么觉得你是在给我念‘紧箍咒’呢？”

常虹停下，瞪了一眼包德荣，看到他颓废搞笑的表情，忍不住幸灾乐祸地一笑，随即故作严肃：“认真听讲，别说话！你个泼猴！基本要求，公安机关人民警察应当理性、平和、文明、规范执法，做到秉公执法，办事公道模范，遵守社会公德；礼貌待人，文明执勤；尊重人民群众的风俗习惯。”

常虹停顿了一下，故意清了清嗓子，提高嗓音：“下面重点来了，你听好了，人民警察必须按照规定着装，佩戴人民警察标志或者持有人民警察证件，保持警容严整，举止端庄。也就是说，以后你的发型必须跟我一样。”

包德荣无力地坐在椅子上，无奈地长出了一口气，默默闭上了眼睛……

南城区。

时值正午，烈日炎炎，维纳斯公馆门口空空荡荡。

常虹的大切诺基停在维纳斯公馆不远处的路边，常虹和包德荣在车内等候，两人都已经换下了警服衬衫。

常虹穿一件白色短袖衬衫，下身西装长裤和布洛克皮鞋，一身商务打扮，紧紧盯着维纳斯公馆大门。

包德荣换上了他的花衬衫，白色西装短裤和潮牌皮鞋，在副驾位置上看完了《刑警警务条例规范》手册，随即合上书，翻开镜子，一脸委屈地看着自己土了吧唧的发型。

包德荣："常支，我手册都看完了，你等的人呢？"

常虹眼神目不转睛看着外面，调侃道："再看一遍，回头你默写下来。"

"我的字你也看得上，不会裱起来，挂家里吧？"包德荣话锋一转说，"常支，不是我倚老卖老，你现在盯梢纯属社会经验不足。这是会所，是天黑以后声色犬马、纵情享乐的地方，这大中午的没人会来。"

常虹冷冷地反问："如果有人总是以业务繁忙为由，一再拖延警方询问，那就只能守株待兔了。"

包德荣恍然大悟，连连点头："你是说维纳斯公馆的女老板？我搞狱侦的时候，听说确实是有些来头，在社会上人脉关系深厚，还没见过她本尊。"

常虹默不作声，忽然挺直了后背："来了。"

包德荣也挺起身子，向常虹一侧的车窗外望去。

维纳斯公馆门口，两队穿着黑色西服的男礼宾，从维纳斯公馆里小跑出来，在门口整齐地站成两排，身姿挺拔，队列有序。

一辆黑色劳斯莱斯幻影缓缓驶向维纳斯公馆门廊，两队男礼宾同时转头，目不转睛地注视着。

劳斯莱斯停稳，两位礼宾快速向前，拉开后排车门，率先走下来两名标准模特身材的年轻男子，他们大约二十岁出头，身高一米八以上，手腿纤长，肩宽腰细，画着淡妆，带着耳钉，皮肤白嫩，五官俊美。

两名年轻男子等在同一侧，稍稍鞠躬，做了个请人的手势，起身时还捋了一下飘逸的头发。

大约一分钟后，千呼万唤始出来，劳斯莱斯车上走下来一名气场十足的中年女士。

她戴着墨镜，身着Prada连衣裙，戴着黑色皮质手套，双腿蒙着黑色薄纱丝袜，脚蹬大红色高跟鞋，一身帝王绿的翡翠首饰显得更加珠光宝气。

女子一下车，就自然而然地挽起两名“男模”，徐徐向会所内走去。

两队男礼宾跟着女子走过的节奏，逐一向她鞠躬，呈现出波浪状。

常虹和包德荣都目不转睛看着这个中年女子，包德荣啧啧称奇：“这女人，也太有牌面了吧！”

常虹看着女子的背影，冷哼了一声：“管她多大排场，如果牵扯到案件，一定把她抓起来。”

常虹说着开门下车，包德荣迅速跟上。

常虹和包德荣走进维纳斯公馆的大堂，左右张望。

公馆的大堂里装修奢华，意大利进口的大理石拼出了完美的几何图案，捷克的巨型水晶吊灯从金色的屋顶下垂落，中央的小喷泉里立着一尊雪白的大理石美神维纳斯的雕塑。

现在，大堂里还十分冷清，只有两三个浓妆艳抹的礼宾小姐进进出出，一些社会闲散人员零零散散地散落在角落的沙发上。

这些闲散人员里，一个满脸凶相的瘦皮猴和一个美女动手动脚，说说笑笑。

忽然，留着一头大波浪的长发小姐迎面走来，看到包德荣就欣喜地瞪大了眼睛:“哎？这不是荣少吗？我的天，太久没见你了，你可想死我了！”

大波浪说着就摆出媚态，往包德荣怀里钻。

常虹眼神犀利，紧紧盯着包德荣。

包德荣连忙推开了花枝招展的大波浪，神情严肃，伸手请对方保持距离:“我不认识你，别自来熟！”

大波浪脸色一沉，翻起白眼，带着怨气:“荣少，你真是贵人多忘事！我是菜菜子啊，两年前您在我们这里开生日 Party，我可是全心全意陪了你一晚上呢……荣少那天发了好多钱，可就是坐怀不乱，我还以为你是风流君子，没想到，你也是个薄情郎……”

菜菜子一边说，一边撒娇般轻轻一拳打在包德荣胸口，包德荣吓得又往后退了一步。

包德荣:“别胡说八道，我没来过，也不认识你，什么乱七八糟，菜油菜籽的。”

菜菜子看着包德荣，不禁哑笑，神情和语气也越发暧昧轻佻:“我还记得你头上留了一撮小黄毛，又性感又可爱……现在这个发型怎么这么土？”

常虹和包德荣隔开一个身位的距离，也不帮忙解围，冷眼观察着包德荣。

同样冷眼观看的，还有远处的那个瘦皮猴。

“头顶染一撮黄毛的人多了，你认错人了。”包德荣瞪着菜菜子，捋了一下自己的发型，“我这个可是今天最流行的，你不懂。”

菜菜子继续不管不顾地撒娇：“哼！你个没良心的，今天带了帅哥就装正经？”

包德荣对她翻了个白眼，没有继续理睬，菜菜子看着他轻蔑地冷笑，上前挤进常虹和包德荣中间，伸手一边挽着一个，嬉皮笑脸地说：“东海挣钱东海花，哥哥今天不回家，都是男人，装什么，今天我保证给两位安排得开开心心，满意而归。”

常虹一把抽出手臂，退后一步，同时向菜菜子亮出了警官证：“警方查案，找你们老板。”

包德荣：“菜籽油，赶紧带路吧。”

菜菜子被吓得一愣，往后退了一步，随即双手交叉抱在胸前，板起脸来：“没有老板，只有老板娘。再说了，我们老板娘平时也很忙，有事找我吧，我是这儿的经理，我叫菜菜子。”

常虹呵斥道：“你别跟我胡扯，我们看见她刚走进来！”

菜菜子斜着眼看着常虹，眼珠乱转，大声喊道：“警察，了不起啊，我没看见。”

大堂里的保安听到动静，迅速向菜菜子聚拢，在她跟前形成了一道人墙，面目不善。

包德荣立刻上前，和常虹肩并肩地站着。

常虹扫了眼围上来的保安，镇定自若：“干嘛？你们人多势众，要袭警，要妨碍公务？”

包德荣指着这些保安的鼻子：“信不信，一会儿都给你们铐起来带走。”

一众保安，面面相觑，不敢多言。

菜菜子推开两个保安，态度平和了一些："警察同志，话不能乱说，帽子也别乱扣，我们这里是正规营业场所，刚刚通过了治安大检查，你们有事问我就可以。"

常虹冷哼了一声："罗红艳，是你们这儿的员工吧？"

菜菜子听到罗红艳的名字，不禁失神惊慌起来，低头沉默了。

角落里，瘦皮猴看到这一幕，神色慌张，撇下姑娘，悄悄从侧面绕着离开了大堂。

包德荣走到菜菜子跟前，语重心长："菜籽油，你有义务配合警方询问调查，赶紧通报你们老板娘，我们正常询问，问完就走，否则耽误了你们生意，可别怪我。"

"我叫菜菜子，不是菜籽油。"菜菜子看着包德容，想了想，"那我问一声。"

菜菜子随即转身走到一旁，拿出手机，询问汇报，其间不时点头，轻轻鞠躬，似乎被责骂了。

片刻后，菜菜子嘟囔着嘴走了回来："对不起，刚才是我不懂事，我们老板娘春姐，让我跟你们道歉！她刚好现在有空，请两位去她办公室聊。"

说着，菜菜子一挥手，让保安都散去，向常虹和包德荣轻轻鞠躬，做了个引导手势，带着两人朝里走去。

包德荣凑近常虹耳边，轻声耳语解释："那个菜籽油记错了，那真的不是我。"

常虹冷笑："不解释。"

菜菜子领着常虹和包德荣走进了老板娘春姐的办公室。这里只是巨大套间的会客区，套间的装修极尽奢华，墙上布置着一些日本浮世绘绘画，满墙的储酒柜和储物柜，装满了奢侈品和名贵烟酒。

包德荣一眼扫去，满脸兴奋，大开眼界。

菜菜子带着两人走到一套古典的皮沙发前，却不见春姐，只有两名妆容精致的男模，穿着紧身衬衫在等候。

“两位警官，这是俊杰和俊奇。”菜菜子介绍道，“他们是春姐的助理。”

两位男模站起来，冷冷地给菜菜子使了个眼色，菜菜子会意，转身离开了办公室。

两名男模对常虹和包德荣笑脸相迎，说话奶声奶气，常虹冷眼看着两人，心生厌恶。

俊杰：“不好意思，干妈这会儿又在忙了，两位有什么需要了解的，问我们也一样。”

常虹：“事关贵司员工被害，这是刑事案件，我们只想跟贵司的负责人询问情况。”

两个男模看常虹板着脸，也冷冷回敬了一个白眼。

俊奇：“都说了干妈在忙，跟我们说也是一样的。”

常虹严肃道：“你们两个小奶狗，知道个屁。”

俊奇和俊杰互相使眼色，都愤愤不平，仿佛受了莫大委屈。

俊奇：“凶什么凶，也不看看这儿是什么地方！”

“你说什么地方，又是菜籽油，又是干妈，又是小奶狗。”包德荣按捺不住，讽刺道，“你们这里是何方妖孽的巢穴？”

“妖孽，好过分，你说我们吗？”俊奇和俊杰正要继续反驳。

“不得无礼！”两位男模背后，传来一声深沉的女声呵斥。

随着滑动门缓缓打开，维纳斯公馆的老板娘春姐款款而出。

此时，她已经换上了一袭精美的和服，绑了束腰，和服前襟的V领开口很大很深，好身材一览无余。

春姐，原本四十多岁，浓妆掩饰了真实年龄，风韵犹存。她手上依然戴了一副黑色皮质手套，甩着水袖徐徐走来，却丝毫不见秀气，气场反而十分豪横。她的眼神带着一丝睥睨，又透着挑逗，直勾勾锁定在常虹身上。

常虹和包德荣连忙起身，常虹目光如炬，神情严肃，紧紧盯着春姐。

包德荣看得有点愣神，不停眨眼，尽量回避着春姐挑逗的目光。

春姐并未径直走向他们，她先走到边上储物柜，打开玻璃门，从里面取了两个孔雀蓝的Tiffany小盒子，再走到沙发跟前。

两名男模都站了起来，低着头，表情哀怨，似乎在撒娇。

俊奇："干妈……他们凶我！"

春姐狠狠瞪了一眼，俊奇不敢吱声了。

春姐："知道你受委屈，下去把我烟灰缸拿来，再开瓶好酒……不，开支香槟吧！"

俊杰和俊奇连忙退下，各自忙碌准备起来。

春姐又仔细暧昧地打量了一眼常虹。

常虹依然不为所动，眼神冷冽镇定，拿出警官证说："你好，我是重案支队的副支队长常虹，这位是我同事包德荣。"

春姐嘴角微微上扬，对常虹挑逗一笑，向前俯身鞠躬，如日本人一般行礼，露出了深深的"事业线"。

春姐温柔道："你好，常警官。我是这儿的老板，艺名水岸逢春，你可以叫我春姐。"

常虹板着脸，挪开眼神不看她。

"常警官，好害羞啊！"春姐凝视着常虹，一脸坏笑。

包德荣看得傻了眼，礼貌性地伸出手，春姐没搭理他，直接转身，坐在了沙发上。

包德荣的手尴尬地悬在半空，只好自己收了回来。

两名男模分工有序，俊奇在沙发前的欧式茶几上摆上了一盒女士细款雪茄烟和镀金的烟灰缸，俊杰开启了一支金色的黑桃A香槟，俊奇随后拿上了一整套捷克水晶杯，加冰后，倒满了香槟。

两位男模完成了准备工作，春姐拿出了两个Tiffany小盒子，给他们人手一个。

"谢谢干妈！"两名男模异口同声。

"乖，在干妈这儿，只要听话，都有赏！"春姐说这话时，眼神却抛向了常虹。

常虹冷哼一声，眼神中露出鄙视。

两名男模自觉退出会客区，春姐端起香槟，示意常虹和包德荣也喝："用最好的香槟迎接贵宾，Cheers！"

包德荣连忙赔笑，端起了酒杯，殷勤道："谢谢，春姐！"

常虹一把夺过酒杯，放回桌面，严肃地说："我们来查案，不是来喝香槟的！"

春姐自顾自饮下一杯，抬着下巴冷眼看常虹，也沉下脸来。

常虹："我们今天来是为了调查罗红艳的案子，请你配合，我们问完就走。"

春姐并不急于回答，充耳不闻，从桌上的雪茄盒里取出了一根细长的女士雪茄，剪掉雪茄的一头，全然不顾常虹和包德荣，自顾自叼在嘴里，拿起雪茄专用打火机，却假装一直点不着火。

常虹冷眼看着春姐，压制脾气，缓缓呼出气息。

包德荣见气氛尴尬，眼珠一转，连忙上前，拿过雪茄打火机，帮春姐点了雪茄。

春姐冷笑着说："长得好看的，都容易自以为是……还是你聪明，姐姐喜欢!”

常虹正襟危坐,咳嗽了一声,包德荣连忙坐回常虹身边。

常虹:“老板娘,我们想跟你了解一下罗红艳的人际关系。”

春姐缓缓呼出一口烟,不回答也全然不顾常虹的脸色,气氛极为尴尬。

常虹给包德荣使了一个眼色,包德荣马上心领神会。

包德荣:“春姐,来之前就听说你是女中豪杰,在东海市人脉深厚、声名显赫,而且还重情重义、义薄云天、天生丽质……貌美如花、花容月貌,貌……反正还请姐姐帮忙多多提供线索,我们也好尽快破案。”

春姐看了眼包德荣,被他逗笑了:“你这个弟弟有意思,乍一看平平无奇,倒是又机灵又可爱的。说吧,想了解什么?”

包德荣连连点头称谢:“听说,罗红艳是你们这儿的花魁?”

春姐:“是啊,我好不容易把她栽培,包装成花魁……可惜,这丫头好人不长命啊。”

春姐从和服胸襟掏出一条绢布手帕,抹了抹眼角。

“既然哭不出来,何必假装擦眼泪呢。”常虹看出了她的破绽。

春姐瞪了一眼常虹,语气冷漠:“毕竟在我手下好多年,总归是有感情的。”

春姐:“可惜老娘花了这么多心血、砸了那么多钱,说没就没了。”春姐连连摇头,惆怅的神情变得冷酷。

常虹:“你还真现实,感情和利益分得很清楚嘛。”

春姐微微扬起嘴角,看着常虹:“干这行的人,哪个不现实?”

包德荣感觉气氛尴尬,连忙圆场:“春姐,麻烦你再具体说说罗红艳在这儿的工作和人际关系。”

春姐:“我们这儿的特色就是日本文化和日式女优服务,阿艳的艺名叫松岛枫月,都说她穿上和服就像日本那个女优,连日本来的客人都分辨不出，来这儿的客人都喜欢她这款。”

春姐放下雪茄，从束腰里拿出手机，翻了翻照片，递给包德荣。

照片上，罗红艳穿着一身日式和服，举着纸伞，穿着木屐，笑容温婉迷人，身材曲线傲人，照片背景是合成的富士山，右上角还配了一行小字：松岛枫月。

“我说怎么这么眼熟……”包德荣看着，露出恍然大悟的表情。

常虹看了看包德荣，忍不住插话：“你最后一次见她，或者跟她联系是什么时候？”

春姐：“大概一周以前，之前你们公安局治安整顿，我们被强制歇业了一个多星期，我就给姑娘们都放假了，一直到昨晚才重新营业。”

常虹：“你们花魁跟你失联一星期，你也不问问？”

“她是员工，又不是我的犯人，干嘛天天盯着。”春姐眼神犀利，语气强硬起来。

常虹有点无奈，包德荣连忙接过话头：“春姐，那据您所知，她有什么仇人或者冤家吗？”

春姐淡定摇头，语气挑逗：“什么叫花魁？就是你们男人都想做她裙下之臣，一个个喜欢她都来不及，怎么会有仇人。”

“红颜薄命，你听过吗？”常虹捕捉到漏洞，“被这么多男人围着，早晚会结下冤家。”

春姐笑而不语。

包德荣摸着下巴琢磨：“照这么说，罗红艳应该不缺钱，她干嘛去接私活儿呢？”

春姐冷哼一笑：“姑娘们都是吃青春饭的，趁着年轻，赚钱当然越多越好了。再说，阿艳也是苦出身，老家还有一大家子人要等她养呢……”

包德荣暗暗点头,眼神露出一丝怜悯。

常虹想了想,继续追问:“那罗红艳吸毒,你不会不知道吧?”

春姐针锋相对:“笑话,凭什么我一定得知道,我们这儿是明令禁止姑娘们,禁止所有员工碰毒品。”

常虹:“是吗,你这场子这么干净?”

春姐又抽了口雪茄,严肃地凝视常虹:“干净?难道你还天真地以为,这个世界有纯粹的黑和白,能分得清干净和肮脏?”

常虹正要发作,包德荣伸手抓住他的手臂,眨眼示意他别冲动。

包德荣给春姐赔了个笑脸:“春姐,您不愧是女中豪杰,这话说得绝对有见地、有深度。”

春姐冷冷一笑,自顾自喝了口香槟,没再搭理包德荣。

常虹正义凛然,从衣服里掏出了一张照片,是“张海涛”的照片,递给包德荣,使眼色让他接着问。

包德荣接过照片,坐到春姐身边,把春姐的雪茄重新点着:“春姐,跟您打听个人。”

春姐瞥了眼照片,稍微愣了一下,观察了一眼常虹,维持着镇定:“海哥,我们这儿熟客。”

常虹继续追问:“他跟罗红艳也认识?”

春姐:“花魁,谁不认识。”

常虹:“他做什么生意的?跟罗红艳什么关系?”

春姐:“客户隐私,我不方便透露。”

常虹:“我看你是故意知情不报,拒不配合。如果还是这个态度,我们就换个地方讲话。”

“小伙子,我怕你是请神容易送神难。你抓不住‘赤面淫魔’,在我这儿抖什么威风。要不是你脸蛋好看,我早削你了。”春姐冷冷一笑，缓缓站了起来，手里夹着雪茄，颐指气使。

在外面等候的俊奇和俊杰闻声也冲了进来，粉嫩的脸上满是怒意。

包德荣连忙起身，抓住了春姐手臂："春姐，别激动。"

春姐嗔怒："我放着几千万的生意不谈，陪你们聊了这么久，居然说我知情不报，岂有此理！"

常虹强压怒火，狠狠瞪了一眼包德荣，包德荣跟他挤眉弄眼，示意让自己再试试。

春姐又坐了下来，示意俊奇和俊杰出去。

她喝了口香槟，稍作平复，语气依然很冲："干我们这行，只管哄客人开心，让客人心甘情愿在我这儿花钱消费……不该问的，绝对不问。反正海哥这人，腔调浓，有派头，黑白两道通吃。别的无可奉告。"

包德荣连忙打圆场："您再想想，多跟我们说说这位海哥的事儿呗。"

说着，包德荣端起一个水晶杯，要跟春姐陪酒道歉，春姐不为所动，包德荣只好替春姐端杯，试图握着春姐空闲的左手让她拿住，没想到黑色手套里居然空了一截。

包德荣心里一沉，常虹也远远注意到了这一细节。

春姐瞬间板起脸，狠狠瞪了一眼包德荣。

包德荣吓得连忙收回手："不好意思，春姐……"

春姐忽然笑了出来："算了，看来我俩有缘……姐姐喜欢你，不怪你。"

包德荣尴尬地赔笑，直接将香槟一饮而尽。

春姐欣慰地点点头："你这么聪明懂事儿，怎么反倒不是领导呢？"

说着，春姐挑衅地看了眼常虹，包德荣也很诧异，气氛又尴尬起来。

春姐:“行啦，该说的我都说了。还有生意要谈，我就不留你们了。”

听到春姐下“逐客令”，常虹和包德荣只好起身，从桌上拿回相海峰的照片。

常虹:“你，好自为之吧。”

忽然，春姐喊住了包德荣:“哎，那个懂事儿的弟弟，你叫什么呀?”

包德荣:“我姓包，春姐就叫我包子好了。”

“怎么名字也这么可爱。姐姐今晚过生日，包子你有空的话，记得来捧场哦。”春姐又被他逗笑了。

“谢谢，多谢姐姐盛情邀请，我……”包德荣双手抱拳，给了个无奈的表情，示意身不由己。

“走啦，今晚继续加班!”常虹已经走到门口，回头看着，满脸厌恶。

包德荣继续无奈地苦笑，双手合十，向春姐道别。

常虹开着切诺基，和包德荣在返程路上，两人沉默不语，车厢内气氛尴尬至极。

包德荣看了看常虹，试图打破尴尬:“常支，你说这女人到底犯过多大的事儿，能让人把手指都给剁了?我当时发现她手套里居然是空的，我都有点懵了。”

常虹没有回答，深吸了一口气，突然开喷:“包德荣，你还有没有点尊严?你现在是刑警哎，跟一个黑白不分的女流氓头子称姐道弟，溜须拍马，你要不要脸啊。你自己不要脸我们重案支队还要脸呢，让你背的刑警警务条例规范，你都背哪儿去了。”

“就你要脸，就你有本事，今天要不是我，你一个字儿都问不出来。”包德荣气得瞪大眼睛，侧过身来。

常虹冷哼一声，十分不屑：“你问出什么来了？今天这问询结果跟没问有什么区别？我看你分明就是中了这女人的邪，一双眼睛直勾勾的，正事儿不办，光顾着认姐！”

“嘿！你摸着良心说，要不是你跟她抬杠，会聊成这样？”包德荣针锋相对道，“人家好歹也是东海市道上有头有脸的人物，拜托你有点耐心，循循善诱，慢慢聊嘛，明明是我在用技巧套路她，节奏全给你打乱了。”

常虹：“好笑，你以前搞狱侦工作破的案子，是你自己办的吗？就你那聊法儿也叫技巧？一通瞎聊，极尽谄媚之能！”

“你说谁瞎聊啊？”包德荣有些急了，“我还真告诉你，就我这方法，以前跟监狱里那帮犯人混得可好了，想要什么线索，一套一个准。我说常大虹，你是去询问求信息的，又不是让你慷慨赴义，那么大义凛然板着脸干嘛，你求人办事，总得身段放软，让人家心悦诚服吧。”

常虹不予理睬，轻蔑地冷哼了一声。

包德荣不服气了，继续反驳：“难道你调查询问就一直这么僵硬，这么古板？”

常虹：“不要狡辩，你就是没原则、没底线、没纪律！”

“你怎么还上纲上线了？”包德荣争辩道，“以我的经验，你把这种人弄回重案支队，不但问不出什么事情，反而还会打草惊蛇。”

常虹长长呼出一口气，平复了片刻：“你找个地方，下车。”

包德荣匪夷所思地看着常虹：“常大虹你堂堂副支队长居然这么小心眼，被我说中，连车都不给我坐？”

常虹语气平和下来：“我有事儿，刚想到一个人，去找人家聊聊。”

包德荣：“神秘兮兮，不带我，有问题……”

常虹：“私人关系，不方便！”

包德荣：“哦，可是我跟你出来一整天，滴水未进、粒米未沾……”

常虹把车停到了路边:“下车,你自己吃顿好的,账单微信发我,算我请你。”

包德荣得意一笑:“行吧,既然你这么有诚意,这顿饭我就笑纳了,还有你刚才的过激言论我就既往不咎了。谁让我姓包呢,包容天下。”

包德荣一边说着,一边下车,车门刚关上,常虹风驰电掣而去。

“还是年轻,浮躁。”包德荣站在路边,看着常虹的车尾,摇头叹息。

公安大院家属楼。

常虹提着一个果篮,走在公安大院的家属楼楼道里,照着记忆,扣响了房门。

房门打开了一条缝,挂着防盗链,一个戴着金丝眼镜、世故精明的女人从门缝里窥探打量着常虹。

贾云洁:“找谁?”

常虹:“嫂子好,我是常虹,相海峰的大学同学加同事,你们婚礼时候,我们见过。”

贾云洁扶了扶眼镜,还是没开门,将信将疑。

常虹想了想,连忙掏出了警官证给她看。贾云洁想起来了,摘下了房门的防盗链。

“你有事吗?”贾云洁犹豫地说,“他……出差……没回来……”

“是,他出差离开也很久了,也很想家里,关照我有空来看看。”常虹说着,提起果篮。

没想到贾云洁却泛起冷笑,眼神犀利,似乎看穿了常虹:“他还能想到这个家?哼……你们男人都没句实话。”

常虹愣住了,气氛有些尴尬。

贾云洁:“他在外面惹事儿了?”

常虹收起温和的表情,严肃起来:“这倒没有,不过,确实……有些情况，我个人想跟你了解一下。”

贾云洁探出半个身子，扫了一眼左右楼道，确认没有邻居看到：“进来说，站门口难看。”

常虹走进客厅，看到沙发侧面的角落里摆着一个大相框，相框朝里看不到正面。常虹拿起相框，翻过来看了眼，是相海峰和贾云洁的婚纱照。

常虹举着相框，抬头望去，意识到原本应该是挂在沙发后面墙上的，而如今却被扣着放下来。

贾云洁给常虹端来一杯茶，说：“人都不回来了，就摘下来吧，看着心烦。”

常虹接过茶，想了想，说：“海峰不是借调去公安部了吗？”

贾云洁冷冷一笑，语气透着埋怨：“他到底去没去，难道不该我问你吗？”

常虹皱起眉头，轻轻摇头。

“你真的不知道？”贾云洁疑惑道，“那你今天来为了什么？”

常虹想了想：“我也听人说，在东海市见到他了。”

“没错，我也撞见过，他说要借调去公安部两年，我就信了，一开始他每隔一个月还回来一趟，拿点换季的衣服。”贾云越说越激动，“可后来，回来的次数越来越少，话也越来越少。我也不敢多问，可没想到，他就在东海市花天酒地，还被我老板撞见了……”

“哦，还有这样的事情。”常虹示意她接着往下说。

贾云洁：“我是一家外贸公司的会计，我老板康总，那种中年男人，就喜欢带客户和生意伙伴到酒吧会所消遣……”

晚上9点，维纳斯公馆。

康总带着贾云洁走在维纳斯公馆的走道里。

贾云洁从来没有去过这种风月场所，她神态拘谨，低头不敢看人，时不时扶一下眼镜。

路过的客人、公主、少爷和小姐们，都对他们投来诧异的目光。

一个穿着礼服的会所小姐跟他们远远打招呼，走到他们跟前。

康总："确定在？"

小姐："老样子，888号包间！一帮人玩得嗨呢。"

康总点点头，从裤兜里摸出几张百元大钞，递给了小姐。

"谢谢康总。"小姐喜笑颜开，接过现金，识趣地离开。

贾云洁沉默了，似乎在犹豫。

康总想了想，叹了一声气："要不就别看了，反正确认人在这儿就行了……"

贾云洁忽然眼神变得笃定，深呼吸："你带我去！"

康总："傻丫头，你就是不死心……哎，陪你去也行，可是，你得答应我不能冲动，他这种人黑白两道通吃，咱们惹不起的。"

贾云洁点点头，眼眶有点湿润了。

康总带着贾云洁，来到了888号包间门口。

康总先从门上的玻璃小窗偷偷看了一眼，回头看了眼贾云洁，低下头："要不走吧，不堪入目……"

贾云洁紧紧抿着嘴唇，面部肌肉颤抖了起来，她鼓起勇气走到包间门口，悄悄探出头，朝里面窥探。

包厢里，一群小混混样子的年轻人，脱掉了上衣，跟着音乐节奏疯狂尬舞、甩衣服，也有些年轻人搂着会所小姐卿卿我我。

相海峰本人坐在中间位置，身边陪着一个红头发的年轻姑娘。

红发姑娘看上去二十岁出头，穿着便装，身材一流，口中嚼着口香糖，一副很拽很酷的样子。

红发姑娘看着相海峰眼神暧昧，在众人起哄下，她拉着相海峰一起站起来，喝下了交杯酒。

贾云洁眼神愤恨，眼泪瞬间滑落，双手准备推门，康总连忙拉住她的手，拼命摇头。

贾云洁犹豫了，直愣愣看着地面，委屈的泪水不住地流淌。

康总满眼都是怜惜，伸手扶住贾云洁的肩膀，帮她抹去泪水。贾云洁没有拒绝闪躲，只是靠在他的肩膀上默默抽泣。

康总见状，擦眼泪的手顺势往后，穿过贾云洁的黑发，轻轻抚摸她的头，将她抱入怀中……

夜色昏暗，月亮在天上，却不知躲在哪里。

东城区，公安大院相海峰家。

相海峰拖着行李箱回到了家中，贾云洁从卧室里走出来，站在客厅里面无表情地看着相海峰。

相海峰看到她有点惊讶："还没睡啊？"

贾云洁："难得回来，不想看到我？"

相海峰："我拿了衣服就走，早点睡吧。"

说着，相海峰就走进卧室拿衣服。

"这个家就这么待不下去啊？小妖精被窝那么香，你回来干嘛，死在外面算了！"贾云洁存积已久的怨气突然爆发出来。

相海峰愣愣地看着贾云洁，尴尬一笑："胡说什么呢，我怎么听不懂……"

"相海峰你个败类，还跟我装！维纳斯公馆那个红头发的野鸡是谁？"贾云洁愤怒地拿起遥控器砸了过去。

相海峰没有躲闪，瞬间沉下脸来："你跟踪我？很危险的知道吗？"

“嗬，野女人还说不得了？相海峰你要不要脸，那只鸡成年了吗？那么小你也下得去手，我呸！”贾云洁越说声音越大。

贾云洁边骂边指指点点，走到相海峰跟前，朝他吐了一口唾沫，相海峰抹掉脸上的唾沫，强压怒气。

相海峰：“贾云洁，话不能乱说，药不能乱吃……不该你知道的事情，你别多事儿，真的对你不好。”

贾云洁昂起头，眼神刁蛮：“你以为老娘稀罕你，谁要谁拿去！相海峰，我们离婚吧！”

相海峰直愣愣地看着贾云洁，低下了头，沉默了良久。

相海峰：“行吧，随你。”

忽然，贾云洁眼泪滑落，冲上前对着相海峰一阵乱打，骂骂咧咧：“你个骗子，臭不要脸的东西，你早就想着这一天了吧。”

相海峰任由她乱打乱挠，不还手。

贾云洁打累了，自己瘫坐在沙发上，哭天抢地。

贾云洁：“行，想离婚可以，你是过错方，我不能这么便宜你。”

相海峰看着贾云洁，面沉似水，眼若沉星。

“想离婚，你就净身出户，你所有存款，还有这套房子，都过户给我。”贾云洁说着，翻出手机，点开了之前康总录制的视频，扔在茶几上，“我不跟你谈条件，你不接受，我就把这段视频发出去，让你领导好好看看你这个公安队伍里的败类。”

相海峰看着视频，怒不可遏，冲过去试图抢手机，贾云洁使出浑身力气，跟相海峰拼命抢夺，抢不过就用牙狠狠地咬相海峰手臂，相海峰只能松开手。

相海峰咆哮道：“你个疯子！”

“我答应你，存款、房子都给你！只有一个条件，你必须把视频删了，备份也不能留，更不能发到网上！”相海峰抓狂地挠头，让自己恢复理智。

“行，这我答应你。得等你在离婚协议书上签完字，完成财产过户，我会当着你的面删。”贾云洁也针锋相对，怒视着相海峰。

公安大院相海峰家。

常虹坐在沙发上，呷了一口茶，若有所思。

“怎么样，是不是很精彩？两年前你来参加我们婚礼，没想到会变得这么狗血吧？”贾云洁的情绪依然激动。

“那现在，算离婚了吗？”常虹无奈地苦笑。

“相海峰倒是先把房子和存款转到我名下了，离婚协议书还没签，我等他呢……”贾云洁想了想，连忙解释，“这可不是我要拖着，是他拖着我。”

常虹不禁叹息：“既然，你想要的物质赔偿都拿到了，我也劝你一句，无论如何，这段视频不能外传，还有，也提醒一下你那个喜欢给人妻当情感导师的老板，别自找麻烦。”

“你这话什么意思？我才是这段婚姻的受害者，相海峰本来就不爱我，何必来招惹我。”贾云洁听出话里有话，斜眼瞪着常虹。

“你们的感情我不管，你老板偷拍的视频影响太大，必须彻底删除。”常虹停顿了一下，严肃地说，“不是我吓唬你们，会闹出人命的。”

“哼！你们官官相护，都不是好东西。前一段时间，你们单位派人强行把这些视频都删了。”贾云洁不耐烦地说，“我也不想找麻烦，等他签了字，彼此就是路人，从此两不相欠。”

常虹叹息摇头，欲言又止。

“不早了，我也要休息了。”贾云洁下了逐客令。

“打扰了。”常虹起身往门口走去。

“哼！我看那个红头发的小骚货，跟他也长不了，相海峰也不是什么安分的人。其实我早知道相海峰心里有别人，结婚当晚喝高了，他就在梦里喊一个女人的名字，好像叫什么……梦婷。”贾云洁一边起身送他，一边还酸溜溜地嘀咕。

“你说谁？”常虹瞬间愣住，惊讶地看着贾云洁。

“你知道这个女的？好像叫什么……黄梦婷！哼，跟我结了婚，梦里还跟狐狸精幽会了好几次。”贾云洁愤愤不平地说道。

常虹满脸匪夷所思，沉默不语。

贾云洁看他愣神，追问道：“那个姓黄的，叫梦婷的，你认识？”

“哦，听说过，我也不熟……”常虹敷衍着，迅速走到门口。

“哎，帮个忙，你要是遇到相海峰，叫他早点回来签字，我也不想被他一直吊着，都是成年人了，一别两宽。”贾云洁送他到门口，神情淡然。

常虹狠狠地瞪了她一眼，掉头就走。

东海市滨江公园。

夜色昏沉黑暗，远楼、近树，全都朦朦胧胧，像是罩上了头纱。月亮和星星，都叫乌云遮得一点儿也不透，城市越大，越叫人心慌。

常虹把大切诺基开到了滨江公园的僻静处。他心事重重地点了一支烟，耳边回响着贾云洁刚才的话语。

常虹打开手机相册，翻找出一张照片，那是三年前在一个KTV里，常虹、黄梦婷和相海峰三个人的合影。

常虹盯着照片，思绪陷入了回忆……

常虹愁眉不展，将烟头掐灭，拿出手机，拨通了包德荣的电话。

常虹：“老包，在哪儿呢？”

包德荣:“干嘛？现在想起我了,在办公室学警务条例呢。”

常虹:“你的春姐,不是邀请你去参加生日宴会,你怎么没去?”

“常支,你可以不信任我的能力,你不能侮辱我的人格。”包德荣把笔扔在桌上,有点生气,“我包德荣是随随便便就去巴结跪舔的人吗?我那是为了工作,忍辱负重。”

常虹:“老包,你也是老同志了,怎么这么小心眼,我也是考虑到你最擅长深入各类人群打探消息,所以希望你能抓住这次机会。”

“常支,不对吧？这时候你怎么又不讲底线、不讲原则、不讲纪律了？还有……你刚才说谁小心眼来着?”包德荣有些得意,一边转着椅子一边回话,故意放慢语速。

常虹:“我、我、我小心眼,行了吧？老包,为了维护正义,为了查明真相,必要的时候,总要有人做出一点奉献和牺牲嘛。”

“觉悟是你高,理由也是你多,难怪做领导啊。”包德荣调侃道。

常虹语重心长:“包德荣同志,查案要紧,我也是为你考虑,毕竟你刚调来支队,这正是发挥你的特长、建功立业的时候。”

包德荣:“常支,你这态度一百八十度大转变,你到底想让我去查什么?”

“罗红艳肯定是重点,不过,张海涛也是要……”常虹望着江面,缓缓地出了一口气,“毕竟,罗红艳最后一个电话是打给张海涛的,你不仅要弄清张海涛和罗红艳的关系,还要尽量摸清罗红艳涉毒到底跟他有没有关系?”

包德荣:“我不保证,春姐也不一定会告诉我啊。”

常虹:“如果春姐嘴紧,我要跟张海涛单独见面。你想办法,请春姐帮忙联系他。”

常虹语气严肃坚定,电话那头的包德荣却沉默了。

包德荣:“可是,孟支不是说……”

常虹："你低调点，只需要你、我、春姐和张海涛本人知道就好。"

包德荣："可是，这大半夜的……"

"你不是姓包吗？这点事情都包不住？"常虹急了。

"知道了，我搞定。"包德荣无奈地说。

挂断电话，常虹神情焦虑，忍不住又翻阅手机里的老照片，最终停在了当年和相海峰一起荣获年度三等功的合影上。

夜晚的江风拂面，常虹更加惆怅，又点起了一支烟。

"当、当、当"，远方传来了滨江万国建筑群海关大楼的钟声，雄浑悠远的钟声整整敲了十二下。

常虹掐灭烟头，正要起身离开，忽然，手机铃声响起，来电显示：小雅，常虹立即接听。

常虹："小雅，找我有事？"

电话那头传来小雅惊慌失措的声音："常大哥，婷姐出事了……你快来！"

常虹惊愕地瞪大眼睛，立刻转身，一边往回小跑起来，一边焦急地询问："你们在哪儿……"

晚上，12点38分。

新城区，Tsing Yi酒吧门口。

常虹将车停在路边，远远就看到一辆警车闪着灯，新城区青年路派出所的民警老姚和小周正站在车旁，跟小雅询问情况。

常虹火急火燎地走了过来，民警老姚看到他，诧异地说："这不是市局重案支队常支吗，你怎么来了？"

小雅看到常虹到来，又惊喜又害怕，轻轻喊了一声："常大哥……"

小雅喊过，羞愧地低下了头。

常虹简单跟老姚打了个招呼，看到警车后车门开着，立即走上前去。警车后座上，黄梦婷披着轻薄的小西装外套，双手环抱膝盖，蜷缩在一起，轻微颤抖。

常虹不禁皱眉，心疼不已。

老姚："你们认识？"

常虹："我未婚妻……"

老姚惊讶地点了点头，给常虹留出空间，让他安慰黄梦婷。

常虹轻轻俯身，试图抱住黄梦婷，可她却惊魂未定，常虹刚刚触碰到她，黄梦婷便立即尖叫起来，双眼紧闭，胡乱拍打起来。

"梦婷，是我、是我……"常虹抓住她的手臂，轻声安慰。

黄梦婷呼吸急促，听到熟悉的声音，才缓缓睁开眼睛，眼神逐渐恢复了光彩，瞬间，两行热泪从她水灵的眼珠里滑落下来。

常虹侧身坐进后座，一把将黄梦婷搂在怀里，黄梦婷只是惊恐地抽泣呜咽。

常虹扭头看向小雅，眼神犀利如同质问："到底怎么回事？"

小雅咬着嘴唇，也快哭出来了，带着哭腔说："都怪我，婷姐说她最近一直失眠，想喝点小酒，我就提议来Tsing Yi夜店玩玩。婷姐喝多了说要回去，可没想到，我们刚到门口，就碰到了坏人……"

晚上，12点。

Tsing Yi酒吧。

伴随着酒吧经典的慢摇音乐，黄梦婷回忆起了自己的青春岁月，鸡尾酒一杯一杯地下肚。她和小雅说说笑笑，很是兴奋，两人都有些喝高了。

在小雅的搀扶下，黄梦婷眼睛微闭，晃晃悠悠地走出了酒吧。小雅也轻轻拍打自己的脸，让自己意识清醒，拿出手机准备叫车。

突然,黄梦婷扶住了路边的梧桐树,剧烈地呕吐起来。

小雅:"姐,你别吐在这儿啊……"

小雅说着,翻找手包,说:"婷姐,你等我,我去要个塑料袋。"

说着,小雅转身跑回了Tsing Yi酒吧。

黄梦婷一个人扶着梧桐树呕吐不止,渐渐地有些意识模糊,她扶着树干跪倒在地。

不远处,一辆黑色轿车缓缓向路边靠拢,停在了黄梦婷身边。

轿车副驾驶位置走下一个男人,来到黄梦婷身边,伸手轻轻拍了拍她的脸,确认她已经喝醉,将她搀扶起来往车上拖去。

黄梦婷隐隐感觉到有人搀扶她,迷迷糊糊睁开眼,却看到一副红色的日式魔鬼面具。

黄梦婷瞬间睁大了惊恐的眼睛,可是手脚却无力挣扎,她呼吸急促,浑身开始颤抖。

这时,小雅刚好从酒吧冲出来,远远看到一个陌生男人的背影,搀扶着黄梦婷,立刻惊恐地大声喝止:"你干嘛,放开她!"

男人听到了小雅的呼喊,猛地回头,一副红色魔鬼面具在昏暗的灯光下,显得格外瘆人。

小雅看到红色魔鬼面具,吓得目瞪口呆,紧紧攥着手里的塑料袋不知所措,身体隐隐颤抖起来。

红脸魔鬼十分嚣张,冷冷瞥了小雅一眼,扶着黄梦婷准备放进车后座。

"啊! 来人啊,救命啊!"小雅惊恐地放声尖叫起来,声音尖锐高亢,划破了昏暗的夜空。

红脸魔鬼见状不妙,立刻扔下黄梦婷,闪身钻入后车座,黑色轿车瞬间驶离现场,消失在茫茫的夜色中。

小雅颤抖着嘴唇，慌忙跑上前去，扶起了黄梦婷。

黄梦婷出现了应激反应，躺在小雅怀里，双目失神，浑身抽搐。小雅慌忙掏出手机，拨通了常虹的电话。

时间回到现在，Tsing Yi酒吧门口。

"难道，'赤面淫魔'是真的……"常虹听完细节，轻声呢喃几句，看向小雅说，"黑色轿车的车牌照，有没有看清楚？"

"天太黑了，没看清楚，没看到牌照。"小雅眼泪忍不住滑落，连连跟常虹道歉，"常大哥，对不起，我们晚上再也不出来了。"

黄梦婷此时已经缓过来，伸手抚摸着常虹的脸颊，轻声说："别怪小雅，是我自己心情不好，贪杯喝多了……"

常虹心疼地搂着黄梦婷，转头说："老姚，嫌疑人戴着面具作案，显然是有备而来。"

老姚："是的，附近的路口装有摄像头，我们会尽快上报分局刑队，调取监控，找到嫌疑人的行踪。"

常虹凝眉沉思，特意嘱咐老姚："近期咱们东海市接连发生侵害单身女性的恶性案件，今晚这一起，可能也不单是猥亵这么简单。你们这里酒吧、夜场比较多，还是要加强巡逻。"

老姚立刻警觉起来说："常支你放心，我们一定全力侦查，加强安保。"

常虹："谢谢，有消息请立即通知我。"

老姚："放心。"

与此同时。

南城区，维纳斯公馆。

包德荣已经换上了花衬衫、白色西裤和尖头皮鞋，梳了个乌黑发亮的大背头，腰间系上了LV大logo的皮带，手里抱着一大捧鲜红的199朵玫瑰，在少爷引领下，走在维纳斯公馆富丽堂皇的走廊里。

包德荣一边走，一边给常虹发微信："常支，为了查案，我可是下血本了，给不给报销？"

常虹迅速回了个OK的手势。

包德荣走到了春姐的包间门外，理了理发型，练习了两下职业假笑。少爷推开包间门，鞠躬示意请进，一股声色犬马、纸醉金迷的妖风扑面而来。

包德荣立马露出了职业假笑，融进一片奢靡。

包德荣捧着玫瑰，走进了包间，远远地就大声向春姐打招呼："姐姐，对不住，弟弟来晚了来晚了，人可以迟到，祝福不能缺席，我来跟您拜寿了。"

说完，全场尴尬地沉默了，只剩下劲歌热舞的曲子在播放。

包德荣定睛一看，春姐坐在包间沙发C位，左右分别是俊奇和俊杰两个干儿子。

春姐的两边沙发上，男男女女间隔着坐着一字排开，七个女人年龄从二十几到四十多不等，全都浓妆艳抹，穿着性感暴露的奇装异服，每个女人左右必定陪着两名年轻帅气的男模，男模全都穿了透明衣，健硕的肌肉线条若隐若现。

这些男男女女有的耳鬓厮磨，有的吞云吐雾，有的正在热吻，有几个看向包德荣，眼睛直愣愣地，像是在看个异类。

包德荣低头看了看自己，略显土豪气的花衬衫，似乎与环境有点格格不入，尴尬地笑了笑。

"没事儿，人到了就行。"春姐手里拿着烟，远远地朝包德荣笑了，起身迎接。

春姐走到包德荣身边，接过玫瑰花，让俊奇捧到一边，自己一把搂住包德荣肩膀。

春姐：“姐妹们，这是我新交的弟弟，包子。”

姐妹A调侃：“春姐，你什么时候换口味，喜欢老腊肉了？”

包德荣不乐意了，眯起眼睛，瞟了她一眼。

春姐：“你们懂什么，我这弟弟看似平平无奇，却是个小人精，可爱得很。”

说着，现场响起了一阵起哄和欢呼声。

春姐牵着包德荣到沙发C位坐下，跟俊杰和俊奇使了个眼色，两名男模会意，立马拿来了水晶红酒杯，却拿上来一瓶单一麦芽威士忌，给包德荣满上了一大杯。

“今天能遇到你，姐姐高兴，开一瓶麦卡伦1946，全球最贵的威士忌！”春姐停顿一下，冷笑：“不过，其实今天也不是我生日……”

说着，春姐摘下了自己左手的黑色手套，中指、无名指和小拇指，居然都被切掉了。

“我知道这种喝法，是不是叫吃个大苹果？”包德荣看得愣住了，环顾左右而言他。

“今天是我这三根手指被切掉的日子，也是我重生的日子。偏偏今天遇到你，还让你给识破了，你说咱俩，是不是缘分？你准备吃几个苹果？”春姐看着包德荣，冷冷一笑，把酒杯端给了他。

“那就祝姐姐，重生快乐！”包德荣赶紧端过酒杯，他看着红酒杯装威士忌，知道来势汹汹，只好硬着头皮，一饮而尽。

包德荣刚放下酒杯，男模俊奇又给他满上了，包德荣抿着嘴，朝他瞪了一眼。

“包子,突然来访肯定有事吧?礼物都买得这么仓促……”春姐点起一支烟,斜眼看着包德荣,面带暧昧微笑。

包德荣屏住呼吸,压了压酒气,笑而不语。

“哎,咱们姐弟这么投缘,你要有事相求,姐姐肯定帮你。不过,咱们要是弄成了无事不登三宝殿的关系就难看了,你说是吧?”春姐笑意盈盈看着包德荣,随即抬眉,看了眼酒杯。

“谢谢,姐姐照应,那我就先干为敬了!”包德荣豪气地端起第二杯酒,一饮而尽。

“好,连吃两个苹果,讲义气!”春姐连连鼓掌叫好,“我说什么来着,我这弟弟就是讨人喜欢。酒品如人品,只要感情到位了,姐姐一定全力帮你。”

说着,春姐给俊杰和俊奇抬了抬眉毛。

俊杰、俊奇以及在场的红男绿女们,轮番上阵,和包德荣猜拳、摇色子,玩起了各种游戏,拿上来美国的黑桃A、瑞典的ABSOLUT伏特加、英国的金酒,逐一给包德荣倒上。

包德荣一杯接着一杯地喝下去,在劲爆的音乐刺激下,逐渐头晕脑涨,眼皮发沉。

春姐和她的七个小姐妹们围过来起哄,整齐地鼓掌,打着节奏,“喝!喝!喝!”

包德荣喝得面红耳赤,脸上露出了憨憨的笑容,举着喝空的酒杯,忽然醉倒,躺在了春姐大腿上。

春姐缓缓从口中送出一口烟,吐在包德荣脸上,指尖轻轻拂过他的面颊,暧昧一笑。

第四章
于嗟阔兮，不我信兮

逢君贪杯因成醉，拟沽春露醉韶华。
醉后焉知世上情，半癫半狂在人间。

维纳斯公馆。

俊奇和俊杰抬着包德荣的手脚，几乎是半抬半拖，艰难地挪进了春姐套房的会客区，费力地把包德荣放在了沙发上，喘着粗气。

春姐醉意阑珊，步态优雅，紧跟其后。

俊奇扶着自己的腰，说：“这老东西，看着不胖，怎么这么沉？”

俊杰气喘吁吁：“真的好讨厌，累死人了。”

“废话太多，出去吧。”春姐朝他们打了个响指。

俊奇和俊杰满怀醋意，识趣地离开了房间。

春姐看着全身瘫软、呼吸沉重的包德荣，坐到他头顶位置，伸手轻轻抚摸他的脸颊。

“哼。”春姐唏嘘地说，“还以为是个老油条，没想到是个呆子。”

说话间，包德荣猛地睁开眼。

春姐吓得花容失色，“啊”的一声惊叫出来，连忙收手。

包德荣像弹簧一样弹起来坐直，他搓了搓脸，让自己清醒。

春姐直愣愣地观察着他，满脸疑惑。

包德荣长长地呼出一口气，打了一个酒嗝，抱怨道："姐，你那俩小奶狗也太没用了，明明自己手无缚鸡之力，还敢嫌我重。"

"你挺能装，没醉啊？"春姐捂着鼻子说道。

"你那些姐妹们，那些男模们，都把我往死里灌，我当然得悠着点儿！不装醉，我怎么脱身。"包德荣露出得意的笑容。

"搞了半天，到底还是根老油条，心机深啊。"春姐冷哼一声。

包德荣："话不能这么说，刚才我可是实打实地吃了六个'大苹果'，我也是实打实地豁出去，真心实意地陪您喝尽兴了。"

"你小子，有两下子。姐姐我，可真是越来越喜欢了。"春姐会心一笑，眼神温和。

"多谢，姐姐抬爱，我毕竟是带着任务来的，酒也喝美了，能不能帮弟弟个忙，打听点事？"包德荣双手抱拳。

春姐："要看什么事了，有些事儿……恕我无可奉告。"

包德荣："那，如果关于张海涛呢？"

春姐瞟了他一眼，想了想："他可是道上的狠人，我不想找麻烦。"

"我说，姐姐。"包德荣有点急了，"你刚才答应了，可不能耍赖。"

"我怎么会耍赖？"春姐点了一支烟，说："是想问他跟罗红艳关系如何吧。"

包德荣："是的，道上的事情我不关心，就问问我们案子上的事。"

"罗红艳是我们这儿的花魁，一般人请不起。"春姐吐了一口烟，侃侃而谈，"张海涛，张总，他可是个有钱的主人。两个人我看也就是逢场作戏吧。"

包德荣："罗红艳死前最后一通电话，就是打给张海涛的……"

春姐沉默了，吐了一个烟圈，说："阿艳这丫头喜欢海哥，还一厢情愿说要跟定海哥。不过，海哥有女朋友，她根本没戏。"

包德荣:“张海涛,还有女朋友?”

春姐:“对,那个红头发的丫头,好像叫Laura,以前也在我们这儿干过一阵子,后来遇到海哥就跟他了,从此再没有出台,一直靠海哥养着。”

包德荣:“三角恋?有没有为张海涛发生过争执?”

春姐:“从来都是阿艳一厢情愿,海哥虽然经常来应酬,但也不会随随便便玩弄姑娘感情。”

“哦,张海涛还挺有原则。”包德荣摸着下巴,若有所思。

“你不会是怀疑海哥害死阿艳吧?”春姐掐灭了烟,“告诉你,这绝对不可能,海哥做人特别讲义气,对姑娘们尤其怜香惜玉。”

包德荣:“那罗红艳对他这么死心塌地又为什么呢?一见钟情也得有个理由吧。”

春姐犹豫地说:“那是,因为……因为以前有客人纠缠她,全靠海哥帮忙出手解的围。”

“英雄救美,这就说得通了。”包德荣停顿了一下,“那罗红艳吸毒,跟张海涛有关吗?”

“不知道,我说过了,反正我们这儿绝对不让碰毒品。”春姐瞟了眼包德荣。

包德荣抬着眉毛,将信将疑。

“好吧,谢谢姐,弟弟还有最后一个请求。”包德荣诚恳地看向春姐。

“说。”春姐又点起了一根烟。

包德荣:“有些话,姐姐,您不方便说,能不能帮忙约一下张海涛,只要见面就行,和你没关系。”

春姐冷冷地凝视着包德荣,深深吸入一口烟,又缓缓吐出。

谁知,隔墙有耳。

晨光初露。

道路上十分冷清,没什么人。

包德荣独自走出了维纳斯公馆,深呼吸着清晨的空气,伸直双臂抻了个懒腰。

他边走边给常虹发了条语音信息:常大虹,我经过一整个通宵的奋战,基本完成了你交代的任务,接下来就等通知,对方已答应会尽快安排。特此向领导请示,周末了,能不能给我放半天假,让我补个觉?

信息发出后,包德荣在路边拦下一辆出租车,包德荣的手机也刚好收到常虹的回复:辛苦,好好休息。

包德荣欣慰一笑,上车离开。

上午,8点30分。

重案支队,孟根山办公室。

常虹独自走进了孟根山办公室。孟根山早已等候他多时,此时,他泡了杯清茶,正在查看刑侦总队网页上的每日刑侦报告,神情有些焦虑。

常虹满脸倦容,带着浓重的黑眼圈,眼神坚毅地说:"师傅,我连夜去了新城分局刑侦支队,通过他们调取了监控,可惜,镜头被污染了,画面质量确实太差了。"

孟根山无奈地叹了口气:"说说你的判断。"

常虹:"结合遮掩车牌、戴面具作案等行为,可见嫌疑人是有一定反侦查意识的。昨晚,梦婷遇到的,恐怕不是一般的'酒吧捡尸'。虽然,证据不充分,我担心这名嫌疑人很可能与'7·4'案有关,甚至,不能排除再次作案的可能。"

"你的分析有一定道理,这件事暂时不宜对外公开,以免造成更大的社会恐慌。"孟根山托着下巴,轻轻点头,认可常虹的判断,"我会安排宋妍的技侦小组,继续跟进这条线索,追查嫌犯行踪。"

常虹:“明白。”

孟根山:“另外,我也研究了一下,最近以来,各分县局上报的每日刑侦情况,在前段时间的治安大清查期间,各区县的强奸案和猥亵案件呈爆发式增长,再加上一些不良自媒体恶意炒作‘赤面淫魔’的概念,让一些青壮年误入歧途,戴着红色的面具出去为非作歹。”

常虹:“是的,我也看到了这个情况,看来是要加强基层的相关管理了,上次拍婚纱照的时候和梦婷还聊起这个事情,没想到这么快就……”

孟根山:“哎,你女朋友梦婷,现在怎么样了?”

“案发当时,确实被吓得不轻,好在有惊无险,我把她送回公司休息了。”常虹眼神里流露出一丝无奈和心疼。

孟根山:“为什么送回公司?”

常虹:“梦婷也是性格要强,说是不想让爸妈担心,趁着周末公司没人,想自己安静会儿。”

孟根山:“今天毕竟周末,案件调查间隙,你也多关心关心女友,尤其刚出了这档子事儿。”

常虹:“嗯,好。”

北郊区,城中村。

低矮幽暗的城中村,高高矮矮的出租房一栋靠着一栋,在夏日的周末,更显得拥挤不堪。繁华的东海市里,也许你想象不到,还有与这个现代化城市貌似毫无关联的地方。简陋的屋子里,城市里的另一类人,用属于自己的生存方式,述说着我们不愿意深探的人生命运。

一个古铜色皮肤、身材精壮的男人,提着一篮水果,走在城中村满是污水、七横八竖的小街上。

此人三十岁出头,长着一张四方脸,脸上满是青丛丛的胡茬,细细长长的丹凤眼，凛冽桀骜，高挺的鼻梁下是两瓣噙着骄傲的薄唇，外形粗犷仿佛是用生铁铸成的一般，胸口和手臂上还能看到不少伤疤，这让他显得更加彪悍。

男人走着走着，忽然停下脚步，立刻退后两步，朝身后的巷子里望去。

巷子深处的角落里，一个红头发姑娘正跟一个一脸坏相的光头仔，比比画画，鬼鬼祟祟。

男人立刻快步走进巷子，边走边吼："干嘛呢！"

光头仔看到男人，吓得转身就跑。

红发姑娘愣在原地，不敢抬头看男人，用马丁靴踢着发黄的墙皮，进退两难。

红发姑娘二十岁左右，画着朋克妆，睫毛浓密，眼神魅惑不羁，双唇性感丰厚。她穿了裹胸，左边胸前文了一个鬼头，带着耳钉、脐环，下身只穿一件朋克风的皮质热裤，上面镶嵌了铆钉。

男人走到红发姑娘身边，质问道："Laura，刚才那人是谁？""酒吧认识的，就聊聊天。"Laura歪着头，避开了男人的眼神。

"说了多少次了，少跟这些不三不四的人玩，有什么好聊的，跟我回去。"男人训斥道，"还有，以后不要穿这些奇装异服。"

"知道啦！"Laura瞟了男人一眼，有点生气地嘟着嘴，自顾自往回走。

男人提着水果，跟在Laura身后，步入一栋破旧的出租楼。这里三楼有两间不大的房子，是Laura唯一可以避风挡雨的地方。

三楼过道，Laura一边走一边从裤兜里掏出了钥匙。

忽然，"砰"的一声，一扇门里，砸出了一只热水瓶，热水和碎渣散落一地。

紧接着，楼道里忽然传出了一个成年男人的哭嚎声，抽泣哀嚎的节奏，听起来却又像是个孩子的状态。

Laura吓得停住了脚步，愣愣地看着前方。

男人："你家传出来的？"

Laura："好像是我隔壁，前天刚搬来的……"

门里又扔出了碗筷瓢盆，继而传出了几个凶恶的男人声音。

"躲？你想躲哪儿去！"

"还不上钱，就把他送到黑煤窑去。"

话音刚落，一床被子又被扔了出来。

男人眉头一皱，连忙把手中果篮递给了Laura。

"别，别多管闲事儿。"Laura还想伸手阻拦，可根本来不及，男人已经冲了上去。

男人跨过地上的玻璃碎渣、锅碗瓢盆，看到室内更是一片狼藉，地上还散落着两盒蛋炒饭。

房间昏暗的角落里，两个小混混正在殴打一个肥胖硕大的男子——张毅。

张毅被打得鼻青脸肿，鬼哭狼嚎。

房间中央，一个混混头子，穿着一身黑衣，戴着墨镜，腋下夹着公文包，他得意将一个白脸书生模样的男子狠狠踩在地上。

男子嘴角出血，头发凌乱，满脸污渍，他使出全力，还是挣扎不起来。

此人不是别人，正是张炜。

混混头子咆哮："豹哥已经把你们的坏账转给我了，快还钱！"

张炜艰难地说："我、我没欠你们，房子和车子都已经赔了，我没钱了。"

"他妈的，你敬酒不吃吃罚酒。"混混头子骂着，抬手向张炜的脸上打去。

男人看着眼前的一切，怒火中烧，不由得攥起了拳头。他纵身跃起，一脚飞踹，“砰”的一声，将混混头子踢飞，狠狠地砸在墙上。

角落里两个小混混转过头来，瞬间看傻，连忙去扶混混头子。

混混头子感觉好像被一辆卡车撞倒，他扶着后腰，在搀扶下才勉强站起来，哀嚎道：“断了，操，肋骨断了！”

男人调整方位，将兄弟俩都护在身后，瞋目瞪着三个混混，双手握拳，拉开架势。

“你他妈谁啊，找死啊！”混混头子怒不可遏，“杀了他！”

两个小混混闻言，慢慢掏出匕首，形成犄角之势，准备合力攻击男人。

男人眼观三路，冷冷一笑。

突然间，两个小混混手持匕首，一左一右，朝男人袭来。

男人并不躲闪，迅速判断出时间差，他大喝一声，瞬间出招，左边一记侧踹，将左边的小混混踢了个狗吃屎，再顺势侧身，右边打出一击重重的右勾拳，直接将右边的小混混打翻在地。

不多时，两个小混混哀嚎着，从地上爬起来，连滚带爬地缩回到混混头子身边。

混混头子捂着肋骨，疼得龇牙咧嘴，一边发出哼哼声，一边翻着白眼，迷迷糊糊地说：“你、你等着……”

“我叫，张海涛。”男人不怒自威，“以后别让我看到你们，否则，见一次打一次，滚！”

两个小混混赶紧抬着混混头子退出了房间……

张炜：“大哥，谢谢你，出手帮我们。我叫张炜，这是我弟弟张毅。”

“张海涛，道上兄弟一般都叫我海哥。”男人转身，仔细打量兄弟俩，只见弟弟张毅一直拉着哥哥张炜的手哭泣，明显智力不健全。

张炜："海哥好，我们前天刚搬来，好像没见过您。"

"我不住这儿，我……我朋友刚好住你隔壁。"张海涛接着问道，"他们为什么要打你们？"

张炜愧疚地低下头："我借了豹哥开的贷款公司10万块钱，没想到一年的功夫，我们家唯一的一套房和一辆车被他们全部抢去，还没还够……"

"这是典型的套路贷啊。"张海涛咬着牙说，"你没去报过案吗？"

"报过，可是派出所……"张炜欲言又止，转移话题道，"海哥，真对不起，我们家这个情况，我现在也不知道该怎么，感谢您……"

说着，张炜拉着弟弟张毅，立马要跪下来给张海涛磕头。

张海涛见状连忙阻止，把兄弟俩扶了起来。

张海涛："这是干嘛，男人膝下有黄金，别动不动就给人跪下。"

"是呀，是呀，快起来。"Laura目睹了这一切，心有余悸地说，"远亲不如近邻嘛。"

"哥哥，我饿，我饿。"张毅不管不顾，一边哭喊着，一边将地上散落的蛋炒饭抓起来塞到嘴里。

张海涛看了看地上的蛋炒饭，说："还没吃饭吧？跟我们一起，去村口的小饭馆吃个便饭吧。"

张炜连忙摇手："不不不，海哥，我们请您才对。"

张炜说着就伸手到裤兜里掏钱，然而，掏出来却只有三张，面值5元、10元和20元，皱巴巴的纸币，还有零星的一些一元硬币。

张海涛一把握住张炜的手，塞回到裤兜里："别废话了，你叫我一声哥，我请你吃顿便饭怎么了，走吧。"

"是呀，别客气。"Laura俏皮地说，"我的肚子也饿了，这顿饭我请。"

张炜嘴唇翕动，热泪盈眶。

村口沿马路有一排小饭店，就数名叫“盐帮菜”的这家生意最火爆。“盐帮菜”后厨的大风扇，远远地就吹出一股浓油赤酱的菜香味，饭店里客人络绎不绝，跑堂的伙计来来回回，端菜点菜，非常忙碌。

正值中午，股股热浪袭来，人们热得汗流浃背，张炜却面如死灰，丝毫感觉不到一点暖意。

张海涛带着张炜等人走进“盐帮菜”，找了个靠里的位置坐下。“盐帮菜”老板，五十岁出头，头发花白，窄窄的脸上写满了故事。他叼着烟卷，热情地过来打招呼。

“几位老板，吃点啥？”“盐帮菜”老板将菜谱放在了桌上，烟灰随之飘落。

“哟，今天，刘老板亲自点菜。”Laura一边翻着菜谱，一边馋馋地说，“来个回锅肉。”

“好嘞。”刘老板快速在单子上记录，“今天的生意太好了，忙不过来，怠慢了。”

“小李，快给客人上茶。”刘老板回头喊了一声，接着问，“水煮牛肉也不错，要不要来一份？”

“好的，什么好，都尽管上吧。”张海涛豪气地说，“再来一箱冰镇啤酒。”

“爽气。”刘老板喜笑颜开。

不久，伙计陆续端上了口水鸡、川北凉粉、水煮牛肉、回锅肉、粉蒸肉、冒鸭血、酸菜鱼等四川盐帮菜。

张炜眼神阴郁，十分拘谨，张毅却不管不顾，大快朵颐，吃到开心时，像孩子一样向大家傻笑。

张海涛看着张炜："你弟弟他？"

张炜："自闭症，从小就这样。"

张海涛点点头，掰了一只鸡腿给张毅吃，张毅狼吞虎咽，痴痴地傻笑。

"以后这帮套路贷的孙子再来找你，你直接联系我。"张海涛喝了口啤酒说，"你的房子和车子我一定帮你要回来。"

"海哥，您的大恩大德。"张炜一扬脖，干了一杯啤酒说道，"我做牛做马……"

"唉，路见不平，理应拔刀相助，没事。"张海涛压住了张炜的酒杯。

喝酒的瞬间，张海涛突然发现张炜的脖子有一道深红色的勒痕。

张海涛："你脖子怎么回事？"

"今天，也许是我最后一顿饭了。"张炜眼角一滴泪水忍不住滑落，他试图用手遮掩。

张海涛瞬间看懂了一切："你怎么这么傻？你一了百了，你弟弟怎么办？"

张炜哽咽道："我都已经站上去了……要不是弟弟突然抱住我，我可能真的就去了。"

一旁的张毅似乎听懂了，张开塞得满满当当的大嘴，哇哇哭了起来。

"好死不如赖活着，没事，以后有我们呢。"Laura看着也不忍心，端起酒杯说，"来来来，今天我们开心，一起走一个。"

四个人一饮而尽。

坐在不远处的刘老板，漫不经心地深吸了一口烟。

张海涛："小张，你有手有脚，到哪儿不能找份工作，只要你肯吃苦，好好干，再难也总能熬过去。"

"海哥，吃苦我不怕。我找工作找了很久，没有公司要我……"张炜一脸无奈地说，“我之所以去小额信贷公司借钱，就是因为我没有长期稳定的工作，正规银行不给办信用卡和贷款。”

张海涛似乎觉察到什么，等他往下说。

“我年轻时候犯过事儿，判了八年，一年前刚出来……没有公司会录用一个有前科的人。”张炜苦涩地摇头道。

“坐牢有什么了不起，我也是放出来的，我们是狱友，我会帮你想办法的，放心。”张海涛给张炜夹了菜。

“海哥，您手下缺人吗？”张炜看着张海涛恳切地说，“我肯吃苦，什么都肯干，要不我就跟你吧？”

“嗨，这个社会上，撑死胆大的，饿死胆小的，干点啥不行。”Laura插话道，“以后你跟着我干。”

“你个小孩子，懂个屁。”张海涛瞪了一眼Laura说，“小张，别听她胡说，我整天打打杀杀的，跟着我没什么好事。”

“对不起，海哥，是我太心急了。”张炜自责道。

“嗨，多大点事。”

三个人的谈话被身后突兀的声音所打断。

“不好意思。”他们身边，收银台后坐着的刘老板忍不住插话，“刚不小心，听到这位小兄弟好像有难处？你们都来我馆子吃饭了，就是一家人。”

几个人循声朝收银台的刘老板看去。

“我叫刘水寿，北郊区这一带江湖排名，老二，道上的朋友，唤我一声刘二爷。”刘老板侃侃而谈，“二爷我，没别的本事，就是热心肠。”

刘老板说着从吧台后面走出来，拿出香烟，发给张海涛和张炜，与他们坐在一桌。

“我看几位相貌堂堂也不是凡人，真人不说假话，我就是东海市第二拆车厂的厂长，这里只是我的副业。”刘老板点上烟说，“全东海市方方面面，多少都知道我，小兄弟，就你找工作这事儿，就包我身上了。”

“刘厂长，失敬失敬。”张海涛也点上了香烟说，“那您有何高见？”

“拆车厂啊，只要你能吃苦，过两天我就带你去上班。”刘老板看着张炜，笃定地说。

“我愿意，我不怕苦不怕累，只要能让我挣钱养家就行，我不会给你丢脸的。”张炜连连点头。

“行，今天是周六。”刘老板掐着指头盘算着，“那就下周一早上吧。”

张海涛拿了个空酒杯放到刘二爷面前，亲自给他斟满酒。

张海涛自己也倒满，说：“刘厂长，我先干为敬，那我这兄弟就托付给你了。”

“是呀，我也敬您一杯。”Laura也倒满了啤酒。

张炜感到了久违的温暖，他赶紧站起来跟张海涛和Laura一起敬刘老板。

刘老板微微一笑，拿着酒杯起身：“好说，好说。”

四人一齐碰杯，张毅埋着头大快朵颐。

新城区，市中心。

一座座高楼大厦拔地而起，干净宽敞的马路，绿化优美的街道，马路两旁茂盛的法国梧桐树，在阳光的照射下露出斑驳的树影，五颜六色的花朵将这里装点得分外美丽；红色的敞篷观光巴士，购物中心琳琅满目的商品，熙熙攘攘的人群，一片热闹繁华的都市盛景，使得人们心中充满了幸福和自豪。

黄梦婷的传媒公司，位于这片繁华商业区中心的写字楼高层，室内装修简约时尚，她的窗外就是东海市最美的街景。

黄梦婷情绪稳定了很多，她一身淡紫色古奇职业套装，坐在办公椅上，皱眉凝视着大屏幕。

助手小雅正在将手机上的视频投射到大屏幕上，播放东海市某大V博主的视频。

屏幕上，视频博主正在直播：

“这是我在警方发现尸体的外围现场拍摄到的视频，我们东海市在两个月之内，连续发生了两起针对女性的凶杀案，引发了强烈的社会恐慌，让‘赤面淫魔’的谣言四起。犯罪分子为什么能一而再地针对女性群体施暴作案？为什么女性遭遇的性侵、职场性骚扰等议题一再被提起，却还是一再发生，这些问题都值得我们去反思、去探讨。同时，我们也呼吁有关部门进一步加强管理和监督，进一步加强对女性群体权益和安全的保护……”

黄梦婷忧心忡忡地说：“好了，先暂停吧。”

小雅收敛起惶恐和悲伤，暂停视频，站在办公桌边。

“第二起凶杀案发生之后，社会舆论极为关注。这是我们推动女性群体帮扶项目的好机会。”黄梦婷眼神坚毅，吩咐道，“你尽快跟市妇联、青商会等落实慈善晚会的事宜。”

“明白。”小雅随快步离开办公室。

小雅走到办公室门口，忽然转身回望黄梦婷，满眼钦佩地说：“姐，换个人遇到这种事早就崩溃了，没想到你还能这么沉着镇定，从今以后你就是我的偶像。”

“小雅，你也辛苦了，早点回去休息吧。”黄梦婷勉强苦笑了一下。

小雅点头离开，黄梦婷拿起手机，看着“常虹”的微信对话框，又陷入惆怅。

就在她犹豫之际，对话框弹出了常虹发来的信息：梦婷，你还好吗？今天周末，一起吃晚饭吧，我要多陪陪你，给你压压惊，爱你。

黄梦婷捧着手机，又惶恐又感动，不禁眼泪滑落。

黄梦婷放下手机，望向窗外，车水马龙，一片繁荣。迟疑片刻后，她重新拿起手机，在对话框里，给常虹回了OK和爱心的表情。

华灯初上。

东浦江畔，江景一号别墅，马克西姆餐厅。

富丽堂皇的大厅内，落地窗正面对着东海璀璨的江景。

黄梦婷订了一个靠窗的座，和常虹面对面坐着。

常虹切着牛排，抬头关心地看向黄梦婷，发现她并无食欲，只是惆怅地望着窗外的江景发呆。

常虹："梦婷，事情都过去了，最重要的是你一切安好。"

常虹温柔地宽慰黄梦婷，放下刀叉，伸手握住了她的手。黄梦婷回过神来，稍显惊慌，但还是被眼前的男人感动了。

常虹眼神坚定，紧握黄梦婷的手，向她保证："你放心，只要有我在，就没人能伤害你。"

"谢谢你，亲爱的。有你陪伴，我就安心了。"黄梦婷欣慰地朝常虹点头。

常虹重新拿起刀叉切牛排，似有心事，微张着嘴，欲言又止。

黄梦婷看出常虹有心事，喝了一口白葡萄酒，说："遇到烦心事了？"

常虹点了点头，眼睛看向别处，思考着话语："你还记得相海峰吗？"

"记得啊，不是你的好哥们儿嘛。"黄梦婷神情自然。

"他要离婚了。"常虹放下了刀叉，观察着黄梦婷的表情。

"听你说，他不是在北京……"黄梦婷有点意外，瞪大了双眼，"就因为聚少离多吗？"

常虹摇摇头，说："具体原因我也不清楚，你觉得他为人怎么样啊？"

黄梦婷听出话里有话："他不是你兄弟嘛，你应该比我更了解啊。"

"哼。"常虹苦笑一声，"人都会变的。"

黄梦婷忽闪着好奇的双眼看向常虹，轻声问："难道他出轨了啊？"

"你们女人怎么一听八卦就起劲，不是的，别瞎猜。"常虹心里已经有了初步的答案。

黄梦婷："那你为什么问他人品怎么样？"

常虹眼神闪烁，连忙转移话题："我只是好奇他这种硬汉，在女人心里会是什么形象。不说他了，说说你的事呗。"

"你帮我也参谋参谋。"黄梦婷眼中闪烁着兴奋的光芒，"我想趁最近全社会都在关注女性被害案件的热度，办一场慈善晚会，邀请全东海市的政商界代表，一起推动爱心基金会的女性帮扶项目，你觉得呢？"

常虹回答得有点敷衍："那挺好啊……"

黄梦婷犹豫了一下，还是决定问常虹："我听说，这次被抛尸的受害人，是维纳斯公馆的花魁。"

"案件细节我不能透露，这是纪律。"常虹想了想说，"你们的爱心援助项目，难道想帮扶灰色地带的边缘群体？"

黄梦婷："是的，凌晨的亲身经历，让我意识到，女性总是社会中的弱势群体。"

常虹听着又心疼又无奈，苦口婆心地劝说："社会上还有很多残障人士，挣扎在温饱线上的穷人，你们爱心基金会应该给他们多提供帮助。至于那些游走在法律灰色地带的失足女性，就交给法律处理吧。"

"此言差矣。我恰恰觉得，这些灰色地带的失足女性，才应该是我们基金会重点扶助的对象。"黄梦婷放下刀叉，也严肃地看着常虹，

“因为，她们更贴近犯罪的边缘，甚至，就是被罪犯盯上的羔羊。”

常虹有点惊讶，正襟危坐，看着黄梦婷。

黄梦婷：“她们之所以容易被罪犯盯上，正因为她们多半是社会角落里法律照顾不到的边缘人，这一点，你是刑警，肯定比我清楚。”

常虹针锋相对：“我支持你的爱心慈善公益事业，可没必要触碰那些社会敏感问题，尤其像改造这些非法的性工作者，这是司法部门的事情。”

“这些失足女性，如果有足够的学识和专业技能，谁会冒着生命危险，踏进违法的性工作领域？”黄梦婷越说越激动，“难道一定要把她们全部投入班房，才算给她们重获新生的机会？”

“你今天怎么了？”常虹看着黄梦婷，有点诧异，“情绪这么激动……”

黄梦婷埋怨地说：“明明是你一直在杠我。”

黄梦婷深呼吸，让自己渐渐平复：“虹，有句话说，这个世界上，总会有阳光照射不到的角落，这个世界总有残缺和不完美。我觉得，我们应该接受这种不完美的现实，然后用爱去改善这个世界。”

常虹托着下巴沉默了片刻，连连摇头：“梦婷，恰恰相反，我觉得世界上所有的犯罪，是这个世界的残缺和不完美，就像是这个世界的肿瘤。我们刑警就像外科医生，只有扫除这些罪恶和残缺，才能让这个世界的每个角落都阳光普照，干干净净。”

黄梦婷长久地凝视着常虹，不愿再多争辩，喝了口闷酒。常虹也放下刀叉，把头转向窗外。

忽然，常虹的手机响起，是包德荣来电。

常虹：“喂……安排好了？我知道了……”

常虹挂断电话，充满怜爱地看了眼黄梦婷：“对不起，我刚才也激动了。单位有一件非常重要的事情，我先走了。”

黄梦婷抬头看他，眼神已经变得温柔："注意安全啊。"

常虹拿起账单和外套，走过黄梦婷身边，轻轻吻了下她的额头，先行离开。

黄梦婷喝了口酒，轻声叹息，转头看向窗外。

窗外游船如织，夜色迷离。

南城区，维纳斯公馆。

张海涛换了一身商务套装，身后带着司机老丁，款款走进维纳斯公馆的大堂，时不时还有路过的小姐跟他打招呼，张海涛微笑着点头回应。

"海哥，对不住，这么急把您喊来。"春姐上前迎接，表情有些不自然。

"怎么会，春姐，还要感谢你，上次过来玩都是你免的单，再说了要给我介绍生意，我感激还来不及呢。"张海涛笑着说，"人在哪里呀？"

春姐微微开口却又犹豫不决，戴着黑手套的两只手握在一起，眼神扫视了一下张海涛身后的司机老丁。

张海涛立刻会意，回头吩咐："你去车里等我。"

司机老丁有点犹豫："张总，我还是陪着你吧？"

春姐："不用，在我这儿，没人敢撒野，尽管放心。"

司机老丁无奈点头，随即离开，走了几步又忍不住回头看了一眼，神色狐疑。

张海涛："到底哪路神仙，找我发财？"

春姐向前走了两步，凑到张海涛跟前，踮起脚耳语："你放心，我都安排好了，一会儿到我办公室聊，那儿不会有人打搅，也没有监控录像。"

"好的，都听春姐安排。"张海涛轻声说，"事情成了，给您包个大红包。”

“你是道上吃硬货的，红包我不要，我只希望你不要出事。”春姐拉住张海涛的手臂，“你好了，我这儿生意才好，咱们是一条船上的蚂蚱。”

张海涛想了想，笑着说：“咱们，应该是一条绳上的蚂蚱吧。”

春姐一边捂着嘴嘤嘤地笑，一边引着张海涛，朝里面走去。

与此同时，维纳斯公馆818包房。

一个身材高大、面容粗犷的男子坐在包房沙发正中间，年龄大约三十五六岁，一看就是个恶棍。

他挽起了衬衫的袖子，解开衬衫上端的两枚纽扣，露出了身上骇人的文身和大花臂，手里拿着啤酒瓶，左拥右抱两个美女。

恶棍身边，他的马仔瘦皮猴坐在沙发角落里。

这个瘦皮猴就是昨天，常虹和包德荣到维纳斯公馆走访时，探头探脑的那个货，没人知道他的正名是什么，只知道他的外号叫刀子，他的大哥就是这个恶棍——庞连彪，江湖人称彪哥。

此时，刀子正跟一个小姐腻腻歪歪，即将接吻之时，他的手机忽然响起了“叮、叮、叮”的短信提示音。

“你好坏。”小姐顺势躲开了亲吻，却没能躲过刀子邪恶的小手。

刀子满脸愤恨，骂骂咧咧拿出手机：“真他妈烦人！”

手机短信界面：张海涛在维纳斯公馆，被春姐单独带走了。

刀子不敢迟疑，一把推开了小姐，走到了恶棍身边，说：“彪哥，张海涛有情况！”

彪哥放下了手中的啤酒瓶，恶狠狠地说：“去看看。”

刀子不敢怠慢，急忙走出818包房。

刀子沿着走廊，透过包间房门的玻璃窗，逐一窥探里面的情况。

俊奇和俊杰迎面走来，刀子连忙打招呼，张开双臂拦住了他们，轻浮地说："哟，两位帅哥，今天怎么这么闲，不用陪春姐啊？"

俊奇和俊杰上下打量着刀子，眼神轻蔑。

俊奇冷哼了一声："关你什么事儿，让开。"

俊奇和俊杰说着就绕开刀子，往前走去。刀子皱眉思索了一秒，又绕到两人跟前，伸开双臂拦住，皮笑肉不笑地说："哎，两位帅哥，别走呀，我们彪哥给你们说个话。"

俊奇和俊杰面面相觑，有点为难。

维纳斯公馆818包房。

包房里音乐都停了，陪酒小姐也都被赶了出去，只剩下庞连彪和他的几个马仔，将俊奇和俊杰围在沙发中间。

庞连彪歪着脑袋，坐在茶几上，正对着俊奇和俊杰，一只脚踩在他们之间的沙发上。两只小奶狗花容失色，诚惶诚恐。

庞连彪给他们递上啤酒，两只小奶狗连连道谢。

庞连彪戏谑地说："两位长得这么俊，春姐还要搞别的男人，什么人啊。"

俊奇一脸哀怨，愤愤不平："就一个高个子小白脸，周五来查……"

身旁的俊杰连忙用手肘捅了捅俊奇，让他闭嘴。

刀子眼珠乱转，暗暗嘀咕："高个子小白脸，周五……"

"操，说半句留半句，你他妈的。"庞连彪猛地一抬手，"啪"的一巴掌打在刀子的脸上。

"哎哟、哎哟。"刀子被打得口鼻蹿血，哀嚎着说，"彪哥、彪哥，别打了。"

俊奇和俊杰吓得手脚发抖，噤若寒蝉。

俊杰支支吾吾地说："那个高个子小白脸是警察，还有一个油嘴滑舌的，也是警察……”

“嘿嘿嘿。”庞连彪淫笑着说，“怎么，你们春姐现在口味这么重吗？”

“是呀，彪哥，我们两个都失宠了。”俊奇战战兢兢地说，“我们，我们能走了吗？”

庞连彪虎视眈眈地看着他们，俊奇和俊杰躲避着庞连彪的目光，低头不语。

庞连彪朝刀子打了个响指，刀子心领神会，从沙发上的皮包里拿出两沓厚厚的钞票，递给了庞连彪。

庞连彪坏笑着，把两沓钞票分别塞进了俊奇和俊杰的胸口。

俊奇和俊杰有点慌张，还想推辞，庞连彪伸直了两双大花臂，紧紧按住。

“春姐，这个老女人想找哪个野男人，我他妈不感兴趣。”庞连彪转了转脖子，掏出一把明晃晃的匕首，一边刮着胡茬，一边威胁地说，“这两个警察，到底来干啥？”

俊奇和俊杰面无血色，胆战心惊。

俊奇结结巴巴地说：“春姐，她，她没跟我们说，但，姐妹们都猜是为了罗红艳的案子。”

庞连彪眼神游移，从桌上拿了瓶啤酒，喝了几口，质问道：“那今天警察又来干啥？”

俊奇和俊杰连忙低下头回避，埋着头默默对视了一眼。

庞连彪见状，“砰”的一声，将啤酒瓶摔碎在地上，啤酒沫子飞溅了俊奇和俊杰一身，两只小奶狗瑟瑟发抖。

“别以为你有春姐罩着，我宰了你，信不信？”庞连彪将匕首刺在俊奇的脖子上说，“最后问你一次，警察来干啥？”

俊奇吓得浑身一激灵，一股热流从裤子里面流淌下来。

“我、我说，说了，能让我走吗？”俊奇涨红了脸，如坐针毡地说，“我说了，你不会真的灭我口吧？”

“你他妈废话真多，再多一句老子宰了你。”庞连彪将匕首死死地摁在俊奇的脖子上。

“高个子警察今天来，好像、好像和毒品、罗红艳、张海涛有关。”俊奇痛哭流涕，“其他的、其他的真的不知道了，你放过我吧。”

庞连彪心里一沉，思虑再三，收回了匕首，骂道：“滚吧。”

俊奇和俊杰如释重负，连滚带爬地跑了出去。

两人离开后，刀子立马坐到庞连彪身边：“彪哥，我看这事儿没那么简单，前几天，咱们最隐蔽的两条线被条子吃了……”

庞连彪眼珠转动，看了眼刀子，起身朝包间的卫生间走去。

庞连彪锁好了门，拨通了一个号码：“喂，老大，那姓张的，果然有问题，他在维纳斯公馆偷偷约见条子……大哥，只要你一句话，我立马办了他！”

春姐私人办公室。

春姐带张海涛走进了私人办公室。张海涛在沙发上坐下，里面除了奢华的陈设，空无一人。

“海哥，人马上到。你们聊，我不参与。”春姐说着退出了办公室，到门口时回头说，“你放心，这里绝对私密。”

春姐前脚刚走，常虹就迅速闪进了办公室，堵住了出口。

看到常虹进来，张海涛瞬间从沙发上弹起，两人四目相对，如临深渊。

“傻愣愣的，一点规矩也不懂。”张海涛故作陌生，回避常虹的眼神，自顾自地坐下点起一根烟，“哪条路子上的？”

“别装了好吗？”常虹冷哼一声，走过来，坐在一侧的沙发上，“罗红艳，你总该不陌生吧。”

“这里的花魁,谁不认识。”张海涛言语冷漠。

常虹质问:“她在死亡的前夜联系过你,你们说了什么?”

“笑话,我为什么要跟你说?”张海涛起身要走,却被常虹一把拉住。

“相海峰,你要跟我演到什么时候!”常虹激动地说,“办公室里没别人,我就要你一句实话!”

“这是我的隐私,无可奉告。”张海涛甩开常虹的手。

“我是在帮你洗清嫌疑!”常虹吼道。

“谢了。”张海涛不看常虹,深吸一口烟,又缓缓吐出,冰冷地说,“江湖险恶,自求多福吧。”

“法医从罗红艳体内检查出了冰毒成分。”常虹怒目圆睁,“她溜冰,和你有关系吗?”

“警察同志,我一正经生意人,毒品我可从来不碰。”张海涛说着就往门口走去。

常虹有点不耐烦,冲上去一把抢过了张海涛的烟,扔在烟灰缸里,堵住了他的去路。

“相海峰,你个混蛋。”常虹情绪激动,一边说一边指指点点,“入警时的誓言你都忘了吗?你对得起刑警学院的老师和单位的同事吗?对得起贾云洁吗?”

张海涛不慌不忙:“我叫张、海、涛,警察同志,你认错人了。”

常虹一把揪住张海涛的衣领:“海峰,你只要告诉我,这两年你到底有没有沾毒品,有没有卖过那玩意儿?”

“警官,正常询问应该有两个警员同时在场吧。”张海涛用力甩开常虹,拉开了房门。

常虹眼疾手快,瞬间拍向房门,房门重重关上,他挡在门口:“海峰,跟我回去自首吧。”

张海涛要拉开大门,常虹却死死顶住,两人僵持在一起。

常虹涨红了脸,连珠炮一样发问:“你为什么离婚?两年前又为什么离开?是因为我和梦婷在一起了,是吗?”

张海涛愣愣地看着常虹,冷不防掏出一把手枪,顶在了常虹头上。

“滚开。”张海涛面无表情地说。

常虹没有防备,倔强地咬着牙,没想到自己梦中的情景,居然真的出现。

张海涛走出了办公室,回头看了一眼,又迅速收回目光,神情冷漠。

常虹红着眼睛,愣在原地,懊丧地对着大门狠狠一拳。

茫茫夜色中。

张海涛快速走出维纳斯公馆,一辆黑色的奔驰车S600闪烁着双跳灯,开到他跟前,张海涛迅速钻进了车后座。

张海涛还未坐稳,副驾驶的庞连彪就转过身来,掏出手枪,抵住了张海涛的额头。

张海涛愣了一下,左右两边车门同时打开,两个彪形大汉紧跟着坐了进来,将他紧紧按在当中。

张海涛冷眼看着庞连彪:“老三,这什么意思?”

“姓张的,你死到临头了!”庞连彪冷冷一笑,十分得意,“今天,不是我要办你,是龙哥!”

说着,庞连彪发号施令。

一个彪形大汉朝着张海涛后颈就是重重一击。

张海涛当场晕厥,眼前一片漆黑。

刑侦总队总队长办公室。

顾长青总队长刚从北京出差归来，风尘仆仆，还没来得及换衣服，就把孟根山叫到了办公室。

孟根山："顾总，辛苦了，您这是直接从机场赶过来？"

顾长青点点头，眉头紧锁："之前说的，都安排好了？"

孟根山："嗯，已经跟重案支队全体成员都叮嘱关照了。"

"光叮嘱还不够，你得下死命令。"顾长青严肃地说，"罗红艳的案子，维纳斯公馆都可以继续查，张海涛这条线索，必须断掉！"

"明白。"孟根山一边回答，一边做着记录。

"这是绝密，就不用记录了。"顾长青讳莫如深，"口头传达，掌握精神。"

孟根山点点头，神色忧重。

顾长青："周海龙听说过吧。"

"周海龙？"孟根山迟疑了一下说，"那个隐藏在幕后的毒老大，他的制贩毒组织盘踞在东海市多年。"

"是的，这家伙太狡猾，每次只能打掉他的手脚，现在已经形成了制贩一条龙的庞大组织。"顾长青神色凝重地说，"不仅对东海市造成了巨大的危害，甚至辐射全国。"

孟根山敛容屏气，思绪万千，没想到当年的小赤佬居然做得这么大。

"两年前，市局党委研究决定，选派一名能力出色的刑警深入制贩毒组织内部进行卧底，摸清情况，一网打尽。"顾长青顿了顿说，"难能可贵的是，相海峰同志自告奋勇，承担起这份艰巨的使命。"

孟根山不禁啧啧称赞，佩服相海峰的胆识。

"周海龙的手下都是一群亡命之徒，相海峰这次任务可谓是深入虎穴，九死一生。"顾长青意味深长地说，"相海峰现在借用的是云南、缅北一带的毒枭张海涛的身份，真正的张海涛，现在关在我们东海市监狱的单间。”

“难怪……”孟根山恍然大悟。

“半年前，也差点发生意外，相海峰同志在维纳斯公馆的行踪被偶然拍到了，当时如果流传出去，后果不堪设想。”顾长青接着说，“幸亏他自己及时发现，及时向组织汇报，我们也用最快的速度删掉了那段视频。所以这次，你们查到他，但现在正是整个缉毒专案收网前的关键时刻，决不能出任何差错，你们支队的调查也必须顾全大局，到此为止。”

孟根山：“明白！”

与此同时，东郊区，周海龙别墅。

一轮明月挂在天边，月光透过茂密的树林，照在别墅高高的石质围墙上。白色的别墅连同四周高耸的围墙，厚重的铁门，四角高高竖起的瞭望楼，宛若一座独立的城堡，在月光下显得阴森恐怖。

别墅地下室。

张海涛被一盆冷水浇醒，费力地睁开双眼。他被反绑在椅子上，已经被打得鼻青脸肿，口中含着血水。洁白奢华的大理石地板上，染上了他的斑斑血迹。

一白一紫两头威猛的藏獒关在兽笼里，对着张海涛发出摄人心魄的犬吠声，随时会被放出扑向张海涛。

周海龙坐在一把紫檀木的太师椅上，正对张海涛，在他身后两侧站着庞连彪、刀子以及几个打手。

周海龙，大约五十岁左右，身材清瘦，戴着金丝眼镜，穿着一身精致的中式套装，像个城府颇深又很有品位的商人。他抽着雪茄，动作缓慢，举止儒雅，他的眼神却格外犀利阴狠。

“都他妈被抓现行了，还嘴硬！”庞连彪气急败坏地又冲了上去，抓起张海涛的头发，疯狂地喊道，“说呀，我那两条线是怎么断的？”

张海涛咬牙强忍疼痛，始终没喊出声音，艰难地看向周海龙，摇了摇头。

庞连彪见状，气得面皮发紫，眼睛像野狗一样发亮，他一脚将张海涛踹到地上。

张海涛倒在地上无力挣扎，庞连彪冲过去，一把揪起张海涛的头发，把他的脸贴到兽笼上。

庞连彪咆哮道：“快说！你他妈就是条子，你就是卧底，说呀！”

兽笼里的藏獒连忙扑上来，狂吠不止，似乎要冲破笼子撕咬张海涛的脸。

“够了！”周海龙呼出一口烟，轻轻一抬手，呵斥庞连彪住手。

庞连彪愣了一下，愤愤不平地说：“大哥，都什么时候了，你还护着他。”

周海龙面无表情，稳如泰山。

“我庞连彪，赌上我的人头，这半年我手下最隐秘的两条线，都被条子连窝端了，肯定是他在捣鬼。”庞连彪看向周海龙，把张海涛狠狠地扔在地上。

张海涛艰难地抬起头，看着庞连彪勉强笑了笑，从口中费力地挤出话来：“老三，你他妈就是恨我，抢了你的位子。”

周海龙不禁皱眉，眼神中透出冷峻。

“你放屁！”庞连彪眼珠瞪得拳头大，“自从老大把销售渠道交到你手里就接连出事，你他妈还想抵赖。”

张海涛躺在地上，仰着头冷眼看着庞连彪：“是啊，交到我手里，有些人眼红。”

“啊……”庞连彪青筋暴起，像野狗一样原地跳了两跳，抬腿就要往张海涛头上跺去，“姓张的，我弄死你！”

突然,“砰”的一声枪响,墙上一只玻璃灯罩被打碎。

“够了。”周海龙大声呵止,他手里握着一把黄金手枪。

庞连彪无奈收腿,气得全身发抖。

周海龙起身,亲自走到张海涛面前,蹲了下来,拿着黄金手枪,枪口在张海涛身上游走。

“海涛啊,你跟我两年,救过我一次命,做事最稳,我也最信你。”周海龙语重心长地说,“可今天这事儿,就光为了一个小姐的死,警察非得偷偷摸摸地见你?这事儿,你要不说清楚,我真的没法儿跟兄弟们交代。”

周海龙说着,拿枪顶住了张海涛的头,眼神阴晴不定。

“大哥,你一枪崩了我吧。”张海涛眼睛布满了血丝,两行热泪无声落下,他披露腹心地看着周海龙,“我张海涛,对你忠心不二,我只有一死才能自证清白。”

“操!你他妈演戏给谁看,大哥,崩了他!”庞连彪看得咬牙切齿,恨不能置之死地而后快。

“崩了这个死条子!”刀子咬牙附和道。

周海龙转过头来,眼神冷冽,“砰”的一声,朝刀子方向就是一枪。

子弹划着刀子头皮飞过,吓得刀子呆若木鸡。

庞连彪也被镇住,上前扇了刀子两个耳光,骂道:“老大问话,轮得到你插嘴,滚!”

周海龙阴狠地盯了庞连彪一眼,庞连彪不敢再吱声。

周海龙示意,两个打手赶快将张海涛扶起坐好。

周海龙在张海涛面前来回踱步,思虑再三。

半炷香的功夫,周海龙停下脚步,他亲自给张海涛点上一支烟,又用枪抵住了他的头说:“兄弟,你要真是卧底,就这么一枪崩了你,那就太便宜你了。”

“海涛啊，如果你不是卧底，还是我的好兄弟……”周海龙阴阳怪气地说，“你敢纳投名状吗？”

周海龙移开枪口，居高临下凝视着张海涛，张海涛凛然抬起头，凝视着周海龙。

庞连彪在一旁捏紧了拳头，牙齿咬得“格格”作响。

北郊区，工业园区。

初升的太阳把光芒洒在大地，驱散了一夜的阴霾。

一大早，刘二爷就带着张炜坐公交车去往东海市第二拆车厂，公交车到站后，还要步行一段路。

天气炎热，刘二爷把超市发的免费遮阳帽拿在手里，一边走一边扇。张炜紧跟其后，穿了件洗得发黄的白衬衫，破旧的皮鞋擦得锃亮。

“你啊，早说，没合适衣服，咱俩体型差不多，跟我借嘛。”刘二爷摇头叹气，抱怨道，“我好歹也是厂长，我介绍你来面试，你就穿这一身旧衣服，这不是打我的脸吗？”

张炜：“对不起，对不起，刘厂长，我、我真的没别的像样衣服了。”

“算了，一会儿到了厂里，嘴巴勤快点叫人。”刘二爷无奈地说，“还有，在厂里得叫我二爷，大爷是我大哥，辈分不能乱。”

张炜眼神阴郁，连连点头。

两个人边说边聊，没多久就走到了东海市第二拆车厂的门口。

张炜抬头望去，只见东海市第二拆车厂的红色大字已经锈迹斑斑，固定大字的铁架子也摇摇欲坠，大门两侧白底黑字的竖匾，也早已风化脱落。

刘二爷发现张炜在愣神，催促道：“看见没，这就叫老字号，这就叫历史的沉淀，赶紧走。”

张炜乖巧点头，快步跟上。

刚进厂区大门没几步，一位鹤发童颜、道骨仙风的大爷，正背对着门口漫不经心地扫地，手上还拿着一本旧书，口中振振有词。

刘二爷没打算打招呼，准备悄悄走过去，张炜看了一眼，连忙跟上。

“鹊遇天晚宿林中，不知林内先有鹰，虽然同处心生恶，卦若逢之是非轻……”道骨仙风的大爷自顾自地吟诵起来。

“老三，干嘛呢？”刘二爷突然大声发问，“一天神神叨叨的。”

沉浸在意境当中的大爷，被吓了一跳，手忙脚乱地转过身来。

道骨仙风的大爷，五十岁左右，穿一身中式短打汗衫，眉若刀削，鼻梁高挺，一双浅褐色的眼睛，神采奕奕。

道骨仙风的大爷上下打量着张炜：“这是……”

刘二爷向张炜介绍道：“快叫人，这是你韩三爷。”

张炜急忙上前，九十度鞠躬，毕恭毕敬地说：“韩三爷好。”

刘二爷：“这就是我说的那个小张，带来给姓龚的看一眼。”

韩三爷看着张炜，忽然摇头叹息，一脸愁容。

刘二爷和张炜不明所以，有些慌神。

刘二爷：“你别叹气啊，老三，有事儿说事儿，你刚是不是又算出什么来了？”

“不吉利啊，不吉利。”韩三爷又摇头叹气，“你今天带这孩子来面试，不吉利啊。”

“老三，别说半句藏半句的。”刘二爷有些急了，“到底怎么回事？”

韩三爷不慌不忙，娓娓道来：“我刚起了一卦，求得第二十三卦。卦象说，五阴在下，一阳在上，阴盛而阳孤，高山附于地，二者都是剥落象，故为剥卦。”

“你说点人能听懂的话，行不行？”刘二爷打断了韩三爷的话。

韩三爷没直说，伸手指了指门口的破招牌。

刘二爷："这个剥、剥落象……到底什么意思？听着怎么这么不吉利啊。"

"此卦阴盛阳衰，喻小人得势，君子困顿，事业败坏。"韩三爷唉声叹气，"二哥啊，你也别折腾了，好不了啦……"

张炜听得愣在原地，忧心忡忡。

"老三，瞎扯吧你。"刘二爷看出他的担忧，连忙拉着他往里走，边走边反驳道，"你个老东西，自己没指望了，别拖上我，我跟年轻人在一起，有的是希望。"

韩三爷无奈一笑，看着刘二爷和张炜的背影，脸色忽然沉了下来。

刘二爷带着张炜走到技术车间门口，忽然将他一把拉到车间门口一侧的墙边。

刘二爷给张炜做了个闭嘴的手势，鬼鬼祟祟观看车间里状况。

张炜不明所以，找了个窗口，探出头朝里张望。

偌大的技术车间里，充斥着机油和金属的味道。

一拨满身油污的工人，围着一个八缸的豪华汽车发动机，气氛紧张。

有的工人拿着图纸对照，有的工人拿着扳手和榔头无所适从，还有的工人不停地插话，比手画脚。

可没多时，工人们都低下了头，被发动机旁的两个中年矮个男子一阵臭骂……

所有人围着发动机，一筹莫展。

刘二爷指了指其中圆滚滚的小矮子，说："那个肥头大耳的，就是老板，龚道，龚老板。"

张炜看了看这个宽颚厚唇、油光满面的男子，疑惑地说："二爷，你不是厂长吗？"

刘二爷翻了个白眼:“我是老领导,他是现在的老板。”

张炜心想:这个龚老板,看着可不像个好人啊。

刘二爷又指了指龚道身后,小头短脖、戴眼镜的男子,愤愤不平地说:“这货叫洪峰,厂子的财务经理,也是二号人物,外号癞皮狗,就是龚老板的狗。”

张炜将信将疑地点点头,继续窥探。

龚老板梳着大背头,留着小胡子,穿着巴宝莉衬衫,戴着爱彼皇家橡树大金表,瞪着一双金鱼眼,一边擦着汗,一边不耐烦地质问工人:“这都快一个月了,你们这帮蠢货,到底行不行?”

工人们不敢应声,全都慢慢后退,一黄一黑两个工头从人群中凸显出来。黄脸工头,三十多岁,短发寸头,獐头鼠目;黑脸工头,肌肉强壮,皮肤黝黑,外貌粗鄙。

黄脸工头满脸涨得通红,看了看龚老板,笑着说:“我再试试。”

“哥,让我再来试试吧。”黑脸工头皱着连心眉说。

“快点儿呀。”癞皮狗洪峰狗仗人势,骂骂咧咧地说,“饭桶。”

黑脸工头恶狠狠地瞪了洪峰一眼,硬着头皮,走到发动机侧面,脱掉上衣,露出健硕的肌肉以及劣质的文身(左青龙右蝎子),身上还有不少打架斗殴留下的伤疤。

黑脸工头使出浑身力气把扳手向左拧到了底,还是拆不开,叮叮咣咣一阵折腾之后,随即放弃。他满脸无奈地看向龚道,摇了摇头。

厂房外,刘二爷指了指黄脸、黑脸工头,对张炜说:“这脸黄的,像得了肝病一样的,叫邹守仁,是这个拆车车间的负责人,外号笑面虎。边上那个脸上有疤的,黑脸大汉,是他弟弟邹守义,外号鬼脸。你以后遇到他们绕着点儿走。”

张炜循声望去,只见邹守义的左半边脸上确实有一大块伤疤,近乎毁容,心里不由得一惊。

“蠢东西，妈的都是蠢货！”龚道骂着从边上操起一个扳手就朝邹守仁这边砸了过去，“每个月领着工资，吃着白食，尽他妈养了群蠢东西！”

邹守仁连忙躲闪，重心不稳，摔了个狗吃屎。

龚道身后，洪峰挺着啤酒肚，窃窃偷笑。

“笑个屁！”龚道看到洪峰在笑，直接一巴掌拍在他头上，打得洪峰眼镜落地，“你他妈找来的都什么玩意儿，蠢东西！”

洪峰怂巴巴地从地上捡起眼镜戴好，点头哈腰认错。

“龚厂长，您消消气，您消消气。”洪峰说着打开折扇，给龚道扇风，一脸的谄媚。

这时，车间角落里传来一阵爽朗的笑声。

随着笑声望去，一位老大爷穿着整洁的蓝色工作服，心宽体胖，长得一张四方脸，端坐在椅子上，拿着大茶缸子缓缓喝了口茶。

“看到没，我大哥，崔正直。”刘二爷竖起大拇指说，“他可是我们厂的定海神针，都称他是汽车教授。”

张炜目不转睛看着崔大爷，只见他独自一人坐在破旧的桌子旁边，泰然自若。

龚道恶狠狠地朝崔大爷走去：“老崔，你这样见死不救，就没意思了吧？”

崔大爷冷冷看了一眼龚道，继续喝茶，不搭话。

“看在以前你是副厂长的份上，我才留用你。”龚道挺着啤酒肚，大言不惭地说，“你好意思就这么白吃白喝，混日子？”

“你少放屁，你接管厂子的时候，我就跟你说得清清楚楚，我的技术只做正经活儿，我的手艺只传正经人。”崔大爷挺直了身板说，“你那些违法乱纪的勾当，我干不了。还有你这帮鸡鸣狗盗之徒，我也教不会。”

龚道气得龇牙咧嘴，一时语塞，看向洪峰。

洪峰会意，立马收起扇子，上前游说："崔大爷，话不是这么说，老板这也是没办法，咱们厂一百来号人，都等着这单生意揭锅养活呢。那帮蠢货你也看到了，你要是不出手，咱们可真得饿死了。"

"老子接生意，不还是为了你们。"龚道傲慢地说。

"恐怕是为了你吧。"崔大爷反唇相讥，"君子爱财取之有道，这种来路不明的黑钱，宁可不挣，都饿死算球。"

龚道用手指着崔大爷的脸："姓崔的，你别给脸不要脸！"

"怎么着，你还想打我不成？"崔大爷起身，将大茶杯狠狠地摔在桌子上，"我老崔在厂里干了三十多年，你动我一个试试。"

龚道瞪着一双金鱼眼，气得咬牙切齿，眼看就要冲上去。

洪峰连忙拦住龚道，示意他冷静，轻声说："瓷器不与砖头碰，咱捏着他七寸呢。"

龚道瞬间会意，看了看自己的大金表，捋了捋自己的大背头，走到崔大爷跟前，坏笑道："老崔，你也别跟我倚老卖老，我呢怎么也是个厂长，咱们都是文明人，道理我得跟你掰扯掰扯。"

"穿高档衣服、戴大金表，就算是文明人了？"崔大爷嗤之以鼻。

龚道刚想骂娘，却忍住了，撇着自己厚厚的嘴唇说："老崔，这单生意要是干不成，咱们厂可就真的揭不开锅了，而且还会得罪道上的朋友。你要不帮忙，我现在马上裁掉那些老弱病残。"

崔大爷神情严肃，喝了一口茶，冷眼看着龚道。

龚道露出得意的坏笑，俯视着崔大爷："就比如看门扫地的，闲着没事儿管后勤的……哦，好像都是你兄弟是吧？"

崔大爷无奈地呼出一口气，沉默不语。

"你说，韩老三、刘二炮都辛苦在厂里干了几十年，临退休了被裁员，那以后可就什么退休福利、养老保障都没了。"龚道威胁地说，

“就因为你一个人的正直，把大家的幸福晚年都给坑了……恐怕不合适吧？”

崔大爷气息急促，双手放在膝盖上，愤恨地握紧了拳头。

洪峰见状，连忙过来一边给崔大爷扇扇子，一边殷勤地说：“大爷，求您再教一遍，就给那帮蠢货再说说，您就当为了厂里的老员工和其他兄弟谋后福了，成不？”

崔大爷起身，拿起自己的茶缸子，朝车间外走去，走了几步，停下来说：“我只教一遍，至于能不能学会，全看他们自己的造化。”

崔大爷头也不回，大步流星地离开了车间。

“哼，呸。”龚道看着他的背影，“什么玩意儿，还当自己是腕儿呢！”

洪峰觑着谄媚的嘴脸：“老板消消气，别跟老顽固一般见识。”

等崔大爷从车间另外一个门走出后，刘二爷拉了拉张炜：“走，别愣神了，跟我进去。”

刘二爷领着张炜，来到龚道和洪峰面前。

刘二爷脸上也换上了谄媚的笑容，对着龚道连忙点头哈腰，格外殷勤。

刘二爷：“哟？这是谁把咱们龚老板给惹了啊？”

龚道眼神傲慢，斜眼看着刘二爷：“刘二炮，我可告诉你，哪天咱们厂子要是经营不善，就是你那大哥给害的。”

刘二爷：“呸，呸，呸！那不能够，有龚老板您掌舵，咱们厂肯定是蒸蒸日上、日进斗金啊。”

“进个鬼。”龚道点了一支烟，傲慢地说，“这一单做不好，你们都下岗吧。”

龚道注意到躲在刘二爷身后的张炜，上下打量了一番，对刘二爷抬了抬下巴：“你说的就这小子？跟个小鸡仔儿似的，能干活嘛？”

“小伙子，能吃苦，也懂点技术，很能干。”刘二爷笑着把张炜推到了前面。

龚道一脸不屑地问:“你哪个学校毕业的?”

张炜眼神游移,默默低下了头:“我没上过大学,自学了点机械工程学。”

龚道脱口而出:“操,刘二炮你行不行,给我找这么个三无产品。”

刘二爷:“不是,这孩子脑子好使,聪明得很。”

“聪明个屁,聪明还没上过大学,我看他就是来蹭饭的。”龚道盯着刘二爷喋喋不休,“你个老小子,就想骗点人头费是吧?滚蛋,滚蛋。”

刘二爷百口莫辩,尴尬地站在原地。

张炜看了看几个工人围着的八缸发动机,胸有成竹地说:“我试试。”

张炜说完,眼神坚定地看向龚道和洪峰。

洪峰傲慢地看着张炜,将信将疑:“这玩意儿老贵了,你说拆就拆啊?”

“这个东西我以前在汽修厂修过,结构复杂,设计精密,稍有不慎就会划伤缸体。”张炜笃定地说,“他们只盯着一个部件,再怎么拧都是拆不开的。这种发动机要伸进内部,将里面的多个部件同时拧松才能拆开……”

龚道和洪峰对视了一眼,看着眼前的这个白脸小秃子,犹豫不决。

“就让我试一次,坏了我赔你。”张炜看向龚道,眼神里燃起了自信。

第五章
风策策，旌旗卷，乱云俱下

骄阳似火，路边垂柳的细枝一动不动，树影缩成了一团，蒙着一层尘土的叶子都蔫蔫地打卷了。

拆车厂技术车间内异常闷热，时间也仿佛静止了一般。厂长龚道傲慢地坐在椅子上抽烟，洪峰站旁边殷勤地给他扇风。

刘二爷和工人们围了一圈，目不转睛地盯着张炜拆卸八缸发动机。

张炜一改往日的颓废，他神情专注，一滴滴汗水从他苍白的脸上滑落。

终于，张炜把整个八缸引擎全部拆解开，散装的机械组件围绕着发动机外壳铸件，分门别类，摆放得整整齐齐。

工人中间，哥哥邹守仁面露微笑，弟弟邹守义满脸的不服气。

龚道微微扬起嘴角，抬头看向洪峰："没想到还真有两下子。"

洪峰会意，脸上露出奸邪的笑。

刘二爷神情得意，在一旁赔笑："两位领导，我帮咱厂找的人才，绝对靠谱。"

龚道却收敛笑容，鄙视地瞟了他一眼。

张炜擦了擦额头的汗水，放下扳手，看向龚道和洪峰。

龚道冷眼打量着张炜，正要开口说话，忽然手机响起，他低头看了一眼，神色慌张，边走边吩咐洪峰："先带去我办公室。"

龚道快步朝外走去，几人没有多言，随之跟上。

洪峰走了几步又忽然回头，对邹氏兄弟说："你们俩，真不争气，还不如一个刚进来的学徒。"

邹氏兄弟刚要争辩，洪峰扭头就走。

人群散开，邹氏兄弟还杵在原地。弟弟邹守义挠头搔耳："哥，咋办？这小子要是留下来，那不是砸了我们饭碗。"

大哥邹守仁坏笑着，眼神凶狠："呵呵，怕甚，不听话就削他。"

拆车厂，龚道办公室。

龚道和洪峰走进办公室，刘二爷和张炜紧随其后。

办公室面积不大，连着一间套房可以休息，整体还保留着老工厂的简约装修，红木茶几、皮沙发都是新置办的，茶几上散放着香烟、酒瓶等杂物。

龚道正往沙发走去，忽然停下脚步，惊愕地看向洪峰，瞪大金鱼眼，瞟向沙发。

沙发上，居然横放着一条玫红色的女士蕾丝内裤，边上挨着龚道从寺庙里求来的高价手串。

洪峰迅速上前，捡起内裤，扔进了垃圾桶。

龚道满脸不爽，骂骂咧咧坐了下来，把脚翘到了茶几上，一边盘起手串，一边小声嘟囔："真他妈晦气……"

张炜和刘二爷都看到这一幕，张炜尴尬地低下头，刘二爷则拿出一盒硬中华，笑着说："龚老板，好福气啊，来抽烟。"

龚道剜了他一眼，没有接话，也没有接烟。

洪峰凑过来，递上了九五之尊香烟，准备给龚道点火，龚道却像触电一般，身子猛地向后一让，满脸嫌弃。

“你他妈，洗过手没有？晦不晦气！”龚道欲言又止，“把那个死……死玩意儿扔远点。”

洪峰连忙放下香烟和打火机，提着垃圾桶，退出办公室。

刘二爷眼珠一转，立刻用手肘捅了捅张炜，张炜心领神会，拿起茶几上的香烟和打火机，猫着腰要给龚道敬烟。

龚道斜眼看着他，十分轻蔑：“你算老几？”

张炜愣住了，手里端着烟和打火机，不知所措。

刘二爷连忙赔起笑脸：“嗨，怪我、怪我，不懂礼数。”

刘二爷说着，上前拉开张炜，接过了打火机和香烟，亲自给龚道点上。

龚道深吸了一口烟，向后一靠，盘着手串，眼神睥睨，抬起下巴点了点张炜：“你以前干过这行，刚才，那手拆发动机的手艺，跟谁学的？”

张炜：“都是看书自学的。”

龚道吐出一口烟说：“我们东海市第二拆车厂，那可是几十年的老厂，要求很高，你这一没学历、二没文凭的，传出去，人家还以为我这儿随便什么阿猫阿狗都收。”

“龚厂长，学历不代表能力。”刘二爷连忙插话，“这孩子怎么也比技术车间那帮流……人强吧。”

“刘老二，谁裤子没提好，把你漏出来了。”龚道狠狠瞪了一眼刘二爷，刘二爷赶紧收声。

“老板，清华机械的、蓝翔技校的教材，我都自学了，求求您收下我吧。”张炜恳求道，“我家里现在很困难，真的很需要这份工作。”

说着，张炜跪了下来，伏在地上，头顶的一缕头发顺势耷拉下来。

“没错，这孩子除了养自己，还要养自闭症的弟弟。”刘二爷轻声叹气，恳求道，“就收留他吧，全当行善积德了。”

“你这技术，肯定是野路子，要是留下你，我们要承担风险。”龚道故作为难，看向洪峰说，“是吧？”

洪峰提着垃圾桶，从外面回来，连连点头，尖酸刻薄地说：“刘二炮，你又在放炮了，什么行善积德，你连个食堂都管不好，整天多管闲事。”

“看你这话说的，多伤感情。”刘二爷打哈哈道。

“老板，您放心，我学得快，肯吃苦，一定不会拖后腿。”张炜说着，连忙给龚道磕头。

龚道盘着手串：“行了，行了，再磕我就要折寿了。”

“还不赶紧谢谢龚老板。”刘二爷反应迅速，连忙催促张炜。

“谢谢，龚老板。”张炜说着，又磕头伏在了地上。

龚道：“行了，行了，起来说。”

刘二爷搀扶张炜站起来，一边帮他拍衣服上的灰尘，一边恭维道：“咱们龚老板，就是宅心仁厚，简直就是活菩萨。”

此时，洪峰凑到了龚道身边，跟他耳语，龚道频频点头，露出猥琐的笑容。

“你先干两个月试用，不签合同，我们也不占你便宜。”龚道挺了挺腰，拍着肚子，语气傲慢，“试用期每个月给你发三千块钱基本工资，厂里有食堂有宿舍，管吃管住。”

张炜连连鞠躬：“行，没问题，谢谢老板，我就不住宿舍了，下班还得照顾弟弟。”

洪峰板着脸说：“这种小事儿，你自己安排，出去吧。”

张炜点头哈腰，退出了办公室。

刘二爷还愣在原地，眼珠机灵地打转，搓着手，赔着笑脸，欲言又止。

龚道：“你还留着干嘛？”

刘二爷：“老板，那个人头费，您看……”

“一个小秃子，也敢要钱。”龚道唾沫横飞，“别以为我不知道，厂里食堂的米、面、油是不是被你拿走了？”

“哪有的事，我哪敢呀，龚厂长。”刘二爷看向洪峰，矢口否认，“哪个挨千刀的，乱嚼舌头根子。”

洪峰对刘二爷轻蔑一笑，附和道：“厂里都什么情况了，你们这些老员工，一没表现，二没贡献，还天天想着钱，还讲不讲良心？”

龚道：“就是说，哪天你给老子招个博士来，老子当场给你发红包，出去吧。”

刘二爷恨恨地退出了办公室，盯了一眼洪峰，心里暗骂：喂不熟的狗。

拆车厂院内道路。

刘二爷手背在身后，一路骂骂咧咧；张炜跟在身后，不敢吱声。

刘二爷：“我们领导之间的矛盾，跟你没关系。你也看到了，我可是费了九牛二虎之力把你弄进来，你以后可得好好干。”

张炜：“二爷，您放心，我一定好好干，绝不会给您丢人。”

刘二爷叮嘱说：“早上也跟你说过了，技术车间的领班工头是邹守仁，他和他弟弟邹守义，一个笑里藏刀，一个空有蛮力，反正一肚子坏水，屁都不懂，你别招惹他们。只要你好好做事，转正留用，那都是我一句话的事儿。”

张炜：“好，谢谢二爷。”

“不过，邹氏兄弟就是俩流氓，你不招惹他们，难保他们不招惹你……”刘二爷忽然停下脚步，似乎想到了什么说，“走，我带你见个人，拜个码头。”

拆车厂，门卫室。

刘二爷领着张炜走进了拆车厂门卫室。

门卫室里，撑着一张折叠桌，桌上一瓶白酒，两个小酒盅，一碟水煮花生、一碟拍黄瓜和一碟皮蛋，韩三爷正和崔大爷一道饮酒小酌。

刘二爷："嘿，大中午的，就喝上了。"

韩三爷："哟，二哥来得巧啊，一起喝点。"

韩三爷连忙起身，给刘二爷拿来了杯子，添了双筷子，搬来塑料椅。

崔大爷瞥了眼刘二爷，并未搭话，喝了口闷酒，脸色深沉。

刘二爷落座，自说自话夹了颗花生米："这等美事儿，你俩也不提前知会我，我好安排食堂送几个菜来呀。"

"等你的菜，估计黄花菜都凉了。"崔大爷讽刺道。

"不能，不能，我这食堂还不是给咱们兄弟们开的。"刘二爷嚼着花生米，喊张炜上前来认人，"叫人，韩三爷你见过了，这是我们大哥崔正直，是咱们厂原来的副厂长，远近闻名的汽车教授，快喊人。"

张炜毕恭毕敬走上前，向崔大爷和韩三爷鞠躬："崔大爷好，韩三爷好。"

"好孩子，懂礼貌。"韩三爷热情答应，给张炜也放了张塑料椅，坐在刘二爷身旁。

崔大爷打量着张炜，看到了张炜膝盖上的灰尘印，冷漠无言。

"这是张炜，小张，他家就住我盐帮菜馆边上。"刘二爷感觉出尴尬，连忙竖起大拇指，引荐张炜，"大哥你没看到，刚才真露脸……"

刘二爷说着，给张炜使了个眼色，张炜心领神会，端起酒杯准备敬崔大爷。

"放下。"崔大爷板着脸并不正眼看张炜，"你的事儿我有所耳闻，既然已经跪过粪道，就不必敬我这个糟老头子了。"

张炜端着酒杯不知所措，刘二爷赶忙圆场："大哥你想哪儿去了，厂里招人，总得让龚道这王八蛋批准吧。刚才龚道刁难他，这孩子不得已才跪下求他，小张可是个好孩子，本分老实。”

崔大爷冷哼一声，眼神转向了刘二爷：“你也是，拿了龚道好处，还来吃这些薄酒凉菜做什么。”

刘二爷无语，看向韩三爷，希望他帮忙劝说。

韩三爷观察着张炜，面带微笑，并没插话。

“大哥，我是图这点蝇头小利的人吗？”刘二爷看韩三爷不说话，着急地说，“我实在是看咱们厂江河日下，心痛啊，这才想着给你找个帮手。”

韩三爷看着入戏的刘二爷，笑而不语，夹了一口凉菜。

“真的，刚才姓龚的硬塞给我红包，姓洪的也劝我，我就是不要。我不稀罕，我让他留着钱好好再招几个懂技术的，别整天就知道吃喝嫖赌。”刘二爷义愤填膺地说，“上梁不正下梁歪，你看现在车间里那群地痞流氓，哪有点工人的样子。”

崔大爷长叹了一口气，喝下一杯闷酒：“我们好好的厂子，都给那姓龚的外来户给毁了……”

韩三爷陪他喝了一杯，劝慰道：“大哥，别动肝火，为这种卑劣小人，不值得。咱们再熬一熬，等安稳退休以后，随便他们去。”

崔大爷：“这狗东西贼得很，他逼我给邹氏兄弟传授技术，要不是为了这帮老弟兄们的退休金和保险金，我早掀桌子走人了。”

刘二爷逮着机会，赶紧拍崔大爷马屁：“呸，那对流氓兄弟，什么守仁守义，仁义都是骗人的鬼话，他们怎么配得上大哥的技术。”

韩三爷小酌一口：“大哥，你也看开点，随便教一点，会不会，全凭他们自己造化。”

崔大爷放下手中筷子，严肃地看着韩三爷：“那能教吗？姓龚的背地里做什么违法的勾当，你俩不是不知道，那帮乌合之众真要是学会了,这厂子就真完了。”

刘二爷连忙端起酒杯,捅了捅张炜,张炜也跟着端起酒杯。

刘二爷:“大哥,那小张更应该拜您为师了。这孩子聪明得很,你刚没看到,他用了不到一小时,就把那台八缸发动机拆开了。”

崔大爷面不改色,眼神一凛,重新审视着眼前恭敬的张炜。

刘二爷搭着张炜肩膀,继续称赞:“这孩子没上过大学,自学成才,大哥,你这一身的本事要是传授给他,绝对是名师出高徒。”

崔大爷和韩三爷碰杯喝酒,不动声色。

刘二爷拍了拍张炜的后背:“还不赶紧磕头,认师傅。”

张炜连忙起身,准备屈膝跪下。

崔大爷伸出一脚,拦在张炜膝盖前面,厉声说:“你软骨头啊,大男人要有骨气,别动不动就下跪。”

张炜半蹲着,回头看着刘二爷。

刘二爷苦口婆心继续劝:“大哥,这孩子资质好,人品也好,你就收了吧。”

韩三爷起身,扶起了张炜:“孩子,先起来。”

“二哥,你爱才心切,可以理解。老话说,强扭的瓜不甜。大哥和小张毕竟才刚认识,贸贸然就拜师收徒也不合适。”韩三爷面带微笑,看了看崔大爷和刘二爷,开口调和,“再说,车间里还有龚道的狗腿子们盯着,大哥刚拒绝了邹氏兄弟,转眼就收小张为徒……那以后,日子都别想好过了。”

刘二爷点头同意,眯起眼看向韩三爷:“好你个韩老三,我当你在这门卫室是真的安享清静,两耳不闻窗外事,没想到厂里这些利害关系,你个糟老头子理得门儿清。”

韩三爷笑而不语。

“孩子,我老崔也是快退休的人,没心思再搞收徒之类的凡尘俗事。”崔大爷思量之后，语气缓和了许多，“你呢，就踏踏实实工作，清清白白做人，技术上有什么不懂的，来问我便是了。”

张炜连连点头，端起酒杯：“谢谢大爷，以后您多指点，我敬您。”

说着张炜一仰头，干了一杯白酒。

傍晚，火烧云上来了。好像一个调皮的孩子放了一把火，从北烧到西，整个天空都被染成了红色，将刑侦总队大楼映衬得更加庄严肃穆。

孟根山坐在办公桌前，翻阅罗红艳案件的材料。

“咚、咚、咚”三声门响。

孟根山：“请进。”

常虹推门而入，走到办公桌前。

常虹：“孟支，您找我？”

孟根山点点头，神情严肃：“两个事儿，第一个，顾总回来了，要求我们，罗红艳的案子要继续抓紧推进调查，及时消除社会影响，但张海涛这条线，到此为止。”

“可是……”常虹愣了一下，一堆话堵在胸口。

“没有可是。”孟根山眼神坚定，“服从指挥，听命令。”

常虹一脸阴霾，随即答应：“是，明白。”

孟根山：“第二个，通知下去，今晚重案支队全员通宵待命，有重要任务。”

“保证完成任务！”常虹眼神一凛，神色紧张起来，“能透露一下是？”

“目前，仅限你知道。”孟根山神情严肃，声音浑厚，“刑侦总队派相海峰同志，潜伏在周海龙的制贩毒组织已经两年，终于到了最后的收网时刻。总队下了命令，让我们重案支队配合缉毒处联合执法，明天凌晨，将开展一场全城大缉捕行动，行动代号‘飓风’！”

常虹士气大振，目光如炬，挺起了胸膛："明白！孟支，我申请带队赶赴一线，支援相海峰。"

孟根山："我会向上级领导汇报你的申请。你先回去等候批示。另外，让同志们都好好休息，明天凌晨的大缉捕，全力配合缉毒处，必须一战拿下！"

"是！"常虹立正、敬礼。

凌晨4点。

大风起兮，云飞扬。

刑侦总队智能作战室，灯火通明。

智能作战室内，各种高精尖的侦查、监控、通讯等设备一应俱全。一整面墙的大屏幕上，分成二十五组画面，实时呈现着各个缉捕小组的情况。

东海市公安局局长穆文修亲自来到智能作战室，坐镇指挥，分管刑侦的副局长张大钢、刑侦总队队长顾长青和缉毒处处长李全发等领导也一同参战。

智能作战室的刑警们各个神情严肃，他们在自己的工位上紧锣密鼓、井然有序，随时等候指令。

顾长青总队长为现场总指挥，他看了看手表，起身向穆文修局长汇报缉捕行动的方案。

顾长青："报告穆局，本次代号为'飓风'的抓捕行动，按计划将在全市范围内抓捕以周海龙为首的163名涉毒犯罪分子，投入警力人数为681人，现已分成了50个小组，同时开展抓捕行动。"

穆文修："请待命。"

顾长青："是！"

领导们的目光紧紧锁定在大屏幕上，密切关注着全市各个布点的行动进展。

仲夏，凌晨4点多，天色微明，东方既白。

四辆普通轿车停在了东海市南郊区一家大浴场门口，十几个警员身着便衣夹克衫（内衬防弹衣），步入大浴场。为首的刑警A通过耳麦汇报："第七小组，已到达指定位置。"

酒店楼道，身着防弹衣的刑警，全副武装的特警，纷纷从电梯里出来，刑警B用手势指了指行动方向，通过耳麦汇报："第十一小组，已部署完毕。"

南郊区某农村，农村自建楼外，刑警和特警们陆续就位，一名特警拿起了破门锤，刑警C通过耳麦汇报："第二小组，已就位。"

……

毒枭周海龙大别墅外。

夏季清晨，茂密的树林在晨曦中泛起一层薄薄的雾气。

数十辆特警防暴车隐蔽在树林附近，一百多号特警已全部整装待命，有些拿着突击步枪，有些拿着防爆盾，有些背着战术背包，跟随各自队列，依次进入树林。

一辆多功能现场指挥车，在雾气的掩护下若隐若现。

现场多功能指挥车附近的空地上，八架无人机骤然转动螺旋桨，腾空而起。

常虹抬头仰望着无人机，眼神坚定沉着。

常虹身后，包德荣、马龙和徐勇等人都穿戴好了防弹衣，正在检查手枪、备用弹夹、手铐等装备，一队特警也已全副武装，随时待命。

孟根山走下现场指挥车，扫视众人，视线停在了包德荣身上，担忧地说："包德荣，你就跟我一起，留在指挥车上吧。"

“箭在弦上了。”包德荣有点诧异，“为什么？”

孟根山一时不好解释，常虹接过话头：“孟支是为你的安全着想，你学过查缉战术吗？”

包德荣摇摇头。

常虹：“那你就服从命令，别进去添乱，在这儿待着。”

包德荣急了：“不是说好搭档的吗？看不起谁呢！”

常虹拍了拍他的肩膀，语气诚恳：“抓毒贩不是闹着玩，随时随地都有危险。”

“孟支，我之前没抓过毒贩，可凡事都有第一次，我也想跟大伙一起奋战。”包德荣眼神坚毅，看向孟根山说，“再说了，我可是狱警里少数有持枪证的，射击水平也不错，我保证，绝不给大伙儿拖后腿。”

孟根山沉思了片刻，点了点头：“都注意安全，都要平平安安出来。”

众人：“是！”

常虹果断做了一个出发的手势，刑警队员和一队特警，都跟他一道奔入雾气茫茫的树林。

清晨的微光，渐渐照亮了周海龙别墅的白色围墙。

无人机飞过树林，悬停在别墅上空不同方位，全面监控。

多功能指挥车内，宋妍和高一萌坐在操作台前，遥控着无人机，大屏幕上分别呈现出八架无人机拍摄的画面。

在她俩身后，孟根山拿起车载对讲机汇报：“第一小组，已就位。我是现场指挥员孟根山，按预订计划，无人机正在实时监控围墙内的一举一动，并为我们的抓捕人员寻找最佳突破点。”

刑侦总队，智能作战室。

智能作战室中央的大屏幕上，投放出无人机拍摄的画面：周海龙的别墅占地约四亩，围墙高大坚厚，铁门厚重，四角高高耸起瞭望楼，宛若一座独立的城堡。清晨时分，院子里空无一人。

局长穆文修以及在场所有的刑警们都目不转睛地凝视着画面里的一举一动。

智能作战室的联络区，从各个抓捕现场传来一声声的"准备完毕""部署完毕"……

各个小组回复完毕，顾长青手握对讲机，看向穆文修局长："穆局，五十个小组都已准备就绪，请指示！"

局长穆文修接过对讲机，神情严肃，声如惊雷："行动！"

大浴场VIP休息室，警员们破门而入。三个毒贩正在酣睡，听到破门声，瞬间惊醒。下一秒，他们已经被刑警们按倒在地，脸贴着地板，双手反背，扎上了背铐。

酒店房间，警员们刷开房门，冲入卧室，一个肥头大耳的毒贩光着身子从床上弹起，他身边的小姐吓得花容失色，连忙用被子捂住脸。两名特警冲上前将毒贩扑倒，毒贩试图挣扎反抗，随后冲进来的警员们一拥而上，将他制服。

南郊区农村自建房，特警用破门锤砸开房门，警员们冲上昏暗的楼道，楼上瞬间发出女人和孩子的尖叫声。毒贩只穿了短裤，从二楼阳台跳下，准备翻墙逃脱，被守候在外围的刑警一把拽下来，按在地上，戴上手铐。

毒枭周海龙大别墅外。

常虹率领着突击小队，紧贴着高耸的围墙隐蔽。

常虹呼叫指挥车："第一小组，突击小队就位，翻越围墙的突破点，是否找到?”

多功能现场指挥车内。

孟根山密切注视着无人机的监控画面,眉头紧锁。

宋妍全神贯注地注视着无人机传回的画面,拿起对讲机:“突击小组,别墅四周的围墙高度均为3.5米,四面围墙有瞭望楼,墙壁光滑陡峭,墙上有电网,翻越难度较大。”

忽然,“砰”的一声枪响,一台无人机画面变成了马赛克。

孟根山:“什么情况?”

寂静的清晨,“砰、砰、砰”的一阵枪响显得格外刺耳。

智能作战室中央的大屏幕,无人机的画面也逐一变成了雪花屏。

局长穆文修直接站了起来,在场所有人的神经也都紧绷起来。

毒枭周海龙大别墅外。

常虹和突击小队的警员们,听到一阵枪响,看到八架无人机纷纷坠落,神情紧张。

“大家注意……”还没等常虹讲完,“嗖”的一声,从西北瞭望楼方向射来一枚子弹,击中了常虹等人身前的空地。

包德荣紧挨着常虹,瞪大眼睛,有点慌乱:“常支,我们暴露了,怎么办?”

“慌什么!”常虹并不看他,神情严肃,向身后的突击小队做出注意隐蔽的手势。

常虹通过耳麦寻求支援:“孟支,请求狙击手支援,清理四个瞭望楼高点的火力。”

孟根山:“收到,马上增援。”

大别墅早已被特警包围,隐藏在暗处的狙击手,逐一将四周瞭望楼上的犯罪分子击毙。

常虹回头看向突击小组的刑警和特警们，目光坚毅果决，通过耳麦命令道："立即执行二号方案，强攻！"

突击小组："是！"

话音未落，一名特警迅速上前，朝别墅大铁门一拍，粘上了塑胶炸药。

特警："注意隐蔽！"

"轰"的一声巨响，铁门炸开了。

一声巨响，仿佛冲破天幕，两扇钢铁巨门瞬间崩塌，碎裂的钢筋混凝土如同流星雨般向外四射，周海龙的毒巢摇摇欲坠。

巨响，将卧室里吃完安眠药已经入睡的周海龙彻底唤醒，他惊愕地瞪大双眼。

楼下，另一间卧室，黑暗中，一男人从沙发上站起，掐灭了烟头。

别墅一楼大厅，制贩毒组织的几十号悍匪，困兽犹斗。他们拿着冲锋枪、手枪、日式长刀、棒球棍等各种凶器，气势汹汹地往外冲，准备殊死一搏。

庞连彪和刀子拿着手枪，逆向往楼上冲。

庞连彪边跑边喊："兄弟们，都给我顶住，往死里打！"

庞连彪咬牙切齿，怒吼："张海涛，我杀你全家！"

另一间卧室的男人，正是相海峰。他拉动枪栓，子弹上膛，目光如炬，步伐坚定地朝外走去。

周海龙在卧室关掉所有的灯，静观其变。他披了一件天鹅绒睡袍，戴上金丝眼镜，从床头柜里拿出了黄金手枪。

黑暗中，房门被撞开，周海龙目光狠厉，迅速转身对准门口"砰"就是一枪，庞连彪和刀子呆若木鸡地站在门口。

庞连彪:“大哥,是我!”

周海龙气息深沉,看清是庞连彪才慢慢放下枪来。

“大哥,你没事就好,我以为……”庞连彪走到周海龙身边,“条子把我们包围了,我掩护你杀出去!”

“大哥,外面的条子,就是张海涛弄过来的。”刀子气喘吁吁地说。

周海龙神色冷峻,冷冷一笑:“你们跟我走。”

刀子拿着枪在前头开道,庞连彪在后掩护周海龙离开卧室。

“啪”,一声清脆短促的枪声,玻璃破碎,瞭望楼里一名悍匪惨叫着,坠落身亡。

随着二号方案的执行,一部分特警也被孟根山调到了常虹这边,准备从正门强攻。

常虹特意点了一名手持防爆盾牌的特警,指了指身后的包德荣,吩咐:“兄弟辛苦,他就交给你们照顾了。”

“哎!”包德荣瞪圆了眼睛,很不服气。

常虹纵身一闪,带队向别墅冲去。

三四十名悍匪,从别墅里蜂拥而出,几名手持冲锋枪的悍匪顶在前头朝警员们一通乱射,其他手持凶器的悍匪借助地势,四散而开,伺机下手。

常虹迅速隐蔽在别墅院内的雕塑后面,镇定指挥:“注意寻找掩体,各个击破。”

常虹看准时机开枪还击,准确命中了一名持枪悍匪的手臂,悍匪们的火力瞬间被压制。

马龙和徐勇等人也各自寻找着掩体,开枪回击。

包德荣躲在特警的防爆盾后面,和一群特警边打边进。

特警队纪律严明,战术清晰,几个防爆盾向前顶,形成一道弧形战术墙，墙后各种长枪短炮，从不同角度对悍匪的远程火力进行压制，近处则利用抓捕枪发射抓捕网，对杀到跟前的悍匪一网打尽。

常虹一个手势，刑警们迅速合拢，和特警们一起层层推进。

别墅门廊下持枪顽抗的悍匪，被突击队员们逐一击伤或击毙，近处硬扛的悍匪被抓捕网一一拿下，悍匪们瞬间溃败，四下逃窜。

忽然，几个燃烧瓶扔到特警队员的阵型当中，瞬间烈火熊熊。特警队员们赶紧分散，顺势变换阵型，扑灭身上的余火。

十来号悍匪趁势手持凶器，借助地势和夜色的掩护，包抄到了突击小组身后，他们一拥而上，试图偷袭暗算。

四个悍匪手持棒球棒，从树丛中跳出来，包德荣和两名特警一时措手不及，被一顿乱棍冲散，各自为战。

一个高个子悍匪挥舞着棒球棒，近在眼前，包德荣有点慌乱，刚举枪，却被棒球棒打中手臂，手枪瞬间掉落。棒球棒顺势向包德荣的头上砸去，包德荣急忙侧身躲避，却被身后的石头绊倒，坐在了地上。

眼看棒球棒再次砸向包德荣的头，马龙眼疾手快抬手“砰”的一枪过去，高个子悍匪被吓了一跳，子弹贴着包德荣的身边呼啸而过。

徐勇也正要开枪，耳麦里却传出常虹的声音：“贴身战不要误伤战友。”

血气方刚的马龙和徐勇，收到了常虹的指令，立刻收枪，两人赤手空拳双双冲到包德荣跟前，将他护在身后，与四、五号悍匪硬扛，铁棍、棒球棍如暴风骤雨般向他们袭来。

常虹从容不迫，击倒了几个手持砍刀的悍匪，一回头看见包德荣、马龙和徐勇被悍匪围困，眼看支撑不住。

常虹冲上前去，腾空飞踹，踹翻了外围的悍匪。他捡起地上的铁棍杀入人群，他动作迅猛精准，招招必杀。

悍匪们惨叫着，应声倒地。

马龙和徐勇立刻拿出手铐，将他们一一铐住，特警队员们持枪将悍匪们押在原地。

包德荣捡起棒球棒，冲到马龙和徐勇中间，猛地挥棒，马龙和徐勇回头一看，一名试图偷袭的悍匪被敲晕在地。

包德荣得意一笑："谢兄弟们替我解围，我老包记一辈子！"

这时，常虹手持铁棍，回到他们跟前："都没事儿吧？"

三人点点头。

常虹看到包德荣的手有点抖，关切地问："还行吗？"

包德荣："轻伤不下火线，没问题！"

常虹抬手示意，四人汇合持枪，继续往里冲。

突然间，别墅里冲出了一紫一白两条强壮硕大的藏獒，朝突击队员们扑咬过来，紧跟着，几个持械的悍匪嘶吼着也冲了出来。

特警队员们训练有素，防爆盾迅速后撤，聚拢围成一排。

两头藏獒撞得盾墙后退了一两步，无力冲破，只好调头扑向其他警员。

盾墙后，特警队员"啪、啪"两声，打出抓捕网，然而抓捕枪显然对行动敏捷的藏獒无用。

包德荣枪法精准，在盾墙后，一枪命中悍匪持刀的大腿。

与此同时，一名特警被白色藏獒扑倒在地，特警手脚并用，奋力抵抗白獒的撕咬，常虹目光似箭，果断开枪，将白獒一枪爆头，白的、黄的、红的溅了一地。

另一只紫色藏獒见状，越发癫狂，调头腾空跃起，朝盾墙猛冲，盾墙不堪重负，瞬间被冲散开。

常虹临危不乱，随即后仰卧倒，紫獒嚎叫着扑向常虹。

常虹双手握枪瞄准，一枪击中紫獒下颚，再次爆头。

紫獒扑倒在地，勉强挣扎，四肢抽搐了几下，吐血而亡。

包德荣惊讶地看着躺在地上的常虹，不由得惊叹："牛逼！"

马龙和徐勇连忙上前搀扶起常虹，常虹衣裳湿透。

而此时的相海峰，已经徒手干掉周海龙身边的两个打手，正在如同迷宫一样的大别墅里寻找周海龙的踪迹。

常虹环顾别墅大厅，两只死去的藏獒，散发出浓重的血腥味，旁边还横七竖八地躺了几个被击伤的悍匪，痛苦哀嚎。

他心中暗想：相海峰在哪里？他会不会有危险？

想到这里，常虹振作精神，向突击队员们一挥手："冲进去，活捉毒枭周海龙！"

常虹端着枪，身先士卒往里冲。

突击队刚到楼梯口，二楼平台上，突然冲出来一胖一瘦两个悍匪，人手一颗手雷，已经拔掉了保险栓。

常虹眼疾手快，迅速开枪，击中两个悍匪的同时，手雷已经朝警员们扔了过来。

"不好！"常虹回头大吼，"退后，卧倒！"

身后的警员们迅速后退，四散卧倒。

包德荣却继续往前奔去，他纵身跃起，将前方的常虹扑在身下。

"轰、轰"两声巨响，两枚手雷炸开，不少警员被气浪冲得飞起。

常虹也被气浪震飞，他勉强起身，单膝跪在地上支撑着，头晕目眩，脑袋嗡嗡作响。他定睛看了看身后，包德荣躺得四仰八叉，昏了过去。

常虹焦急地拍打包德荣的脸颊："老包！醒醒！老包！"

包德荣闻声睁大双眼，摇了摇头，勉强站了起来，他感觉一股热流从头上涌了出来，一瞬间眼前发黑，他深呼吸，让自己清醒。

"兄弟……你被弹片击伤了。"常虹一边安排人员给包德荣包扎伤口，一边心痛地埋怨，"让你退后，你干嘛……"

"没事，大虹，一点皮外伤。"包德荣挤出一些笑容。

常虹通过耳麦命令："所有伤员，就地待命，等候支援。"

“老包，就地待命吧。”常虹心事重重地说，“后面可能会越来越危险，相海峰只有一个人，我得帮他。”

“那我更要去了。”包德荣换上弹夹，整理装备，常虹拧不过他，两人一起，向黑洞洞的别墅里冲去。

“轰、轰”两声巨响传入大别墅地下一层的通道，犹如两声闷雷，周海龙、庞连彪和刀子不由地停下了脚步，仰起头张望。

庞连彪咬牙切齿：“炸得好，多炸死几个条子才够本！”

“炸死活该！”刀子附和道，眼神中透露出嗜杀的兴奋。

庞连彪握紧手枪对刀子说：“一会儿送大哥进密道，我再回来办了姓张的王八蛋！”

周海龙神色凝重，扶了扶金丝眼镜，转头朝密室走去，庞连彪、刀子紧随其后。

庞连彪：“大哥，这口气，兄弟我一定要出！我就是死也要拖他垫背！”

周海龙一把揪住庞连彪的衣领，厉声喝令：“你急什么，留得青山在不怕没柴烧，我会让他生不如死。”

周海龙放开庞连彪的衣领，又帮他抚平，庞连彪强压心中的怒火。

三人刚准备往下走，背后传来了一阵急促的脚步声。

周海龙警觉地回头，相海峰的喝令已至：“站住，别动！”

“狗日的，还送上门来了，我宰了你！”庞连彪听到声音，回头破口大骂，拔枪一通乱射。

“老子跟你拼了。”刀子也跟着庞连彪，对着相海峰的方向一顿乱射。

相海峰纵身一跃，躲到走廊拐弯处，弹雨打在他身旁的墙壁上，炸得墙体碎屑四溅。

“快走！”周海龙连忙拉起庞连彪，“不要恋战。”

庞连彪和刀子边退边回头射击。

相海峰趁势一个滚翻，匍匐在走廊地板上，朝周海龙连续射击。

“啊”的一声惨叫，周海龙向前跌倒，趴在了走廊地板上，鲜血从小腿上汩汩而出。

庞连彪和刀子见状，更加疯狂地朝相海峰射击。

相海峰立刻躲进了走廊拐角处。

在刀子开枪掩护下，庞连彪把周海龙扶到一边。只见周海龙脸色苍白，疼得紧咬牙根，不停颤抖，他的右腿小腿后侧中弹，血流不止，腿骨已经变形。

“王八蛋！”庞连彪急得龇牙咧嘴，一边脱下衣服帮周海龙简单包扎伤口，一边发毒誓，“张海涛，不杀你，誓不为人！”

周海龙强忍疼痛，手指前方，用颤音挤出几个字：“赶紧走暗门，去地下密室。”

庞连彪立刻把枪塞进了腰间，背起了周海龙：“刀子跟上。”

刀子警觉地殿后，持续对相海峰的方位开枪，边走边退，闪身躲进了走廊旁边的一个暗门。

周海龙躺在密室的地板上，嘴唇也渐渐失去了血色，右小腿上血流不止，洁白的大理石地板染上一片鲜红的血迹。

庞连彪跪在一旁，强压着腿帮他止血，急得满头都是汗。

刀子也跪在旁边，手忙脚乱。

“啊！”周海龙疼得忍不住惨叫。

刀子吓得松开手，鲜血还是从小腿伤口涌出。

庞连彪抬起一脚，踹开了刀子，咆哮：“你他妈到底会不会弄！”

刀子撑在地上，也一脸委屈。

周海龙抬起颤抖的手，抓住庞连彪的衣服，强忍疼痛，挤出话来：“彪子，别怪他，我走不了了。”

庞连彪嘴唇颤抖，带着哭腔：“大哥，我背你走，我有的是力气。”

周海龙轻轻拍了拍庞连彪的脸，虚弱地说："傻兄弟，背着我走，我们都得完蛋。"

"大哥，从你认我做兄弟那天起，我这条命就是你的。"庞连彪笃定地说，"你不走，我也不走。"

周海龙费力地揪住庞连彪的衣服，额头冒着冷汗，眼神坚定无比："我的大限到了。你走，就还有人替我报仇！你留下，三条命都搭进去，毫无意义！"

庞连彪沉默了，抿着嘴，一脸倔强。

周海龙看向刀子："刀子，看住门口。"

刀子起身，拔出枪去门口守备。

周海龙从睡袍口袋里掏出一把金钥匙，递给庞连彪："听说过蛇头权杖吗？"

庞连彪瞪大了眼睛，看着金钥匙，表情错愕："传说拿到它，就可以在缅北、云南横着走的那根棍子？"

"不是棍子，是权杖。"周海龙艰难地挤出一丝笑容，"黑帮有龙头棍，我们搞毒品的，道上都认蛇头权杖。有了它，道上兄弟都会听你号令，要钱有钱，要人有人，你就能东山再起！"

庞连彪连连摇头，不愿接受："大哥，我不行……"

庞连彪想把钥匙塞回给周海龙，周海龙用力握住他的手，把钥匙包在庞连彪的掌心。

周海龙呼吸急促："我说行就行！为了我，你必须活下去！"

庞连彪咬着牙，默默点头，眼角泪珠滑落，他迅速抹掉。

周海龙抬起手，指向地下室墙角的一幅巨型国画："那幅画后面，有条密道可以通往别墅外的树林，里面还有陈列柜，放着蛇头权杖，你拿上权杖，赶紧走！"

周海龙气息虚弱，命令式的口吻不容置疑，庞连彪不情愿地点头，算是答应了。

周海龙又指向地下室中央的紫檀木太师椅："走之前，你们扶我坐好，我要等他来，亲自做个了断。"

庞连彪："大哥！"

周海龙已经不回答，身体又疼得颤抖起来，眼神却如利剑一样凝视着庞连彪。

庞连彪背起周海龙，刀子过来帮忙，两人扶周海龙在太师椅上坐好，周海龙从睡袍口袋里掏出黄金手枪，无力地放在了大腿上，对庞连彪挥了挥手，示意他赶紧走。

庞连彪还是伫立在他身边，一手持枪，一手握拳，不肯离去。

周海龙突然举起手枪，对准自己的太阳穴，拼尽全力怒吼："走！"

庞连彪眼眶红了，一咬牙，悲愤转身，推开了隐藏在国画后面的密道门，跟刀子一同撤离。

庞连彪和刀子在密道里小跑着，走到一件欧式橱柜前，停下了脚步，被眼前的事物所震撼。

整排贴墙的橱柜里，都是周海龙收藏的玉石、钻石和黄金工艺品，在橱柜射灯的照耀下绚烂夺目。

庞连彪走到橱柜中间位置，看到了正中间摆放着的蛇头权杖，不由得被震撼到了。

蛇头权杖的顶部以纯金打造，采用了眼镜蛇的造型，蛇的眼睛镶嵌璀璨的红宝石，蛇身上的每一个鳞片都刻画得栩栩如生，极尽奢华。

庞连彪瞪大了眼睛，拿出金钥匙，打开橱窗，果断取走了蛇头权杖。

风云突变，一场悄无声息的腥风血雨即将酝酿而成。

相海峰一枪打开密室的大门，端着枪，缓缓挪步，警觉地扫视室内环境。

密室内散发着一股怪味，灯光昏暗，安静地格外诡异。整间屋子的中央，周海龙像丧尸一样瘫坐在太师椅上，发出了沙哑又恐怖的笑声。

“周海龙，放弃抵抗，才是你唯一的出路。”相海峰双眼紧盯周海龙，端着枪，挪着脚步，小心翼翼地向他靠拢。

周海龙艰难地抬头，面无表情地看着相海峰：“海涛，你原来叫什么名字？”

相海峰愣了一下：“这重要吗？”

周海龙无奈地苦笑：“我这辈子，就被兄弟骗了这一次！我不配知道你的名字吗？”

相海峰：“我叫相海峰，我是一名缉毒刑警。周海龙，你涉嫌制造和贩卖毒品，我现在依法对你进行拘捕！”

“你休想抓住我，相、海、峰！今天不是你死就是我亡！”周海龙使出最后的力气，举起黄金手枪，和相海峰对峙。

“周海龙，把枪放下，别逼我！”相海峰注意到了他的手在颤抖，“周海龙，放弃吧，法网恢恢，你逃不掉的！”

周海龙：“我已经死了，而你会生不如死！”

忽然，相海峰似乎受到了怪味道的影响，他的视线渐渐模糊，手也颤抖起来，他用一只手捂住了额头和眼睛。

千钧一发之际，常虹端着枪冲到了门口，看到周海龙已经双手持枪瞄准了相海峰，可相海峰却扶着额头，身体微微摇晃。

周海龙费力地扣动了扳机。

“砰”的一声枪响，相海峰被人从侧后方扑倒，子弹呼啸而过。

慌乱中，相海峰定睛一看，扑倒他的正是常虹，心里一下子踏实了许多，一种久违的坦然，让他翻身仰面躺在地上，长长地出了一口气。

常虹不敢怠慢，他目光如电，全力守护在相海峰身边，稳稳地跪姿举枪，指向了太师椅的方向。

紧接着，又“砰”的一声枪响，随着“咣当”一声金属坠地的声音，黄金手枪已经掉在地上。

周海龙吞枪自尽，他仰面瘫在太师椅上，子弹穿透了颅骨，后脑勺血肉模糊，血液混杂了脑浆，滴滴答答地落在洁白的大理石地板上。

包德荣循着枪声，冲进地下室，看到了周海龙的尸体，又看到一前一后躺在地上的常虹和相海峰，气氛诡异。

常虹连忙起身，走上前按了一下周海龙的脖子，已经没有了脉搏。

常虹通过耳麦汇报：“孟支，头号目标大毒枭周海龙吞枪自尽。”

刑警和特警们已经全面控制了周海龙的别墅，在院内进行清点。被抓捕的制贩毒团伙成员双手抱头，在特警羁押下，列队往外走。门廊前的大理石地面上，整齐地摆放着缴获的枪支弹药、管制刀具以及一袋袋毒品……

常虹和相海峰并肩从别墅里走了出来，彼此沉默着，神情严肃。常虹忽然停下，一把抓住相海峰的肩膀，情绪有点激动。

常虹：“你刚才犹豫什么？我再晚到一步，你就没命了！”

包德荣、马龙和徐勇跟在他们身后，不明所以，面面相觑。

“谢谢。”相海峰还是低着头，神情有些恍惚，状态消沉。

“谁要你说谢谢，毒贩拿枪指着你，你应该怎么做？”常虹质问，“迅速将他制服或者击毙，相海峰，你是警察，难道你对毒贩心存怜悯吗？”

相海峰甩开常虹的手，沉默不语，回避常虹的质问，自顾自向前走去。

常虹愤愤不平，紧紧跟上，又一把拽住相海峰：“相海峰，你站住！”

包德荣连忙上前，拉开两人，试图劝和：“常大虹，你干嘛。人家熬了两年总算大功告成,你让他缓缓。"

"没有你的事,走开。"常虹情绪激动,有些不可理喻。

"你属狗的,说翻脸就翻脸。"包德荣一脸无辜地停在原地。

"庞连彪和刀子跑了,案子还没完呢。"相海峰语气笃定,迈步朝外走去。

清晨6点。

黑暗已经隐去,破晓的晨光慢慢唤醒沉睡的生灵。

多功能现场指挥车内,孟根山拿起电台向智能作战室汇报:"报告顾长青总队长,第一抓捕小组任务完成……"

顾长青:"收到,辛苦了。"

刑侦总队智能作战室,总队长顾长青向局长穆文修汇报:"报告穆局长,'飓风'行动已经结束,耗时1小时48分,抓捕犯罪嫌疑人161名,首犯周海龙饮弹自尽,两人逃逸,报告完毕,请指示。"

穆文修:"同志们辛苦了。"

智能作战室,响起一片热烈的掌声,经久不息。

翌日,下午。

东海大酒店,三楼宴会大厅。

奢华的宴会大厅,已经被布置成了会场,会场前排大屏幕上显示:"梦虹"慈善基金妇女援助公益计划发布会暨爱心慈善纳新联谊会。

整个会场里满坑满谷,媒体记者们架好了摄像机,东海市妇联的领导以及相关行业协会的领导前排就座,后排东海市青商会的年轻企业家们西装革履,英姿勃发。

黄梦婷身着乳白色的西式套装,白色高跟鞋,干练飒爽地站在台上,台下记者们的闪光灯频频闪起。

黄梦婷:“各位尊敬的领导、各位嘉宾，下午好。我先给大家讲一个故事。在南美洲，有一种很珍贵的动物叫树虎，现在，这种动物灭绝了。灭绝的原因很简单，人类为了树虎的皮毛，将一只树虎粘在树上，别的树虎就会找食物轮番喂养它，人类就这样利用树虎的善良灭绝了它。人们的这一做法，不仅是灭绝了树虎，同时也在灭绝着善良。

“人类本来就善恶两面，当善的一面得到发扬而恶的一面得到遏制的时候，人类社会就会出现良性发展；当恶的一面得到发扬而善的一面得到遏制的时候，人类社会就会出现恶性发展。良性发展的结果是人类走向美好繁荣，恶性发展的结果是人类走向混乱和毁灭……”

黄梦婷操控手中的遥控器，大屏幕上出现了三张触目惊心的图片。

第一张照片：一位女子被打得鼻青脸肿，面部近乎毁容，浑身淤青，明显是遭受了家暴。

第二张照片：一名身着晚礼服的女子被打倒在地，披头散发，昏迷不醒，女子已经小便失禁，照片边缘是一个男子半身赤裸的背影。

第三张照片：一具白花花的女尸体像只青蛙一样，倒挂在铁丝网上，杏眼圆睁，鲜血淋漓。

现场发出一阵阵惊恐的呼叫声。

黄梦婷:“而当善良被遏制，人性中的恶就会肆无忌惮。当代社会，就在我们身边，这种恶明目张胆地伸向了女性。第一张图是一名嫁人后的陪酒小姐，因老公知道她婚前的职业，饱受家暴；第二张图是罪犯公然发在社交媒体上炫耀酒吧捡尸、性侵得手的照片；第三张图是新近发生在我们东海市郊区的一起奸杀案，据悉，被害女性也是一名来自底层的失足妇女。”

现场沉默了……

黄梦婷殷切地看着台下，言语中饱含同情和哀怜:“这些社会底层的女性，多半出生在贫寒之家，她们不像在座的各位，她们没有安逸的成长环境，没有接受过良好的教育，也没有一技之长。为了生存，她们中很多人都无奈选择‘下海’，从事非法的性服务行业。可这个社会的偏见、恶意、暴力甚至杀戮，却依然不肯放过这些来自底层的可怜女人，很显然我们的社会还有着一定功能上的缺失……”

黄梦婷的演讲渐入佳境，她越说越兴奋，在场的嘉宾们无不动容。

一小时后，黄梦婷环视台下的嘉宾们：“我由衷地恳请大家，一起加入我们慈善基金会的援助帮扶计划中来，让我们用善良、用爱来包容这个残缺的世界，向这些苦命的姐妹们施以援手，帮她们创造生活的新希望。谢谢大家！”

黄梦婷走到舞台中央，向在场所有嘉宾们深深地鞠躬致谢。

现场爆发出雷鸣般的掌声。

刑侦总队。

阳光明媚，警徽在蓝天白云的衬托下熠熠生辉。

相海峰一身戎装，佩戴三级警督警衔，英气勃发。

今天是相海峰回刑侦总队缉毒处的第一天。他在政治处朱科长的带领下，逐一完成例行审查，审查通过后，他才能正式上岗。

政治处询问室。

相海峰递交了一份情况报告，朱科长仔细审阅，不时问询了解情况。相海峰态度诚恳，如实相告，助理小张和小宋在一旁迅速做笔录。

测谎监控室。

相海峰面对着一台摄像机，他的额头、胸口、手臂上都贴上了感应片，线路一直连接到测谎仪器上。两位测谎工程师开始测谎，相海峰神情自若。

刑技中心法医室。

在朱科长的陪同下，周睿为相海峰抽血，提取头发，检测尿液。

重案支队询问室。

相海峰接受常虹和包德荣的询问，朱科长陪同。

常虹："7月1日晚上10点37分，罗红艳被害的当晚，她为什么打电话给你？"

"罗红艳为什么给我打电话，我也不清楚。"相海峰十分坦然，"电话接通后，声音嘈杂，我以为是误拨就挂掉了。"

常虹："海峰，你当天晚上在干什么？"

相海峰："那天晚上，我在跟踪庞连彪的手下，找到了他们最大的一处秘密制毒窝点。"

常虹："请说具体点。"

相海峰："在周海龙的制贩毒组织内部，我好不容易混成了二把手，也只是负责毒品销售网络。核心的制毒产业，周海龙交给了庞连彪打理，对我还是藏了一手。这半年，我发现他们启用了全新的制毒基地，因为庞连彪的阻挠，周海龙一次都没带我去过，我只好想办法偷偷跟踪。罗红艳出事当晚，正是我跟踪庞连彪马仔的关键时刻。"

包德荣一边连连点头，一边认真记录："那你有人证吗？"

相海峰微微一笑说："我一个人卧底跟踪，怎么可能带上别人。不过这一点，缉毒处一定有记录，我提前向组织报备了跟踪计划，当晚也上报了跟踪成果。"

常虹一脸严肃："罗红艳吸毒，她的毒品来源和你有关吗？"

相海峰也严肃起来："我作为刑警卧底，我自己从未倒卖毒品给他人，也绝没有让任何人吸毒。至于罗红艳吸毒，据说是庞连彪把她带上这条路的。"

相海峰无奈地摇头叹息，眼神里燃烧着怒意，他的右手试图握拳，忽然止不住地颤抖起来，相海峰连忙用左手盖住右手。

朱科长、常虹和包德荣都注意到了这一细节，面露怀疑之色。

包德荣关切地问："你没事儿吧？"

"抓捕的时候，受了点轻伤。"相海峰摇摇头，示意没问题。

朱科长板着脸，严肃地追问："你自己没碰毒品吧？"

"请组织放心，我始终记得我是刑警。"相海峰右手的颤抖减弱，语气坚定，"周海龙也明令禁止手下的高级管理人员沾染毒品。"

朱科长："也是，上午，我们一起做了尿检、活检，检验报告一切正常。"

朱科长看向常虹，常虹还是将信将疑，盯着相海峰的右手。

相海峰也看向常虹，两人目光交汇，五味杂陈。

世事消销，不复明了，唯我清风一笑。

一周后，碧空如洗，万里无云。

东海市公安局大礼堂，旌旗招展，气氛隆重热烈。

大礼堂的正前方，高挂横幅：东海市公安局"飓风"扫毒行动表彰大会。

全市的警界精英着装整齐、精神振奋，一同见证刑侦总队缉毒处和相海峰等英雄模范的荣耀时刻。

在热烈的掌声中，局长穆文修发表重要讲话。

穆文修："同志们，和平年代，刑警队伍是一支牺牲最多、奉献最大的队伍，大家没有节假日、休息日，几乎是时时在流血、天天有牺牲。这些年来，每当看到刑警舍生忘死、感人肺腑的事迹，我都深受感动；每当听到刑警在血与火、生与死的考验面前赴汤蹈火、流血牺牲的消息，我都深感心痛。东海市广大公安刑警身上体现的忠诚信念、担当精神、英雄气概，是中华民族伟大精神的真实写照……今天，尤其是刑侦条线的缉毒处、相海峰等单位和个人，为我们光荣的集体又添新功，为东海市的平安建设添砖加瓦，他们用实际行动，践行了习总书记对公安‘对党忠诚，服务人民，执法公正，纪律严明’的总体要求。”

台下掌声如雷，经久不息。

穆文修：“刑侦总队缉毒处，成功破获了部督办3号大案，打掉了以周海龙为首、常年盘踞在东海市的制贩毒集团，经公安部政治部批准，缉毒处荣立集体一等功。”

礼乐响起，缉毒处处长李全发起身，拉挺警服，代表缉毒处上台领奖。李全发接过奖状，与穆局长握手合影，向台下干警们敬礼。

穆文修：“同志们，缉毒处相海峰同志，深入制贩毒组织内部，卧底侦查两年之久，可谓深入虎穴，九死一生。经市局党委批准，相海峰同志荣立个人二等功，晋升为缉毒处的副处长。请相海峰同志上台领奖。”

礼乐响起，相海峰戴上二等功奖章，大步流星地走向主席台。

常虹也戴上了三等功奖章，他目不转睛地看着他的背影，用力鼓掌，眼眶渐渐湿润。

包德荣欣慰地笑着，转过头却发现常虹眼眶红了，有点诧异：“这是海峰大喜的日子，你哭什么？”

“谁哭了，瞎说。”常虹翻了他一个白眼，不再理睬。

“常大虹，注意点形象，一会儿，你也要上去的啊。”包德荣奋力鼓掌。

相海峰走到台上，从局长穆文修手里接过了奖状，敬礼、握手，穆局长轻拍他的后背，自豪地跟他合影留念。

合影结束，相海峰迈出一步，向全体干警庄严敬礼。

“好样的！”常虹再也抑制不住激动的心情，眼角泪水滑落，带头站起来为相海峰喝彩。

全体干警起立致敬，会场爆发出雷鸣般的掌声。

台上，相海峰眼含热泪，庄重敬礼。

第六章
风一程，雨一程，身向鬼门那畔行

东海市北郊区公路边，大型绿化带。

太阳火辣辣的，晒得草甸像疲倦了的大海。鸟儿们大概都潜向草底纳凉、睡觉去了，只有不甘寂寞的夏蝉此起彼伏地鸣唱。

偶尔有一阵微风拂过，平静的草甸即刻骚动起来，涌起一圈圈绿色的涟漪。不知道风从什么地方扯过一朵云块，从太阳面前掠过，可以看到一片阴影在草地上奔驰。

阴影中，两只满身疥疮、掉了毛的野狗，露出锋利的牙齿，互相争夺撕咬着一段肉块，喉咙里还哼哼地叫着，无毛的尾巴左右摇着，形似地狱恶犬。

一名五十多岁的环卫工人，穿着橙色环卫工人马甲，戴着草帽，脖子上围着毛巾，背着竹篓，手里拿着长长的竹镊，向野狗缓缓走来。

老伯扬起竹镊子，赶走了两只野狗，夹起肉段，仔细端详。

“啊”，老伯猛然瞪大了双眼，吓得连手中的竹镊都掉了，他踉跄着倒退几步，连滚带爬地跑向远方。

蚊蝇“嗡嗡嗡”地聚集过来，竹镊旁边的肉段连着人的脚掌，脚趾尖染了红趾甲。

这分明是一段女人的腿脚。

日薄西山，橙色夕阳下，蚊蝇飞蛾在野地里肆意撒欢。

尸块发现地周围已经拉起了警戒线，警戒线外，附近派出所的民警们在维持秩序。

不少八卦媒体和自媒体人都从市区赶来，张望着警戒线内的勘查工作，等候时机播报现场情况。

在中心现场，周睿和严启成身着深蓝色现场勘查服，率领着现场勘查小组，穿戴好了现场勘查三件套（头套、手套和鞋套），冒着酷暑，有条不紊地推进现场勘查和初步的尸检工作。

四组带犬刑警走出警戒线，朝四个不同的方向展开地毯式搜查。

孟根山、常虹、包德荣、马龙和徐勇等重案支队成员赶到现场，与警犬队擦身而过，越过警戒线，进入了中心现场。

严启成一边驱赶蚊蝇，一边从草地中拿起一个黑色塑料袋，打开后从里面翻出了半条人腿，固定证据的刑警咔嚓、咔嚓地拍起了现场照片。

周睿紧跟其后，拿过来仔细端详，这分明是连着右脚的小腿部分。

周睿一脸细密的汗珠，手里拿着一段小腿断肢，鲜红的脚趾甲格外刺眼。

“孟支，初步判断，死者是名年轻女性。附近发现的八段残肢，都是腿和胳膊部分。”周睿把小腿上端切面转向了孟根山和常虹，接着汇报，“从切面看，这些尸块应该是被冰冻后，沿着关节处用钢锯切开的。”

孟根山：“死亡时间，大概是什么时候？”

周睿摇摇头：“尸体被冰冻过，无法推断准确的死亡时间。”

孟根山想了想，吩咐众人：“先把尸块带回去，尽快提取死者DNA，今晚出报告。”

周睿点头答应："是。"

孟根山神色凝重地看向常虹："这已经是两个月内连续第二起抛尸案，我们肩上的责任很重啊。尽快核实死者身份，争取早日破案。"

常虹："明白。"

刑侦总队重案支队会议室。

会议室墙上的时钟显示：23点15分。

孟根山率领重案支队全体成员，连夜召开案情分析会。

孟根山板着脸，神情严肃："'7·4'抛尸案还没破，今天8月3号，又是一起，社会影响极为恶劣，上级领导极为重视！大家把各自获取的线索和信息讲一下。周睿，你先。"

周睿操作遥控器，在会议室的大屏幕上，一边展现被害人的断肢照片，一边开始陈述。

周睿："现场总共发现了八块尸块，经过DNA比对，以及肢体形态，可以判断是同一个女性被害人的四肢，被害人年龄大约在30岁左右，身长在1米62左右。从尸块的腐败程度看，抛尸应该在两天前，也就是8月1号凌晨左右。从尸块的表面来看，死者生前腕部和脚踝部都有被捆绑过的淤痕，手臂有抵抗伤。从尸块的骨折程度和断面创伤判断，尸块应该是尸体被冷冻以后切割下来的，凶器应该是斧头和钢锯。在死者冰冻的大腿骨等难以用斧头砍断的地方，均有锯齿切割的痕迹。这对我们判断凶手身份很有指向意义。"

众人全神贯注地听周睿分析，包德荣和高一萌边听边记，表情疑惑。

周睿展示了大腿骨切面的照片，继续说："从断面的开口痕迹推断，凶手应该是个孔武有力的男性，而且能够熟练使用这些工具。其次，凶手没有一直用斧头用蛮力砍断骨头，说明他意识到斩骨分尸还是冷冻的，声音会很大，所以凶手使用钢锯，其具备一定的反侦查能力。”

常虹看着大屏幕，点头赞同，顺势推理：“凶手作案的环境，很可能是房龄偏老、隔音较差的老破小、城中村的出租房，或者是隔音性很差的厂房等，凶手很有可能在这样的环境中对被害人进行了虐待殴打，直至最后冷冻分尸。”

周睿接着补充信息：“没错，这一点，我跟常支的判断一样，而且利用冷冻的手法，来进行藏尸分尸，从某种程度上可以大大减少血腥味，从而避免暴露。另外，经过毒理化分析，我们在尸块中均检测出了大麻代谢物，以及残留的麻醉剂成分，我们还在其中一段大腿上发现了细微的针孔。”

孟根山：“死者涉毒？”

周睿：“这一点，因为暂时没有发现内脏器官和毛发，无法判断死者是否长期吸食毒品。”

马龙脑中盘点几个线索，脱口而出：“这么说，大概率又是涉毒的陪酒女？”

周睿摇摇头否认：“职业身份不能就此轻易地判断，有些年轻人混迹酒吧，从非法渠道获取并吸食大麻也是有可能的。”

马龙连连点头，修改笔记内容。

孟根山：“那麻醉剂呢？”

周睿：“我们在死者的肌肉组织里检测出了戊巴比妥钠成分残留，这种化学有机物，一般是兽医行业用于快速麻醉和催眠动物的，见效快，麻醉时间一般能维持2到4小时。我们推断，凶手很有可能在作案前，就给死者注射了兽药，致其麻醉昏迷，手段十分恶劣。”

孟根山眼中燃起了怒意，拍桌说：“麻醉杀人，冷冻分尸。手段极其残忍，性质极为恶劣，凶手可谓胆大包天。我干了大半辈子刑警，也是第一次见这种手段。”

常虹：“此种兽药能否查明来源？”

周睿神色露出了一丝为难：“含有这种成分的兽药属于违禁药物，在我国是全面管制的，从正规渠道购买必须实名登记。如果凶手是从地下渠道购买，这就需要大量的走访调查了。”

常虹向包德荣靠拢，轻声询问：“老包，你有这方面的路子吗？”

包德荣无奈地叹了口气：“大海捞针，难……”

孟根山听到了包德荣的叹息，提醒众人：“立刻安排警力走访全市的兽药店和经销渠道，就是大海捞针，也要捞出来。”

周睿稍稍举手，示意还有补充：“我以前听说过，网上有些小众论坛里好像会私下贩卖麻醉类兽药，这也可能是罪犯获取麻醉品的方式。这些论坛很隐蔽，交易也往往使用暗语，具体得再摸查一下。”

孟根山看向常虹，常虹心领神会，捅了捅身边的包德荣：“交给你，查明白。”

包德荣有点愣神，还是点头答应了，在笔记本上写下任务：查明兽药论坛。

孟根山想了想，吩咐宋妍：“除了传统的走访调查，宋妍，你这边在网络上也要进行全面筛查，发现线索立刻汇报。”

宋妍：“是。”

孟根山看向常虹：“死者的身份核实了吗？”

常虹：“我们比对了近期的失踪人口报案，确认死者是一名叫白小婉的东海籍女子，年龄30岁，未婚，本科学历，在泛亚金融公司做客户经理。3周前，7月14日晚上，白小婉曾告知父母，要和老板、同事一同在市区的M3酒吧应酬，当夜未归，电话失联。次日，她父母报警。我们已经连夜对其父母的DNA进行了比对匹配，证实了身份。”

孟根山：“在市区失踪，抛尸在郊外，这倒是很符合远抛近埋的作案逻辑。你们尽快跟她的老板、同事了解情况。”

“明白。”常虹接着补充道，“另外，死者父母指认，白小婉随身佩戴一块镶钻的女士卡地亚手表，红色苹果手机，还有一枚五克拉大小的红宝石戒指，这些都是她去泛亚金融公司上班以后购买的。这些随身物品，在现场勘查时均未发现，很可能是被凶手拿走了。”

孟根山点头赞同：“凶手很有可能会进行销赃。尽快核实一下遗失财物的款式，印成内部通报文件，下发到全东海市的特勤手中。”

常虹：“明白。”

“泛亚金融公司？”包德荣小声地嘀咕道，“金融公司来钱快，会不会是谋财？”

孟根山看向了宋妍：“死者白小婉的手机，也要查一查，还有抛尸现场附近路段的监控录像，有发现线索吗？”

“手机没有信号，应该是被凶手处理掉，不过我们还在做进一步的调查。”宋妍起身用一边遥控器调换大屏幕，一边回答，“至于监控录像，我们选取抛尸地附近路段的两个监控，根据周组长判断的抛尸时间，经过反复比对，在8月1日凌晨的监控画面里，该路段总共通过了54辆车，有两辆形迹可疑，分别是一辆黑色轿车、一辆蓝色厢式货车。”

宋妍操作电脑，屏幕上出现了两幅模糊的监控画面，一辆黑色轿车疾驰而过，无法看清车牌。

监控摄像头A的时间码显示：2020-08-01，02：17：29。

监控摄像头B的时间码显示：2020-08-01，02：52：46。

众人有点费解地看着宋妍，宋妍自信满满地进行解释：“我们截取的这一路段，正常车辆平均都以60码左右的车速通过，通过时间在8分钟左右，而画面中这辆黑色轿车，前后用了35分钟17秒，足足多了半小时。同样的，在黑色轿车离开10分钟后，一辆蓝色厢式货车，前后用了25分钟37秒，也同样可疑。因此，我们推断这两辆车嫌疑最大。”

刑警们都纷纷点头，赞许宋妍的缜密分析，高一萌俏皮地竖起两个大拇指朝宋妍会心一笑。

包德荣露出不可思议的神情，暗暗嘀咕：“‘观音姐姐’不仅人美，还是个学霸啊。”

常虹轻声咳嗽，瞥了他一眼，包德荣识趣地收声。

孟根山仔细盯着画面：“这画面怎么这么糊，处理过了吗？”

宋妍抿着嘴，有些遗憾地说：“我们已经用模糊图像处理技术，增强处理了很多遍，可这个路段监控的原始像素太差，加上车辆高速行驶，拍得很模糊。两辆车车牌位置，像素都难以分辨，可以判断，嫌犯很可能没有挂车牌，或是故意遮挡了车牌，从此判断嫌犯具有一定的反侦查能力。”

“分析得有一定道理。”孟根山喝了口茶说，“黑色轿车和蓝色货车作为重点进行排查。”

常虹凝视着屏幕，面露疑色，轻声嘀咕：“酒吧，黑色轿车，难道和梦婷碰到的是同一伙人……”

孟根山沉默了片刻，随即注意到周睿身边的严启成一言不发，点了他的名：“痕迹呢，有什么发现？”

严启成神色焦虑，一边连接电脑，一边汇报：“抛尸现场位于北郊区工业园区附近，一段高速公路旁边的绿化带深处，周围人迹罕至。中心抛尸现场，并未发现成趟足迹，这可能与周围的草甸厚度有关。与警犬队配合搜索，也没有发现其他痕迹物证、尸块、死者的衣物或手机。另外，我们对装尸体的四个塑料袋进行了熏显，也没发现指纹。这也佐证了周组长和宋妍的判断，凶手具备一定反侦查能力。”

孟根山皱起了眉头，神色不悦。

严启成连忙补充：“我们还详细检查了抛尸用的黑色塑料袋，发现接口是圆形的，这种塑料袋多在工业生产中使用。北郊区原本就是开发区，能生产这种塑料制品的加工厂或小作坊比较多，产量很大，批次更是很难查找。"

常虹："那钢锯呢？"

严启成："凶手使用的钢锯是比较常见的类型，购买没有难度也无需登记。"

常虹："冷冻尸体的工具？"

"有可能是在冷库，也有可能是冰柜，或者移动的冷链物流车……"严启成无奈地摇头，"这起案件，想要从物到人进行排查，可能会有难度。"

会场顿时安静下来，刑警们陷入了沉思。高一萌起身，蹦蹦跳跳地拎起热水瓶，给大家倒水。

孟根山想了想："也不算没收获，至少这些物证，能说明凶手的职业属性很可能和动物养殖屠宰、冷链物流、制造加工等工业企业相关，经济条件也不见得很好。常虹，作为主办，你怎么看？"

"孟支，抛尸的地点相对偏僻，今天的走访除了发现尸块的环卫工，并没有发现与抛尸相关的目击证人，再综合今天各位讲述的线索和信息，我认为案件性质和作案人数还不好确定。"常虹想了想，谨慎发言，"该案与'7·4'杀人抛尸案，都有利用车辆抛尸的行为，被害人也都为年轻女性，抛尸地点也较为隐蔽偏僻，可杀人手法却不尽相同，能不能并案很难说，不排除犯罪手法升级的可能性。眼下还是应该先从死者的人际关系和大麻入手展开调查，有的放矢。"

孟根山点头赞同："尽快安排人手展开调查吧。周睿、严启成、宋妍你们也在各自领域深入调研一下，争取早日找到线索。"

众人："是！"

散会后，常虹带着组员们走出会议室，几人边走边分析讨论。

马龙:“我怎么觉得又是庞连彪干的呢?”

徐勇:“有点像,又是麻醉又是毒品的,很符合他的变态口味。”

常虹刚想插话,包德荣却率先转身说:“两位兄弟,我敢打赌,这事儿肯定不是庞连彪干的。”

马龙和徐勇有点不服气。

徐勇:“赌什么?”

包德荣:“三条中华香烟怎么样?”

徐勇:“我又不抽烟。”

马龙:“证据就这么点儿,你凭什么说不是呢?”

包德荣得意地露出坏笑:“谁逃亡的时候还背个冰箱啊?尸体可是冰冻后切割的,细节,细节啊。”

马龙和徐勇连忙翻看笔记,若有所思。

常虹会心一笑:“现在说‘肯定不是’有点武断了,不够严谨。老包确实注意到了细节,破案抽丝剥茧,就是细节的艺术。”

常虹回头叮嘱马龙和徐勇:“你俩别仗着自己是中国刑警学院科班出身,人家老包最近进步神速,这回可是笨鸟先飞了。”

包德荣有些不乐意:“谁是笨鸟?我老包这叫有慧根,天生就是干刑警的料,一点就通。”

常虹笑而不语,加快了脚步,包德荣、马龙和徐勇连忙跟上。

仲夏午夜,月朗星稀,闷热无风。

郊区某停工工地深处,几只野狗朝着水泥管子狂吠不止,叫得人心慌。

忽然,一颗石头砸过来,野狗四散而逃。

“吵死了,滚!”

刀子从水泥管里爬出来,一边骂骂咧咧,一边蹲下捡石头,继续打狗。

庞连彪蜷缩着身子，躺在第二层水泥管里，叼着烟，端详着手里的蛇头权杖。

庞连彪冷冷看了眼刀子：“这回逃得匆忙，老房子里，那几包东西处理了吗？”

“扔了，放心吧。”刀子有些焦躁地说，“彪哥，赶紧走吧，再不走，咱在东海就真的没地方躲了。”

庞连彪狠狠地瞪了一眼刀子：“大哥的仇不报，我绝不走！”

刀子苦口婆心地劝说：“龙哥把蛇头权杖托付给你，就是希望彪哥你去缅北东山再起。等你做大了以后，要钱有钱，要人有人，收拾个张海涛，那还不是捏死个蚂蚁。”

庞连彪冷哼一声，朝外吐掉了烟头：“你懂个屁！”

庞连彪钻出水泥管，纵身跃下，扬了扬手里的蛇头权杖：“你以为单凭这根棍子就管用？我们俩势单力薄，去了缅北也是被人弄死。”

庞连彪拿蛇头权杖敲打刀子的脑袋：“老子只有先给龙哥报仇雪恨，才能立威，懂吗！”

刀子不敢闪躲，连连点头：“张海涛是个条子，我们现在不好下手啊。”

“人总是有软肋的。”庞连彪端详着蛇头权杖，阴狠地说，“不行就从他的身边人下手。”

忽然，庞连彪发现杖身可以拧动，反复试探下，他拆掉了最下面一截，露出了合金的三棱枪头。

“没想到，这棍子还是根利器。”刀子小心翼翼地蹲下来观察，三棱枪头泛着寒光。

庞连彪看着枪头，目露凶光，突然拿尖头顶住了刀子的喉咙，刀子吓得直接瘫坐在地上，额头冒出冷汗，愣愣地看着庞连彪。

刀子:“彪哥,你、你这是做什么?我对你可是一片忠心啊。”

庞连彪阴狠一笑,将三棱枪倒转过来,舔舐冰冷的枪头。

翌日,上午。

刑侦总队。

常虹脚步匆匆,来到了七楼缉毒处,想找相海峰了解一下M3酒吧涉毒的情况。

缉毒处大办公室里,坐了十几名刑警。刑警老李抬头,认出了常虹,上前相迎。

老李:“这不是重案支队的常副支队长吗,有何贵干?”

常虹:“不好意思,我找相海峰,打他电话一直无法接通。”

老李尴尬地一笑:“你俩不是老同学吗,怎么跟你都断了联系?”

常虹不明所以,愣在原地。

办公室里其他刑警听到对话,都纷纷看向常虹。

刑警老范端着茶杯走到跟前,打量着常虹,说起了风凉话:“我还以为,就我们这些普通干警攀不上他的高枝,没想到他连老同学都不认了。”

常虹:“怎么回事?”

老范:“升官了,膨胀了,清高呗。”

“相海峰不是这样的人。”常虹费解地看着老范,有些担忧。

“他休假了,说是回老家探望父母,不过……”老李连忙解释。

常虹将信将疑,等着老李把话说完。

老李回头指了指一间门窗紧闭的办公室,说:“相海峰升职以后有了独立办公室,成天把自己关在办公室里,也不搭理我们。我们也很纳闷,不知道哪里得罪他了。”

这时,一个五十多岁的老刑警拿着文件走过,停下脚步,冷哼了一声："刚刚立了功，升了官儿，就立刻疏远同事，我们请他吃饭他也不来，他这就是脱离群众的表现。这么傲慢自负，我看他以后也当不好这个副处长。"

常虹刚张嘴想争辩，却被老范抢过了话头。

老范："我看哪，他也不是清高，就是过惯了花天酒地的好日子，看不上咱们这个清汤寡水的饭局。"

老范凑到常虹跟前，轻声八卦："你知道相海峰离婚了吗？听说他做卧底的时候，就在外面养人了。"

常虹狠狠地瞪了老范一眼，怏怏不悦。

老李连忙咳嗽，提醒老范："道听途说的事情，别乱传。"

老范："我瞎说什么了，他就是典型的'近朱者赤，近墨者黑'，谁知道他做卧底时干过什么？"

老范端着茶杯，一边说一边环视众人，其他刑警也都在看热闹，纷纷浮现出迎合的笑容，议论纷纷。

常虹严肃地瞪着老范，呵斥道："有意见向政治处、纪委提去啊，背后乱嚼人舌根子。你也是老同志了，无凭无据，你这是诽谤中伤。"

老范斜着眼瞟了眼常虹，冷哼一声，扭头就走。

老李连忙打圆场："常支，你也别怪同志们有意见，大家都好心好意欢迎他归队，没想到，他回来以后跟换了个人似的，我们的热脸全都贴了他的冷屁股。"

常虹："老李，希望你们收起这些捕风捉影的八卦。我认识的相海峰，是努力上进的好刑警，也是破获大案的缉毒英雄。"

"是是是！相海峰对事业和生活向来都很有野心，怪只怪我们自己没本事，人家功绩卓著，是副处长，看不上我们也正常。"老李表面附和，话里透着尖酸。

常虹听出话里有刺，还想争辩，老李苦笑了一下，转身回到自己的工位，不再言语。

常虹看了一眼相海峰门窗紧锁的办公室，黯然神伤，转身离开。

重案支队大办公室。

常虹神色凝重，回到重案支队，路过包德荣的办公桌旁，敲了敲桌面。

常虹：“老包，你跟我去M3酒吧走访调查，宋妍也去，现在就走。”

包德荣一听M3酒吧，眼珠贼溜一转，明显心虚犹豫，随手摸起桌面上的《刑警警务条例规范》，试图找借口推脱。

包德荣：“我还没背熟《刑警警务条例规范》，那种地方我也不熟，要不，我还是留下熟悉熟悉办案流程吧？”

“这是命令，马上就走。”常虹本就心情沉重，看到他推三阻四，脾气直接上来了。

常虹掷地有声，吓得边上的马龙、徐勇、高一萌等人面面相觑，不敢多言。

包德荣见常虹情绪急躁，猜到是因为去缉毒处办公室走访不顺利，试探地问：“相处长那边……没问着？”

常虹：“少废话，赶紧出发。”

常虹被他说中，冷冷瞥了眼包德荣，说完就往外走。

马龙、徐勇和高一萌都站了起来，还想争取机会一起出去，常虹已经走出了办公室。

马龙和徐勇回头瞟了眼包德荣，嫌他多事儿惹怒了常虹。

包德荣神情无辜地抬了抬肩膀，识趣地跟上了常虹。

白天的M3酒吧空空荡荡。

属地派出所打过招呼，酒吧经理Steven和助理Duke在酒吧门口迎接。

Steven四十岁，一身短袖衬衫和西装裤子的商务打扮，梳着锃亮的大背头；Duke二十多岁，打着耳钉，留着小胡子，很潮很有型。

Steven看到包德荣，忽然眼前一亮，惊喜又兴奋跟他打招呼："呀？这不是'荣少'吗？怎么把头发染黑了，我差点儿没认出来你。"

包德荣故意咳嗽了一下说："老板，你认错人了，办案、办案，你严肃点。"

Steven稍显诧异，他打量着包德荣身旁的常虹和宋妍，瞬间会意，立刻收敛起油滑的嘴脸："没问题，包sir，早说是您的案子，不用古所长打招呼了，我一定全力帮忙。"

常虹冷冷看向包德荣说："这不挺熟的嘛……"

包德荣狠狠瞪了眼Steven，嫌他多嘴。

宋妍捂着嘴偷偷笑了笑，Steven意识到自己说多了，朝包德荣挤眉弄眼。

常虹迅速切入正题说："情况就是之前电话里跟你们沟通的，带我去卡座看看吧。"

Steven比了个OK的手势，向里面伸手恭敬地一引。

"好，这边请。"

酒吧经理Steven和助理Duke，领着常虹、包德荣和宋妍一道走进M3酒吧，带到了卡座区域。

Steven指了指1号卡座："他们泛亚金融公司也是我们的老客户了，14号晚上，他们包了这个位置最豪华的卡座招待客户，男男女女玩得很嗨。"

常虹等人环视四周环境，只见卡座毗邻舞台、位于正中央，可以尽览大屏幕、打碟台和整个舞池，确实是全场最佳的位置。

宋妍抬头查看了几个监控摄像头的位置："这些监控都正常运

转吧？”

Steven：“都好着呢，我们是正规经营，都照规矩来。”

宋妍：“那带我去监控室，拷一下监控录像。”

Steven：“没问题，我让助理带你去。”

Steven向Duke一甩头，Duke领着宋妍往里走去。

常虹和包德荣默契地对视一眼，冷冷打量起Steven。

常虹：“你刚说他们玩得很嗨，能不能具体点？”

Steven被看得浑身不自在，眼神游移：“我们是东海最热闹的酒吧，全场那么多客人，我总不能每时每刻都关照他们这一桌吧。”

包德荣绕到了Steven身后，一把搭住他的肩膀：“你再好好想想，不瞒你说，死者体内查出了大麻的成分。”

Steven连忙推开包德荣的手臂：“包sir，这跟我们绝对没关系，你也知道的，我们经营多年，从来都是合法合规，绝不允许兜售任何违禁品。至于客户自己带什么东西，我们真的不知道。”

常虹观察着他的表情，将信将疑看着他：“你说他们是老客户，那你难道整晚都没来招呼他们？”

包德荣露出得意的坏笑，配合常虹：“再好好想想，任何细节都可能成为线索。”

Steven语速加快，急于辩解：“泛亚金融公司出手很阔绰，那天晚上，他们老板喊了两瓶人头马、三瓶黑桃A，是我亲自推着酒车送上来的，哦对了，还送了三个礼炮。我敬了杯酒就去忙了，他们看样子都很高兴，也没看见什么不正常的地方。后来他们喝什么玩什么，我真的不知道啊。”

常虹和包德荣默契地对视一眼，直觉Steven并未说谎，但还有隐瞒。

常虹：“酒吧里人员混杂，如果你和你的员工想起什么可疑人员，也请你们及时告诉我们。”

“一定，一定。”Steven松了口气，满脸堆笑，连连点头。

常虹看向包德荣：“我们出去，外面看看。”

M3酒吧楼下。

重案支队的技侦车停在M3酒吧楼下的小路上，常虹和包德荣仔细勘查了附近情况，并未发现异常。

“现在不知道怎么了，年轻人都喜欢去干金融。”包德荣点了一支烟说，“科学家、教师、医生、军人，包括我们警察都不是第一志向了。”

“来钱快呗。”常虹接过香烟也点了一支，回头仰望着远处的监控，神情忧虑。

“担心监控有没有拍到？”包德荣看出他的心思。

常虹吐出一口烟，说：“监控摄像头离酒吧门口距离将近50米，还不知道监控的画面质量怎么样？”

忽然，宋妍从技侦车后门探出头来，呼喊道：“常支，有发现。”

常虹和包德荣灭掉香烟，迅速跑上技侦车。

技侦车内。

宋妍一边操作电脑，一边汇报：“酒吧和外面监控的画面我们都采集到了，光线太暗，图像模糊，我刚进行了模糊图像处理，发现了一些问题。这是卡座附近的监控拍到的，先看第一段，时间是7月14号23点47分。”

常虹和包德荣盯着屏幕，目不转睛。

监控画面：一号卡座，白小婉身着白色套装，和她的同事、客户们在一起，跟着劲歌的节奏热舞，忽然一男一女背对监控在卡座前站定，现场光线闪过，可以看到女子染了一头红发，男子穿着浅色衣裤，光头反射出的白光格外亮眼，他们与白小婉等人攀谈了几句，随即离开。

宋妍按下暂定，又切换第二段。

宋妍：“第二段，是在前一段视频三分钟之后。”

监控画面：一名身材健硕、穿着深色衣裤的男人，脚步匆匆来到卡座前，同样背对着镜头。他与白小婉说话，白小婉及其同事摇头，似乎在表示不知情。男人转过身，气愤地叉着腰，四下张望搜寻，露出正脸。

宋妍暂停了画面，放大男人的正脸，看向了常虹：“这人，不觉得眼熟吗？”

“相海峰！”包德荣凑近仔细观看，匪夷所思。

包德荣扭头看向常虹，常虹神色凝重，眼神锁定屏幕，一言不发。

包德荣摸着下巴思量：“当时，他应该已经不再卧底了，出现在这种环境，还是有点问题。”

宋妍：“别急，还有。下面这段是车库的监控画面，时间已经是7月15号零点36分。”

监控画面：车库角落的监控，相海峰身着深色衣裤，拉着身着浅色衣裤的光头谈事情，两人均露了正脸。起初，两人似乎都有点火气，互相指指点点，动作幅度较大，很快都平和下来，相海峰一直在说话，光头点头答应了什么，相海峰搂住他的肩膀，拍了拍他的胸膛，光头继续点头，两人似乎谈妥，最后一起离开。

“这是在交易？”包德荣满脸狐疑地说，“难道……”

“这个光头是谁？”常虹冷冷开口插话。

宋妍与常虹对视，两人都神色焦虑，宋妍调出了光头的资料。屏幕上，出现了光头案件留底照片。

宋妍：“我截取了光头男的面部图像，在前科人员库内进行了比对，发现与一名叫李谦光的人高度相似。李谦光，39岁，东海市本地人，之前曾因多次贩零包毒品被捕。他在酒吧里晃荡了一晚上，很可能是重操旧业了。”

“所以，这个光头很可能是毒贩，然后这个红头发的……”包德荣眼珠飞转，脑海中拼凑信息，自言自语推理案情。

忽然，他恍然大悟：“春姐说过，这红发丫头，不就是相海峰的小女朋友嘛，相海峰的女朋友跟毒贩在一起，然后相海峰还跟毒贩勾肩搭背谈生意，卧槽，出大事儿了！”

常虹瞪了包德荣一眼，语气急切：“你听到他们的谈话内容了？每个环节都是你自己在瞎猜。”

包德荣立马噤声，宋妍也低头沉默，整个车厢里气氛尴尬。

常虹冷静下来，看向宋妍，发现宋妍也正看着他，眼神颇为不安，

常虹瞬间意识到还有情况，嘴角不禁抽搐地说：“你列举这些，难道他们跟白小婉的失踪有关系？”

宋妍为难地点点头：“不太确定，不过，路口的监控确实拍到了白小婉被绑走的画面。”

宋妍转过身，逃避常虹的眼神，自顾自操作电脑。

常虹屏气凝神，死死盯着屏幕，包德荣也不敢吱声。

宋妍：“这个监控画面质量是最糟糕的，离得太远，像素低，镜头还被污染了。时间是凌晨2点44分，白小婉一行人走出了酒吧，互相道别后，她似乎在等车，明显喝高了。”

路口监控画面：白小婉和一众同事道别，脚步踉跄，她还是爽快地挥手道别，勉强支撑着自己。同事们离开后，白小婉扶着路边的梧桐树，一阵呕吐，吐完之后靠着树干勉强支撑站定，手上拎着包，双臂下垂，忽然，她四肢无力地瘫软在地，不省人事，白色套装在黑暗路面上格外明显。

包德荣忍不住评论：“喝成这样还敢一个人，不怕被‘捡尸’吗？”

宋妍：“注意，来了，凌晨2点46分。”

路口监控画面：一辆黑色轿车出现在监控画面中，停在了路边。车上走下一个身着浅色衣服的男子，蹲在白小婉身边，似乎拍打了她，确认没反应之后，朝车子挥手，车上随即又走下一名身着深色衣裤的男子，两人一起将白小婉抬进了车后座。

常虹捂着嘴，眉头紧锁："没有更清晰的画面吗？我要看这两人的长相。"

宋妍无奈地摇摇头："我已经做了模糊图像处理，画面都是噪点，嫌疑人相貌还是很模糊。我试了试从色块分析，这两个男子的外形，衣着颜色，与地下车库里的相海峰和光头很接近……尤其是，浅色衣着的男子，看起来脑袋上有点反光。"

"真的哎……衣服颜色几乎一模一样，那个头部的亮点应该就是光头了。"包德荣几乎将脸贴到了大屏幕上。

包德荣说完，立刻闭嘴，紧张地看向常虹。

常虹一把撑在操作台上，也凑近了屏幕，瞪大双眼，神情严峻地仔细观察起来，细腻的汗珠渗出了额头，他有些失落地喃喃自语："不可能，相海峰绝不会……"

包德荣："你说相海峰绝不会什么？"

包德荣和宋妍都诧异地看向常虹。

常虹意识到自己失态，擦了一把额头的汗水，立即闭口沉默了，他皱眉思考，沉默了片刻，才缓缓开口："严谨地看，这些线索和证据，只能说提供了可能的侦查方向，无法同一认定。相海峰，也确实有疑点……"

宋妍欣慰地点头，表示赞同。

包德荣："那，下一步怎么办，要不要请示领导？毕竟相海峰是缉毒英雄啊。"

常虹："先不急。我们先找到相海峰和光头，逐步了解情况。"

包德荣抿着嘴点头支持，随即看向了宋妍。

宋妍与包德荣默契对视，两人都敏锐地察觉到常虹的反应有点激动。

常虹和包德荣来到贾云洁家门口，敲响了房门。

贾云洁还是只打开了一条门缝，向外窥探，看到是常虹，她才解下了防盗链，贾云洁却并没有打算邀请他们进去。

贾云洁："怎么又是你？有什么事，就在外面说吧。"

常虹："不好意思，我联系不上相海峰，想问问你知不知道他在哪儿？"

贾云洁骄横地冷笑："你不要搞笑好吧，我跟他都签字离婚了，他去哪儿了，关我什么事。"

常虹强忍怒意，平心静气地说："相海峰在东海也没别的亲人，你知不知道他有可能的去处？"

"他外面野女人多了，谁知道在哪个狐狸精那儿住着呢。"贾云洁双手抱在胸前，靠在门上，一脸刁蛮。

常虹吃了闭门羹，包德荣踮起脚，忍不住朝里窥探了一眼，却发现客厅放着一大捧玫瑰花，瞬间了然。

包德荣给常虹使了个眼色，常虹瞬间会意，无奈苦笑。

常虹："不好意思，打扰你了，也恭喜你开始新生活。"

贾云洁冷眼看着常虹："谢谢了，我再说一遍，相海峰跟我以后再无瓜葛，也请你以后别再来烦我了。"

常虹瞟了一眼贾云洁，扭头就走。

包德荣还杵在原地，脸上浮现出坏笑，阴阳怪气地嘲讽："有些女人把有钱男人当牛粪，以为牛粪越肥，就能把自己养得越美。殊不知，鲜花插上牛粪的那一刻，就已经臭了……"

“你什么意思?”贾云洁气得伸出手指,指着包德荣的鼻子。

包德荣轻蔑地一笑,转身就走,背后传来“砰”的一声,贾云洁怒不可遏,重重关上了房门。

常虹和包德荣回到车上。

常虹和包德荣一人点了一支烟,吐吐胸中的闷气。

常虹:“老包,发动你‘狱侦’的江湖朋友,尽快打听出相海峰的下落,他可能会用‘张海涛’这个化名。”

“遵命。”包德荣有气无力。

“怎么这么敷衍?”常虹吐了一口烟说。

包德荣:“常大虹,你真当我是‘包打听’啊? 全东海市那么多叫‘张海涛’的,我尽力吧。”

“我看你每个酒吧都挺熟,怎么让你打听个人,这么多废话?”常虹急了,将烟头掐灭。

包德荣:“嘿,你急什么,穷横穷横的。”

包德荣还想说话,常虹突然发动汽车,包德荣猛地向后一靠。

车子行驶在霓虹斑斓的夜色中……

清早,东海市第二拆车厂门口。

韩三爷在拆车厂门口洒水扫地。

张炜走进大门,远远看到一众工人都在围观公告栏。

张炜走到韩三爷身旁打招呼:“韩三爷,早。”

韩三爷:“今天怎么晚了?”

张炜:“出门前,我得帮弟弟备好食物和水。”

韩三爷露出慈祥的微笑:“好孩子,你也不容易。”

张炜看了看前方的人堆,问道:“三爷,他们看什么呢?”

韩三爷:“管咱们片区的王警官贴了张通缉令,抓毒贩的。”

张炜点点头,也往公告栏走去。

韩三爷忽然喊住他,神情严肃:“小张,你别去凑热闹。”

张炜不明所以,回头看着韩三爷。

韩三爷:“你还不算正式工,到时候王警官看到还得查你,多一事不如少一事。”

“谢谢,三爷。”张炜恍然大悟,连连点头。

张炜从人群后面绕过,不声不响地走进了厂区。

拆车厂宿舍楼下。

北郊区吴川派出所片区警长王林,四十七八多岁,身材高大,有些佝偻,身着夏执勤服,佩戴二级警督警衔,警裤皱巴巴地泛着盐花,花白的头发和脸上的老人斑写满了辛劳。他戴上眼镜,仔细地翻看着工人花名册,龚道和洪峰紧跟其后,态度殷勤。

洪峰:“领导,您放一百个心,咱们厂子绝对正规又合法,怎么可能窝藏逃犯。”

王林:“我这是例行公事,该查的总得查一遍。再说了,这老宿舍里住了几十号工人,卫生问题和消防安全,你们可得小心。”

洪峰:“明白,我一定安排好。”

“在册登记的工人,还是上次那些,最近有没有招新人?”王林将花名册翻到了最后一页。

“没有,没有,现在人工都贵,我这小本生意,不敢多招人。”龚道连忙插话。

王林:“招了新人,一定要及时汇报登记。”

龚道和洪峰连连点头哈腰,异口同声地说:“明白,一定,一定。”

王林把工人花名册递给洪峰,龚道嬉皮笑脸地递上九五之尊香烟,洪峰恭恭敬敬地给王林点上。

王林深吸了一口,瞅了眼香烟,笑着问道:“跟我哭穷,能抽这口?”

“领导,您又笑话我了,我这小破厂哪儿能跟您比,听说北郊区的开发区扩建拆迁,您老家的房子,赔了九套公寓房。”龚道摆出“九”的手势,瞪大了金鱼眼,一副艳羡的表情。

“没有的事儿,别瞎说。”王林得意地微笑,连连摇手否认。

洪峰:“领导,你连我们兄弟们都瞒?不仗义啊。”

“谁给你称兄道弟?”王林掩饰不住内心的喜悦,“那是国家政策好,赶上了郊区开发的春风,嘿嘿嘿……”

龚道:“可不是嘛,政策利好,我们这些民企才有活路啊。”

“你们有活路,我恐怕要累死了。”王林无奈地苦笑,吐出一口烟,“开发区扩建,你们这些企业家是发了,可外来务工人员大量涌入,各种案件数量激增,苦了我们这些基层小民警,忙都忙死了。”

“领导,您那是为人民服务,是不忘初心。”龚道笑得眯起眼,继续恭维王林,“我们都是在社会上讨生活的小老板,有口饭吃就行,以后还得靠您罩着呢。”

“是呀,是呀。”洪峰附和道。

王林吸了一口烟,看着龚道,冷哼一声。

龚道被盯得紧张起来,嘴角肌肉僵硬,轻微抽搐。

王林:“龚老板,我可提醒你,别再聚众滥赌了,一晚上就输几百万,开十家拆车厂都不够你败的。”

龚道点头哈腰,连连称是。

“龚老板,你厂里还养着百来号人呢,我劝你掂量掂量自己肩上的分量和责任。”王林踩灭烟头,严肃地说,“要是因为你个人的生活作风和经济问题,给我们辖区惹出什么乱子,别怪我铁面无私。”

龚道:“不敢,不敢,我都戒了,不赌了……”

洪峰："是呀，领导，我们龚总早就戒赌了。"

说话间，王林的手机响起，他迅速接起："喂，在哪儿？知道了，我马上到……"

王林眉头紧锁，神情焦虑，他快步向外走，龚道和洪峰紧紧跟上，十分殷勤。

洪峰："领导，怎么了这是，快中午了，留下吃个便饭再走吧。"

"不了，不了。说什么来什么，附近汽修厂有工人打架斗殴，我去处理一下。"王林快步朝外走去，龚道和洪峰连忙跟上。

拆车厂公告栏，一群工人围着程培梁，听他推销。

"怎么样，不骗你们吧。"程培梁越说越兴奋，"来我店里绝对比去小发廊有意思。"

"那这个……怎么算？"邹守义朝程培梁做了个钱的手势。

程培梁："不贵，我店里有99、198、298三个档次，每次一小时。小店新店开业，我也让个利，咱们拆车厂的兄弟们来，打八折，免费再送半小时。"

工人们嘻嘻哈哈，议论纷纷，忽然全都噤声，神情慌张。

程培梁发觉异样，还没等他反应过来，一只手重重地落在他肩膀上，他转过头一看，正是一身正气的王林，心里不由一惊。

王林："你小子，又来推销你那不正经的东西！"

王林身后，龚道和洪峰眼神狠厉，扫视着一众工人。

"王警官，你又不是不知道，我是有经营许可证的。"程培梁尴尬地笑着，对王林点头哈腰，"上次消防安全检查，你不是也参与了嘛，没问题。"

"你是怎么钻规则漏洞申请到的许可证，你心里清楚。我告诉你们，在我的片区，决不允许有任何藏污纳垢的行为。"王林提高了嗓门说，“你那家店，看着就像个马蜂窝，今天我还有事，改天我再上门检查。”

程培梁：“不敢，不敢，我一定遵纪守法，绝不给政府添乱。”

“好自为之！”王林狠狠瞪了一眼程培梁，跟龚道和洪峰挥手示意，朝外走去。

龚道回头小声对着工人们恶狠狠地说：“一帮废物，再不把组装车搞好，看我怎么削你们。”

龚道和洪峰送走了王林，回到办公室，瘫坐回沙发，冷静了一下，自己点上了一根烟。

忽然，龚道的手机响了，打破了沉默。

龚道骂骂咧咧起身，随口骂道：“他妈谁啊？”

龚道拿起手机一看，来电显示：熊总，顿时有些惊慌失色，他慌乱地穿好拖鞋，拿起手机，走到办公室的角落，毕恭毕敬接起了电话。

龚道：“熊总。”

电话那头劈头盖脸骂了起来。

“姓龚的，你狗日的，吃了熊心豹子胆，额的钱你怂娃也敢黑？”熊总一口浓重的西安方言。

龚道连连道歉：“不敢，不敢，没有的事儿，您的活儿我们抓紧正在赶工。”

熊总：“你少装蒜，额着了你们洪会计的道儿，全款都打过去两个月了，额的奔驰呢？连个影子都没看到。”

龚道：“车子已经组装好了，就是遇到点小问题……”

熊总：“小问题，你当额是鸹貔。额告你，这两天额就来提车，要是再趴窝，额砸了你的破厂！”

龚道连连弯腰、赔礼道歉：“我哪敢骗您啊，真的快好了，您这车高档，精贵得很，我特意吩咐底下人仔细、仔细、再仔细。求您再宽限一段时间，慢工出细活嘛。”

熊总：“你说喔是马话，车子搞不好，钱额不要了，额卸了你的狗腿。”

龚道：“放心，放心，一定做好。”

熊总挂断了电话，龚道在角落里满头大汗，垂头丧气。

傍晚，光线昏暗，城中村逼仄的街道，人们熙熙攘攘，显得更加拥挤。小贩们都已推着三轮车出来摆夜市，亮起了星星点点昏黄的灯光。

常虹和包德荣穿梭在人群中，脚步匆匆，不时抬头张望，找寻着门牌号。包德荣拍了拍常虹，指了指右前方，两人快步来到一处出租房楼下。

出租房楼道里光线昏暗，炒菜声、剁肉声、洗衣机的嗡嗡声、电钻的轰鸣声、幼儿啼哭声，纷纷扰扰。

常虹和包德荣走到Laura长租房门口，连续敲门，里面迟迟没有回应。

常虹观察着楼道环境，怀疑地看着包德荣：“地址没错？”

“就是这儿啊……”包德荣把脸贴到门上听了听。

包德荣：“有人，有电视的声音。”

“啪啪啪。”包德荣又重重地拍了拍门。

“开门，找人。”包德荣持续敲门，“喂，开门，我们找张海涛，我知道里面有人。”

一阵折腾后，里面终于传出了一个年轻女人的声音：“吵死了！没这个人。”

常虹和包德荣面面相觑，包德荣想了想，恍然大悟，又轻轻敲了敲门。

包德荣:“我们是他朋友,姓常的找他。”

房门里沉默了,一点动静都没有。

此时,隔壁的房门却打开了一条缝,张炜从门缝里看着常虹和包德荣,眼神惊讶。

张炜:“包管教。”

包德荣转身,看到背后的张炜,露出欣喜的笑容:“小张,你怎么住这里?”

张炜毕恭毕敬站着说:“嗯,刚搬过来。”

常虹听着称谓,打量着眼前的张炜,猜到了一二。

包德荣把手搭在张炜肩上,向他打听道:“你隔壁住的什么人?”

张炜眼神阴郁,欲言又止。

包德荣察觉到了异样:“怎么,他们欺负你?”

“不是,你们找海哥做什么?”张炜连连摇头,弱弱地反问。

常虹:“你认识他?他是住这儿吗?”

张炜低头不语,有些紧张。

忽然,房门打开了一条缝,Laura嚼着口香糖,靠在门框上,一只脚钩住了房门,保持着一条缝的间隙,让人无法窥探里面的情形。

“少多嘴,没你事儿。”Laura瞪了一眼张炜说。

张炜像做错事的孩子,无奈地望向包德荣,包德荣轻拍他的肩膀:“你先回去,我回头再来看你。”

张炜对着包德荣轻轻鞠躬,转身回到房间。

常虹看向Laura,微微一笑:“看来你就是他的小女朋友?我叫常虹,他的同事。”

“你就是常虹?”Laura眼神扫视着常虹,很拽地说,“他不在……”

常虹:“那你能把他手机号码告诉我吗?我打电话联系他。”

“海哥吩咐了,不能乱给别人。”Laura犹豫了一下,眼神恍惚。

常虹敏锐地捕捉到她的迟疑，追问道：“他在里面吧？”

“说了不在，你们走吧。”Laura说着就要关门。

包德荣眼疾脚快，伸出一只脚卡住了门缝，却被夹得嗷嗷叫：“疼、疼、疼，你松、松、松开……”

“你们烦不烦啊？想硬闯民宅啊！”Laura无奈松开，又气又慌，嘟着嘴，拔高音量抱怨。

常虹仰着头，隔空朝里大声喊话：“张海涛，我知道你在里面。”

这时，一只手轻柔地拍了拍Laura的肩膀，另一只手拉开了房门。

Laura：“海哥……”

相海峰：“没事，我朋友。”

相海峰声音虚弱，穿着短裤短袖，披了件薄外套，睡眼惺忪地走出来，头发凌乱，挂着浓重的黑眼圈，整个人十分颓废。

Laura进屋躲在他身后，相海峰又将房门虚掩上，常虹和包德荣不禁皱起了眉头。

常虹：“海、海涛，你还好吗？”

相海峰忍不住打了个哈欠，声音疲惫：“最近连续熬夜应酬，太累了，刚才在睡觉。”

相海峰定睛打量着常虹和包德荣，询问常虹说：“你俩这算是……固定搭档了？”

常虹犹豫了一下，避开相海峰的眼神，解释说：“老包，刚来没多久，孟支暂时让我带带他。”

包德荣并未感觉出两人的异样，黑着脸，嘴上并不服气：“对，你是领导，你带我，我也是老警察了好吧？”

相海峰被包德荣丰富的表情逗笑了，包德荣也不认生，立马跟相海峰套起了近乎。

包德荣：“兄弟，高升了也没见请大家聚聚啊。”

“一堆破事，心率憔悴，我想找个地方静静。”相海峰言辞闪烁，语速迟缓，自顾自撑了个懒腰，舒展筋骨，“今天，找我什么事？”

常虹：“最近又出了一起抛尸案，死者最后出现在M3酒吧，7月14号晚上，当时你们俩也在，对吧？”

“嗯，此处不是说话之地，你们先去村口的盐帮菜馆等我，我们边吃边聊，我换身衣服就来。”相海峰瞬间警觉起来。

常虹和包德荣点点头，先行离开。

常虹走了几步，回头看了看相海峰家门口，暗暗思量，故意放慢了脚步，跟在包德荣身后。

他拿出手机，编了一条信息发给黄梦婷：我们聚餐庆祝相海峰晋升副处长，如果有空就一起来吧，地址稍后发你。

黄梦婷很快回复了短信：稍微加个班，你们先吃，我一定到。

常虹终于定心，收起了手机，包德荣察觉到异样，回头疑惑地看着常虹。

包德荣：“你磨磨蹭蹭干嘛呢？难得跟海哥聚一下，赶紧的。”

常虹快步跟上。

常虹、包德荣、相海峰和Laura在盐帮菜馆靠里的位置坐下，四人围成一桌，一人一小扁瓶红星二锅头，桌上七碟八碗，十分丰盛。刘二爷在菜馆里，跑前跑后，忙得不亦乐乎。

酒桌上，Laura埋头自顾自吃着，有意回避常虹和包德荣。

常虹打量着她和相海峰，相海峰也打量着常虹和包德荣，两边都不说话，沉默得有点尴尬。

包德荣眼珠一转，给自己满上一小盅，率先举起了酒杯，说：“都别愣着，来来来，一起恭喜海哥升官晋爵。”

相海峰有点尴尬，端起酒杯，微张着嘴，想了想还是把话咽了下去，对常虹和包德荣微微一笑说：“谢了。”

Laura对包德荣世故的样子有点嫌弃，还是跟着举起了酒杯，四人碰杯，一饮而尽。

常虹敏锐地察觉到相海峰只是强颜欢笑，他的心情也跟着一起有些沉重。

常虹看了眼Laura，询问相海峰："你的事儿，方便问吗？"

相海峰："没事，她都知道。"

常虹："你回老家探亲了，你怎么会在这里？"

相海峰看着常虹，云淡风轻地喝了一口酒说："我辞职了。"

"为什么？"常虹急了，包德荣也疑惑地看向相海峰。

"不要急，辞职信交了，也未必能批下来。"相海峰独自喝了一小盅白酒，回味了一下说，"当初去卧底，也许是我不甘心认输，也许是渴望出人头地，也许是命运……"

"命运只负责洗牌，出牌的永远是我们自己。"包德荣插话道。

相海峰微微一笑，常虹凝视着他，欲言又止，三人碰杯一饮而尽。

"现在我也看开了，人生在世短短三万天，还是让自己活得舒坦些吧。也许，失去也是另外一种收获。"相海峰的语气饱经沧桑，令人唏嘘，他将酒斟满，举起酒杯看着常虹。

常虹无言以对，愣愣地看着他，不愿再举杯。

四个人都沉默了，包德荣端起酒杯，打圆场道："海峰，你这是参透人生，来来来，一起干一杯，祝你以后财源广进。"

相海峰微笑着，跟包德荣碰杯："好，借你吉言。"

此时，常虹的手机铃声响起，来电显示：梦婷。

常虹慌乱地挂断了电话，把手机拿到桌下，通过微信悄悄地给黄梦婷发了个坐标。

包德荣吃了口菜，调侃道："你们小两口，真是一日不见如隔三秋啊，接呗，我们保证不偷听。”

常虹回避着相海峰的眼神，故作镇定地说：“梦婷听说我们聚会，要亲自来向你道贺。”

相海峰平静地看着常虹，不露声色。

包德荣不明所以，趁着酒劲喜上眉梢：“那太好了，今天大团圆啊。”

包德荣说着就挥手喊店小二，张罗添加碗筷。

一旁的Laura用女人特有的第六感，似乎看出了端倪，盘问相海峰：“梦婷是谁？怎么没听你说过……”

“黄梦婷是常虹的未婚妻，你们也没什么交集，我干嘛跟你提她？”相海峰瞟了她一眼，责怪她的八卦，回应的语气很温和。

“嘁，稀罕。”Laura醋意十足的眼神与常虹游移的目光不期而遇。

常虹看着Laura，连忙转移话题：“聊点正事儿吧，你是怎么认识M3酒吧里那个光头的？”

Laura：“你是说李谦光，那天晚上刚刚认识。”

“那他和你去一号卡座干嘛，你们和他们都说了什么？”常虹将信将疑。

“他那天大概想泡我，吹牛说那个卡座搞金融的老板很有钱，是他朋友，带我去认识人，还说有黑桃A喝。”Laura眨着长长的睫毛说，“可到了那边，他就问人家要不要货，人家也没搭理他，他就带我走开了。”

常虹：“哦，他葫芦里卖的什么药？”

“我也不傻，多少知道些。”Laura气愤地说，“我没想到，这死光头只是想拿我当掩护，偷偷搞这种勾当，差点把我也害了。”

“跟你说了多少遍，夜场里鱼龙混杂，人家跟你搭讪，夸你漂亮，都是有目的的……”相海峰十分不满地看着Laura说，“不长记性。”

“海哥，你怎么也跟着去了？”包德荣点了一下相海峰。

“Laura跟我发信息说在酒吧跟朋友聚会，要晚点回来，我打电话问她跟谁在一起，她又支支吾吾不说，我觉得不对劲，就去找她了。”相海峰说着，独自喝下一杯白酒，严厉地看了眼Laura。

常虹观察着相海峰的情绪反应，旁敲侧击地问：“那你又跟死者他们聊了什么？还有，你在地下车库跟光头聊了什么？”

“还不是因为她……”相海峰连连摇头，失望地看着Laura，“我跑到卡座，问他们，刚才那个光头和红头发姑娘说了什么，她们还挺谨慎，不肯告诉我。后来，我在消防通道找到了他们俩，光头还缠着她不让走，我就把光头喊到车库，给他上上路子。”

包德荣提出质疑：“看监控视频，你们聊得好像挺愉快啊？”

相海峰：“老包，你是干过‘狱侦’的，你也知道，这种人疯起来什么都豁得出来，与其来硬的，还不如点到为止，给他盘盘道。”

“具体呢，你们聊什么了？”常虹不依不饶，继续追问。

“我就告诉他，Laura是我罩的，让他别纠缠，更不要利用她。”相海峰直视常虹，并不回避，“这家伙一开始还抵赖，我也不拆穿，道上也是有道上的规矩的，他也是几进宫的老油子了，知道利害关系，很快就认怂了，我就让他滚了。”

包德荣：“道上什么规矩？”

“我在维纳斯公馆见过，光头李谦光应该从庞连彪这条线上拿过货，我就告诉李谦光，我是庞连彪的二哥。”相海峰笃定地说，“不过，他是个跑单帮的，层次不高，路子也很杂，像我当时卧底这样的身份，他还是很忌惮的，让他往东，他不敢往西，特别是庞连彪，即使他被通缉了，余威还在，这就是道上的规矩。”

“你是说，光头也认识庞连彪？”包德荣若有所思地说，“难道……”

此时，刘二爷嘴里叼着香烟，满脸堆笑地过来递烟：“哎哟，海哥，红头小妹。”

“刘老板生意不错啊。”Laura接过香烟，给相海峰点上。

“哪里哪里，小本生意，你们都是做大事情的。”刘二爷扫视了一下包德荣和常虹，发现他们不苟言笑，话锋一转说，“你们有事先聊，我去忙了，待会儿给你打八折。”

刘二爷走后，四个人沉默了，各自吸了几口烟后，常虹开始发难。

“你那天是怎么过去的？大概几点离开？”常虹盯着相海峰，目光犀利。

“我那天打车过去的。”相海峰对答如流，“和Laura一起，大概是凌晨不到1点，从后门走的。”

“行，你说的这些，我们会跟白小婉的同事，还有那个光头，逐一核实。”常虹言语坚定，不依不饶。

相海峰无奈一笑，看向包德荣：“常大虹，这人就是疑神疑鬼，我现在好歹还是缉毒处的副处长，原则底线还是有的。”

包德荣也尴尬地赔着笑笑，连忙招呼大家吃菜：“吃吃吃，别光顾着说话，凉菜都变热菜了。”

常虹灭掉了香烟，看着相海峰，又打量着Laura，五味杂陈。

相海峰吃了几口，主动打开话匣子：“庞连彪，有消息吗？”

“我们推断，庞连彪应该还藏在东海市。”常虹反问道，“他有没有什么秘密住处？”

相海峰摇头说：“他对我防范得很紧。不过狡兔三窟，庞连彪的隐蔽地点确实不少，上次清剿行动，我们缉毒处也只不过发现了一部分而已。”

包德荣：“那他有没有什么癖好？或者常去的地方？”

相海峰冷哼了一声：“在那方面，他就是一条喂不饱的野狗！”

包德荣：“是说他好色？”

相海峰点点头。

“这倒是条思路。通缉令都发了，他迟早会憋不住。”包德荣摸着下巴，若有所思，“我们可以安排人盯着各种声色场所，守株待兔。”

“他资产都被冻结了，估计不会到市区的高档场所消费。”相海峰想了想，开口补充，“我建议你们盯着点城郊、邻近乡镇的艳粉街，那种地方鱼龙混杂，也方便他藏身。”

常虹一边点头赞同，一边端起酒杯，示意大家喝酒。

包德荣小抿了一口，疑惑道：“庞连彪，这货都不挑食的吗？”

“他性瘾很大，只要是个女人，他都来者不拒。”相海峰一饮而尽，嗤之以鼻地说，“而且，他还喜欢用毒品控制女性，玩一些变态的性虐把戏。”

常虹和包德荣跟着一口喝尽，面色沉重。

“难道……还是庞连彪？”包德荣似乎想起什么，激动地一拍桌子，“‘7・4’和‘8・3’案件，两个死者都吸食过毒品，尸体上都有挣扎的伤痕，很有可能是庞连彪玩变态游戏，把她们弄死了。只是白小婉案件，冷冻藏尸分尸，庞连彪一定还有个秘密场所。”

“你上次不是说，不是庞连彪干的吗，还要打赌三条香烟。”常虹调侃道。

“刚开始，我也以为不是，因为很少有人会顶风作案，不过，这种穷凶极恶的贩毒人员，就很难说了。”包德荣边吃边说，“这不，跟海哥，深入了解庞连彪这畜生以后，咱们有了新思路吗？”

“别咱们咱们的，那是你有了新思路。”常虹说着端起酒杯，敬向相海峰。

“当初清剿行动的时候，我就应该毙了他。”相海峰眼神愤恨，喝下一杯闷酒。

Laura噘着嘴，生气地看着他们三个，放下了筷子：“又是性虐又是尸体，你们让不让人吃饭了？”

常虹和包德荣抱歉地微笑，相海峰连忙夹了块水煮牛肉给Laura：“吃饭，吃饭……”

天气闷热，夜色逐渐深沉。

满桌的菜肴，四个人竟没有吃掉一半，四瓶辛辣的老酒倒是一滴不剩。

包德荣喝得微醺，他一把拍在常虹大腿上，大声说：“常大虹，你媳妇儿到底来不来？酒都喝没了……”

常虹看着手表，陷入迷思，突然被这一拍吓得一激灵，相海峰和Laura忍不住笑出了声。

相海峰：“小酌怡情，你们还要查案，意思到了就行了。”

说话间，黄梦婷身穿一套白色西服套装，飘逸着长发，踩着红色的高跟鞋，捧着一大捧包装精美的向日葵，走进了盐帮菜馆。

常虹连忙起身过去帮她抱花，两人一前一后走到桌前，常虹抱着捧花稍作遮挡，悄悄观察黄梦婷和相海峰的表情。

Laura看着美丽动人的黄梦婷，不由得撅起了小嘴，醋意更足了。

黄梦婷走到相海峰跟前，面带微笑，落落大方地跟相海峰握手：“好久不见，常虹说你升任副处长了，我最近也是太忙，一时仓促，都没来得及准备礼物。”

黄梦婷说着抱过花，亲自递给了相海峰。

常虹有点尴尬，反倒是相海峰从容地接过了花，端详了一下，说：“谢谢，这向日葵有什么寓意吗？”

“向日葵具有太阳般的光辉，寓意着光明，祝愿你以后前程似锦，仕途一片光明。”黄梦婷言语间洋溢着真挚的祝福。

“谢谢，梦婷，弟妹真是有心了。”相海峰为了缓解尴尬，目光飘向常虹，呵呵地笑了起来，随手把捧花递给了Laura，“常虹，你好福气啊！”

黄梦婷保持着微笑，看向常虹说：“这位是？”

常虹一时不知如何介绍，看了看相海峰，又看向包德荣，包德荣也故意回避，眨巴着眼睛看向别处。

Laura没接捧花，反而一把挽住了相海峰，扬起下巴，不服气地说：“我是他的……”

Laura忽然意识到什么，想了想措辞，说：“他的室友！”

相海峰闻言瞬间皱眉，尴尬地低下了头，用手摁了摁太阳穴。

常虹和包德荣也不约而同地抿着嘴，强忍着没笑出声。

黄梦婷看到众人的反应，瞬间猜到一二，她落落大方地说：“你好，我叫黄梦婷，很高兴认识你。”

常虹连忙招呼大家坐下，黄梦婷挨着常虹坐下，包德荣帮她摆好碗筷。

五人坐下之后不再言语，曾经无话不说的好朋友，如今不知从何说起。

黄梦婷不动声色，手悄悄伸到桌子底下，照着常虹的大腿狠狠拧了一把。

常虹瞬间倒吸一口冷气，强忍着疼痛没喊出来，瞪大眼睛，尴尬微笑，手臂却下意识地伸向包德荣，一把握紧他的手，包德荣手掌变形，瞬间表情扭曲，“啊！”地惨叫起来。

黄梦婷闻声，松开了手，拿起筷子，淡定地说：“吃菜、吃菜……”

晚饭后，常虹、包德荣和黄梦婷一道，与海峰在盐帮菜门口相互道别。

相海峰：“别送了，这天看着要下雨，你们也早点回吧。”

“好的兄弟，你要多保重啊。”常虹跟相海峰握手道别，“有困难一定要告诉我。”

黄梦婷挽着常虹，连连点头："都是老朋友了，别见外。"

"放心吧，你们也要多保重，我还等着喝你们喜酒呢……"话音未落，相海峰一阵眩晕，Laura连忙扶着他。

常虹和包德荣也帮着搀扶，互相对视，面露疑色。

相海峰按住自己的太阳穴，缓了缓说："最近太累了，有点偏头痛。"

常虹看着相海峰，心情复杂。

黄梦婷："那你赶紧回去休息吧。"

相海峰微笑点头，Laura搀扶他转身离开。

黄梦婷拉着常虹离开，包德荣知趣地跟在后面，走着走着，常虹和包德荣互相对视，两人心生疑惑，同时回头望了望。

相海峰和Laura回到逼仄的屋内，Laura赶紧关上门，给相海峰倒水。

相海峰在沙发上躺下，忽然觉得腰部被什么东西硌着了，抽出来一看，是一个新款的LV皮夹。他随手翻开皮夹，里面没有现金，卡槽位里却是满满当当，装了十几张信用卡，还存放这一张发黄的老照片，是幼年Laura和她父母。

Laura端着水杯走出来，边走边问："你朋友，那个大帅哥，今天摆的是鸿门宴吧？他故意把女朋友喊来几个意思，难道你跟黄梦婷……"

相海峰忍着头痛，把钱包扔在桌上，埋怨道："胡说什么，我还没问你，你办那么多信用卡干什么？"

"你翻我钱包！"Laura着急忙慌地放下茶杯，一把抢过钱包。

"说了多少回，没本事赚钱，就不要学别人高消费，拆东墙，补西墙，信用卡的钱不用还的？"相海峰坐起身来，面容严肃地说，"缺钱你就跟我说，别再去招惹那些不三不四的人，今天你看看，麻烦找上门了吧？”

Laura一脸委屈，暗暗顶嘴：“用命换来的二等功，才两万块钱奖金，就你那点工资，够干啥的。”

相海峰怒火中烧，厉声指责：“那也不许你跟光头一起鬼混！”

相海峰瞬间面红耳赤、青筋暴起，急火攻心让他的头疼得更加厉害，他的头随着神经一跳一跳地抽痛，仿佛要炸了一般。他连忙捂住脑袋，强忍疼痛咬着牙慢慢坐了下去。

“知道了，你先躺下，别吼了。”Laura看着他于心不忍，连忙认错。

“你可别忘了，你爸妈当年跟这光头也有往来。”相海峰缓缓躺平，喘着粗气，苦口婆心地劝说，“祸害你父母的人，他也算一个。我看他迟早完蛋，你离他远点。”

Laura不耐烦地应付：“知道了。”

Laura眼眶湿润了，愣愣地看着皮夹里的照片，蹿着头躲进了房间。

相海峰无奈地长长叹息，双手按住太阳穴，尽量抑制疼痛。

与此同时，隔壁房间。

张毅痴痴傻傻地盯着电视机，手里按着遥控器，无聊地不断翻台。张炜在一旁挑灯夜战，研究崔大爷送给他修理汽车的书籍。

突然，“咚、咚、咚”，从隔壁Laura家传来几声敲墙的闷响。

张炜不明所以，起身查看。

“咚、咚、咚”，隔壁又是几声闷响。

张炜好奇地贴近墙壁听墙根，隐约中，听到“啊”的一声惨叫。

张炜察觉出异样，急忙出门。

出租楼，灯光昏黄的楼道。

张炜焦急地连续敲门，Laura却一直没开门。

Laura：“谁啊？”

张炜:“是我,隔壁小张,我听到敲墙的声音,你们没事吧?”

Laura打开了一条门缝,语气冷漠:“不好意思,我挂点装饰画。”

张炜:“刚才那叫声,是海哥吗?”

Laura眼珠转了一下,极不耐烦地说:“刚敲到手了,现在没事了。”

张炜:“那要不要给海哥,涂点……”

“不用,谢了。”张炜话还没说完,Laura很不礼貌地直接关门。

突然,天空中,一声闷雷炸响。

张炜站在自己家门口,愣愣地眺望远方。昏暗的天空中乌云密布,远方隐隐亮起丝丝电光,又一个雨夜要降临了。

第七章
风尘恶，利剑亮寒芒

7月底。

东海市北郊区，工业开发区。

天空中的闷雷越来越清晰。

工业开发区不远处的艳粉街上，原本门庭若市的街道上，今天人头稀少，路上行人脚步匆匆。

浓妆艳抹的杨翠翠，手里叼了根烟，靠在洗头房的门边，四下张望了一下，转身进屋，拉上了移门。

洗头房内，粉红色的灯光下，几个小姐妹全都穿着吊带裙，靠在沙发上百无聊赖地看电视、玩手机，神情慵懒。

杨翠翠虽然有些发福，但身材却凹凸有致，着装打扮也比其他姐妹讲究一些，手腕上的翡翠手镯，闪闪发亮的金耳环，更彰显了她媚俗的气质。

杨翠翠唉声叹气地坐回沙发上："都撤了吧，连夜市摊子都走了，这天快下雷雨了，铁定没生意。"

边上的小姐妹丁香仰着头吸烟，神情迷离："再等等吧，能挣一点是一点。"

话音刚落，移门被拉开了，门口站了个瘦弱矮小的秃顶老头，手里拿着一把折伞。

“请进、请进，您一个人呀？”丁香瞬间来了精神头，连忙站起来，露出职业微笑。

丁香说着就挽起老头的手臂。老头穿着拖鞋，有严重的香港脚，浑身散发着一股浓重的怪味，像是腐烂的臭鱼烂虾，又像是馊掉的剩菜剩饭。他色眯眯地盯着屋内的小姐妹们。

丁香：“那你有没有指定的姐妹啊？”

姐妹们闻言，都嫌弃地捂住口鼻，转过头去，不予理睬。

老头见状，只好结结巴巴地说：“没、没有，我看你就挺好的。”

丁香哑然失笑：“讨厌，嘴巴还真甜。”

丁香说着就把老头往里边的隔间带，自己则赶紧跑去了卫生间，在卫生间门口还不忘回头给杨翠翠做了个鬼脸。

“嘁，这也值得炫耀。”杨翠翠斜眼看着他们的背影，嗤之以鼻，“一日拉K，终生拉裤。”

“就是，天天穿着个纸尿裤，喝口水都要去厕所。”小姐妹红梅坐到她身旁，用手扇着口鼻，一脸嫌弃地说，“臭死了。丁香也真是的，这老头都馊成啥样了，她还咽得下去？”

“这算什么，上次还有个极品，浑身都是脓疮，一脸的烂包，比这还恶心。”杨翠翠鄙视地说，“我说给多少钱都不行，结果她接了过去，还把人服侍得妥妥帖帖。”

“她比我们开销都大，还有一个浑身是病的儿子，要是挑食，早饿死了。”一个小姐妹插话道。

红梅叹了一口气说：“你说她好好的，怎么就溜上冰了呢？没治了。”

杨翠翠：“有治，有钱就能一直吸，就有得治。”

“我听她说，警察上个月刚扫了毒，那玩意儿最近的价格又涨了三倍。”红梅哀怨地看向里面的隔间，摇头叹息：“就这么个小老头，估计都不够她溜一回的，哎，作孽……”

杨翠翠冷冷地瞥了红梅一眼，起身说：“各有各命，她就好那口，咸吃萝卜淡操心。”

“谁爱发财发财去，别有命挣钱没命花。”杨翠翠撂下一句风凉话，甩了甩手中的小包，向门外走去，“我先回了，明天见。”

一道惊雷划破夜空，照亮了艳粉街狭长幽暗的街道。

轰隆一声巨响随之而来，豆大的雨点也倾盆落下。

杨翠翠踩着高跟鞋，焦急地沿着街边快走。

雨势实在太大，她把小包顶在头上，匆匆跑向了路边公交站点的雨棚下。

“阿忠，你怎么还不来接我？”杨翠翠焦急地拨通了电话，她看了看手表，时间显示23点46分。

“我在忙啊。”电话那头传来阿忠的声音，声音背景里却是稀里哗啦的打麻将声，“今天你自己打车回吧。”

阿忠说完挂断了电话。

“王八蛋，吃我的用我的……就知道赌……”杨翠翠一边骂着阿忠，一边打开了网约车软件，显示：前方等候，25人，约等候46分钟。

此时，雨越下越大。

街上已经杳无人迹，杨翠翠的视野被雨幕遮住，一片漆黑朦胧，只听到轰隆的雷声和沙沙的雨声。

黑暗中，灯光忽暗忽明，一辆车缓缓开过来，隐隐能听到狂躁的黑人说唱音乐。

杨翠翠连忙起身望去，是一辆黑色的宝马轿车，她以为是黑车，立刻伸出手想拦停车辆。

黑色宝马车减速，停在了公交站点边。

杨翠翠招手，对着副驾驶座的车窗呼喊："哎，能不能带我一程？大暴雨，打不到车。"

副驾驶座的车窗缓缓降下来，率先露出来的，却是一把弓弩。杨翠翠定睛细看，不禁吓得花容失色。说唱音乐越来越响，与狂躁的雨点声混成了交响。

还没等杨翠翠喊出声来，弓弩已经发射，一支针头射中了她的大腿，她伸手拔掉针头，试图逃跑，突然，两眼一黑，瞬间倒在地上的泥水里。

副驾驶座上，下来一个戴着口罩、穿着深色雨衣的男子，将昏迷的杨翠翠扶起，拖进了车后座。

轰隆的雷声与说唱音乐交相呼应，黑色宝马车在暴雨中渐行渐远……

杨翠翠迷迷糊糊地醒来，只觉得眼皮发沉，视线模糊。

她感觉下体隐隐刺痛，想伸手触摸，却发现自己的手脚都被绑住。

杨翠翠吓得瞬间惊醒，瞪大眼睛观察周遭环境，发现自己已经赤身裸体地被绑在了一个特制的椅子上，手脚撑开，后背有靠垫让她保持着半躺半坐的姿势，房间内红色的灯光一闪一闪，显得格外诡异。

"救命啊，救命！"杨翠翠吓得惊叫起来。

然而，这是一间密闭的房间，房间的四壁都铺上了厚厚的黑色隔音棉，任她如何呼喊，都没有回音。

杨翠翠感到更加惊恐，她用尽全力，扭动着身体，试图挣脱绑住手脚的皮带。

突然，房门开了，走进来两个带着日式鬼脸面具的男子，一个红脸魔鬼，一个白脸魔鬼，在红色灯光的映衬下，宛若人间地狱。

杨翠翠抬起头，愣愣地看着两个"魔鬼"，灵魂深处发出的恐惧让她泪流满面，不由得再次尖叫起来，拼命挣扎。

两名男子放声怪笑，兴奋不已，任她喊叫，任她扭动。

红魔鬼笑着，点开手机音乐，调到最大音量，开始播放劲爆聒噪的乡村迪斯科音乐，两个魔鬼跟着音乐摇摆，胡乱挥动着手臂。

白魔鬼淫笑着上前，抚摸着杨翠翠洁白的身体，看向红魔鬼："操！这娘们儿叫得真爽，我又痒痒了！"

红魔鬼冷笑一声："你上呗。"

白魔鬼怪笑着冲到杨翠翠面前，脱掉裤子，跟随着乡村迪斯科的节拍，疯狂地冲撞着杨翠翠暴露的下体，杨翠翠拼命哀嚎，摇头拒绝，眼泪止不住地滑落。她声音颤抖，连连求饶："大哥，求求你们，求求你们，放过我吧，要多少钱我都给你们。"

白魔鬼一边强暴杨翠翠，一边抬手扇了她一记耳光，咬着牙骂道："操！臭婊子，钱是万能的？"

一阵癫狂之后，发泄完的白魔鬼笑得越发兴奋放荡，一旁的红魔鬼冷笑着，点起了一根白色的蜡烛，把蜡烛油滴在了一条黑色的皮鞭上。

杨翠翠痛苦地呜咽着，突然，她看准时机，狠狠咬了一口白魔鬼的耳朵。

白魔鬼惨叫一声，捂着耳朵，后退两步，抡起胳膊左右开弓，结结实实给了杨翠翠两巴掌。

白魔鬼："臭婊子，敢咬我！"

杨翠翠被打得嘴角流血，意识昏沉。

红魔鬼给白魔鬼递上一个塑料球，两边绑着皮带，白魔鬼立刻会意，把塑料球塞进杨翠翠嘴里，皮带套上她的头，固定在两边架子上。

"呜呜呜……"杨翠翠嘴里塞了塑料球，她试图张嘴、摇头却动弹不得。

红魔鬼走到她跟前，扬起皮鞭狠狠地抽在她身上："叫，给我叫！"

杨翠翠呜咽着，泣不成声。

"蠢东西，不叫，是吧？"红魔鬼气急败坏，把滚烫的蜡油滴到了杨翠翠高耸的双乳上，杨翠翠疼得额头渗出冷汗，再次爆发出哀嚎，声音更闷更加惨烈。

红魔鬼："这黄脸婆，皮糙肉厚，玩儿起来没劲。"

白魔鬼："可惜了，上次在新城区那个酒吧碰到的，可是个极品。"

红魔鬼："细皮嫩肉的，身材又好，可惜了，可惜了……被后来的小丫头给搅黄了。"

"这种老菜皮，就得给她加点儿料，才他妈的够刺激。"白魔鬼从身后桌上拿起了一个电熨斗，朝底盘吐了口唾沫，底盘发出嗞嗞声。

杨翠翠看到白魔鬼举着电熨斗朝她走来，眼神惊恐，涕泪横流，像即将被屠杀的羔羊一样浑身颤抖。

白魔鬼走到她面前，毫不犹豫把电熨斗按在了她胸口。刺耳地嗞嗞声，伴随着杨翠翠尖锐绝望的哀嚎，酷刑之痛刺穿肌理，杨翠翠剧烈地摇晃颤抖，椅子的铁架叮当作响。

红魔鬼在一旁看着白魔鬼对杨翠翠的酷刑，笑得更加得意，脱下裤子，做起了猥琐的事情。

杨翠翠疼痛难忍，忽然停止哀嚎，昏死了过去。

两个魔鬼对视了一眼，红魔鬼提起裤子，给白魔鬼吩咐了几句，便走出了房间。

"臭婊子，老子还没玩够，醒醒！"白魔鬼放下电熨斗，骂骂咧咧地拍打杨翠翠的脸。

杨翠翠昏昏沉沉，眼皮耷拉着，钻心的疼痛已经让她没有力气抬头。

"他妈的，跟老子装死？"白魔鬼拿过白色蜡烛，将滚烫的蜡油滴在杨翠翠烫伤的部位。

杨翠翠被钻心的疼痛刺激醒来，瞬间瞪大眼睛，发出嘶哑的惨叫。白魔鬼见她醒来，得意一笑，从房间角落里拿起一把锋利的斧头。

白魔鬼扬起斧头，敲了敲椅子的铁架，一把揪住杨翠翠的头发："他妈的，不听话，就弄死你。"

杨翠翠费力地睁开眼，看到斧头的寒光，缓缓摇头，发出沉闷的呜咽声。

红魔鬼走回房间，双手拖着一具没有四肢的女人残尸，白魔鬼帮忙将残尸扶正，故意凑到杨翠翠面前，用斧头敲了敲铁架，示意让她看。

杨翠翠被逼无奈，恐惧地睁开眼睛看去：残尸冒着寒气，面目扭曲狰狞，双眼怒睁，头发和眉毛结满了冰霜，这面容分明是白小婉！

杨翠翠精神彻底崩溃，发出一声沉闷而长久的嘶吼，瞬间小便失禁。

两个魔鬼连忙退后两步，笑得更欢。

白魔鬼："老菜皮，这就吓尿了。"

白魔鬼在地上铺上塑料膜，拿起斧头，瞄了瞄女尸脖子的位置，杨翠翠紧紧闭上眼睛，不愿多看，绝望地哀嚎挣扎。

红魔鬼揪住她的头发，强迫她看："怕吗？怕就叫出来，不叫下一个就是你！"

白魔鬼阴狠地冷笑着，扬起斧头斩下去，"咔嚓"一声，却没完全斩断。

杨翠翠不受控制地浑身颤抖，撕心裂肺地哭喊着。

红魔鬼拍了拍她的头，阴阳怪气地说："看呀，看呀，一场好戏。"

白魔鬼去角落里拿出了一副钢锯，用脚踩住女尸躯干，在土嗨的迪斯科音乐刺激下，一点一点将白小婉的头从躯干上锯了下来，白的、黄的、红的粉末，纷纷洒落在塑料薄膜上。

杨翠翠呼吸急促，上接不接下气，止不住地哀嚎抽泣。

此时，红魔鬼却脱下裤子，对着哀嚎的杨翠翠，再次做起了猥琐的事情。

忽然，杨翠翠两眼一黑，四肢抽搐，瘫软在椅子上，再次昏死了过去。

8月5日。

接近正午，晴云似火，天空像一口锃亮的白热化了的钢精锅，倒扣下来笼罩着大地。

东海市CBD金融核心区，高楼林立，车水马龙，阳光照射在玻璃幕墙上，格外刺眼。

泛太金融公司会议室。

常虹和包德荣坐在椭圆形的会议桌边早已等待多时。

泛太金融董事长终于款款而来，他就是死者白小婉的上级郭恒宇。

郭恒宇三十岁出头，一身韩式潮男打扮，身着浅色西装，化了淡妆，面色白得发亮，两腮透着粉色，耳钉闪闪发亮，头发梳得一丝不苟，双手白嫩纤长，连指甲都做了抛光修整。

他傲慢地朝常虹勾了勾手指，娘里娘气地说："刚开了一个很重要的internationalconference（国际会议），你们是哪个department（部门）的，showyouIDplease（请出示下证件）。"

常虹目光如炬，神情鄙夷地观察着这个"怪胎"，掏出了警官证说："我是东海市公安局刑侦总队重案支队副支队长，常虹。这位是我的同事，包德荣。"

郭恒宇瞟了一眼常虹的警官证，笑着说："重案支队？你们市局的穆局长，还有总队长顾长青，我都熟，一起吃过饭。"

常虹一脸严肃地说："我们今天是来依法对你进行询问的，不是讨论你和谁吃过什么饭局的，请你积极配合，如实回答。”

包德荣翻开了笔记本，准备记录。

郭恒宇轻蔑地一笑：“两位可能不清楚，Myfather（我爸）也是市里的老领导，市里各个委办局多少都会Givemesome respect（给我点面子）。”

常虹和包德荣默契对视一眼，两人满脸不爽，压抑已久的怒火终于要爆发出来了。

常虹挺起腰杆，态度强硬地大声说：“我不管你家什么关系，什么背景，只要你做了违法乱纪的事情，我们照样严惩不贷。另外，不要装假洋鬼子，请你讲中文。”

郭恒宇高傲地抬起下巴，针锋相对：“joke（笑话），小婉被害，我们公司也是injured party（受害方）……”

“死者白小婉体内有大麻代谢成分残留。”包德荣坏坏地一笑，立刻接话，“酒吧监控里看得一清二楚，你们一卡座的人都在吞云吐雾。”

郭恒宇眼神闪烁，极力想着说辞，语气颇为傲娇：“hashish（大麻）不就是一种烟草嘛，在国外是very normal（很普遍）的。”

“最后一次警告你，不要再讲鸟语。”常虹声如洪钟，“我国刑法明确界定了大麻是毒品的一种，走私、贩卖、运输、制造、非法持有大麻叶及大麻烟150千克以上，可判处死刑。”

郭恒宇被震住了，眼睛左顾右盼，额头不由得渗出冷汗。

泛太金融公司楼下。

警车上，马龙和徐勇翻阅自己的笔记本，向常虹汇报了询问白小婉的同事Amy的情况。

包德荣：“这么看来，白小婉的老板郭恒宇和同事Amy的供述，基本都能和相海峰的说法对上，两人应该都说了实话。”

徐勇:“可人际关系和大麻都没问题,岂不是线索又断了?”

常虹不置可否,沉默不语。

包德荣猜到了常虹的心思,打圆场道:“看样子,相海峰确实是去找Laura的,他应该没说谎,跟本案应该无关吧。”

常虹:“这都是相海峰和她的一面之词。你别忘了光头是干嘛的,相海峰还说过,光头也认识庞连彪呢……”

包德荣惊讶地看着常虹:“常大虹,你怎么还怀疑相海峰呢?”

“有些事儿,你不懂。”常虹情绪有些低落,若有所思,“我就是因为相信他,才想着尽快帮他排除疑点。”

马龙和徐勇在后座连连点头,包德荣对他竖起大拇指:“仗义!那你说,下一步怎么查?”

常虹凝眉想了想:“我们分头行动。我和你去找光头,你让高一萌查找到光头现在的住址,立刻发过来。”

包德荣:“好嘞!”

常虹转头看向车后座,吩咐马龙和徐勇:“你们俩先去找一下M3酒吧当晚的台商陈总,做份详尽的询问笔录,然后去光头爸妈家里走访,了解一下情况,我们晚上案情分析会见。”

马龙和徐勇:“没问题。”

下午3点。

东城区某老旧小区。

常虹和包德荣兜兜转转找到了光头的暂住地,在居委会和派出所的帮助下,终于找到了房东。

身材肥胖的房东金阿姨打开了房门,常虹、包德荣和金阿姨瞬间都捂住了鼻子,退了半步。

一股食物和垃圾腐烂的恶臭味道,混杂了潮湿发霉的气味,扑面而来。

房间窗户紧闭，光线昏暗，地上散落着各种便当盒、饮料瓶、烟头、袜子、内裤等生活垃圾。

“看到了吧？他已经两个多星期不住这里了，我天天盯着都没逮着人。”金阿姨一边说着，一边就要收拾。

“您先别动，一定要维持原样，我们负责现场勘查的同事马上会到，勘查完您再收拾也不迟。”常虹劝阻道。

常虹和包德荣也跟着金阿姨走进房间，常虹用指尖擦了一下桌子上的灰尘，随后在房间里寻找着跟抛尸案有关的蛛丝马迹。

深夜，23点27分。

重案支队会议室。

顾长青总队长亲自来到会议室，听取近期两起抛尸案的汇报。

孟根山已经率领重案支队全体成员，向顾长青汇报了案情的基础情况。会间休息，高一萌绕着会议桌，给领导、同事们加水。

刑警们都稍显疲态，周睿给自己滴眼药水，严启成抻了抻懒腰，宋妍起身稍微活动筋骨，常虹轻轻按揉太阳穴闭目养神，包德荣趴在桌上稍事休息，马龙和徐勇凑在一起还在讨论刚记录的内容。

孟根山环顾着在场的刑警们，对顾长青深感怜惜地说：“这段时间，同志们连续加班加点，5+2白加黑，全都吃住在单位。”

顾长青欣慰地点头：“看到他们啊，就想起了我们当年。”

“是呀，特别能吃苦、特别能战斗的精神，不能丢啊。”孟根山看向了周睿和严启成，“尤其是周睿和严启成两位同志。自从‘7·8飓风行动’收网以来，他们率领各自小组，配合缉毒处比对了海量的物证和痕迹。经过近两周的反复比对，才发现了新线索，确认罗红艳体内残留的DNA是庞连彪的。”

“干得漂亮，同志们都辛苦了。”顾长青喝了口茶，肯定道，“这是‘7·4抛尸案’调查至今最重要的突破。”

马龙贴近包德荣，轻声嘀咕：“看吧，果然跟庞连彪有关。”

“这，也只能说是大概率跟他有关吧……”包德荣板着脸，学起了常虹的腔调。

常虹听到包德荣模仿自己的话语，会心地笑了笑。

徐勇也跟着附和说：“这都实锤了，要我说，两个案子跟他都脱不开干系。”

常虹咳嗽了一声，轻声提示他们收声：“严谨点。”

“时间不早了，我们接着开会。”孟根山看了看手表，见众人稍作休息后，接着说，“‘7·4’和‘8·3’这两起抛尸案，有相似点，又有所不同。接下来，两案是否要并案侦查，你们都谈谈看法。”

众人闻言重新提起精神，进入到会议状态。

孟根山看向常虹：“侦查这边先说说。”

常虹：“我们近期对‘8·3案’死者白小婉的领导、同事和客户都进行了全面的走访调查，基本排除了情杀或仇杀的可能。至于他们违法携带并吸食大麻，已经交给分局治安支队和派出所做进一步处理了。”

顾长青和孟根山点头认可这一处置。

常虹接着说：“我们在调查过程中发现，嫌疑人李谦光以兜售‘零包’毒品为生，和庞连彪认识，也有过生意来往。加上大睿近期发现罗红艳体内的精液DNA正是庞连彪的证据，再次佐证了庞连彪好色，有变态性瘾、拿毒品控制女性的恶习。因此，我认为这两起案件有并案的基础。”

顾长青和孟根山若有所思，没有表态。

孟根山：“找到李谦光本人了吗？”

常虹无奈摇头:“我们已搜查李谦光的住处,也找过他的父母,目前,还是行踪不明。”

“顾总、孟支、常支,我有点不同意见。”众人都在琢磨常虹的观点,会议桌对面的周睿想了想,插话发言,“虽然,两位死者都是年轻女性,都有性侵和虐杀迹象,作为一名‘尸语者’,我从两具尸体上读出了很多明显的不同点,比如两者的社会身份,体内毒品代谢物,还有凶手的作案手法等,我这里不再赘述,所以,以目前的刑事科学证据,并不支持并案处理。”

高一萌噘着嘴,瞪着大眼睛,有些不悦地看向周睿,小声嘟囔:“哼,什么好兄弟,当着大领导的面,跟我师傅唱反调。”

常虹隐约听到,一个眼刀飞向高一萌。

周睿并不介意,他语气平和,继续分析汇报:“另外,先前分析过‘8・3’案凶手的作案环境,当时大家也都认同庞连彪在逃亡过程中是不具备作案条件的。”

顾长青微微点了点头,若有所思,在笔记本上写写画画。

孟根山把目光移向了严启成,示意他发言。

“顺着刚才周组长的分析,我从痕迹的角度,补充一下这两起案件在作案手法上的差异。”严启成拿过话筒说,“‘7・4案’是整体抛尸,手法慌乱,而‘8・3案’是冷冻分尸后,用塑料袋装了抛弃,手法隐蔽,体现了凶手具备一定的反侦查意识。因此,我个人还是赞成周组长的判断。”

周睿翻阅着自己的笔记,接力严启成:“我再补充一下兽药麻醉剂的信息。我们组织了各片区派出所的同志,走访调查了全市的兽药店和经销渠道,核实了登记信息后,确认售出的兽药麻醉剂均用在了正规的兽医治疗方面。凶手大概率是从相关网络论坛上非法获取的。”

周睿把话头抛向了宋妍,宋妍补充发言:“是的,我们近期发现了一个名叫‘蝙蝠’的论坛，其中存在使用暗语进行违禁药物交易的情况。交易数量和药物品类繁多，我们还在进一步跟踪筛查。”

顾长青和孟根山点头认可。

顾长青：“宋妍，你们技侦组要再接再厉，继续抓紧查明交易暗语和方式。”

“看来，目前法医和痕迹方面的意见，都不支持并案处理。”孟根山作者将目光移向常虹，“常虹，你怎么看？”

常虹想了想，语气坚决地说：“虽然，我们侦查方面提供的调查证据，尚未形成闭环，还需要再进一步调查，但是，目前，我不建议否定庞连彪与‘8·3案’的关联。”

“是的，我觉得两个案件还是有并案的可能性。”马龙接力常虹发言，“M3酒吧门口的监控影像虽然模糊，可以看出绑架白小婉的是两名男性，很可能就是庞连彪和刀子，而他们的内应就是李谦光。”

徐勇翻了翻笔记，紧跟着发言：“白小婉失踪是在7月14号晚上，当时，‘飓风行动’虽然已经收网，已经过去6天，以庞连彪有变态性瘾的特点，再加上被通缉，一般的营业场所又不可能去，在酒吧门口‘捡尸’是他的合理选择。我认为‘7·4’案和‘8·3’案有并案的基础。”

顾长青和孟根山不置可否，凝眉思考。周睿和严启成暗暗摇头，小声交换着意见。会议室的气氛一时陷入了僵局。

孟根山看向宋妍：“死者的通讯记录，有没有新的线索？”

宋妍：“死者白小婉的手机丢失，我们调取了她的通讯记录后，并未发现明显特定关系的情杀或仇杀嫌疑。这点，和常支他们走访调查的结果类似，不过……”

宋妍看了一眼常虹，欲言又止。

孟根山：“有话直说。”

宋妍：“我认为，这反而佐证了‘8·3’案更像是一起随机案件，而

‘7·4’案更像是泄愤，从技侦的角度出发，我觉得两起案件没有并案的基础。”

周睿和严启成连连点头赞同。

包德荣向高一萌做了个鬼脸儿，耳语道：“看看，连观音姐姐都叛变了。”

高一萌闻言，狠狠地剜了一眼宋妍，小声说：“叛徒。”

侦查员和技术员意见相左，会场再一次陷入了沉默，常虹凝眉沉思，马龙和徐勇抓耳挠腮，显得有点焦躁。

包德荣沉默了许久，似乎想到什么，缓缓发言：“各位领导，同事们，我原本也认为庞连彪不太可能在逃亡过程中作案，现在分析下来，‘8·3’案行为方式跟他很像，作案时间也有可能。再说了，像庞连彪这样心狠手辣、作案手段丰富的黑社会分子，弄个冰箱，找个冷库，应该也不是难事儿，依我看，网上传说的那个‘赤面淫魔’，极有可能就是庞连彪。”

众人听包德荣的分析，猜测大过实证，再加上“赤面淫魔”四个字，都不想回应。

“老包的说法，其实也不无道理。”严启成眼珠子机敏地一转，殷切地看向包德荣，“既然凶手是用车辆运尸、抛尸，那分尸的过程，也未必一定在固定场合，对吧。”

顾长青、孟根山、常虹、周睿等人都听出严启成似乎话中有话，等着他继续发言。

包德荣似乎恍然大悟，激动地瞪大眼睛看着严启成：“对，观音……宋组长之前提过，高架上那辆可疑的蓝色厢式货车。”

严启成朝包德荣连连点头，谦逊地一笑，说：“我有个不太成熟的推断，说出来，仅供大家参考。”

顾长青一颔首，示意他继续说。

严启成:“尸体是被冷冻后分尸的,宋妍也发现高架上那辆蓝色货车很可疑,而且,凶手能熟练运用斧头、钢锯等切割工具,综上分析,我怀疑凶手很有可能和肉联厂有关,那辆蓝色厢式货车大概率是肉联厂冷鲜物流上的运输车。”

顾长青和孟根山投去了赞许的眼光,示意他继续说。

严启成有些得意,说道:“我有个叔叔,以前就是肉联厂的工人,所以比较了解里面的情况。”

包德荣终于意识到自己被严启成钓着垫了一把,暗暗嘀咕:“不早说,卖什么关子……”

马龙想了想,感觉有漏洞,提出质疑:“可是,不还有一辆可疑的黑色轿车吗?”

严启成:“对,还有另一种可能,黑色轿车和蓝色货车也许是打配合的,也就是说,黑色轿车负责踩点,货车负责运尸、分尸和抛尸。至于具体的关联,是谁驾驶,是否和庞连彪有关,还要作进一步走访和调查。”

严启成说话滴水不漏,任务又抛了回来,马龙和徐勇面面相觑,似乎学到了不少。

顾长青和孟根山连连点头,予以肯定。

顾长青:“你们两边的分析,都有一定的合理性和可能性,不足之处,都是建立在自己专业认知的基础上,还是有一定的局限性。我建议,你们都要具体落实一下自己的侦查观点,不放过任何可能性,争取早日破案。”

众人:“明白。”

孟根山看向常虹:“肉联厂的走访调查,还是交给你们负责。”

常虹:“是。”

案情分析会结束后。

常虹带着自己的组员悻悻走回办公室。他打量了一下众人，鼓励道："兄弟们，都打起精神来，会上已经明确了调查肉联厂的侦查方向，我们也不用再纠结了。抓紧时间休息，明天开始，我们分头把全市的肉联厂都走一遍，也许会有意外的收获。"

"师傅，之前我都忍着不说，看大家今天这表现，我真的忍不住了。"高一萌从人后钻了出来，看了一眼包德荣，不服气地说，"今天，顾总亲临指导，多么难得的机会，可是，我们有些男同胞的逻辑推理能力不够扎实，调查走访不够深入，向领导汇报的时候也有失水准，甚至还被别人牵着鼻子走，硬是让刑事技术的占了上风。我觉得，作为中国刑警学院侦查系科班毕业生，我虽然是女生，但我有能力，也有责任到侦查破案的第一线。"

包德荣："嘿！高小萌，谁被牵着鼻子走啦？"

高一萌："拜托，我叫高一萌，高一萌！"

常虹无奈地笑了笑，尚未开口，高一萌迫不及待地表态："师傅，您作为副支队长，可不能偏心。我来咱们支队也有两年多了，论学历、论综合素质，我可不比他们差。凭什么他们都能上一线，走访调查，抓嫌疑人，而我就只能躲在后面整理文件。"

高一萌小脸憋着通红，说完不服气地扫了一眼包德荣等人。

常虹："之前抓毒贩太凶险了，所以，安排你在指挥车里待着嘛……"

包德荣："就是，那次抓捕，机关枪、手雷、藏獒、械斗，什么都有，我们都是心疼你，怜香惜玉好不好。"

高一萌抬起手臂握拳，秀出了曲线并不明显的肱二头肌，自信地说："谁要你们怜惜了？格斗擒拿、查缉战术，我可都是正经学过的，别忘了，我可是中国刑警学院毕业的。"

高一萌明显跟包德荣抬杠，包德荣看着她的手臂，一时语塞："好好好，你刑警学院的最牛。”

常虹闻言，咳嗽一声。

包德荣朝高一萌撇了撇嘴，不再言语。

马龙和徐勇互相笑了笑，耸了耸肩，目光钦佩地看向这个比他们高一届的小师姐。

常虹微微一笑，欣慰地说：“真是巾帼不让须眉，行吧，下次出任务带你一起。不过，作为你的上级领导和师傅，我也得考虑你的安全，分派给你的任务不许挑三拣四，要服从命令。”

“请师傅放心，保证完成任务。”高一萌目光炯炯，立正敬礼。

北郊区，城中村。

一大清早，相海峰穿着背心大裤衩，手里拿着一袋热气腾腾的生煎小笼，回到长租房的楼道，拍了拍Laura的房间大门。

Laura穿了一身休闲的T恤和热裤，走出门来，睡眼惺忪地伸了一个懒腰。

相海峰把早餐递给她，Laura用手指夹起一只生煎，要喂给相海峰吃。

相海峰愣了一下，伸手婉拒：“你自己吃吧，我吃过了。”

Laura不乐意地瞟了他一眼，自顾自吃起来。

这时，隔壁张炜家的门打开了，隐隐传来张毅的哭声。张炜背对着门外，费力地退出门来，时不时还被拽进去。

张炜：“别闹，哥哥要上班！你听话，乖乖在家待着。”

张毅哭嚎着，伸出一条大白腿，卡住了房门：“我不要，我要哥哥，我要哥哥！”

张毅的腿被门缝夹着，哭嚎得更加肆无忌惮。

相海峰连忙喝止：“小张，松手。”

“海哥……”张炜转身看到相海峰，立刻松开了手，有苦难言。

张毅顺势立刻用肥硕的身躯卡住门缝，哭哭啼啼地上前，拽住了张炜的胳膊。

Laura蹲下来检查张毅的腿，抬头瞪着张炜："你这当哥哥的，怎么这么狠心，腿都夹红了。"

张炜无奈地低下头，深感自责。

Laura起身，张毅像个孩子一样拉住她的手臂，哭诉："姐姐，哥哥、哥哥不要我了……"

Laura哄他不哭，搀扶着张毅一瘸一拐地往里走，相海峰轻轻搭着张炜的肩膀，眼神关切。

相海峰："怎么回事？"

张炜眼神阴郁，懊恼地说："之前他都挺乖，我上班，他就一个人在家。今天不知怎么了，非拉着我不让走。"

Laura回头朝门口吼了一嗓子："愣着干嘛！你这个当哥哥的，真是的，赶紧搓个毛巾，给他消消肿。"

张炜和相海峰连忙走进屋内。

张炜和张毅的出租屋内，陈设简单，井井有条。

Laura一边把凉毛巾绑在张毅腿上，一边又瞪了眼张炜。

张毅坐在椅子上，抹了抹鼻涕和眼泪，便大口大口地吃起Laura的早餐，一个个生煎把嘴巴塞得满满的，满足地憨笑起来。

Laura环顾四周，发现墙上贴了很多铅笔素描，她不由得走到墙边仔细端详起来。

"太神奇了。"Laura惊呼道，"这片黑压压的，不就是这城中村吗？"

Laura指着一张铅笔素描，好奇地看向张炜："没想到，你还有两下子。"

张炜摇摇头："这都是弟弟画的。"

相海峰和Laura都惊讶地看向张毅。

张炜:“上帝给他关上了一扇门,也打开了一扇窗,弟弟有一个特异功能,无师自通,他会默默记下看到的东西,一个人在家的时候,再慢慢画出来,和拍出来的照片是一模一样。”

相海峰半信半疑地走到满墙的画纸前,仔细端详。

Laura兴奋地指着几幅画说:“海哥,你看,连电线杆、电线网路都画得跟真的一模一样呀。”

“还真有点儿神……”相海峰一边拿出手机翻找着曾经拍摄的城中村照片,一边和张毅的画仔细对照。

“果然一模一样。”相海峰啧啧称奇,又皱起眉头,回头询问张炜,“你平时都把他关在家里,那他吃喝怎么办?”

张炜:“我每天出门前,都会准备好开水和炒饭。”

相海峰:“这怎么行?你弟弟是个人,又不是你养的动物。”

Laura也气得翻了白眼:“别人养宠物都比你上心。”

张炜眼神闪躲,惭愧地低下头:“海哥,拆车厂鱼龙混杂,带他去,多半要被人欺负。”

Laura摇了摇相海峰的手臂:“海哥,要不白天就让他来我们家吧,我照顾他。”

张炜:“别别别,怎么好麻烦你们呢,我弟弟能照顾自己。”

Laura眨巴着双眼看着相海峰,仍在争取同意,相海峰看着张毅,动了恻隐之心。

相海峰:“今天就由我们照顾他吧,我也搬过来了,两个人照顾他一个,应该没问题。”

张炜惭愧地挠了挠稀疏的头发,想想还是摇了摇头:“海哥,还是算了。他有时候管不住自己大小便。”

Laura抢过话头,愤愤不平:“你这人真好笑,刚才说你弟弟能自理,这会儿又说他管不住大小便,怕我们拐了他不成?”

张炜："不是，不是，我没这个意思。"

Laura不管不顾地扭头走到张毅跟前，一边拿生煎包袋子逗弄张毅，一边拉起他粗壮的胳膊："走，去姐姐家，姐姐家有好吃的，也有好玩的游戏机，好不好？"

张毅憨傻地点头，起身跟Laura往外走，然而，张毅走过张炜身边，却停下脚步，一把拽住张炜的胳膊。

张毅："哥哥，哥哥一起。"

Laura："乖，你哥哥不去，你跟我们一起玩，乖。"

"哥哥去，哥哥一起……"张毅似乎听懂了，连连摇头，口齿不清，发出像猪一样的哼哼声。

"你听话，我下了班就来接你。"张炜试图推开张毅的手，张毅却越抓越紧。

"我跟哥哥一起。"张毅闭上眼睛，一个劲儿地摇头，躲到张炜身后，表情特别委屈。

张炜轻抚张毅的后背，无奈地看向相海峰和Laura："海哥，谢谢你们的好意，还是我自己带着吧。"

"好心当成驴肝肺。"Laura一边赌气嘀咕，一边走出了屋子。

相海峰瞪了她一眼，随即向张炜解释："你别介意，她也是个孩子。"

张炜连连摇头，笑着致谢："没事，给你们添麻烦了，我还是带他去上班吧。"

相海峰拍拍拍张炜的肩膀，叮嘱道："记住，如果厂里有人敢欺负你们，立马打电话给我。"

"谢谢，海哥。"张炜抿着嘴，满眼感激。

东海市第二拆车厂。

张炜领着张毅走到拆车厂，韩三爷坐在传达室门口。

“韩三爷，早。”张炜上前跟韩三爷打招呼，张毅肥硕的身躯躲在他背后。

韩三爷笑脸相迎，看到他身后的张毅：“这位是？”

“这就是我弟弟，张毅。”张炜扭头说，“快，叫韩爷爷。”

张炜把张毅拉到前面，让他喊人，张毅怯生生的，身体轻微发抖，不敢正面看韩三爷，哼哼了几声，弱弱地说了一句：“韩，韩爷爷好。”

韩三爷仔细端详张毅的面相，似乎看出了什么，但不露声色，还是微笑着点点头：“乖，你好呀。”

“三爷，没别的事儿，我带他去车间了。”张炜说着带弟弟走向厂区内部走去。

韩三爷并没有回答，他远远看着张炜和张毅的背影，神色凝重，摇头叹息：“唉，因果不爽，可惜了……”

8月11号。

上午，艳阳高照。

北郊区，吴川派出所。

常虹带着包德荣和高一萌，风尘仆仆地来到吴川派出所，王林警长的办公室。

王林看到常虹到来，连忙起身相迎：“常支，我们陈所长已经交代过了，具体有什么事情，请吩咐。”

几人握手寒暄，相互介绍后，常虹说明来意：“我们怀疑‘8·3’抛尸案的嫌疑人和肉联厂有关，这几天我们已经走访调查了东海市其他几个区的七家肉联厂，今天来，是想跟你了解一下，咱们北郊区大户肉联厂的情况。”

“抛尸案跟大户肉联厂也有关？”王林无奈苦笑，“嗨，这帮杀猪卖肉的，真是不消停。”

“怎么，你这边有情况？”常虹听出了端倪，警觉起来。

王林：“是啊，一周以前，我们这片的一家硅胶女优体验店里发生了打架斗殴事件，当时真是一片狼藉，惨不忍睹……”

包德荣和高一萌赶紧翻开了笔记本详细记录起来。

警长王林呷了一口茶，摇摇头说：“唉，这帮人，真不省心。”

“就为了抢个娃娃，差点把半条街都砸了？”包德荣听完讲述，瞪目哆口。

王林：“对呀，你说这事整的。”

常虹轻轻摇头，语气深沉：“我看，这分明就是长期性压抑引发的……”

高一萌一边详细地记录，一边喃喃自语：“嗨，这无处安放的荷尔蒙。”

常虹：“这种不清不楚的体验店，就该依法取缔，留着只会滋生社会治安问题。”

王林和高一萌都点头表示赞同。

包德荣却提出质疑：“这些外来务工人员，本来就忍受着长期性压抑，要是把这些消遣方式全给堵上了，只怕会引发更严重的暴力犯罪吧。”

“消遣？消遣也得正当合法吧。”常虹冷冷盯了他一眼，严正反驳。

包德荣把头瞥向别处，不再言语。

常虹看向王林，继续问道：“大户肉联厂的梁建强和吴阳光是什么关系？”

王林：“都是东北的，一个村的。梁建强年长一些，在大户肉联厂稳定了，就把同村的小兄弟吴阳光带了出来。”

常虹：“他们在厂子里干什么？”

王林：“好像是冷冻肉切割车间的，具体是干什么的，我还不清楚。”

包德荣:“后来呢,伤者小蔡,情况怎么样?”

“他们都跑了,就把小蔡一个人扔在那里,人还活着,头顶开了瓢,真是一个讲义气的都没有。”王林不屑地说,“我开着警车,带着小蔡去医院,头上缝了30多针,又做了伤情鉴定,也做了笔录。再后来,我们去大户肉联厂和第二拆车厂,该抓的抓,该罚的罚,可梁建强和吴阳光居然跑了,到现在都联系不上,也不知道逃哪儿去了。”

“畏罪潜逃呗!”包德荣两眼放光,插话道。

常虹瞬间起疑:“伤者又没死,他们跑什么?”

王林:“对啊,我也纳闷儿,打架下手挺狠,怎么打完就怂成这样了?”

高一萌暗暗点头,觉得常虹警觉得在理。

常虹继续追问:“你们派出所去大户肉联厂,具体时间是什么时候?”

王林思索了一下说:“一周多以前,打架斗殴是在7月31号晚上8点到9点之间,第2天是八一建军节,这个我记得很清楚,我去大户肉联厂是8月1号,下午3点左右。”

常虹忽然神情紧张,暗暗嘀咕:“正好在‘8·3’抛尸案发生之前……”

包德荣和高一萌瞬间都紧张起来,紧张地看着常虹。

常虹:“走,马上去大户肉联厂。”

北郊区,大户肉联厂。

王林陪着常虹、包德荣和高一萌,顶着烈日,来到大户肉联厂走访。一股生肉的腥臭味道扑面而来,肉联厂黄厂长和工人老杨早在门口等候,相互介绍后,他们一起来到了冷冻肉切割车间。

冷冻肉切割车间流水线上,工人们熟练地把大块的冷冻牛肉,用切割机切成形状规整的小块,封进了真空袋,再送上流水线运走。

王林喧宾夺主地介绍说:“这里,就是梁建强和吴阳光工作的地方。”

常虹没有搭话，看向黄厂长说：“黄厂长，梁建强和吴阳光，平时表现怎么样？”

黄厂长长得白白胖胖，平和地说：“他们是东北老乡，一起出来打工，脾气很冲，以前在车间和很多人都发生过矛盾。后来，我把他们调去干冷链配送了，在厂里总算没出过什么幺蛾子。”

常虹警觉地追问：“他们俩是开冷冻车运送的？”

“是呀。”黄厂长不明所以。

常虹：“你们的冷链配送车，什么颜色？”

黄厂长：“蓝色啊，我们车队都是统一喷涂的，跟其他的车队以示区别。”

包德荣和高一萌会心对视，高一萌迅速在笔记本上记下。

常虹：“他俩逃走之前，有没有什么不正常的反应？”

黄厂长：“这个，得问老杨，他是冷链物流夜班的负责人，也是最后见到他们的人。”

老杨满脸皱纹，长相老实巴交，他苦着脸说：“他们逃走的当天好像是八一建军节，对，就是这天，前一天，那就应该是7月31号晚上，两个人鼻青脸肿的，躲在冷库里不知道在合计什么，第二天早上，送完货回来，人就不见人了。”

常虹：“你听到什么了吗？”

老杨：“他们当时上晚班，进冷库搬货，一直在里面不出来，我以为他们偷懒，就想过去喊他们干活儿。可走到门口，我就听到他们说什么‘人死什么的’‘得想办法处理’……后来他们从冷库里拿了货，就开车送货去了。”

黄厂长：“是不是打架的事？”

王林：“被打的那个人没死，当场晕了而已。”

老杨："咦？奇了怪了，那怎么说死人的事了呢……"

包德荣瞪大了眼睛，似乎恍然大悟，高一萌则奋笔疾书，一字不落地记了下来。

黄厂长倍感压力，低头再也不敢说话，紧张地搓着手。

常虹看向王林："王警长，你知道他们的住处吗？"

王林："在这附近租了个房子，我找过了，没人。"

常虹："带我们去看看。"

王林点头答应，黄厂长和老杨愣在原地，不知所措。

梁建强和吴阳光的出租屋。

王林找来房东，打开房门，常虹等人都不禁皱眉。

出租屋内，收拾得干干净净，地面上还有一片浅浅的积水，墙根都有被水冲泡过的痕迹。由于天热，木质家具的桌角不但发霉，还长出了长长的菌丝。

王林："上次被水冲了，怎么这么久还没干？"

房东："是呀，这两个兔崽子电话失联，不仅欠我房租，走的时候还把水龙头搞坏了，弄得满屋子都是水，跟洗了一遍一样，楼下的邻居把我好一顿骂。"

"王警长，你们先等等，我们先初步地勘查一下现场。"常虹说着拿出了三副现场勘查三件套，分发给高一萌和包德荣，穿戴整齐后，他率先走了进去。

他来到厨房，打开碗橱、储物柜等翻看，除了正常碗筷，以及锅碗瓢盆，别无其他工具，双门开门冰箱和垃圾桶也是空空如也。

包德荣紧跟着去了卧室，他打开了老旧的棕色大衣柜仔细翻看，依旧是空空如也。

包德荣："真他妈干净，衣服、被褥都带走了。"

三个人在屋子里勘查了半个小时,依然是一无所获。

常虹暗暗嘀咕:“难道,作案的凶器也被他们扔掉了……”

高一萌:“这个分明就是销毁证据。”

常虹:“你这样说还有点早,不过,也不无道理……”

包德荣:“照这么看,这两个货确实很可疑。”

常虹扫视着曾经被水漫金山的室内,不置可否。

“先别武断,还是让刑技中心再仔细勘查一遍,看看有没有新的线索吧。”常虹思索了一下说,“还有,让宋妍也赶紧用刑侦智能云的大数据,查一查梁建强和吴阳光的情况。”

高一萌:“明白。”

王林在门外看着,捋了捋自己的头发,不禁叹息:干警察还得干刑警,真专业。

与此同时,拆车厂技术车间。

工人们大多在磨洋工,玩手机、发呆的、打牌的,干啥的都有,他们都在等着吃中午饭。

崔大爷领着张炜坐在一条长桌前,桌上摆着机车八缸发动机的模型和图纸,崔大爷用铅笔在图纸上指了几个部位,全神贯注地给张炜讲解发动机内部结构的特点。

张炜对照着图纸和模型,仔细查看崔大爷指点的位置,连连点头,张毅也坐在长桌边,拿蓝色水笔涂涂画画。

不远处,邹守仁皮笑肉不笑地看着崔大爷和张炜,邹守义则蹲在一边,用手机播放着黄色小视频,露出淫荡的笑容,还时不时地拿给邹守仁看。

邹守仁看了一眼小视频,坏笑着故意将手机音量调大。

车间里,顿时回响起“嗯嗯啊啊”的叫床声。

游手好闲的工人们迅速围拢，个个都眉飞色舞，生龙活虎。

张炜也听到声音，抬头看向人群，不禁皱眉，他回头看了看弟弟张毅，张毅依然还在安心画画。

崔大爷注意到张炜走神，愤怒地将铅笔砸向邹氏兄弟，厉声呵斥：“车间是上班干活儿的地方，乌七八糟的事儿，滚出去！”

工人们不敢招惹崔大爷，只好悻悻地散开。

邹守仁冷笑一声，站了起来，朝崔大爷隔空喊话：“我说汽车教授，你屁都不肯教我们，让兄弟们干什么？”

邹守义立马站起来附和，双手握拳，紧了紧身上的肌肉：“就是，死老头子，自己藏着掖着，还赖我们。”

崔大爷气得眼睛发直，正要发作，头上缠着绷带的小蔡对着崔大爷挤眉弄眼地说：“崔厂长，别跟他们一般见识。”

几个工人见状，也赶紧拉开了邹氏兄弟。

小蔡：“邹哥，走了走了，吃午饭去。”

工人们拉着邹氏兄弟，陆陆续续离开了车间，崔大爷看着空荡荡的车间，悲愤地说：“都是些什么东西，上梁不正下梁歪！”

张炜默默地低下头，不知如何劝慰。崔大爷转头看到了专心作画的张毅，好奇地走上前去。

张毅趴在桌上，一边哼哼着吸着鼻涕，一边画出了八缸发动机的外形图以及零部件图。

崔大爷拿起图纸，瞠目结舌，不可思议地说：“我的神啊，这孩子是个天才啊，老天爷真是瞎了眼，怎么就让他得了自闭症呢？”

崔大爷啧啧称奇，怜爱地看着张毅，摸了摸他的头。张毅吸了吸鼻涕，哼哼地回应了几声。

崔大爷：“太神奇了，走，大爷带你吃午饭去。”

张毅听到吃饭，憨笑着连连点头，嘴角流出了口水，张炜连忙帮弟弟擦拭，表情尴尬。

北郊区，华灯初上。

勘查完梁建强和吴阳光的临时住处，常虹临时起意，要求王林警长带他去发生斗殴事件的城乡接合部一探究竟，特别是那个鱼龙混杂的体验馆，毕竟北郊区最近案件频发。

王林轻车熟路，驾驶着警车，带常虹等人来到了北郊区城乡接合部的某城中村，这里是他的管片。

夜晚，城中村的主干道两边摆起了地摊夜市，原本不宽敞的马路更显拥挤，叫卖声，讨价还价声，此起彼伏，下班的打工人饥肠辘辘骑着自行车、电瓶车，在主干道上缓慢行驶。

王林摁了两下喇叭，警车仍然缓慢蠕动。他被堵得有点不耐烦，亮起了警灯，顿时，红蓝相间的灯光一闪一闪，常虹坐在副驾驶上，立刻警觉起来。

常虹："王警长，别亮警灯……"

"我们平常都是这么进来的。"王林打断了常虹的话，不以为然地解释道，"你看，这动也不动。"

"王警长，今天麻烦了你一天，辛苦了。"常虹有些不好意思地说，"按理说，现在应该请你去吃个便饭，可是，最近案子实在压得太紧。"

"是呀，是呀。"包德荣跟着说，"一会儿我们调查走访完了，我请客。"

"没事没事，我可不是这个意思啊，咱们干警察这行呢，吃饭、下班哪有个准点。"王林一边说着，一边关掉了警灯。

常虹不再说话，一双机敏的眼睛密切关注着窗外城中村的景象。不知道为什么，他的脑海里忽然浮现出了相海峰的身影，他隐隐地有些担忧，一种不太好的预感油然而生。

半小时后。

警车缓缓地开到了程培梁的硅胶娃娃体验店旁边。

体验店已经重新整修好，大堂里亮着暧昧的粉红色灯光，墙上贴着各种硅胶女优照片，顶上吊着一颗霓虹灯球，旋转着发出五彩光芒。

此时，刀子戴着墨镜和口罩，警觉地坐在大堂的沙发上抽烟。忽然，他透过大堂玻璃，看到一辆警车缓缓驶来，眼看要到门口。

刀子如惊弓之鸟，慌忙冲进日本女优区域的通道，拼了命地拍打一扇隔间的大门。

刀子压低声音急切地说："哥，快走，有条子。"

刀子连续拍门，听到里面传来一阵窸窸窣窣的慌乱声。

与此同时，体验店大门被拉开，王林已经率先走了进来。程培梁觍着大脸，低头哈腰地出来相迎："哎哟，今天什么风，把您老人家吹来了。"

"哥，哥，有条子，我先走了。"刀子见情况紧急，戴好口罩和墨镜，立刻闪身奔后门而去。

其他房间的客人隔空喊了起来。

客人A："吵吵什么玩意儿？"

客人B："操，条子临检。"

客人C："我日，赶紧走……"

体验店里，一些有经验的客人已经悄悄地从后门逃走。

常虹等人步入大堂，警觉地扫视着店内环境。高一萌看到大堂墙上明码标价的照片，不由得撇了撇嘴。

程培梁点头哈腰地掏出了香烟说："王警官，你们要来检查，提前说嘛，我也好买点水果什么的，款待你们呀。"

王林伸手推辞，一脸严肃："提前告诉了你，还叫突击检查吗？"

说话间，常虹发觉大厅后面的通道里，传来踢踢踏踏的脚步声。他侧身观察，通道内灯光昏暗，他隐约看到一个似曾相识的黑影一闪而过。

“站住！”常虹大喝一声，“警察！”

黑影闻声跑得更快了，“啪”的一声，通道深处传来后门剧烈碰撞的声音。

包德荣也立刻警觉起来，跟着常虹朝通道内奔去。

王林和高一萌也赶紧跟上，程培梁手里拿着烟，一脸惊恐，手足无措。

常虹和包德荣冲出后门口，发现后门接了一条很深的巷道，昏暗狭窄，空无一人。

“不会人间蒸发了吧？”包德荣急切地说。

突然，他们头顶传来一块瓦片掉落的声音。

常虹和包德荣循声望去，在夜色的掩护下，一个黑影纵深一跃，跳到隔壁平房顶上，在月光的照耀下，一颗油亮的光头格外醒目。

“李谦光？”常虹指着光头，“站住！”

房顶上的光头似乎听到了，下意识地一回头，露出正脸，正是警方苦苦寻找的“8・3”抛尸案的嫌疑人李谦光。

“卧槽！李谦光。”包德荣呵斥，“站住！警察！”

李谦光表情惊愕，撒腿就跑。

常虹给包德荣使了一个眼神，两人随即分头追踪。常虹身高腿长，纵身一跃翻上墙头，沿着李谦光逃跑的路线紧追不舍。

包德荣则在巷道里紧追，随时准备接应包抄。

城中村连片的屋顶私搭乱建，结构复杂，在昏暗的月色下，稍有不慎就会跌落受伤。

李谦光仗着自己熟悉地形，左攀右搭，上钻下躲。常虹紧追不舍，跟他在楼顶上跑酷，眼看几次都要将他抓住。李谦光滑得像只泥鳅，他抓起晾晒的衣物，扔到了常虹脸上。常虹一个不留神，遮住了双眼，让他借机逃之夭夭。

常虹从墙头跳下，停在一条十字巷口，竖起耳朵，辨别李谦光逃窜的方向。

此时，包德荣、王林和高一萌喘着粗气地追到此处。

常虹："这么追不行，这里道路太复杂了。"

王林："这条巷子我熟悉，这儿是这一片中心，四通八达，还有许多小岔路。最西边沿小河道他逃不掉，我们从这里由东向西，可以分头堵他。"

常虹想了想，分派任务："我沿着巷子由东向西往里追，老王、老包，你们守住南北方向的出入口。高一萌，你就在这儿原地等着。"

高一萌噘起了嘴说："师傅，我要跟你一起追。"

常虹："不行，里面光线昏暗，情况不明，你就在这儿守着，随时准备接应我们。"

高一萌嘟着嘴："不是说好一起的嘛，骗人。"

常虹："服从命令，十字路口，这里也是要道。"

高一萌无奈地点点头，常虹等人分头冲进了巷子。

说话间，李谦光从前面不远处的巷子口，如老鼠一般探出头来，左顾右盼，看到常虹等人，吓得又躲了进去。

常虹的追捕方案十分有效，李谦光兜兜转转，被逼得无路可走，只能鬼鬼祟祟地选择原路折返。

李谦光贴着墙壁，四处张望，有些犹豫不决。

忽然，李谦光发现不远处巷子里有个高大的身影紧追不舍，吓得他立刻朝反向奔去，匆忙间，他踢到了路边几个易拉罐空瓶。

易拉罐叮当作响，常虹迅速朝声音的方向奔去。

十字路口，高一萌远远地听到了易拉罐的声音，紧接着是一阵急促的跑步声，她手心出汗，心跳加速，灵机一动，躲在了暗处。

果然，脚步声由远及近，狡猾的李谦光利用几个岔道，暂时甩掉了常虹，他又折返到了这片城中村的中心，他盘算着是原路返回体验店，还是找个犄角旮旯躲起来。

眼看李谦光越来越近，高一萌突然从暗处冲出，“哈”的一声，高高跃起一个飞踢，迎面把李谦光横扫在地。

高一萌这一踢伤害值极低，侮辱性极强。

李谦光被打得措手不及，捂着脸，连滚带爬地站起来。他定睛一看，眼前分明是个身材娇小的女孩子，他轻蔑地破口大骂：“操！小娘们儿，找死啊。”

“少废话，来呀，秃头！”高一萌踩起了格斗步点，双手握拳架在身前，仰起下巴睥睨李谦光，朝他勾了勾手指，自信满满。

“我操，小婊子。”李谦光感觉受到了极大的侮辱，他的自尊瞬间被踩得粉碎。

李谦光骂骂咧咧地从口袋里掏出一把明晃晃的折叠刀，在手中上下翻飞，如白蛇吐信，嘶嘶破风。

李谦光恶狠狠地盯着高一萌，伺机而动，刀刃寒光闪过。高一萌愣住了，不禁咽了咽口水。

李谦光看她愣神，“啊”地嘶吼一声向她挥刀而来。

高一萌赤手空拳，用尽全力抵挡了两下，奈何李谦光心狠手辣，势大力沉，高一萌有些招架不住，险些被刀划伤。

高一萌边挡边退，一不留神，脚下拌蒜，一个踉跄向后摔倒。

“呸！”李谦光朝高一萌吐了一口唾沫，他无心恋战，眼看有机会逃走，撇下高一萌转身往巷口逃窜。

高一萌看李谦光要逃，眼疾腿快，躺在地上伸出一脚。李谦光被绊倒，摔了个狗吃屎。

“妈的，找死！”李谦光怒不可遏，爬起来转身，抽出折叠刀，猫着腰冲向高一萌。

高一萌沉着冷静，毫不畏惧，看准时机，蜷缩身体，朝着李谦光的脸颊踢出一脚“兔子蹬鹰”。

“哎呦！”李谦光被踢了一个正着，顿时口鼻窜血，一个踉跄向后跌倒。

他起身抹了抹鼻血，满脸杀气，血丝漫布在眼角中，脸上的青筋暴起，怪叫着扑向高一萌，刀刀直奔要害。

高一萌没想到第一次出任务，就碰见了生死搏斗。她的心提到了嗓子眼，左躲右闪，衣服也被划破了几个口子，她不慎再次跌倒，不由得惊出了一身冷汗。

眼看就要被刺中要害。千钧一发之际，一个高大身影闪过，电光火石之间，一击龙吟虎啸般的超人飞拳，结结实实正中李谦光的光头。

李谦光大惑不解，感觉被巨石砸中一样，重重地撞在侧面墙壁上。他脑袋嗡嗡作响，眼冒金星，斜趴在地上，神志不清。

高一萌定睛一看，救他的不是别人，正是师傅常虹。

常虹把高一萌拉起来，两人迅速上前，给李谦光扎上了背铐。

高一萌瞬间有了底气，踩着李谦光的光头，喝令道：“叫什么名字？”

“李、李、李谦光。”李谦光喘着粗气、翻着白眼回答道。

不多时，王林和包德荣也气喘吁吁地跑了过来，看到高一萌压制着李谦光，都瞠目结舌，又不由得心中暗自赞叹。

“高一萌，没看出来呀，你还真有两下子。”包德荣竖起了大拇指说，“真不愧是刑警学院的女中豪杰！”

“那还用说，名师出高徒呗。”高一萌擦了擦额头的汗水，自豪地说。

常虹和高一萌一起，把李谦光提溜了起来。

“谢谢师傅！”高一萌说着，伸出手要跟常虹击掌。常虹欣慰一笑，伸手配合。

高一萌得意地笑着，吹了吹散乱的头发，英姿飒爽。

第八章
洪波涌起，与虎谋皮

午夜，月朗星稀。

重案支队智能审讯室。

常虹等人对李谦光进行连夜突审。他被带到一号智能审讯室，双手上铐，瘫坐在审讯椅上。

一号智能审讯室空间不大，角落里装着四个监控摄像头。里面设施极为简洁，四周是蓝色的软包墙壁，中间是一张审讯椅。审讯桌上摆着电脑，以及其他审讯用具。

左边的墙壁上，贴着犯罪嫌疑人诉讼权利义务告知书和被害人诉讼权利义务告知书，背后墙壁上挂着电子钟，显示年月日时及当前温度。

常虹和包德荣坐他对面，面前的文件夹里装着审讯方案和材料。两人都佩戴着耳麦，随时准备接收监控室里孟根山的指令。

李谦光的光头上一片青紫，他垂头丧气，情绪低落，刚刚拒捕时的嚣张气焰已经无影无踪。

他眼睛滴溜乱转，一脸委屈地说："警官，我又没犯事儿，你们干嘛抓我？"

包德荣拍着桌子说："没犯事儿？这回你事儿大了。"

常虹警告他："李谦光，我们重案支队从来不做没有准备的审讯。这里的规矩你应该知道，抗拒从严，没有什么好果子吃，要怎么回答，你自己先想想清楚。"

"能不能给支烟？"李谦光摸着青紫的脑袋，怯生生地看向常虹说，"警官，头晕。"

常虹让包德荣给他点了一支烟。李谦光深吸了一口烟，凝眉想了想说："警官，你们能不能提示一下。"

常虹："7月14号晚上，M3酒吧，跟一个红头发姑娘的事情。"

李谦光愣了一下，立刻装糊涂："这都一个月前的事了，让我想想……"

包德荣："装，你接着装。我们通过酒吧监控都看得清清楚楚。"

"警官、警官，真的记不起来了，容我再想想。"李谦光又深吸一口烟，埋头皱眉，假装回忆。

常虹："我提醒你，你后来还跟人去了地下车库，想起来了吗？"

李谦光低着头，眼睛贼溜地一转，用手铐轻磕着自己额头："对对对，有这么回事儿。我就是去玩，顺便泡个妞嘛……"

包德荣："哼，避重就轻，还不老实……"

李谦光："警官，真就是这样，骗你是王八蛋，出、出门让车撞死……"

常虹："好了、好了，收起你那套。你跟红头发姑娘怎么认识的，认识多久了？"

李谦光："就那天在酒吧刚认识，我看她一头红毛很野很性感，就想跟她玩玩。"

常虹继续追问："那后来呢。"

李谦光："后来，后来我带她去1号卡座，我看这帮人很有钱，开了一套礼盒装的黑桃A，就想去蹭杯香槟……"

包德荣厉声呵斥:“还狡辩？ 1号卡座顾客都交代了，你问他们要不要‘溜冰’！”

李谦光有点慌了，眼珠贼溜地观察常虹和包德荣:“没有，没有，谁说的？ 这完全是污蔑!”

审讯监控室。

审讯监控室内，四块屏幕上呈现着监控室内的一举一动，其中一块屏幕显示着李谦光的面部表情特写。

孟根山密切注视着审讯全过程。高一萌轻伤不下火线，她换上了警服，与马龙、徐勇一起坐在后面，每人一个笔记本，全神贯注地观摩学习。

马龙和徐勇指着李谦光的面部特写，讨论起来。

徐勇:“瞧那眼神，这货明显慌了。”

马龙:“老油子，看他还怎么狡辩。”

孟根山沉着冷静，对着耳麦下派指令:“常虹，不用跟他废话，给他上上路子。”

常虹收到指示，眼神凌厉地凝视李谦光:“李谦光，你这回要是再进去，我一定精心帮你挑个房间。”

李谦光瞬间领悟“精心”二字，光头上的淤青告诉他，眼前的这个帅警官绝对是个狠人，他哭丧着脸，双手合十求饶说:“我真的，真的就只是泡个吧，撩个妹，啥都没做……”

“一定是红毛妞的男朋友栽赃，给我甩锅。”李谦光说着，忽然恍然大悟。

常虹:“你怎么知道是她男朋友？”

李谦光满脸懊恼:“那男的叫张海涛，是从南边过来的大毒贩，有钱有势，还说自己是庞连彪的二哥。他威胁我，让我离小红毛远点儿，说小红毛是他罩的。看长相，他俩起码差了十几岁，明显就是包养嘛。”

常虹对他的说辞感到有些意外，他知道相海峰的为人，然而，自从相海峰卧底回来以后的种种反常举动，又让他心里闪过一丝不安。

李谦光：“警官，庞连彪那伙人不是被你们端了吗？”

常虹的思绪被李谦光打断，他给了李谦光一个眼刀，不予理会。

包德荣：“打听这些干什么？说你自己的事。”

李谦光双手拍打着光头，哭丧着脸，耍起了无赖：“警察同志，我可太冤了，我就一个人，这回真说不清啦……”

此时，耳麦传来了孟根山的指示：“常虹，别跟他兜圈子，切入正题。”

常虹：“你跟庞连彪怎么认识的？”

李谦光：“算不上认识，知道有他这号人。”

常虹：“怎么知道他？”

李谦光：“那也是好几年前的事情了，警官，我真的改了。”

常虹厉声询问：“到底什么关系？”

李谦光目光闪烁：“以、以前见过，再也没联系了……”

常虹敲了敲桌子：“李谦光，你这次不仅悍然拒捕，持刀袭警，还涉嫌一桩分尸抛尸案，性质极其恶劣，我看你这次进去，不一定出得来了。”

李谦光惶恐地说：“什么分尸抛尸的？我，我没杀过人啊……”

孟根山从监控中观看，李谦光说这句话时，他的微动作和微表情比较自然，并不像在撒谎。

常虹从文件夹里拿出白小婉的证件照片：“认识吗？”

李谦光看了一眼，想都不想直接摇头：“不认识。”

包德荣：“还不老实，你跑去卡座，就是跟她说的话，你不认识？”

李谦光:“酒吧里光线太暗,看不清啊。再说,就见了一面,也记不住啊……”

常虹:“即便不认识,你小子盯白小婉,也不是一天两天。”

李谦光:“没,没有……”

常虹刚要继续深入,却被包德荣打断。

包德荣:“没有? 老实说,你几点离开的?”

李谦光:“警官,容我想想,差不多散场的时候吧……”

包德荣没有太多审讯经验,问得有点着急,常虹轻拍他手背,让他平静。

常虹:“没事,我们有时间,你慢慢想。”

李谦光张嘴打了个哈气,神色困顿。

包德荣转换成唠家常的语气,拿起白小婉照片:“你喜欢这样的姑娘?”

李谦光摇头否认:“这种都市白领,眼界又高又爱装,我没兴趣,我就喜欢小红毛那种,够野!”

包德荣:“那你怎么撩她的?”

“我就说我朋友在卡座开了黑桃A,可以带她喝酒、拍照、发朋友圈,她就信了。现在的小姑娘都拜金,好骗得很。”李谦光说着,嘴角不自觉上扬,流露出一丝得意。

常虹冷不防地发问:“然后,你就拿她当掩护,问顾客要不要‘溜冰’?”

“没有,没有,我没问过。”李谦光慌了,眨巴着眼睛。

包德荣面带笑容,语气轻松地问:“你平时常去酒吧,都怎么撩妹啊?”

李谦光:“请姑娘喝酒呗,把姑娘喝美了,哄开心了,才有机会嘛。”

包德荣:“你撩到手以后,一般把姑娘带去哪里?”

李谦光："酒店啊、车里啊，看姑娘的意思，警官，这可不违法吧。"

常虹冷不防问出一句："那你'捡尸'也是老手了？"

"'捡尸'？"李谦光一脸嫌弃，"那多没意思，女人喝醉了就跟一摊烂肉一样。"

包德荣："7月14号晚上，你撩妹得手了吗？"

李谦光："都怪红毛的男朋友触了霉头，一个都没撩着。"

常虹："你几点走的，监控里为什么没看到你离开？"

李谦光："酒吧还有个后门，比较隐蔽也没监控，我一直从那里进出。"

常虹冷冷一笑，洞悉一切："你不贩零包，干嘛走后门？心虚什么？"

李谦光的表情瞬间石化，无言以对。

包德荣乘胜追击，从文件夹里拿出了两张视频截图，将第一张截图推到李谦光面前。

第一张截图来自地下车库角落的监控。画面中，穿深色衣服的相海峰正和着穿浅色衣服的李谦光在谈事情，李谦光锃亮的光头格外醒目。

包德荣："这个是你吧，识别率这么高，脑袋快有100瓦了。"

李谦光看了眼，无奈地点头承认。

包德荣接着将第二张截图推上前，画面里，一辆黑色轿车停在酒吧门口，一个身着浅色衣服、貌似李谦光的男子扶着白小婉，进入车后座。

包德荣指着第二张截图里形似李谦光光头的白色亮点，质问道："有图为证，眼见为实，解释一下，这怎么回事？"

"警、警官，这、这、这不可能啊，这……"李谦光看得瞠目结舌，他大概猜出了警方的用意，双手不自觉地颤抖起来。

常虹看到李谦光手抖，和包德荣一唱一和起来："老包，这可是杀人分尸的重要证据，你看这个深色衣服的像不像庞连彪，至于这个浅色衣服的，你看呢？"

包德荣来回看着两张截图和李谦光："衣服颜色像，这光头也像，肯定有100瓦了……不对，应该说，这就是你，李谦光本尊吧。"

李谦光明显慌了，仓促回答："不是我，我从不走前门啊，这真不是我。"

常虹："不是你，现在铁证如山，告诉你，讲不清楚，狗拉的都赖是你拉的。"

李谦光眼珠乱转，拼命回想，声音都颤抖起来："我知道了，庞连彪有个跟班叫刀子，他俩老是在一起做坏事，这肯定是刀子，真不是我。"

"啪"的一声，常虹用力拍了一下桌子，大声质问："刀子？刀子是秃头吗？"

李谦光被吓得一激灵，冷汗湿透衣背，他支支吾吾地说："刀、刀子，他，他，他……"

包德荣连忙打配合："不是不熟吗，你明明对庞连彪的关系很清楚嘛……"

李谦光眼巴巴地望着常虹，求饶道："这真不是我，警官，你们不能眉毛胡子一把抓，冤枉我呀……"

审讯监控室。

马龙："这小子心态快崩了，就差最后一击。"

徐勇："证据都摆在面前了，可是这货，死不承认自己杀人，真是个老滑头。"

孟根山凝眉沉思，通过耳麦对常虹说："常虹，启动3号方案，如果李谦光参与了绑架虐杀，分尸抛尸，一定会有深刻的心理印记，试试看，勾出来。”

常虹接到指令，给包德荣使了个眼色，让他先发问。

包德荣：“你放松点，我很好奇，你跟姑娘一般都怎么玩啊？”

李谦光摸了一把额头上的冷汗，怯生生地说：“就床上那点儿事儿呗……”

包德荣：“你不玩点刺激的，比如皮鞭、蜡烛什么的？”

李谦光连忙摇头：“没有，没有，那种变态的玩意儿，我没兴趣……”

常虹：“7月31号晚上至8月1号凌晨，你在哪里？”

李谦光：“这都10来天了，我，我想想。”

包德荣：“想好了说，不要糊弄我们啊，我们会逐一查实。”

“不敢，不敢，警官，我这个人最老实。”李谦光挠着光头说，“我在东郊区，冯洪勤那里。”

“冯洪勤？”常虹追问道，“具体点，在东郊区什么地方？他是干什么的？”

“他能干什么？废人一个。”李谦光有些不屑地说，“嗯，那天晚上，他说要庆祝八一建军节，叫我去他家里喝酒，在东郊区塔湾601工厂家属院。”

常虹：“就是喝酒吗？你也不是什么省油的灯。”

“真的，真的，就是喝酒吹牛，一直喝到凌晨又出去吃了夜宵，后来，后来就睡到他家了。”李谦光指着审讯室的灯，信誓旦旦地说，“警官，我对灯发誓，我有半句谎话，我出门马上被雷劈死。”

沉默片刻后，常虹冷不防抛出问题：“那你觉得是泡妞刺激，还是用锯子切割人腿刺激？”

“锯子，切割人腿？”李谦光愣愣地看着常虹，带着哭腔说：“警官，你还是不相信我，我真的没杀过人，不怕你笑话，我杀个鱼杀个鸡都不敢……”

常虹凝视片刻，观察他的微动作与微表情，直觉他不像在说谎，他决定暂停一下。

常虹：“别紧张，放松点，一会儿继续。”

时间显示8月12号凌晨2点，常虹和包德荣起身，走出了一号智能审讯室，马龙和徐勇随即走进来看押李谦光。

常虹和包德荣走进审讯监控室。

高一萌心直口快：“师傅，李谦光还在演戏，他跟庞连彪、跟抛尸案，都脱不了干系。”

孟根山喝了口浓茶，询问常虹的看法：“你觉得呢？”

常虹：“零包贩毒、与庞连彪蛇鼠一窝，这两件事儿，他肯定跑不了。不过，就‘8·3’抛尸案而言，他虽然表情慌乱，但回答不像在说谎，我看他的微表情也基本正常，大概是害怕再度入狱吧。”

包德荣：“是的，孟支，刚才他提到的冯洪勤，我们也会尽快去落实。”

孟根山点头认同他们的判断。

常虹：“孟支，那下一步怎么处理？”

孟根山：“这货不是什么好人，找个单间关起来，也是为民除害。别让他有机会跟人说话，熬他一阵子，再榨油。”

常虹：“明白。”

三天前。

深夜，密室。

杨翠翠像狗一样被拴在密室内，她已经被折磨得形容枯槁，头发蓬乱，嘴唇皴裂，脸色煞白，身上都是烫伤和鞭痕，散发着一股股幽幽的恶臭。

房门打开，红脸魔鬼和白脸魔鬼走了进来，杨翠翠没有惊叫，反而抬起头，麻木地挤出媚笑。

杨翠翠："大哥，你们来啦，赏、赏我口饭吃吧。"

红魔鬼凝视着她，冷哼一笑。白魔鬼抻开虎口，捏住她的脸颊："吃吃吃，就知道吃！"

杨翠翠却伸出了舌头，淫荡地笑着，舔了舔白魔鬼的手，白魔鬼连忙把手抽回来。

杨翠翠继续淫荡地舔着嘴唇，勾引他："大哥，你想怎么玩都行……来嘛！"

"操！骚货。"白魔鬼骂骂咧咧，转头询问红魔鬼，"那要不给她整口饭，等她有点力气再……"

红魔鬼阴损地笑起来，连连摇头："蠢东西，你看不出来吗？她拍你马屁，顺从你，是想活下去。"

杨翠翠意识到自己被识破，惊慌地连连哀求："两位大哥，只要让我活下去，我一定听话。"

"真的？"白魔鬼得意的淫笑，拿起皮鞭朝她抽去。

杨翠翠挨了两鞭，强忍疼痛，配合着鞭子抽打的声音，做出很享受的表情，呻吟起来："嗯，好爽，好舒服……"

白魔鬼被她激起了性欲，冲上前，伸手凌虐杨翠翠的下体，杨翠翠分开双腿，非常配合，表情和言语更加淫荡。

杨翠翠呻吟声越来越大："太棒了，就这样，宝贝继续，快给我！"

白魔鬼被她撩得格外兴奋，迫不及待要跟她发生关系。红魔鬼沉默地旁观了片刻，一把拽开白魔鬼。

白魔鬼："干嘛？正、正爽着呢……"

红魔鬼掐住了杨翠翠的脖子，回头看着白魔鬼，语气冷酷无情：

“蠢东西，今天她勾引你，你就觉得爽，她以后天天勾引你，你还会觉得爽吗？”

白魔鬼暗暗点头，明白了红魔鬼的意思。杨翠翠被掐着脖子，眼神惊恐，动弹不得，艰难地从喉咙里挤出了呻吟声。

红魔鬼看着她，鄙夷地笑了：“你真是又蠢又骚……”

杨翠翠以为红魔鬼暗示她配合，连连哀求献媚：“我是蠢货，我是骚货，我是你们的狗，你们的奴隶。大哥，你们快蹂躏我吧，求你们了。”

“傻逼，全都顺我意，还有什么劲？”红魔鬼冷哼一声，扬起手赏了杨翠翠正反两记耳光。

杨翠翠嘴角被打出了血，她自己舔了舔，朝红魔鬼麻木地笑着。红魔鬼不予理睬，冷冷抛下一句：“哼，玩了这么久了，都臭了，也差不多了。”

红魔鬼走向房间角落，蹲下挑选工具，他拿起绳子，抛给了白魔鬼。

杨翠翠看到绳索，惊恐地睁大了双眼，本能地大声求饶：“大哥，大哥，你们放过我吧，我存折里有钱，我都给你们，求求你们，放过我吧……”

白魔鬼拿着绳子，还有点犹豫。红魔鬼看穿白魔鬼的心思，轻拍肩膀，坏笑着说：“这种烂货赶紧收拾掉，换个高档货玩，不好吗？”

白魔鬼叹了口气，拿着绳索走到杨翠翠身后，套在了她的脖子上，杨翠翠全身不由自主地颤抖，求生的本能让她哭诉：“大哥、大哥，你对我最好，你饶我一条命吧，我后半辈子死心塌地跟着你，做牛做马报答你。”

白魔鬼犹豫了一下，却看到红魔鬼正向他投来不容置疑的目光，他双眼一闭，双手一拉，勒紧了绳索。

杨翠翠张大嘴吧，舌尖也不自觉地吐了出来，艰难地发出嘶哑声，表情极为恐怖，手脚胡乱挣扎，撞得铁架子叮当作响。

红魔鬼嫌白魔鬼手软，冲上前抢过绳子的一头，紧紧绕在手中，用膝盖顶着杨翠翠的后背，全力向后一拉。

只见杨翠翠身子向上弓起，面目极端扭曲，惊恐的双眼瞪得溜圆，发出一声嘶哑的哀鸣。

两个魔鬼屏住呼吸，全身发力，绳子迟迟没有放松，不久，杨翠翠的手脚渐渐停止了挣扎，下体屎尿横流。

白魔鬼看着杨翠翠的尸体，连连咂嘴，似乎还有不舍。

红魔鬼一巴掌削到他脑袋上，骂道："蠢东西，瞧你那点出息，赶紧收拾了。"

白魔鬼将杨翠翠拖出了房间，红魔鬼掀开一台冰柜的盖子，两个魔鬼一起把尸体塞进了冰柜。

冰柜里，杨翠翠尸体蜷缩在一起，惊恐圆睁的眼睛布满了血丝，扭曲的脸正对着一个球状物体，是同样死不瞑目的白小婉的头颅。

夏日，清晨的第一抹阳光，斜射在东郊区士茶村的房屋和树木上。

一辆黄色的环卫吸粪车，迎着朝阳，缓缓驶入村庄边沿的林间小道，在一排旱厕前停了下来。环卫工人葛师傅满头白发，从副驾驶位下来，解下储粪罐上的管道，放进了旱厕后的粪池中。他轻车熟路，一气呵成，这里显然是他的地盘。

吸粪车启动引擎，抽粪机突突作响，管道抖动开始吸粪。然而，刚吸了一小会儿，管道发出了异响。

驾驶室里，环卫工人於师傅探出头来："老葛，堵住了。"

葛师傅熟练地抽出抽粪管，发现管道前端吸着一个黑色大塑料袋。

於师傅按停了抽粪机，黑色塑料袋“咚”的一声坠落在地上。

由于吸粪的原因，塑料袋破裂，里面的东西滚落出来。

葛师傅定睛一看，原来是一颗人头和一块肉，吓得他惨叫一声，扔掉抽粪管，瘫坐在地上。

东郊区士茶村。

临近中午，艳阳高照，臭烘烘的旱厕，蚊蝇飞舞，一道蓝色幔布，将旱厕围得严严实实。

士茶村派出所的民警已经拉起了警戒线。不少村民在外围看着热闹，指指点点。几个媒体记者混在人堆里，拿着长焦镜头想偷拍现场勘查小组工作。

孟根山满头大汗，神情焦虑，从树林小道中穿过来，常虹紧跟其后，民警拉开警戒线放他进入。

中心现场内，包德荣、高一萌、严启成、宋妍等人已经在等候，看到孟根山和常虹，立刻上前汇报。

包德荣带着两个黑眼圈，精神依然矍铄：“孟支，我跟村民初步了解了一下情况，这个村比较偏僻，一般没外人来，近期村民们也没看到什么可疑的人。”

常虹眼睛布满了血丝，他补充道：“孟支，老包说的跟刚才我们走访下来也差不多。不过，有村民反映，自家的狗在后半夜叫得厉害，大概是在今天凌晨4点左右，很可能是凶手后半夜来抛尸引起的。”

“我们现在正与恶魔赛跑，大家都在连轴转。以我的经验，越是在最艰苦的时候，越是体现意志品质，越是能够克敌制胜的时候。”孟根山嗓音明显沙哑，他神情严肃地看向宋妍。

宋妍立刻回应：“孟支，村里路口的监控安装不齐全，另外，旱厕附近树林茂密，留下很多监控死角……”

孟根山沉默不语，视线转向严启成。

严启成："孟支，旱厕这边，村民们一早就进进出出，再加上今天两个吸粪工的作业，现场破坏严重，没发现有效的痕迹。装尸块的黑色塑料袋，还要等回去做进一步的检查。"

孟根山的眼神有点失望，眉头一直紧锁，欲言又止。

这时，周睿一边从内圈蓝色幔布里走出来，一边脱下污秽的橡胶手套，他的现场勘查服上也沾染了黄褐色的污粪。

包德荣闻到臭味，刚想捂鼻，一看众人都没有反应，立刻放下手，屏住呼吸。

孟根山双手叉腰，满怀期待地看着周睿。

周睿："孟支，整个粪池我们都进行了彻底的搜查，目前就发现这一袋尸块，黑色塑料袋内是一个女性的头颅和髋部，这两部分对于犯罪嫌疑人来说，都是较难处理的，所以比较完整，而且都被冷冻过。从解冻的程度来看，应该抛尸不久。"

包德荣憋着气息说："时间是对上了，就是今天凌晨抛的尸。"

常虹拍了一下包德荣的后背，说："干刑警，还怕臭，憋什么气啊，说话乌里乌拉的。"

周睿笑笑接着说："头颅五官扭曲变形，依稀还可以辨认，初步确认是白小婉。髋部尸块，就是臀部位置，有明显的抽打和烫伤的痕迹。幸好封在塑料袋里，这部分尚未完全污染，我们也提取了阴道和肛门内的擦拭物，一会儿，带回刑技中心，一是检测一下死者阴道和肛门内是否有DNA残留，二是将头颅和髋部都与白小婉的DNA进行比对认定。"

孟根山赞许地点点头，思考片刻，给出分析："看来性虐是犯罪嫌疑人的惯用手法，犯罪嫌疑人不仅性情暴虐，而且很可能有奇怪的性癖好，或者是有性功能障碍。"

高一萌满脸厌恶，暗暗嘀咕："又是性虐，又是分尸……变态。"

众人都沉默了，不约而同看向孟根山。

孟根山哑着嗓子，神情坚毅地说：“‘7·4’、‘8·3’抛尸案，迟迟未破，犯罪分子依然逍遥法外，社会影响极为恶劣。顾总已经去市局向市局党委汇报情况，张大钢副局长也会亲自来督导侦查工作，这星期全员加班，谁都不许请假。”

众人：“明白。”

第二拆车厂，龚道办公室。

洪峰趴在办公桌上，愁眉苦脸地算账：“老板，这个月再不来新单子，厂里真的要揭不开锅了。”

“你算没算对，熊总不是给了全款吗？”龚道叼着烟，来回踱步，烦躁地挠头。

洪峰：“不是都还赌债了嘛……”

突然，走廊上传来“啊、啊”两声惨叫，是洪峰的声音。

龚道愣了一下，眼珠狐疑地转溜，还在犹豫要不要起身，只听“砰”的一声，办公室门被踹开了。

两个身材魁梧健硕、凶神恶煞的猛男夺门而入，其中一个揪着洪峰的头发，另一个从背后狠狠踹了洪峰屁股一脚。洪峰像只蛤蟆一样，平拍在地面上，疼得嗷嗷直叫，无力起身。

龚道吓得汗毛竖立，他瞪大金鱼眼，几欲起身，腿脚却不听使唤。

紧接着，门口陆续涌进了七八个身上描龙画虎的社会人，他们不由分说，操起办公室里的椅子，照着玻璃柜、玻璃门窗，“噼里啪啦”就是一顿猛砸。

一支烟的工夫，办公室里已是一片狼藉，这些社会人打砸完毕，分列两旁，门外走进来一个西装革履、戴着墨镜、梳着大背头的中年男子。男子嘴里叼着雪茄，手腕露出劳力士金表。

龚道看到他，肥厚的下巴不自觉地开始打战：“熊、熊总……”

龚道抖着手，拿出九五至尊香烟，想给熊总敬上，却被身边的猛男一把拍掉，龚道吓得浑身一激灵，不敢乱动。

熊总蔑视地看了一眼龚道，当着他的面，狠狠踢了一脚趴在地上的洪峰，洪峰“嗷”的一声惨叫，蜷缩成一团。

拆车厂的工人们只敢远远地看着，大气都不敢喘。

一个社会人毕恭毕敬地搬来椅子，熊总在办公室正中央泰然自若地坐下。他夹着雪茄的手指着洪峰，不屑地用眼皮儿夹了夹龚道。

“这哈怂，满嘴跑火车，最会骗人钱，把狗日的牙给额拔了去。”熊总声音洪亮，一口浓重的西安方言。

一个社会人揪着洪峰的头，狠狠往办公桌上一砸。洪峰全身瘫软，不断哀嚎求饶。另一个社会人干净利落地拿出了老虎钳子，不由分说，直接将洪峰的一颗大门牙，活生生地揪了下来。

黄色的大门牙带着血肉模糊的牙根，在地板上划过一道长长的血迹，洪峰满脸是血，四肢抽搐，嘴里吐着血泡，杀猪一般地嚎叫着。

龚道吓得魂飞魄散，膝盖发软，扑通一声跪倒在熊总面前，哀求道：“熊、熊总，您的车真的就差一点点了。您高抬贵手，我们真的没骗您啊。”

“放屁，逼嘴给你扇烂，我们刚才看过了，车子根本开不出来。”熊总身后的一个猛男大声说道。

“姓龚的，你个乃球娃，是真把额的话当耳边风。”熊总淡定地抽着雪茄，吐出一口烟圈，“道上有道上的规矩，没有规矩不成方圆。”

龚道吓得身子后仰，眼珠乱转，冷汗湿透衣背。

熊总失望地摇了摇头，朝手下挥了挥手，四个社会人冲上来先赏了龚道几个大嘴巴子，随后将龚道结结实实地摁倒在地。

“车，额的不要了，你爷额，不差这点钱。”熊总拿出一把榔头，缓缓说明来意，“额这人，说话向来算数，冤有头，债有主，姓龚的，你要左腿还是要右腿？”

熊总说着跷起了二郎腿，把榔头交给了身后的一个猛男。

龚道在社会上游走多年，像熊总这样心狠手辣、睚眦必报的大哥，他还是第一次碰到，以前他那套老赖的惯用说辞，现如今竟然忘得一干二净。在极端暴力面前，龚道犹如一只待宰的羔羊，只能瑟瑟发抖。

龚道魂不守舍地说：“熊总，熊总，不干我事啊，是洪峰，都是他出的馊主意。”

“哦，额这人，最讲道理。”熊总吐了口烟，指了指洪峰缓缓地说，“去，把狗日的弄醒。”

两个社会人扶起昏厥的洪峰，随手拿起一个茶杯，把茶水泼在了他的脸上。

熊总：“哎，鸹貔，你老板甩锅给你呢。”

洪峰迷迷糊糊，虚弱地抬起手，指向龚道，口吐血沫，费力地吐出几个字：“我，我都听他的……”

熊总淡淡一笑，回头看着龚道，目光突然变得狠厉：“说得好，龚道你娃是老板，卸腿。”

话音未落，拿着榔头的猛男快步走到龚道身边，摁着他的腿，瞄准膝盖，举起榔头说：“左腿，还是右腿！”

龚道吓得魂飞魄散，连连哀嚎：“熊总，熊爷，全当我是个屁，放了我吧！”

“哼，当你是个屁？”熊总冷笑一声，弹了弹雪茄的烟灰说，“看你窝怂势子，你再甭羞你先人咧，额再抽三口烟，你乃球的不选，就把右腿卸了。”

龚道闻言，吓得紧闭双眼，浑身颤抖，一股热流从两腿之间溢了出来……

“一点橡子没有，脏成怂咧。”拿着榔头的猛男向侧边移了移身子，死死摁住龚道的右腿，剑拔弩张。

此时，时间仿佛凝固了一般。熊总不慌不忙地抽了两口烟，当他抽到第三口，正要吐出烟圈时，突然，窗外传来两声清脆嘹亮的喇叭声。

熊总起身朝窗外望去，只见刚才还趴窝的奔驰600，两束强光亮起，缓缓向办公室方向驶来，开车的人正是张炜。

熊总有些诧异，挥手示意猛男停一下。龚道费力地弓起身子，看到这一幕，扯着嗓子嚎叫：“老天有眼，老天有眼啊……”

龚道办公室，一片狼藉。

熊总等一众人马，提走了奔驰600，扬长而去。

龚道被抽得鼻青脸肿，肥厚的嘴唇向外翻着。他侥幸逃过大难，筋疲力尽地斜躺在沙发上，捂着胸口平复着情绪。受伤的洪峰被工人们送去了医院。

张炜毕恭毕敬地坐在龚道旁边，刘二爷在一旁搓着毛巾，幸灾乐祸地偷笑，一转身，他立刻收敛，装作一脸愁苦地走向龚道。

刘二爷愤愤不平地说：“这下手也太狠了，简直无法无天。我刚才就想报警，洪会计硬是不让。我看洪会计这回得躺个一两个月吧？”

“蠢东西，报个屁！”龚道瞬间瞪大眼睛，发泄着自己压抑已久的情绪，“你报警，咱们厂还开不开了？”

龚道大吼大叫用力过猛，似乎闪了腰，疼得他嗷嗷直叫，躺下闭目养神。

刘二爷给龚道脸上敷上了毛巾，背过身偷偷坏笑。他给张炜挤眉弄眼，张炜心领神会。

龚道将毛巾敷在嘴角，愤恨地对刘二爷说：“你们那个崔老大，就是存心害我，早让他把车组装好，就是一天磨磨蹭蹭。”

“龚老板，业务上的事儿我也不懂。”刘二爷一脸无辜地说，“你也别怪崔老大，他好歹教出个好徒弟，关键时候不掉链子，也算功劳一件。”

“不不不，大爷还没收我呢。”张炜连忙挥手否认。

龚道满腹狐疑，斜着眼打量张炜：“你那手艺，是谁教的？”

张炜：“崔大爷教的。”

“糟老头子，坏得很。”龚道愤愤不平地咒骂道，“老子安排的人不教，自己偷偷摸摸搞事情，一肚子坏水。”

刘二爷赶紧帮着圆场：“有些人，就是又蠢又笨，天生学不会，也不能全赖崔老大啊。”

龚道捂着嘴角，白了刘二爷一眼，疼痛让他不想多言。他端起架子，冷眼扫视张炜，傲慢地说：“今天你立了功，我心里记着。你要清楚，是我的拆车厂培养了你，从今天起，你就算转正了。”

“我早就说过嘛，龚老板是菩萨心肠，今天小张出手相助，那就是您自个儿的福报。”刘二爷笑着奉承龚道说，“小张，还不赶紧谢谢老板。”

张炜低着头，小声说：“谢谢，老板。”

“去吧，去吧。”龚道挥了挥手，向后一靠，闭上了金鱼眼，躺在了沙发上。

拆车厂，技术车间。

张炜和刘二爷肩并肩走进车间，刘二爷揶揄戏谑：“你看龚道那怂样，还天天在我们面前装大爷。哎，不过，你的事儿妥了，我也就心安了。”

张炜连忙道谢:“谢谢二爷,一直照顾我们兄弟俩。”

“客气啥,你有出息,就证明我老刘没看走眼。”刘二爷欣慰地拍了拍张炜的后背。

张炜走向工作桌,桌上散乱放着画画的稿纸和水笔,却没看到弟弟张毅。

张炜和刘二爷环顾四周,四下寻找。

不远处,小蔡和几个工人在玩手机,刘二爷远远地问他:“小蔡,看到张毅了吗?”

“没看见,没看见。”小蔡头也不抬,翻看着微信群里的视频,很不耐烦地说,“我们老家,士茶村出事儿了。”

“东郊区,士茶村?”张炜闻言一愣,脸色变得煞白。他迅速环视车间,发现邹氏兄弟也不在,一种不祥的预感,油然而生。他瞬间转身冲出车间,大声呼唤:“张毅,张毅……”

刘二爷也紧张起来,一起跟着跑了出去。

拆车厂,废品仓库。

张炜焦急地寻找张毅,来到废品仓库外。仓库里十分昏暗,里面堆满了各种锈迹斑斑的报废零件,安静得有点瘆人。

忽然,里面远远传出一声惨叫,这分明是张毅。紧接着,张毅的哭嚎在仓库里回荡,还夹杂着两个男人的嬉笑声。张炜怒不可遏,从地上操起一根钢筋,急忙循声而去。

张炜往仓库里走了许久,一拐弯,被眼前的一幕赫然惊呆了,只见张毅被扒光了裤子,傻站着嚎啕大哭。

邹氏兄弟正在戏弄张毅。邹守仁手里拿着一把美工刀,坏笑着威胁张毅:“猪仔,你那玩意儿反正也没用,我帮你切了吧,哈哈哈。”

“对,养猪就得阉了才没骚味儿,哈哈哈。”邹守义歪着头,露出了脸上长长的伤疤。

邹守义从背后死死按住张毅，邹守仁阴狠地笑着，推出刀刃，眼看就要对张毅下手。

张炜双手握拳，气得连身子都跟着颤抖起来。他布满血丝的双眼似乎能喷出火来，哇呀呀怪叫着，挥舞着钢筋冲了上去。

邹守仁听到声音，连忙转身，刚好被张炜抽中手臂，“啊”的一声惨叫，美工刀应声落地。

邹守义瞪大了牛眼，甩开张毅，随手操起一块废铁皮，迎了上去。张炜像野兽一样嚎叫着，疯狂地挥舞着钢筋。

邹守义且战且退，手里的铁皮被张炜敲打得直冒火星，叮当作响。

邹守仁右臂被钢筋抽出了一条紫痕，他怒火中烧，咬着牙，从地上捡起一根带钉子的木棒，伺机报复。

搏斗中，邹守义消耗了张炜一大半的力气，此时已如强弩之末。邹守仁瞅准时机，横向拦腰朝张炜抽去。

张炜以一敌二，不是对手，一不留神被邹守仁偷袭。他一个踉跄摔倒在张毅身边，钢筋落地，疼得爬不起来。

“死秃子，找死。”邹守仁咒骂着，挥舞着木棒，劈头盖脸地朝张炜面门砸去。

张炜下意识地紧闭双眼，抬起手臂阻挡。一瞬间，他没感觉到任何疼痛，却只有温热的液体滴在脸上的感觉。

张炜睁开眼睛，看见弟弟张毅像一堵墙一样挡在他身前，他扬起了手臂挡住了带钉子的木棒，鲜红的血液从他手臂上滴答而下。

张毅见到血，疼得一屁股坐在地上放声哭嚎，腿脚乱蹬。邹氏兄弟不依不饶，举起手中的凶器，妄图再次加害。

千钧一发之际，身处险境的张氏兄弟背后传来了崔大爷雷霆般的喝令：“住手！”

邹氏兄弟被这炸雷一般的声音吓了一跳，不由得回头望去，只见崔、刘、韩三位大爷已走到跟前，手里都拿着家伙事。

三位大爷将满脸血迹的张炜和赤裸身体的张毅护在身后。

崔大爷瞋目怒视，推了一把邹守仁，怒不可遏地说："姓邹的畜生，你们欺负这孩子，算什么本事，有本事冲我来啊！"

"老崔头，你不能不讲理吧？"邹守仁伸出自己受伤的手臂，瞥了眼张毅和张炜，一副死猪不怕开水烫的样子，"我们逗猪仔玩呢，张秃子先动了手，你看我胳膊都打成这样了。"

崔大爷："你放屁，张炜、张毅都被你俩打成什么样了？"

韩三爷："大哥，别跟他们啰嗦，我现在就报警。"

"报警？老子怕你们。"邹守义摸了摸脸上的伤疤，阴狠地说，"那是秃子、猪仔自己碰伤的，和我们无关。"

"你们两个流氓，走，上派出所说去！"崔大爷气不过，一把揪住邹守义的汗衫。

韩三爷、刘二爷闻言挡住了邹守仁的去路，异口同声地说："走，派出所说理去。"

五个人推推搡搡，僵持不下。

"不怪他们，是我们自己划伤的。"张炜一边低着头擦了擦脸上的血迹，一边安抚弟弟给他穿上了衣服，"崔大爷，二爷、三爷，谢谢你们，不用，真的不用了，谢谢。"

张炜突如其来的话语，让崔、刘、韩三位大爷感到格外震惊，但似乎又在情理之中，他们一时没有了主张，默默地看着张炜、张毅。

邹守仁轻蔑一笑，玩世不恭地说："听到没，不关我们事儿，我们走了。"

"咸吃萝卜淡操心。"邹守义将有伤疤的鬼脸转向张炜和张毅，斜眼看着他俩，恶狠狠地说，"早晚，让你们两个人在地球上消失。"

邹氏兄弟俩朝地上吐了口唾沫，哼着小调，扬长而去。

张炜站在崔大爷身后，凝视着邹氏兄弟的背影，眼神狠厉。

黄梦婷办公室。

黄昏时分，黄梦婷的办公室里已经拉下了百叶窗，酷暑的斜阳透过空隙，还是将橙色的阳光洒满了她的办公室。

黄梦婷坐在办公室里，背景音乐放着凄凉伤感的二胡独奏“爱的忧伤”。她身着香槟色的Prada夏季连衣裙，神情忧郁地看着自己的手机。

手机屏幕上，播放某大V博主在旱厕外围现场的视频：

“老铁们，太恐怖了，‘赤面淫魔’的阴影一直挥之不散，这已经是两个月之内，我们东海市发生的第三起抛尸命案！你们看，警察封锁得多严，什么都看不到。士荼村村民说，环卫工人一大早就发现了一颗人头，还在地上滚了好远……”视频博主说着，故作惊恐打了个激灵。

黄梦婷立刻关掉了短视频，双眼紧闭，双手有些颤抖地按着太阳穴。她赶紧从随身的包里取出来一片白色的药丸，用水冲服下去。

在药力的作用下，黄梦婷昏昏沉沉地趴在桌子上。她的脑海中，忽然浮现出了一幅恐怖的画面。

在一片漆黑的小树林里，一颗披头散发的头颅，口吐鲜血，在地上快速滚动，红色的鬼头面具紧追不舍。伴随着树叶沙沙作响，一双白色的蕾丝袜和球鞋也跟着头颅和面具，一前一后，一起奔跑……

黄梦婷半梦半醒之间，似乎听到了女生的惊慌喘息和哭泣哀求：不要、不要……

在黑暗的树林里，黄梦婷循着声音，摸索过去，却不见了女生。忽然，一颗披头散发的人头从远处飘到了她的眼前，她下意识地转身躲避，那人头却不依不饶，再次转到了她的眼前，吐着鲜血，向她求救：救救我，我死得好惨啊，好惨啊……

说话间，红色鬼头面具张牙舞爪，呼啸而至。

黄梦婷额头冒着冷汗，身体不停颤抖。她想从梦魇中逃离，使出浑身解数，却怎么也无法抽身。

这时，她的电话忽然响起，一阵急促的铃声，终于将她从噩梦中唤醒。

黄梦婷平复了一下心情，接通了电话，娇喘地说："你好，哪位？"

金总："黄女士您好，我是东海市豪爵婚庆的总经理。给您致电是想询问一下，之前推迟的婚纱摄影，有选定计划日程吗？"

黄梦婷惊魂未定，捋了捋额发，平复呼吸："我未婚夫最近比较忙，等我跟他商量一下，再回复您吧。"

金总："没问题，黄女士。您是我们最尊贵的铂金级客户，您随时定好时间，我们随时为您提供最顶尖的婚纱摄影和蜜月旅拍服务。"

金总说完，黄梦婷敷衍地答应，随即挂断了电话。她的目光移向办公桌上她和常虹一起出游相拥的合影，神色凝重。

刑侦总队。

夕阳西下，黄梦婷拎着手包，站在门卫室的遮阳伞下等候，神情忧郁，看着地面愣神。

常虹换了一件干净的白衬衫，匆匆忙忙走了出来。他心事重重地跟门卫打了招呼，带黄梦婷进入刑侦总队。

刑侦总队，咖啡厅。

黄梦婷在咖啡厅靠窗的位置坐着，窗户外夜色将至，光线已经慢慢昏暗。

常虹端着两杯咖啡走了过来："梦婷，这里没有couples的咖啡机，也比不上你办公室的猫屎咖啡，将就一下。"

黄梦婷看着有些憔悴的常虹，心疼地说："虹，我叫小雅订了几箱水果和战马饮料，稍后就送来，忙归忙，营养也得跟上。"

"行，我替他们谢谢你。"常虹连连点头，仓促地喝了一大口咖啡，"什么事这么急，非得见面聊？"

黄梦婷犹豫了一下，深情地看着常虹说："虹，豪爵婚庆来电话，问婚纱照延后到什么时候拍。我爸妈也在问，酒席时间什么时候能定下来，这些准备事项，都得提前预订……"

常虹皱着眉，语气里带着一丝责备："这点事情，电话说不就行了嘛？"

黄梦婷愣了一下，神情变得有些不自然，常虹注意到她表情的变化，连忙道歉解释："对不起，时间安排我现在真的定不下来，早上又发现了尸块，我们整个支队都忙得焦头烂额……"

常虹说完，往椅背上一靠，长出了一口气。

黄梦婷喝了口咖啡说："我理解，我也盼着你们能尽快破案……毕竟，这些女性受害者都太可怜了。"

常虹突然想到了什么，警觉地看向黄梦婷，神情严肃地说："梦婷，我知道你很关心这些案件，我再重申一遍，无论这些案件能为你的爱心基金会和公益项目，带来多少人脉资源、社会知名度甚至经济效益，我都希望你不要再过问案情，我也不会透露任何细节。"

"不是的，我并不想八卦案情。"黄梦婷见他误会了，连忙解释，但又吞吞吐吐、欲言又止，"我只是，只是觉得，如果她们还有机会活下去，我是说如果，被践踏……残缺的生命，是不是能够被人接受……或者……"

"我说过，这不是你该考虑的问题，真实的案件没有如果，我们刑警会用雷霆手段，将一切丑恶和毒瘤斩断，为死者讨回公道。法律更会公正地解决处理。”常虹粗暴地打断了黄梦婷的话。

黄梦婷眼巴巴地看着常虹，眼眶有点泛红，犹豫再三，冷不防反问道：“那换位思考一下，被害人如果是我呢？”

“亲爱的黄大小姐，你胡说什么，就算你热衷公益……干嘛拿自己打比方？”常虹费解地打量着黄梦婷，他这两天所有的精力全部扑在案子上，对于自己的私事则思维缓慢，甚至不明所以。

黄梦婷埋着头沉默了，喝了口咖啡掩饰着内心的苦涩，捧杯的手有些颤抖起来：“所以，在你心里，这些受害女性生命的不完美和残缺，都是咎由自取？她们的人生，也没机会挽回了，是吧？”

“完美和残缺？为什么要挽回？”常虹喝了一大口咖啡，提了提精神，一头雾水地说，“完美就是完美，残缺就是残缺，为什么要混作一谈，即便你坚持要做爱心公益项目，也没必要陷得太深吧……”

“人不能选择怎么生，怎么死，却能选择怎么爱，怎么活。”黄梦婷不再言语，不经意间眼角泪水滑落。

这时，包德荣也来到咖啡厅，在柜台刷卡买了瓶苏打水，看见黄梦婷和常虹，笑着朝他们挥手。

黄梦婷装作没看见，尴尬地别过头，不想让他看到自己伤心落泪。常虹也尴尬地朝他两手一摊。

包德荣察觉两人表情奇怪，犹豫再三，还是决定前去帮忙缓和气氛。

常虹看黄梦婷落泪，连忙递上纸巾，安抚说：“对不起，我只是想说，你就是你，完美无瑕，和那些被害女性本来就是天壤之别。”

常虹的话并未起到作用，黄梦婷反而埋着头，轻声呜咽起来，呼吸也变得急促。常虹脑袋发懵，一时不知所措。

黄梦婷迅速从小包里取出一片白色药片，就着咖啡迅速服下。

常虹疑惑地看向黄梦婷:“这是什么……”

黄梦婷眼神晃动:“医生开的褪黑素,我最近精神压力大,经常失眠,需要这个克服睡眠障碍。”

常虹将信将疑地看着黄梦婷,说话间,包德荣走到跟前,关切地看着黄梦婷,询问常虹说:“弟妹难得来一趟,这是怎么了?”

常虹还没来得及回应,黄梦婷便起身,对包德荣挤出一丝微笑:“我没事了,一点私事……你们公务在身,我先走了。”

说着,黄梦婷起身往外走去,常虹疑惑不解地看着她的背影。包德荣立刻给他使眼色,拍了拍他的后背:“别愣着啦,快去追。”

刑侦总队门口。

常虹人高腿长,三步两步便追上了黄梦婷。黄梦婷已经叫好了回家的专车,她执意推辞,让常虹回去。常虹犹豫了一下,稍加宽慰,还是转头走回了刑侦总队大院。

包德荣远远地望着,不断地摇头。

华灯初上,怎奈梦里花凉。

门口的黄梦婷依然低着头,身子似乎还因为抽泣而颤抖。晚风轻轻吹拂她的秀发,显得她更加落寞孤独。

常虹走回包德荣身边,包德荣一把将他拽住,指着黄梦婷的方向:“常大虹,你缺心眼啊,再等几分钟,送上车不行吗?你这种人怎么会有女朋友的?”

“我脑子里现在全是案子,哪有心思儿女情长……”常虹这才反应过来,转身向门口跑去,“梦婷,梦婷等等。”

此时,黄梦婷已经拉开车门,她头也不回地上车而去。

常虹望着车辆远去的背影,无奈地轻声叹息。

包德荣走上前,一把搭在常虹肩膀上:“你俩什么情况,怎么聊着聊着,她就哭了?”

“今天,她自己莫名其妙的,不知道怎么的,仿佛被带入到了被害者的情绪里。我就劝她,做公益也要适可而止啊。”常虹丈二和尚摸不着头脑,双手一摊,一脸无辜。

“就这?”包德荣将信将疑地看着常虹。

常虹想了想,随即懊恼地摇头:“也怪我,可能,我说她们基金会以案件做噱头,换取政府资源和社会关注,说话重了些。”

常虹一声叹息,有些失落地走进了刑侦大楼。

包德荣抬了抬眉毛,回头望了望门口,只见夜色如水,虹影摇曳。他心里暗自嘀咕:恐怕没这么简单……

诗云：　　沉思往事立残阳,一念一伤神,
　　　　　杯酒莫惊醉卧人,只道是寻常。

8月12日,23点17分。

重案支队会议室。

东海市公安局分管刑侦的副局长张大钢亲自督战,总队长顾长青坐他身边陪同,重案支队专案组全员列席,只有周睿尚未赶到,大家神情严肃,会场气氛紧张。

张大钢清了清嗓子,语气沉重地说:“同志们,从‘7·4’案发生至今,短短两个月内接连发生碎尸抛尸案,给我们东海市带来了前所未有的恶劣影响,造成了极大的社会恐慌。我知道,大家也很辛苦,市局党委需要知道结果,群众需要知道真相,犯罪分子一天不绳之以法,就会危害到我们东海市人民群众的生命财产安全。我们作为刑警,于心何忍,‘尖刀上的刀尖’的荣誉称号,我们是否问心无愧?!”

专案组全体成员都沉默了,纷纷低下了头。

顾长青总队长接力发言:“同志们,时间紧迫,市局领导对我们提出了更高的要求，我们不能辜负市局党委以及东海市人民群众的期望，希望大家再接再厉，化压力为动力，再次擦亮我们的金字招牌。”

“张局、顾总，请领导们放心，我们重案支队不会辜负市局党委对我们的殷切期望，一定知耻而后勇，全力以赴再次擦亮我们的金字招牌。”孟根山倍感压力，抿了抿嘴唇说，“下面，我们向两位领导汇报一下案件的进展情况，先从痕迹开始吧。”

张大钢呷了一口浓茶，点点头，孟根山向严启成颔首示意。

严启成：“张局、顾总，各位领导，我从痕迹专业的角度，谈一下我对案件的分析，今天中午11点32分，我们在东郊区士茶村旱厕，发现用黑色塑料袋包裹的两块尸块。该黑色塑料袋，经检验与之前‘8·3’案装白小婉尸块的黑色塑料袋是同一批次的。另外，这次发现的头颅和髋部尸块，也经过了冷冻、肢解和抛尸的过程，肢解所用工具为斧子和钢锯，再加上性虐伤痕，手法与‘8·3’案高度一致。从痕迹角度推断，应该是同一伙人所为。”

顾长青：“士茶村周边其他的旱厕，有没有发现尸块？”

严启成：“我们反复搜寻过，暂时没有。”

顾长青：“暂时没有，不代表以后没有。士茶村旱厕这块阵地，虽然条件艰苦，但很重要，你们要守住啊。”

“是。”严启成眼神坚毅。

对话间，包德荣仿佛又置身于旱厕粪池打捞的场景。粪勺在粪池中搅动，让浓重的粪臭味加速弥散，引来了无数的绿头苍蝇，高温闷热又似一张大网将这一切紧紧锁住。包德荣置身其间，“令人窒息”这四个字已经软弱无力。

包德荣不敢再想。他屏住呼吸，故作镇定，运了运气，强行压抑住了反胃的感觉。

孟根山：“技侦方面，有什么新的发现？”

宋妍将自己的电脑连上了大屏幕，清了清嗓子说："各位领导，我们反复核查了村庄周围路段的监控，虽然很多监控都被遮挡，还是发现了一辆可疑车辆。"

宋妍操作电脑，大屏幕上出现一幅像素粗粝、噪点很高的画面，画面时间显示为，8月12日2点08分。画面四周都是漆黑的树叶，中间露出一段路面，一辆黑色轿车一闪而过。

宋妍："我们已经对画面进行了模糊图像的处理，效果不太明显。通过对汽车轮廓的大致比对，我们发现这辆车，与M3酒吧门口掳走白小婉的黑色轿车十分相似。我也支持严组长的判断。"

孟根山点头，若有所思，目光移向常虹："东海市肉联厂的调查有进展吗？"

"尊敬的张局、顾总，各位领导，'8·3'案发生后，经初步案情分析，专案组高度怀疑犯罪分子可能从事与肉联厂相关的工作。下面我将走访情况向各位领导汇报一下。"常虹整了整衣服，翻开笔记本，字正腔圆地说，"我们对全市的肉联厂都进行了摸排，发现北郊区大户肉联厂的两名物流运输人员，梁建强和吴阳光，十分可疑。他们在8月1号夜班结束离开后，就再未出现过。目前，尚未在东海市发现两人行踪。我们已和他们东北老家的公安局取得联系，支队老冯和小耿已经前往当地走访调查。"

顾长青："确实可疑，要盯紧。还有你们刚刚抓获的毒贩李谦光，他的口供核实了吗？"

常虹："顾总，李谦光这个老油子，还是不老实。今天下午，我们请东郊区刑侦支队的同事帮忙，找到了证人冯洪勤，并进行询问，核实情况。根据冯洪勤的交代，7月31号晚上到8月1号凌晨，李谦光确实跟他一起，可并非如李谦光所说是冯洪勤主动找他庆祝八一建军节，而是李谦光主动找到冯洪勤，要卖给他毒品。冯洪勤从李谦光处购买10

克海洛因后，两人随即在冯洪勤家一起吸毒，直至8月1号凌晨去吃了夜宵。”

孟根山：“供述的真实性，都确认了吗？”

常虹：“已经找到夜宵烧烤摊的老板，确认过了，而且冯洪勤家附近的路况监控，也拍到了两人当晚出入的行踪。”

孟根山凝眉思索道：“除了贩毒这一点撒谎，人证和视频就都证明他和‘8·3’案无关……那7月14号晚上，在M3酒吧门口的那个光头是谁？”

宋妍想了想，接过话头回答：“孟支，那个监控的影像质量太模糊，我在想，如果绑架白小婉的凶手不是光头，还有一种可能就是戴着浅色的面具。”

张大钢、顾长青和孟根山纷纷点头，认可宋妍的判断。包德荣在笔记本上快速记录，暗自嘀咕：“不愧是学霸，有道理啊，我怎么没想到。”

这时，会议室的门被推开，周睿神情严肃，拿着报告姗姗来迟。

“张局、顾总、孟支，抱歉，来迟了，法医这边有重要发现。”周睿快步走到自己的位子上坐下，严肃地说，“今早在旱厕新发现的两块尸块，我们进行了严谨的DNA比对，经证实头颅系白小婉本人，而髋部尸块……”

专案组会议室顿时安静了，大家屏住呼吸，将目光全部投向周睿。

周睿咬了咬嘴唇，眼神笃定，接着说：“而髋部尸块，经DNA比对，不是白小婉的。”

此言一出，会议室里炸开了锅。

“什么？还有被害人？”

“凶手太嚣张了。”

“不是同一人的怎么会放在一起，是不是在暗示什么？”

“看来还有大量的尸块已经被抛出尚未找到，或者等待时机抛出。”

……

专案组的刑警们不由得议论纷纷。

孟根山:“大家安静,注意会场纪律,请周睿同志接着往下说。”

周睿:“回到刑技中心后,我们在法医解剖室,对两块尸块都进行了细致的检查,发现髋部尸块皮肤松弛,皮下脂肪较厚,骨盆较宽,有过生育的痕迹,这与白小婉的情况不符。”

常虹:“周组长,那作案手法与‘8·3’案是否一致?”

“两块尸块都检测出了与‘8·3’案一致的兽药成分,而且都有被虐待的痕迹,从法医学角度,可以肯定手法与‘8·3’案基本一致。”周睿扶了扶眼镜说,“还有一个好消息和坏消息,好消息是我们从髋部尸块提取的阴道擦拭物,检测出了DNA,坏消息是犯罪嫌疑人的DNA并未录入在档案库中。”

“犯罪分子就隐藏在东海市的某个角落,早晚还会露出马脚。一定要紧抓DNA这条线索不放。”张大钢看了看顾长青和孟根山,接着说,“看来,我们要进行大规模行动了。”

“是的,我同意张局的观点。”孟根山分析说,“从手法上看,今天这起‘8·12’抛尸案与之前的‘8·3案’高度接近,可以做并案处理。常虹,你们尽快排查新被害人的身份信息。”

常虹:“是!”

张大钢:“我再补充两句,了解被害人的信息同时,更要科学地推断总结凶手的心理动机。整个刑侦条线一定要高度警觉,做到动态隐患清零,预防并杜绝此类案件再次发生。”

众人:“是!”

第九章
红嵯峨，烁晚波，消尽冰魂惆怅多

清晨，时钟指针刚过6点半，阳光斜射进重案支队办公室，有些耀眼。

办公室里的刑警们虽然刚刚熬过大夜，此时，已经陆续起来洗漱收拾，各自忙碌起来。很显然，敲醒他们的不是钟声，而是对刑侦事业的执着和坚守。

常虹和包德荣一起在办公桌旁，一边吃着早饭外卖，一边讨论着案情。高一萌左手端了杯咖啡，右手拿着一份刑技中心的报告走了过来。

高一萌："师傅，周组长连夜在重点人口数据库中比对出了DNA结果，核实了髋部尸块的被害人名叫杨翠翠，江北人，38岁，是北郊开发区附近，城中村的一名洗头房小姐。"

常虹接过报告，一脸严肃，仔细端详上面杨翠翠的信息和证件照片。

忽然，马龙匆匆走了过来，神情兴奋地说："常支，常支，北郊开发区吴川派出所的警长王林刚来电话，人抓到了！"

常虹："你说清楚，抓到什么人了？"

马龙："杨翠翠的男朋友抓到了！"

众人瞬间双眼放光，齐刷刷地盯着马龙。

马龙:“是这样,刚才接总队指挥处情报科紧急通报,北郊开发区吴川派出所,昨晚端掉了一个聚众赌博的棋牌室,有一个叫阿忠的赌徒,审讯时候交代,自己的女朋友杨翠翠已经失踪两个多星期了。王警长核实情况后,觉得十分可疑,将这个情报第一时间上报,这不,和周组长连夜做出的报告,十分吻合。”

常虹立刻放下餐盒,一边擦嘴收拾,一边叮嘱包德荣:“老包,你跟我去一趟,马上。”

包德荣闻言,立刻起身仰起脖子,将剩下的小半盒白粥一股脑儿倒进了嘴里。

“师傅,我也去。”高一萌向前一步,语气坚定。

常虹微笑着点头答应,高一萌兴奋得蹦蹦跳跳地跑回去准备。

常虹从抽屉里拿出一面小镜子,用电动剃须刀刮了刮唏嘘的胡茬,收拾好发型和着装,率先朝外走去。

“高小萌,快点。”包德荣往嘴里又塞了一个包子,连忙跟上。

三伏天的早上,阳光已然滚烫灼热,高架路面迅速升温,空气蒸腾着混合着汽车的尾气,连视线都变得扭曲了。

七八点正值早高峰,出城的高架路上,车流宛若一潭死水,密集的车辆并排堵了几公里,首尾相连,停滞不前,常虹他们的警车也无奈地被堵在其中,任凭警灯焦躁地闪烁。

包德荣汗流浃背,解开了衣扣,不耐烦地反复按着仪表盘上的空调键,可惜毫无反应,他生气地拍了拍仪表盘。

常虹把着方向盘,擦了擦额头的汗说:“行了,你拍也没用,回去记得报修。”

“知道了,知道了。”包德荣头发湿透,发型耷拉下来,他一只手抖着警服衬衫的领口扇风,神情烦躁。

后座的高一萌双目微闭，摇头晃脑，双手松弛地捧着文件夹，昏昏欲睡。

包德荣燥热难耐，把椅子向后一调，舒坦地一靠，顺势脱了鞋子，抬起脚丫子跷起了二郎腿，露出了有些发黑的GUCCI袜子。

随着蒸腾的热浪，车内顿时一股异味飘荡。

常虹立刻屏住呼吸，皱起眉头瞥向包德荣，忍无可忍地谴责："快把鞋子穿上，熏死人了。"

包德荣满脸不服气，把右脚掰到身前，佝着背闻了闻，立刻也皱起了眉头："味道……有那么明显吗？我这可是国际名牌，防汗除臭的高科技袜子。"

"你穿这奢侈品袜子，真是糟蹋物件……"常虹说着，扭头转向窗外，深吸了一口气，继续批评，"老包，你最近业务能力是进步了不少，工作上的细节也要注意一下。作为咱们重案支队的刑警，形象风貌也同样重要。"

"哦，知道了，知道了。"包德荣极不情愿地敷衍回复他，把脚放到了鞋里。

"回头我送你几双袜子吧，都发黄了还穿，真是……"常虹无奈摇了摇头。

包德荣："谢啦，我还是自己买吧。我只穿这个牌子，只穿这一款。"

常虹："牌子倒是讲究，你也好好讲究下细节啊。"

包德荣并不想继续跟他拌嘴，回头瞥向后座，幸好高一萌还迷迷糊糊睡着，没听到什么。他默默穿好鞋子，无奈地看向了窗外，扯着领子，让燥热的风吹进汗湿的衣衫。

忽然，"嘀嘀嘀"，背后有辆黑色奔驰600鸣笛，发出尖锐的喇叭声。

"警车也想超，昏头啦。"包德荣立刻探出头，伸出手拍了拍车门，朝后面厉声呵斥，“城区范围不许鸣笛，不知道交规啊！”

这辆黑色奔驰车似乎不太给警车面子，硬是从旁边一根道挤到了前面去。

“唉，越说越来劲还。”包德荣瞟了一眼擦身而过的奔驰车，发现里面的人面相不善，他扭头对常虹说，“要不要把他们逼停，查查证件。”

“记下车牌号码，交给交警高架支队的兄弟们。”常虹目视前方，沉稳地说，“咱们的时间，耽误不起。”

被这么一闹，高一萌瞬间缓过神来，她忽闪着大眼睛，有些懵圈地看向常虹：“师傅，到了啊？”

“傻丫头，早呢，碰上早高峰了。”常虹看了看手表，8点10分，看着后视镜朝她一笑，“你刚睡了半小时，我们才挪了两百米。”

包德荣转头看向高一萌，调侃地说：“高小萌，你还不如留在办公室吹空调，干嘛非跟我们出来‘蒸桑拿’？”

“走访调查是刑警的基本功，我当然要参加。”高一萌额头上渗出了细密的汗珠，一脸的倔强和坚定。

说着，高一萌翻开文件夹，自言自语：“没想到杨翠翠这样的工作，还有男朋友？”

“这话说的，你一看就是缺乏社会经验。”包德荣一副倚老卖老的口吻，“是个人就有七情六欲，像这些洗头房的小姐，还有城中村的站街女，看惯了欢场里的逢场作戏，反倒越害怕孤独，越渴望有个人爱自己。”

“老包，你怎么这么懂这些女人……”高一萌似懂非懂，疑惑地追问。

包德荣愣了一下，随口推托：“社会经验嘛。”

警车稍稍往前挪了挪，又停下了。常虹若有所思，缓缓开口：“老包，你刚才那番话，听着怎么有点像梦婷的口气，你什么时候跟她学的？”

“常大虹，话不能乱说啊。”包德荣故作惊慌，连忙解释，“你家梦婷可不是我的菜，我老包对你可是一片忠心！”

包德荣说完，忍不住一脸坏笑，常虹甩了他一个白眼：“有小同志在啊……”

“我师傅可是全东海公安局第一帅！”高一萌忍不住嘘包德荣，连连摇头说，“副驾前边有面镜子，拜托你放下来照照好吗？”

“高小萌，我算看透你了，你个马屁精。”包德荣故作嫌弃，瞪了一眼高一萌。

高一萌仰起头，朝包德荣吐了吐舌头，还给他一副关爱智障的眼神。

包德荣笑了，回头看着常虹说：“说正经的，常大虹，你跟弟妹和好了吗？”

高一萌来了精神，扒着前排座椅，一脸八卦地看着常虹。

“嗨，一晚上也没回我信息。”常虹轻轻叹气说，“昨天赖我，一心光想着案子，压根没听明白她到底想说什么……”

包德荣回想了一下，若有所思地说：“其实，她的想法也没错，帮助社会底层弱势的失足妇女，也是在做善事，我们应该给她们改过自新的机会，帮助她们、教育她们、接受她们。”

“老包，你说的一套一套的，不过，听着还挺有道理。”高一萌听得一知半解，看向常虹说，“师傅，梦婷姐的爱心基金有什么问题吗？”

“呵呵，没什么问题。”常虹敷衍地说。

“你师傅脑子轴，眼睛里不揉沙子。”包德荣插话说，“按照你师傅的观点来说，梦婷那是高端大气上档次，这么纯洁、这么完美的大美女，怎么能介入社会的阴暗面呢……”

“师傅说得也对，这些事情不是我们刑警应该干的吗，我们都是护花使者。”高一萌凝眉沉思,有点迷糊了。

“高小萌,这个世界不是非黑即白的,就算大晴天,也总有阳光照不到的角落,对吧?”包德荣看着她,无奈地摇头。

高一萌忽闪着清澈的大眼睛,想了想,指了指窗外的蓝天,用咏叹调抒情地说:“对啊,所以我们要让正义和法律的阳光普照大地,让爱洒满人间。”

“唉哟,诗歌大朗诵啊。你们这些‘学院派’,就是太一板一眼了。”包德荣来回看着高一萌,有些嘲讽地说,“以后你就知道了,真要深入社会基层去查案,就得有颗包容的心,跟各种三教九流的人打成一片……不能跟你师傅这样,成天板着一张包公脸。”

“嘿,还瞧不上我们‘学院派’了?”常虹把着方向盘,不服气地说,“就你那歪门邪道,三脚猫的功夫,也好意思教别人。”

“就是,就是,我师傅可是中国刑警学院远近闻名的优秀毕业生。”高一萌说着举起了大拇指,自豪地说,“你那顶多就是野路子侦查,难登大雅之堂。”

“你到底是来工作,还是来当迷妹的?”包德荣说不过他们,扭头看向窗外,“嘁,小马屁精!”

常虹和高一萌见包德荣被逗得生了气,不禁哈哈大笑。

将近中午。

常虹一行人终于赶到了北郊区吴川派出所。

警长王林已经在大厅等候多时,他热情地上前与常虹等人握手。

王林:“常支,辛苦,辛苦,我们又见面了。”

常虹神情迫切:“王警长,感谢你对我们工作的支持,人在哪儿?”

王林:“在滞留室,这个阿忠说是杨翠翠的男朋友,其实就是个吃软饭的。”

常虹："好，事不宜迟，马上开始询问。"

王林走在前头带路，常虹等人紧紧跟随。

吴川派出所，滞留室。

常虹和包德荣、高一萌坐在阿忠对面，对他进行询问。

阿忠皮肤黝黑，颧骨很高，两颊凹陷，嘴唇丰厚有点凸出，留着中长发，穿着花衬衫和大裤衩，脚上一双人字拖，一副典型的痞子打扮。

常虹："你是怎么发现杨翠翠失踪的？"

阿忠不自觉地抖着腿，心不在焉地说："最近手气很差，钱都输光了，我只好去找她再要一点啰……"

"那我就去洗头房和她家里找她，都找不到人啊，打她手机又不接，就很奇怪啊……"阿忠语气软趴趴的，带着浓重的闽粤口音，"我连续等了三四天都等不到，害我被赌场扣着不让走，还要揍我哎……"

包德荣："人都失踪两个多星期了，你就想着你自己？"

阿忠："瓦噶里贡吼，我也想她回来啊，她再不回来吼，我就没钱了啦……"

"钱钱钱，就知道钱。"高一萌气得白眼翻上天，忍不住骂出声来，"不忠不孝、不仁不义的东西，还叫阿忠……我呸！"

常虹目光似箭，凝视着阿忠，阿忠瞬间心虚，低头不语。

常虹严厉地说："你最后一次跟她联系是什么时候，聊了什么？"

"我想下吼……"阿忠左顾右盼，一直在回避常虹的眼光，"她最后给我打过一通电话……"

包德荣把阿忠的手机还给他，阿忠打开手机，翻了翻通话记录。

阿忠："7月25号23点46分，那天好像有雷阵雨，她打电话让我去接她，可我有事情就没去。”

常虹厉声追问：“什么事情？”

阿忠吓得不轻，急忙辩解：“我，我在打麻将，棋牌室里的人都可以给我作证的。”

常虹、包德荣和高一萌一齐怒视着阿忠，气氛尴尬而紧张。

阿忠心更虚了，低着头喃喃地说：“我也不想的啊，谁知道她会这么衰……”

高一萌气愤不已，重重地一拍桌子，学着港台腔骂道：“收声啦，衰佬！”

吴川派出所院内。

经过一个小时对阿忠的讯问，常虹三人基本排除了阿忠作案的可能性。

他们在派出所吃过简单的客饭后，与警长王林握手告别，三人朝警车走去。

高一萌余气未消，边走边吐槽：“怎么会有这种垃圾男人，平时靠女人养着，出了事还甩锅。杨翠翠会遇害，就是这种男人害的。”

“你啊，还是年轻……”常虹语重心长地说，“阿忠虽然在情理上对杨翠翠有亏欠，单就碎尸案而言，像这种软蛋，看样子也不像个能杀人的人，从法律和侦查的角度来讲，他也没有什么责任，毕竟，法律和情感是两回事。”

“看见没？这就是你师傅，懂法不懂情……”包德荣凑到高一萌身旁，唱起了反调，“我支持你，女人的苦，很多时候都是渣男造成的。”

“渣男是渣男，法律是法律，乱弹琴！”常虹给包德荣飞了一个眼刀，反驳道，“赶紧去趟洗头房，了解一下杨翠翠生前的情况，下午还要跟市局领导汇报案情进展。”

包德荣和高一萌迅速上车,常虹驾驶警车绝尘而去。

下午,5点。

重案支队会议室。

副局长张大钢和总队长顾长青,再次亲临专案组督战,整个会议室里鸦雀无声,气氛紧张严肃。

张大钢副局长正襟危坐,面若冰霜,目光凛然地扫视着专案组的刑警们。

在场刑警们倍感压力,个个神情严肃,举止谨慎。

张大钢副局长敲了敲桌子,众人立刻屏气凝神,目不转睛地看向他,等候指示。

张大钢:“同志们,我们重案支队,以前是东海市公安局响当当的名片,是‘尖刀上的刀尖’。可现在呢,两个月内连续三起抛尸案未破,给社会造成了多大的恐慌,有人甚至说我们公安局是粮食局,这让我们整个公安局都抬不起头!”

刑警们无言以对,面面相觑。

张大钢深吸一口气,环视众人,语重心长:“可以告诉大家,东海市委市政府的领导对这三起恶性案件高度重视,从今天开始,穆局长每天都要去市政府汇报调查进展,我以后每天都会来这里督战,实时跟进案件进程。希望大家能够知耻而后勇,再次擦亮我们重案支队的金字招牌!你们有没有信心?”

众人被张局长一番话激得热血沸腾,燃起斗志,频频点头,齐声高呼:“有!”

张大钢:“好!要保持这股干劲儿,别再让我看到你们垂头丧气的样子。”

顾长青看向专案组的几位负责人:“今天有什么新的进展,你们逐一汇报一下。”

宋妍按照事先商量好的顺序，率先发言。

宋妍：“各位领导，我先说吧，自从‘8·3案’以来，我们组全力筛查网上的非法售卖兽药麻醉剂的渠道。目前发现一个名叫‘蝙蝠’的小众论坛，长期存在以暗号形式非法接头、倒卖兽药的情况。我们细致研究了交易方式之后，发现用‘从物到人’的方法准确查找出嫌疑人，难度巨大。”

孟根山：“怎么说？”

宋妍面露难色：“近一个月内，该论坛里各种兽药交易就有一百多起，很多都是线上沟通、线下当面交易，交易形式繁多、隐蔽性高。有些交易确实填写了邮购的联系地址，可是经实地走访查实，也只是临时地址或虚拟地址。我们也通过大数据技侦手段，找到了几个买卖兽药的人，经过详细调查走访，跟碎尸案毫无关系。”

张大钢看到自己力推的大数据，一时找不到破案的抓手，顿时面色铁青，顾长青不安地看了他一眼，点上了一支香烟。

孟根山有些焦虑，立刻招呼常虹：“常虹，你这边的最新进展，汇报一下。”

常虹翻开笔记本，清了清嗓子说：“各位领导，今天中午，我们突击询问了被害人杨翠翠的男友阿忠，初步了解了死者生前的情况，基本排除了她男友作案的可能。鉴于死者的职业是北郊区城中村洗头房的小姐，附近人员流动情况和社会关系都很复杂，暂时无法确定是情杀、仇杀还是随机犯罪。”

孟根山面色凝重，会议室里死一般的寂静。

常虹看了一眼孟根山，接着说：“我们核实了，杨翠翠失踪的具体时间和地点，应该是在7月25号23点46分之后，北郊区吴川派出所辖区一处乡村道路旁，离她上班的洗头房不远，并且，我们跟气象局核实了当天的天气，那天晚上全城雷暴雨，北郊区雨势最大，很多证据和痕迹轨迹都遭到了破坏。”

几位领导目光炯炯地看着常虹，常虹淡定地继续补充：“还有一点，我们在询问杨翠翠生前情况时，从洗头房小姐妹口中得知，失踪当晚，杨翠翠应该佩戴着翡翠手镯和金耳环，不过，这两件首饰，现在和尸体的其他部位一样，暂时不知所踪。”

孟根山：“肉联厂那边呢？”

常虹：“肉联厂的工人梁建强和吴阳光，已经在东北老家被抓获。从昨天半夜至今，老冯和小耿对他们进行了突审，两人辩称并不认识白小婉和杨翠翠，之所以逃跑，是误以为在斗殴中，失手把拆车厂的工人小蔡打死了，临走时出租房的水龙头，应该是意外漏水，导致房内被冲洗了一遍，而并非是故意清理现场。周组长这边，对该出租房的勘查结果，也证实了这一点。”

顾长青沉思片刻，掐灭了香烟说：“听下来，‘8・3’案与‘8・12’案，应该是同一伙人所为，两名受害者的身份差异很大，看来是对不特定的人群下手。然而，‘7・4’案的受害人罗红艳和‘8・12’案的被害人杨翠翠身份类似，都是外来的失足妇女……”

孟根山补充道：“从犯罪手法分析，后两起案件的凶手极有可能也是社会底层，因为长期压抑的性欲和不公正的对待，产生了报复社会的心理，进而寻找落单女性，实施性侵并残忍杀害。另外，这三起案件都有虐杀迹象，从犯罪心理学的角度分析，我怀疑其中一名犯罪分子很可能是性无能，所以他很享受折磨被害人的过程，从而获得变态的性快感。”

张大钢点头表示认可：“顾总、孟支的判断很有道理，而且这三起案件的抛尸地点都在偏远郊外，分别是西郊区、北郊区以及东郊区，嫌疑人的活动范围很可能就在东海市郊区，这很符合外来务工人员的活动轨迹特征。”

高一萌对领导的总结心悦诚服，在笔记本上快速地记录着。

顾长青眉头紧锁，忧心忡忡：“张局，目前，虽然‘8·12’案的髋部尸块已检测出犯罪嫌疑人精液的DNA，遗憾的是该DNA不在我们前科人员、重点人口、吸毒人员等DNA数据库内，所以……”

顾长青欲言又止，看了看孟根山，示意他补充发言。

孟根山立刻会意，抿了抿嘴唇说：“张局，顾总的意思是，我们东海市东南西北四个郊区，都分布着密集的企业和工厂，生活着大量外来务工人员和其家属，如果要开展地毯式的筛查，工作量会十分巨大。”

“查！”张大钢目光如炬，斩钉截铁地说，“把咱们东海市刑侦条线以及各部门的可用警力都部署上去，组织一次打防严保专项行动，代号暂定‘天网’。”

“周睿！”张大钢点名周睿，周睿立刻挺直脊背。

张大钢：“专项行动中普查DNA的工作，就由你牵头，组织全市所有区县的刑科所，下到基层去，对所有可疑人员做DNA采样，重点排查郊区外来务工人员聚集的各个工厂。我会向市局党委汇报，全力支持你们的行动。”

“明白。”周睿眼神坚毅。

华灯初上，夜幕低垂。

北郊区，盐帮菜馆。

刘二爷在自家菜馆张罗了一桌酒席，把崔大爷、韩三爷、张炜、张毅兄弟以及张海涛和Laura都请了来。

相海峰满脸倦容，两颊消瘦，黑眼圈浓重，额头也青一片紫一片的。Laura神情不悦，勉为其难地向大家挤出了一丝笑容。

相海峰有气无力地说:“对不住各位,我们迟到了。”

几位大爷都惊诧不已,刘二爷连忙扶他在张炜身旁落座,张炜低头不语,给相海峰摆放好碗筷。

刘二爷盯着相海峰的额头,不禁发问:“海涛,你头上怎么了?”

“应酬的时候喝高了,摔的。”相海峰看向Laura,苦笑着说,“我喝断片了,她接我回来的,她知道。”

Laura有点尴尬,立刻解释:“对,喝大了,躺在地上都叫不醒。”

刘二爷将信将疑地说:“那你还能喝吗?”

“喝点、喝点,一起给小张庆祝嘛。”相海峰为了活跃气氛,俏皮地说,“酒是粮食精,越喝越年轻。”

“对嘛。”刘二爷跟着起哄道,“能喝二两喝半斤,这样的朋友最放心。”

“海哥,真的没事,我就给您倒上了。”张炜看相海峰点头,毕恭毕敬地给他满上一盅白酒,并帮他拆开了一次性餐具。

Laura注意到张毅手臂上的纱布,关切地问:“阿毅的手怎么了?”

相海峰接过酒盅,警觉地看着张毅,同时也发现了张炜一侧嘴角的淤青。Laura起身走到张毅身边,轻轻碰了一下他的手臂,张毅惊恐地向后一缩,紧紧抓住了张炜的胳膊。

张炜眼神闪烁,犹豫要不要说出实情,崔大爷见状,忍不住仗义执言:“这俩孩子被厂里的流氓邹氏兄弟欺负了。”

“你怎么不告诉我?”相海峰重重地放下酒杯,看着张炜和张毅,又心疼又生气,“报警了吗?”

“没事,没事,他们以后不敢再欺负我了……”张炜低着头,仿佛做错了事的孩子,声音越来越轻。

崔大爷喝了杯闷酒,扭头看向别处。

“王八蛋,明天我找那两个姓邹的算账去。”相海峰义愤填膺地说。

Laura脸色不悦："好好休息，你逞什么能？"

刘二爷连忙劝解："海涛，你偶尔去一次，也是远水救不了近火啊……"

韩三爷也点头附和："是呀，海涛，邹氏兄弟不可教化，就是狗改不了吃屎的下三烂、臭流氓。"

相海峰冷静下来，对张炜语重心长地说："初来乍到，一定要学会藏，切忌锋芒毕露，让朋友低估你的优点，让敌人高估你的缺点。"

"谢谢教诲。"张炜眼神阴郁地看着相海峰，挠了挠稀疏的头发。

"来来来，不说不开心的事了，我们人到齐了，来个团圆酒。"刘二爷端起酒杯，再次提议。

众人一起响应，大家一饮而尽。

酒过三巡，菜过五味。

"改天，我上门去走动走动，得让姓邹的畜生知道，小张背后也是有人的，他们再敢胡来，就别怪我不客气了。"相海峰说得颇为豪气，大口吃下一杯。

"仗义，海涛真英雄！"刘二爷连忙陪他喝了一盅。

崔大爷和韩三爷观察着相海峰，不露声色，也陪着饮了一杯。

相海峰又饮下一盅，回味之余，抬头问刘二爷："二爷，你们厂里最近忙吗，缺不缺业务？"

刘二爷一听，满怀期盼地看着相海峰："缺啊，当然缺啦。涛哥有何高见？"

相海峰神秘一笑，立刻起身说："你们先吃，我打个电话。"

说着，相海峰走出餐馆，拿出了手机。

隔着玻璃窗，张炜回头望着他憔悴的背影，忧心忡忡。

相海峰在盐帮菜馆门口找了个僻静的角落，拨通了一个号码，手机联系人写着：交警总队车管所副所长杜璧山。

电话接通，手机那头传来杜璧山热情爽朗的声音："相处，你这个缉毒大英雄可算出现了！知道你立功升职，我还专门去缉毒处找你，想给你道贺……你小子倒好，神龙见首不见尾，怎么度假到现在还没回来？"

相海峰面色焦虑，犹豫再三，决定向他坦诚："老杜，你就别埋汰我了。不瞒你说，我已经去政治处办完了辞职手续，昨天刚批下来，这事儿就算定了。"

电话那头沉默了一会儿，杜璧山冷冷地责备道："相海峰，你丫就是一逃兵！"

"我不是逃兵，我龙潭虎穴都敢闯！我……"相海峰急了，瞬间睁大眼睛，对着电话吼起来，他紧紧抓着手机，手上青筋凸起，话到嘴边却难以启齿。

走过的路人都纷纷侧目，相海峰立刻转身，面对墙壁，电话那头的杜璧山也平静了一下，叹了口气说："行，你还能吼我，证明你没怂，还是条汉子。"

相海峰也平复情绪，缓缓开口："老杜，现在我已经脱了警服，有点小事，你愿意帮我吗？"

杜璧山："什么话，我杜璧山是那种势利小人吗？咱俩十几年的交情，你有事儿就说，但凡在我能力范围内的，没问题。"

相海峰："好兄弟，谢谢。我最近刚刚下海做生意，搭上了一个拆车厂的路子，不知道你那边有没有关系，帮忙介绍点生意？"

杜璧山想了想："目前，还真有一个，我知道市公交一公司，最近要报废一百辆老式公交车。我可以给你引荐一下，不过，你们还是得按照流程，准备标书，参加竞标。"

相海峰兴奋地说："那太好了，你放心，这事儿成了，我该有的规矩都不会少，我懂。"

杜璧山一听，立刻严肃起来，推辞道：“什么规矩不规矩的，咱们就是兄弟帮忙，你别来这套，我不会接受的。”

相海峰感激地说：“明白……那回头，我好好请你吃顿饭，咱们不醉不归。”

杜璧山：“这个可以有，咱们哥俩是该好好聚聚了，哦，对了，到时候把常大虹也拉上。”

相海峰：“OK，咱们老地方碰头。”

杜璧山：“行，老地方。那我明天问公交公司要好材料，马上就发给你。”

相海峰：“老杜，大恩不言谢，改天兄弟们喝酒再叙。”

杜璧山：“客气啥……”

电话挂断，相海峰兴奋不已，面带笑容走回盐帮菜馆。

相海峰走回桌旁，看了看大家，一副成竹在胸的笑容：“我刚好有条路子，可以送你们拆车厂一份大礼。”

刘二爷掏出香烟，喜出望外地看着相海峰，说：“海涛，你是真人不露相，我早看出你不是个凡人。”

崔大爷面露疑色，谨慎地问：“海涛，是什么路子？”

“崔大爷，你放心，是我一朋友……”相海峰立刻会意，他犹豫了一下，接着说，“我朋友，正规路子，可以介绍一单上百辆报废公交车的生意，不过，还得走正规的招标竞标流程。”

刘二爷心思活络，多问了一嘴：“那你自己……”

相海峰接过刘二爷的香烟，会心一笑：“在商言商，我自然会跟你们厂长谈好分成，不过在座的都有份。”

“一百辆报废公交车，那真是牛逼他妈给牛逼开门，牛逼到家了。”刘二爷挤了挤眼，连忙撺掇张炜一起敬相海峰，“有了你这一单，小张以后绝对是前途似锦啊。来来来，我们一起谢谢海涛，都在酒里了。”

刘二爷说着，猛地一仰头，先干为敬，张炜、崔大爷和韩三爷也陆续跟相海峰碰杯。在欢声笑语之中，相海峰借着酒劲，似乎忘记了所有的烦恼。

崔大爷坐下来，不免摇头苦笑：“若是成了，好事一桩，可就是便宜了龚道，哎……”

“祸兮福所倚，福兮祸所伏。”韩三爷淡淡地吐出一口烟圈。

与此同时，刑侦总队。

重案支队办公室里灯火通明，刑警们都在加班忙碌。

常虹带着包德荣和高一萌整理案件卷宗。

忽然，包德荣的手机响起，他掏出一看，来电显示：春姐。

包德荣倍感惊讶，一时迟疑没接起来，常虹看在眼里，故意咳嗽了一下：“你亲姐的电话，怎么不接啊……”

包德荣瞟了他一眼，朝办公室外走去，高一萌看着他的背影，八卦地问：“他不是独生子吗？”

常虹：“呵呵，他家的亲姐数不清，没有大事不登门。”

包德荣独自一人来到走廊僻静处，给春姐回电话。

春姐：“哟，包警官，电话响了这么长时间不接，案子不查了，姐姐也不认了是吧？”

包德荣：“春姐，您又说笑，我包子是这样的人吗，刚才有事在忙。请指示……”

“哈哈，你们是重案支队的大警察，我哪敢指示你们。”春姐调侃两句后，直奔主题，“我手下被人打了，你们管不管？”

包德荣琢磨了一下，委婉推托：“春姐，打架斗殴一般属于治安问题，要么我跟南城区华庭派出所打个招呼？”

春姐冷哼一声："那要是跟罗红艳有关呢？"

包德荣瞪大眼睛，表情瞬间凝固了……

夜色迷离。

刑侦大楼门口。

常虹和包德荣跑出办公楼，高一萌穷追不舍："师傅，你们等等我呀……"

常虹无奈停下脚步，回头看她，高一萌气喘吁吁地跑上来，皱着眉头说："说好带我走访的，凭什么高端会所就不能去？你们性别歧视。"

常虹："别瞎扣帽子，整理卷宗工作同样很重要，再说了，顾总给张局的材料汇报还没写好吧？"

高一萌心里不服气，倔强地凝视常虹，噘起的嘴上能挂把小油壶。

常虹叹了口气，只好耐心劝导："高一萌，每年年底，全国各省市公安局刑侦部门，都会齐聚公安部刑侦局，开展案件卷宗的互相评比工作。这项工作非常重要，关系到我们东海刑侦条线的荣誉。材料的整理归纳是否严谨有序，也是刑侦工作中不容忽视的一环。有人走访搜集资料，也得有人整理好，这就叫有文有武相互配合。"

高一萌听完，觉得有点道理，噘起的嘴巴逐渐舒缓，她勉强答应："哦……"

常虹关切地叮嘱："你也连着加班几天了，早点整理好，早点回去休息。做我的徒弟，业务能力和仪容仪表同等重要。"

高一萌有点感动，依依不舍地说："明白。"

警灯闪烁，常虹和包德荣驾驶着警车消失在迷离的夜色中。

南城区，维纳斯公馆。

春姐的豪华套间办公室内，干儿子俊奇和俊杰摆放好了香槟、饮料、雪茄和果盘，识趣地离场关门。

春姐独坐一边，品着香槟，手里夹着女士雪茄。常虹和包德荣并排坐在大沙发上，对龚道的姘头阿玲进行询问。

常虹："除了好色和偷罗红艳内裤，龚道还有什么疑点吗？"

阿玲情绪激动，指了指自己的脸颊："打我啊，龚道就是变态，那玩意儿越来越不行，脾气倒是越来越大。"

常虹警觉起来："说清楚点，你是说他性能力不行了？"

"对！胖得跟头猪一样，每次都秒计，还死皮赖脸地想要……其实他根本就硬不起来，死变态，就知道掐人、咬人、折磨人……"阿玲的语气带着嘲讽和轻蔑，情绪越来越激动。

常虹和包德荣默契对视，包德荣迅速记下疑点。

常虹伸手示意阿玲平复情绪："你跟他的恩怨我们清楚了，现在你重点讲讲他和罗红艳之间的事情。"

阿玲："警官，有的噢，我检举。"

常虹和包德荣立刻来了兴致，竖起耳朵倾听。

阿玲神色紧张地说："阿艳失踪那天晚上，龚道和洪峰也不知道去哪儿了，我一直打他们电话，就是没人接。更可疑的是，第二天，我去找龚道，看到他们两个神色疲惫，好像一晚上都没睡觉，不知道都在干些什么。"

常虹目光炯炯，继续追问："据你所知，龚道和罗红艳之间有什么恩怨纠纷吗？"

阿玲想了想说："这好像倒没有，不过龚道也知道，阿艳很瞧不起他。对了，龚道滥赌，欠了好多钱，他问过我好几次，罗红艳一身名牌奢侈品，做头牌花魁是不是很有钱？"

包德荣："那你怎么说的？"

阿玲面露难色，神情犹豫。春姐吐出一口烟，严厉质问："阿玲，你是不是跟姓龚的，瞎说什么了？"

"春姐，我哪敢呀？"阿玲低下头，咬着嘴唇说，"我就跟龚道说，阿艳以前跟我也差不多，可这两年翻身成了花魁，一年下来估计能赚一百多万，早就回老家买房买车了……"

阿玲话音未落，春姐拿起一个橘子朝她砸去，吓得阿玲花容失色。

"不管多少，那都是她自己的血汗钱！"春姐气得手中雪茄掉落，她指着阿玲的鼻子气急败坏地说，"我一直说，女人不要为难女人。你这算什么，看人家有钱就眼红嫉妒，阿艳的死，你也难逃干系。"

阿玲又愧疚又害怕，低着头不敢吱声。春姐靠在沙发上，狠狠瞪着阿玲说："你知不知道，阿艳每个月辛辛苦苦替爸妈还房贷，可她爸妈都是江北农村的，改不了的重男轻女的思想，阿艳帮他哥哥在县城买了房子，结了婚，她父母还一直骗她，想把阿艳给他们老两口买的房子过户给她那个不成器的弟弟……如果真是龚道害了她，你也是帮凶！滚，以后不要再让我看见你！"

阿玲吓得跪在地上，痛哭流涕，向春姐讨饶认错："春姐，我错了，我再也不敢了，你原谅我吧。"

包德荣听了罗红艳背后的故事，唏嘘不已："哎，看似风光亮丽，其实，真是一个可怜的人。"

春姐深吸了一口烟，看向包德荣和常虹说："阿艳真是个苦命的女人，她爸妈好面子，在老家从来不提阿艳在东海做什么，只拿她当提款机……"

包德荣不禁发问："春姐，那阿艳出事以后，她家里怎么说？"

"我还从没有见过这么冷血、这么现实的人。"春姐握了握自己的残指，冷峻地瞟了眼包德荣，苦笑着摇了摇头，"阿艳爸妈来东海找过我，就在这个办公室里，装腔作势，挤出几滴鳄鱼眼泪，说阿艳是家里的顶梁柱，家里买房还欠了一屁股贷款，她死了以后全家都活不下去了……”

包德荣忍不住讥笑：“这是想到春姐您这儿，再讹一笔啊？”

春姐冷哼一笑：“算了，好歹阿艳在我手下这么多年，不看僧面看佛面，我就给了他们八十万，就当是公司给家属的抚恤金了。”

常虹和包德荣闻言，都对春姐的义举点头称赞。

“春姐，谢谢你们主动提供线索。”常虹瞥了眼沙发上噤若寒蝉的阿玲，识趣地起身道别，“我们问得差不多了，就先告辞了。”

春姐站起来伸出黑手套，礼貌地与常虹、包德荣握手道别。

“那就不送了，我这儿还得处理点内部事情。”春姐说着，冷眼看向阿玲。

常虹和包德荣会意，快步走出办公室，心情有些沉重。

北郊区，碧池拆车厂。

一大清早，阳光明媚，鸟儿欢快地在树上唱着歌，刘二爷和张炜、张毅，一起陪着相海峰来到碧池拆车厂门口。拆车厂的金字招牌翻修一新，迎着晨光，金光灿灿。

相海峰穿着一身商务长袖衬衫和长裤，戴着墨镜，衣着简约却凸显了他的好身材，手里提着棕色鳄鱼皮公文包，颇有商界精英的气质。

四人走到拆车厂门梁下，韩三爷放下扫把，与几人简单寒暄了几句。

相海峰抬起头，摘下了墨镜，匪夷所思地望着金字招牌：碧池拆车厂。

相海峰：“这谁给取的名字，太损了吧？”

刘二爷和张炜会心一笑，看向了闲云野鹤一般的韩三爷。

刘二爷：“这可是韩老三的杰作啊。”

相海峰哈哈大笑，瞬间会意，给韩三爷竖起了大拇指。韩三爷对自己的杰作有些得意，他把食指往嘴上一贴，示意他们不要说破。

临走时，韩三爷特意关照相海峰说："少说多听，谈完就走。"

树荫下，邹氏兄弟抽着烟远远地看着，目光不善。

碧池拆车厂，厂长办公室。

刘二爷将相海峰带到了龚道办公室，龚道和洪峰早已等待多时。相互介绍，说明来意后，纷纷落座。

相海峰坐在沙发上，打量着四周环境。办公室虽然整理过了，可被打砸洗劫的痕迹依然可见，玻璃橱窗用旧报纸简单糊了糊，砸坏的椅子勉强钉牢，歪歪斜斜的，十分滑稽。

刘二爷泡了杯茶，放在相海峰跟前的茶几上，顺势坐了下来。

龚道坐在相海峰对面。他的脸还没消肿，淤青肿胀得像个大冬瓜。他上下打量着相海峰，勉强挤出恭维的笑容，递上了一支九五之尊。

洪峰像霜打的茄子一般坐在龚道旁边，脸上包着纱布，嘴巴歪斜，面容僵硬。

龚道给相海峰点上烟，看刘二爷也在相海峰身边坐了下来，对二爷颐指气使地说："老刘，这儿没你事了，忙去吧。"

"噢，那你们慢慢聊。"刘二爷愣了一下，愤愤不平地离开了办公室。

龚道觍着个大脸，奉承地说："海总，我刚才一见你，就觉得特别亲切，咱们是不是在哪里见过？"

相海峰喝了一口茶，轻蔑一笑，并不回应。

龚道满脸堆笑地说："海总，听说你跟东海市交警总队车管所杜璧山副所长是朋友？"

相海峰保持神秘，并没有回答，他抬眼瞄了洪峰一眼，清了清嗓子说："他是谁？"

龚道："这是我们厂的财务总监，洪峰，洪总。"

洪峰闻言，像受伤的哈巴狗一样，僵硬地向相海峰笑了笑。

相海峰看也不看洪峰，故作傲慢地说："龚总，生意上的事，你知我知就好，什么小会计，蔫头蔫脑的，出去！"

相海峰还了个下马威，最后一句"出去"说得中气十足。

龚道吃了个哑巴亏，有点恼火，觊觎生意的诱惑，只好朝洪峰使眼色让他暂时离开。

待洪峰灰头土脸地走出办公室，龚道又尴尬地笑起来圆场："手下人不懂事，海总，多包涵。"

相海峰淡定地抽了口烟，缓缓开口："杜所长是我的老朋友了，不过，我们的生意和他无关。"

龚道的金鱼眼贼溜一转，继续打探："海总，原来在哪儿高就？我们这个行当从来没见过你，你也是体制内的？"

相海峰目光凌厉："龚总，和生意无关的，你就别问了。"

龚道面露疑色，尴尬地笑了笑，眼神时不时打量着相海峰。

相海峰夹着烟，淡淡地说："生意呢，给谁都是做。我是看在张炜和三位大爷的面子上，才跟老杜打了声招呼，这才有了你这次竞标的机会。"

相海峰说着，从公文包里取出了公交公司的内部竞标文件，扔在了茶几上，龚道瞬间瞪大金鱼眼，立马拿过文件翻起来，翻到最后页，看到了公交公司的公章。

"海总，您可真是我的贵人哟！"龚道合上文件，瞬间笑开了花，"您刚说的那三位爷，那就是咱们厂的吉祥三宝，还有小张，那可是天赐我的福将啊。"

相海峰呼出一口烟，冷哼一笑："事儿交给你，你踏踏实实做好，人情面子该怎么做，你应该懂吧。"

"哎呀，放心！我龚道，做人做事最公道，海总尽管放心。"龚道一边口沫横飞，一边把胸脯拍得啪啪响。

相海峰看向龚道，两人眼神好似角力，心照不宣，互相一笑。

相海峰掐灭烟头，站起来说："来都来了，带我转转，看看你们碧池拆车厂的规模。"

"好呀，欢迎海总，莅临指导。"龚道起身，伸手请相海峰移步。

烈日当空，相海峰戴起了墨镜。在龚道的陪同下，相海峰从厂办小楼，穿过公告栏，首先来到了工人的生活区。

碧池拆车厂食堂，还没到饭点，偌大的食堂里空空荡荡。刘二爷在打饭窗口后面忙活着，他看到相海峰，热情地抬手打招呼："海总，中午我让后厨大师傅，多给你炒几个菜。"

"刘二爷，不麻烦了。"相海峰笑着回复说，"中午还约了朋友，改天、改天。"

龚道黑着脸，不说话，嫌刘二爷多嘴。

穿过食堂，龚道和相海峰来到工人宿舍楼下。龚道扬起手，自豪地介绍说："我们碧池拆车厂，想当年也是东海市堂堂的国有大厂，最高峰的时候有工人400多人。"

"哦，现在还有多少人呢？"相海峰打断了龚道的豪言壮语。

"现在啊，"龚道有些难为情地说，"现如今，生意不好做，厂子也养不起这么多人了，大概也就100来人。"

"大概？"相海峰警觉地质疑道，"你一个当厂长的，连自己具体多少员工都说不清楚啊。"

"嗨，海总，不瞒您说，现在这些工人有几个能吃下苦的，都是外地来的小孩，今天来干了，也许明天就走了。"龚道瞪着金鱼眼，指了指宿舍楼，侃侃而谈，“我们厂算待遇好的，包吃包住，你看大部分都是在这儿住的，有四层，60多个房间，现在都没住满。”

“没住满，你们这儿人员结构复杂，住宿安全可要注意啊。”相海峰的职业敏感告诉他这里很有可能是藏污纳垢的地方。

“海总，那是自然，您放心，您放心，我们这儿派出所抓得可紧了，三天两头就来检查。”龚道满脸堆笑地回复。

说话间，宿舍三楼最东头，一间宿舍的窗户开了一条缝儿，一双眼睛密切注视着相海峰和龚道。

走过工人生活区，龚道陪相海峰依次参观了拆车场的拆解1、拆解2、危废、技术四栋车间，龚道不遗余力地吹捧着自己车间的技术实力。在一边指导张炜工作的崔大爷，看到口沫横飞的龚道，默默地摇摇头，转身离去。

参观完了四个车间，相海峰对碧池拆车厂的实力已经有所了解。他和龚道一起来到了拆车厂最后面的一大片露天的停车场。这里大货车、轿车、越野车等等各种型号、各种品牌的废旧汽车，密密麻麻层层叠叠排在一起，遥望像是一座座山，一眼望不到头，号称废旧汽车的坟墓。这里杂草丛生，甚至有小树已经长到了车内，穿行其中，场面震撼，有一种后工业朋克的感觉。

相海峰虽然见多识广，还是被眼前的一幕震撼到了：“这里怎么堆了这么多的报废车辆。”

“嗨，现在废旧钢材的行情不行，我在等个好价钱。这里大部分我都抵押出去了。”龚道跟在相海峰身后，摇着扇子，奸商的嘴脸暴露无遗。

“抵押？”相海峰看出端倪，笑着说，“不是抵押给高利贷公司，拿钱去潇洒了吧？”

“海总，说笑啦，现在公司经营多难啊。”龚道打马虎眼说，“民营企业，根本没有什么融资渠道。”

正午，露天停车场里没有一丝风，四周格外安静，蚊蝇飞过的声音都清晰可辨。相海峰和龚道边走边聊，走过一段路后，他们不知不觉地来到了停车场的核心区域。

这里，很多报废的汽车都被压成了扁平状，形状和大小接近的车辆被堆在一起，形成了一座座钢铁小山丘。钢铁山丘之间，狭窄崎岖的道路上，散落着各种锈迹斑斑的零部件，以及玻璃碎碴，给人一种强烈的压迫感。

相海峰避开零件和玻璃渣，走到一处相对开阔的地方。他掏出香烟，回头对龚道说：“龚老板，你这拆车厂的占地规模不小啊……”

龚道接过香烟，给相海峰和自己点上，他穿了个拖鞋，举步维艰地跟着，听到奉承，得意一笑：“哪里、哪里，我这小本买卖，海总多多提携。”

“这么大的地儿，还没人看管，万一藏进来一两个逃犯……”相海峰脸色一沉，吐了口烟圈说。

龚道听他话里有话，立刻辩解：“海总，您可别瞎想，咱们厂资质齐全，绝对是正规经营。再说了，现在公安多厉害啊，三天两头查，我这里也不是法外之地啊。”

钢铁山丘之间，相海峰和龚道背后，某个阴暗的角落里，还是那双眼睛正窥探着他们的一举一动。

相海峰老辣地一笑说：“龚老板，别介意，我只是不希望合作伙伴惹上一些乌七八糟的破事儿，这对大家都不好。”

龚道皮笑肉不笑地回应：“放心，有数。”

说话间，洪峰着急忙慌地边跑边喊：“龚总，龚总，又有麻烦了……”

龚道怒睁金鱼眼，示意洪峰闭嘴，相海峰假装没听到，转过身去。

洪峰凑到龚道耳边悄悄耳语了几句，龚道瞬间皱眉。

龚道沉思片刻，神神秘秘地走到相海峰身边，有些慌张地说：“海总，我去接待一下，您稍等。”

相海峰不以为然地说：“没有关系，有事儿你先走。你忙你的，我稍后就先撤了。”

“那项目的事儿，您多费心了。本来中午饭已经安排好了，看来还有点事要处理。”龚道说着和相海峰握手告别，随即转身和洪峰快步离开。

相海峰早早看透了龚道的虚伪，知道他并非是礼貌待客之人。要不是等着用钱，他也懒得和这种蝇营狗苟的小人多费口舌，更不愿意与他们并肩为伍。只是，这露天停车场却如迷宫一般，相海峰边走边看，似乎有些迷路。

此时，四下无风，异常安静，连知了都静默了。天空中一团乌云遮住了太阳，投下了一片阴影，笼罩着“汽车坟场”。一个黑影从钢铁山丘的深处，蹑手蹑脚，慢慢朝相海峰袭来。

相海峰敏锐地感觉到气氛有些诡异。他警觉地转身，却只看到一座座无声的废车堆。他环顾四周，确认无人后，稍稍宽心，加快了向外走的脚步。

神秘的黑影如幽灵般，躲在一个废车堆后，离相海峰已经越来越近，他的目光移向了钢铁山丘的高处。

突然，相海峰的电话响起，来电显示：杜璧山，他连忙接起了电话。

杜璧山：“海峰，怎么样，生意谈得还顺利吗？”

相海峰：“老杜，谢谢、谢谢！我跟合作方谈好了，接下来就全力准备竞标，认真做好标书。”

杜璧山：“好的，明白了，公交一公司那边，我会关照的。”

相海峰：“太好了，碧池拆车场这边我也会盯着他们……”

相海峰打着电话，走过了几个废车堆，忽然，他侧后方一道黑影闪过。

相海峰愣了一下，放下电话，警觉地抬起头，只听“吱吱呀呀”钢铁的摩擦声，从他的头顶上传来。

循声望去，他身边一座钢铁山丘的高处，一辆被压扁的吉普车晃晃悠悠，眼看就要砸了下来。电光火石之间，相海峰心里一沉，眼疾手快，迅速来了一个前滚翻。

“咣当”一声巨响，碎渣四溅，相海峰躲过了吉普车。紧接着，钢铁山丘上已经歪斜的三辆报废汽车，以排山倒海之势朝相海峰倾泻而下。

“叮叮咣咣”一阵乱响，飞扬的尘土中，相海峰躺在地上，“啊”的一声惨叫……

15分钟前，拆车厂技术车间门口。

常虹和包德荣向龚道说明了来意，询问他和罗红艳的事情。

龚道满头大汗，被问得有些惊慌失措，洪峰则在一旁点头哈腰，奴颜毕现。

龚道擦了一把汗说：“两位警官，一定是误会……”

龚道说着，从裤兜里掏出香烟，准备给常虹和包德荣发烟，常虹伸手拒绝。

忽然，拆车厂深处，传来了“咣当”一声巨响，紧接着，又是几声金属碰撞的巨响夹杂着惨叫声。

“卧槽，坏了！”龚道惊恐地回头，金鱼眼几乎要爆出眼眶之外。

常虹和包德荣立刻警觉起来，常虹厉声质问：“什么情况？”

“海、海总，张海涛，后面，后面露天停车场，海总可能……”龚道语无伦次，结结巴巴，手指指向车间后面的露天停车场。

“什么，张海涛？”常虹惊讶地瞪大了双眼，他右眼皮直跳，隐隐感觉有一种致命的威胁，不容置疑地喊道，“快点啊，少废话，赶紧带路。”

常虹撒开腿朝露天停车场飞奔而去。

拆车厂，露天停车场腹地。

相海峰的左小腿被几辆报废车压到，他额头冒着冷汗，匍匐在滚烫的砂石路面上，双手被玻璃碎渣扎破，渗出了鲜血。他趴在地上无法翻身，试图抽出小腿，又疼痛难忍。

“有人吗？快来人啊……”相海峰此时纵使有翻江倒海的能耐，也无法施展，只能大声呼救。

相海峰身后不远处，在他的视线盲区里，一个黑影慢慢向他靠拢，每一步都迈得十分谨慎，没有一点声音。

一只红眼乌鸦鬼使神差地降落在相海峰前方不远处的废弃车堆顶上，默默地注视着地面上的一切。

黑影不是别人，正是被警方通缉的毒枭庞连彪。他目露凶光，一边悄然挪动，一边拧松了手里的蛇头权杖，露出尖锐的三棱枪，在如迷宫一般诡异的废车堆中，显得格外寒光逼人。

庞连彪面目狰狞，已经走到相海峰身后不远处，他慢慢扬起了蛇头权杖。

突然，天空中的阴云散开，一道阳光直射下来，光芒刺眼，废车堆顶上的那只红眼乌鸦被阳光刺激，发出“呱、呱”的怪叫，腾空而起。

相海峰听到乌鸦的叫声，他猛抬头，察觉身后似乎有人，警觉地侧身喊道：“谁呀？出来！”

庞连彪也被阳光晃了一下眼，在乌鸦的提示下，他闪身躲进了身边的废车堆里，新仇旧恨一时间涌上心头，他攥紧了蛇头权杖，愤恨地咬着牙，伺机下手。

相海峰感觉到一股令人毛骨悚然的杀气，向他袭来。他心跳加速，汗透衣衫，本能地拿起身边的一根钢条，一边扭转身体观察四周，一边厉声喊道："王八蛋，出来呀。"

在暗处的庞连彪被彻底激怒了，看着眼前也就十几步远的死敌相海峰，一股热血冲头，他攥紧了权杖，正要冲出。

猛然间，如迷宫般的废车堆入口处，传来了常虹焦急而响亮的呼喊声："海涛，海涛，你在哪里？你在哪里呀？"

相海峰听到常虹的声音，又意外又亲切，他大声回应道："常大虹，常大虹，我在这里，腿被压住了。"

龚道："海总，别急，我们就在旁边，马上到！"

庞连彪听到有援军赶到，强行压抑住了心头的怒火，歪着脑袋咬着牙，极为不甘心地向后撤去。

不多时，常虹循着相海峰的声音，带着包德荣等人绕过了几座废车堆，冲到了相海峰身边。

被报废车辆压着的相海峰抬头，与常虹目光交汇，常虹焦急万分："海、海峰……"

"大虹，你怎么来了？"相海峰长出了一口气，放下了手里的钢条，对常虹欣慰地笑了笑。

"还是罗红艳的案子。"常虹看到相海峰被压着，他迅速跑过去，试图抬起报废车，"怎么搞的，腿压住了？"

龚道傻站在一旁，手足无措地说："刚才还好好的，这、这怎么回事啊……"

洪峰见状吓破了胆，只是远远看着。

"别愣着，帮忙啊！"包德荣看龚道装傻充愣，十分恼火，顺手一巴掌拍在他后脑勺上。

龚道摸着后脑勺敢怒不敢言，他叫来洪峰，与常虹、包德荣一起抬起了压在相海峰身上的报废车。

“一、二、三，使劲。”常虹把脸挣得通红，屏住气喊道，“大家抬稳了别动，海峰，你能出来吧？”

“可以。”相海峰拽着裤腿，把鲜血直流的小腿，慢慢抽了出来。

四人见相海峰已经脱离危险，重重地将报废车放了下去。

常虹拍了拍手上的污渍，立刻来到相海峰跟前，单膝下跪，把他的手臂搭在自己肩上，慢慢将他扶起来，包德荣也快速从另一边搀扶相海峰。

“你怎么，会在这儿？”常虹满眼都是关切，语气焦急，透着怀疑和责备。

相海峰避开常虹锐利的眼神：“说来话长……”

“这两天我的右眼一直在跳，晚上还梦见……”常虹欲言又止，他目不转睛地盯着相海峰，“没想到，你还真出事儿了。”

“没事。”相海峰紧紧地搂着常虹，安慰他说，“我，你还不知道吗，属猫的，有九条命。”

包德荣在旁边扶着相海峰，一直插不上话，好像一个第三者。

“海、海总，你跟这两位警官也认识？”龚道看出相海峰和两位刑警关系匪浅，有些局促不安。

相海峰、常虹和包德荣三个人同时瞪了他一眼，不予理睬。

包德荣转念一想，质问龚道：“龚老板，这可是重大安全事故。”

“警官，话不能这样讲，我平时都让工人仔细检查，我们有安全员，天天都有安全记录，出现这种情况，纯属意外，我也没想到啊……”龚道的金鱼眼贼溜一转，立刻愁眉苦脸，装怂甩锅。

相海峰手臂用力，将常虹和包德荣聚拢，轻声耳语：“车砸下来之前，我好像看到有个人影，在车堆上闪过。”

“你是说顶上？”常虹高度警惕，立刻抬头观察。

相海峰:“我戴着墨镜,没看清楚,不太确定……”

常虹和包德荣默契对视,有了下一步计划,随即呼喊龚道。

常虹:“龚老板,你们先扶海总去包扎处理一下,我们要看一下现场……”

龚道、洪峰与常虹、包德荣换了手,他俩惶恐不安地搀扶着相海峰。

龚道:“警官,有什么问题吗?”

“废话,出了安全事故,我们要例行勘查现场。”常虹言简意赅,语气不容置疑。

龚道低下头不敢多问,与洪峰一起搀扶着相海峰慢慢向外走去。

烈日当头,常虹和包德荣分别爬到了两座废车堆的顶上。

常虹试探性地摇晃,废车堆纹丝不动,不远处,包德荣站在另一个废车堆顶上轻轻摇晃,突然,他那座废车堆发出叮当声,晃得有点厉害,包德荣一个没站稳,打了个趔趄,差点掉下去。

随着稀里哗啦的声音,一辆红色的报废车从包德荣身边滑落下来,“咣”的一声重重地砸在地面上。

“老包,你悠着点儿,快下来。”常虹立刻提醒。

“好嘞,常大虹,这里的安全还真有问题。”包德荣勉强站稳后,拍了拍胸脯,心有余悸地说。

两人从废车堆上下来,环顾四周,又向露天停车场的深处走去。

龚道办公室。

张炜和刘二爷闻讯,放下了手中的活,风风火火地赶到办公室。张炜隐约感觉到,这其中必有妖。

办公室里,相海峰衣衫不整地坐在沙发上,龚道和洪峰像木头人一般站在沙发边,呆若木鸡。

“来得正好，快来帮忙。”龚道看见张炜和刘二爷进来，立刻来了精神。

洪峰也狗仗人势地说：“老刘、小张，海总就交给你们了。”

刘二爷看也没看龚道和洪峰，径直走了过去。他赶紧给相海峰搓了条毛巾，帮他擦脸，张炜也拿出了技术车间的急救包，帮相海峰清理手掌，涂上红药水。

一小时后。

常虹和包德荣满身大汗地走进办公室，包德荣第一眼就看到了张炜。

包德荣：“小张，你也在？”

张炜听到包德荣的声音，条件反射地站起来立正，惊讶地看着包德荣：“报告，包管教，我在这儿上班。”

相海峰听到称谓，来回打量着张炜和包德荣，心中了然。

龚道和洪峰面面相觑，不明所以地看着张炜。

常虹和包德荣看到张炜手里的纱布，也大概猜到了因果。

张炜愧疚地低下说：“海哥，就是为了帮我才来厂里的，没想到……”

相海峰连忙招手，淡淡一笑说：“小张，一场意外而已，和你没关系。何况只是皮外伤，扭了筋骨，我歇两天就好了。”

相海峰说着，眼神看向常虹，常虹立刻会意，说明勘查情况：“现场暂时没发现人为的痕迹，也没有发现什么可疑人的踪迹，也许是停车场太大了……关键，你没事儿就好……”

龚道闻言，长舒了一口气，悬着的心终于放下了。

相海峰接着问道：“你们的案子调查好了吗，我在这儿，不会影响你们吧？”

“不会。”常虹眼神坚毅地说，“刚才这一出，还真邪性，以后看来，我们要经常来这里逛逛。”

一旁的龚道和洪峰闻言眼珠乱转，又紧张起来。

相海峰想了想，费力地站起来，张炜连忙上前搀扶他：“大虹、老包你们忙，我先回去了。”

常虹：“要不等我们忙完，开车送你？”

“别了，你忙你的。这地方乌烟瘴气，是得好好查查！”相海峰说着，冷冷一个眼刀甩给了龚道。

龚道眨巴着眼睛，百口莫辩，连忙上来搀扶他：“海总，今天真是不好意思，我送送您。”

相海峰一把甩开他的手，厉声说：“龚老板，常警官和包警官也是我的朋友，要是他们查出你这儿有什么黑料，咱们的生意就别聊了。”

“都是误会，你放心，我一定配合好两位警官，调查清楚。”龚道胸有成竹地说。

说着，龚道踢了一脚身旁的洪峰，骂道：“蠢东西，愣着干嘛，去送海总啊！”

“洪峰，不能走。”常虹命令道，“龚老板，你先做笔录，下面就是他。”

包德荣：“洪峰，你先在外面等着，不让你走，你小子哪里也不能去。”

洪峰灰溜溜地走出办公室，再不敢多言。

相海峰在张炜和刘二爷的搀扶下，朝门口走去，相海峰走过常虹身边时，朝他眨了下眼睛，常虹默契地笑了笑，拍了拍相海峰的肩膀，瞬间又板起脸，对龚道怒目而视。

龚道瞪着金鱼眼，咽了一口口水，他独自面对常虹和包德荣，神情局促不安。

常虹和包德荣坐在沙发上，正对面。龚道坐在破椅子上，肥胖的身体压得椅子发出吱吱嘎嘎的声音，如坐针毡。

龚道无奈地说："警官，我怎么可能杀罗红艳？给我十个胆子我也不敢啊！"

常虹："警方不会冤枉一个好人。你和罗红艳的事情，我们也有所了解。"

龚道："警官，我还有这家拆车厂要管，虽然生意不好，但再怎么也不至于为了钱，杀人灭口啊……"

常虹不露声色，冷冷发问："那你解释一下，罗红艳失踪那天，7月1号晚上，你去哪儿了？"

龚道回忆了一下说："我，我跟洪峰在一起。"

常虹："那你为什么整晚都不接电话，你们俩干嘛去了？"

"我，我，我们被扣住了……"龚道瞪大了金鱼眼，欲言又止。

包德荣："说详细点，不要避重就轻。"

龚道："那天晚上，我手气不好，输了八十万，洪峰从厂里账上拿了十五万现金送来，赌场还是不肯放我们走，没收了手机，让我们用座机连夜找人筹钱。"

包德荣："八十万，地下赌场？"

龚道："不不不，就是个麻将馆，只不过玩得比较凶。"

常虹冷哼一声："少废话，把地址写下来。该查的我们会查，该取缔的我们也会取缔，如果有半点谎话，我们就换个地方，深入地聊一聊。"

龚道听到换个地方，马上想到了重案支队的审讯室，那里可是审讯重刑犯的地方，不由得打了一个寒战。

"就写到这个本子上，还有，近期你和洪峰两个人不能离开东海市，必须随叫随到。"包德荣说着把笔记本和笔推向龚道，龚道怯生生地写下了赌场的地址。

随后，常虹和包德荣对洪峰也进行了突击询问，询问结果和龚道说的基本情况一致。

询问完了龚道和洪峰，已是黄昏时分，晚霞将天边烧得格外鲜红。

常虹和包德荣开着警车，赶回重案支队汇报情况。两人遇上了晚高峰，堵在了回城的路上，幸好这部警车内空调运转良好，包德荣对着空调口，敞开衣领贪婪地吹着冷风。

包德荣敬佩地说："常大虹，我觉得，相海峰真是条古道热肠的好汉。"

"也许吧……" 常虹目视前方，似有心事。

包德荣侧身看着常虹："你看，他已经辞了公职，脱了警服，还这么仗义地帮小张，绝对是好人一个。"

"说过的话可以不算，立下的誓言可以不顾……" 常虹冷冷回应，"是好人，也就剩个 '好' 字了。"

包德荣："你说话怎么这么刻薄……相海峰九死一生，现在想安安稳稳过日子，也无可厚非。"

常虹："不说了，咱俩理念不同，你也不懂我和他的情谊。"

包德荣："嘿，我发现你真有点理想主义者的偏执。"

常虹："随便你怎么说，我和相海峰的事，以后你不要管。"

包德荣："嘿，常大虹，你别好心当驴肝肺。"

常虹突然想起张炜，岔开话题说："那个张炜，是你以前在市第二监狱管的犯人？"

包德荣："看出来了？"

常虹："废话，他两次见到你，都叫你 '包管教'，很明显了。不过，他看着挺老实，犯了什么事？"

包德荣看向车窗外，叹了口气："年少冲动，和高中同班的女同学发生了关系，结果被女方爸妈告了强奸。"

常虹冷哼一声，轻轻摇头，一副果不其然的表情。

包德荣："常大虹，小张不是你想的那种不良少年，他当年也是个品学兼优的学霸。最可惜的是，他被抓的时候，已经拿到了清华大学物理系的录取通知书。打这以后，他的人生就毁了。"

常虹："冲动是魔鬼，犯了错理应承担相应的法律责任，没什么好惋惜的。"

包德荣："事情没那么简单……小张跟我说，他和那姑娘可以算是青梅竹马，一直忍到了高考结束才正式交往。可女方爸妈就是嫌弃小张家里穷，非要棒打鸳鸯。小张就是在女孩子提分手那天，觉得自己受了屈辱，一时冲动，才犯了错……"

常虹："从动机上说，他也有可怜之处。天下有那么多分手的情侣，总不能每一对都要用违法犯罪的方式收场吧？不管怎么说，他当初错了就是错了，人生毁了，也是咎由自取。"

包德荣："照你这么说，是不是所有犯过错、坐过牢的人，就活该一辈子被人看不起，一辈子都要活在过去的阴影里？"

常虹："我没这意思，我只是就事论事。对未来，我始终保持观望，毕竟犯人就是犯人，他有前科是不能回避的问题。"

包德荣："嘁，人都有缺点，没有一个人是完美的。你看看相海峰，他为什么愿意帮小张？就是因为他看到了小张身上有闪光点。这就是人与人之间的互助和温暖。"

"你说得对，人是要互助，抱团取暖嘛。"常虹无奈摇头，也无意争辩下去，话锋一转："那是不是也说明，包管教在监狱里对张炜的思想改造，还挺成功的？"

"嘿嘿，你要这么说，倒也没错……"包德荣猜不透他什么套路，又忍不住得意一笑。

常虹冷哼一笑:“所以说,对有前科的人员,他们曾经是在我们强有力的监狱管理下,才能被动地实现自我改造,一旦脱离了强有力的监管环境,你能保证不出事情?”

包德荣:“常大虹,我有时候真怀疑,你是不是个光知道维持公平正义的机器人,你考虑问题就不能带点人情味吗?”

常虹淡定一笑,摇了摇手指:“错,我只是在分析问题时,始终能保持冷静和理智,不掺杂私人感情。”

“唉,少来,还法不容情呢。”包德荣说不过他,拍掉他的手指,扭头侧身靠在副驾位置上,不再搭理常虹。

碧池拆车厂,技术车间。

日头下山了,再也没上来了,乌漆抹黑的天空下,忙碌了一天的拆车厂,此时格外安宁,车间外传来蝉鸣和蛐蛐的叫声。

韩三爷巡夜结束,拿着一支手电筒,走进了技术车间,却听到了喧哗声。

角落里,邹氏兄弟带着三五个工人正在打牌。韩三爷望了一眼,无奈摇头。

工作桌前,张炜还在翻阅资料,研究图纸。张毅趴在桌上酣睡,发出沉重的呼吸声,口水流了一摊。

韩三爷轻手轻脚走到张炜身旁说:“小张,崔老大呢?”

张炜无奈一笑:“龚道的活儿,崔大爷坚决不沾。”

“也是,老崔是个很有原则的人。”韩三爷缓缓地说,“不是我马后炮啊,今天,海总刚到厂门口的时候,我就发现他印堂发黑,以为只是生意要谈崩,没想到还差点闹出了人命。”

“是呀,今天的事情没那么简单,必有蹊跷。”张炜说着,看了看远处的邹氏兄弟。

韩三爷无奈地点点头。他心疼地看着酣睡的张毅，走过去轻拍他的背。张毅哼哼了两声，继续沉睡。

突然，车间角落传来了激烈的争吵声，随着一阵稀里哗啦、折叠桌被掀翻、塑料椅子被踢开的声音，邹氏兄弟骂骂咧咧地往外走，两个工人不服气地跟在背后。

工人小夏："哎，输了还没给钱呢！"

邹守义转身，扬起一脚把小夏踹翻在地，骂道："傻逼，找死！你们出老千，给个屁钱。"

小夏爬起来还想理论，其他几个工友连忙将他拦下。邹守仁和邹守义嘻嘻哈哈，扬长而去。

张炜远远望着邹氏兄弟，眼神冷峻。

张毅被这一闹吵醒了。他打了个哈欠，抻了抻懒腰，迷迷糊糊地抱住了身边的韩三爷。

韩三爷一边轻拍他后背，一边凝眉沉思，还是决定提醒张炜。

韩三爷："小张，你要多加注意小毅，让他远离这种卑劣之徒，远离污浊之事。"

韩三爷伸出两根手指，遥指着邹氏兄弟的背影。张炜点点头说："谢谢，三爷，我一定小心。"

韩三爷："小毅都累成这样了，你们早点回吧。"

张炜："我还想再看会儿书。他现在睡饱了，回家霸着电视，我就没法儿学习了。"

张炜想了想，为难地开口："三爷，能不能麻烦你先带他回去？到家给他开个电视就行。"

韩三爷有些为难，还是答应了下来："行，你也别太累。往后日子长着呢，你慢慢跟崔老大学手艺。"

张炜谢过韩三爷,韩三爷扶起张毅,慢慢悠悠走出了技术车间。

张炜一直目送着他们的背影消失在夜色里。他脸色一沉,合上了参考书,从工具箱里拿起一个扳手。

拆车厂宿舍。

张炜偷偷摸摸来到拆车厂宿舍楼下。他紧紧攥着扳手,刚想走进楼道,却听到邹氏兄弟的声音,张炜连忙躲在了暗处。

邹氏兄弟走出楼道,拐到角落,两人点起烟,聊了起来。

邹守仁:“门锁好了?”

邹守义:“嗯,锁了。大哥,以后咋整,总不能一直锁着吧?”

邹守仁面色阴沉,没有回答。邹守义焦虑地挠着头皮,来回踱步。

邹守义:“妈的,幸好白天没出人命,要不然咱俩都得搭进去。”

张炜一听立刻警觉起来,他的预感可能是对的,今天中午相海峰的遭遇,绝对不是意外,很可能是邹氏兄弟针对他们的一次行动。

张炜缓缓地挪动脚步,想再往前凑一凑,听得清晰一些。

“吧嗒”一声,张炜一不留神碰倒了旁边的一个花盆。

“谁呀!”邹守义竖起耳朵,寻找声音的方向。

张炜心跳加速,倒吸一口凉气,压在阴影里,慢慢向后退去,大气不敢出。

就在此时,一只黑猫快速从邹氏兄弟面前跑过。

邹守义:“操,一只黑猫,真他妈晦气。”

邹守仁:“你别晃了,晃得我心烦。”

邹守义扔了烟头,回到邹守仁面前:“哥,我急啊!我们好心帮他,他咋还害我们呢?你瞧他那样,还问我们怎么把警察招来了。妈的,已经是条野狗了,还把自己当黑帮大佬。”

邹守仁深深地吸了口烟,缓缓吐出烟圈,沉默不语。

邹守义急切地说:“我看，这儿不能再藏下去了，要不带去我们那儿?”

邹守仁扔掉烟头，翻脸骂道:“蠢东西，你猪脑子？那地方谁都不许带去。”

邹守义挠着头皮说:“那你说咋整?”

邹守仁想了想，忽然冷笑起来:“今天这么一闹，警察不会轻易放过这里。他自己也要掂量掂量，我再找个理由，把他彻底请走了事，这烫手的山芋不能再拿了，他爱去哪儿去哪儿。”

邹守义:“有道理，咱们也对得住他了。”

邹氏兄弟又点上了烟，嘀咕了一会儿。张炜躲在远处的角落里，后面的对话压根没听清，不过可以肯定这俩货肯定没说什么好事。

邹守仁大步往外走，邹守义连忙踩灭烟头跟上。

张炜望着他们龌龊的背影，捋了捋自己的地中海，横下心来，将扳手别在了后腰，悄悄跟上继续尾随。

张炜保持一定距离，紧紧跟着邹氏兄弟，一路走出了拆车厂大门，七拐八拐来到了北郊区郊外的主干道上这里有一群等活儿的黑车司机，悠闲地抽着烟。狡猾的邹氏兄弟谈好了价钱，叫了一辆黑车，向东驶去。

张炜看邹氏兄弟上了黑车，他迅速跑过去，上了一辆黑车:“师傅，快点跟上前面一辆车。”

“100块钱起步。”黑车司机见张炜着急忙慌，立刻坐地起价。

张炜:“100块，你吃人啊。”

“不坐，下去。”黑车司机头两眼一翻，猛吸一口烟。

“好好好，快点快点。”张炜无奈地拿出100块钱扔到了黑车司机旁边，“快点跟上啊，别跟丢了。”

黑车司机拿过钱，扔掉了烟头，一脚油门窜了出去，消失在夜色中。

张炜一路跟着邹氏兄弟，从北郊区来到了东郊区，一处偏僻的老旧小区。小区外围树木高耸，杂草丛生，生锈的铁栅栏和斑驳的墙壁诉说着以往的故事。

邹氏兄弟在小区不打眼的西北角下车，走进了一栋六层老公房，张炜不远不近地跟着，疑惑地打量了一下四周环境，悄悄地跟了进去。

六层老公房楼道。

张炜走进六层老公房的一楼楼道，里面光线昏暗，家家户户房门紧闭。楼道里响着各家各户电视机的广告声、洗衣机的轰鸣声、刷锅洗碗的叮当声，十分嘈杂。

张炜听到楼上传来关门的声音，从楼梯向上偷偷窥探了一下，手里紧紧握着扳手，蹑手蹑脚地摸上楼梯。

张炜走着走着，不禁皱眉，楼道里弥漫着一股浓烈的中药味道。他蹑手蹑脚地来到了六楼，发现整个楼道的灯都坏了，这里一层有六户人家，他四下张望，逐一凑近门窗探听响动，试图分辨到底邹氏兄弟走进了哪一间。

忽然，最西边的一间传来开门声，房门被虚掩着打开，一束苍白的白炽灯光照亮了楼道一角。

邹氏兄弟还没走出来，说话声却先传了出来。

邹守仁："这些垃圾，记得隔段时间扔远一点……"

邹守义："知道。"

张炜心一下提到了嗓子眼，瞬间慌了神，撒腿就往楼下跑去。

当张炜跑到三楼时，他仰头向上望了望，楼上没有传来脚步声，确认邹氏兄弟并没有下来。张炜喘着粗气，停下了脚步，似乎听到了自己“噗通、噗通”的心跳声。他长出一口气，缓了缓神。

此时，三楼的楼道里空无一人。斑驳的墙壁早已发黄发黑，布满了蜘蛛网，一只黑色的小煤炉上摆着一个砂锅，正在熬制中药，盖子不时地发出“噗噗噗噗”的声响，冒着浑浊的热气。

突然，张炜背后，悠悠地传来一个老太太沙哑又迟缓的话语：“你……找……谁？”

随着这恐怖的声音，楼道幽暗的感应灯忽然亮起，张炜一转身，突然发现身后站着一个小老太太，在一闪一闪的感应灯下更显诡异。他大惊失色，心脏好像要从胸膛里蹦出来，差点叫出了声。

张炜平复了一下呼吸，定睛望去，只见老太太佝偻着背，头发都已花白，身体前倾探出一张布满皱纹且干瘪的脸，蜡黄的脸上五官模糊不清，一嘴稀疏的尖牙，一双浑浊的眼睛，直勾勾地盯着张炜。

张炜看她的脸好像一只猫，更诡异的是，老太太的眼珠似乎没有眼白，张炜吓得两腿发抖，气息急促，一时说不出话来。

老太太幽幽地追问：“你，不是我们楼的吧？”

张炜正在迟疑要不要回答，六楼上传来了关门声，邹氏兄弟下楼的脚步声也越来越近。

张炜眼神惊恐，不敢犹豫，拔腿就跑。

第十章
南风知我意，吹梦到西洲

8月15日，上午9点。

东海市公安局，大礼堂内座无虚席。

公安局长穆文修亲自主持会议，市公安局的主要领导全部列席。会议现场，刑侦、交警、治安、特警四个总队的总队长，以及东海市十个区县的公安分局局长前排就座。

穆文修局长身着高级警监的白色夏常服，肩佩副总警监警衔。他在台上神情严肃，掷地有声："同志们，近期恶性案件频发，市委市政府领导高度重视。今天是8月15号，从今晚零点开始，我们将在全市范围内，开展为期3个月的打防严保专项行动，行动代号'天网'。这次的行动由刑侦总队牵头，各总队和分县局要求全力配合，全警一起争创佳绩，为平安东海添砖加瓦，为国庆献上大礼！"

台下掌声雷动，士气震天。

东海市全城范围内，外松内紧，一场代号为"天网"的打防严保专项行动正式拉开了序幕。

次日清晨。

刑技中心的两辆现场勘查车，缓缓驶入东郊区的大型垃圾填埋厂。他们的任务是寻找两起抛尸案的尸块。

填埋厂实行封闭式管理，道路宽整，管理有序，厂区门口有一块LED电子屏，实时播放氮氧化物、二氧化硫、粉尘等污染物的排放数据。

垃圾存放处如同一个小型足球场，现场各类垃圾稍作分类，堆积如山，苍蝇蚊虫在橙色的朝阳下胡乱飞舞。

严启成和现场勘查小组成员们，都已经戴好口罩，穿戴好白色的一次性现场勘查服。

严启成站在组员们面前，神情严肃地说："同志们，'8・3'、'8・12'抛尸案，犯罪分子很有可能将剩下的尸块抛到了各大郊区的垃圾场，特别是东郊区的垃圾场，一天找不到尸块，我们的案件就没有抓手，犯罪分子就会多逍遥法外一天。这里虽然环境恶劣，但是这里是我们的战场。同志们，有没有信心找到尸块？"

"有！"现场勘查小组的刑警们异口同声地说。

严启成给组员们交代好任务，将大家分成五组。刑警们手持铁铲、耙子等工具，分头朝垃圾场里走去。

垃圾场散发着浓烈的腐臭味道，勘查人员虽然戴着口罩，也忍不住用手再捂住口鼻，挥手驱赶蚊虫。

组员们在堆积如山的垃圾场里，从清晨一直干到了下午。他们一个个汗流浃背，依然精神矍铄，不肯放过任何一个可能的线索，支撑他们意志的是刑警铮铮的誓言。

忽然，一个年轻刑警在一个破箱子下发现了一个鼓鼓囊囊的黑色塑料袋，他兴奋地大喊，严启成等人闻声迅速跑过来，慢慢地将其打开。果不其然，一股腐烂的恶臭扑面而来，里面就是腐坏的人体组织……

东郊区，巴夫化工厂。

三伏天的早上，已是烈日炎炎。巴夫化工厂内的空地上停了几辆警车。这里被定为附近十几个厂子的临时采集地，采集地现场临时支起了简易帐篷，帐篷内摆好了DNA提取操作台。

周睿精神抖擞，身着夏季执勤服，戴上了橡胶手套。他率领着刑技术中心和分局刑科所的法医们，在派出所民警的配合下，逐一对外来务工人员进行口腔内膜DNA提取工作。

酷暑正午，周睿等人顾不得休息，快速吃过盒饭后，他们加班加点又带队赶到东郊区另一家工厂的集中提采地。

简易棚下，闷热无风，法医们汗水湿透警服，他们的额头和鬓角都挂满了细密的汗珠。附近厂子的外来务工人员排着队，有条不紊，依次接受DNA提取。

太阳逐渐西斜，天空也跟着泛起了红晕。

地面上，人们的影子被渐渐拉长。周睿和法医们依然在忙碌，重复着枯燥而缜密的DNA采集工作。

深夜。

重案支队，专案组会议室。

张大钢副局长正襟危坐，听取顾长青、孟根山和周睿关于“天网”的打防严保专项行动阶段性汇报。

顾长青：“张局，经过连续六天的奋战，我们的‘天网’行动取得了一定的战果。在夜间行动中，我们意外抓获公安部A级通缉犯三人，打掉了多个盗窃团伙，抓获酒驾、毒驾、贩卖假冒奢侈品的不法分子70余人，收缴管制刀具50余件、仿真枪30余支、零包毒品合计30公斤和伪冒假货860余件，涉案人员已经移交相关分县局和派出所进行处理。”

张大钢微微点点头说:“抛尸案有没有进展?”

顾长青闻言,赶紧给孟根山使了个眼色。

孟根山:“张局,刑技中心现场勘查小组,和分局刑侦支队通力合作,在东郊区和北郊区的垃圾填埋场又发现了新的尸块,尸块已经高度腐败,经过周组长DNA团队的科研攻关,最终确认这些尸块来自受害人白小婉和杨翠翠。”

张大钢:“有没有抛尸的目击者,或者监控影像?”

孟根山:“暂时没有,基于东郊区和北郊区垃圾场的新发现,我们可以初步分析出凶手的抛尸习惯。”

张大钢抬了抬下巴,示意孟根山继续说。

孟根山:“东郊区垃圾填埋场搜查出一袋尸块,那里离8月13号发现尸块的士荼村很近。8月18号,勘查小组又在北郊区垃圾填埋场发现了两袋尸块。据此,我们推断凶手已经将两个受害人的尸体肢解,混在一起分批抛尸,并且习惯性地每次抛出两袋。”

顾长青眼神坚毅,认可孟根山的推理。

张大钢还是沉默着,神情严肃地看向周睿:“DNA普查进展如何了?”

周睿:“张局,过去这一周,我们已经依次对东、南、西这三片郊区的工厂和城中村的外来务工人员进行了样本采集,刑技中心这几天全员加班,正在全力筛查DNA样本。按计划,明后天将前往最后的北郊区进行采样。”

“效率不错,还要细上加细,不能放过任何可疑人员。”张大钢又看向孟根山说:“涉案的黑色轿车还有线索吗?”

孟根山:“宋妍率领技侦小组,联合交警部门,连日来都在筛查道路监控、排查可疑车辆。目前已经排查了上百辆,晚上10点以后到凌晨时段出来的类似车辆,经核实,与案件都没有关系。”

张大钢面色凝重，拍着桌子说："我就不信，犯罪分子还能在东海市人间蒸发了！请同志们务必再接再厉，务必从东海市揪出这个恶魔。"

"是！"

翌日，上午。

碧池拆车厂，技术车间门口。

周睿率队来到拆车厂，在技术车间门口的空地上支起了DNA采样简易棚。吴川派出所的民警在现场维持秩序，工人们排起了长队，崔大爷、刘二爷和韩三爷也排在队伍后端。

警长王林带着老花镜，手里捧着一本工人花名册，和龚道、洪峰逐一对照工人姓名。

王林："都到齐了？"

"齐了、齐了，都在这儿了。"龚道一边擦着汗，一边奴颜媚笑，"呵呵，王警长，在我们这儿设点，早说呀，我好提前做点准备，这大热天的。"

"这也是上面的临时决定，我也是刚刚收到通知。"王林低头看着花名册，调侃道，"你们俩，一个熊猫眼儿，一个肿着嘴，又没干好事，被谁打成这样？"

龚道和洪峰不敢说出实情，只是哼哼哈哈，王顾左右而言他。龚道给王林递上一支九五至尊，王林瞪了龚道一眼，不予理睬，继续翻看花名册。

忽然，王林抬头，眼神警觉地扫视着在场的工人们说："不对吧，有人没来……"

龚道和洪峰瞬间紧张起来，疑惑地查点人数。

王林："邹守仁和邹守义呢？"

龚道:“妈的,这俩蠢东西,刚才还看见,又不知道在哪儿偷懒?”

洪峰看到小蔡在队伍里,把他喊到跟前质问道:“你们车间,邹组长和他弟弟上哪儿去了?”

小蔡一脸无辜:“排队之前,他俩说累了,要回宿舍歇会儿。”

“走,你们几个跟我去宿舍,看看。”王林怀疑瞬起,喊了两名荷枪实弹的派出所民警跟上自己。

“他娘的,尽给我惹麻烦!”龚道一把推开小蔡,快步跟上,嘴上骂骂咧咧。

洪峰也连忙追上,在场的工人们都扭头看起了热闹,议论纷纷。

崔大爷轻声询问身后的刘二爷和韩三爷:“小张呢,怎么没来?”

韩三爷默不作声,看向刘二爷。

“大哥,多一事不如少一事,也是为小张好。”刘二爷伸出手指按住嘴唇,轻轻摇头,示意崔大爷不要过问。

崔大爷皱起眉头,眼神似在责备:“什么情况,谁的主意?”

“赖皮狗洪峰呗,狗头军师。”刘二爷一脸不屑。

崔大爷神情不悦,无奈地沉默了。

碧池拆车厂,宿舍楼道。

警长王林带着两名派出所民警冲入楼道,在一二层之间的楼梯上停下观察情况。宿舍楼里毫无声响,寂静得有点诡异。

王林压低了嗓音,训斥龚道:“人要是跑了,我拿你是问。”

龚道愁眉苦脸点头答应,洪峰跟身后,唯唯诺诺,不敢吱声。

王林冲上二楼楼道,来到邹氏兄弟的房门前,拍了拍,里面没有反应。他果断地一脚踹开房门,两名派出所民警紧跟其后,瞬间冲进室内,端枪瞄准,控制住情况。

邹守仁和邹守义穿着裤衩,从两张破旧的板铺上弹起来,一脸茫然地看着黑洞洞的枪口。

“别动，双手抱头，靠墙蹲下。”王林说完立刻捂住了鼻子。

房间地上、桌子上都是生活垃圾，方便面盒、烟头、用过的纸巾，散乱一地，尤其是饭盒，成堆地堆在角落，臭气熏天，蟑螂乱爬。

邹氏兄弟面面相觑，识相地双手抱头，蹲在床边。

龚道和洪峰躲在门口，捂住口鼻探出头窥视。

龚道：“我靠！猪窝都比这香……”

洪峰：“平时让你们注意卫生，注意卫生，都注意到狗肚子里去了。”

王林捂着鼻子环顾了一圈，忍不住斥责：“这是人住的地方，不知道打扫啊？”

邹守仁扬起头，面带假笑：“王警官，老板一直让我们加班，一回宿舍就累得睡觉了，真没时间……”

“放屁！”龚道在门口听着，瞪大金鱼眼骂道，“姓邹的，你们俩就是烂泥扶不上墙。”

王林回头瞪了一眼，让龚道闭嘴，接着问道：“为什么不参加筛查？”

邹守仁还在想说辞，身旁的邹守义却绷不住了，仰起头说：“我们又没犯法，干嘛要测？”

王林凝视着邹守义：“有没有犯事儿，一测便知，你们躲什么！”

邹守义立刻怂了，抽动着左脸上的疤痕，埋头不语。

“王警官，没说不去嘛，我们就是看排队人多，想先睡会儿。”邹守仁感觉不妙，立刻赔着笑脸解释。

邹守义随即附和：“就是，天又热、人又多，不着急嘛……”

王林训斥：“外面那些做检测的同志，顶着酷暑已经忙了一周了；我们派出所的同志这两天也要跟着走遍整个开发区的工厂，让你们排个队，站一会儿，还这么多事？”

邹氏兄弟低下头，无言以对。

龚道捏着鼻子咒骂：“两个天杀的废物，就知道偷懒，就知道给警察同志添乱，快出去排队。”

“起来，穿好衣服，做采样去。”王林一边喝令邹氏兄弟，一边也捂着鼻子朝门外走。

邹氏兄弟起身穿好了蓝色的工作服，在两位派出所民警的看护下走出了宿舍。

谁知，邹氏兄弟宿舍的窗台上，刚刚留下了两对新鲜的鞋印……

艳阳高照。

技术车间门口。

在警长王林的督促下，邹守仁和邹守义被带到队伍最前端，加急处理。

兄弟俩并排坐下，同步做DNA采样。邹守义不太情愿地看了邹守仁一眼，神色慌张，邹守仁则面带微笑，神态自若。

周睿全副武装，示意邹守仁张开嘴，亲自给他做口腔黏膜采样。邹守仁一张嘴，周睿被熏得直辣眼睛。他眯起眼睛屏住呼吸，用棉签在如下水道一般肮脏的嘴里刮取了口腔黏膜，一旁的助理一脸嫌弃地配合采集记录。

做完取样，邹守仁起身，一脸假笑地看着周睿，说了声“辛苦”。他一转身就沉下脸来，恶狠狠瞪着现场看热闹的工人们。

工人们立刻看向四周，躲避他凶恶的眼神。

邹守义也取完了样。他往地上吐了口痰说：“大哥，走啊，回车间……”

邹守仁闻言，却依然站定不动，眼神似乎在搜寻什么。他忽然露出了邪恶的笑容，扭头朝王林呼喊："王警官，我要举报，还少了一个。"

龚道一听紧张起来，狠狠瞪了一眼邹守仁："你他妈，瞎哔哔什么！"

王林上前制止龚道，翻开了花名册："说，哪个没来？"

"不在名册上，是个打黑工的，叫张炜。"邹守仁看着龚道和王林，犹豫了一下，便脱口而出。

王林严厉地质问龚道："为什么没有登记在册？张炜人在哪儿？"

龚道慌了，看向洪峰。洪峰一时也不知如何解释，捂着腮帮子，低头不语。

龚道对着王林尴尬一笑，说："王警长，你别听他胡扯，张炜是正规员工，我们刚刚签的劳务合同。"

龚道捅了捅洪峰，洪峰赶紧圆场："对对对，合同已经签了，正规录用，还没来得及备案，怪我、怪我！"

王林："那躲什么？把人带来。"

"没躲、没躲，小张是新来的技术骨干，在车间里钻研技术呢……"龚道说着，给洪峰使了个眼色。

洪峰会意，掉头去找张炜。

队伍后方，三位老大爷看洪峰跑过，不免有些担忧。刘二爷气得咬牙切齿："姓邹的，这不是坑人嘛。"

"光天化日，怕什么，本来就不该躲。"崔大爷铁面无私，似乎早就料到这一切。

张炜被喊到了王林面前，毕恭毕敬地站着。他眼神阴郁，穿着一身洗得发白的破旧工服，无处安放的双手，搔动着原本就不多的头发。

三位大爷赶紧走上前，在张炜身后为他壮胆，密切关注着局势的发展。

王林拿出警务通，上下打量着张炜，看他样子还算老实，语气也缓和了一些："你躲什么？"

张炜："我没想躲，是老板让我……"

张炜话没说完，龚道赶紧打断，嬉皮笑脸地解释："王警长，我让他研究一下发动机，这书呆子就真把自己关起来看书了，读书读傻了，呵呵。"

张炜无奈地苦笑一下，沉默了。

"我问你了吗？"王林眼神凌厉，猜到了龚道在撒谎。

龚道识相地闭嘴。

王林："你身份证带了吗？"

"没带……"张炜摇了摇头说。

王林拿起警务通，对着张炜拍了张正面照，操作了几下，不多时，警务通立刻发出刺耳的警报声。

"小伙子，你别动啊。"王林一边用手指着张炜，一边屏气凝神翻阅警务通上的资料。

王林警惕地审视着张炜："看不出来，你小子还藏得挺深啊……"

张炜眼神忧郁，百口莫辩，只能无助地低下了头。

龚道："王警官，这小子怎么了？"

"龚老板，你录用刑满释放人员，还是个……算了，不说了。"王林冷冷看向龚道欲言又止，"录用刑满释放人员不是不可以，可是，你们未按规定去派出所和劳动所备案登记……"

龚道瞬间认怂，赶紧狡辩："还有这事儿？我们不知道啊……"

三位大爷见局势不妙，神情严肃。

王林朝身后两个民警一挥手，指了指张炜："先带他做DNA采样，然后带回派出所，我跟他好好聊聊。"

龚道和洪峰心虚了，焦虑地互相对视。

崔大爷从人群里站了出来，字正腔圆地询问王林："你好，王警官，小张犯了什么事，你有话不能在这儿问吗？”

“大爷，我也是走正常程序，您也别为难我。”王林看到是崔大爷，也敬他三分，缓和语气跟他解释，“我们现在，全市都在查奸杀抛尸案，跟张炜……”

王林意识到人多口杂，想了想措辞：“跟他犯下的前科，有点类似……我们也是严格根据北郊分局的具体要求，例行询问。等比对出DNA，只要检测结果跟案情无关，自然也不用担心。”

王林说得有理有据，崔大爷点头赞同。他又轻轻把手搭在张炜肩上说：“小张，不用害怕，你就跟王警官去。咱们身正不怕影子斜，你好好配合，早点回来。”

“谢谢大爷。”张炜眼神阴郁，懂事地点点头。

两位民警领着张炜走到周睿面前，开始做DNA采样。

人群后面，邹守义还一脸好奇地对着哥哥邹守义做了个口型，询问情况：强奸？

邹守仁得意的坏笑，轻轻点头。

北郊区城中村，Laura长租房。

黄昏时分，阳光透过窗帘照进屋内，让室内都蒙上了一层金黄。

相海峰躺在沙发上打盹儿，手臂遮着眼睛，呼吸深沉。

Laura迷迷糊糊地坐在他脚边，仰着头，双手撑着下巴，一副迷醉的样子，眼神涣散。

旁边的茶几上，散落着一支针筒、一截橡皮管、一个用脉动瓶子和塑料吸管自制的吸食器。

“咚、咚、咚”，突然，门口传来一阵急促的敲门声。

相海峰猛地张开双眼，瞬间从沙发上弹起。他的眼袋青黑，眼球布满了血丝，随即又无力地躺了下去。他用手捂着耳朵，只觉得敲门声要刺穿鼓膜，让他头痛欲裂。

Laura也直起身来，连连拍打自己的脑袋，试图让自己清醒。

两人警觉地对视了一眼，Laura迅速将茶几上的工具，都撸进了一个黑色塑料袋里，藏在茶几下的抽屉里。

“咚、咚、咚”，敲门声不依不饶地继续着，门外传来了刘二爷焦急的呼喊：“海涛，海涛，你在不在，小张出事儿了！”

“等一下。”Laura扯着嗓子，不耐烦地回应。

相海峰勉强又站起来，还是有点晕眩。他脚下一软，坐回到沙发上。Laura赶紧过来搀扶，关切地望着他。

相海峰用双手搓了搓脸颊，让自己清醒，目光重新焕发出神采，而后抬了抬下巴，示意Laura和他去门口。

Laura费力地扶他站起来，迟缓地走向门口。Laura打开门，相海峰扶着门框支撑。

只见刘二爷手里提着几个塑料饭盒。他诧异地看着疲惫不堪的相海峰说：“海涛，你病了？”

“没事，连着熬夜熬的。”相海峰摇头否认，揉了揉眼睛说，“二爷，你刚才说，小张怎么了？”

刘二爷将信将疑，顾不得多想，急切地将情况告知相海峰：“今天早上，警察来厂里查DNA，然后就把他带走了。这都一整天了，人还没回来，电话也不接。你路子多，能不能打听打听？”

相海峰掏出手机，拨打张炜号码，确实没人接听。他疑惑地向二爷询问细节：“小张被带去了哪个分局，你知道吗？”

刘二爷：“就是拆车厂附近的吴川派出所，王林警官把他带走的。”

相海峰：“吴川派出所，行，我一会儿去问问。”

刘二爷颇为感激，连连点头。他忍不住仔细打量了一下Laura，发现她披头散发，也是一脸倦容。刘二爷了然一笑说道：“抱歉、抱歉，打搅你们了……我给小毅送饭去。”

说着,刘二爷走到隔壁,敲响了隔壁的张炜家的房门。

相海峰尴尬一笑,关上了房门,门外传来二爷的呼喊声:“小毅,开门哪,小毅,我是你二爷……”

相海峰和Laura对望一笑,双双松了口气。

华灯初上。

吴川派出所。

相海峰重又恢复了往日的光彩。他着装得体,长袖衬衫和西式长裤将他的身材显得更加修长。他夹着商务手包,风度翩翩地走进吴川派出所受理大厅。

不久,受理大厅一侧一扇不锈钢铁门打开,王林热情地从里面走出来迎接相海峰,与他亲切握手,并引他朝派出所里边走去。

派出所三楼,王林警长办公室。

相海峰坐在王林的办公桌前,腰背笔挺。王林满怀崇敬地打量着相海峰,拿出最好的茶叶,亲自给他泡了一杯茶,放在他面前。

王林:“我们的缉毒大英雄,相处长,你可是贵客啊!上回在市局大礼堂,‘飓风’缉毒行动的表彰大会现场,我作为北郊分局代表在台下就座,当时我心潮澎湃,真是无比敬仰。没想到,相处长今天居然莅临指导,我们小小的吴川派出所真是受宠若惊啊。”

“不敢当,不敢当。”相海峰微笑着摆了摆手,谦虚回应,“今天来麻烦您,想跟您打听个人。”

王林:“哦,谁啊?”

相海峰:“张炜,听说是您把他带回来询问情况,一直没放回去。”

王林疑惑地看着相海峰:“相处长,冒昧问一句,你跟张炜是什么关系？”

相海峰从容一笑说：“我也是受人之托，拆车厂的几位老大爷是我老朋友，张炜是他们的学徒。”

王林点点头说：“我们下午做完笔录，早就放他回去了。”

相海峰：“可他一直电话关机，不接……”

“相处，我没必要骗你。张炜有前科，不过，人还挺老实，问什么就答什么，基本可以排除嫌疑。”王林也很纳闷儿，尴尬一笑，耐心解释，“我从来都是秉公执法，也没道理一直扣着他。至于最后结果，还得等刑技中心周睿组长的DNA报告，所以，我也是让他备个案，方便随时随地掌握他的动态……”

王林的说法完全合乎办案流程和规定，相海峰点头赞同。出于好奇，他继续询问：“王警长，张炜的前科到底是犯了什么罪？”

“案底写的是，他18岁的时候，强奸了一个未满18周岁的女同学。也是因为案件性质跟近期发生的连环强奸抛尸案接近，所以……”王林犹豫了一下，喝了口茶说，“相处，你也知道我们基层是一根针千条线，什么都要管，什么都要考核落实，不防一万，只防万一，我才把他带回来详细询问。”

相海峰轻声叹息，凝眉琢磨着张炜的去处，暗暗嘀咕：“那，他能去哪儿呢？”

王林：“相处，我看档案上，有他刑满释放后的联系地址，好像是他父母的住处。”

相海峰：“之前出了点事，那套老房子已经不是他的家了……”

忽然，相海峰两眼放光，抬头看着王林说：“对啊，我怎么没想到……王警长，你能把具体地址给我吗？”

“稍等，我这就抄给你。”王林不敢怠慢，立刻调出张炜的详细档案，拿了张白纸，抄给相海峰。

相海峰接过纸条，收进商务手包，谢过王林，与他握手道别。

西城区。

张炜家老宅附近街区。

相海峰按王林给他的纸条信息，在一栋栋老公房之间来回寻觅。

不久，相海峰走到了张炜老宅公寓楼下。他抬头仰望，却看到三楼张炜家的老房子已经装修一新，室内灯光明亮，窗户上贴着大大的喜字，厨房窗口有一对陌生的年轻夫妻正在忙碌，有说有笑。

楼上的小夫妻似乎注意到了楼下有人张望，伸手拉下了百叶窗帘。

相海峰衬衫的后背被汗水浸湿，四下张望还是不见张炜人影，不免有些焦躁。他拿出手机，再次尝试拨打张炜的号码。这次电话居然通了，传来了“嘟、嘟”的声音。

几秒后，前方不远处也响起了一阵手机铃声，相海峰循着铃声，快步走上前去。

果然，在两栋楼之间的幽暗道路上，张炜背靠墙壁坐在地上，颓靡丧气，形如鬼魅。他深吸了一口烟，烟头的火光忽明忽暗。

相海峰走近一看，张炜满身酒气，脚边满地都是烟头，打火机和烟盒也随地一扔，不远处的地面上散落着七八个啤酒空罐。

张炜把头埋在膝盖里，身体轻轻颤抖，发出嘶哑沉闷的呜咽声。

相海峰感同身受。他蹲下身来，轻扶着张炜的肩膀：“小张……”

张炜抬头望着相海峰，双眼已经哭红了，嘴唇翕动着却不知从何说起。

相海峰陪他席地而坐，从地上烟盒里拿起最后一根烟，自己点火抽了起来。

张炜依然忍不住抽泣，心情似乎难以平复。相海峰陪他沉默地坐着，仰头吞吐着烟圈，心事重重。

一根烟燃尽，相海峰掐灭烟蒂，伸手搭住了张炜的肩膀，好言宽慰："我去了吴川派出所，王警长说，你配合询问，态度良好，基本可以排除嫌疑，等三四天以后DNA筛查结果出来，就能还你清白了。"

"就因为我以前犯过错，就活该被怀疑一辈子吗？"张炜抹了把鼻涕和眼泪，十分委屈。

相海峰："王警长只是例行公事，你也理解一下，换了我也会这么做的。"

"我没怪他，我只是看清了，过去的错就像乌云一样笼罩着我，我逃不掉。"张炜依然喉咙哽咽，声音颤抖，透着绝望和无助。

相海峰："小张，别瞎想，咱们认识以来，你的工作生活都稳定了，眼看着就会越来越好了。"

张炜眼神阴郁，苦笑着说："我原来也以为，遇到海哥你，遇到崔大爷他们，是老天爷给我重新开始的机会。可今天我才意识到，我也只有你们……那些厂里的、社会上的其他人，只要知道我以前坐过牢，还是个个都嫌弃我，看不起我。"

张炜低下头，双手捂着脸，又忍不住呜咽起来，地中海的发型露出一片雪白的头皮，更显凌乱。

相海峰："小张，只要以后一直遵纪守法，旁人迟早会放下偏见，我相信会跟我们一样，很自然就接纳了你。别被以前的事困住，你现在已经开始新生活了。"

"不会的，崭新的生活都是别人的，就像这套老房子，翻新了，真好看，可那都是别人的了。"张炜无望地深呼吸，说话有气无力，透着绝望。

"小张，你太悲观了。"相海峰听着，忍不住加重了语气，"我知道你这些年受了很多苦，心里委屈，然而生活，不就是关关难过关关过嘛。你还有时间，还有将来，还有弟弟，还有我们……你起来！"

说着，相海峰扶着张炜的肩膀，一把将他拉起来。张炜还是哭丧着脸，止不住流下了感动的泪水："哥……"

相海峰鼻子一酸，眼眶也跟着湿润了："今天，你喊我一声哥，以后就算遇到天大的事情，哥陪你一起扛过去。"

张炜连连点头，不停地呜咽，感动地埋头痛哭。这是他自刑满释放以来听到的最暖心的话，人生所有的不如意，此时似乎都已化作了烟云。

相海峰双手重重搭在张炜的肩膀上，语重心长地说："男儿有泪不轻弹，抬头，挺胸，像个爷们儿一样。"

张炜吸了吸鼻涕，抹掉眼泪，抬起头，眼神又焕发出光彩，然而，他头上那几缕稀疏的头发，却还是无精打采地耷拉下来。

相海峰不禁皱眉，抬手帮他把地中海的发型拨整齐："挺好一小伙子，被这头发害得老了十岁……走，跟我走。"

张炜摸了摸稀疏的头顶，诧异地愣在原地。相海峰欣慰一笑，搂着张炜的肩膀，一同走出老式公寓，奔向一片繁华。

西城区，滨江商务中心。

东海市新开发的滨江商务中心，由写字楼、商场以及规划中的超五星级酒店等组成，新盖的商场内饰装修豪华，灯光明亮璀璨，国内外知名品牌云集，顾客熙熙攘攘，络绎不绝，已成为西城区的新地标。

张炜和相海峰来到一家名为"酷路儿"的假发店，在柜台前挑选着男士假发。

相海峰手指一顶乌黑的中长发，让服务员取出，服务员一边热情地递上假发，一边自豪地推荐品牌。

服务员："我们母公司是日本市场上的顶级假发品牌，三十年多来，公司专注于假发产品研发与生产。”

张炜接过假发，左看右看，犹豫再三，还是不好意思戴上。

服务员微笑着，恭维相海峰说：“这位帅哥，眼光真好，您选择的这款，选用了德国工艺加工的特选A级人发，并与日本独家工艺的合成纤维发完美融合，光泽自然，触感逼真。这位大叔，可以戴上试试，绝对像是自然生长的。”

“哈哈，什么大叔。”相海峰笑着说道，“他比我还小呢。”

张炜闻言，顿时涨红了脸，羞愧地低下了头。

“来来来，戴上看看，既然来了，就别不好意思。”相海峰说着在服务员的指导下，帮张炜戴上假发。

服务员赶紧取来化妆镜，放到张炜面前，张炜惊奇地睁大了眼睛，看着镜中的自己：这一头乌黑的秀发与他的头皮、脸型完美贴合，一下子让他年轻了十几岁。镜中的男人让他感到既熟悉又陌生，仿佛让他回到了青春烂漫的中学时代，只不过，阴郁的眼神中却藏不住那一抹沧桑和辛酸。

张炜看着看着入了神，鼻子一酸，嘴唇翕动，瞬间眼眶湿润了。

“嗯，帅气，精神！”相海峰把张炜转过来，正面端详着他说，“这才是你该有的样子嘛。”

“来，服务员，帮我们兄弟两个拍张照。”相海峰一边将张炜拉到自己身边，一边拿出了手机交到服务员手中。

服务员：“来，两位帅哥，笑一笑。”

这是张炜多年以来眼神不再阴郁的一张照片，他仿佛又回到了自己的中学时代，他和相海峰一起发自内心地笑着，似乎又燃起了对生活的希望。

相海峰从裤兜里掏出一张信用卡递给服务员：“买单，不用包装了，我们就直接戴着了。”

服务员兴高采烈地拿出pos机，接过信用卡，调试好后，让相海峰输入密码。

“海哥，别，我自己来。”张炜反应过来，立刻掏出手机。

相海峰伸手按住他的手机，不容置疑地说：“今天，是你的新起点，这是哥送你的礼物，你不收就是不认我。”

张炜眼角泪水滑落，他立刻抹掉泪水，感激地点点头。

服务员操作完，递给相海峰一个礼袋，说：“帅哥，原装进口的包装盒已经放好，另外还附送您一把等离子梳子和一瓶除螨喷雾。”

相海峰满意地接过礼盒，递给张炜，哥俩一起走出店外。

相海峰一边走，一边看着张炜，露出了些许不满意的神情。

相海峰：“我看，还差套衣服。来都来了，咱们直接一条龙搞定。”

张炜连忙挥手婉拒：“哥，别、别，有这顶头发就够了，再说了，我平时在厂里干活，有大爷们给的工作服，也不用穿什么好衣服。”

“走吧，人是衣服马是鞍。”相海峰不由分说，拉着张炜走向服装区。

相海峰拉着张炜，走过了女士服装区，各大国际一线奢侈品女装在这里应有尽有。

忽然，相海峰停下了脚步，朝香奈儿店里直愣愣地望着，张炜顺着他的眼神望去，也不由得愣住了。

香奈儿店的试衣镜前，黄梦婷身着一袭雪白的雪纺连衣长裙，一层一层的蕾丝花边，可爱的泡泡袖，把她衬托得可爱动人。助理小雅帮她系上深蓝色腰带，服务员帮她递上金色LOGO的经典鳄鱼皮拎包，黄梦婷轻轻转身，雪纺长裙微微扬起，清纯、优雅，又透出一丝妩媚动人。

服务员：“这是香奈儿今年的最新款，好多大牌女明星都争相购买，可是都不如黄小姐您这样，完美地穿出了这款裙子的气质。”

“你会不会说话？”小雅有些不高兴地看着服务员，“我姐姐那可是天生丽质，这条裙子衬托我姐姐的完美的气质，好不好？”

“不好意思，我说错了。”服务员微笑着说，“黄小姐，这样的形象和搭配，真是清水出芙蓉，惊若天人。”

服务员和小雅喜笑颜开，对黄梦婷赞不绝口，黄梦婷心里早已乐开了花，她在试衣镜前欣赏着自己优雅的姿态、完美的身形。

香奈儿店外，张炜疑惑地看着相海峰：“哥，看什么呢？”

相海峰回过神来，淡然一笑：“看到一个熟人……”

张炜：“哥，你要不要去打个招呼，我在这儿等你？”

“不了，那个穿白色长裙的，是常虹的未婚妻。”相海峰苦笑着摇了摇头说，“常虹不在，我还是避嫌吧。”

张炜闻言，定睛朝店里望去，瞬间表情凝固，只轻轻应了一声：“哦……”

相海峰被眼前的“美景”深深地吸引，不过只能远远地欣赏着，不多时，他感觉到黄梦婷似乎看到了自己，便立刻收回了目光。他深吸一口气，调整好情绪，搂着张炜的肩膀快速离开。

相海峰：“走，哥给你也好好包装一下。”

“我……”张炜眼神再次恢复了阴郁，面容僵硬，几乎是被相海峰推着往前走。

香奈儿店内，原本开开心心的黄梦婷突然脸色阴沉，她似乎感觉到了店外的异常。

不明所以的服务员笑着鞠躬，将包装好的连衣裙礼盒递给了黄梦婷，黄梦婷却不予理会，心不在焉地向店外望去，买好单的小雅默契地帮她接过。

黄梦婷踩着高跟鞋，快速走出香奈儿店，小雅也快步跟上。黄梦婷看到店外,有两个熟悉的身影匆匆走过,其中的那个高个子应该就是相海峰。

黄梦婷快步向前,满心欢喜地想去打个招呼,忽然间,她看到了相海峰推着另一个中等身材的男子,那名男子走得很僵硬,时不时地侧着脸,似乎在回头张望。

黄梦婷突然倒吸一口凉气,双手不由自主地颤抖,一阵晕眩,身旁的小雅连忙将她扶住。

小雅:“姐,姐,你没事吧……”

黄梦婷呼吸急促,精神恍惚,一时不能回答。小雅警惕地扫视四周,人来人往,并没有什么可疑的迹象。

黄梦婷紧紧抓着小雅的手臂:“我可能是低血糖了,你扶我去休息会儿……”

小雅丈二和尚摸不着头脑,搀扶着黄梦婷缓步离开。黄梦婷颤颤巍巍走了几步,忍不住回头张望,相海峰和张炜早已消失在人群中,不见踪影。

乌云遮月,夜色迷离。

东海市郊外一处杳无人烟的烂尾楼工地,只有悠远的虫鸣和犬吠声遥相呼应。

黯淡无光的烂尾楼里,忽然传出“啪、啪”两声清脆响亮的耳光声。

烂尾楼深处,邹守义倒在地上,捂着脸瞅着庞连彪,敢怒而不敢言。

庞连彪恶狠狠地朝他吐了口唾沫,骂道:“你他妈猪脑子,不知道戴套吗?”

邹守义爬起来,咬牙切齿,双手握拳。哥哥邹守仁站在边上,沉默不语，看邹守义目露凶光，一把拉住了他。

庞连彪腰里别着手枪，嘴里叼着烟，来回踱步，显得十分烦躁。

刀子站在一旁，焦急地看着他说：“彪哥，说这些都没用了，警察都找上门了，咱们赶紧逃吧……”

庞连彪怒目瞪着刀子：“逃个屁，不干掉张海涛，我绝不走。”

刀子：“大哥，可拆车厂藏不住了，咱们在东海市也没地方躲了啊！”

邹守仁一直默不作声，他心里一盘算，媚笑着向庞连彪献计：“彪哥，刀子兄弟说得也有道理，好汉不吃眼前亏。我看哪，咱们就先逃回老家，往山里一钻，谁也找不到咱们。”

“钻、钻、钻，你是穿山甲吗，就知道钻！”庞连彪愤恨地扔掉烟头，一巴掌拍在邹守仁头上，痛骂道，“警察以为老子逃了，老子偏要留在东海，没听过‘灯下黑’嘛！”

“彪哥，高明，这个想法妙啊。”邹守仁见拗不过他，转脸笑起来，竖起大拇指，奉承庞连彪，“大隐于市啊。”

“大隐个狗屁。”刀子越听越焦急，一把推开了邹守仁说，“彪哥，你忘了大哥是怎么交代的？报仇是小，撑起大哥留下的产业才最要紧啊！”

“你他娘的就是贪生怕死！”庞连彪扬起一脚将刀子踹翻，“大哥的仇你不管，光想着去缅北打牌泡妞过好日子是吧？”

“庞连彪，你他妈就是个疯子。”刀子坐在地上，满脸委屈地大声反驳，“张海涛是警察，哪儿那么容易让你寻仇。我们不是以前了，再不走，我们迟早都会被你害死。”

庞连彪听到刀子直呼其名，怒发冲冠，他朝刀子的头连踹两脚，骂道：“小兔崽子，反了你了，刚才喊我什么？”

邹氏兄弟面面相觑，邹守仁预感不妙，笑容僵硬，沉默不语，思考退路。

庞连彪气喘吁吁，走到角落里，拿出蛇头权杖，拔掉最底下一截的外壳，露出了尖锐的三棱枪，扔给蜷缩在地上的刀子。

庞连彪：“来，你有本事现在就捅死老子，带着权杖去缅北吃香的喝辣的。”

刀子怯生生地推开权杖，抹了抹嘴角的血：“哥，我错了，我没这意思……”

庞连彪转过身，瞪大了豹眼，凝视着邹氏兄弟，眼神仿佛要吃人。

“彪哥，真是条重情重义的汉子，消消气。”邹守仁连忙拉弟弟一起点头哈腰，赔起笑脸，“我们，我们也被警察盯上了，也不知道还能帮你做什么……”

庞连彪：“不管做什么，等老子翻身了，一定重重赏你们。”

邹守仁眼珠一转，计上心头，殷勤地一笑，掏出了宝马车的钥匙：“要不，我们把车留给你，方便你找那个警察报仇。”

庞连彪狐疑地看着车钥匙，琢磨了一下，立马从地上捡起权杖，拿枪头顶住邹守仁的喉咙：“你他妈想要我？你们跑路，把作案用的车子留给我，让老子给你们当替死鬼啊？”

邹守仁吓得膝盖一软，跪下求饶：“彪哥、彪哥，我绝没有这个意思啊，咱们老乡这么多年，你还不了解我吗？”

邹守义也连忙跪下，向庞连彪求情：“彪哥，咱兄弟俩向来听你话，我哥就是想帮你。”

“帮个屁，你们俩别拖我后腿，就他妈的谢天谢地了。”庞连彪轻蔑地撇了撇嘴，收起了权杖，心烦意乱地说，“衰货，滚滚滚，赶紧滚，别让老子再看见你们。”

邹守仁冷汗湿透衣背，赶紧爬起来，一边点头哈腰感谢庞连彪放过自己，一边拉着邹守义丢了魂似的快速离开。

刀子眼巴巴望着邹氏兄弟逃离的背影，跪下来哀求道：“彪哥，我跟你这么多年，没有功劳也有苦劳，兄弟我今天只求您一件事。”

庞连彪疑惑地看向他说：“有屁就放。”

刀子：“彪哥，你放我走吧，我先去缅北给你打前站，等你办了张海涛，我帮你安排好退路，平平安安接你过去。”

“打前站？你他妈想卖了我吧……”庞连彪阴狠地打量着刀子，冷哼一声，似乎彻底将他看透。

刀子还没来得及解释，就发出“啊”的一声惨叫。

邹氏兄弟跑到烂尾楼楼下，听到背后的惨叫，不由得吓得回头窥探，却只看到在朦胧的月光下，刀子跪在地上，庞连彪和他纠缠在一起。

邹守义傻呵呵想看个究竟，邹守仁奋力拉拽，带着邹守义，落荒而逃。

刀子又是一声惨叫，庞连彪拔出了三棱枪，一滴滴鲜血随着枪头垂下……

刀子双手捂着肚子，腹部已经被扎穿，血流如注。他难以置信地抬起头，颤抖着手指着庞连彪，艰难地挤出几个字：“你，你个疯子……”

说着，刀子沾满血污的双手，紧紧抓住了庞连彪的裤腿。

庞连彪俯视着他，冷冷一笑，倒转枪头，舔了舔枪头上的人血，笑得更加变态诡谲。

突然，一只黑色的乌鸦落在庞连彪身后的脚手架上，红色的眼睛静静地看着这一切。

此时，庞连彪目露凶光，他伸手捏住刀子的脸颊，撑开下巴，另一只手将权杖高高扬起，朝刀子的喉咙里扎了下去。这是毒枭周海龙在世时惩罚人的最高刑罚，受刑之人会在极大的恐惧和痛苦中慢慢死去。

刀子惊恐地睁大了双眼，他已没有力气反抗与挣扎，只能发出“呜呜”的呜咽声，逐渐地，剧烈的疼痛让刀子慢慢失去了意识……

朦胧的月色下，庞连彪缓缓从刀子的深喉中拔出权杖的枪头，用脚蹬开刀子。

“呱、呱、呱”，红眼乌鸦怪叫着向月亮的方向飞去，一阵疾风吹过，烂尾楼前树影婆娑。

庞连彪喘着粗气向外面看了看，这诡异的一幕更坚定了他的想法。他蹲下身来，在刀子的衣服上找了处干净地方，擦了擦蛇头权杖的枪头。

忽然，庞连彪眉头紧锁，他想起了邹氏兄弟，立刻抄起权杖朝外追赶。

夜色昏暗，烂尾楼下，四周一片寂静，邹氏兄弟和黑色宝马早已消失得无影无踪。

夜已深沉。

东郊区，老旧出租房。

邹守义脸上青筋暴起，双手叉着腰，在客厅里来回踱步，犹如困兽。邹守仁淡定地点了一支烟，眼睛盯着大冰柜，若有所思。

邹守义：“哥，这姓庞的咋那么狠，刀子跟了他这么多年，都能下手。”

邹守仁呼出一口烟，夹着烟的手指着弟弟，恨铁不成钢地说：“你个蠢东西，没看见姓庞的腰上别着手枪，要不是老子心生一计，硬拉你走，咱俩都得被他办了。姓庞的以后不能再见了。”

邹守义惶惶不安地说：“哥，警察采了样，是不是已经发现咱们了？”

邹守仁眼睛一转，冷笑道：“哼，没听警察说是全市排查嘛，那么多人采样，光咱们厂就一百来号人，你想想整个北郊开发区还有那么多厂……早着呢，怕个球！”

“以后咋整？哥，我都听你的……”邹守义眼神游离，摸着后脑勺想不明白。

“趁这几天警察没发现，咱们先把值钱的东西都卖掉换成钱，该办的事都办干净，回老家钻往山里去，警察就是有三头六臂，也拿我们没办法。”邹守仁顿了顿接着说，“还有，屋子里那些工具，冰箱里的烂肉，该扔就扔，处理干净。没有工具和烂肉，退一万步讲，就算被警察抓住了，咱们也不怕。”

邹守义：“管，都听哥的。”

邹守仁深吸了一口烟，缓缓呼出，眼神晦暗不明。

翌日，上午。

老城区，熙熙攘攘，车水马龙，人声鼎沸。

鑫鑫典当行闹中取静，位于老街区的中心，古色古香的大门两旁挂着一对金字黑底的木匾，上书：诚信兴旺，鑫鑫典当；雪中送炭，融资真棒。

邹氏兄弟带着棒球帽，身穿崭新的Polo衫和运动裤，衣服松松垮垮套在身上，明显是来路不正。他们停好了车，左顾右盼，小心翼翼地走进了鑫鑫典当行。

鑫鑫典当行门脸不大，内部却很深，里面的柜台一字摆开，摆满了各种绝当的珠宝玉器、高档手表、古玩杂项。典当行老板王世成身着一身紫色的唐装，端坐在典当行内部的接待柜台后，五十岁左右，一张甲字脸，发际线已经后移，露出硕大饱满的额头，下巴却依然尖瘦，戴了一副复古的圆形眼镜，看着更显精明。

邹守仁背着一个蓝色双肩包，邹守义紧跟其后。在确认只有老板和伙计后，邹守仁警觉地拍了拍柜台，小声说：“王老板，在不在？”

王世成扶了扶眼镜，从里面的接待柜台后绕出来，上下打量着邹氏兄弟。邹守仁也警觉地观察着王掌柜，四目相对，甚是尴尬。

没心没肺的邹守义已经被琳琅满目的珠宝、古董和艺术收藏品所吸引，他伸长脖子，看花了眼。

王世成脸上挂着职业性的微笑说："你就是邹守仁，邹老板？"

"对，大老杨介绍我来的。"邹守仁挤出一丝假笑，"你就是王老板？听说你也是西江老乡。"

王世成瞅了眼邹守仁的蓝色背包，不露声色地说："好说，好说，都是老乡，里边请。"

王世成朝典当行外张望了一下，给伙计小杨吩咐了几句，便引着邹守仁和邹守义往里走去。

典当行的会客室装修得古色古香，清一色大红酸枝家具，墙上挂了一些名家字画，角落的青花瓷大缸里还摆了不少卷轴。

王世成请邹氏兄弟在明式大红酸枝沙发上坐下，茶几上摆着整套建盏茶道工具。他启动了饮水机，一边清洗茶具，一边递烟。

王世成："都是老乡，不必拘礼，喝点顶级黄山毛峰，慢慢聊。"

邹守义："好、好、好，这玩意儿还真没喝过……"

邹守仁一把按在邹守义抖动的膝盖上，示意他闭嘴，笑脸看着王世成说："不必麻烦，咱们还是聊正事儿吧。"

"邹老板，真是快人快语。"王世成点了一支烟说，"那就看看货吧？"

邹守仁小心翼翼地拉开蓝色背包的拉链，里面铺了很多报纸，他从报纸最下端，把一件件物品掏出放在茶几上，依次是一个翡翠手镯、一对金耳环、一块镶钻的卡地亚女款金表、一枚五克拉鸽血红的红宝石戒指。

王世成一看都是女式珠宝首饰，心中顿时了然，表面上依然不动声色，只是俯身仔细打量。

王世成："哟，东西都不错啊……"

邹守仁："王老板好眼力，你是行家，咱们也不讨价还价了，你看值多少，给个数吧？"

王世成悠悠地吐出一口烟说："邹老板真是爽快人，还是你先说个心理价位吧？"

邹守仁一下犯了难，也点上了一支烟，低头琢磨着。

这时，伙计小杨突然闯了进来，和老板王世成耳语了几句，还时不时地朝邹氏兄弟和茶几上的首饰手表望去。

邹守仁看在眼里，警觉地将身子稍稍前倾，黑着脸质问小杨："你们说什么？"

王世成掐灭了香烟，连忙解释："邹老板别见怪，这孩子刚来，不懂规矩。"

邹守仁将信将疑，进一步观察小杨，邹守义也在一旁虎视眈眈。

"愣着干嘛，去外面干活。"王世成见状，立刻喝令小杨出去。

邹守仁目送小杨的背影，给邹守义递一个眼神，示意他出去看看小杨要的什么花招。

小杨和邹守义相继离开，王世成冷笑一声说："放心，我也是江湖上吃硬货的，规矩都懂。要不，我先验货，看看成色？"

邹守仁："验货可以，就在这儿验。"

王世成："当然、当然，不会离开你的视线。"

说着，王掌柜摘下眼镜，戴上白色手套，从茶几抽屉里拿出了一个珠宝鉴定专用的单筒放大镜，戴在头上，拿起一支高亮度手电筒，逐一端详。

不多时，王掌柜缓缓放下最后一枚红宝石戒指，拿起第一个检测的翡翠手镯，单独递给了邹守仁。

王世成:“这个,你们自己留着。”

邹守义:“你啥意思?”

王世成:“咱们都是老乡,我也不能忽悠你,这手镯就是个B货,用强酸强碱洗过,颜色都是注射进去的,不值钱。”

邹守仁不爽地瞪着手镯,口型暗暗骂了句“妈的,穷鬼”。此时,在外盯梢的邹守义走了回来,与邹守仁耳语了几句。

王世成是个典当的老行家,这些货怎么说也能值个30万。他不动声色地继续设套:“其余几件虽然都是正品,成色和款式都比较一般,邹老板开个价吧?”

邹守仁双手抱在胸前,沉默片刻后,笑着说:“不瞒王老板,老家出了点事儿,我们急着用钱。我们也不贪,您就痛快点,给个六万整吧,六六大顺,听着也吉利。”

“六万整……”王世成心中窃喜,仍然喜怒不形于色,他故作为难,摸着下巴假装思考了一下,明知故问地说,“你这些东西有发票吗?”

“哼,发票……”邹守仁冷哼一笑。

王世成:“没发票的话,我接了盘也很难出手的,我也是在商言商,请理解一下。”

“王老板,你这么大生意,搞张发票肯定难不倒你,咱们就当贱卖了,只要这个数,赚头都给你。”邹守仁勉强一笑,撑开手掌,比画了一个五字。

王世成:“没发票总归是个麻烦啊……你看,两万行不行?”

邹守义憋不住了,指着王世成呛声:“你,你这人咋这样呢?当我们要饭的叫花子?”

邹守仁连忙拦住弟弟,强行挤出笑容,继续商量:“王老板,光这块全是钻的手表就不止五万块钱,何况这几件权当白送,你肯定有得赚。”

王世成托着下巴，悠悠反驳："邹老板，你有所不知，越是名牌的手表，假货越多……你容我再看看。"

说着，王世成起身，走向旁边的办公桌，从办公桌柜子里，拿出了一个手掌大小的电子秤，重新坐回来，把卡地亚手表放在了电子秤上。

邹守义不耐烦地说："干啥呢你，又不是买菜，还称一称。"

王世成笑而不语，一边操作电子秤，一边解释道："现在很多假冒的名牌手表，做工精细，外表很难分辨。跟真货比，使用零部件的分量还是会有差异，如果分量轻了或重了就是假表。"

"什么轻了重了，搞这些没用的，忽悠我们。"邹守义听得云里雾里，很不耐烦。

王世成看了看数值，抬起头说："放心，这块是真货。"

邹守义："我们又不骗你，整那费劲事干嘛！"

邹守仁松了口气，连忙拿过手表，皮笑肉不笑地跟王世成商量："既然是真的，咱们五万成交？"

"五万？我要不收，也没人敢要你这东西。"王世成挑了挑眉毛，一副为难的神情，"你看这样可以吧，我最多出三万。"

邹守义急得站了起来，指着王世成的鼻子说："你个大老爷们儿，咋这么磨叽，就五万，一口价……"

"兄弟，坐下，不要急。"王世成面无表情地望着邹守义，不疾不徐地说，"我这家店看着气派，其实房租水电样样都要花钱……这样，我们各让一步，三万五行不行？"

邹守仁收起了假笑，眯起眼冷冷打量着王世成，回想起刚才伙计小杨的神情，他有一种不太好的直觉。

邹守仁步步紧逼的眼神，看得王世成心里发毛，不敢与邹守仁对视。他死鸭子嘴硬，就是不肯松口："邹老板，都是朋友介绍的，我也不会坑你，你再想想，再想想……"

邹守仁忽然脸色阴沉，他深吸一口气，一股脑儿将桌面上的报纸和珠宝手表都撸进了背包，起身就要走。

王世成这下有些慌了，立刻改口："这是干嘛呢，喝杯茶，再谈谈嘛。"

"不必了，不要拉倒，别拖老子时间。"邹守仁杀气腾腾地说，"你要再敢耍花样，我杀你全家。"

"没、没有啊……"王世成额头渗出冷汗，不敢多言，嘴角勉强抽抽了两下，以示回应。

邹守仁迅速起身，头也不回地走了出去，邹守义一脸蒙圈地跟上，嘴里还絮絮叨叨："哥，为啥走啊？再聊聊，五万没准就成了……"

眼看着邹氏兄弟走出典当行，开车消失在熙熙攘攘的车流中，王世成一颗悬着的心终于放了下来。

伙计小杨站在王世成身后，不解地问："老板，那些东西是不是派出所在找的……"

小杨话还没说完，王世成立刻打断他："别啰嗦，快报警。"

鑫鑫典当行会客室。

重案支队专案组接到老城区庙后街派出所的警情汇报已将近中午，常虹、包德荣、宋妍和高一萌顾不得午饭，便一路风尘仆仆地来到鑫鑫典当行。

会客室内，王世成一边殷勤地给常虹等人泡茶，一边痛诉自己被恐吓的过程。常虹和包德荣负责具体询问，高一萌拿着笔记本做记录，宋妍则和伙计小杨调阅监控记录。

常虹："能确认这些珠宝首饰，都与公安内部通报文件上的一致吗？"

"常警官，我开典当行都快三十年了，这点儿眼力劲儿肯定有。"王世成神情激动，笃定地拍着胸脯说，“两个糙老爷们儿，拿出一袋都是女士珠宝首饰，一看就有问题。我亲自验的货，跟文件上的货品、款式都一模一样，绝对没错。”

常虹：“你说他俩叫什么？”

王世成：“中间人大老杨说，他俩是拆车厂的邹氏兄弟，哥哥叫邹守仁，弟弟叫邹守义。”

常虹、包德荣和高一萌瞬间振奋，两眼放光。

包德荣拍着大腿说：“拆车厂，北郊区那个碧池拆车场？”

“碧池，是不是碧池我也不清楚。”王世成扶了扶眼镜，表情懊恼地说，“我还问呢，这俩贼人愣是不肯多说。”

常虹：“这个大老杨是什么人？”

王世成：“噢，也是我们西江老乡，在老家以前干过警察，后来犯错误被开除了，前一段时间在开黑车混日子，现在好像在搞什么高科技产业。”

“一个开黑车的大老粗，能搞什么高科技产业？”包德荣笑道，“大老杨的联系方式有吗？”

王世成：“有的、有的。”

常虹：“为什么不第一时间报警？”

“哎哟，警官，你可不要冤枉我。”王世成一副死猪不怕开水烫的表情，叽叽歪歪地说，“警官，不是我自夸，自己觉悟高。我当时一看到这些赃物，马上就想报警。可这俩贼人十分小心，一个盯着我验货，一个盯着外面……我愣是一直没找到机会，临走时，他们还恐吓我要杀我全家……”

包德荣看出了端倪，冷哼一声说：“那为什么没成交？是你给的钱太少了吗？”

“唉，警官你可不能这么说啊，我可是冒着生命危险，帮你们做事情啊。”王世成瞪着眼睛，理直气壮，嗓门提高了一个8度。

常虹看惯了这种真真假假的生意人，心中自有定数，他摆了摆手示意表演过度的王世成冷静。

说话间，宋妍抱着笔记本电脑，和伙计小杨一起走了进来。

宋妍轻轻一拍笔记本电脑，自信一笑：“常支，大堂的监控非常清楚，这次有嫌疑人的清晰面容了，我回去立刻比对确认。”

常虹闻言立刻起身，跟王世成握手道谢。

常虹：“王老板，感谢你对我们工作的支持。以后把‘利’字看淡点，人间大义才是你发财的长久之道。”

王世成收回了殷勤的假笑，表情尴尬。

下午4：30。

专案组会议室。

“8・3案”、“8・12”系列碎尸抛尸案，终于拨云见日，有了重大线索。重案支队和专案组的同志们一扫往日的阴霾，个个摩拳擦掌，无比振奋。常虹和包德荣更是以雷霆之势，带队直奔北郊区碧池拆车厂。

张大钢副局长原本在市局开会，听到案件有重大进展，放下发言稿，一路风驰电掣，奔到刑侦总队重案支队专案组会议室。

孟根山向张大钢副局长和顾长青总队长汇报了调查进展的总体情况。

宋妍的电脑连接了大屏幕，投影出鑫鑫典当行大堂，邹氏兄弟跨入大堂后的影像：邹氏兄弟四下观察，尤其是邹守义像刘姥姥进大观园一样，东张西望橱窗里的货品。视频截取到了邹氏兄弟各个角度的面部特征。

宋妍继续操作电脑，放大了兄弟俩的面容截图，同步跳出兄弟俩的证件照。

宋妍："张局、顾总，经过全方位的人像比对，可以确认，今天上午进入鑫鑫典当行，试图倒卖被害人遗物的犯罪嫌疑人，正是北郊区碧池拆车厂的工人邹守仁和邹守义。"

张大钢："哼，假仁假义，终于把这两个杀人恶魔找到了，有没有具体信息？"

马龙："张局，我们下午已经与邹氏兄弟老家，西江淮山县公安局的同志取得联系，对方提供的档案里提到，邹氏兄弟以前在老家曾因打架斗殴、猥亵妇女等罪行被警方多次处理，劣迹斑斑。"

张大钢和顾长青面色凝重，孟根山看出领导心思，立刻汇报："请领导放心，常虹和包德荣已带队去碧池拆车厂搜捕邹氏兄弟。"

顾长青："系列碎尸抛尸案案发当晚，监控查到的黑色轿车有没有线索？"

"报告顾总，有重要发现。"宋妍一边操作电脑，一边朗声汇报，"这是典当行附近道路的监控，拍到的画面，确认了邹氏兄弟是开着一辆黑色轿车，具体地说是一辆老款黑色宝马530轿车，牌照号为东A25174。经初步鉴定，与我们系列碎尸抛尸案当晚出现的黑色轿车款式一致，而这个车牌应该是假的，该牌照号真正的车主是一辆昌河面包车。"

宋妍话音刚落，会议室外传来急促的脚步声，周睿喘着粗气推门而入，扬起手里的鉴定报告，兴奋地说："张局、顾总，DNA对上了！杨翠翠的下体残留的精液，就是邹守义的。"

周睿急切又兴奋地把鉴定报告呈给张大钢，顾长青和孟根山也凑过来一看究竟。

"踏破铁鞋无觅处，得来全不费工夫！"张大钢两眼放光，重重一掌把报告拍在桌上，神情激昂地说，"全对上了！立即印发通缉令，全城缉拿邹守仁和邹守义，务必将这两个不仁不义的东西，在第一时间绳之以法。”

“是！”

北郊区，碧池拆车厂。

常虹和包德荣带着重案支队的刑警们，风尘仆仆地赶到碧池拆车厂，在当地吴川派出所的大力配合下，很快对整个拆车场进行了控制，堵住了邹氏兄弟可能逃跑的任何路线。

“哨”的一声，常虹和包德荣首当其冲，踹开了邹氏兄弟宿舍的破门，里面扬起一阵灰尘，惊得蚊虫嗡嗡乱飞，宿舍内却空无一人。

常虹放下枪，看着满地的生活垃圾，不禁皱起眉头，他每跨一步都十分拘谨，生怕破坏现场痕迹。

警长王林站在门口，看着空房间里的一团乱象，神情有些慌乱。

常虹望向王林，眼神似在责备：“王警长，连环碎尸抛尸案主犯在你的管片儿，人已经跑了，还有谁可能知道他们的下落？”

“常支不好意思，是我工作没做好，给组织上添麻烦了。”王林无力辩解，羞愧地说，“龚道和洪峰，这俩货是碧池拆车厂的主要领导，邹氏兄弟也是他俩的狗腿子。”

常虹：“行，把龚道和洪峰带去你们派出所，我们好好问问。”

“好的，我这就去办。”王林咬牙切齿，恨不能立刻揪住龚道和洪峰的脖子，把他们好好修理一顿。

另一边，专案组的刑警们找遍了碧池拆车场的角角落落，以及他们经常光顾的一些场所，邹氏兄弟像人间蒸发了一样，就是不见他们的身影。

同时，介绍邹氏兄弟销赃的大老杨，也第一时间到案。他牵扯到一起合同诈骗，目前处于取保候审状态，对于邹氏兄弟的行踪，依然无能为力。

两小时后，周睿和严启成率领现场勘查小组赶到了碧池拆车场，他们穿戴好“三件套”走进邹氏兄弟的宿舍，开始了缜密的现场勘查。

黄昏时分，北郊区城中村。

张炜带着新买的假发，神采奕奕地穿梭在人群中。今天他早早地带着张毅回到家，手里提着新鲜韭菜和猪肉，约了相海峰和Laura一起到家里包饺子。

张炜围着围裙，满心欢喜地在外间灶台前洗菜切菜。相海峰甩开膀子拿了两把菜刀把肉馅儿剁得“当当”作响，Laura和张毅在一旁和面，打打闹闹，一片温馨祥和。

原先冰冷灰暗的出租房，一时间充满了温度和色彩。

和好了馅儿，几个人开始分工擀皮儿、包饺子。

“自己包的饺子一定好吃。”Laura一边快速地擀着饺子皮儿，一边笑着说，“我小的时候每逢过节过年才包饺子吃，好久没这么开心了。”

“那是，海哥拌的馅儿，肯定好吃啊。”张炜心灵手巧，随手包了一个小“元宝”。

“小张，没看出来啊，你可是包饺子的高手啊。”相海峰巧手一翻，三下两下便包好了一个饺子。

Laura：“是呀，假发一戴，年轻十岁，这人变帅了，包出的饺子更帅。”

“嗨，你就别取笑我了。”张炜红了脸，低着头专心包起了饺子。

“哥哥变帅喽，哥哥变帅喽，帅……”张毅兴高采烈地举起了双手，像捏橡皮泥一样，捏出了一个个奇形怪状的饺子，他的脸上早已沾满了面粉，活像一个唱戏的小丑。

几个人被张毅逗得前仰后合，哈哈大笑。

突然，相海峰浑身一阵痉挛，剧烈的头痛让他瞬间收回了笑声。他双手扶着额头，痛苦地蹲坐在了地上。几个人立刻紧张起来，放下了手中的活儿。

张炜："海哥、海哥，你没事吧？"

相海峰："没事，没事，头疼的老毛病犯了，休息一会儿就好。"

"海哥，咱们先回去休息吧。"Laura说着搀扶起了相海峰，快速向自己的房间走去。

张炜："海哥，要不在我这儿休息一下吧。"

"不打扰了。"相海峰有气无力地说。

"饺子做好了，一会儿我叫你啊。"张炜看着相海峰和Laura突然离去的背影，心里有股说不出的滋味。

张毅却依然沉浸在自己的世界中，饺子皮被他当成了玩具，搞得到处都是。

张炜收回了目光，斥责张毅说："行了行了，你还是看电视去吧。这是要送海哥和Laura一起吃的，你可别糟蹋了。"

说着，张炜推着弟弟起来，给他按开了电视机。张毅拿起遥控器，傻乎乎地坐着，百无聊赖地翻起了频道。

片刻后，张炜包好了满满一桌饺子。他兴奋地端起一盘摆放得整整齐齐的饺子，走向灶台。

灶上的锅子里，开水已经煮沸，"突突突"地翻涌着，热气腾腾。

张炜小心翼翼地将饺子一个个下到锅里，拨动漏勺，盖上锅盖，脸上浮现出了幸福的笑容。

趁着香喷喷的饺子刚刚出锅，张炜洗了洗手，脱下围裙，整了整假发，走出门外。

张炜满怀期待地敲响了Laura家的房门。

张炜："海哥，饺子好了，过来吃吧。"

然而，房间里并没有回应，张炜又敲了两下门，还是没有反应。

正当张炜诧异之际，Laura的声音从房间里传了出来。

Laura："海哥刚刚有事出去了，你们自己先吃吧。"

张炜将信将疑，他感觉海哥应该就在屋里，不免有些失落，想了想还是邀请Laura。

张炜："那你要跟我们一起吗？"

"谢啦，不用。" Laura的语气忽然变得很冷漠。

张炜："那，我给你盛一盘，拿过来。"

Laura："你别麻烦了，真不用。"

Laura话音未落，张炜已经扭头走回了房间，端着满满一盘热气腾腾的饺子，再度敲响了Laura的房门。

张炜："Laura，你开门接一下，饺子烫手。"

Laura不情愿地打开了一条门缝儿，自己卡在门缝里，朝外探出双手接过饺子，神色有点慌张。

"谢啦。" Laura极不耐烦，"砰" 的一声，关上了房门。

张炜被搞得丈二和尚摸不着头脑，只好失望地走了回去，刚进门，就听到了甜美热辣的少女歌舞声。

他警觉地看向电视机，荧幕上在重播女团选秀综艺节目，一个个肤白貌美的小姑娘，跟着青春跃动的旋律，蹦蹦跳跳，一双双白花花的大长腿在荧幕上性感地律动着。

张毅口中流着口水，正笨拙地晃动着肥胖的身体，跟着女团一起，手舞足蹈，还时不时发出猪一样的哼哼声。

张炜立即皱眉，上前一把抢过遥控器，关掉了电视机。

张毅瞬间懵了，愣了几秒，"呜" 的一声哭了出来。

"哭什么哭，尽不学好，吃饭！" 张炜苦着脸看着弟弟，怅然若失。

说着，张炜把弟弟牵到桌旁坐下，自己则走向灶台，重新开火下饺子。

突如其来的变故，让张炜心烦意乱。他看着饺子在锅里浮浮沉沉，垂头丧气地搅动了几下，烦躁地盖上了锅盖。

月朗星稀。

吴川派出所询问室。

常虹和包德荣一言不发，神情严肃地凝视着龚道。与此同时，专案组的另两位同志在隔壁房间询问洪峰。

龚道一脸无辜地瞪着金鱼眼，坐在询问椅上，双手不安地紧握在一起，目光涣散。

龚道侧过头，局促不安地向王林看去，企图寻求帮助。

王林坐在常虹的侧后方，他愤然起身，怒不可遏地指着龚道开喷："姓龚的，我已经被你害得吃了口头警告，你的行为已经够得上窝藏碎尸杀人犯了，要是再知情不报，罪加一等！你自己想清楚，知道什么就老实交代，不然，你就跟重案支队一道回去。"

"我要说啥，我刚才都解释了一百遍了，我真的啥都不知道啊……"龚道额头上渗出了一层冷汗，两条腿不自觉地抖动起来，结结巴巴地说，"我，我怎么可能窝藏杀人犯，我，我要是真的知道这俩货是杀人犯，我第一时间就上报了呀，王警长，我敢骗你，我出门就让雷劈死……"

"我现在就想劈死你。"一股邪火直顶王林的脑袋，王林起身伸手就要扇龚道一个嘴巴子。

常虹伸出健硕的手臂拦住了王林，示意他冷静坐下。

"龚老板，你也别急。"常虹缓缓地说，"邹氏兄弟可能的藏身地点、可能投奔的人，知道什么就说什么。"

龚道愁眉苦脸地说："警官，他俩从西江农村来的，在东海市没亲朋好友可投靠啊，工厂附近的网吧、洗头房、按摩店……我也不知道他们还能去哪儿……”

“姓龚的，别胡扯八扯了。”常虹掷地有声地说，“你是他们的老板，情况你最了解，犯下这么大的事儿，你敢说什么都不知道。”

龚道低下了脑袋，像泄了气的皮球，被问得哑口无言。

包德荣：“姓龚的，别装傻，你好好想一想，他们平常生活作风上有什么问题吗？”

“生活作风？”龚道抬起头，睁大了两只金鱼眼说，“他们俩五年前出过车祸，邹守仁早就性无能了，我是真没想到这对畜生会做这么多伤天害理的事情。”

常虹听到“性无能”这三个字，如晴天霹雳，邹守仁的这个生理性特征，正和师傅孟根山分析得一模一样，碎尸抛尸案的嫌疑人之一，一定有一个性无能，他只能通过对被害人的蹂躏获得性满足。

大量的案件信息一时都充斥在常虹的脑袋里，如一幅幅电影片段，他不由得陷入了沉思。

此时，包德荣脸上浮现出八卦的笑容，立刻回怼龚道：“好意思说别人，你不是也不行吗？”

“警官，饭能乱吃，话不能乱讲。”龚道连忙挥手否认，“我吃了药还是行的，邹守仁那玩意儿彻底废了，就是个活太监。”

“活太监？”常虹回过神来，追问道，“怎么回事，说详细点。”

龚道：“五年前，兄弟俩开着个改装车出去运货，没想到刹车失灵出了车祸。当时邹守义就毁了半张脸，邹守仁因为盆骨骨折，下体神经挫伤，就性无能了。我看他们实在可怜，而且车祸毕竟也算工伤，就一直把他们留在厂里……可他们怎么变得这么变态，真是想不到，我以为邹守仁是个废人，就不想那种事了……真的跟我半点关系都没有。”

“没关系。”包德荣冷冷抛出一句,“上梁不正下梁歪。”

“谁能想到,一个活太监会……”龚道懊恼地埋下头,不再言语。

常虹跟王林示意询问差不多了,起身严肃告诫龚道:“龚老板,利害关系都跟你说明白了,后续一旦发现邹氏兄弟的行踪,知道该怎么办了吧?”

“明白、明白,我只要一看到他们,一定、立刻、马上报警。”龚道诚惶诚恐,点头如鸡啄米。

夜色深沉,警长王林满怀内疚地送常虹和包德荣离开,三人刚刚走到派出所受理大厅,派出所两个民警和两个辅警,吵吵嚷嚷地押着一胖一瘦两个男子走了进来,两人都戴着手铐,满脸污渍,衣冠不整。

突然,大块头胖子像待宰的猪一样发出哀嚎,发疯一般左撞右突,试图挣脱。身旁两个民警立刻喝止,然而这胖子却不管不顾,越发疯狂,将一个上来拦截的辅警,一头撞翻在地。一个高个子民警眼疾手快,拿出了辣椒喷雾,对准胖子的脸一阵猛喷。

胖子一下子失去了反抗能力,灼烧的疼痛如同火山爆发一般,让他瞬间涨红了脸,双手胡乱地在脸上揉搓,躺在地上嚎叫打滚,腿脚乱蹬。

一时间,整个受理大厅弥漫着呛人的辣椒喷雾味道。常虹和包德荣一边捂着口鼻咳嗽,一边眯着眼睛仔细查看,那一胖一瘦两个男子正是张炜和张毅。

奇怪的是,张炜戴了顶假发,假发胡乱地盖在头顶上,遮掩了部分五官,特别狼狈。

派出所值班的民警们听到受理大厅的动静纷纷冲出来支援,让民警们气愤不已的是,押解张毅的民警小蒋警服都被撕破,手臂上全是一道一道的血痕。

警长王林眉头紧锁，立刻上前询问："小蒋，你没事吧？怎么闹成这样？"

"王哥，我还好。"小蒋整了整破烂的警服，义愤填膺地说，"今天晚上，我们刚跟区卫生防疫部门联合执法，突击检查咱们片区的那家硅胶娃娃体验店，可没想到，这个死胖子暴力袭警，又抓又咬，还把我警服都撕烂了……"

"快拿清水，来给他冲冲眼睛。"包德荣看着整地打滚儿的张毅，忍不住插话，"这孩子是个憨憨，智力不健全。"

张炜被两个辅警压制在地上，听到包德荣的声音，慌乱地抬起头，眼眶瞬间湿润了，委屈地哭出了声。

"是不是，有什么误会？"常虹跟着解释道，"这孩子确实智力有问题。"

"你们两个，是干什么的，怎么替嫌疑人说话？"小蒋看着一身便装的常虹和包德荣，气呼呼地说。

王林："小蒋，这是咱们市局重案支队的领导。"

"市局的领导，那也不能胳膊肘向外拐呀。"小蒋怒气未消，瞪着眼睛，指着张炜说，"这家伙也不是什么好东西，既然知道胖子脑子有病，还把他带到这种地方。"

王林轻拍小蒋的肩膀，好生安抚道："好了好了，先去换身衣服，清洗一下伤口。"

王林又看了眼张炜和张毅，转身吩咐下属："先带进去，给胖子洗洗眼睛，都安排在2号留置室。"

七八个派出所的民警和辅警七手八脚地拖着癫狂的张毅，押着面如死灰的张炜进入了派出所内部。

包德荣关切地看着兄弟俩的背影，与警长王林沟通。

包德荣："王警长，这一定是误会，那个胖子平时很乖，他一般不会伤人的。”

王林:“你朋友?”

包德荣:“对,算是吧,认识很久了……”

王林看了眼包德荣身边的常虹,常虹暗暗点头。

王林想了想说:“这样吧,我们小蒋身上的伤痕和警服,你也看到了。等他平静一下,我们再一起了解下情况,看看能不能调解吧?”

包德荣:“谢谢,王警长。”

说着,王林打开了铁门,引着常虹和包德荣,又走回了派出所。

吴川派出所,询问室。

常虹、包德荣和王林坐在询问室当中,张炜佝偻着背,萎靡不振地缩在椅子上,任由假发胡乱盖在头顶。

包德荣看不下去,起身帮他重新摆正了假发。张炜抬头看着包德荣,眼眶湿润,满眼透着懊悔。

包德荣:“小张,你为什么会去那种地方,小毅到底是怎么跟小蒋起的冲突?”

张炜低下头,羞愧难当,欲言又止。

包德荣凝视着张炜,厉声提醒:“小张,你要是不把情况说清楚,小毅就真的成袭警了。”

张炜鼻子一酸,声音颤抖:“包管教,都怪我……”

吴川派出所,询问室。

张炜抽了抽鼻子,懊悔地双手掩面:“情况就是这样,阿毅受了惊吓,又不知道怎么宣泄情绪,就失控了……都怪我……”

听完张炜的讲述,王林摇了摇头说:“你也是够骚,带弟弟去这种地方。”

常虹和包德荣更是唏嘘不已，两人商量了一下。

常虹便走到王林身边，低声耳语："王警长，张毅毕竟是个自闭症患者，缺乏理性意识和情绪控制力。所谓'袭警'其实是他无意识的过激反应，缺乏主观故意，他们兄弟俩相依为命，也怪不容易的……要么通融一下，该赔偿的赔偿，该道歉的道歉，宽大处理算了。"

王林想了想，低声说："既然这么说，我再了解一下情况，想办法去做做工作。"

常虹和包德荣向他点头致谢。

在询问张炜的同时，张毅在两名辅警的帮助下洗干净了脸上的辣椒喷雾。此时，张炜和张毅已经解除了手铐，被带到了一楼2号滞留室，由两名辅警看守，兄弟俩再次相聚，抱头痛哭。

王林与张毅发生冲突的民警小蒋、两名辅警分别询问了情况，当王林说明张毅是自闭症儿童的情况后，小蒋和两名辅警表示理解并不再追究。

在警长王林的努力下，张炜和张毅被吴川派出所无罪释放。

张炜重新整理好了发型，带着张毅来到民警小蒋的工位，此时的小蒋也已换上了干净的警服。

"蒋警官，对不起。"张炜深鞠一躬，道歉道，"我弟弟不懂事，千错万错都是我的错，都怪我。您的衣服、医药费，我都会赔偿，真的对不起。"

"行了，我不追究了。"小蒋同情地看了看张炜身后的张毅，"你这个做哥哥的，是该反省一下，带弟弟去什么乱七八糟的地方。"

张炜愧疚地低了下头，抿着嘴沉默了。

常虹、包德荣先后和小蒋、王林握手致谢，随即带着张炜和张毅离开。

夜色阑珊。

常虹等人走出吴川派出所大门，看到大门口旁边，一群自媒体记者围着硅胶娃娃店老板程培梁在做采访。

程培梁愤愤不平地对着镜头嚷嚷道："我的店资质健全，莫名其妙就被取缔了。"

记者A："相关部门，没有说明理由吗？"

程培梁："没有，什么都没说。"

记者A："我们采访了相关部门，听他们说你的店存在严重的个人卫生和安全隐患。"

程培梁："欲加之罪，何患无辞啊！"

黄梦婷和助手小雅也混在记者群里，探出录音笔询问。

黄梦婷："程老板，外界对这种硅胶娃娃体验店争议颇多，甚至认为这就是色情产业，你自己如何界定呢？"

"那都是偏见，我这个行业是做善事的。"程培梁一脸不屑地说，"你们知不知道，我店里的硅胶娃娃，为社会稳定作了多大贡献？多亏我店里这些美女娃娃，整个开发区的外来打工人员都消停了，治安问题更是少了不少。"

黄梦婷："这是你自己的判断，还是从警方或相关部门了解到的相关数据信息？"

"嘁，我当然有依据。"程培梁瞪着黄梦婷，不容置疑地说，"这些外来打工的，来我店里就是为了泻火，火气泄了嘛，强奸、暴力犯罪当然少了。你们是不知道，我店里好几个娃娃，被搞得……乳头、耳朵都被咬掉了，你说他们火气大不大？"

小雅看着一口黄牙、口沫横飞的程培梁，不禁露出了厌恶的神情。黄梦婷更是眼神闪烁，似乎要呕吐出来。

忽然，黄梦婷感觉到一双有力的大手抓住了她的手臂，将她拽出了人群，小雅也连忙跟着退出了人群。小雅站定一看，常虹正严肃地看着黄梦婷,气氛尴尬。

常虹:“梦婷,说了多少次,你不要掺和这些乱七八糟的事情。”

“这怎么能是乱七八糟的事儿呢?”黄梦婷据理力争,毫不退让,“全东海市第一家硅胶娃娃体验店被查封,在全国也是首例,我觉得这是很符合我们基金会关注议题的社会热点。”

“关注热点、炒作热点、引发社会争议,然后呢?”常虹情绪激动地说,“提高你们公司和基金会的社会关注度,进一步拉拢政府关系和社会资源?”

“常虹,你把我想成什么人了?”黄梦婷诧异地看着常虹。

常虹失望地摇摇头说:“本来我也不想说,之前你们爱心基金组织的发布会,除了结交人脉,有多少是真正推动你想做的社会公益项目?”

黄梦婷咬着嘴唇,气得说不出话来。

小雅听不下去了,走到黄梦婷身边,与常虹争辩。

小雅:“常大哥,扶助社会边缘女性群体的社会公益项目,本来就缺乏理解和支持,你知道梦婷姐一个人撑起爱心基金会多不容易吗,你不支持还唱反调。”

“对不起,我……”常虹意识到自己话语重了,伸手想拉住黄梦婷,跟她道歉。

黄梦婷眼眶里含着泪,一把甩开常虹的手,扭头就走,小雅失望地摇摇头,紧紧跟上。

然而,黄梦婷刚朝前走了几步,就被眼前的一幕惊呆了,她目不转睛地看着迎面而来的包德荣、张炜和张毅。

包德荣正要抬手跟黄梦婷打招呼,却发现黄梦婷神情木讷,身体突然间颤抖起来,眼泪夺眶而出,从两颊飞泻下来。

包德荣一时没了方向,尴尬地说:“弟妹,你这是和谁呀……”

奇怪的是，张炜此时表情更加尴尬，眼神里流露出不甘与悔恨，他呆呆地凝视着黄梦婷，相顾无言，唯有泪两行。

黄梦婷两眼一黑，呼吸急促，惨叫一声，四肢瘫软下去。

“姐，姐你怎么了，姐？”小雅神情焦急，连忙搀扶黄梦婷。

常虹急忙从后边冲了过来，守护在黄梦婷的身边。

泪流满面的张炜站在原地呆若木鸡，他忍不住小声地喃喃自语：“黄琪，黄琪你没事吧……”

常虹匪夷所思地盯着张炜，又看了看黄梦婷，有些不明所以，可作为一个刑警的直觉告诉他，这里面一定有问题。

包德荣刚才还丈二和尚摸不着头脑，当他听到“黄琪”二字，瞬间了然，他不安地盯着黄梦婷、常虹和张炜三个人，内心焦急万分。

吴川派出所门口，原本围着程培梁的一众记者听到动静，嗅到了八卦的味道，都不约而同把长枪短炮的镜头对准了黄梦婷、常虹等人。

包德荣反应神速，瞬间拉起后知后觉的张炜和张毅快速远离人群，回头朝常虹甩下一句：“常大虹，分头走，你先送弟妹回去。”

张炜陷入沉思，猛地被包德荣揪着领子拉走，他极为不情愿地回头看着常虹怀里的黄梦婷，轻声呼喊着：“黄琪……”

包德荣鼓足了劲，用手扇了一下张炜的后脑勺，厉声说：“走啦！别看了，跟我走。”

常虹将黄梦婷抱着怀里，看着张炜踉跄又屡屡回头的背影，一种惶惶不安的情绪在心里滋生。

“常大哥，快走吧！”小雅连忙提醒常虹，“是非之地，不宜久留。”

常虹这才缓过神来，抱着黄梦婷与小雅一起快步离开。

凌晨时分。

常虹开车将黄梦婷送回了家。

此时的黄梦婷独自躺在闺房的床上，卧室里只亮了一盏橘黄色的小灯。她紧闭着双眼，身体在薄毯下蜷缩成一团，时断时续地抽泣着，任由眼泪肆意而出。

闺房门外，传来了黄梦婷父母（黄大虎、林家珍）与常虹激烈的争吵声。

黄大虎："常虹，我们并没有刻意对你隐瞒。过去的事情，对梦婷是深深的伤害。我们都是爱她的人，为什么一定要反复提起，一再伤害她呢？"

常虹："叔叔、阿姨，我绝没有要伤害她的想法。梦婷是我的未婚妻，我爱她，我只是想完整地了解我的爱人……"

林家珍："小常，你就不要逼她了，她受不了的，阿姨求你了……"

黄大虎："等她缓过来，我们会跟她沟通。作为她的父亲，我绝不会允许任何人对我女儿带来二次伤害，就算是未婚夫也不行……大不了，这婚我们不结了。"

常虹："叔叔、阿姨，我没这个意思。"

林家珍："小常，你走吧……"

闺房外随即沉默了，紧接着，传来了"砰"的一声，大门重重关上的声音。

一门之隔的客厅里，传来了黄梦婷母亲嘤嘤的哭泣声。

"真是阴魂不散……"黄大虎咒骂着，在客厅来回踱步，脚步声急促。

黄梦婷把脸深深地埋在枕头下面，放声呜咽起来，痛苦的记忆不可阻挡地让她陷入噩梦的深渊。

十年前，西城区。

高考结束,刚刚收到大学录取通知书,那个夏天的傍晚。

十八岁的张炜坐在兴庆公园僻静角落的长椅上,悠闲地戴着MP3的耳机,循环播放着《Unchained Melody》旋律,他满怀期待地四下张望,等候恋人的到来。

少年张炜面容青涩,目光清澈,炯炯有神。他头发郁郁葱葱,梳得一丝不苟,身穿一套蓝色的佐丹奴短袖衬衫和短裤,脚上是新买的白色球鞋,洋溢着少年的蓬勃朝气。

在他身旁的长椅上,放着一封紫色的EMS快件,正面印着"清华大学录取通知书"的字样和清华大学老校门的图案。

不远处的林荫路上,十七岁未到的黄梦婷(黄琪)清澈的双眸闪着灵动,柔软的樱唇更显清纯可爱。她身着一袭白色蕾丝边的长裙,和张炜同款的白色球鞋,中长发上系着飘逸的粉色发带,就像出水芙蓉一般清纯脱俗,散发着少女独有的体香。她犹豫再三,向张炜慢慢走去。

张炜看到黄琪向她走来,欣喜地摘下耳机,起身迎接,眼里闪烁着爱情的光芒。

黄琪羞涩不安地走到他跟前,挤出微笑:"对不起,我迟到了……"

张炜满心欢喜,拉她坐在自己身旁,全然没有察觉黄琪的焦虑不安。

张炜:"没事啦,我去网吧看了你推荐的电影,看得我好感动,主题歌也好听,我还专门下了。"

张炜从裤兜里掏出一个杂牌的MP3,不由分说给黄琪戴上了耳机,点开了播放键,《Unchained Melody》的旋律随之响起,四周安宁祥和,仿佛这世界上只有他们二人。

张炜含情脉脉地凝视着黄琪,试探着牵起了她的手,黄琪并未拒绝。张炜壮着胆子又伸手搂住黄琪婀娜的腰肢,轻轻一揽。两人越靠越近，头挨着头，沉浸在浪漫唯美的旋律中。

张炜微微睁开眼，看着黄琪白里透红的肌肤、纤长卷翘的睫毛，他的鬓角不禁流下了紧张的汗水，呼吸变得渐渐急促，他似乎能听到自己“扑通、扑通”的心跳声。

张炜鼓起勇气，手臂轻轻用力，搂过黄琪，嘴唇贴了上去。黄琪双手害羞地抵在胸前，生涩地迎合着张炜。忽然，黄琪惊恐地睁大双眼，推开了张炜，奋力挣脱。

“对不起，我太心急了。”张炜神情错愕，一脸茫然。

“你别说了，我不想听这些。”黄琪惶恐地撩拨整理了一下自己的头发，往边上挪了一个身位。

黄琪低下头，抿着嘴唇，双手紧紧扣着长椅，表情痛苦而纠结。张炜这才意识到状况，连忙靠近黄琪，伸手搂住她的肩膀，黄琪立刻侧身站起来避开了他。

张炜：“怎么了，昨天不是还好好的嘛？”

黄琪：“张炜，分手吧，我爸妈不会同意我们在一起的。”

张炜一脸不服，伸手拿起录取通知书，塞到黄梦婷手里，激动地说：“黄琪，我考上清华了，我们一起拿给你爸妈看！我们一起去北京上大学，一起毕业，然后结婚，拥有我们的幸福小家。相信我，我说到做到……”

张炜双眼炯炯有神，自信满满地一把搂住黄琪，试图再次亲吻她。黄琪脸上挂着泪水，她使出浑身力气，再次推开了张炜，如泣如诉：“你凭什么觉得你能做到？你家里供你读大学都很吃力，还有你的弟弟，以后你也得管他一辈子……张炜，我是喜欢你，可是我没办法承受你生活里的一切……我爸爸知道我们今天还在一起，会打断我的腿的……”

张炜：“可是我爱你啊，你也说过你喜欢我，说我玉树临风。为了你,这些困难我都可以克服,请相信我。”

“你说的这些,都没用!”黄琪大声叫喊着,一把拍掉了张炜手中的录取通知书,她背过身去,忍不住抽泣起来。

华灯初上,公园里散步的大爷大妈们闻声,时不时地驻足观望这对奇怪的年轻人。

张炜从地上捡起录取通知书,错愕地望着黄琪的背影,想了想还是不愿放弃希望,他眼神坚定果决,甚至有一丝狠厉。他上前牵起黄琪的手。

张炜:“这里人多,我们去小树林里说……”

黄琪虽然不情愿,但还是犹豫着跟张炜步入了他们曾经山盟海誓的小树林。

公园角落的小树林里,树叶沙沙作响,四周树木茂盛,人迹罕至,远离夜跑锻炼的路人和过客,可谓闹中取静。

黄琪靠在一棵树上,渐渐恢复了情绪,脸上依旧挂着泪痕。张炜拿出纸巾温情脉脉地要给她擦拭眼泪。

“对不起,我知道我爸妈的想法很势利。”黄琪接过纸巾,刻意后退一步保持距离说,“他们是我的亲人,我不可能完全不顾他们的感受,就像你也不能不顾及你的家庭。”

张炜低头不语,眼神中透露出一丝自卑和恨意。

黄琪看了眼张炜,眼神有些不舍,大方地伸出了手说:“张炜,谢谢你喜欢我,我也喜欢过你。恭喜你去北京清华上学,我还是留在东海市吧。以后,我们是一辈子的好朋友。”

“可是,可是我爱你啊……”张炜直勾勾地望着黄琪,眼神和语气透露出偏执和狂躁。

黄琪被触动了,鼻子一酸,嘴唇颤动了,仅仅迟疑了一秒,她就收回手臂,在眼泪滑落之前,决绝地扔下一句话:“张炜,我要说的都说完了，我们不会有未来的……”

话音未落，黄琪扭头就要走，张炜眼神狠厉，一把将她抓住，死死地按在了树上，激烈而放肆地强吻起来。

黄琪扭动着身体，拼命挣扎，却反抗无效。她只能咬住张炜的嘴唇，钻心的疼痛让癫狂的张炜只好松开。

“你疯啦！”黄琪嗔怒道。

张炜喘着粗气说：“你撒谎，你的眼睛明明不舍得我，你也爱我，对不对？”

张炜死死盯着黄琪，眼中似乎有团熊熊的欲望之火在猛烈燃烧着，已经没有退路可言。

黄琪被张炜的眼神吓到了，她眼含泪水，惊慌失措。

张炜的眼神越发狰狞，黄琪诱人的体香让他发狂，他像野狗一样再次扑了上来；强行搂抱拥吻，试图将黄琪按倒。

黄琪拼命挣扎，踹开张炜，跌跌撞撞起身，朝小树林外跑去。

昏暗的月光下，黄琪惊慌地喘息抽泣，白色球鞋在拼命奔跑，然而一回头却看不见张炜的身影。

黄琪的眼睛充满了惊恐，她不敢多想，加快了脚步向外逃去。突然间，一个黑影猛地从她侧后窜出来，随着“啊”的一声尖叫，黄琪被张炜扑倒在地。

黄琪撑坐在地上，脑子里一片空白，一边无助地后退，一边摇头哭泣。黑暗中，张炜居高临下俯视着黄琪，嫉妒憎恨、偏执不甘让他面目狰狞，他怪叫着猛地扑向黄琪，如同自己的猎物一般。

“张炜，不要、不要……”黄琪吓得声音颤抖，连连哭泣哀求。

张炜死死压住黄琪纤细的身体，全然不顾她的哭诉，疯狂的嘴唇肆意地在她的脸颊和全身游走，邪恶的双手扯开了她的内衣，掀起了她的裙子……

张炜褪掉了自己的内裤，一边疯狂地冲撞着黄琪的下体，一边口中振振有词：“你也爱我对不对？你说我玉树临风，对不对？告诉我、告诉我……”

“不要，啊，啊，啊……”黄琪呼吸急促，下体传来一阵钻心的疼痛，她不断哭嚎哀求，“求求你，放开我……放开我……”

一阵癫狂之后，张炜猥琐地趴在了黄琪的身上。黄琪的双脚拼命乱踢，渐渐失去了力气，放弃了挣扎，只有抽泣声还在绵延。

突然，一束手机灯光照亮了小树林，张炜惊愕地抬起头，面容狰恶。

一位夜跑的中年男子冲上前来，大声疾呼：“强奸犯，耍流氓，来人啊。”

张炜惊慌失措，立刻起身，提起裤子向小树林外逃去。夜跑男子脚力胜他一筹，从背后追上，腾空一脚正中张炜后背，张炜向前扑倒在地，被男子用膝盖压住后背，动弹不得。

公园里的路人们见义勇为，纷纷冲进小树林帮忙。

黄琪头发凌乱，衣衫不整，白色的裙子上一片殷红。她失魂落魄地躺在地上，用尽最后的力气捂住脸庞，撕心裂肺地抽泣着。渐渐地，她呼吸急促，口吐白沫，浑身肌肉痉挛，不停地抽搐起来。

只听到人群中，一位大妈高声疾呼：“快报警，叫救护车……”

黄琪双眼一黑，失去了意识。

时间回到现在，黄梦婷闺房。

回忆如同困兽，狰狞咆哮，挥之不去，让黄梦婷变得越来越敏感和脆弱。

黄梦婷从床上坐起，又一次痛苦的回忆让她全身蜷缩在一起，她不断地颤抖，宛若一只饥寒交迫、被人遗弃的小猫。

忽然，她看到床边的全身镜中，自己的形象毫无生机和光彩，甚至颓靡不振、狼狈不堪，她不禁悚然震惊，倒吸一口凉气。

不经意间，她的耳边回响起常虹的声音：梦婷是我的未婚妻，我爱她，我只是想完整地了解我的爱人……

黄梦婷着了魔似的拍打着自己的脸颊，常虹的声音却始终挥之不去。

在面前的镜子中，她似乎又看到了高大帅气的常虹面带微笑，穿着笔挺的礼服，向她款款而来；突然间，常虹收起了笑容，冷漠地看着她；下一秒，常虹的脸变成了猥琐狰狞的张炜。

黄梦婷撕心裂肺地张开嘴，却发不出一点声音。她拼尽全力，拿起手机砸向全身镜，镜子碎了一地。

黄梦婷无法抑制地抽泣，她从床上滚落到地面，趴着摸索，找到了一片匕首形状的尖锐碎片。

黄梦婷拖着麻木无力的身躯，缓缓走进了浴室，躺进浴缸里，打开了热水。她万念俱灰地举起碎片，呼吸急促，颤抖地划开了自己的左手腕，瞬间，殷红的鲜血汩汩而出。

黄梦婷再也没有力气与这个残酷的世界抗争。她双目紧闭，身体坠入水中，左手腕的血液渐渐在水中晕开了一片猩红，也染红了她的白色睡裙……

诗云：　　豆蔻往事恨难平，明月易残人易散。

从此无心爱良夜，任他明月下西楼。

人间更有痴儿女，来生清白与君见。

便做春江都是泪，流不尽，许多愁。

第十一章
英雄泪，仰天长啸，空悲切

凌晨1点。

常虹愤然离开黄梦婷家后，疲惫地回到了单位宿舍。“黄琪”二字，黄梦婷见到张炜时的异常反应，以及包德荣的吞吞吐吐，让他辗转反侧，彻夜难眠。

常虹仰面躺在床上，眼睛瞪得像铜铃一般。他点了一支烟，悠悠吐出一口烟圈，回忆起黄梦婷曾经无意中提起过自己曾在西城区向阳中学上过学，可疑的是后来再也不肯承认自己来过这个地方。

忽然间，常虹右眼皮直跳，一丝不祥的预感，如毒蛇一般在他脑海里游走。

种种的反常情况让常虹决定，一大早就到西城分局档案室调查相关情况。

翌日，上午8点10分。

常虹一夜未眠，在档案管理民警老陆的带领下，他带着黑眼圈，大步走进西城分局的档案室，穿过一排排铭刻着沧桑岁月的木质档案架。

档案室里灯光昏暗，一股隐隐的霉味混杂着油墨的味道。民警老陆头发花白，一脸沧桑。半小时后，老陆对照常虹提供的年份和事件寻找，抽出了一份发黄的卷宗袋，拍了拍上面的灰尘，递给常虹。

老陆声音沙哑："常支，应该就是这份了，当年我还在分局刑侦支队做民警的时候，这个案子我也参与过。"

"谢谢，给你添麻烦了。"常虹说着走到档案室的办公桌前，坐了下来，卷宗袋封面上写着《向阳中学强奸案》。

常虹凝视片刻，深吸一口气，打开卷宗袋，取出一页页泛黄的材料。

卷宗案情：犯罪嫌疑人张炜，男，18岁，东海市人，向阳中学高中毕业，于东海市西城区兴庆公园后山小树林，对同班同学黄琪实施强暴……嫌疑人被捕后，对自己的罪行供认不讳……

一组现场照片：少年张炜戴着手铐，面容青涩消瘦，三七分发型，双眼无神，如同行尸走肉，在两名警察的陪同下指认发案现场……

常虹眼神紧紧盯着"黄琪"二字，屏气凝神，焦急地往后翻看，不敢相信自己的眼睛。忽然，常虹死死盯着眼前的一页案卷，右眼不自觉地又狂跳起来。

案卷上写着：被害人黄琪，女，16岁，东海市人，向阳中学高中毕业……父亲，黄大虎，母亲，林家珍……

常虹瞬间感到一阵眩晕，四周突然寂静了，耳朵里传来尖锐的耳鸣声，整个脑袋仿佛也跟着共振起来，嗡嗡作响。

常虹闭上了双眼，仿佛听到身后哗啦啦的巨响，档案柜上的卷宗袋像流沙般崩塌，散落一地，档案室里的灯一排一排地熄灭了。他呆坐在桌子前，被黑暗一口一口地吞噬。

忽然，"丁零零，丁零零。"常虹的手机铃声响起，如同刺破黑暗的闪电。他惊魂甫定，仓皇抓了一下手机，却把手机打落在地，来电显示：小雅。

常虹捡起手机有气无力地说:“喂……”

“常大哥,婷姐出事啦,在市中心医院……”电话那头小雅的声音带着哭腔。

一瞬间,常虹眼神惊愕,焦虑万分。

烈日灼心。

市中心医院,抢救室门口。

抢救室的走廊里气氛压抑,远远传来一个女人哭泣呜咽的声音。

常虹一路小跑着来到抢救室门口,他看到门上红色的指示灯亮起了“抢救中”字样,显得格外刺眼。

黄梦婷的父亲黄大虎焦急地来回踱步,母亲林家珍在长椅上泣不成声,拿纸巾擦拭着眼泪,小雅搂着她的肩膀不停地安慰,眼睛红红肿肿。

黄大虎回头看到常虹,眼神凌厉,快步上前阻拦:“你来干什么?”

常虹:“叔叔,梦婷她怎么会……”

“你还有脸来。”黄大虎气急败坏地说,“都是你害的。”

“常虹,阿姨求你了……”林家珍缓缓抬起头,泪眼婆娑地恳求道,“这段时间,你别来了,不要再给梦婷施加压力了。她受不了,我也受不了……”

林家珍哽咽着,上气不接下气,小雅连忙帮她轻拍后背,无奈地望着常虹。

“叔叔、阿姨,前因后果,我基本清楚了。”常虹思虑再三,平复了一下心情说,“其他的事情,现在不谈,我只想确认梦婷是否平安……”

“她是我女儿,不用你管!”黄大虎瞪着眼睛嗔怒道,“这孩子真是着了魔、瞎了眼,东海市青商协那么多年轻有为的企业家追她,一个都不要,非要跟你这穷警察在一起。”

常虹无言以对,强压怒火,气愤地别过头去。

“常虹，有时候，阿姨真不知道该感激你还是该怪你。”黄母捂着胸口倾诉，“梦婷因为以前的事情，一度患上了抑郁症。可自从跟你一起之后，她整个人好像又活过来了，每天都打扮得漂漂亮亮的，总想着能把最完美的一面都给你，可是，你不能往她的伤口上再补一刀啊……”

“阿姨，我……”常虹有口难辩。

“阿姨知道你很优秀，可是你的优秀和完美，反而让梦婷更在意自己残缺的过去，她会紧张、会害怕……”林家珍满眼哀伤望着常虹说，“这无形中给她带来了二次伤害和巨大压力，你明白吗？这几个月，你们明明好事近了，可我总是看到她的眼神里……”

林家珍话没说完，哽咽着捂住了脸。常虹沉默无语，深感愧疚地低下了头。

黄大虎重重地叹了口气说：“常虹，今天我就跟你说清楚。如果因为你，梦婷要一直背负这么大的心理压力……那这个婚，我看不结也罢，你走吧！”

常虹梗着脑袋，紧紧拽住自己的裤子，倔强地不肯离去。

这时，抢救室的指示灯熄灭，负责手术的普外科徐主任缓缓地走了出来，疲惫地摘下口罩。

黄大虎和常虹急切地上前询问情况，小雅扶着林家珍也站了起来。

黄大虎一把拉住徐主任的手臂，焦急地询问：“徐主任，情况怎么样？”

“黄梦婷爸爸请放心，经过创口缝合，黄梦婷已经脱离了生命危险。”徐主任轻拍他的手背，示意他安心。

黄大虎：“会有后遗症吗？”

徐主任：“你女儿的左腕割得比较深，目前，处在失血性休克状态，还在输血，手腕肌腱损伤严重，以后可能会留下后遗症。建议暂时先留在重症监护室观察。”

常虹:“那什么时候可以探视?”

“探什么视?”黄大虎朝常虹投来愤恨的眼神说,“在我没动手之前,赶紧给我滚。”

“你们都别担心。”徐主任察言观色,想了想说,“等观察48小时以后,如果您女儿的血压平稳、凝血功能也恢复了,就可以转入普通病房了。”

“徐主任,您费心啦,费心啦。”黄大虎向徐主任点头称谢。

忽然,常虹的手机响起,来电显示:包德荣。常虹立刻生气地按掉了。

“常大哥,你先走吧……”小雅走到常虹身边,轻声劝慰,“有情况我会第一时间通知你的。”

常虹点点头,谢过小雅,刚走出两步,想了想还是回头朝黄梦婷的父母鞠躬,轻声致歉:“叔叔、阿姨,对不起……”

说罢,常虹无奈地离开,心事重重。

市中心医院,停车场。

常虹坐在大切诺基内,他的手机在副驾驶座位上,铃声持续不断地响起。

常虹忍无可忍接起了电话,包德荣急切地询问说:“常大虹,你在哪儿,怎么不接电话?”

常虹不回答,把手机扔回了副驾驶座上。

包德荣:“老陆跟我说,你去他们西城分局查过档案了?我不是不告诉你,我也知道这么劝你,可能不合适,过去的事情就让它过去吧,这个世界没有什么是完美的,人总要向前……”

包德荣话没说完,常虹便挂掉了电话,并开启了勿扰模式。

常虹扶着方向盘,木讷地凝视着前方。迟疑了一会儿之后,他眼中重又燃起怒火，发动汽车驶向远方。

北郊区，城中村。

正午的太阳，火一般燃烧在人的头顶上……

张炜的长租房里异常闷热，一大一小两个房间，大房间里一只吱吱呀呀响的电扇，一张破旧的方桌和几把椅子，一面墙上贴满了张毅手绘的铅笔画。

大房间和小房间之间的门虚掩着，隐隐能听到小房间里张毅的呼噜声。

相海峰穿着居家的短裤背心，坐在方桌旁，单臂撑着头，轻轻揉着眼睛和太阳穴，闭目养神，另一只手里夹着烟，看上去没精打采，十分疲惫。

张炜坐在他边上，塌着腰，低着头，颓废狼狈，跟丢了魂似的，眼睛里充满血丝，局促不安地望向窗口。

包德荣手里夹着烟，站在窗口打电话，电话却一直没有接通。他烦躁地深吸了一口烟，转身看向相海峰。

包德荣："还是关机，你确定他会来？"

相海峰黑眼圈浓重，缓缓睁开眼睛看向包德荣，点了点头说："他这人犯起轴来，十头牛都拽不动。"

"包管教、海哥，都是我的错。"张炜低着头，怯生生地开口说，"常警官今天就是把我打死，我也认了。"

"瞎想什么你？"包德荣严厉斥责道，"你想认错，我还不能让他犯错呢。"

张炜愧疚地低下头，露出了惨白的头皮。

"他一辈子都是个完美主义者，偏偏让他最爱的女人遇到这种事……"相海峰面色凝重，缓缓叹了口气说，"换了谁都难以接受，我也不知道他要怎么迈过这道坎?”

相海峰忧心忡忡地揉了揉眉心,表情极为复杂地看着张炜,心里打翻了五味瓶,也许换作以前他也会冲动,可是现在……

“包管教、海哥,当初虽然是我冲动犯了错,可我也是真心深爱着黄琪,我真的没想到会伤害她一辈子……”张炜鼻子一酸,眼眶湿润了。

相海峰凝视着张炜,厉声道:“你心里还是放不下黄……琪?”

“不不不,我只是想让常警官知道,通过劳动改造,我真心认罪悔改。”张炜大惊失色,连连摇手否认,“这些年我……我是真心诚意认识到自己错了。”

包德荣:“你闭嘴吧。待会儿他来了,过去的事情你一个字都不准提。”

张炜卑微地点头答应,又默默低下了头。

“老包,如果他来了,还是我拦着吧。”相海峰打量着包德荣,深吸了一口烟,缓缓吐出烟圈说,“毕竟,你们是搭档,还得一起共事……他这人,平时乐观开朗,轴起来却只认死理,以后……还得你多提醒他,多照顾他。”

相海峰语重心长,像是在托付最亲密的亲人。包德荣也听出了他的潜台词,惋惜地看着相海峰,忍不住叹气。

包德荣:“海峰你说你……辞职干嘛?轮岗调来我们重案支队,咱们仨一起不是挺好嘛。”

张炜闻言,不禁疑惑地打量着眼前的“张海涛”,相海峰也注意到张炜的眼神,犹豫着要不要跟他解释。

忽然,房门被“咚咚咚”地砸响,包德荣和相海峰默契对视,包德荣立刻起身打开了房门。

常虹虎目圆睁,面红耳赤。两人四目相对,分外尴尬。

“你闪开。”常虹看到包德荣，毫不意外，也不迟疑，愤怒地推开了他。

没走两步，常虹却意外看到相海峰正吐着烟圈，挡在张炜前面。

常虹：“连你也要拦我？”

相海峰掐灭烟头，走到常虹面前，伸手搭住他的肩膀，语重心长地说：“常虹，我们都知道你愤怒、你委屈，过去的事情已经发生了，人还得向前看……”

“是兄弟，就让开！”常虹呼吸渐渐急促，双手握拳，愤怒地瞪着相海峰身后的张炜。

常虹说着甩开相海峰的左手，相海峰伸出右手继续阻拦，常虹一记寸拳打到了相海峰右手肘内侧关节，相海峰顿时疼得龇牙咧嘴，弯腰背身，捂住了肘关节。

相海峰的反应迟钝让常虹有些诧异，似乎武功全废，不免担心地看了相海峰一眼。

“常虹，我们这么多年兄弟，遇到事情我哪次不是站在你的角度”相海峰强忍疼痛，转过身来，眼里冒着火，情绪激动地说，“你现在已经被愤怒和仇恨冲昏头了，我和老包，绝不会任由你冲动犯错！”

常虹充耳不闻，将愤怒的视线再次移向了张炜，抡起拳头朝张炜脸上砸去。包德荣不管不顾地冲了过来，向后拖住了常虹。

“常大虹，冷静啊！”包德荣憋红了脸，死死地抱住了常虹的腰。

“常大虹，你冷静点！”相海峰再次挡在他身前，苦口婆心地劝导，“小张最好的年华都在监狱里度过，前途也毁了，他已经为当年的过错付出了代价。”

“他付出了代价？那梦婷呢？”常虹冷哼一声，眼中的怒火更加旺盛，他一把揪住相海峰的衣领咆哮起来，“梦婷刚刚割腕了，现在还在医院抢救，她做错了什么，她为什么要受这份苦？我又为什么要承受他张炜犯的错?”

常虹吼完,整个房间一片寂静。

相海峰和包德荣都难以置信地望着他,无言以对。

躲在包德荣身后的张炜瘫软地蹲在地上,掩面而泣,失声呜咽起来。

相海峰也不禁鼻子一酸,眼眶红了。他轻轻拍打常虹的双手,示意他放开,常虹愤恨地放手,眼神倔强地凝视相海峰,毫不退让。

相海峰转过身,拽了一把包德荣,赌气地吼道:“老包,我们都让开,让他打。”

包德荣诧异地看着相海峰,不情愿地让开一个身位,神情紧张地看着常虹。

常虹喘着粗气,愤恨地凝视着张炜,上前两步,紧握的双拳颤抖起来。

忽然,张炜泣不成声,膝盖一软,跪倒在地上,“砰砰砰”地磕头,如鸡啄米。

常虹气得全身发抖,愤怒地扬起了拳头。包德荣身子稍稍前倾,随时准备扑向常虹。

突然间,“喔,噢,喔”,旁边小房间的门口传来了几声奇怪的大叫。

相海峰回头,看见张毅正扶着门框,双眼直愣愣盯着常虹。

张炜跪在地上,焦急地呼喊:“小毅,你进去睡觉,跟你没关系……”

相海峰连忙去拉住张毅,试图把他劝回卧室。张毅死死扒着门框,悍然不动,忽然,张毅学着张炜也跪了下来,委屈地哭了起来。

张毅:“哼哼,不要打哥哥,不要打哥哥,哼哼……”

常虹看到张毅,不由地心头一软。他咆哮着转身,悬着的拳头连续击打在墙壁上,直至拳面一片殷红。

张炜将头重重地磕在地上，泪流满面地说："对不起，对不起，都是我的错，我是畜生，我该死……"

相海峰想扶起张毅，没想到张毅学哥哥对着常虹磕起了响头，嘴里还念念有词："我是畜生，我该死……"

"你这是干什么？快起来。"包德荣连忙喝止张炜，张炜执拗地就是不肯起来。

常虹愤恨地一把拎起了张炜，狠狠地掐住了他的脖子。

张炜双脚离地，瞬间感到一股濒死的窒息，他涨红了脸，用力地挤出几个字："我，该，死……"

张炜脑袋一歪，翻起了白眼儿，眼看就要不行了。

"常大虹……"相海峰和包德荣几乎同时喊出了声。

"嘿！"常虹懊悔地大喝一声，将张炜扔在地上，一脚踢翻了眼前的破椅子，转身离开。

张炜一阵猛烈的咳嗽，如释重负，躺在地上，大口大口地喘着粗气。

"常大虹，等等我……"包德荣跟着追了出去。

相海峰忽然感到一阵晕眩，他立刻坐下，点起一支烟，强按着太阳穴，眼神晦暗不明。

8月26日，下午3点。

北郊区，乡野河道。

真让包德荣的乌鸦嘴说中了，将近中午，北郊分局大淀湖派出所在辖区的河浜内，发现一具高度腐败的男尸。重案支队接警后，支队长孟根山亲自带队，来到案发现场。

午后的阳光格外强烈，连河浜里的水都给蒸得暗地发出微小的声音。河浜边上芦苇叶子晒得起卷子，失掉嫩绿的光泽，又没有一丝丝风，人走在芦苇荡里闷热无比，浑身流汗，气也不容易透上一口。

河浜边的芦苇荡上，警方已经拉起了警戒线，孟根山顶着烈日，沿着一人多高的芦苇荡，走下了河边浅滩。

马龙和徐勇在岸边，询问附近的村民，做走访笔录。

芦苇荡深处，周睿和严启成带着现场勘查小组的技术员们，围着一具高度腐败的尸体做初步勘查。

常虹已经调整好状态，他看到孟根山走进警戒线，连忙和包德荣走上前汇报。

常虹："孟支，报案的是附近村民，不过，村里没人看到是谁抛的尸。这段河道远离村庄，附近路段也没有监控，调查有难度……"

常虹欲言又止，孟根山环顾四周，确实是乡野僻壤之地。

这时，现场勘查小组的四名法医，抬着裹尸袋从孟根山他们身旁走过，一股高度腐败的尸臭味随之而来。

周睿擦了擦额头的汗，走上前来汇报："孟支，尸体是男性，部分衣物遗失，尸体已经高度腐败，成巨人观。初步看下来，尸体腹部有明显的利器刺穿伤痕，致命伤似乎是因为口腔和喉咙被利器扎入……手段非常残忍。"

孟根山和常虹面色凝重，包德荣不由地倒吸一口冷气。

周睿："尸体成巨人观，面容已经肿胀变形，我和严组长反复辨认，感觉五官很像庞连彪的手下，刀子。确切的身份，等我们回去验完DNA才能知道。"

"刀子？！"孟根山若有所思地看着周睿。

"庞连彪真是疯了，连身边人都杀。"包德荣暗暗嘀咕。

常虹神情凝重地说："庞连彪可能是怕身边人出卖他。不出意外，这个疯子应该还在东海，他的目标还没有完成……"

"你担心庞连彪，会找相海峰报仇？"包德荣瞬间想到相海峰，也紧张起来。

常虹暗暗点头。

这时，严启成踏着倒伏的芦苇，踉踉跄跄跑过来，手里提着一个物证袋，里面装了几个烟头。

严启成："孟支，在抛尸地点附近发现了几个烟头，很可能是抛尸的凶手留下的。我们先带回去，看看能不能提取出DNA来。"

孟根山意识到事态紧迫，立刻叮嘱周睿和严启成："你们勘查完毕就尽快回去，加急处理，今天务必核实死者的身份。"

"是。"

夜色迷离。

重案支队会议室。

重案支队参战刑警在孟根山的带领下，逐一向副局长张大钢和总队长顾长青汇报案件的最新进展。

由于案件的特殊性，涉及缉毒处的相关案件，缉毒处处长李全发带着两名缉毒刑警也列席了会议。

周睿向张大钢、顾长青等领导递上尸检报告，连接好会议室的大屏幕，将现场照片和尸检照片一一呈现。

周睿："张局，顾总，各位领导，我简单把现场勘查以及尸检情况向各位汇报一下。今天下午，在北郊区大淀湖镇河浜里发现的尸体，身长172厘米，体态较瘦，高度腐败成巨人观，鞋子、部分随身衣物被河水冲走，死亡时间估计在四天左右。经过DNA比对，身份已经确认了，就是之前在'飓风缉毒行动'中逃脱的要犯刀子。"

"刀子？本名叫什么？"张大钢疑惑地看向周睿。

孟根山："张局，这个刀子从小就是孤儿，没有正式名字，混社会以后就取了这个外号，后来就叫开了。所以之前的通缉令上，也是这么写的。”

张大钢神情严肃、默不作声，孟根山向周睿抬了抬下巴，示意他继续汇报。

周睿：“各位领导，我继续。我们进行详细尸检后，发现刀子身上有两处致命伤。一处刺穿腹腔，导致腹腔大动脉破裂，而且从创口看，凶器应该是尖锐的三棱枪……”

周睿操作了一下电脑，大屏幕上投出了三棱枪的网络图片。

周睿：“这是类似的图例，这种枪头三边都设计成凹槽型，刺入体内后，创口难以愈合，会让被害人更快地失血而亡。刀子的另一处创口是从口腔插入，刺穿了咽喉、气管和食管，导致胸腔多处静动脉破损，几乎是一击毙命，手段极其残忍。”

周睿一边说，手里还握着一支笔，对照着自己的口腔和咽喉比画。在场的刑警们都不禁皱起眉头，被凶手的残暴所震惊。

张大钢和顾长青都沉默着，脸色如铁板一块。李全发和缉毒处的干警们，更是如临大敌。

孟根山：“张局，今天的勘查工作还锁定了嫌疑人。”

孟根山使了个眼色，点名严启成。严启成急忙连接大屏幕，换上了现场照片以及物证照片。

严启成：“张局，各位领导。我现将痕迹情况做一个汇报。今天下午，我们在北郊区大淀湖镇河浜芦苇荡里勘查的现场，应该是抛尸现场。这里人迹罕至，我们在该现场附近的芦苇荡里，发现了成趟足迹以及几枚烟蒂，在烟蒂上我们提取到了庞连彪的DNA。”

“庞连彪”三个字一出现，张大钢立刻瞪大眼睛，缉毒处的同志们也警觉起来。

孟根山：“各位领导、同事们，综合现场勘查小组的发现，我们有理由推断，杀害刀子并抛尸，很有可能就是目前在逃的毒枭庞连彪。”

顾长青:“庞连彪自‘飓风行动’逃脱至今,已经东躲西藏了一个半月,很可能已是走投无路了。”

张大钢神色凝重,暗暗点头。

“张局、顾总,庞连彪一直潜藏在东海,很有可能是冲着相海峰来的。”常虹满脸担忧,毫不犹豫地插话发言,“之前在拆车厂,相海峰曾经意外遇险。这次杀掉刀子,恐怕他是想豁出去报仇了,还有……”

“小常,你的心情我们能理解,庞连彪杀掉刀子,并非是想豁出去这么简单。”缉毒处处长李全发缓缓地打断了常虹的发言,他看了看张局和顾总,接着说,“各位领导,自从部督办3号大案收网以来,以周海龙为首的制贩毒集团基本覆灭,只剩在逃的庞连彪和刀子。我们对该团伙的主犯进行了深入的审讯,得到一个重要情报,周海龙在临死之前将该集团的重要物件蛇头权杖交给了庞连彪,这个蛇头权杖在毒贩圈里是硬通货,好比江湖小说里面的屠龙宝刀,得到该权杖者,可以在缅北毒贩圈子里东山再起。从周组长刚才介绍的情况来看,刀子应该是被蛇头权杖所谋害,而且行刑的方式极有仪式感,应该是他们制贩毒集团惯用的极刑手法。从此判断,刀子和庞连彪应该是发生了巨大的分歧,导致庞连彪将其杀害。”

张大钢:“李处这么说,不排除是刀子想夺走蛇头权杖,从而引发内斗?”

“是的,张局,有这个可能性。”李全发接着补充道,“而且,我们在缅北的内线,刚刚反馈了一个重要线索。庞连彪已和缅北佤邦的毒枭老拐取得联系,说是他已经在云南腾冲,说不定这个时候已经在去佤邦的路上了。”

张大钢:“嗯,这个情况汇报得很及时,很关键。”

李全发:“是的,张局,我们已经连夜派人去云南腾冲,在那里设下了天罗地网,对庞连彪展开全方位的搜捕。”

“张局，顾总，庞连彪是不会放过相海峰的。”常虹有点着急，忍不住谏言，“我建议总队安排人手，将相海峰保护起来。”

“保护起来？”张大钢疑惑不解地看着常虹，“小常，你是不是有点小题大做了，搞案子可不能感情用事啊。”

“张局说得对，侦查资源也是有限的，好钢就要用在刀刃上。”顾长青不容置疑地说，“小常，你现在的重点任务是将邹氏兄弟尽快抓获，让三起抛尸案尽快大白于天下。庞连彪和相海峰的事情，还是交给缉毒处吧。”

常虹：“可是……”

“小常，你和相海峰是铁哥们儿，我们知道。”李全发插话道，“我们和相海峰的感情也很深啊，虽然他已经辞职，为了保护他的安全，我们一直暗中派着几名同志保护他，就是防着庞连彪对他下手。”

常虹：“感谢李处的关心，我觉得暗中保护还不够。还要在相海峰住处附近设置暗哨，24小时日夜倒班，蹲点等候庞连彪出现。”

李全发：“你的心情我能理解，这个工作量可是有点大……”

张大钢：“根据已有情报，庞连彪在不在东海市还是个问题。我看就没有必要这么大动干戈了。”

常虹：“张局，庞连彪还与罗红艳案……”

张大钢愣了一下，顾长青赶紧轻轻咳嗽，示意常虹闭嘴。

“年轻人，不要顾此失彼。”张大钢面沉如水，“常虹，你的重点还是三起抛尸案，市局党委对该案件非常关心，切记不要顾此失彼。你们接着讨论，我还要和顾总、李处去缉毒处讨论案情。”

张大钢的命令不容置疑，常虹只能低头作罢，顶撞领导的坏印象却让张大刚对常虹有了一些看法。

张大钢、顾长青、李全发等人相继离开后，孟根山终于舒了一口气。他看向重案支队的同志们说:“没别的情况就都去忙吧，三个抛尸案依然是我们目前的工作重点。”

“是!”

众人陆陆续续走出了办公室。

包德荣也起身要走，常虹一把拉住他的手臂，包德荣疑惑地看着常虹，瞬间了然。

这一幕，还是被孟根山看在了眼里。

常虹看人走得差不多，领着包德荣一起走向孟根山。

孟根山:“黄梦婷现在怎么样?”

常虹:“脱离危险了，还在医院观察。”

“你呀，抽空去看看梦婷，还有你以后……”孟根山欲言又止，“改天再教训你，又有什么事?”

常虹:“孟支，你不觉得奇怪吗?”

孟根山:“你小子有话就说，有屁就放。”

常虹:“我总感觉这些案子没那么简单，或多或少都与相海峰有关系。”

孟根山:“吞吞吐吐的，有话直说。”

常虹:“我想设置暗哨，保护相海峰。说不定庞连彪、邹兄弟都一块抓到了。”

“你啊，一说起相海峰就急得乱了分寸，让张局生气了不是。”孟根山思索了一下说，“嗯，我也觉得相海峰的辞职以及在拆车厂的意外，怪怪的，还有邹氏兄弟和庞连彪都是西江老乡，难免也会有所交集，我们是要留个后手。不过，张局和顾总说得也有道理，好钢就要用在刀刃上，白天就算了，晚上你看着安排吧。”

包德荣反应迅速，立刻一本正经地说:“孟支，相海峰现在住在北郊区的城中村，那地方鱼龙混杂，这种环境我熟，如果需要化妆侦查，我肯定能帮上忙。”

常虹：“对，这是老包的强项。”

孟根山看着他俩，有点好奇，欣慰一笑：“不错嘛，才一个多月，你俩发展得……挺默契啊。”

常虹和包德荣尴尬地笑了笑。

孟根山盘算了一下，做了决定：“你们的想法，我会跟张局和顾总汇报。你手下的马龙和徐勇，我先调派给其他探长，前面三宗抛尸案的调查刻不容缓。”

“谢谢，孟支。”常虹和包德荣异口同声地说。

夜色深沉。

东海市西郊区，出城道口收费站。

道口收费站前，车队排起了长龙，代号“天网”的打防严保专项行动还在进行中，交警、刑警和荷枪实弹的特警通力协作，逐一排查进出城方向的车辆。

交警核查司机证件以及是否酒驾，刑警手里拿着警务通，警务通上跳出通缉令画面，上面是邹守仁、邹守义兄弟的照片，刑警仔细比对着司机的样貌。

出城道口收费站旁幽暗的树丛里，有两个戴着帽子的人影鬼鬼祟祟，远远注视着正在工作的警员们，他们正是邹氏兄弟。

邹守仁面色凝重，怀里紧紧抱着旅行包，邹守义不时地驱赶着蚊虫，神情烦躁不安。

邹守义：“哥，怎么各个口子都有条子，咋整？”

“条子搞那么大阵仗，看来走不了了……”邹守仁目光阴沉地说，“先回去，避避风头再说。”

“啊？回哪儿？”邹守义拍着蚊子，一脸茫然。

邹守仁:“你个蠢东西，当然是回东郊区的破房子，反正不是用我俩身份证租的，怕啥。”

“那躲到什么时候? 总不能就一直等警察查上门吧?”邹守义木讷地挠了挠头，神情明显慌张。

邹守仁:“怕个球。等风头过去，我再想办法。万一陆路查得严，咱们就走水路，顺着小河道先逃到周边江浙的乡下也成。”

“成，还是哥你有办法。”邹守义连忙点头附和。

邹守仁不满地看着邹守义，抬手拍了一下邹守义的鸭舌帽檐，叮嘱他说:“还有你这张烂脸，要是被人看见，一逮一个准。这阵子就别出门了。”

邹守义不太情愿地点头答应。邹守仁一挥手，兄弟俩朝后方退去，消失在黑暗的树丛中。

市中心医院。

黄梦婷已经被转移到了单人病房。她眼神涣散，嘴唇和脸颊都毫无血色，头上平添了一些白发，左手手腕缠着纱布绷带。

母亲林家珍和小雅都陪在黄梦婷床边，她们红着眼，满脸倦容，殷切地望着徐主任等待诊断。

徐主任带着一名护士，查看了监护仪的数值和黄梦婷的手腕，转头看向林家珍说:“放心吧，你女儿体征很稳定。建议再住院一周，只要血压平稳、创口不崩线就可以出院了，至于手腕肌腱，后续再慢慢做康复理疗吧。这几天你们多给她补充营养，增加自身造血。”

林家珍感激地握住徐主任的手说:“谢谢徐主任，您费心了。”

“不客气，这是我们应该的。”徐主任向她们微笑致意，带着护士离开。

黄梦婷勉强支撑起身体，轻声呼喊小雅:“小雅，我想坐起来……”

小雅赶紧走到床尾，用摇杆将病床上部慢慢摇起来，让黄梦婷斜躺着。

林家珍走到床边，俯身帮黄梦婷整理额发，轻声询问："想吃什么？妈妈去给你买。"

"都行……"黄梦婷眼眶湿润，语气无力。

林家珍不忍直视，她鼻子一酸，点头答应，起身离开了病房。

小雅搬了个椅子坐在床边，心疼得用手指轻轻抚摸黄梦婷手腕上的纱布："姐，还疼吗？"

"我都死过两回了，不怕了……"黄梦婷挤出一丝苦笑，语气颓丧。

"姐，你可不能再……"小雅一时语塞，眼角泪水滑落。

黄梦婷颤抖着手腕，握住小雅的手说："别傻，我要是就这么死了，还有什么脸去帮别人？"

"姐，你可不能骗我。"小雅听着又感动又欣慰，含泪笑了起来。

黄梦婷想了想，迟疑着询问道："他……怎么样了？"

"你出事以后，常大哥当晚就赶来医院了，黄伯伯还责怪他……"小雅抹掉眼泪，如实汇报，"这两天没见人，有给我发信息，询问你的情况。"

黄梦婷心里感动，侧身背对小雅，眼角的泪水顺势滑落下来。

黄梦婷："手机给我……"

小雅："医生说怕你情绪波动再……"

黄梦婷："不会了，给我吧，我就看看……"

小雅只好从包里取出黄梦婷的手机，帮她开机，放到枕头边。

黄梦婷握着手机，手机界面接连跳出未接来电、未看短信的提示，她打开微信界面，点击了置顶的对话框，常虹留了很多条信息，最后两条写着：对不起，我知道我言语过激可能伤害了你……我真的想跟你好好聊聊……梦婷，对不起，对不起，对不起……

黄梦婷梨花带雨，她滑动屏幕关机，把手机藏在了枕头底下……

青春的时光恍惚如昨，岁月的清泉在手掌间轻盈滑落，这一切雕刻在记忆中的残缺和遗憾，怎能不让人百感交集、涕泪纵横。

诗云：　彼岸花铺火照路，川江已见奈何桥。
三生刻字石碑上，此恨谁不叹寂寥！
百感交集昨日事，成灰万念泪如潮。
风云紫梦尘烟逝，再上楼台望眼遥。

北郊区，城中村。

日暮西沉，最后一丝阳光暖暖地斜照在一间出租屋的窗帘上。城中村的大街小巷上人流如织，传来熙熙攘攘的叫卖声。

出租屋内，陈设简陋，临街朝北的窗口上架起一支单筒高倍望远镜和一台高清DV录像机，旁边的桌子上连接着监控仪器和笔记本电脑。两名缉毒处的年轻刑警一脸正气，在小桌子前整理监视记录。常虹站在窗口，贴着单筒高倍望远镜，观察街道上的情况。

缉毒处刑警小唐："常支，根据李处和孟支的要求，今天白天的监视记录已经整理好了，这晚上就交给你们了。"

"好的，小唐，你辛苦了。"常虹转过头，微笑着点点头。

缉毒处刑警小谢："对了，常支，相处他……不对，相海峰今天白天有点反常，一天没出门。"

"噢。"常虹接过了记录本，仔细翻看起来。

此时，包德荣手提两盒盒饭走了进来，与小唐、小谢点头道别。他发现常虹看得入神，便不声不响地拿起另外一只望远镜，朝对面相海峰出租房方向望去。

在望远镜的视野里，相海峰出租房的大门紧锁，窗帘依然紧闭。忽然，包德荣看到张炜一手提着一袋白色餐盒，一手挽着痴傻的弟弟张毅，慢慢地走进了出租房的楼道，看样子像是刚刚从拆车厂下班回来。

常虹也慢慢凑了过来，远远地看着张炜的背影，愤愤不平地说："秃子就是秃子，带什么假发。"

"常大虹，你总得给人一个改过自新的机会吧。"包德荣放下望远镜，笑了笑说，"你还别说，这假发一戴还挺精神的。"

"精神什么，狗尾续貂，烂泥扶不上墙。"常虹侧目甩了他一个白眼，把单筒望远镜对准了相海峰家，摇了摇头说，"海峰，可惜了，怎么和这种人天天混在一起。"

包德荣："不是说好了嘛，你怎么还带着情绪工作呢？"

常虹："情绪？梦婷刚刚苏醒……算了不说了……"

"嗨，梦婷也挺不容易的，改天方便的时候我们去看看她。"包德荣拍了拍常虹的肩膀，指了指办公桌上的盒饭说，"人是铁，饭是钢，咱俩轮换监视，你趁热先把晚饭吃了。"

常虹没有回答，托着下巴，面露疑色，远远望着相海峰家的门窗。此时，张炜和张毅已经走上三楼，通过狭长的半开放式楼道，说说笑笑地开门，走进了自己的出租房。

包德荣疑惑地说："怎么，有问题吗？"

常虹："海峰家里的门窗成天关着，也没见他和Laura出来，不对劲啊……"

包德荣："那，要不要我过去，走一趟？"

"先别急，免得打草惊蛇……"常虹琢磨了一下说，"吃完饭，一会儿找机会，再说。"

常虹说完，起身走向小桌子，狼吞虎咽起来。

包德荣坐下来，拿起单筒望远镜，忧心忡忡地朝对面望去。

一支烟的时间。

常虹："老包，赶紧来，饭菜都快凉了。"

"快来！"包德荣立刻回头呼喊，"海峰，出来了……"

望远镜里，相海峰出租房的门缓缓打开了，相海峰穿着一身黑色的长袖长裤，疲惫地冒将出来，心中似有阡陌纵横。

常虹掐灭了香烟，三步并作两步来到窗前，接过包德荣手里的望远镜看去。

相海峰下楼后伸了个懒腰，一个人孤独地走在城中村的街道上，在一个水果摊前停下，跟老板打招呼，挑了半个西瓜、一些葡萄。天气炎热，路人们大都穿着短袖T恤或无袖汗衫，相海峰的长袖着装显得十分突兀。

"哎，想什么呢？"包德荣伸手拍了拍眼神直愣愣的常虹。

"没、没事，他没事就好……"常虹尴尬一笑，想了一下说，"我在北边看过，一整面都是墙，他住在三楼，北边的窗户是一直锁着的，应该比较安全。再说了，现在人手不够，局里领导天天盯着三个抛尸案。"

包德荣拿起盒饭一边快速扒拉，一边叮嘱："吃完我先眯一会儿，凌晨3点通宵那班我来顶。"

"好。"常虹神色忧虑，一丝不祥的预感让他右眼皮直跳。

望远镜中，丝丝缕缕的碎云近在常虹眼前，他的心情越发变得阴沉起来。在这宝蓝色的天幕下，暗含着某种晦涩而不祥的东西。半个月亮已经出来，却没有一丝可爱之处。

现在越是安静，越是让人心慌。

夜色深沉。

张炜出租房。

伴随着缓慢、沉闷的"咚、咚、咚"的声响，张炜迷迷糊糊从睡梦中醒来。他睡眼惺忪地，在床头柜上找到手机，看了看时间：午夜零点44分。

房间里另一张床上，张毅打着呼噜，睡得很沉。

张炜满脸疑虑，把耳朵贴紧墙壁，“咚、咚、咚”的闷响消失了，隔壁相海峰的房间，此时异常安静。

也许是白天太累产生了幻听，张炜缓缓长出一口气，躺下继续睡觉。

与此同时。

城中村一条幽暗、没有路灯的巷子里亮起两点星火。

昏暗的月光下，Laura和一个外号叫“苍蝇”的小混混嘴里叼着香烟，鬼鬼祟祟地接头。Laura递给“苍蝇”一小袋白色粉末，“苍蝇”把一卷钞票递给她，Laura清点完毕，“苍蝇”立刻溜出了巷子。

Laura从地上提起一个塑料袋，里面装了两瓶啤酒，还有些鸭脖鸭肠之类的零食，走到了巷子口。她探头张望，确认安全后，踩灭了烟头，若无其事地往前走去。

在Laura身后不远处的巷子里，一双眼睛正密切注视着她的一举一动，这双眼睛的主人并未走上街道尾随Laura，转身藏进了深巷的黑暗中。

警方用来监视的临时出租屋内，一片漆黑。

常虹透过单筒望远镜观察路面情况：Laura提着啤酒零食，快步走进了她和相海峰暂住的出租楼，上到三楼楼道，开门、进屋。常虹将望远镜的夜视功能开到最大，警觉地扫视了一圈周围的街道，并未发现异常。

常虹看了看时间，迅速写下记录：8月28日1点17分，Laura提塑料袋回出租屋，内有啤酒两瓶、零食若干。

常虹拿起一杯速溶咖啡，喝了一大口，他看了眼身旁熟睡的包德荣，揉了揉困意十足的眼睛，强打起精神，继续监视。

凌晨2点54分。

午夜，黑夜吞掉月的轮廓，残光闪烁却又迷离，洒落人间寥寥魅惑。一只红眼乌鸦在城中村的上空盘旋，挥洒着死亡的气息。

相海峰出租房卧室朝北的老钢窗卡齿被钢丝套开、缓缓松动，一个黑影蹑手蹑脚地一点点拉开窗户，翻身而入。

朦胧的月色下，黑影露出了狰狞的面庞，正是庞连彪！

一阵阴风飘过，袭来阵阵寒意。

卧室内，庞连彪手持蛇头拳杖，看到床上有个蜷缩的人盖着空调被，他毫不犹豫地扬起寒光四射的权杖，朝那人要害猛扎了下去。

随着“啊”的一声尖叫，Laura被剧痛惊醒，她的左胳膊已经被三棱枪刺穿，枪尖离她的心脏仅仅几公分。

眼看出师不利，杀错了人，庞连彪一脚踹开Laura，拔出枪头，准备再次朝她的要害刺去。

在恐惧和慌乱中，Laura借势滚到床下。她忍着剧痛，摸黑操起地上的啤酒瓶，朝庞连彪劈头盖脸地砸去。

庞连彪迅速躲闪，啤酒瓶擦着他的头皮飞过，“砰”的一声砸在墙上，碎裂一地。

连续的异响，在寂静的城中村里格外刺耳。常虹立刻警觉起来。他通过望远镜仔细观察，没有发现异常。

突然，卧室门“砰”的一声被撞开，相海峰打开了卧室顶灯，他穿着短裤背心，手里握着一根钢管冲了进来。

庞连彪红着眼瞪着相海峰，露出一抹邪魅的笑容，举起三棱枪舔了舔带血的枪头,“嗷”的一声怪叫着向海峰扑去。

“老包,快起来!”常虹看到相海峰的出租屋亮起了灯,确定几声怪叫是从那里发出来的,他扔下望远镜,拔出腰间的手枪喊道,“相海峰出事了,快走!”

“啊?!”包德荣被惊醒,翻身下床,拔出了手枪,跟着常虹向外跑去。

庞连彪杀红了眼,脸上的青筋暴起,就像是一个嗜血的恶魔。他仗着蛇头权杖三棱枪锋锐尖利,对着相海峰一通乱刺、乱砍。

相海峰手中的钢管与三棱枪“叮叮当当”地碰撞在一起,异常吃力,他似乎是没睡醒,只有招架之功,且战且退,逐步退到了隔壁房间,他的手臂、胸口被枪头划出了伤口,鲜血慢慢染红了衣裤。

一阵猛打猛刺,房间里的座椅板凳,水杯、热水瓶等生活器具大都被砸坏了,玻璃碎屑狼藉一片。

庞连彪喘着粗气,挪动脚步,伺机使出必杀。他的眼睛余光看到了被打翻在地的针筒、白色粉末和用脉动瓶子做成的简易吸毒工具。庞连彪疯癫地大笑起来,将权杖反转,抚摸着黄金蛇头手柄,声嘶力竭地喊道:“大哥,苍天有眼!你给他下的投名状,就是他的报应!哈哈哈哈!”

相海峰双眼死死地盯着庞连彪,手握着钢管,双手颤抖。忽然,他感觉一阵晕眩,伸手撑在桌子上。

“海哥……”Laura在门边席地而坐,浑身颤抖,血流如注,见状惊叫起来,“快跑,不要管我。”

“张、海、涛,你死去吧。”庞连彪怒目圆睁,倒转枪头,疯狗一般朝相海峰刺过来。

Laura呼喊让相海峰些许清醒,此时,他感觉天旋地转,视线模糊,眼前出现了庞连彪的重影。他凭着感觉,对准庞连彪的手臂,使出全力猛抽过去。

电光火石之间，钢管击中庞连彪的手腕，“当啷”一声，打落了权杖，庞连彪“啊”地惨叫一声，侧身后退，捂住了自己的右手手腕。

“来呀，王八蛋。”相海峰定气凝神，踉踉跄跄地猛冲上前，胡乱挥舞着钢管，逼退庞连彪，伸出一脚将权杖踢开。

相海峰逐渐体力不支，庞连彪左躲右闪，看准机会俯身一个扫堂腿，将他绊倒，猛扑过去骑跨在相海峰身上。

Laura趁庞连彪不注意，奋力够到了门锁，拉开了房门，朝门外黑暗的夜色高声呼救：“救命啊，快来人呀，救命啊……”

枯枝上的红眼乌鸦跟着“呱、呱、呱”地叫着。

隔壁的张炜应声冲到相海峰家门口，他看见浑身是血的Laura，立刻被眼前的一幕惊呆了。他赶紧将Laura扶到走廊墙边，随即冲进了房间，眼前的一切犹如修罗地狱。

庞连彪如泰山压顶一般骑跨在相海峰背上，歪着头，咬着牙，紧紧用钢管勒住了相海峰的脖子。相海峰青筋暴露、涨红了脸，嘶哑地吼叫着，双手搭着钢管拼命挣脱。

张炜被吓得魂飞魄散，汗毛竖起，腿脚不听使唤。相海峰脸色紫青，眼看就要被勒死。张炜眼里燃起了怒火，他怪叫一声，鼓起勇气，胡乱操起一把椅子就朝庞连彪横扫过去。

椅子狠狠敲在庞连彪的肩上，他被一下打蒙，侧身翻滚到了一边，钢管“当啷”一声掉在地上。

相海峰脸色由紫变红，浑身颤抖，头冒冷汗，他趴在地上长出一口气，猛烈地干呕咳嗽。

庞连彪摔倒在地，看到了角落里的蛇头权杖，他从桌椅底下掏出权杖，重新站起来，对着相海峰和张炜发出嗔怪地痴笑：“哈哈哈，你们谁也别想活着出去！”

张炜惊恐地瞪大眼睛，护在相海峰身前，相海峰却用力抓住他的手臂，将他拦在身后，声音颤抖："你们走……走！"

张炜紧紧拉着相海峰，不肯独自离去。

庞连彪看准了两人纠缠的契机，双手握着权杖，猛地朝他们刺过来。相海峰猛地用力，将张炜推开，自己的腹部却被三棱枪刺中。

"哥！"张炜坐在地上，悲愤地发出哀嚎。

相海峰的腹部瞬间鲜血直流，他紧紧抓住权杖手柄，不让庞连彪轻易拔走。

张炜咬牙切齿，瞅见客厅地上的啤酒瓶，摸起一个就朝庞连彪冲去。庞连彪这次早有防备，他双手松开，闪过啤酒瓶，连续两个嘴捶，瞬间将张炜打得昏厥倒地。

相海峰手握权杖，跪倒在地，疼得无力顾及张炜。

庞连彪杀得兴起，嚣张地笑着，他走回相海峰身边，双手握住权杖手柄，抬脚猛地一蹬相海峰的胸口，将枪头拔了出来，拉出了相海峰一段鲜红的肠子，一时间血腥味弥漫了整个楼道。

相海峰双目爆出，口吐鲜血，痛得哑然失声，双手捂住腹部，血如泉涌。

庞连彪居高临下俯视着生不如死的相海峰，鄙夷一笑："死条子，我送你一程，你自己去跟大哥认错吧！"

相海峰倔强地抬起头，冷笑着挤出几个字："我、我死了……也不会放过……他……"

"还他妈嘴硬！"庞连彪怒不可遏，冲上前一把捏住相海峰的两颊，虎口用力撑开下巴，高高扬起权杖，试图复制杀死刀子的致命一击。

电光火石之间，只听"啪"的一声巨响，如同巨人的怒吼，刺穿了整个黑夜。

常虹率先冲到门口，果断开枪，子弹精准打飞了蛇头权杖。

庞连彪一个愣神，刚要回头，常虹已经腾空而起，飞脚狠狠砸在庞连彪的后背，庞连彪摔倒在地，翻滚到一旁。

夜色下，常虹看到相海峰的腹部血流不止，心都要碎了，他立即扶住相海峰，伸手想帮他捂住，血液还是汩汩地流出，瞬间染红了常虹的手。

常虹："海峰，你挺住……"

相海峰已经无力说话，欣慰地看着常虹，突然，他抿着苍白的嘴唇，摇了摇头，似在示意什么。

庞连彪重新握住了权杖，以迅雷不及掩耳之势，龇牙咧嘴地朝常虹和相海峰袭来。

常虹正要抬枪射击，却发现庞连彪已经近在咫尺。他似乎孤注一掷，寒光闪闪的三棱枪枪尖，将要刺进相海峰的咽喉。

常虹一脚蹬开了相海峰，同时瞬间开枪射杀庞连彪。不幸的是，庞连彪此时身体已过枪口，子弹呼啸着从他耳边飞过，刹那间，庞连彪顺势转换目标，尖锐的枪头突然朝常虹的面门袭来。

"啊"的一声，常虹感觉右脸颊火辣辣地烧疼，一股暖流随之而下，他的视线瞬间被鲜血染红，眼睛一时无法睁开。

庞连彪笑得更加猖狂，他一脚踢飞了常虹手里的枪，三棱枪枪头直指常虹的心口："去死吧！"

常虹的视野里一片暗红，隐约感到庞连彪要再次向他袭来，手忙脚乱地摸枪，还未等他辨清方位，眼前却闪过一个黑影。

相海峰不知从哪来的力量，拼尽全力侧身飞扑，一跃挡在常虹身上，三棱枪直直地插入他的胸膛。

相海峰大口吐血，无力喊叫，胸口一片殷红，躺在了常虹怀里。

庞连彪拔出枪头，得意地看着相海峰，心满意足地狂笑起来。

常虹视线模糊，怒不可遏，但又无能为力。在深深的绝望下，他似乎听到了一个人微弱沉重的心跳声，他用沾满血水的手摸着相海峰的脸颊，瞬间明白发生了什么，撕心裂肺地呼唤着："海峰！海峰！海峰……"

庞连彪志在必得，高高扬起权杖，再度瞄准了常虹的要害。

"常虹，小心！"快步赶来的包德荣大喝一声，随之扣动扳机，"砰"的一枪，击中了庞连彪的肩膀，再次扑上来的庞连彪"嗯"的一声惨叫，应声倒地。

庞连彪捂住了肩膀，疼得在地上打滚。他用余光看到包德荣要冲过来，立刻拿权杖朝自己腹部扎了进去，企图自行了断，终因疼痛难忍，惨叫着昏死了过去。

包德荣一脚踢开了庞连彪手中的蛇头权杖，给庞连彪扎上了背铐，确认安全后，转身半跪在地上，将相海峰身体扶正。相海峰浑身是血，已经失去了意识。他又看了眼躺在地上意识模糊的张炜，心里翻云覆海，惊出一身冷汗。

包德荣赶紧扶起常虹的脸，发现常虹双眼紧闭，流着血泪，不由得双手发颤，焦急地询问："大虹、大虹，你的眼睛……你没事吧？"

常虹眼睛勉强挤开一条缝，心急如焚地吼道："别管我，快救海峰！"

包德荣拼尽全力将相海峰抱起，冲出房间，朝外面怒吼："来人，快救人啊！"

夜色昏暗，枯枝上的红眼乌鸦，似乎心满意足地扑棱着翅膀，腾空而起，"呱呱呱"地怪叫着，向黑暗的深渊飞去。

天色微明。

北郊区，市北医院急诊科抢救室。

相海峰躺在病床上，两名护士和包德荣、常虹一起推着病床冲向抢救室。

常虹脸一脸血污，头上胡乱裹了几圈纱布，勉强遮着伤口，纱布早已被染红，向外渗着鲜血。

Laura的胳膊简单包扎了一下，由于崴了脚以及惊吓过度，她只能坐在轮椅上，护士推着轮椅，紧紧跟随。

到了抢救室门口，医生和护士接力将病床拉了进去，同时拦住了常虹、包德荣和Laura，抢救室门口的红灯亮起。

Laura坐在轮椅上失声痛哭，常虹睁着一只眼，愤恨难平。

与此同时，昏迷的庞连彪也被送到了另外一个手术室进行抢救。

不多时。

总队领导顾长青、孟根山和李全发，带着高一萌、马龙、徐勇等人也赶到了抢救室门口。

顾长青："情况怎么样？"

包德荣眼里噙着泪，满脸悲愤，抿着嘴无法回答，只是轻轻摇头。

孟根山注意到了常虹头上的纱布，扶着他肩膀转过来，惊愕万分："你的脸怎么了？还不快去缝合！"

常虹默不作声，双手紧紧抓着裤子，倔强地站着不愿离去。

顾长青见状，不容置疑地命令道："常虹，你立刻去面部缝合，这是命令。"

常虹嘴唇翕动着，还是不愿离去。

顾长青给包德荣和马龙、徐勇刑警使了个眼色，三人几乎是生拉硬拽，将常虹拖去急诊手术室。

抢救室。

无影灯下，相海峰面容平静地躺在手术台上，似乎还带着一丝解脱的微笑。

一高一矮两名擅长外科创伤手术的医生换好了手术服，快步走到抢救台前。一名护士看管着监护仪，其他护士做好了准备工作，一名护士剪开了相海峰被鲜血浸透的衣服，给他戴上氧气面罩。

医生："患者身上多处刀伤，失血性休克，立刻输血，维持血压。"

护士挂上血袋，给相海峰手臂静脉输血。

急诊科，小手术室。

常虹斜靠在手术椅上，护士小心翼翼地揭开纱布，纱布和伤口已经被血液粘连在一起，每拉开一小点都会撕心地疼痛。常虹心如止水，只是默默地承受着这一切，刚刚发生的事情，恍如隔世。

一位急诊科女医生穿戴好手术服和口罩，在小型无影灯下，仔细查看常虹的伤口。

女医生："立即清创、周边消毒，再打一针破伤风，准备局麻缝合。"

常虹一听，猛地坐起来，严正抗议："医生，我不要麻药，我不能睡。"

女医生无奈地解释说："面部表皮局麻，不会昏迷的，快躺下！"

常虹将信将疑地躺下来。护士先给他手臂上打了一针破伤风皮试，再用防护布将他面部遮上，在伤口位置正好留出开孔，用镊子夹着酒精棉花，进行创口周边消毒。

常虹咬紧牙关，目光坚毅，只有沉重的呼吸声。

局部麻醉后，女医生将缝合线和钩针准备好，用镊子挑起钩针，扎入常虹的面孔。

常虹眉头紧锁："医生，会留疤吗？"

女医生："难免的，我们这里是急诊科，不是美容医院。我尽量给你缝合得细一些。别说话了，你现在越安分，以后疤痕就越浅。"

常虹闭上了眼睛，深吸一口气，沉默不语。

抢救室内，安静得让人感到压抑，只有抢救仪器的滴滴声、人们蚀骨般怦怦的心跳以及手术剪刀的咔嚓咔嚓声……

无影灯下，医生、护士们汗流浃背，高度紧张，他们与死神赛跑，不敢有一丝懈怠。

手术台上，两名医生已经打开了相海峰的腹腔和右侧胸腔，他们一左一右，在护士的配合下，全神贯注地处理着伤口。

突然，监护仪前的护士高声惊叫起来："患者血压和心率下降，血压测不出了！"

医生立刻检查了相海峰的眼珠，迅速调度身边的护士："快，肾上腺素一毫克静推，三分钟一次。快速胸外扩容，补液和输血不停，继续胸外心脏按压！"

护士们迅速准备，给相海峰推注了肾上腺素……

抢救室外的红灯，依然刺眼。

Laura处理好了伤口，坐在轮椅上泪流不止，高一萌陪着她悉心安慰。

李全发焦急地来回踱步，捶首顿足，频频叹息，喃喃自责道："都怪我，都怪我，都怪我上了这个混蛋的当。"

顾长青和孟根山也面色凝重，沉默不语，凝视着抢救室外红色的指示灯……

抢救室。

高个医生一边全力给相海峰进行胸外心脏按压，一边焦急地抬头望着监护仪的数值。

护士："患者出现室颤。"

医生:“拿除颤仪,准备电除颤。”

一名护士将除颤仪递给矮个医生。

矮个医生双手接过,摩擦了一下除颤仪,按在相海峰的胸口,喊出口令:“充电……放电……”

相海峰尚未缝合的躯体瞬间抬起,又“轰”的一声落回手术台上,鲜血从伤口中溅出。

矮个医生擦了擦脸上的血:“继续,再一次。”

相海峰的躯体再次弓起,又落回手术台上,血花四溅。死神默默地注视着一切,不动声色。

几次之后,医生和护士们都焦急地看向监护仪,等候着能够出现奇迹。

护士:“患者没有恢复自主心跳。”

高个医生:“我来试试!继续补液输血……”

急诊科,小手术室。

常虹脸部缝合手术刚刚完成,一种不祥的预感让他一直忐忑不安,如一座黑压压的大山压在他的心头。

他迫不及待地摘下隔离垫,冲出小手术室,在走廊里狂奔。

“等等,医生说,你还不能跑……”包德荣、徐勇和马龙紧跟其后。

然而,常虹全然不顾劝阻,全速奔跑,却只觉得通道无比漫长……

包德荣停下脚步,气喘吁吁朝常虹呼喊:“你脸上不能出汗。”

常虹一个拐弯,脚下打滑差点摔倒。他稳了稳身形,立即起身继续狂奔……

抢救室,手术台上,殷红一片。

扎眼的无影灯下,高个医生还在竭尽全力,给相海峰进行胸外心脏按压。

矮个医生、护士们都在心急如焚地望着相海峰，继续给他注射肾上腺素、输血止血。

忽然，监护仪发出了长久的一声“嘀”。

高个医生筋疲力竭，瞬间瘫倒下来，身旁的护士连忙将他搀扶起来。

不久，一块白布扬起，遮住了整个手术台……

抢救室外的红灯已经熄灭。

常虹奋力奔跑着，即将冲到抢救室门口，却远远听到Laura撕心裂肺的痛哭。

Laura几乎瘫倒在轮椅上，她仰天抽泣，手脚抽搐，上气不接下气，几欲昏厥。

高一萌站在一旁暗自流泪。

高个医生精疲力尽，他握着总队长顾长青的手，深深鞠躬致歉：“对不起，我们尽力了……”

李全发处长上前握住矮个医生的手，想要说些什么，却扭过了头，默默无语，突然泪崩。

在场的医护人员和刑警们无不动容，悄悄抹泪。

两位医生转身离开后，李全发瞬间捂住脸，呜咽着蹲在地上，呐喊出一声“海峰”，心如刀绞。

顾长青和孟根山立刻过去搀扶，搭着他的肩膀不知该如何安慰。

常虹目睹了眼前的一切，瞬间了然，由于面部麻醉的原因，他面无表情，亦无泪水，眼睛直愣愣地凝视着抢救室的大门，艰难地拖着脚步，视线渐渐模糊。

常虹仿佛看到抢救室的大门被缓缓推开，从里面亮起一道圣洁而耀眼的白光。相海峰身着笔挺的警服，佩戴三级警督警衔，英姿飒爽地从白光里款款而出，亲切地呼喊着他的名字。

相海峰：“常虹！”

相海峰朝他帅气一笑，立正、敬礼，再没有更多的话语，他潇洒地转身，走回耀眼的白光里。

一瞬间，圣洁耀眼的白光将相海峰吞没……

白光逐渐消失，常虹只觉得天旋地转，隐隐听到好像包德荣和其他人焦急地呼喊着“常虹、常虹”，他眼前一黑，失去了意识。

一小时后。

狂风四起，乌云密布，雷声隆隆。

市北医院，太平间。

相海峰平静安详地躺在太平间的停尸车上，身上盖着白布。

常虹呜咽着跪在了地上，埋头靠着停尸车，暗自神伤，默默流泪。

包德荣看着常虹，鼻子一酸，背过身去擦了擦眼泪，随即蹲下来，搭着常虹的肩膀说：“大虹，别这样，海峰……他一定想看到你好好的。”

常虹凝视着相海峰苍白的脸庞，紧紧抓牢相海峰冰冷的手，痛彻心扉，不容置疑地说：“老包，你让我们兄弟俩单独待会儿。”

包德荣无奈起身，忧心忡忡地退到了太平间外。

诗云：　　已知泉路近，欲别战友难。

　　　　　毅魄归来日，灵旗空际看。

猛然间电光一闪，阴冷的太平间里被照得雪亮，随着轰隆隆的雷声，一幕幕的场景，如电影般在常虹的眼前浮现。

忽然，常虹的面部开始不受控制地抽搐，右脸刚刚包扎好的伤口崩线，迅速渗出鲜血，血水与泪水混合，很快渗入了常虹的右眼。他慌忙伸手去捂住，反而搞得满脸猩红。

常虹意识到情况不妙，试图起身。一夜的辛劳与悲愤，耗尽了他的力气，他双腿发软，手臂勉强挂在停尸车上撑住，却一不小心扯掉了盖在相海峰遗体上的白布。

刹那间，常虹惊愕地睁开了眼睛，死死盯着相海峰左臂手肘关节处内侧，那一片黄紫色的淤青，星星点点的暗红色针孔，分明是注射式吸毒的痕迹。

常虹瞬间了然，他痛不欲生，表情越发扭曲，“啊”的一声仰天长啸，直挺挺地摔倒在地，压抑已久的情绪如同火山一般，终于爆发出来。

包德荣听到声音，赶紧推开停尸房的门，只看到相海峰遗体上的白布被扯掉了，却不见常虹的踪影。他迅速冲到停尸车旁，发现常虹躺在地上，血泪模糊，浑身抽搐。

包德荣心里一惊，立刻跪下抱住僵硬的常虹，轻拍他的脸，掐住他的人中穴，心急如焚地呼喊：“常虹、常虹……”

常虹还是没有反应，包德荣使出浑身力气背起他，冲出了太平间。

天空中乌云翻滚，雷电咆哮，暴风骤雨抽打着地面，尘飞水溅，迷蒙一片。

路边的荒草仿佛化成了一把把锋利的钢刀，在暴风中拼命地摇撼着、呼叫着……天地间，似有千军万马，随着英魂在驰骋，在前进……人世间，只有那蓝白相间的警车，顶风沐雨地挺立着，毫不退缩，毫不动摇。

第十二章
山回路转不见君，正义永长存

市北医院，口腔颌面外科病房。

常虹目光空洞地蜷缩在病床上，脸上的伤口已经重新缝合。也许是不想以这样的容貌示人，他把被子一直拉到头顶，侧身朝内。

孟根山、包德荣、高一萌、马龙和徐勇围在他的身边心情沉重。

口腔颌面外科的护士从被子里拽出常虹的手，扎下针头，开始输液。医生站在病床旁，无奈地摇了摇头。

孟根山将医生请到了病房外，其他人也跟着鱼贯而出。

孟根山："医生，常虹的情况怎么样？"

医生："他受了刺激，情绪波动太大，出现了癔症反应。急诊科好不容易缝合的伤口全崩开了，右脸一条较大的血管还断裂了，创口感染……"

"那师傅……"高一萌哭丧着脸，捂住自己的脸颊，压低嗓音，怯生生询问医生，"是不是，有可能毁……"

马龙和徐勇立刻瞪她，示意她闭嘴，高一萌委屈地噘着嘴，眼泪汪汪。

"暂时不至于毁容，两次缝合还有感染，留疤是肯定的了。"医生无奈地叹了口气，叮嘱孟根山，"领导，你也给他做做工作，他这样子，真的不能再受刺激了。"

孟根山连忙点头道谢，医生说完和护士走进了另一间病房。

孟根山想了想，安排众人道："你们都回去吧，包德荣留下。"

"可是，师傅他……" 高一萌说着，眼泪瞬间不受控制地喷涌而出。

"一萌，你的心情我能理解，常虹刚刚经历的一切，以及挚友相海峰的离世，是谁都会崩溃的。" 孟根山语重心长地说，"我们是刑警，和平年代奉献牺牲最大的一批人，我们是公安铁军，要化悲痛为力量，要将那些魑魅魍魉绳之以法，我相信常虹同志会从阴影里走出来。"

包德荣："孟支说得对，小萌、马龙、徐勇，你们先回去吧，这儿有我们呢，放心。"

高一萌、马龙和徐勇只好依依不舍地离开了病房大楼，回到重案支队，继续奋战。

孟根山和包德荣走进病房，来到常虹的病床边。孟根山拽了下被子，却没拽动。

孟根山："常虹，没听到医生的话啊，这么热的天，你真想捂得发炎感染啊。"

被子稍微松动了，孟根山撩开被子，亲自帮常虹折好，盖在肩膀位置。包德荣趁机帮常虹把被子抖开，让他更舒服一些。

"常大虹，你总不能一直这么颓下去吧？" 包德荣叹了口气说，"就算脸上留疤又怎么了，伤疤，也是我们刑警的勋章。"

常虹捂着耳朵，不耐烦地转身，将头埋进了枕头里。

"大虹，我知道相海峰走了，你也不好受，我们都很难过。我也相信，他肯定不愿意看到你现在这样……" 包德荣眼睛一转，想到了关键，悄声说，"大虹，相海峰注射毒品，我相信他一定有苦衷。"

常虹立刻挺身坐了起来，眼睛直勾勾地看着包德荣。

包德荣有些紧张地说："大虹，千万别激动，医生说了你可不能再……”

“常虹，工作的事情，你暂时都别管了，有什么需要尽管给组织上提，你就安心休养吧，希望你早日康复归队。”孟根山语重情深，“还有，庞连彪已经抢救回来了，意识也在慢慢恢复。我向你保证，我们会调查清楚的，不仅要给你一个交代，更要给相海峰一个交代。”

“师傅，一定……”常虹舌头僵硬，欲言又止，他紧紧握住了孟根山的手，眼中有火苗在跳动。

重案支队，询问室。

Laura坐在询问椅上。她双眼哭得红肿，一直咬着自己的嘴唇，神情有些恍惚，悲伤而懊恼。

包德荣和高一萌坐在Laura对面，包德荣双手交叉抱在胸口，狐疑地盯着Laura，高一萌一边做着笔录，一边同情地扫视着她。

包德荣给Laura递上了一盒纸巾说：“你好好回忆一下，庞连彪是怎么找到你和海峰的住处的？”

Laura擦了擦眼泪，轻轻摇头。

包德荣从文件夹里拿出两张视频监控的截图展示给Laura看，第一张画面，Laura提着塑料袋走过城中村街道，时间码显示：8月28日1点11分17秒；第二张画面里，Laura走进一个黑洞洞的小巷，一个黑影尾随其后出现在监控里，手里拿着一个棍子状的物品，时间码显示：8月27日12点30分39秒。

包德荣：“第一张是你吧？后一张里跟踪你的男人，应该就是庞连彪。”

Laura低下头，捂着脸哭泣，呢喃道：“都怪我……”

包德荣眉目动容，依然保持理智，沉下声音说：“解释一下，昨天晚上你在小巷里，都干了什么？”

Laura缓缓抬起头，难以置信地望着包德荣："你们，你们怀疑我？"

包德荣："我们是要把事情搞清楚，你再好好想想。"

"是他，是'苍蝇'……"Laura似乎想起什么，睁大眼睛，惊呼起来，"一定是他把庞连彪带来的！"

"'苍蝇'是谁？"包德荣立刻警觉起来。

Laura犹豫了，没有继续说下去，眼神开始闪烁。

高一萌："Laura，不要有什么顾忌，我们只是要还原事实，为相大哥报仇。"

Laura看了一眼高一萌，依旧梨花带雨，沉默不语。

包德荣直奔主题，严厉地说："Laura，相海峰吸毒，跟你有没有关系？还有你说的'苍蝇'，是不是庞连彪的人？"

Laura咬着嘴唇看着包德荣，悲伤的表情里透出一丝倔强。

Laura："那个'苍蝇'是不是庞连彪的人，我真不清楚，他叫史尚飞，是个贩零包的，时不时从我这里拿货，在北郊区一带活动。昨天晚上，我们就是在小巷里交易。"

包德荣："相海峰知道你走零包吗？"

Laura："他不知道，走货也是从我以前在维纳斯公馆认识的关系。我也是没办法，相叔叔戒不掉毒瘾，已经花光了积蓄，如果我再挣不到钱，我跟他都得饿死。"

包德荣听到了"相叔叔"的称呼，诧异地询问："你平时都叫喊他叔叔？"

Laura无奈地苦笑起来："你们都以为，我是他包养的小三，是他卧底时候养的情妇对吧？"

包德荣察觉里面有故事，语气平和地说："海峰这么相信你，你们到底什么关系？"

Laura不禁再次潸然泪下，她深呼吸平复了一下，娓娓道来："我八岁那年，就认识相叔叔了，如果没有他，我可能早就死了……”

高一萌瞪大了眼睛看着Laura，翘首以盼，侧耳倾听。

Laura：“我本名叫惠春兰，在我五六岁的时候，我爸妈就染上了毒瘾，被抓过强制戒毒，放出来以后又复吸，甚至还以贩养吸……我家当时住在东海市北郊区最下只角的棚户区，爸妈每天都要吸毒，直到有一天，他们觉得自己没指望了，想拉上我一起死……”

时间回到了十年前。

惠春兰家老房子，只有十几平方米，家具陈设十分简陋，两张破木板上堆放着被褥，一张掉了漆的桌子和几张缺胳膊少腿的椅子，歪七扭八地混在一起，桌子上散落着针头、针筒和橡皮管，墙壁上星星点点布满霉斑，房间里回荡着女孩儿凄惨的哭声。

童年的惠春兰骨瘦如柴，被绑在板铺上，口中塞了破布，惊恐地嚎啕大哭，无助地挣扎。

惠春兰的父亲惠子俊脸颊凹陷，身形佝偻，蓬乱枯槁的头发似有若无地散发着一阵异味，晕黑而深陷的眼眶仿佛绝望的深渊，麻木空洞的瞳孔深处，透着一股深沉的迷茫，一副不可救药的“毒虫”模样。他驾轻就熟地拿起装满毒品的针筒，弹出空气，朝惠春兰的母亲尹静的手腕注射进去。

尹静躺在另一张板铺上，已经是欲仙欲死的表情，当大量毒品注射完后，她浑身开始剧烈地抽搐，口吐白沫，很快不省人事。

惠子俊麻木的脸，忽然变得狰狞扭曲，他边哭边笑，神魂颠倒地说：“老婆，你慢点，等等我，不、不、我们现在就一起走，一起……”

惠子俊绝望地看向惠春兰说：“兰兰，爸爸妈妈爱你，我们全家一起走，去海边，看沙滩，看海鸥，好不好……”

说着，惠子俊抹掉鼻涕眼泪，咬着后槽牙，摇摇晃晃起身，从桌上操起一把冰冷的菜刀。他瞪大了猩红的眼睛望着年幼的惠春兰，拿刀的手在剧烈地颤抖……

惠春兰惊恐地瞪大双眼，泪水止不住地涌出，发出呜咽和哀嚎，祈求自己的亲生父亲放过自己。

惠子俊仰天哀鸣，最后一丝丝的理智和廉耻，让他用刀面重重拍打自己的脑袋，"咣咣"作响。

惠春兰被吓得呆若木鸡，不敢再发出声音。

一阵癫狂过后，惠子俊慢慢平复下来，他涕泪横流地跪在地上，心如死灰地望着女儿。

惠子俊："兰兰，爸爸妈妈对不起你，你先走，下辈子你要投胎，去个好人家……"

惠子俊横下心来，闭上眼睛，高高举起锋利的菜刀砍向惠春兰的脖子。

电光火石之间，房门猛地被砸开，还没等惠子俊反应过来，年轻的相海峰如神兵天降，冲入房间，一脚踹翻了惠子俊。惠子俊"啊"的一声惨叫，脑袋磕在桌角上，昏死过去。相海峰顺势夺走了他手里的菜刀，将他按在地上扎上了背铐。

相海峰长出了一口气，看了眼躺在床上的尹静，赶紧拨打了120，随即给惠春兰松绑，从她的口中取出破布。

从鬼门关走过一遭的惠春兰，眼巴巴望着相海峰，瞬间抱住他的大腿，嚎啕大哭。

相海峰心疼地抱起年幼的惠春兰，轻拍她的后背，安抚道："别怕，没事了，一切都会好起来……"

Laura："后来，我爸妈反复戒毒却没有成功，最后因吸毒过量死了，我就进了福利院。相叔叔经常来看我，我当时很矛盾，我知道他对我好，可我又恨他抓了我爸妈，害我成了孤儿……"

秋冬时节，相海峰和少年Laura（惠春兰）面对面坐在福利院的会客室，福利院院长张颖秋在一旁作陪，笑容可掬。

相海峰早生华发，显得有些苍老，惠春兰早已长成大姑娘，面容清秀，身形消瘦。

张院长：“相警官，你劝劝她吧，这孩子青春期了，我们说不动她。”

相海峰点头回应，看向惠春兰说：“书怎么能不念，你才几岁就上社会瞎混，你能干嘛？”

惠春兰低着头，倔强地顶嘴：“还有半年就初中毕业了，就算上了大学又怎么样，还不一样得上社会……”

相海峰：“胡说什么？初中毕业上高中，哪怕你念个职高也行啊。进入社会之前，你总得学个正经手艺，自食其力吧。学费的事情你别操心，我来。”

说着，相海拿出几个礼品袋，里面装着新买的运动服、羽绒服和一双球鞋。

相海峰：“新买的，可能稍微买大了点儿，怕你再长个儿。”

惠春兰看着礼品袋，鼻子一酸，眼眶湿润了，嘟着嘴说：“你抓了我爸妈，我不怪你。你犯不着可怜我，我也不用你管。”

相海峰长叹了一口气，克制住情绪，一边打开新买的鞋盒，一边半开玩笑地说：“这么要强啊，等你能自食其力了，我才懒得管你。”

惠春兰当真了，强忍泪水，气哄哄地吸了吸鼻子，起身就走。

“唉，怎么属狗的，翻脸这么快。”相海峰捧着鞋盒，追了上去。

Laura：“职高毕业以后，我离开了福利院，我不想继续欠他，就跟相叔叔断了联系，自己找工作，独立生活……没想到再遇到他，却是在维纳斯公馆。”

相海峰西装革履，油头粉面，一身商务精英打扮，身旁还跟着几个深谙社会套路的跟班。他昂首阔步地走进了维纳斯公馆，走廊上路过的小姐、少爷，见到他都纷纷点头哈腰，尊敬地喊他“海哥”。相海峰春风得意，跟他们一一点头回应。

忽然，迎面走来几个富二代模样的男子，他们架着一个被灌醉酒的红发姑娘，脸上挂着猥琐淫荡的笑容。

其中一个小黄毛，顺手摸了一把红发姑娘的屁股，淫笑着说："这妞身材真辣，我们轮着上啊，哈哈哈哈！"

"谁的短，谁刷锅，哈哈哈。"几个富二代同时发出淫荡放浪的笑声。

被架着的红发姑娘意识模糊，仅存的一点意识，让她奋力扬起头，吼了一声："滚开，我不要……放开我……"

相海峰一眼便看清是Laura，他怒不可遏，快步冲上去，不由分说，推开左右两个架着Laura的富二代。

Laura浑身瘫软倒在地上，相海峰立刻抱住她，轻拍她的脸颊。Laura口吐秽物，毫无反应。

几个富二代嚣张跋扈，眉目不善地冲上来围住相海峰和他的跟班，在狭长的走廊里对峙。

小黄毛："草泥马，跟我们抢妞，你谁啊你！"

相海峰眼神凌厉地扫视着几个富二代："小逼崽子，毛都没长齐，倒是学会在酒里下药了？"

小黄毛："老东西，你活够了是吧？"

说着，几个富二代要动手，相海峰手下的跟班二话不说，挥舞着拳头，和他们扭打起来。

刹那间，走廊里鬼嚎狼哭，路过的少爷、小姐们也都跟着惊呼起来。

不多时，春姐带着保安冲过来，将两边人拉开。

春姐看到"张海涛"怀里抱着Laura，先是一愣，而后看他怒火中烧的眼神，便瞬间了然，立刻走上去劝阻几个富二代。

春姐："几位小爷，你们听我的，算了、算了，这位海哥，你们惹不起的。"

小黄毛不依不饶，咬牙切齿指着相海峰："今天谁都别劝，老子叫人弄死你。"

说着，小黄毛掏出手机就要喊人。

春姐立马按下小黄毛的手机，跟他耳语："海哥是周海龙，龙哥的人……胡闹什么！"

小黄毛瞬间慌了，诧异地看着相海峰，相海峰面色冷峻，杀气腾腾。

小黄毛嘴里不饶人，小声嘟嘟囔囔地骂了句："碰见赤佬了。"他怒气满腹又无可奈何，只能拉起狐朋狗友灰溜溜地走了。

相海峰无心恋战，一把将昏迷的Laura抱起。Laura迷迷糊糊地睁开眼睛，看到了熟悉又陌生的相海峰，终于安心地闭上了眼睛。

包德荣和高一萌全神贯注地听着Laura的讲述，唏嘘不已。

Laura："我从一开始就猜到相海峰在卧底执行任务，为了打消春姐的怀疑，我也改口叫他'海哥'。相叔叔，有段时间天天来场子里点我，为的就是不让我被人欺负。后来，他直接跟春姐提出要包养我，还特意关照我跟他假扮情侣，也是帮他作掩护。"

不经意间，Laura眼角一滴泪水滑落，她仰头叹息，恍如隔世。

包德荣继续追问："那海峰，怎么会染上毒瘾的？据我们所知，周海龙的制贩毒集团内部，是不允许高层吸毒的。"

Laura苦涩地一笑，连连摇头："还不是为了将周海龙这帮鬼一网打尽……他在缉毒一线，见过太多像我这样家破人亡的惨剧……他是那种为了缉毒事业可以连命都豁出去的人……"

周海龙别墅地下室。

周海龙一挥手，两个打手赶快将折磨半死的相海峰扶起坐好。周海龙在相海峰面前来回踱步，思虑再三。

片刻后，周海龙停下脚步，亲自给相海峰点上一支烟，用黄金手枪抵住了他的头，风淡云清地说："兄弟，你要真是卧底，就这么一枪崩了你，那就太便宜你了。"

"海涛啊，如果你不是卧底，还是我的好兄弟……"周海龙阴阳怪气地说，"你敢纳投名状吗？"

周海龙移开枪口，居高临下凝视着相海峰，相海峰凛然抬起头，凝视着周海龙。

庞连彪在一旁捏紧了拳头，牙齿咬得"格格"作响。

周海龙鼓掌拍了两下，一个手下端着一个方形的红木盘走上来，盘子上盖着一块暗红色的天鹅绒布。

周海龙揭开天鹅绒布，下面露出了一个安装好针头的注射器，以及一小瓶淡蓝色的透明液体。

周海龙拿起小玻璃瓶，得意地摇了摇，双手小心翼翼地捧着，端到相海峰面前，露出诡异的笑容："海涛，知道这是什么吗？"

相海峰抬起头，吐了口血水，目光坚毅地看向周海龙，瞬间了然。

周海龙："我花了几年时间，刚刚研制成功的高档货，伊甸园。你看，它多美啊，忧郁的蓝色像星辰大海，它可以让你的身体和灵魂，体验到天堂般的美好。"

周海龙有些自我陶醉了，不过转瞬间，他目光阴狠地盯着相海峰说："海涛，我敢把你当兄弟，你敢吗？"

周海龙颔首，掂了掂手心里"伊甸园"玻璃瓶，面色阴沉地观察着相海峰。

相海峰犹豫了，呼吸渐渐急促……

不多时，在周海龙的指使下，两个一脸横肉的打手拿着注射器，要霸王硬上弓。

相海峰知道此劫难逃，他不想给他们机会，为了最后的一丝体面和尊严，他费力地抬起胳膊，奋力夺过了打手手中的注射器，将“伊甸园”注射到手肘内侧静脉中。

注射完毕，相海峰忽然向后一靠，斜躺在椅子上，四肢抽搐了一下，眼前一道蓝光闪过。他瞳孔涣散，渐渐失去了意识，露出了欲仙欲死的诡异笑容，呼吸随之变得越来越沉重，他似乎已经沉醉在毒品“伊甸园”的幻觉中。

在那片蓝色的伊甸园里，一切都是那么的安详美好，这里没有生死，没有痛苦，四处一片花海，花朵竞相绽放，微风拂过，阵阵沁人心脾的清香随风扑面而来，令人心旷神怡。

夕阳西下，在一片灿烂的晚霞中，一袭圣洁的白衣，乌黑的长发，天使般面容的梦婷，温柔地拉着他的手，游弋在五颜六色的花海中……

庞连彪揪住相海峰的衣领，拿枪抵住他的头，不依不饶地追问道：“张海涛，你他妈的，是不是条子的卧底？说！”

相海峰无力支撑，从椅子上滑落到地面。他目光涣散，口吐白沫，在地上缓缓翻滚，发出糜烂而颓败的怪笑。

“呵呵，是不是，都不重要了。”周海龙轻轻抬手，架开了庞连彪的手枪，冷冷叹息道，“哼，反正他已经死了，哦不，只要他敢背叛我，就会生不如死。”

周海龙将视线挪向那瓶空荡荡的“伊甸园”，情不自禁又得意地笑了起来。

时间回到现在。

Laura眼含热泪，哭诉道：“伊甸园是新型毒品，周海龙的制贩毒组织被打掉以后，黑市上根本找不到替代品。相叔叔知道自己染上了毒瘾，可是为了不给警察队伍抹黑，他只好主动辞职，搬到了我这儿……可“伊甸园”的毒性太强，相叔叔始终没能戒掉……”

包德荣和高一萌终于明白了相海峰辞职的原因，心里像打翻了五味瓶，酸甜苦辣一下子涌上心头，不禁感慨万千。

深夜，Laura长租房。

Laura在卧室里睡着，忽然听到外间传来“咚咚咚”的异响，伴随着相海峰无助的呻吟。

Laura披了件衣服，走到客厅，打开了灯。

只见相海峰蜷缩在沙发旁的角落里，满头冷汗，拼命拿头撞墙。

“你、你这是怎么啦？”Laura吓得惊慌失措，连忙冲上前扶住他。

“我的头……要裂开了……”相海峰气息急促，头疼欲裂。他一边无助地呻吟，一边使劲儿地挥掌拍打自己的额头。

不一会儿，相海峰浑身奇痒难忍，似有千万只蚂蚁从骨头里钻了出来，从里到外啃食着他的意志。他使劲地抓挠着，越搔越痒，全身的皮肤被抓出了一道道血痕，双腿在地上机械地摩擦，如同行尸走肉。

命运无情地跟相海峰开了一个玩笑，蚀骨之痛，让他变成了自己曾经最讨厌的模样。

Laura潸然泪下，只能尽力地抱住他，避免他再次伤害到自己。

听到这里，高一萌再也控制不住压抑已久的情绪，果然，悲痛时握不住一颗泪滴。

包德荣也不禁动容，眼泪即将滑落的瞬间，他背过身抬起头快速擦掉。

“有时候，我非常不理解相叔叔。我经常问他，你付出那么多，为了正义、使命还是荣誉，为了刑警的誓言，为了这些虚头巴脑的东西，值吗？”Laura冷冷发问，有些埋怨地望着包德荣，可是并没有得到他的回答，她接着说，“相叔叔跟我说，人是要有信仰的。他也是有七情六欲的普通人，除了根植在心里的信仰，他还有一点点私心……你知道是什么吗？”

包德荣摇摇头，真诚地看着Laura。

Laura：“他说，刑警的工作就是在刀尖上跳舞，他和常虹不是一个部门，可他们面对的都是穷凶极恶的歹徒。他们在东海市并肩作战多年，心灵相通，彼此守护……相叔叔经常说，也许他多抓捕一个歹徒，常虹就会少一分危险……”

包德荣：“看得出来，他们既是惺惺相惜的校友，又是密不可分的战友，不分伯仲。”

“他真的好在意常虹的眼光……哪怕知道自己辞职会招来怀疑和非议，哪怕自己被毒瘾折磨得痛不欲生，他都不想让常虹担心……他真的好傻。”Laura任由眼泪滑落，眼神愤恨幽怨，久久地凝视包德荣，心痛地说，“也许，也许他不想在事业和生活上输给他最好的兄弟，就是你们重案支队，那个总是一本正经、总是苛求完美的常虹，常副支队长。”

Laura说完，捂着脸放声呜咽起来，不能自已。

包德荣眉头紧锁，竟无言以对。

黑夜里，总有一些人似天上的繁星，默默燃烧着自己的青春，悄悄奉献出自己的生命，来守护人民群众的幸福生活。

重案支队，孟根山办公室。

包德荣和高一萌神情失落，站在孟根山的办公桌前，他们还没有完全从对Laura的询问中走出来。

孟根山看完他们呈上来的询问笔录，也忍不住唏嘘长叹。

孟根山：“顾总和李处果然没看走眼，相海峰真是条硬汉。”

孟根山合上文件夹说："询问笔录先留在我这儿，我会跟领导请示，争取给惠春兰一个参加相海峰葬礼的机会。一萌，到时候你陪同一下。"

高一萌红着眼睛，感动地点了点头。

孟根山忽然想起个人，看了看包德荣："相海峰的邻居张炜，你以前是他的管教，对吧？"

包德荣："是的。"

孟根山："庞连彪杀害相海峰的现场情况，也要跟他做个笔录。还有，刚才扫黑支队的陆探长来找他，这会儿在会议室聊着呢。"

包德荣："张炜怎么跟扫黑支队又扯上了？"

孟根山："是这样，小陆说是相海峰之前嘱托的案子有了结果，需要张炜本人确认一下情况。你去看看好了没？"

包德荣："明白。"

重案支队会议室。

陆探长与张炜面对面地坐着，张炜戴着假发，看上去年轻许多，他一直埋着头，情绪低落。

陆探长："相处长生前一直很关心你被黑恶势力欺负、遇到套路贷的事情，他多次询问情况，嘱托我们全力帮忙追回损失。我们扫黑支队，盯上豹哥这伙人也有半年多了，经过长期跟踪取证，现在已经端掉了这伙套路贷黑恶势力。不过，你家的老房子，在这两个月内已经几易其手，现在的房主是正常合法买到的房子，已经没理由索回了。另外，套路贷团伙骗你的钱，也被他们挥霍殆尽……"

张炜哽咽着点点头，表示认同处理结果。说话间，包德荣急匆匆推门而入，陆探长连忙起身，跟包德荣握手。

包德荣："陆探长，孟支让我过来，我们需要跟张炜核实一下凶案现场,也算是对相处长的一个交代吧。”

陆探长:“我这边情况都说完了,你们先忙。”

说着,陆探长收拾好笔记本,离开了会议室。

张炜:“包管教,海哥这么好的人,为什么没有好报?为什么老天爷这么不公平?”

“别胡思乱想了,海峰是因为毒枭报复才牺牲的,禁毒战争远比想象的复杂,不过,英雄的鲜血不会白流。”包德荣深有感悟地说,“也许,这个世界就是这样残缺不全,充满了遗憾。”

张炜若有所悟,擦了擦眼泪,询问道:“海哥原来叫什么名字?”

包德荣:“相海峰,他是一名缉毒警察,一名缉毒战线上的英雄。”

“自从我放出来之后,海哥是第一个看得起我,拿我当兄弟,一心一意帮我的人。”张炜眼神迷离地看着远处,陷入沉思,自言自语,“在我被欺负,走投无路的时候,海哥就像一盏明灯,他的话总是能给我希望和力量……”

也许,他是一朵花,终将会凋零。也许,他是一捧雪,终将会融化。然而,现在的辛酸,现在的悲痛,似一道永远合不拢的伤口,时时折磨着张炜,心痛如刀绞,他像个孩子一样,无所顾忌地痛哭起来。他一把摘掉头上的发套,紧紧捂在胸口,几绺凌乱的头发搭在他的头顶,露出一片惨白。

也许,每一个人的命运都如同是一张巨大的网,一张覆盖着一张,到最后变成一只密不透风的蛹,把所有人都包裹其中。无论是谁,一旦挣扎,都会给其他人带来无可言喻的疼痛,逃不开,也挣不脱。

夜幕落下。

北郊区市北医院,口腔颌面外科单人病房。

病房里窗帘紧闭,也没亮灯,室内光线幽暗,寂静地毫无生气。

常虹紧紧裹着被子，蜷缩在病床上，只露出半个头。他静数指尖的光年，那些与相海峰一起走过的岁月，都悄然从指间滑落。黑暗像野兽一样将他重重包围，泪水顺着眼角，慢慢滑落……

常虹侧身试图让自己的心情平复，可是，一个地狱般的场景忽然袭来，在他的脑海里，不断回放，挥之不去。

庞连彪顺势转换目标，尖锐的枪头突然朝常虹的面门袭来。

“啊”的一声，常虹感觉右脸颊火辣辣地烧疼，一股暖流随之而下，他的视线瞬间被鲜血染红，眼睛一时无法睁开。

庞连彪笑得更加猖狂，他一脚踢飞了常虹手里的枪，三棱枪枪头直指常虹的心口：“去死吧！”

常虹的视野里一片暗红，隐约感到庞连彪要再次向他袭来，手忙脚乱地摸枪，还未等他辨清方位，眼前却闪过一个黑影。

相海峰不知从哪来的力量，拼尽全力侧身飞扑，一跃挡在常虹身上，三棱枪直直地插入他的胸膛。

相海峰大口吐血，无力喊叫，胸口一片殷红，躺在了常虹怀里。

庞连彪拔出枪头，得意地看着相海峰，心满意足地狂笑起来。

常虹视线模糊，怒不可遏，但又无能为力。在深深的绝望下，他似乎听到了一个人微弱沉重的心跳声，他用沾满血水的手摸着相海峰的脸颊，瞬间明白发生了什么，撕心裂肺地呼唤着：“海峰！海峰！海峰……”

这时，房间的日光灯突然亮起，常虹猛然惊醒，大口大口地喘着粗气。

“还没到休息时间，怎么把灯关掉了？”一名中年护士带着年轻的实习护士进来查房。

常虹赶紧用被子擦掉泪水，又把自己埋进了被子里。实习护士扯了扯被子，没扯动，无奈地看向中年护士。

中年护士苦口婆心地劝慰说:“警察同志,消炎药已经起效果了。可你一直这么捂着,脸上会细菌感染的。”

常虹精神恍惚,紧紧裹着被子,沉默不语。

“我理解你的难过,也请配合我们工作。”中年护士奋力掀开被子的一角,有点生气。

常虹这才松开了被子,中年护士赶紧检查他右侧脸部纱布,轻轻撩开检查伤口,一边口述症状,一边让实习护士在查房表上做记录。

中年护士:“晚上8点半,体征正常,创口缝合完好,炎症逐渐消除。”

……

实习护士做好记录,连忙给常虹拔掉输液针头,封好留置针头,处理输液袋。

常虹见护士们检查完,又拉高被子遮住伤口。

这时,病房门开了,孟根山率先走进了病房,在他身后,高一萌、马龙和徐勇也争先恐后地挤进病房,他们刚要七嘴八舌地问候,立刻被孟根山狠狠瞪了一眼,三个人瞬间安静,毕恭毕敬站在一旁。

高一萌站在排头,踮着脚张望,发现病床上的常虹像蚕茧一样,严严实实地裹在白色被子里,不由得悲从心起。

孟根山用眼神指了指常虹,向中年护士询问病情,中年护士回头看了眼常虹,无奈叹息,把孟根山拉到了门口

中年护士:“领导,您真的好好劝劝他吧。一整天了,他一直把自己捂在被子里,要不是晚上查房,连灯都不让开。长此以往,对创口、身心恢复都非常不利。”

实习护士也想起点细节,提醒说:“领导,我晚上查房,发现他睡着以后好几次都在喊同一个人的名字,好像叫相海峰……有时候很平和,更多的时候像是在做噩梦。”

听实习护士说完，孟根山面露愁色，倍感唏嘘，轻声回复："那是他最亲密的兄弟、战友，刚刚牺牲了……"

两位护士听着，眼神闪烁，惊讶中透着感动和惋惜。

中年护士："对了，他因为失眠，跟我们索要安眠药。我们看他情绪反应比较激烈，每次只敢给他半片，并且都是看着他服用的。你们也要加多留意他的情绪。"

"好的，我们会注意的，谢谢你们，你们辛苦了。"孟根山感激地点头致谢，两位护士随即离开，继续查房。

孟根山来到常虹的病床边，轻轻地拍了拍他的后背，关切地呼唤："常虹，常虹……"

常虹无动于衷，一动不动地蜷缩着。

孟根山在床边坐下，缓缓叹了口气，说："相海峰走了，你心里很难受，我能理解。他是你的好兄弟，也是我们的好战友、好同事。可你要知道，我们刑警，本来就是在刀尖上行走的职业。"

常虹紧紧拽住被子，把身体蜷缩得更紧了。高一萌、马龙和徐勇都焦急地守在床尾，望着常虹，有些不知所措。

"是不是，最近一直梦到相海峰？"孟根山伸手，扶了扶常虹的肩膀，继续宽慰，"哎，我这一路走来，身边也有不少战友牺牲了，我也跟你一样，总在夜里情不自禁就想起了他们……"

常虹缓缓松手，从被子里探出头来，露出了蓝白相间的病号服，孟根山眼含热泪，叹了口气，伸手摸了摸常虹的头。

孟根山："你总算送了他最后一程，二十年前，我的好兄弟老叶，不，那个时候还是小叶，叶前振，走的时候我可是一句话都没跟他说上。"

孟根山回忆往昔，不禁流露出铁汉的柔情一面，将往事娓娓道来："我跟老叶也是中国刑警学院侦查系的同学，一起到东海市公安局刑侦队参加工作的好兄弟，那时候我们年轻，和你现在一样，身上有使不完的劲儿。记得那年冬天，应该是快过年的时候，去西江追查逃犯，老叶去了三安，我跟另一条线索去了滁州……可没想到，这一别，竟然从此阴阳两隔……老叶由于旅途劳顿，再加上感冒，突发心脏病，猝死在了小旅馆的卫生间里。得到消息，我第一时间连夜赶去三安市，可老叶……终究是一句话都没留下。”

常虹缓缓转过身来，哀伤地望着孟根山，高一萌、马龙和徐勇也听得动容，眼泪不自觉地滑落下来。

孟根山吸了吸鼻子，眼神凝视着远方，接着说：“我还记得，那个刺骨的冬夜，外面飘着雪花，我开着一辆四面透风的面包车，护送他的遗体赶回东海市。我一路上都在对着老叶说话，当时，我多么希望他还活着，哪怕他开口应一声也好……”

孟根山说着，不禁潸然落泪，他立刻背过身去，偷偷地擦掉了眼泪。这么多年过去了，叶前振的意外身亡，依旧让他难以自已。

常虹听得动容，再度回想起相海峰牺牲的瞬间，眼泪如断线的珠子，止不住地落下来。

常虹：“师傅，我明明把他蹬开了，可他怎么就倒在了我怀里……”

常虹说完又哽咽起来。他眼神空洞，悲痛地喃喃自语：“我能感觉到他的心跳一点点微弱下去，我手上都是他的血，可是不管我怎么喊他，他都没有回答我……”

高一萌、马龙和徐勇纷纷背过身去，悄悄擦拭眼泪。

孟根山看常虹涕泪纵横，担心他感染，连忙抽了纸巾，帮他擦拭。常虹紧紧揪住孟根山的衣服，像个无助的孩子。

“相海峰豁出性命，就是为了救你。”孟根山心疼地看着常虹，将他的身体扶正，“可你呢，你难道就要这么一直颓下去吗？”

“可他为什么骗我，他为什么要瞒着我吸毒？”常虹绝望地摇头，语气里透着一丝埋怨，“如果不是他毒瘾发作，他一个人就可以单挑庞连彪，更不要说我们两个人联手，庞连彪怎么会有机会！为什么、为什么……”

站在床尾的高一萌擦了擦眼泪，忍不住跟常虹喊话解释：“师傅，你真的错怪相海峰了，他染上毒瘾，全都是被周海龙逼的呀。”

这一回答，瞬间击中常虹内心最柔弱的部分，他嘴唇翕动着，眼中噙着泪水，凝视着孟根山寻求验证。

孟根山：“常虹，高一萌说得对，我们已经查明，相海峰染上毒瘾，完全是因为周海龙怀疑他的身份，逼迫他注射了毒瘾极强的新型毒品‘蓝色伊甸园’。”

常虹眼神瞬间惊愕，他想起了与相海峰在维纳斯公馆碰头时的场景，以及后来相海峰数次眩晕的场景，顿时，懊悔地挥舞左手，连连敲打自己的脑袋：“都怪我、都怪我！”

“师傅！”高一萌吓得尖叫起来，捂住了嘴巴。

“你这是干嘛？”孟根山眼疾手快，连忙抓住常虹的手臂，将他紧紧搂住，马龙和徐勇也连忙冲到病床边帮忙。

“师傅，我好几次发现他精神萎靡，也怀疑过他……”常虹红着眼睛，懊恼地自责，“可他是我最好的兄弟，我真的不敢往坏处想，我如果能早点帮他……”

孟根山：“正因为你们是最好的兄弟，相海峰才不愿让你知道！”

“都怪我，让他陷入了绝境……”常虹强忍住抽泣，凝视着孟根山，欲言又止。

孟根山：“常虹，你在相海峰的心里地位很重。我跟他深谈过一次心，本来计划是安排他到我们重案支队挂职锻炼的，可是他很要强，接下了卧底的任务。也许，他把你当作最完美的……所以，更不会让你看到他被毒品侵蚀、残败不堪的一面。”

“最完美的什么……”常虹默默地低下了头，也许“完美”两个字从此再也与他无缘。

“常虹你要记住，相海峰绝对是好样的！”孟根山调整情绪，语气坚定地说，“相海峰从始至终都没有背弃自己作为刑警的誓言和信仰，全心全意为人民服务，就像我的战友叶前振一样，在我的心里他一直活着，这么多年，在我最困难、最迷茫的时候，也是他一直激励着我。”

高一萌等人都被孟根山一席话鼓舞，连连点头。常虹眼泪忍不住地滑落，依然抿着嘴，沉默不语。

孟根山：“常虹，你把头抬起来，相海峰的英雄血不能白流！他豁出性命来救你，你难道就准备一直这样精神萎靡地报答他吗。”

常虹没有应答，他的眼神中燃起了一丝生机。

孟根山拍着他的肩膀，继续鼓励道：“你作为相海峰最亲密的战友和兄弟，更要以他为榜样，化悲痛为力量，振奋起来！”

常虹点了点头，算是答应了孟根山。

高一萌、马龙和徐勇三个年轻人也备受鼓舞，纷纷用手擦去眼泪，心中燃起了斗志。

孟根山从床上站起来，走到窗边，一把拉开窗帘，打开了窗户，黑洞洞的天空下，东海市霓虹闪烁，车水马龙，闪耀着璀璨繁华的城市之光。

“其实，这个世界的光鲜亮丽背后，一定藏着一些阴暗和残缺的角落。”孟根山指向了霓虹灯下一片幽暗的角落，缓缓地说，“反过来说，那些我们认为不齿的违法犯罪行为背后，可能也藏着迫不得已又不为人知的秘密……他不愿让别人知道自己的阴暗和残缺，选择自己承受，反倒把自己逼向了绝境……”

常虹也直起身子，眺望窗外夜景，若有所思。

孟根山：“为了相海峰的遗志和未竟的事业，你也要积极配合治疗，平复心情，早点康复，争取早日归队。”

高一萌:“是啊,师傅……我们都等着你归队,梦婷姐也一直牵挂你,好几次都想来看你……”

马龙和徐勇连忙假装咳嗽,挤眉弄眼地打断她,高一萌意识到自己嘴快,默默低下了头。

“我这脸……我连家里人都没说,千万别让她来啊……”常虹不由得紧张起来。

孟根山:“早就猜到你的顾虑,果然是解铃还须系铃人。”

孟根山看了看手表,已经是晚上9点07分了,有些焦急地望向高一萌:“一萌,你去看看,包德荣动作怎么这么慢,眼看病房就要……”

高一萌点了点头,刚准备往外走,病房门就被推开了,包德荣的声音先传了进来:“来了来了……孟支,我们来了。”

孟根山望着门口,长出了一口气,露出欣慰的笑容。

黄梦婷穿着一袭纯白色的连衣长裙,白色运动鞋,扎着清爽的马尾,在包德荣的搀扶下走入了病房。她的左手腕上绑着纱布,面色发白缺乏血色,眼神里透着哀怨。

常虹看到黄梦婷,眼眶瞬间湿润了。他手脚慌乱地想抓东西躲起来,却发现被子早就被孟根山扔在了折叠椅上。眼看实在无处可躲,常虹居然光着脚跳下床,背过身去,躲在墙角边。

包德荣:“常大虹你干嘛?我可是费了好大力气,才让她爸妈答应,放她来看你的。”

孟根山语重心长地嘱托黄梦婷:“梦婷,我的任务算是完成了,解开他最后一个心结,就非你莫属了。”

黄梦婷连连点头答应,孟根山立刻给包德荣等人使眼色,示意大家一起出去。

病房里,只剩下黄梦婷和常虹。

黄梦婷缓步走向常虹，在他背后停了下来，从身后一把将他深情地抱住。

常虹情不自禁地颤抖起来，当他感受到黄梦婷的温暖，以及迷人的芳香时，瞬间泪流满面。

常虹："梦婷，你走吧，我害了你，我配不上你……"

黄梦婷的双臂紧紧锁住常虹，眼泪滴在常虹的后背上。常虹看到了她左腕的纱布，更是心疼不已。

黄梦婷："我的命曾经被毁掉过，可我迷迷糊糊活了下来，重新积极努力地生活。老天眷顾我，让我遇到了一个完美的男人……可是从我认识他的那天起，我就好害怕他知道我的过去，好害怕他不能接纳我残缺不堪的往事。甚至有时候，我还阴暗地幻想，如果他也不那么完美了，我是不是就不会那么自卑了……"

黄梦婷哽咽着，把脸紧紧贴着常虹的后背。

黄梦婷："可是今天，他的师傅和战友突然告诉我，他因为毁容，因为自己好兄弟牺牲，痛不欲生。我好内疚，我好心疼，老天爷肯定听到了我那些阴暗的、不该有的想法，可惩罚我就好了，为什么要对我爱的男人动手，他这么完美的男人，为什么要……对不起……"

常虹转过身来，双手捧着黄梦婷的脸颊，伸手帮她抹去眼泪，自己却早已泪眼婆娑。

黄梦婷担心地望着劫后余生的常虹，立刻伸出手，用手腕的纱布帮他吸掉眼泪。两人相顾无言，深情地望着对方，潸然泪下。

黄梦婷再度哽咽致歉："如果可以，我宁可再死一次，也不想让你的心里、脸上留下任何伤疤……"

常虹含泪轻轻摇头，心疼得无言以对。

"虹，虽然老天爷很残忍……"黄梦婷稍加平复，伸手抚摸着常虹包扎的右脸，鼓起勇气，认真地望着他说，"可你还有我爱着你，我想和你一起治愈彼此。你呢，你愿意接受我的不完美，接受我残缺的过去吗？”

“我愿意，愿意。”常虹瞬间泪如雨下，毫不犹豫地抱住黄梦婷，热烈深情地激吻起来。

病房门外，孟根山、包德荣等人探出头来观察情况，孟根山欣慰地笑着。

包德荣双手托着下巴，长出一口气。三个年轻人都像看偶像剧一般，感动得涕泪横流。

黄梦婷依偎在常虹怀里，欣慰地抬眼望着他：“虹，后天就是海峰的追思会，我们一起去送他最后一程。”

常虹点了点头，将她紧紧搂在怀里，目光流转，一眼万年。

心是深夜梦里，寒光闪烁的残月，情是青碧冷静，永不再流的湖水。

安息吧，敬爱的灵魂！

翌日，下午。

东海市戒毒所内走廊。

包德荣和高一萌将Laura送到了戒毒所。两名女警官打开牢门，从走廊里走出来，站到Laura身后。

Laura对包德荣和高一萌轻声道别，面如死灰。

包德荣开口鼓励她说：“在里面好好戒毒，好好改造，多跟管教沟通，有空的时候记得补上文化课，以后回到社会，再学个手艺养活自己。”

“我吸过毒，以后出去……我也不知道能做什么？”Laura一脸迷茫，有些惶恐。

高一萌：“别担心，只要你自食其力，总能纠正别人的偏见。以后，我们也会和海峰一样照顾你，做你的家人。”

Laura将信将疑地点点头。

高一萌：“我师傅未婚妻的爱心慈善基金，正在开展一个针对社会女性弱势群体的帮扶项目。等你康复出来以后，你愿意来参与基金会，去帮助其他更需要帮助的人吗？”

“我愿意，谢谢你们……” Laura眼中泛起泪光，嘴角上扬，露出了感动的笑容。

说完，Laura朝包德荣和高一萌深深地鞠躬道谢，在两名女警官的带领下，走入了戒毒所幽深狭长的走廊。

凌晨时分，天气闷热。

张炜从长租房里走出来透透气。门虚掩着，他站在狭长的走廊阳台上点了一支烟，门里传出了弟弟张毅奇怪的哼哼声，伴随着痛苦的呻吟。

张炜听得烦躁，推开门吼了一声：“别吵了，安静点。”

然而，张毅的哼哼声并没有停止，反而还夹杂着一些奇奇怪怪的声音。

张炜“砰”的一声关上门，靠在走廊的铁栏杆上，猛吸一口烟，心事重重地眺望远方。

远方的天空中，乌云密布，云端隐隐被闪电擦亮，传来了“轰隆隆”的闷雷声。

不远处，城中村的街道上，做夜市的小商贩们感觉到要下暴雨了，快速开始收摊，推着三轮车，仓皇而去。

张炜缓缓吐出烟圈，眼神透着决绝和狠厉，突然，他猛地摘下了头顶的假发。

张炜眼前，一道明亮的白光闪过，紧接着是“呲啦”一声炸响，一道惊雷劈来，豆大的雨点瞬间倾盆而下。

张炜叼着烟，一手紧紧捏着假发，一手用打火机点燃了假发。

片刻后，一团烈火在黑暗中燃烧，散发着焦臭的味道。在火焰的映衬下，他的脸显得格外邪恶。他将燃烧的假发伸出廊檐，一松手，一团火焰坠落，不多时，火光熄灭，张炜的身影和火光一道被黑暗吞没了。

9月3日，上午。

东海市监狱医院，枪伤科病房。

庞连彪在北郊区市北医院做好了手术，立即被转移到了东海市司法局下属的监狱医院，单独关押在枪伤科的病房里，作为重犯，有两名监狱警察24小时看守。

庞连彪已经从失血性休克中苏醒过来，微闭着眼睛，一副混不吝的样子躺在床上，右肩缠着绷带，左手被铐在病床上，脚上带着沉重的脚镣。

李全发、孟根山和包德荣坐在庞连彪病床旁边，压着性子，准备二次突审庞连彪。

一位值班的监狱警官，将庞连彪的病床上半部分缓缓摇起，命令道："庞连彪，别装睡，你的身体状况已经很稳定了，再一个字不说就是你的态度问题。"

庞连彪睁开眼睛，看到李全发等人，冷哼一声，甩了个白眼，还是一副死猪不怕开水烫的骄横模样。

李全发、孟根山压抑着心中的怒火，要不是有警务纪律，恨不得将庞连彪生吞活剥。

包德荣更是气愤不已，他"啪"的一声猛拍桌子，指着庞连彪的脑袋，严厉地呵斥："庞连彪，你什么态度？你犯下的罪，枪毙你十回都不嫌少,我他妈的,当初就应该一枪崩了你,狗日的……”

孟根山抬手示意包德荣冷静,冷冷看着庞连彪说:“怎么?看样子,你还是准备什么都不说?”

庞连彪冷哼一声,缓缓回头,终于开口说话,声音低沉语速缓慢:“有什么好说的,横竖都是死,你们早点判,我也早点跟我大哥团聚喽。”

包德荣:“说得自己很讲义气似的,你当初,怎么不陪着周海龙一起殉葬,世上也少了一个祸害。”

庞连彪用眼皮夹了一下包德荣,得意一笑:“笑话,张海涛不死,大哥的仇不报,老子怎么能走。”

看着眼前嚣张得意的庞连彪,李全发恨得咬牙切齿,浑身发抖,包德荣右手握拳,恨不得一拳将他的脸砸得稀碎。

孟根山格外冷静,反倒嘲讽地恭维起庞连彪来:“行,庞连彪你有种,单枪匹马找刑警寻仇,在你们道上也是条汉子。”

庞连彪不屑地扫视着他们,露出得意而变态的笑容:“呵呵,反正弄死了张海涛,老子也爽到家了。到时候,你们给老子个痛快的,一枪打死。”

李全发看了一眼孟根山,默契地点了点头,转换策略,故意激怒庞连彪说:“是啊,也难怪你这么恨张海涛。毕竟,他卧底的时候,可是抢尽了你的风头,堂堂制贩毒集团的三当家,连贩毒网络都摸不到,还被人家打财断血……”

李全发说完,轻蔑地冷笑起来。

“操,都是大哥瞎了眼!”庞连彪果然被激怒,睁大了眼睛,气得直起身来,被手铐铐着的左手愤恨地摇动,晃得病床叮当作响,“我早跟他说张海涛是条子,非不信我,还中了姓张的邪,把他当过命的兄弟,还把那么重要的销售网交给他,糊涂啊……”

“都怪你们这些条子太阴险……妈的。”庞连彪愤恨地闭上眼睛，往病床上一靠，又开始耍起了死狗。

李全发给孟根山使了一个眼色，孟根山接着追问：“你满口江湖道义，那怎么把刀子杀了？他跟了你那么多年，你下手也真够狠的。”

孟根山说着，拿笔顺着自己喉咙比画了一下，模仿刀子被深喉刺死的状态。

“这货就该死，老子平生最看不起贪生怕死的怂货。”庞连彪斜眼看着孟根山，满脸不屑，“大哥的仇还没报，天天嚷嚷着要去缅北享福，还敢跟我抬杠……老子用帮会的‘家法’送他一程，也算是成全了他的仁义。”

“庞连彪，收起你那套假惺惺的江湖义气。”李全发冷冷看着庞连彪，毫不客气拆穿他的虚伪，“按你们道上规矩，如果你不为周海龙报仇，只身跑去缅北，就算你有蛇头权杖也没用，非但不能服众，恐怕还得折在那里。你杀刀子，到底是为了义气，还是杀人灭口好脱身，你还干了多少坏事，你自己心里清楚。”

“你们少跟我拐弯抹角，还想往我头上扣什么屎盆子。”庞连彪斜着眼，不耐烦地说，“别看老子现在折到你们手里了，我彪哥，可不是一块面，随便让你们抻一下就抻一下。”

孟根山仔细观察庞连彪的情绪，继续激他：“庞连彪，没人要栽赃陷害你，你要真是条汉子，自己做过的事儿别不承认。”

庞连彪：“笑话，老子敢做就敢认，不是老子干的，也别想栽我头上。”

孟根山：“好，痛快。”

孟根山成功激活了庞连彪，从文件夹里取出了罗红艳的照片，亮给庞连彪看：“这个姑娘，认识吧？ 7月1号晚上，你是不是跟罗红艳在一起。”

“7月份的事情，谁知道？”庞连彪瞥了眼罗红艳的照片，冷冷回应，“这骚货我认识。”

包德荣：“那我提醒你一下，我们从她体内检测出了冰毒代谢成分残留，从她下体残留的精液中，检测出了你的DNA，看来你们关系不浅啊……”

庞连彪瞅着罗红艳的照片，轻蔑地笑了笑：“哦，我想起来了，那天我是把她睡了。”

包德荣：“是你带她开始‘溜冰’，还长期供货给她？”

“嘁，不是供货，那是老子赏给她的。”庞连彪的眉眼中透着鄙夷和奸邪，颇有些卖弄地娓娓道来，“这骚货看着有钱，其实就是个穷鬼，她爸妈当她是提款机，赚的钱也都汇回了老家，怎么可能买得起我的尖货。可她不识抬举，不就是个花魁吗，老子出三倍的价钱睡她，他妈的贱逼，跟老子装清高，转头就跟张海涛勾勾搭搭……那我只好下点手段，没想到，这骚货屁颠屁颠就粘上我了……”

李全发：“能把这么不要脸的勾当，说得这么有理，你也是个人才。”

庞连彪冷哼一笑，闭目养神，似乎回忆起了那些荒淫的场景。

包德荣跟孟根山交换了一下眼神，接着问道：“坊间传言，彪哥身体和人品都不行，哪儿哪儿都比不上海哥，所以就用毒品控制了罗红艳。可花魁就是看不上你，还搞得你跟张海涛争风吃醋，看来这些都是真的。”

“放他娘的狗屁，老子身体好得很！”庞连彪瞪大双眼，咬着后槽牙，唾沫横飞，“他张海涛算什么玩意儿，还不是被老子干死了！”

李全发跟包德荣打起了配合，对着庞连彪嘲笑讥讽地说：“越是那方面能力不行的，性瘾越是大，就是条喂不饱的狗啊。”

包德荣：“对的，李处，这是有科学依据的。身体不行，得不到满足，就会导致心理扭曲，甚至产生杀人的念头，这样的案例很多。”

孟根山："庞连彪，所以你谋杀罗红艳，也是类似的动机？"

庞连彪："我没杀她，你们爱信不信。"

孟根山："你可以不承认，必须得说明7月1号晚上，你们在哪儿见的面，之后还干了什么？"

"老子，老子爽过之后，就放她走了呀。"庞连彪不耐烦地看着孟根山说，"西城区，金碧辉煌公寓，你们自己可以去查啊。"

孟根山见他一副不管不顾的刁蛮样子，继续追问："庞连彪，你好色成瘾，可没想到，你连城中村洗头房的站街妹，都不肯放过。"

包德荣心领神会，连忙附和："庞连彪，你倒是真不挑，都人老珠黄了，也下得去手。"

说着，包德荣从文件夹中取出了杨翠翠的照片，展示在庞连彪面前，庞连彪疑惑地皱起眉头，探着身子仔细看了看照片说："什么乱七八糟的，不认识。"

孟根山："北郊区，城中村洗头房的小姐杨翠翠，你再好好想想。"

"什么下三烂的玩意儿，老子不认识。"庞连彪否认得很坚决，说完又扭过头，闭上眼睛沉默不语。

孟根山通过庞连彪的微表情，大体判断他应该没有撒谎。

包德荣怀疑他故意抵赖，严厉警告："庞连彪，坦白从宽，抗拒从严，少在这装死狗，耍赖皮。"

庞连彪："哼，刚说我枪毙十回的也是你，一看就不是个领导，你说了不算，少忽悠我。"

"庞连彪……"包德荣一时语塞，气得攥紧了拳头。

孟根山立刻伸手拦住包德荣，反而气定神闲跟庞连彪聊起来："那你逃亡之后，再没找过其他女人，比如说，有没有，进城找个酒吧夜店玩玩？"

庞连彪："领导，你去打听打听，我庞连彪在道上是出了名的讲义气，我大哥都被害了，哪还有心思找女人？”

包德荣和李全发相互对视了一眼，感觉庞连彪似乎不像在撒谎。

“你跟邹守仁、邹守义兄弟俩很熟，都是西江老乡，是吧。”孟根山冷不防切开了新的话题。

“哼，这两个姓邹的废物。”庞连彪轻佻地抬了抬眼，咒骂道，“要不是这俩废物在外面瞎搞，留下罪证，把你们引到了拆车厂，老子也不至于暴露。”

“哦，你被通缉的时候住在碧池拆车厂。”包德荣快速记下，接着问道，“庞连彪，说清楚点，邹氏兄弟在外面瞎搞什么了？”

“哼，这俩废物还能搞什么，我估计肯定是搞女人呗。”庞连彪斜眼看着包德荣，埋怨地说道，“尤其是那个鬼脸邹守义，那方面还挺要的，他那张鬼脸，没有哪个女的敢多看他一眼，更不要说上床了……他们应该是在外面有个住处，我住在他们宿舍那一段时间，他们经常不回来……”

“哦，你知道那个住处在哪里吗？”孟根山抬了抬下巴，示意庞连彪接着说。

庞连彪：“嘁，这两个人鬼得很，谁知道他们神出鬼没的一天在干什么？”

孟根山：“你知道他们，有可能在哪里藏身吗？”

“那你们得自己找了。”庞连彪闭上眼，一脸无赖地靠在了床上，轻描淡写地说，“邹守仁，这个笑面虎，阴险得很，老子当时办了刀子，追出去也想把他们给办了，可他们跑得比兔子还快。”

李全发将信将疑看着庞连彪，包德荣和孟根山一想到失踪了的邹氏兄弟，不禁皱起了眉头，面露焦虑。

明日高悬。

刑侦总队，专案组会议室。

张全发、孟根山和包德荣，向张大钢副局长和顾长青总队长汇报突审庞连彪的情况，专案组成员列席。

李全发率先递上了自己的报告，汇报说："张局、顾总，通过两次审讯，庞连彪承认自己亲手用家法杀害了刀子，也承认了指示'苍蝇'史尚飞，去接近Laura、谋杀相海峰的事实；并且，他对自己制贩毒品控制奸淫女性等犯罪事实，也都供认不讳。"

张大钢听着汇报，冷哼一声，推断揣摩庞连彪的心思："这庞连彪被我们抓了现行，看来是一心寻死了。"

孟根山："是的，张局。在审讯过程中，他态度骄横，满不在乎，他承认了自己谋杀刀子和相海峰的罪行，其他几宗碎尸抛尸案，他坚称不是他做的。"

孟根山随即递上了突审笔录，张大钢仔细地翻阅起来。

孟根山："庞连彪承认在7月1号当晚，在自己租赁的金碧辉煌公寓里，和被害人罗红艳发生过关系，坚称自己没有理由杀害罗红艳。"

张大钢："哦，难道另有其人？"

孟根山朝宋妍递了个眼神，宋妍翻开自己整理的报告，汇报道："各位领导，根据庞连彪的供述，我们调取了西城区莘川街道金碧辉煌公寓的楼道监控画面，证实在7月1号下午4点17分，罗红艳进入庞连彪公寓楼道，并于晚上9点26分，罗红艳独自走出了公寓。"

张大钢："那庞连彪有没有尾随作案，或是指使他人作案的可能？"

宋妍："庞连彪供述，自己和刀子一直在公寓里，直到第二天中午才离开，这一点，在楼道和电梯的监控里也得到了证实，同时，我们对庞连彪租的金碧辉煌公寓也进行了全面的勘查，并未发现异样。"

张大钢眉头紧锁，暗暗嘀咕："如果不是他办的……那后面两起案子呢，他有没有参与？"

孟根山:“庞连彪坚称自己跟几起抛尸案没关系,根据目前掌握的证人证言、DNA和监控视频等证据,我们无法指认他参与其中。”

“目前,碎尸抛尸案最大的嫌疑人邹氏兄弟依然下落不明,看来还是缉捕的力度还不够。”张大钢面色铁青,琢磨了一下,下派命令,“长青,你们尽快把邹氏兄弟的照片,不要仅限于刑侦条线,更要下发到全市各级公安部门以及周边省市,在‘天网行动’的基础上,组建抓捕工作专班,专门对邹氏兄弟开展全面的搜捕,就取名‘猎狼行动’吧。切记,一定要对他们形成高压态势,布下天罗地网,就算挖地三尺也要把他们找出来。”

顾长青:“明白。”

第十三章
云梦归来，再过江湖，英雄侠客行

秋高气爽。

刑侦大楼在蓝天白云下，格外挺拔庄严。

上午9点，重案支队支队长孟根山办公室。

常虹换上了帅气整洁如天空一般蔚蓝的警服，在孟根山的办公桌前站得笔挺。他双手呈上医生开具的出院证明，递给孟根山。

孟根山看了眼证明，看了看精神抖擞的常虹，故作严肃地质问："创口愈合情况良好，你的精神状态能胜任目前的高压工作环境吗？"

"没问题，孟支。"常虹声如洪钟，回答坚定，"师傅，我休息够了，心态也调整好了。"

"不怕自己的不完美被人看到了？"孟根山将信将疑，继续揶揄常虹。

"孟支，您教育得对，以前我过度追求完美，不仅给自己，还给自己的身边人，带来了压力，甚至不幸……"常虹的右侧嘴角微微扬起，从容一笑说，"如今，有了这道疤，反而让我变得更完整了。"

"臭小子，觉悟挺高啊，这道疤没白挨。"孟根山欣慰地笑着点头说，"男人有疤，特别是刑警，那是荣誉，是光荣，是功勋。"

常虹："师傅，我要尽快投入工作，为了相海峰。"

孟根山欣慰地点点头说："听说，你小子昨天晚上一个人去解剖中心了？"

常虹："是的，一想起咱们队里的几个案子，就睡不着觉。"

老城区，豪爵婚庆公司。

上午时分，常虹戴了口罩与黄梦婷一同来到豪爵婚庆公司，协商蜜月旅拍计划。

两人在豪爵婚庆一楼沿街的沙发会客区落座，黄梦婷坐在靠窗的位置，对面婚庆公司金总亲自接待，抱着笔记本电脑，殷勤地推荐新推出的婚旅计划。

金总："像常先生、黄小姐两位这样的铂金级客户，你们的蜜月和旅拍行程都是可以私人订制的。针对常先生这样的国家公职人员，我们近期也推出了几套国内轻奢旅拍路线，有人间天堂般的自然风光，也有历史人文气息深厚的文化古迹之旅，保证配套当地最好的五星级酒店，座驾是奔驰商务车同款起步，跟拍的摄影师团队费用我们全包在内。"

常虹听着来了兴致，缓缓摘掉口罩，询问金总："自然风光，有什么推荐吗？"

金总操作电脑，调出项目推荐PPT，轻车驾熟地说："自然风光，我们首推北疆环线和川西大环线。北疆环线有吐鲁番、喀纳斯湖、神仙湾、五彩滩、千年白桦林和禾木村，绝对是我国西北最美的秋季风光。川西大环线相比北疆，那就更加绚丽多彩，海螺沟冰川公园、稻城亚丁、香格里拉、四姑娘山、黄龙九寨沟、贡嘎雪山、丹巴藏寨，都是耳熟能详的著名景点，从平原到高原，一路带您领略大自然的雄奇壮丽、鬼斧神工，每条路线我们预计安排十四天。"

常虹又有些担忧，回头看向黄梦婷："我怕我没那么长的假期，怎么办？”

黄梦婷无奈地苦笑，询问金总：“有没有时间短一点的？”

“当然有。”金总打着包票，继续翻阅项目PPT说，“这是我们最新推出的敦煌人文之旅，二位可以经由丝绸之路的千年古道，穿过茫茫戈壁，一路向西，游历鸣沙山月牙泉、莫高窟、敦煌博物院、阳关、玉门关、汉长城、雅丹地质公园，尽览‘大漠孤烟直，长河落日圆’的苍茫景象，领略举世无双的敦煌佛教艺术文化瑰宝……”

常虹听得入迷，黄梦婷看着也甚是欣慰，她端着咖啡喝了一口，脸上挂着幸福的微笑，望向了窗外阳光灿烂、树影斑驳的街道。

忽然，黄梦婷似乎看到马路对面有个熟悉的身影戴着鸭舌帽，藏在路边停靠的车辆背后，久久地凝望着她和常虹。

黄梦婷不由得双手颤抖，咖啡杯盘抖动，咖啡溅在衣裙上。

常虹：“怎么了？”

黄梦婷顾及金总在场，欲言又止，将颤抖的双手捂在腹部，望着常虹：“没什么，我自己不小心……”

常虹从她颤抖的双手和眼神的犹豫中察觉到异样，警觉地起身望向窗外。

然而，马路对面一片安静祥和，阳光依旧灿烂，树影依旧斑驳。

午后的阳光洒下，将常虹的侧脸勾勒得无比美好。

常虹和黄梦婷从豪爵婚庆公司办理完业务出来后，黄梦婷一直闷闷不乐，在常虹的反复追问下，她决定带常虹去一个自己心里一直深藏的地方。

两人一路驱车从老城区到西城区，车子停在了滨江商务中心后面的一片工地旁。

工地的大门紧锁着。常虹下车，透过缝隙，看到里面还在打地基，下沉广场的地基上铺满了钢筋，工程车、灌浆车都停在工地上，看不到工人的踪影。

黄梦婷脸色惨白，站在常虹身后，焦虑地望着他的背影。

常虹回头，疑惑地望着黄梦婷说："工地没人，应该是高温避暑停工了。为什么带我来这里？"

"这里，以前是我和张炜的中学母校旧址……"黄梦婷眼神闪烁，避免直视常虹。

"刚才，真的是张炜？"常虹有点惊讶，立刻联想到在豪爵婚庆黄梦婷反常的一幕。

黄梦婷犹豫再三，抓着自己的裙摆，迟迟不愿作答。

"如果真的是他，你也不用怕。"常虹轻轻扶着黄梦婷的肩膀，深情地向黄梦婷保证，"不管他有什么目的，我都不会让他再伤害你。"

黄梦婷泪眼婆娑地说："其实，我能理解他的怨恨。当年的事，我爸妈也有错……"

常虹一头雾水。

黄梦婷："这些事本来也该在结婚前都告诉你的，我们换个地方说吧。"

常虹心疼地点头答应，轻扶着黄梦婷的肩膀上车离开。

滨江公园。

暮色已经模糊起来了，堆满着晚霞的天空，也渐渐平淡，远方灰暗的云朵聚集成大块，像泼墨画里的牡丹似的，没了色彩了。几颗星星眨着眼睛，挂在深蓝色的幕布上，和一轮亮晶晶的月亮，在茫无涯际的天空中徘徊着，似很孤零，又似很自在。

常虹手里提着两杯咖啡，陪黄梦婷漫步在滨江公园的步道上。两人挑选了一处安静的长椅坐下。

微风拂面,吹起黄梦婷的鬓角,让她的精神状态也舒缓下来。她眺望着江面,将往事娓娓道来。

黄梦婷:“张炜从初中开始,就是我们学校的学霸。他家里条件不好,是班上所有人中最刻苦的,每次月考、模考几乎都是第一……他个子不高,坐我后面,渐渐地,我和他之间互相都有了好感。”

常虹沉默着喝了口咖啡,不忍心打断黄梦婷。

黄梦婷:“张炜是个做什么事都很认真的人,对感情也是。他每次给我讲解知识点,总会做足功课。高中毕业那年夏天,他还把攒了好几个寒暑假勤工俭学的钱,买了一双Nike的小白鞋送我。我当时很感动,可一想到他家的条件,收下这礼物也不舒服,总觉得像是亏欠了他。”

常虹默不作声,握住了黄梦婷的手。黄梦婷目光迷离,依然哀愁地望着江面。

黄梦婷:“可我们两家的家庭背景真的差太多了,尤其像我爸妈这样势利,他们是绝对不会同意的……可能他们也是为了我好吧。一开始,张炜以为自己考上名校就可以有理由说服家长,可十七八岁的我们哪里知道,世俗偏见、门第观念乃至贫富壁垒,哪里是这么容易就能打破的?”

黄梦婷说着倍感惆怅,眼泪忍不住滑落下来。常虹非常细心,立刻从裤兜里掏出纸巾,给她擦拭眼泪。

黄梦婷:“也怪我,当时没有狠心早点拒绝他。事情拖得越久,他就越不能接受我跟他不可能在一起的现实……再后来……”

黄梦婷说不下去了,哽咽起来,常虹毫不犹豫将黄梦婷搂过来,靠在自己身上,语气坚定:“无论当时你们的感情发展到哪一步,都不是张炜伤害你的理由。”

黄梦婷感动地流下眼泪,把头埋进常虹的怀里,轻声抽泣起来。常虹心疼地轻抚她的后背,让她宣泄内心的苦痛。

黄梦婷埋着头抽泣了片刻,苦涩地摇了摇头说:“可这件事的处理结果,我爸确实找了关系,可以说是直接毁了张炜的一生……”

常虹惊讶地看着黄梦婷,等着她的诉说。

滨江公园。

黄梦婷靠在常虹怀里,眼神哀楚地望着江面。

黄梦婷:“我爸找了人,把张炜作为青少年犯罪的典型案例,从重判刑,一判就是十年。这十年,等于把他的后半生、把他家的希望全毁了。”

常虹双手扶着黄梦婷的肩膀,与她面对面直视:“梦婷,这件事于情于理,你都不需要有任何心理负担。因为在性……”

常虹话到嘴边,犹豫着要不要说出口。

黄梦婷望着他,坦诚地说:“没事,你说……”

常虹:“梦婷,原谅我可能过分理智。我现在不是以你男朋友的身份哄你、安慰你,而是想以一名警察、一个正常人的身份告诉你,在所有的性侵案件里,施暴者的恶念和动机来由,从来都不是受害人的错!”

常虹深情地望着黄梦婷,他的总结语气温柔而坚定,暖人肺腑。

黄梦婷连连点头,热泪纵横。常虹将她拥入怀中,自己凝视着江面,陷入了沉思。

江面上,一艘大型货轮缓缓驶来,激起层层浪花,发出悠远的汽笛声。

常虹温柔地抚摸着黄梦婷的头发,下定了决心说:“这事情也该到此为止了,我会去跟他谈谈的。”

黄梦婷抬起头,担忧地望着常虹。

常虹瞬间会意,微笑着宽慰她说:“放心,我不会像你爸那样去刺激他，我准备带老包一起去。老包曾经是他的管教，有他帮忙，相信张炜会听劝的。”

黄梦婷有点担心，轻轻地点了点头。

常虹将黄梦婷送回了家，他开着大切诺基，在路边接上包德荣，开往张炜家。

包德荣看向窗外，灯火阑珊，神情有些担忧：“常大虹，别去了吧，我觉得这不合适。”

常虹开着车，语气平和地说：“老包，我都说了，不管白天是不是他，我都希望他和梦婷之间的恩怨到此为止。”

包德荣：“小张在牢里的认错态度和自我反省，一直都很诚恳。他服刑八年也已经付出了沉重的代价。这陈年旧案已经结束了，翻出来可能不太好，毕竟他的父母因为这个事情生了病，郁郁而终。”

常虹轻轻摇头，语气透着无奈：“梦婷只要想起以前的事，还会有应激反应。可如今，她看到张炜过得落魄，除了惊恐，居然还多了一丝毫无道理的愧疚感……这都是十年前的遗留问题。我希望跟张炜好好谈谈，确保这些负面情绪，以后都不会再干扰到梦婷和我们的生活。”

包德荣凝眉望着窗外的万家灯火，一声叹息。

常虹察觉到他的情绪，缓缓地说：“张炜毕竟还带着弟弟，生活不容易，我跟梦婷商量好了，愿意给他们提供帮助。”

包德荣想了想，勉强点头算是答应了。

说话间，车子来到了北郊区城中村。

常虹提了一箱酸奶，包德荣提了一篮子水果，两人一起走进了张炜的长租房。张炜接到了包德荣的电话，知道了他们的来意，早早就在门口等候，神色紧张。

“你的假发呢，怎么没戴上？”包德荣看到张炜的第一眼，感到很诧异。

常虹这才注意到他没戴假发，头顶上稀稀拉拉半秃着，黑眼圈浓重，显得十分颓废憔悴。

“哦，我放在厂里了……”张炜眼神阴郁，怯生生地回头，发现常虹也在打量他，立刻走上前，毕恭毕敬朝常虹深鞠一躬。

“常警官，千错万错都是我的错，我不是人，我对不起你们。”张炜说着，扑通一声跪了下去。

常虹眼疾手快，上前两步扶住他，把他搀扶起来。

常虹：“张炜，你起来。今天不是来听你认错的，相反，我希望我们能把这些恩怨解开，彻底忘了。”

张炜惊讶地看着常虹，一时语塞。包德荣放下水果，看着满墙都是张毅的素描画作，忽然想起了张毅，转移话题缓和气氛。

包德荣：“小张，张毅呢？”

张炜：“在里面睡觉，我去叫他。”

“不用，让他睡着。”包德荣连忙拦住他，压低了音量。

常虹憋了一肚子的话，到这里似乎一下忘记了。他和张炜都没先开口，气氛有些尴尬。

张炜：“屋里有些简陋，你们别介意，我给你们泡个茶吧。”

张炜走去灶台，给常虹和包德荣泡了两杯茶。

常虹扫视一眼简陋的房间，看到满墙都是张毅的画作，好奇地走上前细看，发现画作中居然夹着一张合影，背景是在滨江商务中心，相海峰微笑着，搂着戴着假发的张炜。

常虹不禁触景生情，走到照片前面，忍不住抬手轻轻抚摸相片里相海峰的面容。

包德荣看到这一幕，轻轻把手搭在常虹肩膀上，以示安慰。

张炜把茶水放在桌子上，神情哀伤地凝望着合影说：“那是我跟海哥唯一一张合影，那天他送了我假发，鼓励我重新开始，好好生活。”

张炜满眼悲伤，说话哽咽了。

常虹回到桌子旁坐下，诚恳地看着张炜说：“海峰说得没错，我今天来也是这个目的，我们都希望你可以重新开始，好好生活。”

面对语气坦然的常虹，张炜面色越发苍白，他被常虹盯得有些紧张局促了，双手不自觉地握在了一起。

包德荣：“小张没事，不用紧张，我们就是来找你聊聊天。”

“嗯。”张炜苍白的脸色有所缓解，尴尬地笑了笑。

常虹：“张炜，我就开诚布公地跟你说吧，十年前的事情，确实给梦婷留下了很深的心理创伤，后遗症一直干扰着她的情绪和日常生活。”

“对不起……”张炜一脸哀怨，赶紧道歉。

常虹立刻抬手，示意他打住：“说了不是来索要道歉的，只是想跟你商量一下，我们以后怎么相处，你能不能考虑换个城市发展。”

张炜全然愣住了，惊慌失措地看向包德荣。包德荣面无表情，回避他的眼神，显然早就知道常虹的提议。

张炜倍感无力，怯懦地埋着头，暗暗嘀咕：“常警官，可我还要养弟弟，像我这样有前科的，我能去哪儿啊？”

常虹：“你的难处，我们都考虑到了。”

张炜眼巴巴望着常虹，感到诧异。

常虹：“当年的案子，梦婷已经原谅你了。作为……作为同学，她不忍心看你现在这样，也希望你以后能过得好。如果你愿意继续深造，爱心基金会愿意资助你，并帮你安置好你弟弟张毅；如果你想创业，我们也可以资助你一笔启动资金。当然，是作为同学借给你。”

张炜低着头，露出了惨白的头皮，沉默不语，表情僵硬。

常虹和包德荣面面相觑，焦急地期盼他回复。

张炜犹豫了片刻，突然从凳子上跪了下来，拜伏在地上。

包德荣无奈地咂嘴，连忙和常虹一起去扶他。

张炜的眼眶已经湿润，咬着后槽牙，声音哽咽地说："常警官，你们既然能这样以德报怨，我真的……我知道，我说再多感谢都没用了，我走，我会带着我弟弟离开。"

常虹听着有点不舒服，看张炜满脸自责的表情，也不好说什么。

包德荣也察觉到有些异样，率直地指出张炜的说辞不当。

包德荣："你这话说的，怎么像常大虹在赶你走？"

张炜擦了擦眼眶里的泪珠，连连摆手解释："不不不，我真没这个意思。你们和海哥都是好人。你们说得对，我应该换个地方，开始新的生活。我没脸让你们帮我，更不能要你们的钱。"

"不管你搬到哪里，有什么需要帮助的，你就跟我说，跟老包说，只要是力所能及的，我们也一定会帮你。这应该也是海峰期望看到的。"常虹望着相海峰的照片，轻声叹息。

张炜羞愧地埋着头，低声说："谢谢、谢谢……"

常虹跟包德荣相互对视了一眼，示意差不多了。

常虹看着张炜说："我说完了，以后你好自为之吧。"

张炜脸色煞白，谦卑地点头鞠躬，目送常虹和包德荣离开。

常虹和包德荣刚起身，还没走到门口，卧室里却传出了哼哼声，紧接着，是张毅痛苦的哀嚎。

张炜惊恐地转身，瞪大眼睛望向卧室，脸色越发惨白。

包德荣："怎么回事，张毅怎么了？"

张炜一时不知所措，微张着嘴却吐不出半个字来，转头就冲进了卧室。

常虹和包德荣狐疑地对视了一眼，立刻跟进了卧室。

卧室里，张毅趴在大床上，内裤脱到了膝盖位置，自己趴在一个巨大绒毛娃娃身上，发出哼哼声，时而又切换成痛苦的哀嚎。

常虹和包德荣看着这一幕，心中猜到了一二。

张炜坐到床边，双手轻扶提上了他的裤子，轻拍着弟弟后背，帮他顺气。张毅扭头看向包德荣和常虹，眼眶居然也红了，眼神透着哀怨。

张炜："常警官、包教官，求求你们，一定要抓住邹守仁和邹守义，就是他们害了小毅！"

"怎么回事？你说具体点。"常虹狐疑地看着张炜。

张炜："这俩兄弟不是人，是畜生！他们经常欺负小毅，一开始是扒他裤子，刺激他。后来，被崔大爷他们制止以后，他们不打我们了，可却趁我不在时候，给小毅放黄片看。这孩子啥都不懂，看着看着就学坏了……"

常虹和包德荣望着张毅的丑态，心生怜悯。

包德荣："小毅也这么大了，有生理反应也正常。你作为哥哥，得更加细心地看护他才对。"

张炜咬着后槽牙，似乎还在记恨邹氏兄弟，含泪朝包德荣点了点头。

常虹："我们回头也帮你问问，对智力缺陷人群的性需求心理疏导，东海市精卫中心应该有专门的心理医生和辅导课程的。"

"谢谢、谢谢……"张炜站起来，朝着常虹和包德荣连连鞠躬，感动得语无伦次。

包德荣："好了、好了，你先照顾小毅吧，我们先走了。"

说着，包德荣和常虹转身离开。

张炜一直走到出租房门口，频频鞠躬，目送他们离开。

张炜关紧房门，长出一口气。

他转身走回卧室门口，回望着再次趴在玩具娃娃身上的张毅，咬牙切齿，面部神经不受控制地抽动着，眼神变得像狼一样狠厉。

周日上午9点，重案支队。

专案组成员都在各自的工位上，准备开始一天的加班工作。

包德荣在座位上专注地整理材料，手机突然响起，他看都没看，拿起手机，手指一划，接了起来："哪位？请讲。"

春姐："你姐！还哪位。"

包德荣电话听筒有点漏音，春姐在电话里一声吼，直接传了出来，不远处的常虹立刻探出头来，看向包德荣。

包德荣尴尬一笑，连忙捂紧手机，轻声回应："哎哟，春姐，抱歉、抱歉，刚在忙没看来电提示。"

春姐："找你有正事儿，你跟你那个帅气的搭档，到我这儿来一趟。"

春姐语气急躁，明显在生气，还有些不耐烦。

包德荣想了想，说："什么情况啊，咱们出警也得有正当理由。"

春姐："你少废话！罗红艳的案子，我给你们提供线索，来不来？"

包德荣睁大了眼睛，瞬间从座位上弹了起来，朝常虹招了招手，又指了指自己的手机。

常虹会意，立即向包德荣走来。

包德荣："来来来，立刻、马上。"

包德荣刚说完，春姐直接挂断了电话。

常虹："春姐，维纳斯公馆？"

包德荣点头回应。

高一萌、马龙和徐勇在座位上抬头张望，都意识到有新情况。高一萌率先起身，想追上来一探究竟，高声喊道："常支、老包！"

然而，常虹和包德荣毫不犹豫地跑出办公室，高一萌追到一半，停了下来，气得嘟起嘴。

上午10点半。

维纳斯公馆，春姐办公室。

春姐戴着皮手套，夹着雪茄，独坐一人座，常虹和包德荣并排坐在沙发上。春姐上下打量着常虹脸上长长的伤疤，暗自摇头，眼神满是怜惜。

俊奇和俊杰照旧摆放好香槟、饮料、香烟和果盘，毕恭毕敬地站到春姐身旁。

俊奇：“干妈，准备好了。”

春姐沉下脸来，眼皮都不抬一下，冷冷吩咐：“出去，把门带上。”

俊奇和俊杰赔着笑脸，乖乖离开了办公室。

包德荣和常虹都察觉到他们之间微妙的变化，默契对视，心照不宣。

春姐呼出一口雪茄烟，抬起下巴，点了点常虹说：“大帅哥，我原以为你就是个刀马旦，没想到你挺行啊，脸上落下这么重的疤，居然还这么从容……换个人，估计心态早就崩了。”

常虹苦笑一声，言简意赅带过：“扛住了，熬过去，慢慢习惯就好了。”

春姐欣慰地点点头，端起香槟说：“敬你，你比以前更柔和，也更强大了。”

春姐仰头饮下一整杯香槟，常虹拿起面前的矿泉水，遥敬春姐。

“春姐，您说是菜菜子故意隐瞒实情？”包德荣顺势切回正题。

春姐：“对，阿艳的死因，我私下也一直在查。毕竟是我手下的头牌‘花魁’，不能说没就没了。”

“我最近在选人接班，说来也丢人。”春姐吸了口雪茄烟，略显失望地摇头说，“没想到下面几个姑娘之间‘狗咬狗’，才抖出来是菜菜子卖了阿艳。”

“选人接班，您是要退居幕后了？”常虹敏锐地捕捉到了“接班”二字，好奇地询问春姐。

春姐惊喜地瞥了眼常虹，微微一笑说：“你还真是长进了，以前一上来就知道查案子，现在还知道关心人了。”

包德荣：“春姐，您是遇到什么事儿了？”

春姐微笑着看着包德荣说：“别担心，好事儿。我要结婚了，这边的生意我就彻底不干了，金盆洗手，准备全都托付给下面人。你未来姐夫是个台湾人，他们家政商两界通吃，也不需要我做生意。”

“妙啊，那春姐您可是一朝踏入豪门，既富且贵啊！”包德荣惊讶艳羡地瞪着双眼，啧啧称奇，“怎么，这么突然？”

春姐脸颊浮现出幸福的红晕，得意一笑：“不突然，你姐夫追我十年了，具体改天再说，先说回案子。”

包德荣和常虹都收起好奇心，精神贯注地听春姐讲述情况。

春姐：“我手下有个姑娘，艺名叫小泽莉香，跟菜菜子一样，职级都是高级商务总监。我本来就在考察她俩，结果她看我一直偏袒菜菜子，就来打小报告，说菜菜子在治安整顿停业期间，给阿艳介绍过外面的散客。”

常虹：“菜菜子本人，还在吗？”

春姐点头答应，随即拿手机，发了条语音信息给俊奇：“把你们的贱货相好带上来。”

春姐说完，生气地把手机随手一扔。

包德荣和常虹相互对视，感觉话中有话，大有乾坤。

片刻后，俊奇和俊杰缓缓地进门，各自领着一个女人进来。

菜菜子由俊奇搀扶着，她披头散发，面部青一块红一块，已经肿成了猪头，胳膊和腿上都是淤青。她穿着维纳斯公馆的西装制服，衣服和短裙都很脏，领口纽扣也崩了几个，十分狼狈。

小泽莉香跟在俊杰身后，穿着一样的西装制服，衣着干净整洁，怯生生地埋着头，不敢直视春姐。

俊奇刚一松手，菜菜子就身子瘫软，跪了下来，呜咽着向春姐连连磕头认错："姐，我错了，我真的错了，你放过我吧……"

"安静点，装给谁看？"春姐一声怒斥，敲山震虎，菜菜子吓得不敢吱声，俊奇、俊杰和小泽莉香也都不敢言语。

常虹和包德荣面面相觑，猜到了春姐已经教训过菜菜子。

"这个小贱货对我阳奉阴违，不仅背着我睡了我俩干儿子，还偷偷给阿艳介绍野男人，害了她一条性命。"春姐看出他们脸上的尴尬，冷笑着解释，"我们内部管教了她一下，让你们见笑了。"

春姐抬了抬下巴，询问俊奇："打了多少个耳光？"

俊奇唯唯诺诺地说："我跟弟弟，一人给了她五十下。"

春姐："对自己的相好都这么狠，心疼吗？"

春姐说完，嘲讽地哈哈大笑。

俊奇和俊杰吓得立马也跪了下来，哭丧着脸说："干妈，我们错了，您要怎么罚我们都行，您千万别赶我们走啊！"

春姐自顾自倒了杯香槟，看都不看他们，指了指边上的房间，轻描淡写地说："你俩自己去房间里对抽，一人一百下。别在警官面前丢人现眼，快滚吧。"

俊奇和俊杰垂头丧气，灰溜溜地往房间里走去。

春姐想起什么，命令道："房门别关上，抽响亮点，是不是诚心认错，得让我听得见。"

俊奇和俊杰："明白、明白。"

几秒之后，房间里传来了清脆的"啪、啪、啪"的声响……

春姐冷眼盯着跪在地上的菜菜子："你起来，先回答警察兄弟的问题。"

菜菜子不敢怠慢，立刻支起身子，费力地撑着坐在地上。包德荣和常虹看到她肿成猪头的面容，都不禁皱眉。

常虹:“菜菜子,罗红艳出事前,你给她介绍过客人?”

菜菜子眼神惶恐,声音颤抖地说:“停业整顿前的一两天,有个网约车司机,跟我说想找我们会所的姐妹玩玩,打听完价格,又说自己消费不起,还问我能不能出台。我嫌他穷酸,就跟他说改天帮他问问其他姐妹。”

春姐听着,气不打一处来,忍不住插话:“我说了多少次,不许你们在外面接乱七八糟的私活儿,你缺心眼啊?”

常虹伸手劝春姐平静,继续追问:“你跟那个网约车司机很熟吗?”

菜菜子连忙摇头否认:“也不算很熟,那个司机近半年经常来我们会所门口趴活儿,因为他经常不打表,一口价接送比较实惠,一来二去就认识了。”

包德荣:“那怎么介绍给罗红艳了?”

菜菜子:“这司机跟我打听过‘花魁’阿艳,我一直跟他说想都别想,你约不起的。可是停业那几天,阿艳刚给老家汇了钱,真的是身无分文了,就问我有没有接私活儿的路子。我也是想帮她,就顺手介绍了这个男人。出事那天,阿艳看着像是嗑过药了,还是坚持要接客,我就联系了那个司机来接她,后来我就不知道了。”

常虹:“那时候大概是几点?”

菜菜子回忆了一下说:“大概是晚上七八点的样子吧……”

常虹:“那个司机叫什么名字,他的电话你还留着吗?”

菜菜子:“出事以后,我再打这个电话发现已经停机了……我当时……”

菜菜子犹豫了,忽然抬手抽了自己两个耳光,懊悔地说:“当时,我一心想被春姐选中接班,害怕这事儿败露,会毁了我前程,就把电话删了,名字也记不起来。”

菜菜子发现春姐愤怒地瞪着她,吓得立刻低下了头。

常虹和包德荣也不免有些失望地看着她。

常虹:“那个男人长什么样子,你还有印象吗?”

菜菜子努力回想了一会儿说:“那人外貌挺普通的,经常穿一身网约车司机的西装,看着也不像有钱人,却开了个黑色宝马,说自己是半夜出来开黑车赚点外快,对了,他开车,一直戴个帽子,有点怪怪的。”

常虹和包德荣听到“黑色宝马”,瞬间有点兴奋。

常虹:“那人脸上有没有烧过的伤疤,说话有没有西江口音?”

菜菜子:“好像都没有,他普通话听着还挺标准……”

菜菜子的说法似乎否认了邹氏兄弟作案的可能,常虹和包德荣又陷入了疑惑。

常虹忍不住自言自语:“大夏天的,司机为什么戴着帽子?”

菜菜子:“那个司机看着比较老实,头发好像有点稀疏。”

常虹和包德荣瞬间都想到一个人,惊愕地互相对视,常虹立刻给高一萌发了条语音信息。

常虹:“萌萌,赶紧把张炜的照片发给我。还有,他之前有开网约车的经历,你去查一下他当时驾驶的车辆信息。”

包德荣紧张地双手握在一起,双腿止不住地抖了起来。

春姐也察觉到异样,叉了片西瓜递给包德荣说:“没事儿吧?”

包德荣伸手婉拒,焦急地看着常虹的手机屏幕等候信息,很快,高一萌回复了一张张炜的近照。

常虹走到菜菜子跟前,蹲下来给她辨认照片:“你看仔细了,是这个人吗?”

菜菜子眯着眼,辨认了好一会儿,抬起头,连连点头说:“是、应该是他……”

包德荣:“你确定? 再仔细看看。”

菜菜子拿过常虹的手机,再次仔细观察,片刻后抬起头说:“没问题,就是他。”

常虹眼神复杂地看向包德荣。

办案就像天气,有预报,却总出乎意料。

包德荣心慌意乱,站了起来说:“春姐,对不起,我们还得查案就先走了。”

“行,你们先忙。回头我办婚礼,你俩记得来捧场。”春姐看他明显神色慌张,不便多留。

包德荣额头上急得已经渗出汗来,他连连答应,转身就朝外走。常虹也点头谢过春姐,立刻跟上。

常虹和包德荣走后,春姐冷冷看着地上的菜菜子,又打量着一直噤若寒蝉的小泽莉香。

这时,俊奇和俊杰红肿着脸,从房间里走回沙发跟前,连忙给春姐跪下,倒满香槟。

春姐端着香槟,冷冷扫视他们,逐个发落。

春姐:“念你们兄弟服侍我多年,我不会开除你们,你们从现在起,降职成领班,以后慢慢熬着吧。至于股份,再说吧,看我心情。”

“谢谢干妈。”俊奇和俊杰连连点头哈腰。

春姐夹着雪茄,指了指小泽莉香:“虽然‘狗咬狗’是挺难看,你倒是个狠角色,有城府、有野心、有手段,也有魄力。我之前还真是小瞧了你。”

小泽莉香毕恭毕敬望着春姐,小心翼翼地说:“姐,以后不管你在哪里,这儿总是您的产业、您的娘家。您在我最穷的时候收留了我,我就是给您看家护院的狗,我一辈子都不会忘了您的恩情。”

小泽莉香说着跪了下来,给春姐重重磕了三个头,眼神坚毅。

春姐冷冷一笑,似乎早已看破她的说辞:“光说没用,你以后当上‘大家姐’,就好好干,要照顾好会所的兄弟姐妹们,我就算嫁到台湾省，也会盯着你。”

春姐说着，两根手指指了指自己的眼睛，又指向小泽莉香，做出了盯紧的手势。

小泽谦卑地点头答应，不敢多言。

春姐又将目光移向了瘫坐着的菜菜子，立刻失望地挪开了目光说：“你滚吧，我以后不会为难你，领好路费，你的死活也从此与我无关。”

菜菜子流下了绝望的泪水，呜呼一声，趴在地板上哀嚎起来。

从维纳斯公馆出来后，常虹和包德荣驾驶着警车一起寻找张炜，警车往北郊区的城中村方向开去。

此时，张炜的手机已经关机，任凭包德荣怎么呼叫，都无法联系。

常虹把手机放在支架上，打开免提拨通了小雅的电话。

小雅：“常大哥，你找我？”

常虹：“小雅，你还记得，你跟梦婷7月4号去西郊区高架下的抛尸现场，回程坐得网约车，是什么品牌型号吗？”

小雅：“稍等我看下订单……有了，黑色宝马，司机是张师傅。”

常虹：“好，我就跟你核实一下，暂时别告诉梦婷，你们最近注意安全啊。”

“哦。”小雅不知所云地应声，挂断了电话。

包德荣咬着嘴唇，眼神中透着难以置信的神情。

小雅电话刚挂断，常虹手机上又弹出了高一萌的微信语音信息。

高一萌：“师傅，刚跟网约车平台核实过了，张炜自己筹钱，加上贷款，买了一辆黑色宝马轿车，7月4号之前一直给一家名为路路通网约车公司做专车司机。后来，因为6月份的网约车司机性侵案，全市网约车平台进行内部整顿，他是7月4号当天，被列为第一批裁员对象辞退了。”

常虹：“收到，辛苦了。”

常虹瞥了一眼沉默不语的包德荣，冷静地分析：“嫌疑已经摆在这儿了，张炜有问题。”

“我是他的管教，我太了解他了，我管教的犯人里面谁犯罪，我都不会相信他会再犯罪。”包德荣语气决绝地说，“可你别忘了，罗红艳体内残留的精液，已经明确是庞连彪的。小张会不会只是帮忙开车，或者有什么其他原因，意外卷入案情。”

常虹：“你仔细想想，罗红艳被害是在她离开金碧辉煌公寓之后，庞连彪没有作案时间。她七八点之后，如果联系了张炜，时间倒是正好。还有7月4号上午，张炜为什么会出现在西郊区的抛尸现场附近，这就很符合罪犯重回现场的犯罪心理。”

包德荣：“这只是你的有罪推定，何况，你也说是如果，现在还不能咬定就一定是小张，你不能把你们之间的恩怨带进来。”

常虹无奈叹了口气：“老包，我是假公济私的人吗？我只是说他嫌疑很重，最起码是个重要的证人。你现在明显对他偏袒，有抵触情绪。”

包德荣：“我没有！你才是对他抱有偏见……”

包德荣扭头看向窗外，不想再争辩，常虹也无奈沉默了。

这时，包德荣的手机忽然响起，他接了起来：“哪位？请讲。”

电话那头传来了刘二爷的声音：“包警官吗，我拆车厂刘水寿刘二爷，小张出事儿啦！”

包德荣紧张地瞪大眼睛，立刻按下免提说：“张炜，出什么事了？”

刘二爷声音颤抖，万分焦急地说：“小张一整天都没去厂里上班，家里也没人，电话也打不通。我刚接到一勒索封信，有歹徒把他们兄弟俩绑架了，跟我要钱赎人。”

常虹不由得瞥了眼包德荣，神色紧张。

包德荣："你们在哪儿？"

刘二爷："在我的盐帮菜馆，你们偷偷地来啊，歹徒说如果敢报警，就要撕票……"

包德荣："知道了，我们马上到。"

包德荣挂断了电话，常虹心领神会，心急如焚地加足油门，开往北郊区城中村。

第十四章
谁怜恨，恩怨缠正道，当了争锋

晴空万里，太阳火辣辣的，树子上的知了一个劲聒噪着。

常虹和包德荣将警车远远地停在远离城中村的一处僻静角落，两人匆匆忙忙，一路小跑赶到村口的盐帮菜馆。

刘二爷早已等候多时，招呼他们进门，左右张望后立即拉下了卷帘门。

熙熙攘攘的街道上，传来市井嘈杂的叫卖声，盐帮菜馆却门窗紧闭，没有一个客人。崔大爷和韩三爷愁眉不展地抽着烟，桌上摆着一个塑料文件袋。

看到常虹和包德荣，崔大爷和韩三爷赶紧站起来，从文件袋里取出一页纸，递给常虹。

崔大爷："这是绑匪留给刘二的勒索信，你们看看。"

常虹戴上手套，接过勒索信，发现上面字迹全部是打印的。信件内容写着：老刘头，死秃子和猪仔在我们手上，要想他们活命就拿钱来换。限你三天之内准备好50万，要现金。三天后，9月21号晚上7点之前，把钱放到西郊区麦法隆超市的1105号储物柜。不准报警，敢报警，我们就撕票。

常虹看了眼包德荣，包德荣立刻也戴上了手套，连忙把信拿过去仔细观察。

刘二爷从文件袋里拿出了一枚超市存放柜的钥匙，钥匙挂着的塑料牌号写着：1105。

“确定不是恶作剧？”常虹接过钥匙，觉得很是可疑，“昨天晚上，我和老包还见过他们。”

“这是两条人命，怎么能开玩笑？你看这儿。”崔大爷焦躁地一咂嘴，点着勒索信上的称谓说，“你们看，信上骂的张炜和张毅的外号，就是邹守仁和邹守义取的。我敢肯定，一定是这两个畜生绑架了小张和小毅。”

包德荣：“二爷，这套东西是什么时候发现的？”

“今天上午10点，刚要开门营业的时候在地上发现的，应该是从门缝里塞进来的。我看，肯定是邹氏兄弟狗急跳墙，跑路之前还想捞一笔。”刘二爷气愤地跟着附和说，“他们肯定是看我平时跟小张走得近，居然想来敲诈我……这就是邹守仁的主意！”

常虹：“你们门口有监控吗？”

刘二爷：“常警官，我们这种地方，哪来的什么监控，要么在路口看看？”

“张炜、张毅这两天有什么异常吗？”包德荣说着，突然发现刘二爷居然系了一条LV皮带，“哎，二爷，你这是鸟枪换炮了。”

“哪里、哪里，最近跟老大、张炜发了点小财。”刘二爷将裤子里面的翻领T恤衫抽出来，盖住了皮带扣说，“这段时间，张炜、张毅都很正常，昨天下午五六点钟，兄弟两个还到我这儿点了两个菜，吃了三碗面条，说是小毅快过生日了，提前给他祝贺一下。”

崔大爷：“是呀，拆车厂上班，也没有迟到早退什么的，张炜带着张毅经常来我车间一起研究业务。最近我们搞得有声有色，还发了点小财，没发现什么不正常的。”

刘二爷:“他妈的,肯定是姓邹的嫉妒我们赚钱,这两个王八蛋!”

韩三爷眉目间透出焦虑,沉着地说:“二哥,你骂也没用,当务之急是把人找到,赶紧救回张炜和张毅。”

韩三爷说着,满怀期望地看着常虹和包德荣,长叹了一口气。

刘二爷:“可赎金怎么办?我可拿不出这么多……”

崔大爷:“都什么时候了,还计较钱,我把我棺材本拿出来,一起凑凑。”

常虹:“你们别慌,是不是绑架,我们还要再确认一下。如果是,那么准备赎金、搜寻人质、布控抓捕,我们都会有妥善完整的计划。三位大爷,保持联系,等会儿我们的刑事技术人员和侦查员会来找你们。”

常虹说着,把勒索信和储物柜钥匙都放进文件袋。

常虹:“这个我们取证带走,你们暂时别声张,一切照旧,别让绑匪察觉出异样。”

三位老大爷神色焦虑,连连点头答应。

常虹和包德荣相互对视了一眼,立刻转身,离开了盐帮菜馆。

下午5点,晚霞烧红了天空。

刑侦总队,专案组会议室。

副局长张大钢亲自坐镇,督导指挥,重案支队全员列席。

总队长顾长青带上老花镜,拿着勒索信的照片仔细端详,看完把照片交给了孟根山。

严启成手里拿着勒索信的原件汇报道:“各位领导,勒索信我们通过茚三酮熏显,一共发现了五枚指纹,三枚是盐帮菜老板刘水寿的,两枚是碧池拆车厂原厂长崔正直的,他们也是发现勒索信的人。另外,勒索信是由打印机打印出来,通过初步的文检鉴定,应该是在小的文印店里打印出来的,具体是哪一家,我们现在正在走访调查。”

顾长青:“奇怪? 邹氏兄弟怎么会去绑架张炜和张毅,根山,你怎么看?”

孟根山:“顾总,我们初步分析下来,这种可能性还是有的。一是,邹氏兄弟因为拆车厂的生意和拜师问题,本来就与张炜有过节,据知情人反映,曾经好几次发生过争吵,甚至斗殴。而且,邹氏兄弟曾经扬言,要让张炜和张毅在这个地球上消失。二是,邹氏兄弟缺钱,他们估计是知道了崔正直等人和张炜刚刚挣了一笔钱,在被我们追得无路可逃之际,只好敲诈身边的同事。三是,张炜一个人相对警觉性还可以,但是他的弱点是带着自闭症弟弟张毅,这样一来,很有可能会遭到邹氏兄弟的暗算。四是,张炜居住的城中村,环境鱼龙混杂,安防措施不到位,没有什么探头,也便于邹氏兄弟下手。我们的相海峰同志就是在这里遭到了毒枭庞连彪的暗算。”

张大钢神情严肃,不苟言笑地说:“手机也定位不到,监控也找不着,两个大活人说不见就不见了,活见鬼了。”

“手机出现了!”宋妍兴奋地看向几位领导,赶紧汇报,“各位领导,刚刚追查到邹守仁的手机行踪了,现在应该是在三安市淮山县境内。”

听到这样的重大线索,专案组会议室如同炸了锅,刑警们纷纷讨论起来。

宋妍的电脑连上了大屏幕,大屏幕上呈现出华东地区的地图。宋妍稍加操作,地图逐渐放大,一个跳动着的红点沿着轨迹,从东海市一路驶向了西江省的西南边,落在了三安市淮山县的大别山区附近。

“我们之前专门部署了‘猎狼行动’,还通过公安部发了A级通缉令,全国缉捕邹氏兄弟,怎么可能让他们从东海市一路逃过去!”张大钢看着模拟轨迹图,神情大为不悦,“为什么以前没有捕捉到他们的手机信号? 我看,这里面一定有问题。如果破案后,倒查出责任,不论是谁一律概不姑息。”

副局长张大钢的话让众刑警们压力倍增，他们在自责与内疚的同时，更感到丝丝诡异和不安。

张大钢伸手跟孟根山要来勒索信照片，自己分析起来：“勒索信写着在西郊区麦法隆超市交易，邹氏兄弟可能还在东海，至少是留下了一个，或者是还有其他同案犯。绑架两个人，还有一个是自闭症，哪那么容易逃出去。”

顾长青：“张局分析得很有道理，搞不好邹守仁就是一个人去大别山踩点的，而且，要控制张炜和张毅，邹氏兄弟应该还有同伙。”

张大钢：“你们也都说说自己的意见吧。”

“各位领导，淮山县就是邹氏兄弟老家，这里是大别山区，他们熟悉地形和环境，进了山，神仙也难找到他们。邹氏兄弟准备把人质绑到那里，有助于他们在山里撕票抛尸。”常虹神色凝重，说出了他的担忧，“我怀疑，张氏兄弟现在处境相当危险，甚至很有可能已经遇害。”

众人一听，全都沉默着看向张大钢和顾长青，气氛更加严肃。

包德荣：“张局、顾总、孟支，我申请立刻前往淮山县，与当地刑警合作，抓捕邹氏兄弟、解救人质。”

“我看不太可能。人质也是两个大活人，不可能那么容易就运出东海。”张大钢琢磨了一下，板着脸摇头否决，言之凿凿地说，“接下来的工作重点，我们要把东海市郊区各个村庄的出城小路、河道水路，全都监控起来，进一步加强‘猎狼行动’，做到滴水不漏。”

“张局，说得很有道理。”顾长青心领神会，顺着张大钢的话展开，“我认为可以兵分两路，一方面进一步加强‘猎狼行动’的监控和搜查力度；另一方面，派遣有经验的同事立刻赶往淮山县开展调查抓捕，确保两边都万无一失。张局，您觉得呢？”

张大钢点头认可这一方案。

常虹立刻起身发言："张局、顾总、孟支，三安市刑侦支队的副支队长党杰是我大学同班同学，我申请带包德荣同志一起去。另外，最好宋组长也能同行，提供技侦支持。"

"可以，人手就你们三个，我们重点还是应该在东海市布控，随时监控绑匪的电话和活动。"张大钢看向孟根山说，"还有，孟支，将张炜、张毅的照片等情况下发到各个区县以及周边省市，密切关注，一有发现，立即上报。"

孟根山："明白，张局，马上落实。"

顾长青："人命关天，事不宜迟，你们现在就去。"

常虹："明白。"

常虹点头答应，包德荣和宋妍立刻起身收拾东西，准备出发。

常虹站在原地，望着孟根山，犹豫了一下说："另外，鉴于张炜与罗红艳被杀案的关系，是否对张炜的底细再进行一轮摸查？"

包德荣回头看着常虹，神情不悦。

顾长青和孟根山一同点头，认可常虹心思缜密。

孟根山："放心，我会另外安排人手调查，你们尽快去淮山，路上注意安全。"

"请领导们放心，保证完成任务。"常虹点头答应，带着包德荣和宋妍离开了会议室。

孟根山看向马龙和徐勇，分派任务说："张炜的父母已经亡故，在本市也没有复杂的人际关系，你们俩要对他的家庭背景、甚至父母老家的社会关系，再进行一次深入调查。"

马龙和徐勇异口同声地说："明白。"

秋天的黄昏来得总是很快，还没等忙碌的人们反应过来，太阳就落进了西山。

东海市，西郊区出城方向的高速路上，一辆陆地巡洋舰5700警车呼啸而过。

包德荣全神贯注地驾驶着警车，疾驰在宽阔平坦的高速公路上，身边的景色不断变化。

车里，常虹、包德荣和宋妍都不说话，气氛有些尴尬。

常虹看了眼身边的包德荣。包德荣面容冷峻，也许是为张炜和张毅的处境担忧，也许还在为常虹怀疑张炜而闷闷不乐。

常虹无奈掏出手机，给黄梦婷留了条语音："梦婷，我刚接到任务，现在正在出差路上。这几天，我不能去你家吃饭了，帮我跟你爸妈说声对不起。切记注意安全，多保重。"

常虹说完，将手机调成前置摄像头，举高后对准车后排的宋妍："来，配合一下。"

宋妍很配合地摆出V字手势。

"哼，无聊。"包德荣目不斜视地开着车，态度很不配合。

照片拍完，常虹立刻发给了黄梦婷。

宋妍忍不住拿他打趣说："常支，你报备得够细致啊，以后就拿你当请假报备的模板了。"

常虹不好意思地笑着，手机上弹出黄梦婷的语音短信："没事，你照顾好自己，等你回来。"

黄梦婷说完，还补上了爱心的表情包。

常虹脸上挂着幸福、欣慰的微笑，收起了手机。

"你们不是都领证了吗，怎么还不改口？"宋妍望着他，露出八卦的神情。

常虹犹豫了一下，略显敷衍地回答："不太习惯……"

宋妍："报备这么自觉，改口有什么好矫情的？"

常虹无奈地苦笑了一下，又看了眼包德荣。包德荣沉默不语，气氛再度陷入尴尬。

常虹看向宋妍说："你先歇会儿吧，开过去得七八个小时呢。"

宋妍："好的，淮山那里可是一场硬仗。"

常虹又转头看向包德荣说："老包，一会儿找个服务区，我换你。"

"不用。"包德荣冷冷回应。

宋妍看出了问题，朝常虹挤了挤眼，靠在后座上闭目养神。

9月19日，凌晨。

三安市万籁俱寂，夜色昏暗，群山黑魆魆，大野阴沉沉，月亮在天上，却不知躲在哪里，冷光微弱，根本刺不透沉沉夜幕。

常虹、包德荣和宋妍的警车缓缓驶入三安市公安局，在刑侦支队办公楼前停下。

三安市刑侦支队副支队长党杰，留着清爽干练的寸头，面容方正威仪，身材孔武健硕，带领值班的刑警小刘和小曹，早已等候多时。

见到常虹等人下车，党杰热情地走上前去，跟常虹握手。小刘和小曹也迅速上前迎接，帮他们取下行李。

党杰："常虹兄弟，好久不见了，一路辛苦了。"

"党兄，别来无恙。"一阵凉风袭来，常虹搓了搓手臂说，"嘿，这里，还真凉快。"

"咱们这儿是小地方，跟你们东海大都市可不好比，就是山多水长，适合避暑，改天别搞案子，专门带家人……"党杰还未说完，近距离看到了常虹脸上长长的伤疤，顿时愣住了，惊奇地说，"常虹，你脸怎么了？"

常虹报以苦笑说："没事，被歹徒划伤了。"

"那你也算是光荣负伤，这是英勇作战的勋章啊！"党杰想了想，露出赞叹的微笑，一把搂住常虹肩膀说，"走，给你们准备了夜宵，你好好跟我讲讲你的英雄事迹。”

“没什么事迹，就是相海峰牺牲那次……”常虹嗓音低沉，冷冷回应。

党杰心里一沉，瞬间停下脚步，眼睛直愣愣地看着常虹，眉宇间不知不觉透出惊讶和悲伤。

包德荣和宋妍跟在常虹身后，也不免触景生情。

常虹为了缓解尴尬，轻拍党杰的后背说：“党兄，这是我同事包德荣和宋妍，走吧，里面说。”

党杰：“幸会、幸会，来，里边请。”

说着，党杰在前面引路，带他们走进了刑侦支队办公大楼。

刑侦支队大会议室，灯火通明。

党杰知道常虹晚上要到，特意让食堂大师傅准备了两荤两素四大盘当地特色菜，以及一箱康师傅老坛酸菜方便面。

党杰：“咱们这儿条件有限，招呼不周哈，菜是凉了点，就着喝碗热汤面吧。”

小刘和小曹忙前忙后，帮大家冲泡方便面。

常虹：“党兄，费心啦，咱们刑警平时风餐露宿的，这已经是高规格待遇了。”

宋妍：“是呀，是呀，党支，这么晚了还能有口热乎的，真是感谢。”

党杰：“嗨，天下公安是一家，四海刑警皆兄弟嘛，哈哈。”

常虹、包德荣和宋妍吃完了夜宵，一路上的舟车劳顿，缓解了不少。

小刘和小曹赶紧帮忙收拾餐盒，擦干净会议桌，给大家沏上了茶。

党杰和常虹避开他人，挨着坐在会议圆桌一角，已经抽起了闷烟，昨日之深渊，今日之浅谈。

党杰神色凝重，长长地叹了口气，为相海峰的命运唏嘘不已。

“海峰兄弟，在刑警学院的时候，我就看出他志向高远、敢闯敢拼，可没想到这么年轻就……”党杰眼睛一红，说话有些哽咽，他稳了稳情绪，摇着头接着说，“不过，他是好样的，他是英雄！”

常虹缓缓呼出一口烟，眼神哀愁地凝视着远方，自言自语：“当时完全是一团乱战，我为了救他，被划伤了脸。他为了救我，挡在我胸口，被歹徒刺死了……”

说完，常虹闭上眼、埋下头，再度陷入了深深的悲伤和自责之中。

包德荣和宋妍看着他失落的背影，也不免再次触景伤情。

党杰伸手搭在常虹肩膀上，鼓励道：“兄弟，倒是你自己，还是要振作起来。”

常虹：“没事，最难的时候已经扛过去了。”

这时，包德荣和宋妍坐到他们身旁。党杰朝包德荣和宋妍挤出微笑，调侃说：“常虹以前可是我们刑警学院的校草，没想到，玉面郎君以后要做‘疤面神捕’了。”

常虹苦笑了一下，看了一眼墙上的时钟，已经凌晨3点半了，连忙掐灭了烟头。

常虹：“你少来，时间不早，赶紧说一下明天的行程安排。”

党杰赶紧招呼道：“小刘，快把地图拿来。”

不久，小刘麻利地在办公桌上铺开了三安市全境的地图。

党杰指了指靠近大别山区的淮山县，一脸严肃地说：“这里就是公安部A级通缉犯邹守仁和邹守义的老家，就在淮山县兆丰农场杨树分场新五队，他家的门牌号是十八组。那地方，紧挨着大别山区，如果兄弟俩躲进山里，搜起来就有难度了。”

常虹面色凝重地说：“邹守仁和邹守义，跟杀害相海峰的凶手庞连彪长期勾结，相海峰被害前，就是他们兄弟俩一直在窝藏庞连彪，相海峰牺牲与他们有直接的关系。”

“放心，海峰兄弟的献血不会白流，我不会放过他们的。只要邹氏兄弟还在三安市，就算掘地三尺，我也一定把他们挖出来。”党杰听懂常虹言语的分量，眼神也燃起了怒火和斗志，“我们支队早已给三安市下属四区三县，下发了邹氏兄弟的通缉令，明天，市武警支队、特警支队、警犬大队、淮山县公安局，也全都处于待命状态，明天一早就出发。”

“兄弟费心了。”常虹的手掌有力地拍在党杰肩膀上，哥俩默契对视，相互鼓励。包德荣和宋妍也露出欣慰的微笑，斗志满满。

党杰：“你们尽快休息一下，兆丰农场离这里还有两个小时路程，我们明天一早8点准时出发。对了，山里天冷，把厚衣服都换上。”

常虹：“好。”

9月19日，清晨。

夜色，如一层薄薄的蛋壳在不知不觉中被剥去了，蛋青色的曙光柔和地洒在青色的高楼群和高楼群拥抱的道路上。沉睡了一夜的生命，又投进了一片创造和抗争的喧腾里。

东海市公安局刑侦总队，刑侦大楼庄严肃穆，楼前的旗杆上，国旗迎风飘扬。

重案支队，支队长办公室。

马龙和徐勇敲门走进了孟根山的办公室，快步来到他的办公桌前。

马龙：“孟支，您找我们？”

孟根山黑眼圈浓重，眉头紧锁，单手托着下巴沉思，喝了口浓茶说：“对，你们得马上去趟浙江桐安。”

马龙和徐勇不明所以，疑惑地望着孟根山。

“昨天晚上11点，浙江省公安厅来了一份加密电报。”孟根山站了起来，双臂抱在胸前，一边思索一边缓缓说，“电报上说，浙江桐安县竹板乡，有村民好像看到了张炜和张毅兄弟俩，但也不太确定。”

马龙：“我们核实了张炜的家庭背景，浙江省桐安县竹板乡紫竹村，倒确实是他父亲张建民的老家。”

徐勇：“难道……真的被常支料中了？”

孟根山：“这事情蹊跷，不忙作判断。你们赶紧去桐安，跟当地警方配合，务必调查清楚。”

马龙和徐勇：“是。”

两个年轻刑警转身走出了办公室，孟根山凝望窗外，面色凝重。

9月19日，上午10点，天气阴沉。

淮山县通往兆丰农场的乡间小路上，党杰开了一部北京吉普警车，在前方带路。常虹等人开着巡洋舰5700警车排在中间，紧跟其后。小刘和小曹开着一部金杯警车装载着生活物资压阵，紧紧跟随。

一路的颠簸让宋妍有些晕车，她眼睛微闭，扶着太阳穴，往人中处又抹了一些清凉油，憋住一口气，强忍住呕吐。

不多时，车队在兆丰农场杨树村村口缓缓停下。村口道路上，已经停满了大大小小的各式警车。

党洁、常虹等人纷纷下车，三安市特警支队、武警支队、警犬大队、淮山县刑警大队的带队领导，看到党杰等人下车也陆续走了过来。

常虹和包德荣默契地对视一眼，深吸了一口新鲜的空气。两人抬头望去，只见村庄就在大别山脚下，绕过山坡上的经济作物田地，就可以走进背后的深山老林。

宋妍强打起精神，在巡洋舰车后座上打开了技侦设备，开始搜寻邹氏兄弟的手机信号。

党杰带着各部门的带队领导，与常虹和包德荣相互介绍寒暄之后，纷纷进入到工作状态。

淮山县刑警大队的刑警们和当地兆丰农场派出所的民警们，一大早，就已经在对杨树村民开展走访摸排。

看到党杰和常虹等人到来，淮山县刑警大队刑警老王与驻村民警老童立刻走过来汇报情况。

一阵寒暄之后，老王先开了腔："党支，按照手机信号轨迹，我们判断，邹氏兄弟应该就藏在村里。我们问了一上午，村民们都说没见过邹守仁和邹守义。"

老童立刻上前，补充说："党支，这整个村庄都是姓邹的，多少都有些沾亲带故，看他们的样子，也不像是在撒谎。再说，村里的青壮劳动力都去城里打工了，剩下的这些老人小孩都是老实人，也不想惹麻烦，我们也问不出什么名堂。"

党杰："邹守仁和邹守义的家人，询问过了吗？"

老童："他们的爸妈前两年就相继病逝了，从那以后，村民也不跟他们来往了。"

常虹："为什么？"

"还能为啥？这对兄弟从小就坏，以前还在县里猥亵妇女，当过少年犯。"老童抽了口烟，流露出嫌弃的神情说，"我们杨树村村里人，民风保守又好面子，嫌他们伤风败俗，丢人现眼，谁都不愿跟他们来往。"

党杰感到无奈又焦急，转头询问常虹："常兄，有没有最新的定位？"

常虹回头看向身后不远处陆地巡洋舰后座的宋妍，喊道："宋组长，有没有情况？"

宋妍从车窗探出脑袋，愁眉不展地说："常支，现在邹氏兄弟的手机信号完全消失了，很有可能是藏进了山里。"

党杰、常虹和包德荣不约而同地抬头，望着阴沉幽暗的深山老林，愁云满面。

常虹朝党杰看了一眼，眼神格外坚定。党杰立刻会意，拿起对讲机，呼叫支援："请各单位注意，按照预定计划，开始搜山！"

与此同时。

沈海高速G60东海市出城高速道口，马龙和徐勇驾驶着警车，熬过了焦心的早高峰，迅速通关驶过，风驰电掣。

旁边出城方向的通道上，临时安检口前已经排起了长龙，东海市公安局部署的"天网行动"和"猎狼行动"还在如火如荼地进行中，郊区分局的交警、刑警和警犬搜查相互配合，逐一查验过境司机的证件，以及车内物品情况。

东海市郊区与外省市交界的乡村土路上，警方设置了临时检查点，过境的所有人员、私家车、运输农副产品的厢式货车排起了队，逐一接受检查。

东海市乡下的河道里，一名水警驾驶着冲锋舟，带领两名荷枪实弹的特警，在通往外省市的河道里来回巡视。引擎声轰鸣，冲锋舟疾驰而过，在水面上划开一道箭型的波浪。

两名便衣刑警化妆成情侣，来到了西郊区麦法龙超市大卖场，他们在储存柜前假装存包，目光紧紧锁定在1105号储物柜上，随后又抬头观察四周环境，远远地走开。男刑警朝摄像头比了个OK的手势，女刑警通过耳麦小声回复："储物柜已锁定，到目前为止没人打开柜子取出现金，其他情况一切正常。"

杨树村,后龙门山。

深山老林里,大树参天,遮天蔽日,阴天微弱的光线根本透不进来,原本寂静的树林显得更加幽暗潮湿。

一小队特警和警犬搜查队组成的搜寻小队在前方开道,山路蜿蜒,雾岚婉约,间有鸟鸣。

小队后面,党杰、常虹和包德荣等人紧随其后,手里都拿着一根树枝做登山杖,辅助上下山。

林间没有风声。随着搜查队走过,不时惊起一些叫不上名字的山禽扑腾着翅膀飞过,天空中还回响着乌鸦的叫声,气氛显得神秘又诡异。

忽然,党杰似乎听到了"嘶嘶"声,他停下脚步,扫视地面,瞬间惊呼起来。

党杰:"常虹,小心,有蛇!"

众人都紧张地循声望去,常虹气定神闲,早已发现在草丛里游走的一条大黑蛇正向他袭来。他从容不迫地用登山杖将大黑蛇挑起,扔向远处。

常虹:"没事,方头的,无毒。"

众人都舒了一口气。包德荣叉腰立定,环顾四周,焦虑地自言自语:"这深山密林的,真要是把人绑进来,恐怕就凶多吉少了……"

党杰:"这事儿细想有点蹊跷,虽说定位是在杨树村这边,如果邹氏兄弟回来了,还绑了两个人质,目标应该很明显,不可能一点痕迹都没留下。"

"确实,很奇怪……"常虹环顾山间的密林和杂草,暗暗点头。

党杰:"我们进山走了也有几公里了,可无论草里还是道上,都没发现可疑的活动迹象。"

这时,"呱、呱、呱",远处似乎传来了乌鸦的怪叫声,乌云遮日,山雨欲来，一阵疾风吹进林间，树叶摇曳着沙沙作响，显得更加阴森可怖。

常虹也察觉到环境的变化，他愁眉不展，犹豫地看着眼前墨绿幽暗的密林。

党杰："常兄，杨树村村支部办公室腾出来了，给我们做临时指挥室。眼看要下雨，我们没有什么装备，搜寻小队继续向前搜寻，我们回去等消息吧。"

常虹回头看向包德荣，包德荣有些不情愿，但看着天色也只好同意。

搜寻小队继续前行，其他人原路折返，前往村支部。包德荣走了几步还是不放心，又回头凝视了一眼阴森诡谲又深不可测的密林。

9月19日傍晚，桐安县竹板乡紫竹村。

天空阴沉下来，圆圆的夕阳落在西山上，满天的云霞在浮动。

马龙驾驶着警车，徐勇坐在后排，竹板乡派出所民警老孙坐在副驾驶座上领路，警车缓缓驶入竹板乡崎岖的乡村道路。

两名五十多岁、长相忠厚的男子，紫竹村村长张德贵和村民张忠富蹲在道旁抽烟等候，看到警车驶来，他们赶紧踩灭烟头迎了过去。

马龙、徐勇和老孙走下车，简单地握手寒暄之后，老孙给他们互相引见、介绍情况。

老孙："马警官、徐警官，这是紫竹村村长张德贵，你给两位东海来的警官说下情况。"

张德贵满脸堆笑，连忙掏出烟，递给马龙和徐勇。

马龙："谢了，张村长，不用客气。直接办正事儿吧，是什么时候，什么地方，遇到了张炜？"

"警官，不是我，是忠富。"张德贵把身旁老实巴交的村民张忠富拉到跟前说，“是他说，昨天天快黑的时候，在后山，我们村里埋死人的地方，看见张建民的魂魄回来了……我寻思，张建民虽然在一年前入土为安了，鬼魂什么的，我、我们共产党员，是坚决不信的。”

马龙和徐勇听到“张建民”这个名字，一脸迷惑。

马龙：“张建民？你说的是张炜他爸？”

“是啊，你自个儿说。”张德贵用胳膊捅了捅张忠富。

张忠富委屈巴巴，像是被人冤枉了一样，面露难色。

老孙连忙安慰他说：“你别慌，看到什么就说什么。”

张忠富偷偷瞄了瞄马龙和徐勇，怯生生地说：“好晦气的，我说出来，你们不要生气哈。”

徐勇笑了笑，温和地说：“没事，我们刑警什么没见过，大叔有什么说什么，不要紧。”

“我有啥说啥啊。”张忠富横下心来，面色铁青地说，“前天傍晚，下过雨，后山竹林子里已经暗了，我采了些菌菇就赶快往回赶，没想到……就远远看见一个佝着背的男子，领着个大胖小子进后山了……这个点儿，正常人谁会进后山，那、那个身形，那个背影，可不就是张建民的……鬼、鬼魂带着他的小儿子，一起回坟里去嘛！”

“我说忠富呀，你跟警察同志讲事实就好了，瞎说什么你，丢人现眼。”张德贵听着有点不耐烦。

马龙：“没事，让他接着说。”

张忠富：“是真的嘛！以前，张建民还活着的时候，带着他后来的小儿子回来给他老婆上坟，就跟昨天我看到的一模一样。”

张德贵一脸嫌弃，把张忠富拉到后面，上前解释：“各位警官，忠富他没文化，尽信些怪力乱神的事情。他前天跟我一说，我一猜就是张建民那个不成器的大儿子回来了，立马就跟孙警官汇报了。”

马龙看向张忠富：“你能确认，看到的背影就是张炜吗？”

“上次见张炜那小子还是一年前，他爹下葬的时候。”张忠富犹豫了一下，摇了摇头说，“可，我记得张炜是个小伙子，也没勾着个背呀，人看着也没那么老啊……昨天那个背影……我跟他爹可是堂兄弟，从小一起玩到大……怎么看都是他爹的鬼魂嘛！”

张忠富固执己见，发现张德贵又瞪了他一眼，只好无奈地低下了头。

徐勇：“他们的正脸你看清楚了。”

张忠富：“都傍晚了，黑咕隆咚的，谁能看得清啊？”

说话间，天色逐渐黑下来。马龙和徐勇望着村子后山雾气缭绕的山林，回头看向老孙。

徐勇：“老孙，带我们去张炜父母的坟头看看吧？”

“今天？现在天色晚了，进山不安全。”老孙望着黑幽幽的山林，立刻犯了难，皱着眉头说，“咱们浙江这些年生态保护做得好，山里面的野猪、狼，甚至豹子都有了……明天吧，我联系一下县里，明天一早让他们多派几个人，配合你们一起进去。”

马龙和徐勇虽心有不甘，望着后山半山腰的云雾和远处黑压压的乌云，也只好作罢。

兆丰农场，杨树村村支部办公室。

夜幕降临，包德荣站在村支部的门口望出去，只见山上一片漆黑，杨树分场家家户户都亮起了灯，农舍的厨房间上冒出青白色的炊烟。

远处，传来“叮叮当当”敲锣打鼓的声音，没多久，声音都安静了。

村长老邹叼着烟，和小曹警官一同走回村支部办公室。包德荣殷切地看着他们，常虹和党杰也起身迎接。

“党支，参与搜山的各支搜索队和村民们都回来了。”小曹神情疲惫，略显沮丧地摇了摇头说，“可是，还是一无所获。”

党杰:“同志们辛苦了,让大家先回去好好休息。山区那么大,要做好持久战的准备。”

常虹、包德荣和宋妍互相对视了一眼,倍感任务艰巨。

“领导,你们咋就不信我呢?”邹村长听完党杰的话,重重地叹了口气,蹲下身来点了一支烟,埋怨起来,“俺们村虽然穷,邹守仁和邹守义,这俩坏痞的要是真的回来了,我们绝对不会藏着掖着。”

“村长,真没有怀疑乡亲们的意思。”党杰连忙上前,好言相劝,“我们要相信科学,监控设备发现他们的手机信号到这儿就消失了,很有可能就是藏进山里去了。”

“可,我们就是没看到嘛!”老邹还是觉得委屈,有点不耐烦地扭过头去。

党杰:“你们不知道也正常,这进山的路大大小小有很多条,这兄弟俩犯了事儿,肯定得偷偷摸摸的,害怕被人看到。”

“哎,真的是造孽啊!”老邹深吸了一口烟,唉声叹气地说,“俺们村世世辈辈,都是老实人,怎么出了这两个丧门星。还有隔壁庞家村,还出了个庞连彪,祖宗的脸都被丢光了。”

邹村长说着,将双手合在一起,对着外面黑幽幽的天空怨恨地拜了拜。

常虹连忙走上前,握住邹村长的手,劝慰道:“村长,一码是一码,咱们杨树村民风淳朴,我们都感受到了,邹守仁和邹守义犯了法,跟你们没关系。你们给我们警方提供的帮助和支持,说明你们都是古道热肠的好人,我们人民警察是不会忘记的。”

“东海来的领导,我就一个请求,请你一定要答应我。”邹村长恳切地望着常虹说,“等你们抓到这俩坏痞的,千万别说是俺们村出去的,权当给俺们村和邹氏的列祖列宗们留点面子。”

在场的刑警们听着心里都倍感辛酸,像打翻了五味瓶。

常虹:“一定、一定。”

常虹和党杰两人默契对视,按计划回程。

党杰:“邹村长,那我们先回县里休息,明天继续搜山,我们也会过来。帮我们谢谢村民们。”

邹村长默默点头,不再言语。

常虹和党杰等人快速收拾东西,踏着夜色暂时离开了杨树村。

9月20日上午,桐安县竹板乡紫竹村后山坟地。

竹山竹海,连绵不绝,层层叠叠,一眼望不到边,犹如一幅巨型泼墨山水画。习习的山风,处处透着凉意,这里没有城市的喧闹,只有诡异的寂静。

山间的云雾渐渐散去,竹海深处,参天的碧竹一片连着一片,潮湿的水汽凝结成露珠,从竹叶高处滴滴答答地落下。

村长张德贵在前头领路,马龙、徐勇和民警老孙,以及桐安县荷枪实弹的刑警、带警犬的民警保驾护航,沿着蜿蜒曲折的山路走进了茂密的竹海。

经过艰辛的翻山越岭,众人来到了竹海的深处,这里人迹罕至,四周星罗棋布地分布着新旧坟冢。

村长张德贵气喘吁吁,单手叉着腰,遥指着远处土坡上两棵细细长长且东倒西歪的松树说:“张炜父母的坟,就在前面那两棵歪脖子树底下。”

话音未落,“汪、汪、汪”,警犬朝着松树方向一阵狂吠,带犬民警一撒手,警犬如离弦之箭,狂奔过去。

马龙和徐勇立刻警觉起来,眉头紧锁,子弹上膛,立刻向土坡冲去。

警犬率先冲到松树附近,扎住阵脚,不停地狂吠。

众人先后赶了过来，只见两只野狗抬起头，对着警犬龇牙咧嘴，发出低沉的嘶吼，眼中冒着红光，做出了预备攻击的姿势。

张德贵吓得大气不敢喘一声，立刻躲到了马龙和徐勇身后。

说时迟那时快，马龙立刻朝天鸣枪，震慑两只红眼野狗，清脆的枪声在寂静的竹海中回荡，惊起一片飞鸟。

听到枪声，两只红眼野狗呜呼一声，转身窜入竹林中消失不见。

马龙和徐勇快步走上土坡，刚踏上歪脖子松树前面的平地，一股浓烈的恶臭袭面而来，两人立刻捂住口鼻，朝边上一阵干呕。

民警老孙等人随后赶到，也都忍不住屏住呼吸紧锁眉头，张德贵跟在最后，不明所以，捂着鼻子蹭到前面来看，瞬间瞪大了眼睛。

只见在两个坟包边上，横着一摊体型硕大的尸体，尸体全身生满了一片片白花花的蛆虫，尸体似乎有被野兽啃食过的痕迹，暗红色的肠子和内脏被掏了一地，散发出阵阵令人发指的恶臭。

"我的妈呀！"张德贵大叫一声，来不及转身，紧接着俯身一阵狂吐，似乎连胆汁都快呕出来了。

老孙连忙帮他拍打后背说："到一边休息一下，别耽误我们办案。"

"我的妈呀，见鬼了，见鬼了。"张德贵吓得腿脚发抖，吐得泪眼婆娑，神志恍惚。

马龙和徐勇调整好呼吸，抽出纸巾捂住口鼻，慢慢靠近尸体观察。

尸体仰面躺在地上，衣服被撕咬得破烂不堪，颈部有一条明显的深红色勒痕，头面部表皮呈黑红色，左边半张脸被咬得血肉模糊，眼珠破损，部分头皮被撕扯掉，尸体五官还能粗略辨认。

马龙："是张毅！"

马龙和徐勇对视一眼，立刻拿出手机，将现场状况拍照存档。

"应该是张毅。"徐勇拿出手机调阅张毅的相关资料，根据特征点仔细逐一比对，“身高、体型、面部特征……应该没问题。”

马龙一边用手机拍照，一边仔细查看尸体颈部的勒痕说：“你看颈部的勒痕，死法是不是跟钱平有点像？”

徐勇：“是呀，跟‘9·9’杀人抛尸案案卷资料上的勒痕确实很像，应该是用钢丝勒死的，不过，这还得专业的法医解剖以后才能下定论。”

马龙面色凝重，回头看向老孙说：“麻烦你赶紧联系县公安局的技术员来现场勘查，另外，让带犬民警在附近的山崖沟壑，再仔细寻找寻找，看看有没有另一具尸体或者是其他的痕迹物证。”

“明白。”老孙点头答应，立刻开始布置工作，打电话通知增援。

阴风阵阵，民警带着警犬，和两个县刑警大队的同志一起向竹海深处走去。

徐勇小心翼翼地绕着坟头四周查看，发现这两座坟头没有墓碑，坟头边的两棵歪脖子松树也似乎刚刚被人动过。张毅的尸体离坟头大概三四米左右，尸体不远处掉落了一个蓝色的书包，里面散落出一些零食、画笔，两个坟包中间的土地上有过烧纸的痕迹，旁边散落了一些新鲜的水果，已经被鸟兽啄食过。

徐勇扩大了搜索范围，在坟地旁边的竹林里发现了一根弯折的粗钢丝。他立刻朝马龙呼喊：“马龙，快来拍照，这个可能是凶器。”

马龙朝他点点头，快步走了过来。

马龙和徐勇快速拍完了现场概貌、细目以及尸体照片，立刻将照片用警务通微信发给了孟根山和常虹。

马龙立刻拨通了孟根山的电话：“孟支，在张炜父母的坟地发现了一具男性尸体，看起来应该是张毅。”

孟根山：“能确认是张毅吗？”

马龙：“我和徐勇仔细核对过，看体型和面貌，应该不会错。”

孟根山:“张炜呢?”

马龙:“目前只发现了一具尸体,我们已经让带犬民警和县里的刑警继续进山搜索了。”

孟根山:“好,你们一定要保护好现场。我立刻联系浙江省公安厅刑侦总队,请他们派刑侦专家,立刻支援你们。”

马龙:“明白。”

孟根山的电话刚刚挂断,徐勇的手机又马不停蹄地响了起来,来电显示:常虹。

徐勇接起电话,电话那头却传来了包德荣情绪失控的声音:“马……龙干……嘛不接电话……现场……现场……什么情况?”

电话信号断断续续,徐勇被问得一时语塞,与马龙面面相觑,他把手机声音调成了公放,顺手塞给了马龙。

杨树村村支部。

天上阴云密布,远处传来隆隆的雷声。

包德荣在村支部绕着圈来回踱步,寻找信号最佳点,焦急地逼问徐勇。党杰和宋妍望着包德荣,心急如焚地等待着电话结果。

常虹跟在包德荣身边,试图拿回手机,包德荣双手将手机捂在耳边,迟迟不肯松手:“喂喂喂,徐勇,马龙,喂喂喂……”

常虹看他急得乱了分寸,大声说:“老包,别慌,到室外试试,开免提。”

包德荣闻言,快步走出村支部。室外狂风四起,气压很低,压得人透不过气来。

包德荣将手机放在身前,点开了免提,众人立刻跟了出去,手机信号也好了一些。

马龙:“初步看下来,尸体应该是失踪的张毅,死亡时间不长,看样子是被钢丝勒死的，尸体被野兽撕咬过。前天傍晚，天快黑的时候，有村民在后山采蘑菇，看到两个人的背影，走进了后山坟地，好像是张炜带着张毅。”

“喂喂喂，声音太小。”包德荣大声喊道，“有没有，有没有看到，张炜，张炜的尸体？”

“老包，你别着急。”马龙在电话那头不耐烦地叹了口气，用尽力气大声说，“目前，现场压根儿没看到张炜的尸体，带犬民警已经进山继续去搜了。”

包德荣这才回过神来，愣愣地端着手机。宋妍上来轻轻拍打他的后背，示意他宽心。

常虹趁机拿回手机，镇定地询问：“马龙，照片里的钢丝在哪里发现的？”

马龙：“常支，这段粗钢丝是在坟地附近的竹林里发现的，怀疑是凶器。对了，还有，两个坟头之间有烧纸的痕迹，还有一些水果，好像是做过了简单的祭奠。”

常虹：“祭奠？行，保护好现场，有任何新发现，第一时间通知我。”

马龙：“明白。”

常虹挂断电话，凝眉沉思，整理着思路。

党杰看向常虹说：“人找到了？怎么在浙江？”

常虹摇了摇头，没有回答。

说话间豆大的雨点从天而降，伴随着电闪雷鸣，一场不期而遇的暴雨向人间袭来。

众人纷纷回到村支部避雨。

这时，党杰的电话突然响起，他接起电话，音量调成公放：“喂，什么情况？”

电话那边传来搜索小队的队长汇报："党支，我们刚刚在老虎山的山坳附近，发现有人为的活动迹象。另外，在老虎山一处人迹罕至的悬崖边发现了一双40码的男士运动鞋，看样子还比较新。"

党杰："好的、好的，辛苦了，都快回来吧，这个暴雨来势汹汹，容易引发泥石流和山洪。"

队长："放心，我们已经在回来的路上了，很快就到。刚才山里没信号，所以才拖到现在汇报。党支，还有什么指示？"

党杰："注意安全。"

队长："是。"

"40码的男士运动鞋！"包德荣心里咯噔一下，焦急地说，"这鞋号，就是张炜的呀。"

宋妍："这事情太奇怪了，张毅的尸体在浙江桐安，张炜却在这里的老虎山生死未卜，难道是邹氏兄弟分开行动了。"

"很有可能。"包德荣打断宋妍说，"邹守仁和邹守义，这两个畜生，果然一开始就没想留活口。"

包德荣气得咬牙切齿，说完狠狠捶了下桌子。

"老包你冷静点，我知道你担心张炜，可是……"常虹欲言又止，沉思了一下说，"绑架，如果是假的呢？"

包德荣："假的？常虹你有没有搞错，人命关天，张毅已经被害死了，你还在怀疑张炜？"

常虹："不是我针对张炜，而是这绑架案疑点重重。刚才你也听到了，马龙说有村民看到张炜和张毅，就两个人，没有旁人，进了后山坟地，张炜父母的坟前也有祭奠的痕迹。更可疑的是，到现在为止，三个大爷没有接到过任何一个电话，放在麦法隆超市1105号储物柜的50万元现金，也没人来取……"

"可是，张炜没有杀他弟弟张毅的动机。刚才，马龙明明讲的是天黑、背影、疑似……再说了，烧纸也不一定就是祭奠啊。况且，我们临走前还去找过他们，看下来一切正常。退一万步讲，就算是张炜杀死了弟弟张毅，那为什么不将他的尸首埋掉，而是任由野兽撕咬，曝尸荒野？”包德荣深吸一口气，平复了一下情绪说，“常大虹，还是那句话，不要对刑满释放人员有太多的偏见，也不要添加个人的感情因素。”

常虹：“老包，我知道你是张炜的管教，对他很了解，不过，人心有多深？不见底啊！人是会变的。”

话音未落，窗外一声炸雷，似山崩地裂，震得人耳朵发麻。包德荣与常虹四目相对，气氛突然剑拔弩张。

党杰连忙打圆场说：“邹氏兄弟很狡猾，有没有可能是我们工作不细致，提前暴露了。”

宋妍：“这就难说了，不过，绑票案一旦开了杀口，那么很难会收手。”

常虹：“老包，咱们有事儿说事儿，我也就是从证据的角度去分析，怎么会带有个人感情因素呢，你想邹氏兄弟绑架张炜、张毅怎么会到张炜的老家去？”

包德荣：“是啊，从证据的角度分析，邹守仁的手机号怎么会出现在这里？老虎山又为什么发现了张炜同尺码的鞋子？”

“这是两码事儿，好吧。”常虹气得直接背过身，不想跟包德荣争吵。宋妍给包德荣频频使眼色，劝他坐下冷静。

常虹心里乱作一团，不免担心起黄梦婷。他走到门外屋檐下，看着眼前白茫茫的暴雨，拨通了黄梦婷的电话。

常虹：“喂，梦婷你还好吗？”

黄梦婷：“亲爱的虹，我这一切都好，你那里怎么样，张炜、张毅找到了吗？”

“嗯……”常虹犹豫了一下说，“一言难尽，不过，你最近要格外小心，不要单独行动，如果有陌生人靠近你，第一时间报警。”

黄梦婷：“放心吧，我会照顾好自己的，小雅跟我形影不离。”

常虹：“那就好！”

常虹挂了黄梦婷的电话，又拨通了高一萌的电话。

常虹：“喂，萌萌，晚上下班后，麻烦你去滨江W酒店接一下梦婷……她们今晚有个慈善募捐晚宴……可能是我多虑了，这几天我总是觉得心慌。”

高一萌：“请师傅放心，你安心查案，稍后我就跟婷姐联系。”

常虹：“好的，辛苦了。”

常虹挂了电话，看着眼前被暴雨笼罩着的茫茫大山，忧心忡忡。

9月20日晚，华灯初上。

东海市，滨江W酒店。

由东海市妇联和“梦虹”爱心慈善基金会联合发起的慈善募捐晚宴，在一号宴会厅里隆重召开。

一号宴会厅装扮一新，舞台的LED大屏幕上，以喜庆的红色底板，打出了“梦虹爱心基金慈善募捐晚宴”的字样。

舞台下高朋满座，前排主桌上是东海市市政府和妇联的领导，边上一桌是青商协的主要领导，后排十几桌酒席，坐满了东海市商界各个行业内的青年精英，他们穿着光鲜亮丽，举止端庄优雅。

黄梦婷穿着一身简约的象牙色巴宝莉套装，清爽干练。她托着香槟杯上台，对着话筒轻轻敲了敲香槟杯，微笑着向全场致谢。

黄梦婷：“感谢各位嘉宾今晚慷慨解囊，截至目前，本次晚宴共筹集善款860万元。这些善款将全部用于市妇联与我们慈善基金共同倡导的‘妇女援助公益行动’，致力于为那些身处社会灰色地带的女性，提供深造培训和再就业的机会。在这里，我再次由衷地感谢各位慷慨解囊的青年企业家们，你们是有责任、有担当的一代，先干为敬。”

台下掌声雷动，黄梦婷心潮澎湃，举起香槟杯向全场致意，一饮而尽。

黄梦婷：“再次感谢大家的捐赠，是你们的善良和慷慨，给这些生活残缺的女性，提供了一次重获新生的机会。”

黄梦婷走到舞台中央，深深鞠躬，向全场嘉宾致谢。

全场嘉宾集体起立鼓掌，其中不乏宾客齐声叫好。

小雅身着一袭黑色套装，坐在主办方的座位上，此时，她正起身为黄梦婷鼓掌，忽然，手机响起，来电显示：常虹大哥。

小雅立刻转身走出了宴会厅。

小雅推门走出了一号宴会大厅，来到走廊上，接起电话，对面传来常虹焦急的声音。

常虹：“喂，小雅，你跟梦婷在一起吗，她怎么一直不接电话？”

“常大哥，你放心，这里是五星级酒店，安保都很严格的。”小雅欣慰地一笑，连忙向他解释，“我们都在慈善募捐晚宴的现场，婷姐刚才上台发言致辞，手机静音了。”

常虹沉默了一秒，满怀担忧地说：“行，你们少喝点。晚宴大概几点结束？我安排了高一萌下班后去接你们。”

“不用那么麻烦吧，我送婷姐回家就行。”小雅倍感诧异，警觉起来说，“出什么事了吗？”

常虹：“也没有，可能因为出差在外，我有点不放心。”

小雅笑了，连连摇头说：“常大哥，你这通电话，是诚心给我撒狗粮吧？”

“小雅，没跟你说笑。”常虹语气立马严肃起来，一本正经地说，“反正……你们自己注意安全。”

小雅：“知道了，我会留意的，稍后我转告婷姐。”

小雅挂断电话，不明所以地耸了耸肩，转身推门，走回宴会厅。

此时，走廊卫生间通道边上的消防门隙开了一条缝，隐蔽的角落里一双眼睛，正密切关注着一号宴会厅门口的一举一动。

小雅走回自己的座位，看到黄梦婷已经端着酒杯，逐一给各桌领导和嘉宾敬酒道谢。

她连忙整了整衣服，端着香槟杯，上前陪同黄梦婷。

黄梦婷敬完一桌，转场的间隙看到小雅，故作严肃责问："关键时候就找不到人，你想让我一个人'打全场'啊？"

"姐姐，我帮你报备去了好吗。"小雅挽起她的胳膊，露出坏笑，"常大哥身在外地心在这儿，特意来电话询问你的情况，还说要派他徒弟高一萌来接你，真是好贴心哦！"

"不用麻烦小高吧……"黄梦婷甜蜜地一笑，又觉得有些意外。

黄梦婷忽然想起手机一直静音，连忙把香槟杯递给小雅，从西装口袋掏出手机，看到常虹五个未接来电，还有高一萌的未接电话。

高一萌还在微信界面上给她留了语音，黄梦婷立刻听了一下，满脸抱歉地自言自语："太不好意思了，萌萌刚下班，已经赶过来了。"

黄梦婷连忙给高一萌回了个"谢谢"，随即吩咐小雅："后面几桌客人，你先招呼一下，我去趟洗手间。"

小雅点头答应，一手端着一杯香槟，风轻云淡地说："梦婷姐，你快点儿啊。"

W酒店一号宴会厅外，女士洗手间。

伴随着一声冲水声，黄梦婷从隔间内走出来，来到装修奢华的洗手池前。

有个身着女式工作服、戴着帽子的女保洁员，站在不远处的垃圾桶旁，背对着她，似乎在清理垃圾桶。

黄梦婷从容地洗手，余光瞥见保洁员低着头，在向她靠近，手里拿着一卷白色小毛巾，似乎要递给她。

黄梦婷笑了笑，客气地说："谢谢，毛巾不用了，我用烘干机。"

黄梦婷说完抬起头，从镜中发现保洁员已经走到她身后，虽然保洁员戴着帽子和口罩，但中间透露出的眉眼却似曾相识。

黄梦婷看着镜中的保洁员，一丝不祥的预感油然而生，一瞬间她明白了一切，惊愕地转身，试图大声呼救。

还没等黄梦婷喊出声来，保洁员已经将白色的毛巾捂住了她的口鼻。

黄梦婷瞪大了惊恐的眼睛，一股刺鼻的乙醚味道瞬间迸发出来。她稍微挣扎几下之后，彻底失去了意识，全身瘫软倒地。

保洁员十分警觉地向四周看了看，发现没人后，立刻将黄梦婷装进大蛇皮袋子。

W酒店大门口。

高一萌驾驶着粉色的五菱mini，来到W酒店大门口，停车跟保安大哥询问停车场位置。

保安大哥客气地给她指了指具体方位，高一萌谢过之后，开车缓缓驶向W酒店地下停车场。

与此同时，W酒店后门员工通道，一个戴着草帽、穿着环卫工人制服的男子，费力地蹬着一辆装满废品纸板箱的三轮车，与高一萌的粉色座驾擦身而过。三轮车缓缓离开W酒店，消失在茫茫的夜色中。

一号宴会厅门口走廊。

高一萌刚刚走到宴会厅门口，看到小雅手里拿着电话，急得团团乱转。

小雅看到高一萌，似乎看到了救星，小跑几步到她跟前，红着眼睛，带着哭腔说：“小高警官，出事了，婷姐，婷姐她不见了，电话也不接……”

“你别急，怎么回事？”高一萌立刻警觉起来，轻抚她肩膀询问情况。

“十几分钟前，婷姐说要上个洗手间，一直没回来。”小雅说着，指向了走廊边上的女卫生间，“我里面每个位置都找遍了，就是看不见梦婷姐的人。”

高一萌秀眉紧蹙，毫不犹豫地跑进女卫生间，仔仔细细地又查看了一圈。

小雅跟在高一萌的身后，急得直跺脚说：“小高警官，我每个隔间都找过了，一个人都没有，全场宾客都等着她致辞结束晚宴，这怎么办啊？”

高一萌走出女卫生间，又走进男卫生间逐一检查，可是依然一无所获。

忽然，高一萌注意到卫生间附近的通道连着一扇消防通道门，她警觉地推开了消防通道的大门，里面空无一人。

高一萌稚嫩的脸上渗出了汗珠，她握紧拳头，劝慰小雅说：“小雅，你找个理由先稳住宾客，就说婷姐身体不适在休息，我马上去调监控看看。”

“好的，好的。”小雅听到要调监控，顿觉情况危急，眼泪忍不住滑落。

“别慌。”高一萌伸出手指，眼神坚定，帅气果敢地劝她。

说着，高一萌立刻转身，小跑离开，找酒店安保人员寻求帮助。

小雅连忙擦掉眼泪，平复了一下呼吸，勉强镇定下来，走进一号宴会厅。

9月20号晚9点20分，雨过天晴。

淮山县公安局会议室。

常虹一行人从杨树村赶回淮山县公安局，在会议室里一边讨论老虎山的案情，一边吃晚餐。众人又渴又饿，捧着盒饭狼吞虎咽，大口喝水。

常虹扒拉着盒饭，手机放在桌上，铃声忽然响起，是高一萌来电。

常虹划开手机，按下了免提："萌萌，接到了吗？辛苦你啦。"

"师傅，婷姐可能被绑架了……"高一萌声音尖锐，透着惊恐，近乎尖叫起来。

常虹错愕地双手一颤抖，盒饭翻洒，一塌糊涂。

会议室里的众人听到了高一萌的惊呼，宋妍、包德荣和党杰立即放下盒饭，聚拢到常虹身边。小刘和小曹满脸惊讶，瞠目结舌。

常虹从座位上弹起来，仓促地抖掉身上的饭粒，顾不得清理桌面，抓起手机大声说："什么情况？！"

"师傅，婷姐可能被绑架了……"高一萌慌了神，焦躁地催促常虹说，"我这会儿赶回队里，孟支已经加派人手帮忙找了……师傅，你赶紧回来！"

"我知道了，先挂了……"常虹的手颤抖起来，尽力保持镇定。

常虹双眼无神，失魂落魄，失去了原有的活力与生机。

词云：　莫言世事如泡影，只销得人断魂，憔悴。

　　　　常思往昔恰芳华，唯剩得心无神，崩溃。

包德荣愣在原地，神色惶恐，一种不好的预感，让他脊背发凉。

宋妍和党杰走到常虹身边，关切地询问。

宋妍："常支，要不你跟孟支请示先回去，我守在这儿。"

常虹似乎没听见，他抬起头，愤恨地望向包德荣说："你听到了吗？我们被耍了……"

常虹后半句近乎咆哮，眼眶瞬间红了。

"我……"包德荣欲言又止，看到党杰伸出手，示意他不要争辩。

党杰:“常虹,你们都回去,这里交给我。我跟你保证,只要他们兄弟敢回乡,我一定将他们绳之以法。”

常虹摇了摇头,转而再次凝视包德荣,质问道:“绑架黄梦婷的罪犯,肯定不是邹守仁和邹守义,他们有什么动机这么做?”

包德荣别过头,沉默了……

宋妍:“常支,党支说得在理,这里有他们盯着,咱们赶紧回去,救人要紧。”

常虹逐渐平复下来,用力地握住了党杰的手,语重心长地说:“兄弟,这里如果发现邹氏兄弟的踪迹,请立即通知我们。”

党杰:“放心。”

常虹点头谢过党杰,立刻转身朝停车场走去,包德荣和宋妍也连忙跟上。

9月21号凌晨,乌云遮月,细雨纷飞。

三安市通往东海市的高速公路上车辆稀少,一辆陆地巡洋舰5700警车闪烁着警灯疾驰。

常虹眼睛瞪得像铜铃一般,心急如焚地开着警车,看到前方偶尔出现大货车,他果断踩下油门,从旁边超越。

两车交汇,只听到“呼”的一声长啸,大货车已经被远远甩开。

车窗外只有呼啸的风声雨声,四下一片漆黑……

警车开到一段岔路口,常虹毫不降速,灵活地变挡、打转方向盘,车辆顶着风雨,丝滑地在弧线弯道上匀速侧转,顺利改道。

包德荣和宋妍系好了安全带,身体被离心力甩得紧贴车门,两人牢牢握住车门上方的把手,尽力维持平衡。

警车驶入直道,常虹一脚油门加速,仪表盘的转速超过了极限区域。包德荣和宋妍因为惯性猛地向后一靠,心已经提到了嗓子眼。

在黑暗中，小雨逐渐变大，地面越来越湿滑，警车像一只银白色的箭，朝着东海市狂奔而去。

9月21号，8点32分。

刑侦总队，重案支队。

常虹、包德荣和宋妍一夜未眠，躲过了东海市拥挤的早高峰，三个人风急火燎地赶回专案组会议室。

孟根山率领重案支队的刑警们通宵达旦，紧锣密鼓搜寻着黄梦婷的下落。

常虹焦急万分，冲到孟根山跟前询问："孟支，有消息了吗？"

孟根山："已经发现了嫌犯的影像，你过来看。"

说着，孟根山抬手招呼高一萌，高一萌抱着笔记本电脑走到常虹面前，稍加操作，屏幕上显示出从W酒店里调取的监控画面。

监控画面1：画面来自卫生间门口走廊上的监控，视频时间码显示为，09-20，20：24，画面中黄梦婷走进了女卫生间，紧接着，一个戴着帽子、口罩，穿着女式保洁服装的嫌疑人，从另一端的消防通道出现，走到女卫生间门口，停放好折叠板车，左顾右盼后，低头走进了女士卫生间。

监控画面2：同一视角的监控画面，视频时间码显示为，09-20，20：35，嫌疑人鬼鬼祟祟地从卫生间探出头来，确认四周无人，拖着一个沉重的大蛇皮袋，放上了板车，从消防通道拖行离开。画面始终没能拍到嫌疑人的清晰正脸。

监控画面3：同一视角的监控画面，视频时间码显示为，09-20，20：58，小雅快步走进了卫生间，半分钟后，快步走了出来，神色慌张地四下张望，连连拨打电话。

"对不起，师傅，要是我早一点到就好了。"高一萌满脸懊悔和歉意，低着头小声说，“嫌疑人在酒店楼下跟我擦肩而过了。”

高一萌说着调出W酒店后门口监控画面。

监控画面4：画面来自W酒店后门口处的监控，视频时间码显示为，09–20，20：42，W酒店后门员工通道，一个戴着草帽、穿着环卫工人制服的男子，费力地蹬着一辆装满废品纸板箱的三轮车，与高一萌的粉色座驾擦身而过。三轮车缓缓离开了W酒店，监控只拍到了他的背影。

常虹紧紧盯着电脑屏幕，指示高一萌说：“把女卫生间门口的图像放大。”

高一萌稍加操作，把嫌疑人图像放大。虽然穿着女式保洁员的衣服，帽子和口罩也遮住了面容，模糊的马赛克还是依稀能辨认出该嫌疑人，中等身材，体态像是男性。

常虹怒火中烧，脱口而出：“就是张炜！肯定是他。”

众人面面相觑，一时不知如何是好。

“常虹，你理智点，这图像根本看不清正脸，体型虽然有点像张炜，你凭什么说这个绑匪一定是张炜？”包德荣叹了口气，忍无可忍反驳说，“张炜也是被害人，说不定已经葬身老虎山，你这是偏见，我从西江忍你到现在了。”

“你才是满嘴借口，你就是不想承认自己对张炜的管教失败。”常虹直起身子，指着包德荣的鼻子回怼道，“这个背影，你自己看，你摸着良心说，是不是张炜？”

孟根山连忙隔开两人，喝止道：“别吵了。黄梦婷被绑走已经超过十个小时，每拖延一分钟，人质的生命危险就翻了一倍，目前，当务之急是救人！”

“是你告诉我，办案要讲证据、求真相。”包德荣长出一口气，看向常虹说，“就这份影像，我们只能判断嫌疑人有强烈的反侦查意识，却没办法准确判断他的身份。”

包德荣从容镇定，有理有据。常虹双手握拳，重重捶在会议桌上，扶住额头，沉默不语。

包德荣："常虹，我知道你为梦婷担心，我的心情和你是一样，办案不能感情用事，否则冲昏头脑，这样会影响我们的判断。"

孟根山走到常虹身旁，伸手搭在他的肩上说："包德荣说得对，我有一种预感，这个绑架案子可能跟近期所有未破的案子都相关。犯罪分子狡猾至极，一直在跟我们警方兜圈子，现在是决战的时候了，不能再上他的当。"

常虹眼睛红了，一路的操心劳顿，焦急担忧，让他几近崩溃。常虹振作精神，想了想，抬头看向孟根山："孟支，后续行踪追到了吗？"

孟根山朝高一萌使眼色，让她继续汇报。

高一萌："昨晚婷姐失踪后，孟支立即请示了顾总，通知全市范围内的派出所，立即搜寻可疑的三轮车，并与刑技中心配合，调取处理了全市相关主要路段的监控……嫌疑人十分狡猾，目前只知道，他骑着三轮车最后消失在了东城区与东郊区的交界处。"

孟根山面色凝重地补充："昨晚大约九十点钟，东城区多个派出所都汇报称，发现了疑似嫌犯的环卫工人和三轮车，经核实，都只是值夜班清理垃圾的环卫工人。今天一大早，东城区、东郊区各派出所的民警，又陆续发现了多个可疑人员，经核实后，也都是附近垃圾站、废品回收站或者环卫局的个人。看来，这个绑匪是有备而来。"

"为什么会去东城区？"常虹百思不得其解，还是放不下对张炜的怀疑，连忙跟孟根山请示："孟支，我暂时没有证据，我还是觉得张炜的嫌疑最重，我建议立即去拆车厂，去张炜租住的长租房突击检查。"

孟根山："小常，你想到的，我们已经想到了。昨晚，我已经派人去了，拆车厂的工人和出租房附近的邻居都没见到张炜。"

包德荣郁闷地摇头，觉得常虹还是意气用事。

常虹难以置信，眼神空洞，颓丧地坐在椅子上。

突然，一名刑警跑进会议室，喘着粗气，向孟根山汇报："孟支，孟支，东郊区田林派出所汇报，他们辖区内发现一户民宅，疑似是邹守仁和邹守义的藏身地点，还发现了尸体，请求我们立即出警支援。"

"东郊区？"孟根山瞪大了眼睛，立刻起身说，"越来越有意思了，搞不好和梦婷的绑架有关系。"

"孟支，我去！"常虹从座位上弹了起来，坚定地望着孟根山。

"一起去。"孟根山的大手有力地搭在常虹肩膀上，眼神不容置疑地说，"高一萌，通知刑事技术中心，现场勘查小组立即赶赴现场。"

高一萌："明白。"

9月21号，上午10点48分。

东郊区，原东海市鼓风机厂家属院。

家属院外围树木高耸，杂草丛生，生锈的铁栅栏和斑驳的墙壁诉说着以往的故事。

家属院西北角，一栋六层老公房楼下拉起了隔离带，田林派出所的民警们在各层楼道里维持着秩序。

六楼最西边604号房间门口，房东冯大爷面色蜡黄，垂头丧气地蹲在地上，高一萌与他在做着笔录。刑技中心现场勘查组的技术员们已经搭好了黄色的现场勘查踏板，对凶案现场进行全方位的勘查。

部分居民在楼道里接受警方的询问，他们在说话时都眉头紧锁，捂着口鼻，抵挡令人窒息的恶臭。

孟根山、常虹和包德荣在周边走访了一圈后，又走上了六楼。刚刚踏入隔离带区域，遇到两名法医抬着第一个裹尸袋走下楼去。

常虹和包德荣都忍不住回头望了一眼，孟根山带队走到604房间的门口，腐烂尸臭味越发浓烈，众人不禁眉头紧锁。

高一萌看到孟根山等人，赶紧上前汇报："孟支、常支，邻居反映，这间屋子在今天清晨散发出恶臭味，物业上楼敲门却没有反应，于是找来了刚刚出院的房东冯大爷，开门后就报了警。这间屋子的签约人是北郊区碧池拆车厂的工人小蔡，蔡志勇，现在已经被吴川派出所控制住了，他坚称自己毫不知情，从没有借过房子。他的话是真是假，还在作进一步的突审。"

"拆车厂的小蔡？"常虹诧异地暗自嘀咕起来。

高一萌点点头确认。

孟根山："604，发现几具尸体？"

高一萌："两具，周组长和严组长正在里面勘查。"

包德荣："这地方，真是魔窟呀。"

孟根山、常虹和包德荣听到"两具"这个数字，心里一沉，三人连忙穿戴好"三件套"，走入604号公寓。

604号公寓。

这是一间一厅两居室的老式住宅，每个房间的四壁都被铺上了黑色的隔音棉，可见租住人的反侦查意识极强。

室内已经铺上了黄色的现场勘查踏板，严启成和他的助手站在踏板上，小心翼翼地用磁性粉，刷显门把手上的指纹。在他们身边，照录像的技术员，给角落里散落的黑色塑料袋和纸板包装盒拍照、摄像。

孟根山等人走进客厅，一眼就看到两个突兀的大冰柜，并排靠墙摆放着。

地面上已经铺好了裹尸袋，周睿带领着两名法医，正在将第二具尸体，从冰箱里吃力地抬出来。

这具尸体为男性，中等身材，浑身赤裸只穿着内裤，皮肤略微皮革化，呈棕黄色，浑身散发着令人发指的恶臭，头颅部分遭受过严重的打击，滴滴答答流下一些红黑色的黏液。

严启成率先看到孟根山，立刻起身汇报：“孟支，现场刚刚勘查到一半，我们正在逐步向里推进，从现场刷取到的指纹，以及人像比对等证据确认，604公寓客厅两个冰柜内的尸体，基本可以确认是邹氏兄弟……”

常虹目光凌厉地看向尸体，眉头紧锁，心乱如麻。

周睿拉起裹尸袋，让一名法医助手将第二具尸体抬出去，自己走回孟根山身旁汇报。

周睿：“孟支、常支，两具男尸，初步看下来，两人都是被钝器猛击头部致死，除了颅骨凹陷，面容基本没有毁坏。通过人像比对可以判断，应该是邹氏兄弟，先抬下去的是弟弟邹守义，后抬出去的是哥哥邹守仁。死亡时间，因为冰冻过，所以不太好说，不过可以肯定，应该是被杀害后，直接放进冰箱的。另外，两具尸体发臭腐败，应该是冰箱被人故意关掉电源所致，据首次进入现场的房东和物业反映，进来的时候冰箱盖就处于打开状态，腐败的时间为两天左右。具体情况，要尸检以后才能出报告。”

孟根山：“看样子，嫌疑人是故意引诱我们到这里来的。”

常虹：“肯定是张炜这个混蛋干的，黄梦婷危险了。”

包德荣：“现在，下结论还太早，还是找找，有没有跟黄梦婷有关的东西吧。”

孟根山：“小包说得对，现在下结论还太早，我们分头四处看一看。”

常虹稳住心火，转身环视四周，看到桌上整齐地摆着斧头、钢锯，以及一红一白两张日式魔鬼面具。他踩着踏板小心翼翼地走过去，俯身查看，发现斧头的刃口确实有些卷刃和磨损痕迹。

严启成跟了过来，解释说：“常支，从卷刃和磨损痕迹来看，这很可能是邹氏兄弟分尸的工具。房间角落里还找到了弓弩和兽药的包装盒，以及作案时所带的红色与白色的硅胶头套，和我们之前推断的作案方式吻合。我们进来时，这些工具就整齐地摆在这儿了，像是故意展示给我们看的。”

包德荣戴着手套，小心翼翼拿起红魔鬼面具，咬牙切齿地说：“之前网上传言的‘赤面淫魔’，多半就是邹氏兄弟，还有这个白魔鬼面具，像不像M3酒吧门口的监控视频里，绑架白小婉那个嫌犯戴的？”

常虹眉头紧锁，不置可否。

常虹踩着踏板，顺着走廊，来到朝北的小房间，这间房间阴森诡异，被黑色隔音棉完全包裹，避光遮日，密不透风。技术员正在房间内拍照取证，频频闪动的闪光灯，照亮了屋内的铁架子，以及地上残留的皮鞭、残烛、假阳具、铁锥子等实施性虐的用具。

常虹不禁皱眉，瞬间明白这里就是他们苦苦寻找的性虐现场。他双手握拳，不由自主地又担心起了未婚妻黄梦婷的安全，心如火焚，一拳狠狠地砸在门框上。

这时，严启成在南面卧室里铺好了踏板，神色慌张地走了出来，手里提着一个蛇皮袋，高声汇报：“孟支、常支，南卧室的床上发现了一个蛇皮袋，跟绑走黄梦婷的那个蛇皮袋是同款，里面还有一封信。”

常虹一转身，侧步站在南卧室门口的踏板上，顺手接过了严启成手中的信，正要打开信，眼睛的余光看见了南卧室里满墙的喷溅血迹，犹如修罗地狱，不禁打了个寒战。

孟根山和包德荣踩着踏板，立刻走了过来，也都被眼前的一幕所震惊。

严启成：“从喷溅血迹的状态来看，不出意外，这里应该就是谋杀邹氏兄弟的第一现场。”

常虹放下手中的信，注意到左手边的床铺上还整齐地平放着一套象牙色的女士商务套装，床下整齐地摆放着一双高跟鞋，衣服和皮鞋都被痕迹组技术员放上了标识牌。

常虹一眼就认出这些衣物是黄梦婷的，他心如刀绞，快步走了进去，跪在床边的踏板上，用手轻轻触碰着黄梦婷的衣物，情绪几近崩溃，嘴唇和双手不受控制地颤抖起来，双眼噙着泪水，急得喃喃自语："这是梦婷的……"

孟根山、包德荣和严启成等人看在眼里，倍感揪心，更不知该如何安慰。

突然，常虹站起来，心急如焚地打开了信件，这才发现信封和信纸早已泛黄。

信纸上工工整整地写着：黄琪，我懂你的难处，更不想影响你复习备考。我们要一起考到北京，我会在清华等你。也请你相信，我愿意一直守候你……

这封信应该是十几年前张炜写给黄梦婷的情书，常虹焦躁地翻到底页，这封情书的最后写着：等高考结束，我们一起去滨海沙滩看日出吧。落款：爱你的张炜。

"就是张炜，你带的好犯人，自己看！"常虹急火攻心，手气得发抖，直接把信拍在包德荣胸口。

"别搞破了，还没……"严启成看着信件，愣了一下，手里悬着物证袋，不知所措。

包德荣看完后也愤恨不已，他保持冷静，把信按原来的印子，轻轻折好收起，交给严启成。

包德荣："常虹，你冷静点，这封信、这个蛇皮袋，都不是直接证据，还有，这里所有的一切，明显都是摆给我们看的，这里面一定有蹊跷……"

常虹一把揪住包德荣，打断他说话，朝他怒吼："你还想怎样？非得张炜在你面前杀了……”

常虹说不出口，脸上青筋暴起，愤怒地望着包德荣，紧紧地揪住包德荣的衣领，喘着粗气。

孟根山和严启成、周睿赶紧冲上前，从中间分开两人。

包德荣终于压抑不住内心的苦闷，朝常虹咆哮道：“听我说完！我跟你保证，如果真是张炜绑了黄梦婷，我一定亲手将他捉拿归案。”

常虹：“你凭什么保证，你拿什么保证？”

包德荣：“兄弟一场，我就算豁出这条命不要，也一定帮你把黄梦婷救出来。”

常虹：“谁是你兄弟？张炜才是你兄弟。”

包德荣：“常大虹，相海峰的悲剧不能再发生了，你不要意气用事……”

常虹红着眼睛咆哮道：“你什么意思？相海峰是我害死的？”

包德荣：“你不要狗咬吕洞宾……我是担心你！”

常虹：“笑话，我怕什么！”

两人喘着粗气，怒目圆睁，你言我语，毫不退让。

“都冷静点，愤怒会蒙蔽人的双眼，搞不好，我们已经中了犯罪嫌疑人的奸计。”孟根山双手分别搭在两人肩上，焦急地说，“行了！赶紧回去分析案件，找到有用的线索，现在每耽误一分钟，黄梦婷生还的希望就会渺茫一分。”

孟根山说完立刻转身，朝着周睿和严启成颔首示意继续工作，随即拉着常虹、包德荣快步离开了现场。

与此同时，碧池拆车厂。

北郊分局刑警支队和吴川派出所的民警，按照刑侦总队重案支队“9·20”绑架案专案组的总体部署要求，对碧池拆车厂进行全方位的搜查。

警长王林带着几名辅警，把龚道和洪峰从技术车间带去吴川派出所询问情况。龚道和洪峰低着头，如断了脊梁的赖皮狗，唯唯诺诺地跟着王林，满脸委屈，嘴里还振振有词。

龚道："都被你们搜个底朝天了，怎么又喊我们去问话？俩姓邹王八蛋的，还有秃子张炜爱死不死，关我什么事儿啊？"

"少废话，让你们说明情况，是给你们机会解释，要是被刑队带走了，够你喝一壶的。你们自己看着办吧，快走。"王林不满地瞪了他一眼说，"你们的小蔡一问三不知，啥也讲不清楚，有些情况还得你们来对证核实。"

龚道和洪峰垂头丧气地被王林和辅警押进了警车。

不少工人站在技术车间门口，探着脑袋围观，崔大爷、刘二爷和韩三爷从技术车间里缓缓走出来，看到王林正要开警车离开，急忙将他喊住。

崔大爷："王警官，王警官，等一等，听说东郊区发现了死尸，是张炜吗？"

王林把着方向盘，从车窗里面伸出头，敷衍地说："别瞎猜，不是他。"

刘二爷快步上前，焦急追问："张炜和张毅，找到了吗？"

王林面色深沉，冷哼了一声说："你们别问了，他俩没准麻烦大了……"

刘二爷："王警官，你，这，这什么意思？"

王林不待见地瞟了刘二爷一眼，一脚油门，开着警车疾驰而去。崔大爷和刘二爷面面相觑，不知如何是好。

韩三爷站在人群最后，目光深邃地望着警车绝尘而去，摇头感慨、唏嘘不已。

时间一分一秒过去，黄梦婷像人间蒸发了一样，消失在整个东海市。

刑侦总队将“9·20”绑架案，放在所有工作的首要位置，安排全市刑侦条线最有经验的便衣刑警，对张炜可能出没的地点，以及大街小巷的可疑人员都进行了严密的盯梢布控。

一男一女两位便衣刑警乔装成情侣，步行走过城中村盐帮菜馆门口，扫视四周环境。男刑警低头朝耳麦轻声回复：一组，盐帮菜尚未发现张炜踪迹。

西城区，张炜家老房子小区内，一辆黑色轿车停在暗处，两名便衣刑警抽着烟，紧紧盯着小区出入的人员。刑警汇报：二组，尚未发现任何可疑人员。

夕阳西下，老城区历史风貌区的街道上，两位便衣刑警开着民牌轿车巡视，前方的小弄堂里忽然闪过一个戴着草帽、骑着三轮车的男子。两位刑警立刻下车，追进弄堂，逼停三轮车，勒令男子摘下草帽，发现是一个满脸皱纹、皮肤黝黑的农民工，三轮车上也没有任何可疑的物品。

夜幕西沉，东海市街道上的霓虹灯逐渐亮起，灯火阑珊下、繁华街道上，所有人都伪装成无忧无虑，霓虹灯闪烁的都市，分不清泪光和灯光。

9月21号，晚上7点45分。

离黄梦婷被绑架已经接近24小时。

刑侦总队，重案支队接待室。

林家珍坐在沙发上掩面哭泣，小雅陪在身边，眼圈泪眼婆娑。

黄大虎焦急地来回踱步，烦躁、愤怒、恐惧一起涌上心来。他不停地看表，盯着那慢慢移动的秒针。

高一萌和马龙陪在接待室里,好话说尽,却无力劝阻。

黄大虎走走停停,突然转过身来,对着高一萌和马龙歇斯底里地咆哮:“已经一天了!你们到底能不能救出我女儿?”

马龙:“黄先生,您稍安勿躁,我们领导正在召开案情分析会,商讨对策。”

黄大虎毫不领情,挥手打断他说:“别跟我扯这些没用的,你去把常虹叫来,他必须得给我个说法。”

高一萌:“您现在找常支也没用,他比你还急啊。”

“什么叫没用,你们刑警是干什么吃的?”黄大虎失去了理智,怒火在他胸中翻腾,如同压力过大、马上就要爆炸的锅炉一样。他表情扭曲,丧心病狂地咆哮:“你们是公安局还是粮食局?你们他妈的要是不行,我找市领导、我找媒体,让大家看看你们都是怎么为人民服务的!”

“黄先生,请你放尊重点。”马龙强压怒火,指着黄大虎的鼻子,严正告诫,“领导已经在商讨营救方案,我们的同事也在全城搜寻人质,请你冷静,不要干扰搜救工作。”

黄大虎:“你算老几?乳臭未干,你说谁干扰……”

“够了!”林家珍愤怒地朝黄大虎喊道。

黄大虎被妻子突然的爆发震住了,一时不知所措。

林家珍站起来,哀怨地指责黄大虎:“每次出事,你除了大呼小叫、指责别人,你还会干嘛?丢人现眼!”

“老娘们,懂什么?”黄大虎怒不可遏,抬起巴掌,想教训林家珍。

小雅瞬间站起来,护在林家珍跟前,杏眼圆睁,死死盯着黄大虎。

林家珍:“我相信常虹,也相信人民警察!他们一定会把我女儿带回来,不像你,除了发疯、骂人、打人,什么都不会……”

林家珍一股脑儿宣泄完,鼻子一酸,嚎啕大哭起来。

小雅连忙扶住她的肩膀,轻拍后背安慰:“林阿姨放心,梦婷会回来的。”

高一萌见状也快步上前,搀扶着林家珍坐下来。

马龙:“好好想想,黄梦婷可能还会在什么地方,你做生意这么多年,有没有得罪过什么人?”

“嘿!”黄大虎懊恼地大喊一声,颓废地蹲了下来,眼泪也止不住地流了下来。

9月21号,晚上8点30分。

专案组会议室,灯火通明。

营救人质的案商会正在紧锣密鼓地召开,会议由孟根山主持,张大钢和顾长青亲临专案组会议室督战。

常虹精神几近崩溃,忧心忡忡地凝视着墙上的时钟,秒针一格一格地走动,而自己却像没头的苍蝇一样无能为力。

张大钢面色铁青,率先发言定调:“黄梦婷在援助女性为主题的慈善晚宴当晚被绑架,影响极为恶劣,现在闹得全东海市商界都震动了。黄梦婷的父亲黄大虎、东海市青商协的领导,都给主管经济的副市长打电话反应情况,请求尽快解救人质,穆局也已经接到市委市政府的死命令,一定要尽快找到绑匪,将黄梦婷平安救回来。”

张大钢说完,瞥了眼失魂落魄的常虹,又看向孟根山,接着说:“听完刚才的汇报,邹氏兄弟的尸体和作案的地点、工具等,已经找到,总感觉事情非常蹊跷。北上西江,西去浙江,我们一直被犯罪嫌疑人牵着鼻子走。老孟,为了保护人质安全,媒体暂时还没公开报道这事,你们的压力是跟时间赛跑。现在是晚上8点32分,讲讲你的想法。”

孟根山:“好的,张局,最近的一系列案情,从张炜失踪开始,都十分诡异。目前,整个案情的已知相关人员,尚未露面、还没被控制住的只有张炜,考虑到他和黄梦婷的关系,嫌疑确实很重。”

孟根山说完,也满怀担忧地看了一眼常虹。

张大钢:“噢,张炜?开始是他被绑架,现在是他涉嫌绑架别人。对他的情况,你们调查有什么进展?”

孟根山:“黄梦婷失踪后,我们立即对张炜可能出现的地方都进行了布控,也对黄梦婷与张炜的手机进行了监控定位,不过,目前没发现他们的手机信号以及活动踪迹。”

包德荣接过话头,理智地分析陈述:“张局、顾总、孟支,我曾经是张炜的管教,对他的品性有一定了解,如果真是张炜作案,那很可能是因为相海峰的牺牲让他受到了刺激,产生了报复黄梦婷的偏激想法。我建议,最好增派人手去相海峰的墓地,盯梢蹲守。”

张大钢点头赞同:“有道理,这里人迹罕至,是个杀人越货的地方,孟支,你现在安排人手,赶……”

一直沉默的常虹急忙开口,打断了张大刚的话。

常虹:“张局,张炜绑走了梦婷,一定是去跟他们之间恩怨相关的地方,不可能去海峰的墓地。”

张大钢表情不悦,瞬间沉下脸来。

孟根山察言观色,立刻帮常虹圆场:“现在还是搜查阶段,宁可全面,不怕找错地方。”

张大钢这才缓缓点头,表示认可。

孟根山随即补充:“张局、顾总,我们还发现了一封多年前张炜写给黄梦婷的情书,信中提到两人曾经想一起去东海市海边看日出。张炜也很可能想去海边殉情。”

张大钢:“这个信息很关键,嫌犯的动机也合理充分,立刻安排警力去海边搜寻。”

常虹撑着下巴沉思,失魂落魄地轻声嘀咕,自言自语:“不对,不对,这些都是张炜给我们下的套……”

“常虹，你跟黄梦婷是未婚夫妻关系。按照纪律，你现在应该回避。”张大钢面沉如水，冷冷望着常虹，严厉地说，“我们体恤你的情绪，才让你旁听，你不要胡乱发言，扰乱军心。”

顾长青严肃地看了常虹一眼，示意他不要出声，紧接着说出了自己的观点：“张炜生不见人，死不见尸，有没有另外一种可能，有人借助张炜的身份，对黄梦婷、黄大虎实施报复行为。”

严启成：“是的，我支持顾总的观点，我们在东郊区原鼓风机厂家属院604号房间，也就是发现邹氏兄弟尸体的地方，并没有发现张炜的指纹和鞋印，而且，带着一个大活人跑来跑去，不留一点痕迹线索……也许，作案的另有他人。”

张大钢：“时间紧迫，我们要把所有的可能性都分析到，不能有任何遗漏。”

常虹焦急地站了起来，心急如火地说：“张局、顾总，各位同事，请你们相信我，张炜用一封绑架信，把我们骗到西江淮山，自己却跑去浙江桐安作案，如今又抛出邹氏兄弟的尸体，把我们引向东郊区的公寓，留下几年前的情书，这些线索都是他故意暴露给我们的，目的就是分散我们的警力，让我们疲于奔命，他的目标从一开始就是梦婷！”

常虹越说越急，语速越来越快，情绪已经失控，难以自已。

“小常，冷静点。”张大钢针锋相对，厉声呵斥：“这些，我们都知道，我看你还是情绪太过激动，请你先回避一下。”

气氛剑拔弩张，包德荣连忙拉扯常虹的裤腿，常虹不管不顾，红着眼睛，继续发言分析。

常虹：“张局，请相信我，张炜肯定不会去海边、墓地……”

“我把位置让给你，你来指挥，好吧！”张大钢把手中的笔扔在桌上，嗔怒道，“你又不是张炜肚子里的蛔虫，不要钻牛角尖，现在是不是张炜干的，都不一定。”

“对不起，张局，我不是这个意思……”常虹被怼得瞬间语塞，涨红了脸说，“各位领导、同事们，你们一定要相信我，张炜绑架梦婷，不是谋财，是私人恩怨。在座各位肯定也清楚，这种不以经济为目的的绑架案，死亡概率近乎百分之百。正因为如此，我们才要更精准地捕捉他的心理，分析他的下一步动作，不能被他牵着走，眉毛胡子一把抓，警力越分散，他越容易得逞。每耽误一分钟，人质的处境就更加危险。”

顾长青：“你认为黄梦婷、张炜，现在可能在什么地方？”

常虹：“我……还没想好……”

“没想好？常虹同志，只有你在这里讲废话，耽误时间。”张大钢“啪”地一拍桌子，严正命令常虹，“请你遵守警务纪律，立刻回避。”

会场气氛降到了“冰点”，鸦雀无声，落针可闻。面对警务纪律，常虹哑口无言，无法反驳。

顾长青和孟根山完全插不上嘴，无奈地望着常虹，使劲给他使眼色，示意他服软。

在场的刑警们也都神色焦虑，担忧地望着常虹。

“对不起，是我冲动了……”常虹心里好似压了一块巨石，让他喘不上气来，他愤恨地将椅子“啪”的一声猛地踢开，拂袖而去。

离别前，常虹悲愤交加，满怀期望地看了一眼身旁的包德荣，似乎是将救人的重任都托付给了他。

包德荣心领神会，轻轻点头，右手握拳敲了敲自己胸口，示意常虹放心。

常虹拖着沉重的双腿，走到会议室门口，还未伸手，门却先被人打开，宋妍抱着笔记本电脑，冲进了会议室。

宋妍：“张局、顾总、孟支，有情况。黄梦婷的手机信号，刚才出现了。”

常虹愣在原地，难以置信地看向宋妍，孟根山立刻给常虹使了个眼色，让他先退出去，常虹只能好悻悻地关上房门，去外面等候。

“位置在哪儿？”张大钢目光如炬。

宋妍：“西城区，兴庆公园。”

包德荣转动眼珠，脑中迅速复盘线索，猜到了缘由：“兴庆公园，就是当年张炜性侵黄琪的案发地。看来，他还是记恨当年黄梦婷的父母托关系，给他判了重刑……”

孟根山：“黄梦婷手机信号的出现，有可能是黄梦婷自救的表现……退一步讲，搞不好她现在还活着。”

包德荣懊恼地捶了下桌子，气得咬牙切齿，主动请缨：“张局、顾总、孟支，让我去，我要亲自把他铐回来。”

张大钢寻思了一下，抬起手，不疾不徐发布指令：“兴庆公园，肯定要重点搜寻，这一路就由包德荣同志带队。我们的搜寻工作还是要尽量全面，刚才说的相海峰墓地、东海海滨，还有其他几个地点，都要同步派人过去。人命关天，决不允许出现任何疏漏……至于个别人，按照法律法规，该回避的就回避，我们是纪律部队，不是草台班子。”

张大钢的怒气稍微平息了几分，疑心却仍不能尽去，孟根山听出了言下之意，只好点头答应。

孟根山：“明白。”

9月21号，晚上9点20分。

重案支队办公室。

常虹在办公室里如热锅上的蚂蚁，眼巴巴望着孟根山指派任务，却有力使不上劲。

包德荣、高一萌、马龙和徐勇等人收拾好装备，一起冲出办公室，路过常虹身旁时，纷纷向他点头致意，劝他宽心。

孟根山收拾好装备,也朝外快步走去。

常虹立刻迎上前,握住孟根山的手说:“孟支,刚才是我冲动了。带我去吧。”

孟根山推开了常虹的手,严厉地说:“相信你的队友们,我们都会全力以赴。你好好待着,别添乱。”

孟根山说完,头也不回走出了办公室。

常虹沮丧地坐回自己的位置,眼睁睁看着重案支队的同事们离开了办公室,心如刀绞。

9月21号,晚上10点15分。

西城区,兴庆公园。

四辆警车和一辆多功能现场指挥车停在了兴庆公园门口。

这是一个开放式公园,陆陆续续有夜跑锻炼的路人和游客从公园里往外走,行人们看到警车,都驻足围观,纷纷投来异样的目光。

兴庆宫派出所的民警拉起了警戒线,疏散围观群众,维持秩序。

孟根山走下多功能现场指挥车,包德荣上前汇报:“孟支,已经封锁了公园的各个入口,警犬队也到位了。”

孟根山点头认可。

宋妍从指挥车上探出头来说:“孟支,黄梦婷的手机信号确认无误,还在公园范围内。”

孟根山:“开始行动,每一寸草皮都不要放过。”

话音未落,警犬队率先开道,重案支队的刑警们从四面八方冲进了兴庆公园。

与此同时,重案支队办公室。

办公室里格外安静,只有墙上时钟指针一分一秒地移动,“滴答滴答”的声音变得格外响亮刺耳，萦绕在整个办公室里，似乎随时在提醒他，黄梦婷的处境越来越危险。

虽然空调开到了最低，常虹却汗透了衣衫，“扑通扑通”的心跳声、低沉急促的呼吸声，在静得诡谲的气氛下，异常清晰。

常虹坐在办公桌前，桌上的烟灰缸里已经塞满了烟头。他双手抱头，用力掐住太阳穴，闭上眼睛，让自己凝神思考。

思绪飞扬，一瞬间，常虹置身北郊区城中村的街道，夜色下，熙熙攘攘的人流，此起彼伏的叫卖声，越是热闹越是让人感到孤独。

下一秒，常虹置身于张炜家长租房的走廊上，沿着走廊一侧，挨家挨户传出锅碗瓢盆叮当作响的声音，各色电视栏目的声音，吵吵闹闹，烟火气十足。

下一秒，常虹置身于东海市滨海沙滩，太阳渐渐升起，摄影爱好者们已经架起了长枪短炮，拿着望远镜眺望日出的人群连成一排，太阳渐渐升起，随着相机快门咔嚓咔嚓的声音，人群惊喜地欢呼雀跃。

下一秒，常虹来到了相海峰的墓碑前，夜深人静，公墓里寂静无声，天空中时不时有乌鸦的叫声响起，一名巡夜的公墓工作人员拿着手电筒，从常虹身边淡定走过。

下一秒，常虹站在兴庆公园的中心区域，借着一轮明月，他环顾四周，公园里已经没什么游客，空空荡荡，包德荣、高一萌、徐勇、马龙等人分成好几个小组，从四面八方，一寸一寸地进行地毯式搜寻。

下一秒……

“不对，都不对！到底是哪里，是哪里？”常虹额头渗出了冷汗，连连摇头。

忽然，常虹耳边若隐若现地响起了黄梦婷的声音。

黄梦婷：“这里，以前是我和张炜的中学母校旧址……”

常虹猛地回头，没有看到黄梦婷的身影，却发现自己身处在一片工地，地面上铺满了钢筋。他抬起头，发现几辆工程灌浆车停在高处的地面上，隆隆作响。

“救命！”

一声惨呼，撕人心肺。

常虹猛地睁开眼，瞳孔骤然收缩，知道他自己犯了错误。

而错误的代价……

就是死亡！

9月21号，晚上10点35分。

西城区，兴庆公园。

孟根山带领包德荣等人，仔细搜查着公园的每个角落。

忽然，包德荣的手机响起来，来电显示：常虹。

孟根山点头同意，包德荣立刻接起来，点开免提，常虹的声音瞬间冲了出来：“老包，告诉孟支，张炜肯定不在兴庆公园，很有可能，在滨江商务中心后面的在建工地。”

孟根山一把夺过手机，急切追问：“你说仔细，为什么在工地？”

常虹：“孟支，那里原来是梦婷和张炜初高中的母校旧址。相比犯错的公园，母校才是这段孽缘真正开始的地方，而且，在公园作案，人多眼杂，太容易被发现了。我没证据，但我相信，张炜一定会去那里。”

孟根山：“我马上跟领导汇报，你等我确认。”

常虹：“来不及了，我已经在路上。”

包德荣：“大虹，你在哪儿？我陪你去！”

“不行。”常虹十分坚决地说，“我是应该回避，而且，顶撞了张局，大不了再加个违纪，我不能把你也搭进去。”

包德荣焦急地对着手机大喊起来：“常大虹，你还把我当兄弟吗？我包德荣什么时候怂过！”

常虹:“别争了,梦婷的安危我自己扛。”

孟根山:“你们都别冲动,磨刀不误……”

孟根山话没说完,常虹已经挂断了电话。包德荣收起电话,斩钉截铁地说:“孟支,领导要怎么处分都可以,我绝不能眼巴巴看着常大虹一个人去冒险。”

孟根山知道劝不住包德荣,只好缓缓叹息,转头招呼:“其他人,继续往里搜。”

孟根山用心良苦地看着包德荣,拍了拍他的肩膀,朝外一甩头,给予厚望。

包德荣心领神会,立刻往回冲刺。

生死攸关,时不我待!

孟根山拨通了顾长青的电话:“顾总,常虹有了新发现……”

9月21号,晚上11点15分。

滨江商务中心配套酒店工地。

一声尖锐地刹车声响,常虹一个大漂移,将大切诺基精准地停在了工地门口。

常虹下车,发现工地大门半开半闭,里面灯火通明,施工团队在夜间加班赶工期,不少工程车辆还在运转,发出隆隆的轰鸣声。

轰隆隆……远方的天空隐隐传来了沉闷的雷声。

常虹抬起头,天空中乌云翻滚,一阵狂风袭来,暴雨将至。

第十五章
拟将生死作相思，恩恩怨怨哪堪说

9月21号，晚上11点15分。

滨江商务中心配套酒店工地。

天空中乌云翻滚，云端不时亮起闪电，“轰隆隆”的雷声也越来越近。

工地上亮着大灯，地面上四台灌浆车在工作，车辆伸出长长的混凝土管道，垂入工地中间巨大的圆形下沉深坑，坑内正在进行混凝土大底板地基的浇筑工作，坑体四周已经用钢筋混凝土支撑起了轮廓框架，形成了一片环形的区域。

浇筑现场，工人们在钢筋框架上用竹排铺设出一条条简易小道，两个工人分为一组，踩在竹排上，扶着灌浆管道，将混凝土定点灌入他们脚下的灌浆池中。

听到头顶隆隆的雷声，其中一组的高个工人抬起头，抱怨道：“天气预报都说了半夜有雷阵雨，工头怎么还催我们赶进度，这雨下下来，我们今晚上不是都白干了，完全是瞎搞嘛。”

“行啦，别嫌毛稀了，工头就是做样子给大老板看的。”同组的矮个工人扶了扶黄色的安全帽说，“赶紧浇完，盖上防水布。”

矮个工人说着，抬头转身，朝身后地面上的灌浆车挥手示意，灌浆车暂停输送,缓缓移开了管道。

高个工人和矮个工人一齐拉着黑色的防水布,覆盖在刚灌浆的区域上面。

矮个工人:“走吧,到门口找肥猫,再喝两杯。”

高个工人:“好嘞,叫上大福。”

工人们小心翼翼地踩着竹排,陆陆续续离开了大底板浇筑区域。

滴滴答答,几滴雨水落在了黑色的防水布上,不一会儿,大雨淅淅沥沥飘洒下来。

工地地面上,一个瘦保安手握电筒,向圆形坑里大声呼喊:“都上来了吧,还有没有人了?”

工地里空空荡荡,没人回应,只听见雨滴砸落在防水布上的声音越来越响。

瘦保安匆匆离开,拉下电闸,整个工地瞬间一片漆黑。

在浇筑区底层边缘,一处不起眼的混凝土支柱背后,一个黑影慢慢探出头来……

工地门口。

雨越下越大,常虹推门正要进入,却发现工地上的灯瞬间全部熄灭,一名胖保安伸出手拦住了他的去路。

胖保安:“干啥的?”

常虹一边掏出警官证,一边大声说:“快闪开,警察办案!”

常虹说着,一把推开了胖保安,向工地内跑去。

胖保安被常虹一把推到了地上,揉着屁股,哭丧着脸,大喊大叫:“快来人啊,有贼闯进来啊……哎哟、哎哟……”

刚跑了没几步,一道强光照来,常虹用手遮住光线,定睛观瞧,只见瘦保安和四五个工人闻声赶了过来,挡住了去路。

瘦保安拿着手电照着常虹说:“凭什么打人?”

“你是干什么的?”

“看他脸上的疤,肯定是个坏人。”

“揍他妈的。”

工人们七嘴八舌地说着,顺势从地上纷纷抄起了家伙,来势不善。

常虹来不及解释,攥起拳头,瞪大了眼珠,“啊”地大喝一声,一拳将靠前的瘦保安击倒……

正在常虹与工人们纠缠的时候,一道惊雷闪过,照亮了浇筑层下幽暗空旷的空间,也照亮了一堆竹排后面那个黑影的脸。

那黑影不是别人,正是张炜。

暴雨来袭,雨滴和狂风拍打着浇筑层上的防水布,噼啪作响。

张炜脱下了建筑工人的工作服,露出里面整洁干净的英伦西装式校服,洁白的衬衫系着鲜红的领带。

张炜邪魅一笑,推开厚厚的竹排,露出了藏在竹排缝隙中的麻袋。他将麻袋从里面拖出来,发现麻袋没有任何动静,迫不及待地解开袋口。

袋口解开,黄梦婷的脸露了出来,齐肩的位置上套了一层透明塑料袋。她被两层袋子严严实实地套住,浑身是汗,面色苍白,意识模糊。

黄梦婷手脚被捆住,穿着同款校服,白色英伦风衬衫配着红色领结,暗红格子的短裙配着蕾丝边的白色长筒袜与黑色皮鞋,因为有塑料袋的保护,浑身上下干净整洁。

张炜目露凶光,伸出邪恶的手,试图给黄梦婷解开衬衫领口的领结和扣子。当他的手触碰到颈部的瞬间,却不由自主地颤抖了。他突然性情大变,温柔似水地凝望着黄梦婷,发出阵阵瘆人的怪笑,魔怔一般地自言自语。

“嘿嘿嘿,你是最完美,最完美的……”说着,张炜轻轻拍打黄梦婷的脸，将她唤醒："黄琪、黄琪……"

一股清风吹来，黄梦婷缓缓睁开双眼。空中电光闪过，当她再次看到面容扭曲的张炜时，惊恐地瞪大了眼睛，被毛巾堵住的嘴，发出"呜呜呜"的嘶鸣，淹没在隆隆的雷声之中。

张炜自卑地低下头，捋了捋搭下来的头发，嘴唇翕动着，透着极度的怨恨："要不是你爸妈阻挠，我们早就该在一起了。"

黄梦婷呼吸急促，身体渐渐不受控制地发抖。

张炜突然心境高涨，一把将黄梦婷紧紧地抱在了怀中，如同救世主一般目空一切地怪笑着说："嘿嘿嘿，过去的事情，都不重要了……重要的是我们永远要在一起，不分离，不分离，嘿嘿嘿……"

黄梦婷意识到死期将至，极度的恐惧让她拼命晃动身体，用尽最后一丝力气拼命地挣扎，口中发出悲怆欲绝的呜咽声。

"你为什么抗拒？"张炜极度亢奋地捧着她的脸颊，激动地说，"我们回来了，这是我们的母校，一切开始的地方啊！"

黑暗中，黄梦婷越是挣扎，张炜越是兴奋。

张炜从裤兜里摸出一款老式的MP3，给自己和黄梦婷的耳朵里各塞了一个耳机，播放了一曲校园民谣《有喜欢的人真好》，歌手甜美清纯的嗓音唱着：今天的天气真好啊，我可不可以约你出来晒太阳，去我们高中的那个操场，去你最喜欢我的地方……

伴随着校园民谣的旋律，张炜深情地望着黄梦婷，扬起了嘴角。他的眼神变得越来越温柔："黄琪，你还记得吗，这里以前就是操场……"

张炜眼里浮现出泪花，外面的风声雨声似乎戛然而止，甜美的旋律弥漫在整个空间里，带着他陷入了臆想。

初夏的午后，阳光明媚，微风拂面，空气中混杂着青草和泥土的芬芳。

张炜和黄琪穿着校服，趁着午休肩并肩坐在操场边的观众席上。两人捧着书本温习功课，黄琪手边放着一个银色的MP3，长长的耳机线将两人连在一起，当听到《有喜欢的人真好》这首歌曲的时候，两个人羞涩地互相对视。

张炜试图去牵黄琪的手，黄琪羞涩地躲开了，绯红的脸庞瞥向另一侧，情不自禁浮现出甜美的笑容。

张炜青涩地咬着嘴唇，他想了想，朝黄琪身边挪了挪，两个人靠得更近了，他点了点书本，假装提醒她温习功课。

……

张炜沉浸在幻觉中，满脸都是青涩甜美的笑容。

随着臆想的世界慢慢变暗，张炜逐渐回过神来，发现面前的黄梦婷愤恨绝望地凝视着自己，呜咽不止。

“你想说什么？”张炜暂停播放，帮她解下白毛巾，愉悦地说，“你看看吧，外面的世界多美好啊，不过，我要带你去一个更好的地方。”

黄梦婷近乎哀求地望着张炜，长长地出了一口气说：“张炜，忘了我，我们从此一别两宽，我也不会报警，我们各自安好，重新开始生活，好吗？”

“重新开始！？”张炜脸色大变，眼中充满戾气，死死瞪着黄梦婷，委屈地流下眼泪，疯狂咆哮，“为什么？你明明也爱我！”

“对不起，对不起……以前我是喜欢过你，真正让我懂得爱的男人，是常虹！”黄梦婷苦涩地摇头，眼神中透出一丝怜悯。

张炜直起身来，对着雷雨交加的夜空，咬牙切齿地放声哀嚎，抓狂地挠着惨白的头皮，“啊”的一声狂叫，他揪下了自己头顶残存的几缕头发，声音刺破苍穹。

“常虹、常虹……那个脸上一道疤的怪物，他算什么？”一柱鲜血从张炜煞白的脸上流下，他双手紧紧地握着带着头皮的发丝，居高临下俯视黄梦婷，愤恨地自言自语，“一个破警察，跟我上清华的智商怎么比？还不是被我玩得团团转……他凭什么要跟我抢你？我才是最爱你的人，你为什么要让我难过？”

黄梦婷被吓得低下了头，瑟瑟发抖。

“你这个势利的女人，你跟你爸妈一样。你们嫌贫爱富、贪财好利，你跟常虹在一起，就是为了地位和体面，你们没有爱情……没有！”张炜咒骂着，眼神充满鄙夷和疯狂，“那个丑八怪，就是图你家的钱，你看不出来吗？”

黄梦婷：“张炜，我们无法决定自己的出身，我们可以决定如何去爱……面对现实吧，我爱的是他，不是你，放手吧！”

“你胡说！你怎么可以为了常虹就背叛我，背叛我们的感情？”张炜怒目圆睁，对黄梦婷咆哮起来，“不，你不是这样的、不是这样的……”

一刹那，巨大的闪光撕裂了黑暗，紧接着，隆隆的吼叫，从茫茫的空间深处袭来。

张炜满脸是血，凶相毕露，越发癫狂。他拿出MP3，播放起《Unchained Melody》，一直将音量按到最大。

《Unchained Melody》刺耳的噪音摄人心魄，黄梦婷目光闪烁，呼吸急促，高中毕业那个夏天的梦魇再度浮现，她彻底陷入了恐惧的深渊。

张炜死死地盯着黄梦婷，露出了邪魅的笑容说：“最完美的你，永远，永远只属于我！”

说着，张炜重新用白毛巾绑住黄梦婷的嘴，将塑料袋提起，没过了黄梦婷的头。任凭黄梦婷如何挣扎，却无济于事，密不透风的塑料袋，让她呼吸越发急促，死神在一分一秒地慢慢靠近。

不知何时，一只红眼乌鸦悄悄地停在了工地的脚手架上，欣赏着眼前的一切。

张炜一阵癫狂的浪笑，隔着塑料袋捧住黄梦婷的脸，用力亲吻。

“我们会永远在一起，永远留在母校，生生世世，相知相守……”张炜说着拉起最外面的麻袋，连同塑料袋一起扎紧了口子，黄梦婷在麻袋里扑腾了几下，没有了反应，也许是因为窒息而渐渐昏厥，也许是认命放弃了挣扎。

张炜志得意满，背起麻袋，冒雨踩着竹排，冲到了自己事先找好的一处浇筑区域，熟练地掀开了铺在钢筋框笼上的防水布，防水布下，几根钢筋早已被他提前锯开，用钢丝简单地固定着。

张炜解开钢丝，拆掉几根钢筋，这片浇筑区域露出了井口般大小的缺口，下面是一大片刚刚浇筑尚未凝固的混凝土泥浆。

雨水无情地拍打在张炜的脸上，《Unchained Melody》的旋律通过MP3的耳机变得格外刺耳，他缓缓跪下，扯着嗓子朝麻袋怪叫：“黄琪，我们生生世世都要在一起，永不分离。”

天空中一道惊雷闪过，再次照亮了幽暗的工地。

张炜无助地抽泣着，雨水混杂了泪水和血水，在他煞白的脸上肆意纵横。他心一横，伸出了邪恶的魔爪，把装着黄梦婷的麻袋顺着缺口，推入冰冷的混凝土泥浆中。

麻袋慢慢地越陷越深，张炜怪笑着仰面朝天，变得越来越狂躁，不远处的红眼乌鸦也兴奋得跟着“呱呱呱”地喝彩。

突然，张炜变得情绪异常低落，他悲愤地将MP3也扔进了洞口，随后缓缓地闭上了眼睛，猛地往下纵身一跃。

电光火石之间，只听“咣当”一声，张炜头昏眼花，只感到天旋地转，他并没有掉下去，而是被人从侧面踹翻在了竹排上，连翻带滚。

张炜趴在竹排上，口吐鲜血，瞬间感到一阵钻心的疼痛，左边的几根肋骨似乎已被踢断。

踢开张炜的不是别人，正是常虹。

风雨中，常虹浑身血迹，目光狠厉地瞪了一眼这个人不人鬼不鬼的张炜，眼看装着黄梦婷的麻袋，已经没过了大半，常虹无心恋战，毫不犹豫地跃下洞口，跳到了齐腰深的混凝土泥浆中。

“梦婷、梦婷”，常虹一边呼喊着黄梦婷的名字，一边奋力将麻袋从泥浆中拉出。

泥浆中的常虹显然使不上力气，他试了很多次，一个人很难将麻袋推出洞口，即使累得气喘吁吁，也依然徒劳无功。

幸运的是，黄梦婷依然还活着，只是气息微弱，晕死了过去。为了不让黄梦婷完全沉下去，常虹拼尽全力，向上托举着。

脚手架上的红眼乌鸦，又“呱呱呱”地叫了起来，似乎在提醒张炜，最后的时机来到了。

听到乌鸦叫声的张炜，咬着牙缓缓地站了起来，他抹了一把脸上的血水，对着常虹鄙夷地嗔笑，趾高气扬地“宣示主权”。

张炜：“她是我的！你们谁都别想活着出去。”

说话间，张炜从身边捡起一段被他锯断的钢筋，钢筋的断口处露出锋利的白刃。

红眼乌鸦兴奋地扑棱着翅膀，在脚手架上跳跃着，再次“呱呱呱”地叫起，像是给张炜擂鼓助威。

张炜双手握着钢筋，和着乌鸦的叫声，亦步亦趋地走到了黄梦婷和常虹头顶上。常虹双眼死死地盯着张炜，用声音震呵道：“张炜，放下凶器，回头是岸！”

“回头？嘿嘿嘿，人生哪有后悔药？”张炜瞪着血红的眼睛，怪笑着喊道，“去死吧，你们这些正人君子！”

话音未落，钢筋已经刺向常虹的胸膛。

常虹一侧身，钢筋的利刃划破了他的左臂，瞬间渗出了鲜血。他忍着剧痛，绝望地向张炜咆哮。

在泥浆中，托举着黄梦婷的常虹，失去了大半的战斗力，只能任由张炜宰割。

张炜已经完全失去了理智，他吞咽了一大口血水，挥舞着钢筋，疯狂地对着常虹的身体和头部连连猛击。常虹尽量躲闪，可是收效甚微，不一会儿便遍体鳞伤，如同血人一般。

血水滴滴答答地与泥浆混合，常虹顾不得创口的剧痛，毅然奋力地托举着黄梦婷。

“放开她，她是我的……”张炜像一只失控的野兽，一边朝常虹嘶吼着，一边使出致命一击。

常虹意识到了危险，暂时放开了黄梦婷，闪身躲避，钢筋还是劈中了常虹后背，顿时皮开肉绽，血流如注。

常虹咬紧牙关捂着左肩，疼得浑身颤抖，眼看黄梦婷又沉了下去，常虹使出最后的力气，用右肩将她慢慢顶了起来。

张炜借机瞄准常虹的头颅，龇牙咧嘴地怪叫一声，猛地戳了下去。

常虹绝望地闭上了双眼，知道在劫难逃，突然，一道闪电划破黑暗，一双手臂衬着闪电的光亮，从张炜身后死死地摁住了钢筋。

还没等张炜反应过来，一记猛拳狠狠地砸在了他的秃头上，张炜“啊”地惨叫一声，应声倒地。

常虹不可思议地睁开了眼，兴奋地大喊：“包德荣，是你吗？”

包德荣：“兄弟，我来晚了。”

说话间，包德荣的余光观察到，张炜也踉踉跄跄爬了起来，慢慢朝后退去，从身后捡起钢筋。他口中含着血水，模模糊糊地念叨着："为什么，连你也要拦我？还给我，把她还给我……"

包德荣脱下湿透的衬衣，光着脊背满腔怒火地朝张炜走去。

张炜吞下口中血水，使出最后的力气，挥舞着钢筋，朝包德荣砸来。包德荣甩动衬衫，瞬间将钢筋缠住，奋力一抽，张炜连人带钢筋，向前扑倒，摔了个狗吃屎。

张炜趴在竹板上，慢慢闭上了眼睛，呻吟着喘着粗气，再无力气起身。

包德荣满眼失望和愤怒，快步上前给张炜扎上了背铐，冲着张炜怒吼："为什么？为什么？为什么？"

包德荣失望至极，怒不可遏地抽打着地上的张炜。张炜如同活死人一般，不再反抗，任由湿衬衫抽打自己的身躯。

"老包，冷静点……"泥浆中，常虹吃力地挤出几个字，"快来，快来，救人啊。"

疼痛和疲惫交织，心力交瘁的常虹再没力气支撑，他眼前一黑，抱着黄梦婷缓缓滑倒在泥浆里。

听到呼救，包德荣这才缓过神来，他毅然决然地跳进了泥浆，可是任凭他如何拖拽，也无法将常虹和黄梦婷同时拉起。

眼看泥浆没过了两个人的眉毛，包德荣心急如焚，绝望地仰天长啸。

生死存亡之际，工地上的灯悉数亮起，将整个底板浇筑工地照亮，强烈的光线刺痛了红眼乌鸦的眼睛，它怪叫着向远处的乌云飞去。

马龙和徐勇带着一队刑警神速赶到，他们纷纷跳进泥浆，与包德荣一起将黄梦婷、常虹从死神的手中拉了回来。

满脸血污的张炜，躺在竹排上，仰面朝天，任由雨水拍打在脸上，放肆地大笑，笑着笑着，又鬼哭狼嚎起来。

翌日中午，雨过天晴。

市中心医院，普外科病房。

常虹从昏迷中醒来，迷迷糊糊睁开眼，发现包德荣、孟根山、马龙、徐勇、高一萌都已经在病床边焦急地等候，普外科宋主任面容和善，带着两名年轻的医生，陪在一旁。

昨晚的噩梦让常虹心有余悸，他不由地担心起黄梦婷，急着起身去找，左肩却发出阵阵剧痛，令他疼得坐不起来。

宋主任："你别乱动，浑身的伤口特别是左肩部的刚刚缝合好，不能剧烈运动。"

马龙赶紧走到床尾，帮他把病床摇起来，常虹这才发现自己已经穿上了病号服，左肩裹上了厚厚的纱布，手臂、腹部也裹上了纱布。他环视众人，想询问黄梦婷的情况，却发现口干舌苦，难以启齿。

"常虹，黄梦婷没事，你只管好好静养，其他的事情有我们呢。"孟根山看出端倪，不想让他担心，立马上前劝慰，"你真是福大命大，医生说你腹部和左肩背都只是皮肉伤，没伤到动脉和筋骨，不过，短期之内你的左手就别乱动了。"

"是啊，师傅，好好休息，后面的事情我们来处理。"高一萌满脸心疼，也跟着附和。

马龙和徐勇站在一旁神情严肃，连连点头。

常虹无奈地点头答应，眼神焦虑地看向包德荣，向他寻求黄梦婷的消息。

"常大虹，这回咱俩算是扯平了。"包德荣想了想，扯开话题说，"要不是我老包及时赶到，那后果……吉人自有天相，大难不死必有后福嘛。"

“谢啦，兄弟……”常虹虚弱地挤出几个字。

常虹朝包德荣慢慢伸出右手，包德荣一把握住，兄弟俩默契对视，惺惺相惜。

常虹声音微弱：“老包，梦婷到底怎么样了？”

包德荣左顾右盼，不知如何回答，把眼神投向宋主任。

常虹急切地扫视众人，额头渗出了细密的汗珠，右手一撑，坐了起来：“梦婷出什么事了，快告诉我！”

“你先别激动，就是害怕你操心。”宋主任伸手示意常虹平静，缓缓地说，“你爱人黄梦婷，因为脑部缺氧，送来时候已经出现了意识障碍和呼吸衰竭的状况，目前还在急诊抢救。”

宋主任还未说完，常虹心如刀绞，立即翻身下床，光脚踩在地上，他双脚发软，差点跌倒。包德荣眼疾手快，赶紧搀住常虹，徐勇和马龙也赶紧围了上来。

孟根山：“常虹你别激动，要相信医生，相信组织。梦婷那边，我们会全力以赴进行救治，你先把自己的伤养好吧。”

常虹摇摇头，眼中噙着泪水，恳求道：“师傅，我得守着她，我们死也要死在一起……”

“不要说傻话。”孟根山理解他焦急的心情，又看了看宋主任。

“好吧，情况特殊，我就特例，批准你们去。”宋主任无奈地点头答应。

徐勇和马龙赶紧推过来轮椅，包德荣立即将常虹的右手搭到自己肩上，搀扶着常虹慢慢地坐了上去。

晚上7点。

东海市第一看守所，审讯室。

张炜被彻底剃成了光头，耷拉着脑袋，面如死灰，戴着沉重的脚镣，瘫坐在审讯铁椅上。

孟根山和包德荣坐在张炜对面，隔着一扇铁栅栏，密切监视着他的一举一动。

孟根山喝了口茶，无奈地说：“张炜，又耗了一天了，问啥你都不讲话，什么意思，要对抗到底啊？”

张炜缓缓抬起头，目光涣散地看着前方，终于说出了被捕以后的第一句话：“人生毫无意义，你们给个痛快的，把我枪毙了吧。”

包德荣：“张炜，犯了事儿就想一死了之，是个爷们吗？毫无担当，我真的看错你了。”

张炜别过头，眼神空洞地瞥向墙上，不再讲话。

孟根山：“张炜，你手上犯了好几条人命，就算你不想活了，也先把案情交代清楚，法律自有裁断。”

“不用问了，都是我做的。”张炜面如死灰，毫无波澜。

包德荣：“你的动机是什么？”

张炜：“动机？呵呵……该死的不死，不该死的都死……”

包德荣：“你什么意思？谁该死，谁不该死，你仔细说说。”

张炜：“没什么好说的，造物弄人……都是天意。”

孟根山：“天意？张炜，你勒死了身边最亲近的亲人，弟弟张毅，让他曝尸荒野，用榔头疯狂锤杀，你恨之入骨的邹氏兄弟，设计谋害黄梦婷……好人坏人，都被你残忍杀害，难道都是你所谓的天意？”

张炜表情呆滞，无言以对。

此时，一名看守所的警员缓缓地推开了审讯室的门，端着几份盒饭说：“领导，磨刀不误砍柴工，先吃点饭吧。”

孟根山：“好的，谢谢。”

说话间，警员走进审讯室，解开张炜的手铐，将盒饭放在他的面前，把另外两份盒饭透过铁栅栏递给包德荣。

包德荣上前敲了敲铁栅栏，呼喝张炜："别来绝食这套，吃饭。"

张炜木讷地点了点头，掰开了一次性筷子，面无表情地开始吃饭，味如嚼蜡。

"别耍花样，好好吃饭。"警员说着退出了审讯室。

包德荣将盒饭递给孟根山，两人捧着盒饭，大口大口地吃起来。

孟根山小声对包德荣说："盯着点。"

包德荣点头示意，一边狼吞虎咽，一边用余光观察着张炜。

张炜低着头，机械地吃着盒饭，时不时用余光偷偷地打量包德荣和孟根山。

不经意间，张炜瞅准时机，趁两人同时埋头急于吃完盒饭之际，张大了嘴巴，握着一次性木筷，用力地朝自己的嗓子眼里扎去。

一瞬间，张炜满嘴是血。

"我操，住手！"包德荣被惊出了一身冷汗，他扔下盒饭，纵身一跃从铁栅栏上翻了过去，一把按住了张炜手里的木筷子。

张炜眼底布满血丝，咆哮着，如发疯的野兽一般试图继续自残，却被包德荣死死摁住。审讯室外的两名警员闻声也冲了进来，一把夺过张伟手中的木筷子，再次将他双手铐住。

"让我去死，让我去死啊！"张炜疯狂地扭动着身体，丧心病狂地嘶吼着，血水口水夹杂着饭粒喷了包德荣一身一脸。

孟根山："赶紧，喊医生。"

一名警员立刻向医务室冲出去。

3日后，上午9点。

东海市第一看守所，审讯室。

包德荣和孟根山做了充足的准备以及审讯预案，再次提审张炜。

张炜通过几日的药物治疗,情绪相对稳定。包德荣看着面无表情、如行尸走肉般的张炜,既恨又怜,五味杂陈。

包德荣琢磨着张炜的心理,试着以感情切入:"小张,重逢以来,一直也没机会,跟你好好聊聊。我们今天不说别的,聊聊以前的事吧。"

张炜咬着嘴唇,声音沙哑地说:"包管教,我知道你一直为我好,我对不起你。"

包德荣:"小张,我知道你也有难处,迫不得已,没有人会再走上犯罪的道路。你如果还当我是你的管教,有什么委屈尽管给我讲。"

张炜嘴唇翕动了起来,颤抖着发问:"黄琪,她怎么样了?"

包德荣的切入点奏效了,孟根山捕捉到审讯的契机,心情沉痛地说:"黄梦婷还在抢救,最坏的结果是变成植物人。张炜,你口口声声爱她,却害得她生不如死,这就是你想要的结果吗?"

"害她的是常虹,是你们,不是我!"张炜红着眼睛,紧握双拳,满眼悲切和懊悔地说,"如果常虹不来坏事,我已经跟她融在了混凝土里,她会和我一起凝成永恒,一起留在我们的母校,多么完美的结局都被你们毁了。"

包德荣:"张炜,你疯了!你得不到的,就一定要毁灭吗?"

"包管教,为什么你也不懂我?黄琪十几年前就是我的,只有和我在一起,我们支离破碎的人生才能圆满,人生从此才有了意义。"张炜目光迷离,陶醉在自己的意淫当中,怪笑着说,"嘿嘿嘿,我带她一起走,从此不用在乎世俗的偏见和眼光,这不是毁灭,是解脱。"

张炜语气透着邪魅,越说越来劲,包德荣气得一时语塞。

孟根山找准气口,顺着张炜的狂想曲,把话题引回案件。

孟根山:"你把自己说得挺有境界哈,可你想解脱,为什么先杀了张毅?"

孟根山的话如一记重锤,砸醒了痴笑的张炜,他苍白的脸上露出一丝狰狞。

包德荣:“所有的受害人里,你弟弟是最无辜的一个,你怎么下得去手?”

张炜咬牙切齿地说:“他才不无辜!我这一辈子就被这个拖油瓶毁了,嘿嘿嘿……”

包德荣和孟根山闻言倍感诧异,张炜说着说着,发出了诡异的嗔笑,神情也越发疯癫,似乎打开了话匣子。

张炜:“能给我一根烟吗?”

孟根山点头,包德荣打开铁栅栏,给张炜点起一根烟。

张炜深吸了一口,缓缓呼出烟圈,将往事娓娓道来:“他不是我弟弟。”

“什么?”包德荣正要继续问下去,孟根山用手拦住了他,不要打断张炜的话。

张炜双眼微闭,似乎回到了从前:“二十年前,我妈嫌我爸没钱又没本事,就跟一广东的小老板跑了。一年以后,我爸就找了个乡下女人,还带了个弱智的大胖小子来,就是张毅。”

“不对,应该叫石毅军。”张炜神情充满鄙夷,想了想,神叨叨地摇头否认。

包德荣:“石毅军,是张毅的原名?”

张炜:“没错,听说他亲爹就是因为他的智力缺陷,抛下母子俩跑了。他倒是个聪明人,哼,就我爹最蠢,把祸水引到了我头上。”

张炜吸了口烟,冷眼望着包德荣说:“你们知道,忽然有个弱智弟弟,是一种什么体验吗?”

张炜自嘲地冷哼一声,神情满是怨恨。

张炜:“他就像我的一条小尾巴,让我跟他一样,成了别人眼里的蠢猪、废物,让我更加被人看不起。当初,我拼了命地读书,考上清华去北京读书,为什么?就是为了离开那个又穷又破败的家。”

包德荣:“小张,有什么苦水都说出来吧。”

张炜:“你们知道,当年黄大虎怎么说我吗?他说我们家不仅穷,还有个傻子弟弟,那就是祖上缺德,遗传基因先天残缺。可笑,他都不是亲生的,关我什么事?就因为这个大傻子,我一辈子都抬不起头,你们还觉得他无辜吗?”

孟根山:“你不要动不动就骂张毅是傻子,他患上自闭症已经很不幸了,你作为家属更应该体恤他。”

“我体恤他,谁体恤我?如果我告诉你,犯下奸杀案的都是他,你还会体恤他吗?”张炜仰头嗔笑,反问说,“包管教,还记得你跟常虹最后那次来我家,张毅在干嘛吗?”

包德荣惊愕地望着张炜,想了想,缓缓开口:“他在卧室里,抱着个娃娃,身体拱来拱去,像猪一样地哼哼……”

张炜:“对,你们都以为他的智力水平还是个孩子,可他的身体早就长大了,他也有欲望,那种强烈的无法排泄的欲望……”

张炜:“今年六月份的一天,我晚上回家,发现张毅兴高采烈地在看综艺女团选秀。我从没见他笑得那么灿烂……”

看守所,审讯室。

张炜:“女团选秀综艺节目,完全激发出了张毅的欲望,这欲望如洪水猛兽。”

包德荣:“然后,你就找上了罗红艳?”

张炜:“不,是你们警察把她推到了我面前。”

孟根山:“哦,你的意思,我们成了帮凶。”

“有段时间,我经常去维纳斯公馆趴活儿,见过罗红艳几次。她确实有点像黄琪,这多少让我有点动了心。”张炜邪魅地咧嘴一笑,娓娓道来，“她毕竟是花魁，是个我连想都想不起的女人……可没想到，六月末治安大整顿，维纳斯公馆停业，机会不经意就降临了。”

疑云顿开，“7·4”抛尸案终于有了突破性的进展，包德荣和孟根山欣喜不已，快速记下了他的话。

张炜：“我跟罗红艳的小姐妹琪琪混熟了，希望她能帮忙引荐。这种花花世界，哪是我们这种穷人能去玩的地方。停业整顿后，无意中，琪琪告诉我说罗红艳最近很缺钱，于是我通过维纳斯公馆的大堂经理菜菜子，开价一万，希望罗红艳能出台陪我一次，并答应给菜菜子白开一个月的车。没想到，罗红艳很爽快就答应了。”

7月1日，晚上10点05分。

西城区，张炜开着黑色宝马，穿梭在迷离的夜色中。

副驾驶坐上，罗红艳穿了一身风骚的黑色深V连衣裙，露着雪白的大长腿，踩着红色的高跟鞋，栗色的长发遮住了半张脸，斜靠在座椅上，昏昏欲睡。

车子停下，张炜痴痴地望着她的脸，似乎把她幻想成了黄琪，伸手轻抚她的脸颊。

罗红艳从昏睡中惊醒，有些惊恐地看着张炜。

张炜眼神阴郁，礼貌地笑笑说：“我们到了。”

罗红艳这才想起自己跟张炜早已约好，可是，看着他的秃头，眼神不自觉地透露出嫌弃和鄙夷。她狐疑地看了看车外的破旧小区，很不情愿地跟着张炜下车，趁着夜色走进了老公房。

张炜：“这女人毕竟是风月场里奢靡惯了，刚到我家就横挑鼻子竖挑眼……”

包德荣拿着罗红艳的照片，仔细看了看说：“你对黄琪，还真是一片痴情，罗红艳确实和她长得有些神似。”

7月1日，晚上10点16分。

罗红艳走进张炜家，看着老旧的装修、简陋的家具陈设，瞬间皱起了眉头。她转身看向张炜，疑心重重地说：“哎，小秃子，你先把钱给我吧，我只收现金，免得被查。要不是现在酒店查得紧，谁跟你到这种破地方。”

张炜有点迟疑，也怕被她套路。

罗红艳有点不耐烦，提高了嗓门儿说：“干嘛？我人都到这儿了，你还想白嫖啊？”

“嘘。”张炜将食指放在嘴边，让她嘘声，“不能、不能，红包已经准备好了，在卧室里面，咱们去里边聊吧，别让邻居听到了……”

“有胆约我，没胆认啊？”罗红艳打量着老实巴交的张炜，神色鄙夷地挑衅了一句，轻蔑地冷哼一声，跟着张炜走进卧室。

罗红艳刚走进卧室，就被眼前的一幕震惊了。

卧室的大床上，张毅只穿了背心大短裤，坐在大床上抱着鳄鱼娃娃，发出猪一样的哼哼声。

看到性感妖娆的罗红艳，张毅瞬间跳下床，痴痴地望着她，嘴角不自觉地流下了口水，憨憨地喊她：“姐姐、小姐姐……”

罗红艳瞬间紧张起来，转身就走。张炜一把拉住了她，轻声说：“说好的一万，你点点，我不骗你。”

张炜说着从床头柜里拿出一个厚厚的红包，双手捧着，恭敬地递给罗红艳。

罗红艳一把抓过红包，侧身把一叠百元大钞拿出来翻了翻，数字大概不差。随后，她厌恶地看着张毅，责问张炜说：“在这儿吗？这傻子什么情况，让他出去。”

张炜面露难色，犹豫着开口：“你能不能，先陪他一次？”

罗红艳杏眼圆睁，当场炸毛，“啪”的一声，拿红包抽打张炜的秃顶，骂道：“小秃子，你玩儿我啊？就这么点钱，我肯见你已经是给菜菜子面子了，你还想让我陪这个傻子，癞蛤蟆想吃天鹅肉啊？”

说着，罗红艳从红包里抽了七八张百元大钞出来，把其他的封好塞给张炜，愤愤不平地说：“这钱就当我误工费了，剩下的你拿回去，你这单，姑奶奶我不做了。”

“好姐姐，求求你，我弟弟虽然傻，可他也是个大人了。”张炜脸色煞白，把红包又塞到罗红艳手里，恳求道，“他每次发作，都要撞墙、打自己，我不忍心看他受罪，也没别的办法了……钱你拿着，你就当作善事了，让他抱抱，行不行？”

罗红艳：“放屁！老娘我又不是活菩萨，就这点钱，凭什么给你们做慈善？”

张炜：“我加钱，加钱行吗？”

听到加钱，罗红艳消停下来，将信将疑地试探说：“那你加多少，先说，我看看能不能接受吧？”

张炜迟疑地伸出两根手指：“再加，两千行不行？”

罗红艳白了他一眼，拿着红包转念一想，最近没活，断了经济来源，语气反而变得妩媚：“小秃子，你再给我五千，让你和你弟弟一人一次，你让我多赚点，我们也算互相帮助了，成吗？”

张炜低头盘算了一下，狠下心来点头答应了。

片刻后，罗红艳躺在大床上，把随身的小包放在了枕头边，床铺上满是张毅的肉骚味，让她忍不住捂住了鼻子。

罗红艳：“快点快点，臭死了。”

张炜牵着弟弟的手，让他也躺上去，慢慢靠近罗红艳。

张毅挨着罗红艳的身体，一闻到她身上的香水味，就兴奋地发出了猪一般的哼哼声。

罗红艳不由得打了个冷战，迟迟不肯脱衣服。

张炜：“你的衣服……”

罗红艳不耐烦地给了他一个白眼:“就这样吧……你先出去,放心,亏不了你弟弟。”

张炜感恩地点点头,走出卧室,将门虚掩着。

张毅越来越兴奋,下半身鼓了起来,他像猪一样顺着罗红艳的胳膊向上“采集”香味,呼吸越来越急促,哼哼声越来越剧烈,他肥胖硕大的身体不自觉地抖动起来。

随着张毅越贴越近,他浑身散发的肉骚味,头发中的汗臭味也越来越浓烈,罗红艳越来越后悔,只好撇过头,捏住鼻子,艰难地用嘴巴呼吸着。

张毅一点点嗅到了罗红艳的颈部、胸口,忽然发出一声怪叫,口水如瀑布一般倾斜而下,滴滴答答流在了罗红艳的胸口。

罗红艳瞬间觉得恶心爆棚,使尽全力想要推开身上的张毅,可是她早已被张毅结结实实地压在了身下,任凭她如何用力,却根本推不动。

罗红艳惊恐地睁大了眼,绝望地看着张毅,发现张毅直愣愣地盯着她的胸口,一种不祥的预感,让她惊叫起来:“起开,我不做了,加钱也不做了。小秃子、小秃子!”

张毅反而越来越兴奋,他面红耳赤,呼吸越发急促。

罗红艳拼尽全力,用指尖从随身小包里抠出手机,拨打了“张海涛”的电话,可电话无人接听。

罗红艳还想继续拨打时,张毅却哼哼着,一把拍掉了她的手机。罗红艳顿时惊恐万分,拼命蹬腿踢打张毅。

然而,她抬起的髋部却接连摩擦、撞击着张毅膨胀的内裤。张毅瞬间兽性大发,将她的双臂死死按住,把头深深埋进“深V”胸口,像猪一样在她身上疯狂的舔舐。

“放开我,放开我。”罗红艳被吓得泪流满面,苦苦哀求,可她越是挣扎，张毅却越是享受。

张炜从门缝里偷窥卧室，看到张毅已经控制住罗红艳，不忍心再看下去，立刻转过身去，用颤抖的双手点了一支烟，焦灼地抽了起来，眼神越来越阴郁。

罗红艳挣扎的叫声，似乎惹毛了张毅，张毅拿起鳄鱼抱枕，紧紧捂住了她的头。

罗红艳在黑暗中无声地挣扎，直至在寂静中面对死亡，一座肉山挤压着她的身体，贪婪和欲望撕扯着她的灵魂。

张毅势大力沉，用整个身体死死地压住了鳄鱼抱枕，几分钟后，罗红艳渐渐不再挣扎……

张炜抽光了一支烟，忽然意识到里面没有了女人的动静，连忙推门进入卧室，只看到张毅在拿身体不断撞击着罗红艳，罗红艳头上蒙着鳄鱼抱枕，毫无反应。

张炜脸色煞白，惊慌失色，冲上床一把推开弟弟。

张毅重重地摔在地上，愤恨地盯着哥哥，哼哼声充满了怒意。

张炜如坐针毡，他怨愤地拿起鳄鱼抱枕砸向张毅，露出了罗红艳死不瞑目的惨状，一瞬间，细密的汗珠从他的秃头上冒了出来。

张炜连忙用颤抖的手，摸了摸罗红艳的颈动脉、手腕脉搏，又探了探她的鼻息，已经毫无反应。

张炜怔怔地看着罗红艳的尸体，被吓得瞬间瘫软，大脑嗡嗡作响，似有一个炸雷在耳边响起，他一个跟斗从床上栽了下去。

地上的张毅却不管不顾，重新爬上床，趴在罗红艳的尸体上继续猥琐的拱来拱去。

张炜懊恼地抓着稀疏的头发，继而双手握拳，狠狠捶打自己的脑袋，无助的泪水喷涌而出。

片刻后，张毅的猪哼哼声越发急促，随着长久的一声呻吟，张毅的兽欲得到了前所未有的满足，他从罗红艳的尸体上爬下来，仰面朝天，呼呼大睡。

张炜从慌乱中慢慢回过神，他慌忙爬上床，赶紧检查罗红艳尸体上有没有留下痕迹，幸好罗红艳和弟弟都穿着内裤，张毅的精液只沾染到了罗红艳的衣服上。

张炜一边扒下罗红艳的衣服，一边憎恨地望着张毅，怒从心头起，恶向胆边生。

人生若能回到初见，宁可不见。

张炜双眼空洞地说："我只能选择抛尸。当天晚上我把尸体扔在了西郊区大型绿化带的草丛里。可是，思来想去害怕尸体暴露，7月3日晚上，我又想趁着暴雨，想找个更隐蔽的地方，没想到又被这傻子坏了事……"

7月3日，午夜时分。

西郊区，高架路桥。

天空阴云密布，黑压压的，气候又湿又闷，整个东海市像死一般的沉寂，闷得人喘不过来气。

忽然，远处云端上忽闪着雷电的光亮，如同在破棉絮般的黑云上，呼啦呼啦地燃烧着。

不久，远处传来隆隆的雷声，声音沉闷而又迟钝。

一段漆黑的高架路上，张炜开着黑色宝马轿车缓缓停下，熄火、关掉车灯。

张炜从车内冒将出来。他穿着深色雨衣，拉起了连衣帽子，戴着口罩，与黑暗融为一体。

一阵疾风吹起，四周荒凉寂静，只听到一阵树叶被风拂动的沙沙声，如泣如诉。

张炜拉紧雨衣，向路边走去。他挨着高架路边沿，拿出手电筒向底下张望。电筒光束所到之处，是一片茂密的小树林。

张炜关了手电筒，在黑暗中刚要回身，突然，张毅肩上扛着罗红艳赤裸的尸体，如幽灵般来到他的身边。

张炜心里一沉，头顶上一道闪电如惨白的火，急骤驰过，瞬间划亮了夜空。

张炜瞬间看清了一切，可惜已经猝不及防。他连忙上前伸手想要拦阻，张毅势大力沉，身子一侧、使劲儿一甩，罗红艳的尸体便从身上抛落。

黑暗中，传来了树叶树枝被刮到的沙沙声，紧接着，一阵刺耳、绵延的金属网剧烈碰撞、摇晃的声音伴随着咔嚓嚓的巨雷，震得人心收紧，大地动摇。

张炜探出身子俯视黑暗的树林，沉默了几秒，用拳头狠狠捶打水泥路沿。

张炜转头盯着张毅，张毅冷漠地站在路边，没有任何情绪波澜。

张炜脸色煞白，心怦怦直跳，赶紧拉起痴傻的张毅迅速上车。此时，天空又一道惊雷炸响，闪电瞬间照亮了漆黑的高架路，暴雨随即倾盆落下，黑色宝马轿车渐行渐远，消失在滂沱暴雨中。

看守所，审讯室。

听完张炜的讲述，包德荣和孟根山终于恍然大悟，在倍感唏嘘的同时，也深感有些案件的复杂性远远超出了常人的逻辑推理。

包德荣："小张，张毅误杀了罗红艳之后，你就没想过收手吗？"

张炜："我想有什么用？张毅的欲望是个深不见底的黑洞。我也以为那次只是偶然，却没想到这只是噩梦的开始。他只要一听到女团歌舞的声音，看到那些白花花的大腿，就兴奋得手舞足蹈，晚上又会像猪一样哼哼。”

包德荣:“小张,有困难为什么不第一时间跟我说呢?”

“哎,这种事难以启齿啊。”张炜叹了口气,无望地看着墙壁说,“我也想过用别的办法替代。还记得北郊开发区那家硅胶娃娃体验店吗?那天,我本来是带张毅去排解需要的,可没想到,偏偏遇到派出所整治,把我和弟弟抓起来不说,还把那家店给取缔了。”

孟根山冷峻地盯着他,继续追问:“所以,为了满足你弟弟的欲望,你就接二连三谋杀了其他女性?邹氏兄弟谋杀杨翠翠和白小婉的案子,你有没有参与?”

“没有,我没有,别把我跟那两个畜生相提并论,我发现他们在东郊区那间密室的时候,那俩女的早就被分尸了。”张炜眼神凌厉地回望孟根山,气恼地为自己辩解。

孟根山:“既然你早就知道邹氏兄弟的藏身之处,为什么不报告警方?就为了成就你心里的那份所谓的正义感?”

张炜:“正义感算个屁,我才不在乎这些虚伪空洞的词汇。因为姓邹的畜生害了我海哥,要不是他们窝藏庞连彪,相海峰就不会死。”

听到“相海峰”三个字,包德荣和孟根山不由暗自叹了口气。

孟根山:“你怎么知道是邹氏兄弟窝藏的,你为什么不报告?”

张炜:“我……”

张炜低下头,露出了惨白的头皮,神情格外沮丧,再怎么问话也不回答了。

半小时的僵持后。

包德荣:“张炜,相海峰对你怎么样,你心里清楚,做人不能忘恩负义。”

张炜:“所以我要复仇!一开始,我的目标是庞连彪。海哥追悼会当晚,我就想去医院找他报仇。”

8月30日，午夜。

市北医院，普外科单人病房。

张炜穿着深色的短袖T恤和长裤，戴着棒球帽和口罩，帽檐被雨水淋湿了。他小心翼翼走在普外科病房的走廊上。

刚一转弯，张炜立刻躲到了拐角处墙边，偷偷望去。只见不远处的单人病房门口，有两名荷枪实弹的刑警正在执勤守卫。

张炜一时无法靠近，愤恨地拍了一下墙壁，懊恼地转身离开。

张炜："杀不了庞连彪这个杂种，我还杀不了邹守仁、邹守义吗？"

9月1日，凌晨3点。

东郊区，原东海市鼓风机厂家属院。

家属院内树木高耸，杂草丛生。已经是后半夜，天空中的雨停了，四下寂静无声。

家属院西北角，邹氏兄弟租住的老房子阳台外，张炜顺着顶楼的漏雨管爬下来。他一只手紧紧抓住外置晾衣架，一只手伸出一字螺丝刀，小心翼翼地撬开了阳台的窗户。

窗户慢慢打开，年久失修的老式窗户发出了"吱"的异响。

张炜立刻缩了回去，大气不敢喘一口，紧紧抓住晾衣架，踩着漏雨管，露出半个脑袋仔细窥探。

片刻后，张炜确认室内没有反应，他果断地拉开窗户，纵身一跃，翻入了室内。

张炜翻入阳台，蹑手蹑脚地关好窗户，没走几步看到一整片乌漆抹黑的落地窗帘，邹氏兄弟的呼噜声从窗帘后面传了出来。

张炜轻轻撩开帘子，借着幽暗的月光，他看到邹守仁和邹守义分别躺在卧室的两张床上，横七竖八，睡得像死猪一样。

月光下，张炜的脸越发苍白狰狞。他捋了捋稀疏的头顶，决定先除掉粗壮蛮横的邹守义，他从后腰掏出了榔头，蹑手蹑脚地朝邹守义走去。

走到床边，邹守义却突然停止了呼噜声，翻身朝外，吓得张炜立即蹲在床边。

邹守义满是刀疤的侧脸正对着张炜，又继续打起了呼噜。

张炜缓缓站起来，看着他丑陋的面容，越发憎恶，嘴角忍不住抽搐几下，面容渐渐扭曲。

张炜高高举起榔头，瞅准时机，毫不犹豫地砸向邹守义的太阳穴。

鲜血四溅，邹守义没有呜呼哀嚎的余地，瞬间大小便失禁，只能机械地发出呼呼声。

张炜立刻用枕头蒙住他的脸，又狠捶了几下。

另一张床上的邹守仁听到了动静，迷迷糊糊地哼哼了两声，似乎正要起身。

张炜余光感知到身后的动静，瞬间转身，一个箭步冲到邹守仁的床前，瞅准他的脑袋，猛烈一击。

随着“啊”的一声惨叫，血溅白墙，邹守仁瘫倒在床上，停止了反抗。

邹守仁挣扎转身，拼尽全力睁开一只眼，试图想要看清来人之际，张炜却没给他任何机会，又一榔头狠狠砸在他的脸上。

邹守仁发出一声闷响，两眼一黑，昏死过去。

张炜抡圆了膀子，像野兽般丧心病狂地猛砸邹守仁的脸，一下两下三下，不知道多少下，血水溅得到处都是，直至邹守仁的脸已经完全被砸扁，彻底没有了生命迹象。

张炜抹了一把脸上的血水，喘着粗气，走到邹守义这边，高高举起榔头，又狠狠地捶了几下。

片刻后，卧室里充满了血腥味儿，如同修罗地狱。

张炜瘫坐在地上，气喘吁吁，浑身上下都沾满了血迹。他怒目圆睁，愤恨地凝视着两具尸体，发出了“嘤嘤”的怪笑。

看守所，审讯室。

张炜说完，眼中依然燃烧着愤怒。

张炜：“这两畜生坏事做尽、丧尽天良，临死做一回活死人，也算是死得有点意义。”

包德荣：“真不敢相信，这事都是你做的，这么说真正的‘赤面淫魔’就是邹兄弟了。”

“应该是的。”张炜闭上眼睛，低下了脑袋，露出了惨白的头皮。

包德荣：“有了邹氏兄弟做活死人，帮你们顶罪，你为什么还要杀掉张毅？”

张炜：“我的人生就是被他给毁了。人不能滥杀无辜，杀了钱平之后，我自责了好长时间，也不想活了。纸是包不住火的，早晚还是会被你们发现，不如死得其所。”

孟根山：“随后，你就捏造了绑架信，带着张毅去了浙江老家，还在你父亲坟前勒死了他？”

张炜神情冷漠，点头承认。

包德荣：“你故意暴露邹氏兄弟的手机信号，把我和常虹引向西江。可邹氏兄弟已经死了，你是怎么做到让信号精确出现在他们老家的？”

张炜：“包管教，你忘了我有多好学吗？”

包德荣愣住了，一时语塞。

张炜：“我早就在监狱里面自学了现代通讯的相关原理，在拆车厂的员工登记档案上，查到了他们老家的地址，我只要把他的手机装上他的电话卡，寄回他们村里随便一户就好了。你们发现了信号，自然就会跟着追去西江。”

包德荣:“具体哪一户?”

张炜:“他们村一组,我瞎填的。”

包德荣:“可为什么在邹氏兄弟老家的山里,找到了你的鞋子?”

张炜:“这我就不知道了,也许是登山驴友的吧,能再给我一支烟吗?”

包德荣起身,帮他点上烟,两人长久凝视,相顾无言。

张炜:“我知道你想说什么。以前你在第二监狱教我的道理也没错,你们这些幸福的人,拥有完美的人生,是不可能理解被人压榨、被人欺骗、被人踩在脚下摩擦、生活困苦不堪是何等的艰难。不知他人苦,莫劝他人善……”

包德荣:“那也不能成为你杀人的借口。”

“人从来都不是平等,有的人生来什么都有,有的人生来就是被人践踏,只怪命运不公。其实,我已经猜到海哥吸毒了,他跟我一样是被这个社会抛弃的人,我们这一生终究是个悲剧……”张炜吐出烟圈,对着包德荣和孟根山释然一笑,“包管教,记得告诉常虹,他识破了我的计谋,也别太得意,我会成为他永远的噩梦。还有黄琪,她是我亲手毁掉的,她毁了我,我毁了她,我们俩扯平了。我得不到的,谁也别想得到,哈哈哈哈!”

张炜说着疯疯癫癫地狂笑起来,笑着笑着又莫名其妙地嚎啕大哭。

孟根山:“张炜,相海峰比你活得积极得多,命运和社会并没有真正地抛弃你,只是你自己选择了堕落。你这辈子受了很多苦,自以为参透了人生,不过,有一点,你一直搞错了。”

张炜收敛了痴傻癫狂的苦笑,疑惑地凝视着孟根山。

孟根山:“人世间,从来都没有什么完美的人生,唯有缺憾才是恒久，不完满才是人生的本质。我们生来就带着一门功课，名叫‘接受自己’，无论多大岁数、活了多久，我们都是在一次次的自愿或无奈的‘接受自己’中，慢慢争取到一个相对完满的人生。你接受不了的残缺和真谛，常虹已经明白了，你也不会成为他的噩梦……”

说着，孟根山和包德荣收拾桌上的东西，准备起身离开。

看守所的两名警员开门进来，将张炜带走。

张炜回头，看了孟根山和包德荣最后一眼，阴沉的脸上浮现出了一丝愕然，继而是慌乱和不甘，他嘴唇颤抖着，一滴泪水滑落。

七个月后，东海市高级人民法院宣判，张炜谋杀罗红艳、邹守仁、邹守义、张毅，事实清楚，证据确凿，剥夺政治权利终身，并处没收个人全部财产，死刑立即执行。

市中心医院，小花园。

秋高气爽，阳光明媚。黄梦婷身着病号服，依然在医院做康复治疗。她在常虹的搀扶下，来到医院的小花园里散步。

母亲林家珍和小雅全程陪在他们身后。

黄梦婷眼神木讷，表情有些呆滞，步伐缓慢，走路踉踉跄跄。常虹已经基本康复，搀扶着黄梦婷到长椅上坐下。

忽然，草丛里蹿出一只小野猫。

黄梦婷吓了一跳，目光疑惑地说：“这是……”

小雅蹲下来，满怀期待地看着她说：“慢慢想，这是什么？”

黄梦婷黛眉微蹙，有些着急地说：“我见过，就是一下想不起来叫什么……”

林家珍看在眼里，忍不住背过身暗自流泪。

常虹：“妈，没事的。这是常见的定向障碍，过阵子她的记忆就会慢慢恢复了。”

林家珍连连点头，不再言语。

常虹说着，陪黄梦婷坐了下来。

黄梦婷楚楚可怜地望着常虹说：“我是不是很笨？”

常虹笑而不语，温柔地帮她整理衣领。

黄梦婷：“要是以后，我一直这么傻怎么办？”

“别怕，以后我会一直守护着你。”常虹有点心疼，一把将她搂在怀中。

小雅和林家珍并肩而立，鼻子一酸，眼眶湿润了。

时至今日，不过短短几个月的时间，常虹看着眼前的一切，不由得想到了相海峰，想到了张炜，想到了三位大爷与许许多多的人，心中感慨万千。他整个人，乃至整个人生都发生了改变。那些人，那些事，桩桩件件，历历在目。此时回想起来，却又恍如隔世，有种再世为人的感觉。

东海市公安局，刑侦总队。

秋风送爽，万里无云，刑侦大楼在和煦的阳光下显得更加庄严肃穆。

旗杆上，鲜艳的五星红旗迎风飘扬，金色的警徽在蓝天和白云的映衬下，熠熠生辉。

经过一系列跌宕起伏的案件洗礼，生离死别的挣扎困苦，包德荣更加深刻地体会到了刑警的使命和责任。

1月1号，晚上6点08分。

东海市，锦江酒店宴会大厅。

常虹和黄梦婷的手紧紧握在了一起。聚光灯下，两人身着华美的礼服，含情脉脉地相对而立，站在宴会大厅的舞台中央。

舞台下，高朋满座。双方父母和亲属，顾长青和孟根山率领重案支队全体成员，春姐和老公郭嘉豪，崔大爷、刘二爷和韩三爷，东海市青商协和市妇联的主要领导，都作为嘉宾参加两人的婚礼。

现场司仪精神抖擞，拿着话筒主持着婚礼仪式。

司仪："常虹先生，您是否愿意，迎娶您面前这位美丽动人的黄梦婷女士为妻？"

常虹："我愿意。"

司仪："黄梦婷女士，您是否愿意嫁给您面前……"

"我愿意！"黄梦婷眼中早已噙着幸福的泪水，还没等司仪说完，就先行抢答。

常虹也很快给出回应，不等司仪的口令，一把将黄梦婷搂进怀中，在现场亲友和嘉宾的瞩目下，甜蜜地拥吻在一起。

随着"砰砰砰"的喜庆之声，两人头顶的礼花瞬间绽放，缤纷斑斓的彩片四下纷飞，现场嘉宾齐声喝彩。

司仪愣住了，他还有程序没进行完毕。

在两位新人身后，作为伴郎和伴娘的包德荣和小雅忍不住偷笑。小雅手里托着一个小盘，上面摆着两枚钻戒。

包德荣："平时怎么没发现，他们俩这么猴急？"

"等太久了，太不容易了……"小雅眼里都是感动的泪花，连连点头。

司仪在一旁尴尬地笑着，急忙圆场："两位新人真的是热情如火，你们还是先把象征着一生一世的婚戒戴上吧！"

台下嘉宾一片哄笑，常虹和黄梦婷这才松开彼此，尴尬又默契地对视一笑。

小雅连忙奉上婚戒，包德荣拿出香槟开始摇晃。

常虹和黄梦婷含情脉脉地，互相给对方戴上婚戒。包德荣"砰"

的一声打开了香槟，酒花四溅，现场气氛达到了高潮。紧接着包德荣将香槟倒进了香槟塔。

司仪："好，有请两位新人饮下这杯幸福美满的交杯酒，祝两位新人，郎才女貌天仙配，永结同心万年长！"

常虹和黄梦婷深情对视，将交杯酒一饮而尽。

"好！"孟根山在台下带头欢呼鼓掌。

一众亲朋好友跟着一起喝起了彩。

司仪立刻高声邀请现场嘉宾一同举杯："喜乐甜蜜手牵手，交杯喜酒心连心。在场的亲朋好友们，让我们一起举杯，祝愿这对新人情深爱浓共建家园，一生一世美满相随！"

台上，伴随着《婚礼进行曲》的优美旋律，在曼妙的光影和漫天的礼花彩条中，常虹和黄梦婷缓缓走下舞台，向来宾们挥手致意。

现场宾客们纷纷举杯，热情地祝福这对新人。

一星期后。

浙江某县，山林小径。

趁着婚假，常虹和黄梦婷就近选择游历浙江的青山绿水。

已是初冬时节，山里刚下过雨，周边的一切像被洗过一样，红的绿的黄的格外鲜亮，鸟儿在远处的山林间明快地叫着，空气格外的清新，带着丝丝飘香的泥土气息，只是天空灰蒙蒙的，仍然阴云密布，空气有些冰冷潮湿。

常虹和黄梦婷都穿着厚实保暖的冲锋衣，戴着手套，手持登山杖，常虹背着登山包，两人在山林间悠闲地走着，口中哈出的热气瞬间凝成白雾。

常虹："累吗，要不要歇会儿？"

"没事，我比前段时间好多了。"黄梦婷从登山包侧面取下一个热水壶，喝了口热水。

常虹怕她冻感冒，连忙帮她擦去额头的汗水。

黄梦婷抬头，看到远处，两片乌云之间拨开了一片青天，一座彩虹像七彩桥般横跨空中，金黄色的阳光从缝隙中照射下来，温润了人间。

图书在版编目（CIP）数据

残城 / 万安著. — 上海：文汇出版社，2022.7
ISBN 978 - 7 - 5496 - 3807 - 9

Ⅰ. ①残… Ⅱ. ①万… Ⅲ. ① 长篇小说—中国—当代
Ⅳ. ①I247.5

中国版本图书馆CIP数据核字（2022）第104976号

· 万安刑侦系列小说 ·

残城

著　　者 / 万　安
责任编辑 / 黄　勇
特约编辑 / 建　华
封面装帧 / 张　晋

出版发行 / 文匯出版社
上海市威海路755号
（邮政编码200041）
经　　销 / 全国新华书店
排　　版 / 南京展望文化发展有限公司
印刷装订 / 上海颛辉印刷厂有限公司
版　　次 / 2022年7月第1版
印　　次 / 2022年7月第1次印刷
开　　本 / 890 × 1240　1/32
字　　数 / 410千字
印　　张 / 16.75

ISBN 978-7-5496-3807-9
定　　价 / 78.00元